China, etwa 200 v. Chr.: Yüning, die schöne Tochter eines kaiserlichen Beamten, liebt den jungen Gelehrten Gan Zhong. Der steht unmittelbar vor einer Anstellung bei Hofe, die dem Paar endlich die Hochzeit ermöglichen soll. Als sich jedoch der einflussreiche und machthungrige Lao Wen in Yüning verliebt, wird ihre Liebe auf eine harte Probe gestellt ... Ein farbenprächtiger Roman, der in die faszinierende Welt Chinas zur Zeit des Baus der Großen Mauer führt.

Malcolm Bosse, geb. 1933, studierte Literaturwissenschaft an der Yale University und lehrte danach als Professor für Literatur an Universitäten in China und Indien. Er wurde bekannt durch seinen internationalen Bestseller «Warlord». Im Scherz Verlag erschienen «Der Khan» (1995), «Feuerschrift» (1996) und «Alles unter dem Himmel» (1998). Malcolm Bosse lebt in Seattle.

Unsere Adresse im Internet: www.fischer-tb.de

Malcolm Bosse

Zeit der Stürme

Roman

Aus dem Englischen von
Hans Link

Fischer Taschenbuch Verlag

Limitierte Sonderausgabe
Veröffentlicht im Fischer Taschenbuch Verlag,
einem Unternehmen der S. Fischer Verlag GmbH,
Frankfurt am Main, Oktober 2003

Lizenzausgabe mit freundlicher Genehmigung der Scherz Verlag AG, Bern

Die Originalausgabe erschien unter dem Titel «Nothing Like Us»

Gesamtherstellung: Ebner & Spiegel, Ulm
Printed in Germany
ISBN 3-596-50721-9

«Woran glauben Männer wie wir? An das Gesetz. An uns selbst. An den Kaiser. Die Welt wird niemals vergessen, was wir hier leisten. Selbst der Himmel muss voller Bewunderung auf uns herabblicken. Etwas wie uns hat es noch nie gegeben.»

Li Si, Großkanzler zur Linken
Qin-Dynastie (221–206 v. Chr.)

Es bleibt, was du von Herzen liebst, der Rest ist Tand
Es sei dir nicht geraubt, was du von Herzen liebst
Was du von Herzen liebst, dein wahres Erbe ist.

Ezra Pound
Cantos (1925–1959), LXXXI

Historische Personen

Fu Su	Ältester Sohn Shi Huang Dis
Han Fei Zi	Legalistischer Philosoph (280–233 v. Chr.)
Hu Hai	Der Zweite Kaiser: Er Shi Huang Di (231–207 v. Chr.)
Jin Ke	Erfolgloser Attentäter aus dem Staat Han
Lao Ai	Liebhaber der Mutter des Ersten Kaisers
Li Si	Großkanzler zur Linken des Ersten Kaisers; stammte aus Chu
Li You	Ältester Sohn Li Sis, Verwalter der Provinz Sanchuan
Liu Bang	Rebell; Erster Kaiser der Han: Gao Zu
Lü Bu Wei	Kaufmann, Ratgeber der Könige von Qin
Meister Lu	Schamane aus Yan
Meng Ao	General der Qin; Vater der Gebrüder Meng
Meng Tian	General der Qin, Baumeister, Historiker
Meng Yi	Vertrauter des Ersten Kaisers; Bruder des Generals Meng Tian
Meng Zi	Konfuzianischer Philosoph (372–289 v. Chr.)
Mo Zi	Begründer des Mohismus (etwa 468–376 v. Chr.)
Qu Yuan	Dichter (339–278 v. Chr.)
Shang Yang	«Fürst»; Legalistischer Philosoph (390–338 v. Chr.)
Shi Huang Di	Erster Kaiser der Qin-Dynastie (259–210 v. Chr.)
Chunyu Yue	Fürsprecher der Konfuzianer am Hof des Ersten Kaisers
Xu Fei	Schamane am Hof des Ersten Kaisers
Xun Zi	Konfuzianischer Philosoph (etwa 312–230 v. Chr.)
Yan Le	Schwiegersohn Zhao Gaos
Yi Ren	Vater des Ersten Kaisers: König Zhuang Xiang
Zhao Gao	Eunuch aus Zhao, der unter dem Zweiten Kaiser Kanzler wurde

Zhao Zheng	König von Qin, später der Erste Kaiser
Zhuang Zi	Daoistischer Philosoph (etwa 369–286 v. Chr.)
Zi Ying	Neffe des Ersten Kaisers, dem als König von Qin nur ein kurzes Leben beschieden war

Wir gehen zurück in die Zeit, da für Europa die entscheidende Frage war, ob Hannibals Armee nach ihrer kräftezehrenden Überquerung der Alpen mit einer Herde Elefanten noch genug Kraft hatte, um sich den Legionen Roms zu stellen.

Was geschah zu dieser Zeit, da in Griechenland die Öllampen eingeführt wurden und Eratosthenes die Menschen mit seiner Vermutung verblüffte, die Erde drehe sich um die Sonne, im alten China, das bereits fünfzehn Jahrhunderte seiner Geschichte hinter sich hatte?

Im dritten Jahrhundert vor Christus überbrückten die Chinesen bereits breite Flüsse, arbeiteten an einem Netzwerk baumbestandener Straßen und errichteten gewaltige Mauern aus festgestampfter Erde, um nomadische Banditen fern zu halten. Eine dieser Mauern ist heute das auffälligste Bauwerk auf der Erde, das man aus dem Weltraum erkennen kann.

Diese gewaltigen Aufgaben regten die Menschen zu hilfreichen Erfindungen an. Sie schufen sich neue Werkzeuge und sammelten erste Erfahrungen mit Gerüstbau, Gewölben, Pfahlrammen und hydraulischen Vorrichtungen. Die Schubkarre mit einem großen zentralen Rad beförderte einen Großteil der Erzeugnisse des Landes – in Europa kam sie erst rund tausend Jahre später in Gebrauch. Die Chinesen stellten die ersten Pflugscharen aus Eisen her, obwohl viele von ihnen für ihre Waffen immer noch Bronze vorzogen.

Der Bauer lebte in einer Welt fester zeitlicher Ordnung. Zumindest wusste er, dass die Woche zehn Tage hatte und man sich darauf verlassen konnte, dass der Kalender den Mondphasen folgte. Seine Vorstellung vom Leben begann und endete mit den vier Jahreszeiten, sodass die Vier in jeder Daseinssphäre eine besondere Bedeutung erhielt. Wenn er er sich im Winter in seiner verräucherten Hütte verbarrikadierte, um zerrissene Kleidung zu flicken und Werkzeuge zu reparieren, trieben ihn die Isolation und Monotonie seiner Existenz schier in den Wahnsinn. Bevor er, sobald das Frühlingswetter es zuließ, seine Felder pflügte, benutzte er den brachliegenden Boden oft als

Bett für die sorglose Liebe unter dem Frucht bringenden Mond. Während im Sommer sein Korn reifte, reift die Frucht seiner Gefährtin gleichfalls, sodass sie sich anschicken konnte, im späten Herbst das Ergebnis ihrer Liebe zu begrüßen. Über eine jede Jahreszeit regierte ein Schwarm böswilliger Dämonen und freundlicher Geister, die miteinander um die Gebete des Bauern wetteiferten.

Gelehrte gab es viele. Zu Beginn der Qin-Dynastie im Jahre 221 v. Chr. hatten die Chinesen das Papier noch nicht erfunden; man schrieb – ganze Bücher – auf in schmale Streifen aufgespaltene Bambushalme oder Holztäfelchen, die man mit Seidenbändern zusammenband und aufrollte. Es gab bereits zahllose Abhandlungen über Astronomie, Medizin und Alchemie. Der früheste bekannte Beweis des Satzes des Pythagoras wurde etwa zu dieser Zeit von chinesischen Astrologen entdeckt. Sie behaupteten aber auch, dass der runde Himmel eine Kuppel sei, die auf acht Säulen auf der quadratischen Erde ruhe. In mancher Hinsicht hatte ihre Vorstellung von der Schöpfung Ähnlichkeit mit der Urknalltheorie der modernen Physik. Kein göttliches Eingreifen leitete die Geburt des Kosmos ein. Bevor das Universum zu existieren begann, war alles nichts gewesen als dunkler und leerer Raum. Dieses unermessliche Potenzial spie spontan und von einer Sekunde auf die andere einen urtümlichen Energienebel aus, aus dem die leichteren Teile nach oben strebten, um den Himmel zu bilden, während die schwereren Teile miteinander verschmolzen, um die Erde zu ergeben.

Der Buddha hatte China noch nicht erreicht, aber Lao Tzu und Konfuzius, beide seit dreihundert Jahren tot, gewannen zunehmend an Beliebtheit. Als Modelle für menschliches Verhalten drohten ihre Lehren die Heldentaten der launischen Naturgötter zu ersetzen. Die vorherrschende Denkrichtung war jedoch der Legalismus, eine harsche Gesellschaftsphilosophie, der ein kompromissloser Glauben an die strenge Herrschaft des Gesetzes seine Prägung gab. Ihr Ziel war, es dem Herrscher zu ermöglichen, sich in die stillsten Tiefen seines Palastes zurückzuziehen, während ein gnadenloser Kodex von Bestrafungen das eingeschüchterte Volk so fügsam machte, dass ein Mann auf der Straße einen Goldbarren fallen lassen konnte, ohne dass irgendjemand es wagte, ihn aufzuheben.

Zum ersten Mal seit zwei Jahrtausenden war das alte China ein geeintes Land. Das war das Werk des Staates Qin, des barbarischsten und aggressivsten der sieben streitenden Reiche. Einen nach dem anderen überwältigte der König der Qin mit systematischer Präzision die anderen sechs Staaten – sowohl durch Täuschung als auch mit Hilfe gewaltiger Armeen, die für ihre Grausamkeit und Kampfkraft berüchtigt waren.

Nachdem er auf solche Weise ein Reich zusammengebracht hatte, wurde der König Kaiser und beanspruchte für sich den kaiserlichen Titel «Erhabener Herrscher». Er glaubte, dass seine Sippe über tausend Generationen hinweg die Oberhand behalten werde. Shi Huang Di war ein Rohling und ein Mann von großen Visionen zugleich. Nur wenige Menschen haben je größeres Selbstvertrauen gezeigt, Erfolge mit größerer Leichtigkeit errungen oder menschliche Schwächen schamloser zur Schau gestellt. Um in den Besitz absoluter Macht zu gelangen, förderte er eine Brut skrupelloser und brillanter Abenteurer, die die Welt so sahen wie er. Ohne Illusionen. Denken bedeutete Handeln, Handeln bedeutete Risiko, Risiko bedeutete häufig den Tod. Wer in Qin etwas gelten wollte, musste direkt, gewissenhaft und pragmatisch sein. Und doch wirbelten durch die Gedanken dieser tatkräftigen Männer wahre Ideenstürme. Die Qin-Dynastie, eine der bemerkenswertesten Epochen der menschlichen Geschichte, währte bloß vierzehn Jahre.

Wir können nicht alles über die Männer und Frauen wissen, die vor so langer Zeit gelebt haben. Trotzdem genügt uns das, was wir wissen, um ihnen auf ihren Schicksalspfaden zu folgen, gerade so, wie zukünftige Generationen höchstwahrscheinlich eines Tages unseren Spuren folgen werden.

I

1

Ein Sekretär des kaiserlichen Haushalts hatte zu seiner Hauptaufgabe die Überwachung des Personals im Palast der Immerwährenden Freude. Wenn der Kaiser sich dort aufhielt, kam der Sekretär kaum noch zum Schlafen, aber die letzten Monate hatte Zehntausend Jahre in einem anderen Palast verbracht, einem schwer befestigten Palast – wegen des Mordanschlags. Lao Wen brauchte also lediglich die Veranden, die Räume und Flure des Palastes der Immerwährenden Freude zu inspizieren und ihre Instandhaltung zu überwachen.

Heute saß er auf einem Kissen hinter seinem niedrigen Tischchen und starrte den Hausjungen, der vor ihm kniete, wütend an. Dann wandte Lao Wen sich an den alten Haushofmeister, der neben der Tür stand. «Was ist passiert?»

«Gestern sollte dieser Junge den nördlichen Hof fegen. Nach dem Sturm war der Hof übersät von Zweigen, und ich habe ihm aufgetragen, ordentlich sauber zu machen. Aber dieser Junge hat einige Zweige liegen lassen.»

Lao Wen drehte sich zu dem Hausjungen um, der nun den Kopf demütig auf die Bodenmatte gepresst hatte. «Sieh mich an.»

Der Junge blickte zu Lao Wens schmalem Habichtsgesicht auf.

«Hast du das schon einmal gemacht?»

«Noch nie, Exzellenz.»

Lao Wen wandte sich an den Haushofmeister; jedes Mal, wenn er den alten Mann ansah, machte dieser eine tiefe Verbeugung. «Hat er so etwas früher schon getan?»

Der alte Mann zögerte, als müsse er darüber nachdenken. «Einmal, glaube ich, hat er den Eingang nur sehr oberflächlich ausgefegt.»

Der Junge hatte den Kopf wieder auf die Matte gesenkt.

«Sieh mich an», befahl Lao Wen.

Der Junge blickte auf; er hatte Tränen in den Augen, zitternde Lippen und das schmutzige Gesicht eines Kehrjungen.

Die Hilflosigkeit des Jungen bewog Lao Wen, streng zu sein. Er würde das ganze Personal an seine Autorität erinnern. «Dies ist der kaiserliche Palast», erklärte er. «Alles darin muss makellos sein. Und dennoch hast du beschlossen, unserem Erhabenen Herrscher Schande zu machen. Das ist ein schwer wiegendes Verbrechen. Bist du meiner Meinung, Junge? Ist es schwer wiegend?»

«Jawohl, Hohe Exzellenz.»

Lao Wen drehte sich wieder zu dem alten Mann um. «Habt Ihr das gehört, Haushofmeister? Es muss ein Exempel statuiert werden.»

Eine neuerliche tiefe Verbeugung war die Antwort.

«Lasst ihm fünfzig Peitschenhiebe geben.»

Der alte Mann zog die Augenbrauen hoch. «Fünzig, Exzellenz?»

«Mit der Spezialpeitsche. Der mit den Eisenkugeln an den gespleißten Enden. Wisst Ihr, welche ich meine?»

«O ja, Exzellenz.» Obwohl er sich wieder verbeugte, machte der alte Mann keine Anstalten zu gehen.

Das ärgerte Lao Wen. «Nun, was gibt es denn noch?»

«Wir haben diese Peitsche einmal benutzt, aber nur ein einziges Mal.» Der Haushofmeister sah den Jungen an: Sein Körper zitterte, und sein Kopf schien an der Matte festgenagelt zu sein. «Wir haben einen betrunkenen Stallburschen damit geschlagen. Wie Ihr Euch gewiss erinnert, Exzellenz, ist er gestorben.»

«Ich bin überrascht, Haushofmeister.» Lao Wen strich, um seinen Worten Nachdruck zu verleihen, über seinen dürftigen Bart. «Von allen Personen in diesem Palast, hätte ich gedacht, wüsstet Ihr die Tugend des Gehorsams am meisten zu schätzen.»

«Das tue ich, Exzellenz, das tue ich!», rief der alte Mann erschrocken.

«Dann beweist Eure Wertschätzung.»

Nachdem er dies gesagt hatte, wandte Lao Wen sich unverzüglich einem Dokument auf seinem Schreibtisch zu. Er nahm nicht zur Kenntnis, wie der Haushofmeister den wimmernden Hausjungen heftig am Arm packte und die Amtsstube verließ.

Dieser kleine Zwischenfall – immerhin ein Zeitvertreib – belebte den Sekretär; er hatte den Palast bei seiner Morgeninspektion in tadelloser Ordnung vorgefunden, was überaus langweilig war. Vielleicht würde er ja bei den Eunuchen ebenfalls etwas zu tun finden. Ein Dutzend von ihnen waren dauerhaft für den Dienst im Palast der Immerwährenden Freude abgestellt, und es kam recht oft vor, dass sie wie verwöhnte Konkubinen miteinander zankten. Bisweilen war es durchaus interessant, ihre unbedeutenden Streitigkeiten zu entwirren. Sonst blieb ihm nicht viel anderes zu tun, als den Abend zu erwarten, da dann einige Singmädchen in seine privaten Räume kommen würden.

Nachdem er das Dokument auf seinem Schreibtisch gelesen hatte, lehnte er sich zurück und dachte genüsslich an eine hübsche junge Frau aus der Sippe Jia. Nach zweijähriger Witwerschaft fand der Sekretär es an der Zeit, sich wieder eine Frau zu suchen. Die kleine Jia war möglicherweise die perfekte Wahl. Wenn die Frauen des Hauses Jia sie gut unterrichtet hatten – was gewiss der Fall war –, wusste sie, wie man einen Mann zufrieden stellte. In ihrer Rolle als hübsche junge Frau eines aufstrebenden Beamten würde sie ihm auch in der Öffentlichkeit Befriedigung schenken.

Lao Wen sann gerade über die Wonnen einer solchen Verbindung nach, als jemand mit dem Eisenklopfer heftig an die Tür seiner Amtsstube klopfte und ein Diener rief: «Exzellenz! Exzellenz!»

Schon zum zweiten Mal an diesem Tage ärgerte Lao Wen sich. Er wünschte, den Palast als einen Ort «gemessener Bewegung und gedämpfter Laute» zu bewahren, gerade so, wie sein Gönner, der Großkanzler zur Linken, es ihm aufgetragen hatte, als er ihm die Ernennung zum Sekretär verschaffte.

«Herein!», befahl Lao Wen scharf. Er hatte jede Absicht, den ungehobelten Diener streng zurechtzuweisen, aber diese Regung war vergessen, als ein Eunuch ihm von der Tür aus atemlos zurief: «Er ist hier, Exzellenz! Der Großkanzler ist hier . . .»

Lao Wen sprang auf. «Jetzt? Wo?»

«Auf dem Hof. Er hat sich ohne Umschweife geradewegs dorthin begeben, Herr.»

Dass der Kanzler den Umweg durch die inneren Räume des Palastes mied und stattdessen direkt in den Hof ging, überraschte Lao Wen nicht. Li Si erledigte Geschäftliches gern an der frischen Luft, wo kein Spion lauschen konnte. Aber ein derartiger Besuch war sehr merkwürdig. Der zweitmächtigste Mann im Qin-Reich suchte einen Beamten von bescheidenem Rang auf, als sei er ihm ebenbürtig.

Lao Wen nahm sich nicht die Zeit, sich einen Mantel überzuwerfen, sondern stürzte aus dem Raum. Es war üblich, dass alle, einschließlich der Minister des höchsten Ranges, in Laufschritt verfielen, wenn sie zu einem Gespräch mit dem Kaiser unterwegs waren. Ein atemloses Erscheinen vor dem Herrscher bewies ihren Diensteifer. Lao Wen wollte dem Großkanzler dieselbe Ehre erweisen.

Drei bartlose Eunuchen, zweifellos aufgeschreckt von demjenigen, der Lao Wen die verblüffende Neuigkeit überbracht hatte, schritten ihm voran, um alle beiseite zu scheuchen und den Weg frei zu machen.

Obwohl er die Vierzig noch nicht erreicht hatte, hatte der Sekretär das zerbrechliche Aussehen eines um Jahre älteren Mannes. Nicht einmal eine locker fallende Robe konnte seine mageren Schultern und die knochigen Beine verbergen. An dem Gürtel um seine dünne Taille baumelte, als er nun forsch ausschritt, sein Emblem aus orangefarbener Jade.

Dieser unerwartete Besuch machte ihm Angst. Gestern hatte ihn ein Orakel mit Schafgarbenstängel gemahnt, seinen Weg in Zeiten des Sturms mit großer Vorsicht zu wählen. Die Hexagramme waren unerbittlich und unmissverständlich gewesen. Der Schamane, der sie gedeutet hatte, mochte in ihrer Botschaft noch Schlimmeres entdeckt haben, ohne davon etwas zu offenbaren – aus Angst, einen Kunden zu verlieren.

Zeiten des Sturms. Vor zwei Monaten hatte in dem südlichen Staat Chu eine Rebellenarmee einen kurzen, aber heftigen Aufstand angezettelt. Im vergangenen Monat waren – und das war von größerer Bedeutung – während einer kaiserlichen Prozession zwei Männer aus dem Gebüsch gesprungen und in den Wagen geklettert, in dem sie den Herrscher wähnten. Dann hatten sie mit eisenbeschlagenen Keulen den Insassen des Wagens die Schädel eingeschlagen. Glücklicherweise hatten sie sich für das falsche Gefährt entschieden. Der Kaiser beschloss daraufhin, eine Flussgöttin zu bestrafen, weil dieser Mordversuch in der Nähe dieses

Flusses stattgefunden hatte. Als Erstes setzte er den Bergtempel der Göttin in Brand. Dann wurden viertausend Sträflinge herbeigebracht, um jeden einzelnen Baum auf den Hängen niederzubrennen. Sie färbten die Erde rot mit der Farbe der Häftlingskleider. Seither hatte der Kaiser sich mit einigen Schamanen verschanzt, die ihm einredeten, sie könnten das Elixier der Unsterblichkeit finden und ihn vor Schaden bewahren.

Durch eine Doppeltür, deren Flügel von den Eunuchen aufgehalten wurden, sah Lao Wen einen stämmigen Mann auf dem Hof stehen. Er hatte seine Felljacke nicht zugeknöpft, obwohl ein kühler Wind über das Gelände strich. Für einen Mann über sechzig war der Großkanzler noch immer eine beeindruckende Gestalt. Sein Bart war im Gegensatz zu dem von Lao Wen üppig und borstig – passend zu seiner Körperfülle und dem breiten Gesicht. Obwohl er ein Kind des lauen Südens war, stellte Li Si sich dem schneidenden Wind wie ein Mensch, der an das raue Wetter des Nordens gewöhnt war.

Als Untertan eines anderen Reiches hatte der Großkanzler seine Laufbahn in Qin als fähiger Leibwächter begonnen. Durch harte Arbeit und geschicktes Taktieren war Li Si schließlich Palastschreiber geworden und dann ein Beamter von einigem Ansehen. Wirklich unter Beweis gestellt hatte er seinen Mut und seine Fähigkeiten dann vor fünfzehn Jahren. Der Kaiser – seinerzeit lediglich einer von sieben Königen – hatte alle Untertanen anderer Staaten aus Qin verbannt, weil einige Patrioten ihm eingeredet hatten, Fremden sei nicht zu trauen. Zu der Zeit bekleidete Li Si das Amt eines Sachwalters der Aufrichtigkeit. Er reichte eine Denkschrift ein mit dem Titel: «Einwendungen gegen die Ausweisung der Beamten fremder Staatsangehörigkeit», in der er den König mutig aufforderte, sein Tun noch einmal zu überdenken. Ohne kenntnisreiche Ratgeber aus anderen Teilreichen, so argumentierte er, würde Qin seine Feinde niemals besiegen können. Der König erkannte die Vernunft dieses Einwands, machte das Dekret rückgängig und ernannte Li Si zu seinem Justizminister. Dann überrollte der Staat Qin die übrigen sechs Reiche und vereinte sie alle unter seiner Herrschaft.

Lao Wen – ein Mann aus Zhao – hatte davon profitiert, dass in Qin auch Ausländer in Schlüsselpositionen akzeptiert wurden. Daher fühlte er sich dem Kanzler auf besondere Weise verpflichtet. Jetzt rannte er unter tiefen Verbeugungen auf Li Si zu. Er war zu durcheinander, um eine schmeichelnde Willkommensrede halten zu können. Der Wind schnitt kalt durch seine Seidenrobe. Er hoffte, den Anschein zu erwecken, als sei die Kälte ihm gleichgültig.

Li Si stand mit schlaff herunterhängenden Armen in dem frostigen Wind, und sein zerklüftetes Gesicht zeigte eine teilnahmslose Miene. «Ich erinnere mich noch an den ersten Mordversuch», sagte er, als wären sie mitten in einem Gespräch. «Ich war nämlich dabei, als Jing Ke sich mit seinen Geschenken dem Thron näherte.»

Lao Wen wusste wie jeder andere in der Hauptstadt, der älter als zehn Jahre war, was für Geschenke das gewesen waren: eine große, zusammengerollte Landkarte und ein Korb, der einen abgetrennten Kopf enthielt.

Li Si konnte sehr geradeheraus und ungezwungen sein, vor allem, wenn er mit einem Untergebenen sprach, der gleichfalls nicht aus Qin stammte. «Ich sah, wie Jing Ke das Gewand des Königs packte», fuhr er fort. «Ich sah, wie er mit seinem Dolch sein Ziel verfehlte. Dann lief der König heulend durch den Raum. Nach seinem Geschrei zu urteilen, glaubten wir, er sei verwundet worden, aber das Messer hatte ihn nicht einmal gestreift.»

Als der Großkanzler in sich hineinlachte, gestattete Lao Wen sich seinerseits ein Lächeln. Dies war zulässig, da sie beide sich insgeheim über die Feigheit eines Menschen lustig machen konnten, der ihre Heimatstaaten erobert hatte.

Plötzlich knöpfte sich Li Si seinen Mantel zu, als sei ihm mit einem Mal die Kälte zu Bewusstsein gekommen. «Mein Spion hat mir einen Bericht aus dem Norden geschickt. Er ist wie ich ein Südländer, daher habe ich kein großes Vertrauen in sein Urteil über die Situation dort oben. Ihr kommt von dort, Lao Wen, daher könnt Ihr mir vielleicht weiterhelfen.»

«Ich stehe Euch zu Diensten, geschätzter Kanzler.»

«Ich habe die Mauern im Norden nie zu Gesicht bekommen. Erzählt mir davon.»

«Ich habe eine dieser Mauern gesehen, Herr, als ich noch ein Junge war. Es waren nur noch Ruinen davon übrig. Sie hat weder die Nomaden draußen noch unser Volk drinnen gehalten.»

«Sollte eine Mauer beides tun?»

«Ja, Herr. Die anderen draußen halten und uns drinnen.» Dann fügte Lao Wen diplomatisch hinzu: «Das sagen natürlich die Leute aus dem Norden.»

«Der Kaiser sagt es ebenfalls. Aber mein Spion behauptet, es sei eine unvorstellbare Aufgabe, die alten Mauerabschnitte miteinander zu verbinden. Er glaubt nicht, dass wir eine einzige Mauer von dreitausend Meilen Länge errichten können. Seiner Meinung nach trifft General Meng Tian der Vorwurf, den Kaiser davon überzeugt zu haben, dass es möglich sei.»

Lao Wen mochte General Meng Tian nicht, weil General Meng Tian niemanden mochte, der in einem behaglichen Palast lebte. Er war aber nicht so dumm, den Mann zu kritisieren.

Ein Windstoß zog an einer schwarzen Feder auf Li Sis spitz zulaufendem Lederhut; sie bewegte sich wie ein kleiner aufgescheuchter Vogel. «Wir müssen den Bau dieser Mauer mit größerem Nachdruck verfolgen. Es sei denn, es gäbe eine andere Möglichkeit, die Nomaden draußen zu halten – und unser Volk drinnen. Wüsstet Ihr eine solche andere Möglichkeit?»

«Man könnte Bäume pflanzen.»

Li Si legte den Kopf schräg. «Bäume pflanzen?»

«Eine Palisade aus Weiden. Sie wachsen selbst dann gut, wenn man sie dicht beieinander pflanzt. Und einen Angriff Berittener würden sie aufhalten.» Lao Wen war sich nicht sicher, wie der Kanzler darauf reagieren würde, daher fügte er hinzu: «Natürlich habe ich diese Dinge als Kind sagen hören. Es ist eine von diesen Ideen, wie die Leute im Norden sie ausbrüten.»

«Aber man sollte sie dennoch im Kopf behalten.» Li Si lächelte beifällig. «Gut.»

Schlecht, dachte Lao Wen. Er schwor sich, nie wieder einen törichten Vorschlag zu machen. Schließlich hatte er bis zu diesem Augenblick kaum je einmal über die Große Mauer nachgedacht. Li Si schien das zu begreifen.

«Könnt Ihr Euch vorstellen, wie lange und wie angestrengt der

Kaiser über diese Mauer nachgedacht hat?» Li Si schüttelte ehrfürchtig das Haupt. «Ihr habt ihn gesehen, wenn er angestrengt nachdenkt.»

«Ja, es ist eine erhebende Erfahrung.» Dem Kaiser beim Denken zuzusehen war eine erschreckende Erfahrung: eine kleine, drahtige Gestalt, die sich mit verkniffenen Lippen und schmalen Augen vornüber beugte – wie ein Raubvogel, kurz bevor er auf seine Beute herabstößt.

«Niemand auf dieser Erde hat je so angestrengt nachgedacht», erklärte Li Si. «Während er über die Mauer nachdachte, hat er kaum geschlafen. Dann, vor etwa drei Jahren, rief er mich einmal mitten in der Nacht an sein Bett. Er griff sogar nach meiner Hand und hielt sie fest, während er mir beschrieb, was er einen ‹Wachtraum› nannte. In diesem Wachtraum sah er die Große Mauer. Sie umschloss Flüsse und Steppen und Berge vom Ozean bis zur Wüste. Er sagte, sie lasse die saftigen Weiden auf unserer Seite und das unfruchtbare Land auf der der Barbaren.» Li Si war während des Sprechens auf und ab gegangen. Jetzt blieb er stehen. «Was haltet Ihr davon?»

Lao Wen hatte das Gefühl, auf die Probe gestellt zu werden. «Der Sohn des Himmels hatte eine vom Himmel gesandte Vision.»

«Ja, aber eine, die während der letzten beiden Jahre nicht verwirklicht wurde. Ist es unsere Pflicht, für die Verwirklichung seiner Vision zu sorgen?»

«Selbstverständlich, Kanzler.»

«Wie lange würde es dauern, diese Mauer fertig zu stellen? Ich möchte keine wilde Schätzung, wie wir sie von General Meng bekommen. Wie lange?»

Lao Wen wusste, dass es besser war, Unwissenheit einzugestehen als zuzulassen, dass sie sich selbst enthüllte. Er war gerade ermutigt worden, und nun war es an der Zeit, sich korrigieren zu lassen. «Ich weiß es nicht, Exzellenz. Da müsst Ihr Euch an jemanden wenden, der Erfahrung mit solchen Angelegenheiten hat.»

«Jemand mit Erfahrung?», höhnte Li Si. «Wer hat denn je eine Mauer von solcher Länge gebaut? Wer verfügt über solche Kenntnisse?»

Lao Wen starrte, beschämt über seine einfältige Bemerkung, zu Boden. Er fragte sich, ob der Kanzler wohl wusste, dass seine Einfalt Absicht war.

«General Meng ist ein Großsprecher», sagte der Kanzler, «aber ich glaube, dass er mit unserer Hilfe die Mauer bauen kann.»

Lao Wen verhielt sich abwartend. Der große Mann war nicht hergekommen, um auf diesem windigen Hof zu stehen und mit jemandem, der nichts davon verstand, von gescheiterten Attentaten und vom Bau einer Mauer zu reden.

«Ist Euch kalt?», fragte Li Si plötzlich.

«Nein, geschätzter Kanzler.»

«Nein, geschätzter Kanzler», wiederholte Li Si spöttisch. «Glaubt Ihr, ich würde *Euch* fortschicken, um eine solche Mauer zu bauen? Ihr würdet weniger in den Norden passen als ich, der ich aus Chu komme. Außerdem brauche ich Euch hier.» Er lächelte ihm beruhigend zu. «Diese Aufgabe gebührt General Meng. Seht Euch die Gerade Straße an. Er hat dieses dumme Bauwerk über Hügel und durch Täler geführt, nur um zu beweisen, dass es möglich ist.»

Lao Wen versagte es sich, auf einen weiteren Umstand im Zusammenhang mit der Geraden Straße hinzuweisen: General Meng Tian hatte durch seine großtuerische Zurschaustellung von Willenskraft und Wissen dem Kaiser Ehre gemacht, wie er es zu tun geschworen hatte.

«Soll Meng an der Großen Mauer bleiben», sagte Li Si mit einem Seufzen. «Dann stiftet er wenigstens kein Unheil.» Der Wind war so stark, dass der Hut des Kanzlers verrutschte, sodass er ihn wieder gerade rücken musste.

Nach einem nachdenklichen Schweigen sagte er: «Lao Wen, Ihr habt Euch als Erster Schreiber gut gehalten. Seit Ihr diesen Palast übernommen habt, hat er nie besser ausgesehen.» Er stemmte die Hände in die Hüften und blickte in die Ferne, was Lao Wen verriet, dass er vom Thema abzuschweifen gedachte. «Alles, was zählt», begann Li Si, «ist das große Unternehmen. Der Himmel hat ein wohlwollendes Auge auf den Kaiser gerichtet. Die Orakelknochen sagen nur Gutes voraus, und die Schamanen versprechen uns fortdauernden Erfolg.» Er drehte sich um, um Lao Wen anzusehen. «Aber Ihr glaubt den Schamanen nicht mehr, als ich es tue. Woran glauben Männer wie wir? An das Gesetz. An uns selbst. An den Kaiser. An sonst nichts. Die Welt wird niemals vergessen, was wir hier leisten. Selbst der Himmel muss voller Bewunderung auf uns herabblicken. Etwas wie uns hat es noch nie gegeben.»

Lao Wen erwiderte nichts. Er fürchtete, dass jede Bemerkung seinerseits nur die Rede des Kanzlers unterbrechen würde. Und eine Rede war es in der Tat. Vielleicht war dies die Probe für eine Ansprache, die er in der großen Halle zu halten gedachte.

«Wir brauchen mehr Straßen und Brücken», fuhr Li Si großspurig fort, «falls wir den Bau dieser hehren Mauer in Angriff nehmen. Falls? Wenn. Ein Konfuzianer würde unseren Mauerbau Schicksal nennen, und ausnahmsweise einmal würde ich ihm Recht geben. Aber in zwei Jahren haben Meng und seine Baumeister lediglich einige alte Mauern zusammengeflickt und einige weitere über wenige hundert Meilen zusammengeführt. Von dem Wachtraum des Kaisers haben sie nicht so viel fertig gestellt ...» Er maß mit Daumen und Zeigefinger eine Entfernung von etwa einem Zoll ab. «Sie brauchen Hilfe, sie brauchen Material. Was glaubt Ihr, was sie am dringendsten brauchen, Lao Wen?»

Lao Wen wusste nun mit Sicherheit, dass man ihn auf die Probe stellte. Die Gewissheit versetzte ihn in einen Zustand extremer Wachsamkeit. Nachdem er einen Augenblick lang nachgedacht hatte, sagte er: «Männer.»

«Wie viele?»

«Tausende.»

«Wie viele Tausende?»

Gezwungenermaßen stellte Lao Wen eine schnelle, aber ernsthafte Schätzung an. «Fünf ... sechshunderttausend.»

«Oder sieben- oder achthunderttausend. Und sie alle müssen eine große Entfernung zurücklegen. Dann wären da noch Verpflegung, Kleidung, Unterkünfte. Es wird so sein, als wolle man ganze Städte umsiedeln ...» Er machte eine weit ausholende Gebärde, als hebe er etwas an einem Ort auf, um es am nächsten niederzusetzen. «So einfach, als bewege man die Steine auf einem *yi*-Brett. Ich sehe Eurem Gesicht an, dass Ihr mich versteht.»

Wieder zwang ein Windstoß ihn, seinen Hut zurechtzurücken.

Lao Wen fragte sich, ob er nicht vielleicht vorschlagen könne, hineinzugehen. Aber der Kanzler sprach bereits weiter. «Einzig der Erhabene sieht, was Not tut. Niemand hat je gesehen, was er gesehen hat. Mich schert es nicht, ob er sich vor einem Narren mit einem Messer fürchtet. Ich interessiere mich für seine Wachträume. Was er in ihnen sieht, muss geschehen. Also müssen wir Wege finden, das Unmögliche zu vollbringen. Sagt nicht, Ihr würdet verstehen, denn Ihr versteht es nicht. Ich tue es auch nicht. Keiner von uns versteht es.»

Li Si verfiel in Schweigen. Er strich über seine Jacke, als wolle er sie schließen, ließ dann die Hand jedoch wieder sinken. «Ich baue eine Behörde auf, die ‹Amt für die Schwarzköpfe› heißen wird. Für all jene, die in der Sonne arbeiten, bis ihre Haut so schwarz ist wie ihr Haar.» Er lächelte über seine eigene Wortschöpfung. «Ich brauche jemanden, der diese Menschen von einem Ort zum anderen schafft.»

Wieder verfiel er in Schweigen. Lao Wen zitterte in der Kälte und wartete angespannt darauf, dass sein Gegenüber weiterspräche.

«Und ich habe mich für Euch entschieden, Lao Wen.» Statt seine Ankündigung mit einem Lächeln zu begleiten, runzelte Li Si die Stirn. Er fuhr fort, als müsse er seine Auswahl des Mannes verteidigen. «Ihr habt das richtige Alter. Ihr seid ehrgeizig. Ihr kennt keine Gnade. Ihr tut nichts ohne Berechnung. Selbst wenn Ihr scheinbar ein Fehlurteil getroffen habt, so geschieht es oft aus Berechnung. Eure Furcht vor mächtigen Männern trägt dazu bei, dass Ihr ihnen gute Dienste leistet. Und Ihr kommt nicht aus Qin. Als Ausländer könnt Ihr nicht von Familie und Freunden bestochen werden.» Er hielt inne, als erwarte er eine Zurückweisung. «Lasst mich nicht als schlechten Menschenkenner dastehen. Als Präfekt des Amtes für die Schwarzköpfe werdet Ihr in den dreizehnten Rang erhoben werden. Das ist alles, was ich dazu zu sagen habe.» Li Sis Miene hatte sich, während er sprach, mehr und mehr verdüstert. Jetzt blickte er so grimmig drein, als ärgere es ihn, einem Mann eine gute Nachricht überbringen zu müssen.

Lao Wen wusste, was er zu tun hatte. Er ließ sich auf die Knie fallen, ballte zum Zeichen tiefer Inbrunst die Fäuste und starrte gleichzeitig auf Li Sis Füße hinab. «Hochwürdiger Großkanzler, ich schenke Euch mein Leben. Ich nehme die Stellung demütig und mit äußerstem Respekt an.»

Li Si stob an dem noch immer knienden Sekretär vorbei, der sich wand und krümmte, als sei er soeben bestraft worden. Als er den Blick endlich zu heben wagte, sah der zitternde und überglückliche Lao Wen lediglich die erstaunten Gesichter der Eunuchen, die in Reih und Glied vor den Doppeltüren standen, durch die der Großkanzler gerade ins Palastinnere eingetreten war.

2

Ein Schritt um drei Stufen aufwärts, vom zehnten Rang zum dreizehnten, war in der Tat bemerkenswert.

Lao Wen gab sich auf dem Weg zurück in seine Amtsstube große Mühe, seinen Jubel zu verbergen. Er blaffte die Eunuchen an, Platz zu machen und nicht wie eine Schar junger Mädchen die Köpfe zusammenzustecken. In seiner Amtsstube nahm er ein Bambusdokument zur Hand, warf einen Blick auf das erste Wort auf dem schmalen Streifen, warf ihn dann von sich, sodass er klappernd auf den Tisch fiel, und rief nach einem Diener, der ihm Wein in seine privaten Räume bringen sollte.

Als er die Amtstube verließ, sah er an einer Biegung des Korridors ein paar Eunuchen miteinander schwatzen. Er klatschte in die Hände, und sie stoben auseinander wie Tauben. Gewiss hatten sie über seine Beförderung gesprochen. Diese Burschen wussten immer alles. Wahrscheinlich förderte es das Gehör, wenn einem die Eier abgeschnitten wurden, dachte er. Diese Palasteunuchen bekamen jedenfalls alles mit. Als hoher Beamter, ob verheiratet oder nicht, würde er bald schon eine eigene Residenz in einem der Flügel des Palastes bekommen. Die Räume hätten Vorhänge, wären von Wohlgerüchen erfüllt und mit Damastkissen und Teppichen übersät, die man von den Langnasen im Westen kaufte. Es gäbe genug Platz für ein kleines Orchester mit Gongs und Flöten und eine leicht erhöhte Plattform für die Tanzmädchen. Sein gegenwärtiges Quartier im Palast der Immerwährenden Freude bestand aus einem Schlafzimmer und einem Wohnzimmer mit Schilfmatten statt Seidenläufern, mit kahlen Wänden und Fenstern ohne Aussicht auf die Höfe. Stattdessen hatte er Blick auf die unzerstörte Seite des Westflügels, dessen Bretter von Wind und Wetter gezeichnet waren. Auf einem Kissen vor einem dreibeinigen Tisch sitzend, öffnete Lao Wen seinen Kurzmantel und die Weste und lockerte seinen Gürtel. Während er die orangefarbene Jadescheibe abnahm, fragte er sich, welcher Farbton wohl die Jade seines neuen Postens kennzeichnen würde. Ihm hatte das trübe Weiß von Schweinefett schon immer besonders gut gefallen. Es erinnerte ihn an Fleisch. Aber natürlich war es der Großkanzler, der die Form, das Muster und die Farbe seines neuen Emblems bestimmen würde.

Der Diener kam mit einer Karaffe warmen Weins und einem Teller mit klein geschnittenem, geräuchertem Schweinefleisch. Nun, da sein Körper nicht mehr von Kleidungsstücken eingezwängt war und er einen Becher in der Hand hielt, gestattete Lao Wen sich den Gedanken an Frauen. Mit blumenbesteckten, hohen Frisuren tanzten sie für ihn, tanzten in den Festsälen seiner Fantasie. Ihre straffen Schenkel bewegten sich unter den Seidenroben, ihre vollen, glatten Ohrläppchen luden seine Zunge zum Spielen ein.

Dann klopfte es an die Tür. Nachdem er die Erlaubnis zum Eintreten erhalten hatte, schob sich der alte Haushofmeister unter etlichen Verbeugungen in den Raum hinein.

«Exzellenz, der Junge ist tot.»

Lao Wen nahm einen Schluck Wein. In Gedanken war er noch immer bei zukünftigen Sinnesfreuden, weit entfernt von seinen Pflichten im Palast. «Was für ein Junge?»

«Der, der die fünfzig Peitschenhiebe bekommen hat.» Um dem Gedächtnis des Sekretärs auf die Sprünge zu helfen, fügte der

Haushofmeister hinzu: «Wir haben die Peitsche mit den Eisenkugeln an den gespleißten Enden benutzt.»

Lao Wen dacht einen Augenblick lang nach. «Er war kein schlechter Junge. Er war lediglich unbedacht. Die Strafe braucht nicht über seinen Tod hinaus fortgesetzt zu werden. Seine Familie hat die Erlaubnis, ihn zu begraben.»

Als der Haushofmeister unter neuerlichen Verbeugungen den Raum verließ, schenkte Lao Wen sich noch einmal Wein nach. Er dachte wieder an Frauen, an kaiserliche Frauen diesmal, an die Frauen von Shi Huang Di. Er beneidete den Kaiser um die Vielzahl seiner Gefährtinnen: eine Kaiserin, drei kaiserliche Gemahlinnen, neun Schutzbefohlene, siebenundzwanzig Konkubinen und einundachtzig Nymphen zur Bedienung. Lao Wen kannte die genaue Zahl.

Die Frauen suchten den Kaiser nach einem strengen Zeitplan auf. Der niedrigste Rang, die einundachtzig Nymphen, begannen die nächtliche Parade. Neun Nächte lang marschierten sie in Neunergruppen in sein Schlafzimmer. Dann waren, in drei Nächten und ebenfalls in Neunergruppen, die siebenundzwanzig Konkubinen an der Reihe; ihnen folgten die neun Schützlinge in einer Gruppe, dann wiederum in einer Gruppe die drei Gemahlinnen, und zuletzt kam, allein und nur für eine einzige Nacht, die Kaiserin an die Reihe.

Lao Wen hate einen großen Aufwand betrieben, um alles über das kaiserliche Liebesleben in Erfahrung zu bringen. Es hatte ihn eine beträchtliche Summe an Bestechungsgeldern gekostet, um diese Information von einer der einundachtzig Nymphen zu bekommen, einem verlogenen Frauenzimmer, das ihm ohne Bezahlung nicht einmal seinen Namen nennen wollte.

Was Lao Wen faszinierte, war die scheinbare Gleichgültigkeit des Kaisers gegenüber einer solchen Vielzahl von Schönheiten. Nach Lao Wens Quelle war es üblich, dass die jeweils für die Nacht abkommandierte Gruppe von Haremsfrauen wartete, bis der Kaiser – erschöpft vom Tageswerk eines Dutzends von Männern – zu schnarchen begann. Dann spielten sie leise irgendwelche Spiele, um sich die langen Stunden zu vertreiben. Am Morgen, bevor Seine Majestät erwachte, trotteten sie davon, missmutig, unbenutzt, unbefriedigt und verbittert, denn auf diese Weise würde keine von ihnen je die Mutter eines möglichen Erben werden.

Nun jedoch blieb Lao Wen nur wenig Zeit, um von den ungeheuerlichen Chancen auf Vergnügungen zu träumen, die der Kaiser verschwendete. Er musste sein eigenes Vergnügen arrangieren.

Im Lichte des unerwarteten Glücks kehrten seine Gedanken zu der kleinen Jia zurück, die er nur wenige Male bei öffentlichen Zeremonien gesehen hatte.

Wieder unterbrach ihn jemand, der an seine Tür klopfte. Der Meister der Pferdeställe zur Rechten war erschienen. Dieser Bursche verfügte über eine besondere Gabe, in den Straßen von Xianyang attraktive junge Frauen aufzuspüren.

Bevor er ihm die Erlaubnis zum Eintreten erteilte, nahm Lao Wen etwas Geld aus einer verschlossenen Truhe und stopfte es sich in seinen Gürtelbeutel. Die Bronzemünzen waren rund, mit einem quadratischen Loch in der Mitte, sodass man mehrere von ihnen wie Perlen auf eine Schnur reihen konnte. Lao Wen legte eine Schnur Quadratlochbrüder neben sich auf den Tisch.

Als der Zuhälter eintrat, vergeudete Lao Wen keine Zeit auf Artigkeiten, bedeutete dem Mann aber doch, sich ihm gegenüber auf die andere Seite des Tisches zu setzen.

«Ich möchte heute Nacht zwei Mädchen», erklärte Lao Wen dem ergrauten Mann, der den Geruch der Ställe mit ins Zimmer trug. «Sie sollen sich die Lippen mit blauer Farbe bemalen.» Ihn erregte diese Farbe auf dem Mund einer Frau. «Und sie sollen Blumen im Haar haben.» Er ergötzte sich daran, einer Frau die Blumen eine nach der anderen aus dem Haar zu ziehen, während sie ihm diente.

«Exzellenz, Ihr werdet Euch vielleicht erinnern», sagte der Stallaufseher mit einem Seitenblick auf die Quadratlochbrüder auf dem Tisch, «dass bei Euren letzten drei Aufträgen die Mädchen, die ich hierher brachte, alle blaue Lippen und Blumen im Haar hatten. Ich würde Eure Bedürfnisse nie vergessen.»

«Letztes Mal erwähntet Ihr, dass Ihr auch für Jia Hai Mädchen beschafft. Ist das wahr?»

«Ich sage immer die Wahrheit. Zumindest Euch», erwiderte

der Stallaufseher mit einem Grinsen. «Ja, ich beschaffe ihm ab und zu ein Mädchen. Wenn er der ewigen Streitereien seiner Gemahlin und seiner Konkubinen müde ist, gibt er mir den Auftrag, ihm jemanden zu besorgen. Aber sie darf nicht ins Haus gebracht werden. Er trifft sie an einem anderen Ort. Ansonsten hätte er gleich seine drei Frauen am Hals. Ich sage immer, eine Frau und eine Konkubine, das ist das Paradies, aber eine Frau und zwei Konkubinen, das ist die Hölle.»

«Erzählt mir, was Ihr sonst noch über Jia Hai wisst.» Lao Wen legte eine weitere Schnur Münzen auf den Tisch; alles in allem waren die beiden Schnüre mehr als zwanzig *banliang* wert. In Anbetracht seiner Zukunftsaussichten konnte Lao Wen es sich leisten, großzügig zu sein.

Der Kuppler beugte sich in hellem Entzücken vor und raffte die beiden Schnüre auf dem Tisch an sich. «Ich wünsche Euch zehntausend Jahre Glück. Jia Hai ist ein Faulpelz. Seinen Reichtum hat er von seinem Vater geerbt. Er hat kaum zum Ruhm seiner Sippe beigetragen, und doch klagt er darüber, dass das Schatzamt sich seine Talente nicht zunutze mache. Einmal glaubte er, es würde ihm ein recht ansehnliches Amt angeboten werden – was war es noch gleich? Mal überlegen. Direktor des Amtes für Insignien und Embleme, ja, das war es. Aber dann haben sie doch einen anderen genommen. Jia Hai war auf diesen Posten wirklich erpicht, weil er viele Zeremonien in feinem Hofstaat bedeutet. Und dann gibt es noch so eine Sache bei ihm. Wenn ihm ein Mädchen gefällt – sie muss immer sehr jung sein, nie älter als sechzehn –, überhäuft Jia Hai sie mit Geschenken. Deshalb macht er auch immer wieder Schulden. Jetzt ist seine Frau krank, und eine der Konkubinen ist davongelaufen, daher werde ich wohl bald von ihm hören. Er hat mich allerdings seit Monaten nicht mehr rufen lassen. Vielleicht ist er der Frauen müde geworden. Oder ihm ist das Geld ausgegangen.»

Lao Wen war erstaunt darüber, wie bereitwillig Männer jemandem ihr Leben enthüllten, der ihnen Frauen beschaffte. Schulden, zerschlagene Aussichten . . . Jia Hai brauchte Hilfe, und Lao Wen kam zu dem Schluss, dass er genau der richtige Mann war, ihm diese Hilfe anzubieten.

Auf dem Weg über das Anwesen der Jias sah er sich nach allen Seiten um, weil er hoffte, einen Blick auf die hübsche Tochter zu erhaschen, aber das einzige weibliche Wesen, das Lao Wen sah, war eine grauhaarige Frau. Sie brachte einen Blumenstrauß vom Garten ins Haupthaus und schenkte ihm, als sie ihn bemerkte, ein breites Lächeln.

Jia Hai erwartete ihn in einem Pavillon mit Blick auf den Teich. Auf einem sorgfältig mit einem Teeservice gedeckten Tisch standen winzige Krabbenküchlein, eingelegte Schnecken und eine Schale mit einer Speise, bei der es sich, wie Lao Wen bald erfahren sollte, um Affenhirn handelte. Seiner Meinung nach war es viel zu kalt für ein Mittagessen im Freien, aber der kleine Mann unter dem gekräuselten Baldachin wollte Eindruck schinden.

«Willkommen, willkommen in meinem bescheidenen Heim, Sekretär!», rief er und ließ seinen Kopf dabei auf und nieder hüpfen. «Wie aufmerksam von Euch, diesen Besuch vorzuschlagen, wie großzügig von Euch, dass Ihr Euch hierher bemüht habt.»

Als Lao Wen den Pavillon betrat, fiel ihm auf, dass der Teich immer wieder von Windstößen aufgewühlt wurde. «Was für eine wunderbare Idee, das Mittagessen hier am Teich einzunehmen.»

«Meint Ihr? Ich habe mir gesagt, der Sekretär ist allenthalben bekannt für seinen ausgezeichneten Geschmack. Wird dies seinen unvergleichlichen Maßstäben gerecht werden?» Jia Hai machte einiges Aufhebens, um seinen Gast auf einen Stuhl mit Blick auf den verdrossen grauen Teich zu bugsieren; auf dem Teich schwammen keine Seerosenblätter mehr, und auch die Enten waren bereits weitergezogen. «Unsere Familie hofft, dass Euch diese Speise mundet. Affenhirn ist eine besondere Delikatesse.» Er zeigte auf den kleinen Hügel, der wie gehacktes Schweinefleisch aussah. Lao Wen hatte schon früher Affenhirn gekostet und fand dessen grießige Beschaffenheit unangenehm.

Jia Hai strahlte. «Unser Koch hat mit einem Koch aus Chu gesprochen, der die Zubereitung dieser Speise im Süden erlernt hat. Würzig, aber ich hoffe, nicht zu würzig. Wir werden sehen, wir werden sehen!»

Lao Wen hörte diesem Geschwätz nur mit halbem Ohr zu. Er hatte auf der anderen Seite des Teichs etwas leuchtend Rotes aufblitzen sehen. Hinter einigen Weiden verschwanden gerade drei Gestalten: die grauhaarige Frau, ein Kind und eine junge Schönheit in einem knallroten Kleid.

Lao Wen konnte an nichts anderes denken als an diese rote Erscheinung, die so jäh verschwunden war. Um sich überflüssiges Gerede zu ersparen, sagte Lao Wen: «Bitte, erzählt mir von Eurer Arbeit im Schatzamt.»

Ein Diener schenkte ihnen Tee ein, bevor Jia Hai antwortete. Seine Miene hatte sich verdüstert und spiegelte deutliche Unzufriedenheit. «Ich will gerne zugeben, dass es eine aufregende Zeit war, als das Reich noch jung war. Die Idee war, dass wir nur eine einzige Münze hätten, die überall gültig wäre. Ein *banliang*, der genau drei *shu* wiegt. Eine wirklich große Sache, eine rühmliche Sache.» Sichtlich erregt, drehte er sich um und befahl einem Diener, Wein zu bringen. «Seid Ihr damit einverstanden?», fragte er Lao Wen. «Oder hättet Ihr lieber Tee?»

«Wein ist mir recht. Bitte, fahrt fort.»

«Wir mussten herausfinden, welcher der sieben Staaten die besten Münzen prägte, die wir dann für das ganze Reich benutzen wollten. Es gab messerförmige Münzen in drei Staaten, eine Spatenform in zwei weiteren und dazu die Muschel in Chu. Ich denke, wir haben uns für den besten Entwurf entschieden – runde Münzen mit einem quadratischen Loch.»

«Aus dem Heimatstaat des Kaisers. Eine wunderbare Wahl.»

«Die jedoch leider nicht in einem wunderbaren Amt getroffen wurde.» Er tat mit einer knappen Handbewegung alles ab, was Lao Wen vielleicht einwenden konnte. «Doch lasst uns nicht von meinen Kümmernissen sprechen, von den Ungerechtigkeiten, die mir in der Schatzkammer widerfahren sind oder von dergleichen Unannehmlichkeiten. Ich halte einiges aus.» Die Markise flatterte und dröhnte in dem auffrischenden Wind. «Erzählt mir lieber von Eurer eigenen Arbeit, Herr.»

Auf diese Frage war Lao Wen vorbereitet. «Ich habe jüngst eine unglaubliche Neuigkeit vernommen.»

«Unglaublich? Wirklich?» Jia Hai lächelte lebhaft und beugte sich vor.

«Ich kann noch nicht darüber sprechen.»

«Dass Ihr diesen Umstand mit mir teilt, ist schon ein großes Privileg.»

«Der Himmel war wahrhaft gütig gegen mich.» Lao Wen gestattete sich ein selbstkritisches Lachen. «Oh, mehr als gütig.»

«Mehr als gütig?»

«Der Himmel war sagenhaft gütig gegen mich.»

Jia Hai sog diesen viel sagenden Ausdruck förmlich in sich auf. «Ich freue mich für Euch.»

«Vielen Dank. Wenn die Zeit reif ist, können wir darüber reden.»

«Ich kann diesen glücklichen Augenblick kaum erwarten. Da kommt der Wein.» Nachdem sie ihre Becher in Empfang genommen hatten, schlug Jia Hai vor, mit dem Essen zu beginnen, aber die Aussicht auf grießiges Hirn verlockte Lao Wen überhaupt nicht. «Ich vermute», sagte er, «dass ich dann in der Position sein werde, hier und da zu helfen. Ich habe gehört, das Schatzamt wisse ein Talent nicht gebührend zu schätzen.»

«Ich wäre Euch zutiefst verpflichtet, Sekretär. Eure Güte kennt keine Grenzen.»

«Gibt es zum Beispiel einen Posten, den Ihr – nun, ich weiß, das ist ein starker Ausdruck –, aber gibt es einen Posten, den Ihr *begehrt*?» Er hatte erwartet, dass sein Gast sich mit der Antwort auf eine so direkte Frage Zeit lassen würde, daher überraschte es ihn, als Jia Hai prompt ausrief: «Nun ja, einen solchen Posten gibt es durchaus.»

Ohne die geringste diplomatische Pause platzte der kleine Mann damit heraus. «Der des Protokollchefs. Ich habe das Gefühl, dass meine Fähigkeiten bei Zeremonien, Banketten und anderen feierlichen Gelegenheiten am besten zur Geltung kommen. Offen gesagt, ich mag große Feste. Ich kann mir gut vorstellen, wie ich Besuchern ihre Plätze anweise, festlege, wo sie sitzen und stehen müssen und in welcher Garderobe sie zu erscheinen haben.»

«Ja, das kann ich mir ebenfalls vorstellen.»

Jia Hai stürzte seinen Wein hinunter, schenkte sich nach, ohne erst darauf zu achten, dass der Diener kam, und leerte seinen Becher abermals in einem Zug. Er rülpste leise und seufzte dann. «Ihr sagt, der Himmel sei sagenhaft gütig gegen Euch gewesen. Nach dieser Bemerkung, Herr, frage ich mich, ob Ihr dieses bescheidene Haus überhaupt je wieder werdet aufsuchen wollen.»

«Das werde ich, gewiss, gewiss. Wir werden in Zukunft viel zu bereden haben.»

Überglücklich über diese Aussicht, wenn auch ein wenig verwirrt von der Frage, welcher Natur diese Gespräche genau sein sollten, gestattete Jia Hai sich ein nervöses Kichern.

«Und ich muss sagen, dass ich gern Eurer Tochter meine Aufwartung machen würde.»

«Aber sie ist zu jung.»

«Zu jung?»

«Ailing ist doch erst neun.»

«Ich verstehe.» Bestürzt wählte Lao Wen seine nächsten Worte mit großem Bedacht. «Ich stand unter dem Eindruck, Ihr hättet eine ältere Tochter.»

«Die habe ich auch. Aber Youning wird demnächst heiraten.»

Lao Wen brachte mit Mühe ein Lächeln zuwege. «Ihr müsst ein glücklicher Mann sein.»

«Das werde ich sein, wenn es so weit ist. Aber das könnte noch eine Weile dauern. Der Mann, den sie heiraten wird, ist nämlich noch ein junger Neffe von Gan Luo. Kennt Ihr Gan Luo? Gan Luo, den Großherold?»

«Ja, ich bin Gan Luo schon begegnet», sagte Lao Wen, der sich alle Mühe gab, ruhig und gelassen zu klingen.

«Er spricht die Sprachen sämtlicher sieben Staaten und noch dazu die zweier Nomadenvölker, heißt es. Wo war ich noch gerade?»

«Ihr habt von seinem jungen Neffen erzählt.»

«Ah, ja, Gan Zhong ist noch immer ein Aspirant zur Verfügung des Palastes. Gut ausgebildet, ein hervorragender Schreiber, ganz hervorragend, aber er ist noch ohne Stellung. Die beiden werden erst heiraten, wenn er einen Posten hat.»

«Das ist klug.»

«Ja, das ist es. Ich betrachte mich als einen klugen Mann», sagte Jia Hai mit einem gezierten Lächeln. «Schließlich muss ich auch klug sein, um dem Jia-Clan als Oberhaupt zu dienen. Die Zeiten sind nicht leicht.»

«Nein», bestätigte Lao Wen. «Es ist eine Zeit der Stürme. Aber zurück zu diesem jungen Mann – sein Name ist Gan Zhong?»

«Ja, Gan Zhong.»

«Ist sein Vater in der Regierung?»

«Nein. Nie gewesen», antwortete Jia Hai und verzog das Gesicht. «Ein konfuzianischer Gelehrter, der den ganzen Tag gelesen hat, aber er ist vor einigen Jahren gestorben. Gan Luo ist jetzt das Oberhaupt des Clans.»

«Der junge Mann ist also noch ohne eine Anstellung?»

«Er arbeitet vorübergehend als Schreiber in einem der Paläste, aber ich habe vergessen, in welchem. In irgendeinem.» Der Wein machte sich langsam in seiner Sprechweise bemerkbar. «Ich weiß es nicht genau. Ich habe so viele Dinge im Kopf, dass ich gelegentlich das eine oder andere vergesse.»

Es würde für Lao Wen nicht schwierig sein, es selbst herauszufinden. Daher sagte er nur mit einer wegwerfenden Handbewegung: «Es ist nicht weiter wichtig. Ich bin überzeugt, Euer Gan Zhong wird Erfolg haben. Schließlich hat er einen echten Anreiz.» Er warf einen Blick über die Schulter des kleinen Mannes und fügte hinzu: «Ich glaube, der Anreiz kommt gerade auf uns zu.»

Das Mädchen in der aparten roten Robe näherte sich langsam. Sie hatte sich das Haar zu zwei Knoten auf dem Kopf aufgetürmt und jeweils eine goldene Nadel hindurchgeschoben. Ihre forschend blickenden Augen lagen weit auseinander und waren so klar wie der Himmel. Unter dem Schirmchen, das sie bei sich trug, war ihre Haut von einer geisterhaften Blässe, die Lao Wen den Atem raubte.

Als ihr Vater sie miteinander bekannt machte, verneigte Youning sich, wie es sich gehörte, aber Lao Wen schwieg. Er wagte kein einziges Kompliment, so sehr brachte ihre taufrische Schönheit ihn aus dem Gleichgewicht.

Sie war gekommen, um ihren Vater um die Erlaubnis zu bitten, einer musikalischen Aufführung beizuwohnen.

Jia Hai schien überrascht. «Meine Erlaubnis?»

«Die Tante sagt, ich muss Euch fragen.»

«Aber sie entscheidet doch für gewöhnlich selbst ...»

«Die Tante sagt, Ihr müsst Eure Erlaubnis geben.»

Lao Wen dämmerte, dass es sich bei dieser «Tante» um die grauhaarige Frau handeln musste, die ihm bei seiner Ankunft so breit zugelächelt hatte.

Jia Hai drehte sich um und sagte zu ihm: «Ich pflege Younings Interesse an der Musik zu fördern. Die Musik ist ein Mittel, um die Leidenschaften zu beruhigen und Unrast zu zerstreuen.»

«In der Tat, da kann ich Euch nur Recht geben», sagte Lao Wen.

«Dann hast du also meine Erlaubnis», sagte der Vater des Mädchens mit einem Lächeln.

Lao Wens Laune besserte sich erheblich. Diese grinsende grauhaarige Frau hatte das Mädchen absichtlich hergeschickt, damit er sie in Augenschein nehmen konnte. Es war noch nicht alles verloren. Mit diesem Gefühl wollte er das Haus der Jias verlassen; nichts auf der Welt konnte ihn davon abhalten, seiner Hoffnung weiter nachzujagen. «Ich würde schrecklich gern einmal von diesem Affenhirn kosten», sagte er mit einem Seitenblick auf die entschwindende rote Gestalt.

«Ich hoffe nur, dass sie nicht zu stark gewürzt sind. Wir werden sehen!», rief Jia Hai und gab einem der Diener ein Zeichen.

Lao Wen ließ den Palast der Immerwährenden Freude in der Obhut eines Gehilfen zurück – des einzigen Palasteunuchen, dem er traute –, während er die Kaiserliche Bibliothek aufsuchte. Das gewaltige Gebäude, das inmitten eines Parks lag, war ein ehemaliger Palast und eigens zur Lagerung von Büchern umgebaut worden. Wegen seines offiziellen Status hatte Lao Wen keine Probleme, sich Zugang zu den Magazinen zu verschaffen, wo uralte Bronzetafeln neben modernen Büchern aus Bambus- oder Holzstäbchen oder auch Seide entlang der Wände in Fächern lagen, die an die Waben eines Bienenstocks erinnerten.

Viele der Dokumente handelten von erfolgreich bestandenen Schlachten oder sprachen von lange vergessenen und selten beachteten Verträgen. Andere legten die Grenzen von Lehen fest, verkündeten Dekrete, beschrieben Zeremonien und zeichneten die Genealogie gegenwärtig in Stellung stehender Beamter auf.

Es waren Dokumente dieser letzten Art, die den Sekretär interessierten. Er gab einem Hilfsbibliothekar vier *banliang*, um die Ahnentafel von Gan Luo, Großherold des Reiches, aufzuspüren.

Nach einem Blick in seine Listen fand der ältliche Gehilfe das Dokument in dem Kämmerchen mit der entsprechenden Nummer und brachte es Lao Wen, der in der Nähe einer großen Kerze auf einer Matte kniete. Das Dokument bestand aus vier schmalen Streifen polierten Weidenholzes von jeweils neun Zoll Länge und einem halben Zoll Breite. Sie waren mit Lederschnüren zusammengebunden und in ein Seidentuch gewickelt.

Wonach suchte Lao Wen, als er die Streifen aufrollte und sich daranmachte, die schmalen Schriftzeichenreihen zu lesen? Er wusste es nicht. Er suchte nach irgendetwas, *irgend*etwas, nach einem Weg, wie er die Zerstörung seiner Feinde in Angriff nehmen könnte. Denn jetzt war jedes Mitglied der Sippe Gan sein Feind.

Es war beinahe der erste Punkt auf dem Streifen, der Lao Wen zeigte, dass sich durch dieses vage und verzweifelte Unterfangen möglicherweise tatsächlich etwas erreichen ließ.

Gan Luo war Ausländer.

Geboren im Staate Qi.

Lao Wen, der selbst Ausländer war, wusste, wie leicht das chauvinistische Volk von Qin einem Mann diese Tatsache zum Nachteil auslegen konnte. Mehr als fünfzig Namen waren als Verwandte Gan Luos aufgeführt. Der Sekretär überflog hastig die Liste von Großeltern, Eltern, Tanten, Onkeln, Vettern ...

Vettern. Hier auf der Liste stand der Name eines Vetters dritten Grades.

Jing Ke.

Lao Wen gab dem Bibliotheksgehilfen ein Zeichen, woraufhin dieser prompt herbeigeeilt kam, da er immerhin schon vier *banliang* verdient hatte.

«Kennt Ihr den Namen Jing Ke?»

Der Gehilfe nickte. «Natürlich, wenn Ihr den Attentäter meint. Was ist mit ihm, Sekretär?»

«Woher kam er?»

«Jing Ke wurde im Staat Qi geboren, aber dann ist seine Familie in den Staat Wei umgesiedelt.» Der blasse kleine Hilfsbibliothekar besaß das Ehrfurcht gebietende Gedächtnis jener, aus deren Munde sich jeder Satz wie eine lange geübte Rezitation anhörte. «Jing Ke hatte sich schon früh einen Ruf als Schwertkämpfer erstritten. Dann ging er nach Yan, wo er einen großen Teil seiner Zeit darauf verwandte, sich mit einem Hundeschlächter zu betrinken. Er . . . »

«Ja, ja. Vielen Dank.» Lao Wen wollte sich nicht mit unzähligen Einzelheiten abgeben, von denen die meisten wahrscheinlich nicht auf Tatsachen beruhten. Da kam ihm plötzlich eine Idee. Er tastete in seinem Beutel nach weiteren Münzen. «Gibt es irgendetwas Schriftliches über Jing Ke?»

«Natürlich», sagte der Gehilfe und linste auf die Münzen in der Hand des Sekretärs. «Ein berüchtigter Mann erweckt stets das Interesse der Schreiber. Wir haben irgendwo eine kurze Biografie.» Er hielt inne. Mit einem Mal schien ihn sein ausgezeichnetes Gedächtnis im Stich zu lassen. «Zumindest glaube ich es.»

Lao Wen händigte ihm die Münzen aus. «Dann sucht es bitte.»

Der Gehilfe kehrte schon bald mit einem kleinen Büchlein zurück; es bestand aus Bambusstreifen, die von drei Seidenbändern zusammengehalten wurden. Lao Wen begann zu lesen.

Auf dem dritten Streifen las er: «Nach einer ganzen Reihe betrunkener Abenteuer erregte Jing Ke die Aufmerksamkeit des Prinzen Dan von Yan, der von der Tollkühnheit des Schwertkämpfers beeindruckt war. Prinz Dan war ein Patriot, der seinen Staat vor der Vernichtung durch Qin bewahren wollte. Er kam zu dem Schluss, die zweckmäßigste Art, mit diesem mörderischen Nachbarn zu verfahren, sei die Ermordung seines Königs. Wer wäre dazu besser geeignet als ein Ausländer wie Jing Ke? Mit diesem Gedanken im Kopf behandelte der Prinz ihn wie seinesgleichen. Als Jing Ke erwähnte, dass Pferdeleber seine Lieblingsspeise sei, ließ der Kronprinz sein bestes Reittier schlachten, die Leber zubereiten und seinem Freund servieren. Jing Ke war so gerührt von dieser Großzügigkeit, dass er schwor, alles für den Prinzen zu tun, selbst wenn das bedeutete, einem König das Leben zu nehmen.

Aber Jing Ke sah sich vor einige Probleme gestellt. Eines bestand in der Frage, wie er in die Nähe eines Mannes gelangen sollte, der für seine Vorsicht bekannt war. Niemand, der einer königlichen Audienz beiwohnte, durfte Waffen bei sich tragen, bis auf den König selbst.

Jing Ke beschloss, den König mit einer List zu einem Zusammentreffen zu bewegen. Was wollte Seine Majestät? Zum einen begehrte er eine fruchtbare Region in Süd-Yan. Daneben verlangte es ihn noch nach etwas Persönlicherem: dem Kopf eines Verräters. Zu jener Zeit genoss ein General der Qin gerade Asyl in Yan. Der König hatte tausend Catties Gold auf den Kopf dieses Deserteurs ausgesetzt; sein Name war General Fan.

Jing Ke hoffte, dass Fans Kopf und ein Stück Land als Geschenk ihm Zutritt zum Hof von Qin verschaffen würden.

Aber es galt immer noch ein wichtiges Hindernis zu überwinden: Der Kopf des Generals saß nach wie vor auf des Generals Schultern. Bevor nicht also Kopf und Körper sich voneinander schieden, konnte Jing Ke seinen Plan nicht in die Tat umsetzen. Noch weiter kompliziert wurde das Problem durch die Moralvorstellungen des Prinzen Dan. Er weigerte sich, jemanden hinrichten zu lassen, dem Asyl gewährt worden war, weil seine Vorfahren ihm einen solchen Bruch der Etikette nicht vergeben hätten.

Jing Ke bekam die Erlaubnis des Kronprinzen, mit dem General zu sprechen und eine Lösung vorzuschlagen. ‹General, der König von Qin hat Eure Eltern, Eure Frau und Eure Kinder hinrichten lassen, und auf Euren Kopf ist ein Preis ausgesetzt. Wollt Ihr Rache?›

Der General wollte.

‹Dann›, sagte Jing Ke, ‹gebt *mir* Euren Kopf. Wenn ich ihn dem König überreiche, werde ich ihm nahe genug sein, um ihm ein Messer in die Brust zu stoßen. Ihr wäret gerächt und Eure Ehre wiederhergestellt.›

Der General rollte seinen Ärmel hoch und umfasste zum Zeichen, dass er einen Entschluss getroffen hatte, sein Handgelenk. ‹Dann weiß ich also, was ich zu tun habe›, sagte er. ‹Kein Zähneknirschen mehr in jeder Nacht. Gebt mir Euer Messer.›

Jing Ke gab es ihm, und der alte Soldat schlitzte sich, ohne zu zögern, die Kehle auf und lieferte auf diese Weise den erforderlichen Kopf, der sodann in eine mit Seide ausgeschlagene Holzkiste gelegt wurde.

Als Nächstes beschaffte der Kronprinz seinem Mann zu einem Preis von einhundert Goldcatties den besten *bishou*-Dolch, den man sich denken kann.

Als Jing Ke dann mit dem Kopf, einer Landkarte und dem Dolch in der Hauptstadt von Qin eintraf, suchte er einen Minister auf, den seine Spielleidenschaft in ständige Geldnot brachte. Dieser nahm mit Freuden Geld und Seide als Geschenke von Jing Ke an. Er würde noch mehr bekommen, wenn er dem Gesandten von Yan zu einer Audienz beim König verhalf. Also erklärte der Minister in einem Schriftstück zuhanden des Königs, dass der Staat Yan Wiedergutmachung für vergangene Ärgernisse leisten und Verhandlungen für einen dauerhaften Frieden führen wolle. Um seine guten Absichten zu beweisen, habe Yan einen Gesandten geschickt, der nur darauf warte, den Kopf eines Verräters sowie eine Karte der Ländereien zu überbringen, die an Qin abgetreten werden sollten.

Die Denkschrift erregte das Interesse König Zhengs. Bei einer königlichen Audienz wurde ihm der Gesandte aus Yan vorgestellt. Noch in einiger Entfernung vom Thron nahm Jing Ke General Fans Kopf aus der Kiste und hielt ihn für alle Augen sichtbar in die Höhe. Das erfreute den König, der dem Gesandten bedeutete, näher zu treten.

Als der König nach der aufgerollten Karte griff, die Jing Ke ihm hinhielt, beugte er sich unbeabsichtigt ein wenig zu weit vor und stieß dagegen, sodass der in der Karte verborgene Dolch herausrutschte. Als die Waffe klirrend zu Boden fiel, hob Jing Ke sie mit einer flinken Bewegung auf und packte gleichzeitig mit der anderen Hand den königlichen Ärmel. Der König riss sich los und versuchte, sein Schwert zu ziehen. Da er es aber nicht aus der

Scheide herausbekommen konnte, sprang er Schutz suchend hinter eine Säule, dicht gefolgt von Jing Ke. Die Höflinge rannten los, um die Palastwachen zu rufen, während der König weiter um die Säule herumlief und den Stößen des *bishou*-Dolchs auswich. Jing Ke hätte am Ende vielleicht doch Erfolg gehabt, aber ein Leibarzt des Königs drosch mit einem Medizinsäckchen auf ihn ein und lenkte seine Aufmerksamkeit ab. Zu guter Letzt kamen dann die Palastwachen und töteten Jing Ke.

Als eine Geste der Entschuldigung ließ der König von Yan seinen eigenen Sohn, den Kronprinzen, hinrichten und den Kopf an König Zheng schicken. Fünf Jahre später löschten die Armeen von Qin den Staat Yan aus. Kein einziges Mitglied des Herrscherhauses blieb übrig, um der Erntegottheit des Landes die jährliche Dankzeremonie zu bereiten.»

Lao Wen legte das kleine Büchlein nieder und betrachtete die Phalanx der mit Dokumenten voll gestopften Fächer. Der jüngste Angriff auf den kaiserlichen Festzug hatte die Erinnerung an den Mordversuch vor neun Jahren aufgefrischt.

Und Gan Luo, der Großherold, der die Ehre hatte, sämtliche kaiserliche Zeremonien zu eröffnen und zu beschließen, war ein Verwandter des Attentäters.

Wenn man das jüngste Schreckenserlebnis des Kaisers bedachte, sollten Personen, die Blutsverwandte eines Attentäters waren, und sei die Verwandtschaft noch so entfernt, ihres Amtes enthoben werden. Diese Maßnahme war erforderlich, um den Kaiser vor weiteren Angriffen zu schützen. Schlechtes Blut, ob bei den Lebenden oder bei den Toten, war und blieb schließlich schlechtes Blut.

So würde Lao Wen argumentieren, falls man ihn fragte – und wenn alles gut ging, so würde man ihn gewiss fragen. Er scheute sich nicht, die Spuren der Geschichte zum Unheil eines anderen weiter zurückzuverfolgen, vor allem, wenn er sich damit zum eigenen Glück verhelfen konnte.

Beim Verlassen der Kaiserlichen Bibliothek spürte er, wie die orangefarbene Jadescheibe mit jedem Schritt rhythmisch gegen sein Bein schlug. Schon bald würde eine neue Amtsjade an seinem Gürtel baumeln.

Nichtsdestoweniger würde er noch ein Weilchen für den Kaiserlichen Haushalt arbeiten. Das bedeutete, dass er nach wie vor junge Palastaspiranten auf ihre Eignung für bestimmte Positionen – wie zum Beispiel die eines Historiografen – überprüfen konnte.

Anscheinend war Gan Luos Neffe eine Art Gelehrter und eignete sich vielleicht für einen solch akademischen Posten. Vielleicht war ein Vorstellungsgespräch angebracht. Die Idee schlug Lao Wen derart in ihren Bann, dass er die überfüllte Brücke kaum wahrnahm. Er drängelte sich wonnevoll und wie ein Mann aus dem gemeinen Volk durch die Menge. Er dachte an die junge Frau aus dem Hause Jia, an ihre weiße Haut auf den blauen Seidendecken seines Bettes.

3

Mit seinen einundzwanzig Jahren war Gan Zhong ein viel versprechender junger Mann. Als Junge war er ein eifriger Schüler gewesen und hatte sich große Abschnitte aus dem Buch der Geschichte und der Riten eingeprägt, hatte die gesamten Frühlings- und Herbstannalen, die meisten Gedichte aus dem Buch der Lieder und einiges aus dem Buch der Wandlungen auswendig gelernt. Er konnte den größten Teil der Vier Kommentare zitieren: die Annalekten, das Große Lernen, die Lehre von Maß und Mitte sowie das Buch Meng Zi. Sein Vater, ein anspruchsvoller Zuchtmeister, hatte ihn zuerst gelehrt, Aufsätze mit vielen Worten und wenig Ideen zu verfassen, und dann solche mit vielen Ideen und wenig Worten.

Sein hingebungsvolles Studium hatte ihn jedoch nicht in einen einsiedlerischen Asketen verwandelt. Viele konfuzianische Eltern glaubten, tägliche Leibesübungen könnten dem Körper eines Kindes Schaden zufügen; dieser Körper war schließlich ein Geschenk von den Vorfahren und daher zu kostbar, um ihn blauen Flecken oder Narben auszusetzen. Gan Zhongs Vater hatte eine andere Auffassung vertreten und sogar darauf bestanden, dass er Unterrichtsstunden im Bogenschießen und Schattenboxen nahm, beides Betätigungen, in denen der Knabe sich besonders hervortat. Er entwickelte sich zu einem muskulösen jungen Mann von mittlerer Größe, dem ein vorstehendes Kinn und wachsame Augen das Aussehen eines Menschen verliehen, der seinen Platz zu behaupten weiß. Dennoch sahen seine Eltern in ihm die Verkörperung von konfuzianischer Ernsthaftigkeit und Ehre. Wenn er einen Fehler hatte, so den, dass er seinem naturgegebenen Überschwang gern nachgab und allzu offen sagte, was er dachte.

Seit dem Tod seines Vaters lebten Gan Zhong und seine jüngere Schwester im Haus ihres Onkels, einer geräumigen Villa in dem bewaldeten Gebiet am Rande der Hauptstadt. An diesem Morgen wurde er gleich nach Sonnenaufgang von einem Diener geweckt. «Euer Onkel wünscht Euch zu sprechen.»

Sein Onkel ging spät zu Bett und stand früh auf. Als Oberhaupt der Sippe schien sich Gan Luo niemals Ruhe zu gönnen.

Gan Zhong, der sich hastig angekleidet hatte, fand ihn mit einer Tasse Tee in der Bibliothek vor. Gan Luo hatte die massige Gestalt eines Mannes, der keine Zeit mehr für körperliche Ertüchtigung fand. Und er verschwendete auch keine Zeit an nichtige Höflichkeiten – davon hatte er schon genug, wenn er seinem Amt als Großherold nachkam.

Er sagte zu seinem Neffen: «Ich weiß nicht, warum dieser Mann dich sprechen möchte. Möglich, dass er dir einen Posten anbietet, aber das scheint mir unwahrscheinlich, da du dich nicht beworben hast.» Von den beiden Brüdern der Familie Gan war Gan Luo immer der Praktischere gewesen. Er hatte sich im Dienst der Regierung Erfolge erworben, während sein jüngerer Bruder sich mit Mühe und Not als Lehrer in einer örtlichen Schule über Wasser gehalten hatte. «Ich kenne diesen Sekretär des Kaiserlichen Haushalts nicht, aber ich habe Erkundigungen über ihn eingezogen. Er ist anscheinend ein gerissener Bursche. Und sein Gönner ist der Großkanzler zur Linken.» Gan Luo hatte einen langen schwarzen Bart und zupfte gern daran, um seinen Worten Nachdruck zu verleihen. Jetzt zupfte er. «Lass dich nicht von ihm in die Falle locken: Rede nicht zu viel.»

«Warum sollte er mich in eine Falle locken wollen?»

«Er ist Li Si absolut ergeben.»

«Warum sollte der Großkanzler sich um mich scheren?»

«Li Si verzeiht nie.»

«Onkel, es ist mehr als ein Jahr vergangen, seit ich sagte, was ich sagte. Vergesst nicht, es war eine vertrauliche Bemerkung. Ich habe lediglich festgestellt, dass Li Si seine Ideen Han Fei Zi verdankt.»

«Oh, ich weiß, was du gesagt hast.»

«Nur ein paar Freunde haben mich gehört.»

«Man braucht nur einen einzigen Freund, um sein Grab zu graben. Was, wenn Li Si deine törichte Bemerkung zu Ohren gekommen ist? Er ist kein versöhnlicher Mensch. Und dieser Lao Wen ist sein Schüler.»

«Ihr habt recht daran getan, mich zu warnen, Onkel. Ich verspreche Euch, vorsichtig zu sein.»

Gan Zhong, der damit entlassen war, ging ins Ahnenzimmer und stellte zwei Weihrauchstäbchen auf den Altar, direkt vor die Bronzetafeln für seine verstorbenen Eltern. Gerade in dem Augenblick kam seine Schwester herein.

«Du bist aber früh auf», sagte er.

«Du auch.»

«Der Onkel wollte mich sprechen.»

«Ich konnte nicht schlafen», sagte das blasse Mädchen. «Ich hatte einen schrecklichen Albtraum. Mir träumte, ich säße in einem Boot und ein Ungeheuer zöge mich heraus, um mich mit Haut und Haaren zu verschlingen. Gibt es Ungeheuer wirklich?»

Sie war schon vierzehn, wirkte aber jünger. Er war sich nicht sicher, ob Nifang eines Tages hübsch oder reizlos sein würde.

«Manche Leute glauben an Ungeheuer», antwortete er ihr.

«Aber du weißt doch Bescheid über solche Dinge, Gan Zhong. Ist es wahr?»

«Ich weiß nichts über solche Dinge.»

«Dann rate doch wenigstens.»

«Vater sagte, kümmere dich um das, was direkt vor dir liegt, und vergiss den Rest. Das ist die Einstellung der Konfuzianer.»

«Ach, du und deine Philosophie», rief das Mädchen ungeduldig. «Erzähl mir von Ungeheuern.»

«Da ich nichts mit ihnen zu schaffen habe», sagte er mit einem Lächeln, «weiß ich auch nichts über sie. Ich weiß nicht einmal, ob es wirklich welche gibt.»

«Aber wenn du mit ihnen zu schaffen hättest», beharrte Nifang.

«Dann wüsste ich, dass es wirklich welche gibt.»

Nifang schnitt eine Grimasse, als er sich zum Gehen wandte, aber als er das Ahnenzimmer verließ, lief das Mädchen hinter ihm her und berührte für einen kurzen Augenblick seine Hand.

Eine Stunde später verließ Gan Zhong das Anwesen, um einen langen Fußmarsch in die Stadt zu unternehmen. Gestern war er mit der ihm als aushilfsweise tätigem Schreiber in einem Regierungsamt zugewiesenen Arbeit fertig geworden. Jetzt musste er auf eine andere Aufgabe warten, es sei denn, das vor ihm liegende Gespräch würde sich als fruchtbar erweisen. Während sie auf Anstellung warteten, trafen die jungen Palastaspiranten sich oft auf dem großen Marktplatz der Hauptstadt, um miteinander zu plaudern oder sich einen Platz zu suchen, wo sie sich hinsetzen und eine Runde *yi* spielen konnten.

Gan Zhong machte sich auf den Weg. Er begab sich kein einziges Mal in das Herz der Hauptstadt, ohne dass deren Größe und Pracht ihn mit Ehrfurcht erfüllt hätten. Er war stolz, Bürger eines so großen Reiches zu sein. Und doch bewahrte er als junger konfuzianischer Gelehrter eine skeptische Haltung der Regierung gegenüber. Er blieb standhaft in seiner Kritik an den Dienern des Allüberragenden Gesetzes, einer unbarmherzigen Lehre, die strengsten Gehorsam und härteste Strafen verlangte.

Er war noch immer der Meinung, dass seine Bemerkung über den Großkanzler zur Linken, die er im Beisein einiger Freunde gemacht hatte, der Wahrheit entsprach. Gewiss entsprach es der Wahrheit, dass Li Si und Han Fei Zi früher in einem anderen Staat gemeinsam zur Schule gegangen waren. Damals hatte Li Si zugegeben, dass sein Freund der bessere Schüler gewesen sei. So hatten Zeugen es später erzählt.

Als die beiden Kameraden älter waren, wurde Han Fei Zi als Gesandter in den Staat Qin geschickt. Mittlerweile war er wegen seiner Philosophie des Allüberragenden Gesetzes berühmt geworden. Es hieß, der junge König von Qin hege eine ungemeine Bewunderung für seine Schriften. Aber Li Si war damals einer der Berater des Königs. Angestachelt von Eifersucht, bezichtigte er seinen ehemaligen Schulkameraden, nur hergekommen zu sein, um eine Rebellion anzuzetteln. König Zheng, der von Natur aus argwöhnisch war, ließ sich leicht davon überzeugen. Han Fei Zi wurde ungeachtet seines diplomatischen Status ins Gefängnis geworfen. Kurz darauf bot ein Kurier, den Li Si geschickt hatte, ihm Gift an. Statt sich foltern zu lassen, entschied er sich für diesen Ausweg.

Gan Zhong war neun Jahre alt gewesen, als er seinen Vater und seinen Onkel über diese Angelegenheit hatte reden hören. Hinter einer dünnen Wand versteckt, bekam er mit, wie die beiden darin übereinstimmten, dass Li Si und sein Freund von politischen Ideen, die jeglichen Anstand vermissen ließen, verroht worden seien. Was Gan Zhong nie vergaß, war die Tatsache, dass Li Si einen Freund verraten hatte.

Über die große Brücke des Wei gelangte er zum Marktplatz. An Markttagen bezog der Su Shi mitten auf dem großen Platz sein amtliches Quartier und eröffnete den Handel, indem er seine Flagge hisste. Um dieses Zentrum herum bauten die Bauern und Straßenhändler ihre Buden auf und verkauften die Waren, die ihrem Bereich zugewiesen waren. Es gab Areale für Kornhändler, Waffen- und Möbelverkäufer, für Händler von Tonwaren und solche, die mit Metallwaren und Sklaven ihre Geschäfte machten. Heute ging Gan Zhong an den Marktbuden vorüber und rezitierte lautlos ein altes Gedicht, während er seinen Blick über die Früchte und anderen Waren gleiten ließ.

«Ihre Finger wie Wolfsmilchsprossen. Ihre Haut wie gefrorene Sahne des Winters.»

Vor dem Stand eines Seidenhändlers blieb er stehen. Eines Tages würde er mit Youning hierher kommen, und wenn ihr eine Rolle Seide besonders gefiel, und mochte es selbst die gute Zeng-Qualität sein – schwer und fein gewebt aus den Fäden wilder Seidenraupen –, so würde er sagen: «Die sollst du haben.» Für den Augenblick betastete er nur einen der Ballen, während der Händler ihn scharf im Auge behielt.

«Zähne ... wie Melonensamen .. . Augenbrauen wie die hauchdünnen Fäden einer Seidenraupe.» Das hatte jemand über ein Mädchen wie Youning geschrieben. Gan Zhong ging weiter und enttäuschte damit den Händler, der auf ein Geschäft gehofft hatte.

«Ihre Haare wie Wolken, ihre Stirn das weißeste Weiß.»

Er kam in den Bereich, wo Sklaven verkauft wurden. Die angeketteten *nubei*, viele mit kahl geschorenen Köpfen und einem Eisenring um den Hals, liefen rastlos wie Vieh in ihren mit Stroh ausgelegten Pferchen umher. Die meisten von ihnen waren von kleinem, zartknochigem Wuchs und hatten große Augen. Es hieß, dass Südländer wie diese die Sklaverei ihrem harten Leben daheim vorzögen, aber das glaubte Gan Zhong nicht. Als er die Pferche genau in Augenschein nahm, sah er nichts als Traurigkeit.

Hinter dem Sklavenmarkt kam er zu den Lebensmittelhändlern. Dort trafen sich seine Kameraden häufig. Und tatsächlich entdeckte er vor einem Marktstand mit süßen Kuchen Ru He, der die Gestalt eines Kindes hatte, aber in Wirklichkeit ein ausgewachsener Mann war und genauso alt wie er. Einzig Ru Hes Gesicht schien vollkommen entwickelt zu sein, und seine Augen leuchteten strahlend. Als er Gan Zhong entdeckte, winkte er ihm zu und löste sich von den anderen. Beim Gehen zog er den linken Fuß nach.

«Du arbeitest heute ja gar nicht», rief er aus, als sie einander inmitten des Gedränges der Käufer erreicht hatten.

«Man hat mir gesagt, ich sei fertig», antwortete Gan Zhong.

«Nicht genug Arbeit für einen guten Schreiber, wie du es bist?»

«Sie benutzen die große Siegelschrift. Die kleine Siegelschrift mögen sie nicht, daher hat ihnen meine Handschrift nicht gefallen.»

«Das wird sich bald ändern», sagte Ru He mit einem leisen Lachen. «Du wirst noch froh sein, dass dein Vater dir die kleine Siegelschrift beigebracht hat. Der Großkanzler benutzt sie nämlich.»

Gan Zhong zuckte die Achseln, als hätte das wenig zu bedeuten.

«Verstehst du nicht? Auf dem Berg Dai wird ein Denkmal errichtet. Li Sis Abschrift des Edikts soll hineingemeißelt werden. Das bedeutet, dass seine Handschrift zum offiziellen Schreibstil erhoben werden wird.»

«Und wenn schon, diese Schreiber mögen die klaren Linien meiner Schriftzeichen nicht. Sie ziehen mehr Kurven und Schnörkel vor.»

«Nun, sie haben eben einen sehr schlechten Geschmack. Du weißt, was wir Ausländer von euch Leuten aus Qin sagen.» Ru He, der aus Qi kam, grinste breit. «Ihr kämpft wie Tiger, aber ihr schreibt so, wie die Ente geht.»

Sie blieben stehen und kauften sich an einem Marktstand einige Weizenküchlein.

«Ich habe heute ein Vorstellungsgespräch», sagte Gan Zhong, «bei einem Palastsekretär.»

«Von welchem Palast?»

«Immerwährende Freude.»

Ru He schnaubte abschätzig. «Da hat der Kaiser schon seit Monaten nicht mehr geschlafen. Der Palast ist praktisch geschlossen. Glaub mir, ich weiß Bescheid.» Manchmal prahlte er gern mit den Beziehungen seiner Familie.

«Aber wenn ich dort einen richtigen Posten bekäme . . .»

Ru He beendete den Gedanken für ihn. «Dann könntest du heiraten.» Er unterzog seinen gut aussehenden Freund mit seinen dunklen, fieberglänzenden Augen einer eingehenden Musterung. «Wenn ich dich richtig kenne, hast du auf dem Weg hierher Liebesgedichte rezitiert.»

«Natürlich nicht.»

«O doch, das hast du.»

Gan Zhong wechselte das Thema. «Mein Onkel macht sich Sorgen wegen des Vorstellungsgesprächs. Dieser Sekretär ist ein Anhänger von Li Si.»

«Hm, das sind viele. Schließlich ist Li Si der Groß . . . kanzler . . . zur . . . Linken.» Er verlieh jeder Silbe ein so übertriebenes Gewicht, dass Gan Zhong in Gelächter ausbrach.

Plötzlich kamen drei Männer mit Schubkarren durch den Gang zwischen den Marktbuden, und die beiden Freunde sprangen auseinander.

«Mein Onkel glaubt, der Sekretär wolle mich in eine Falle locken», sagte Gan Zhong. Als der andere ihn verwirrt ansah, fügte er hinzu: «Ich bin eine Gefahr für den Staat. Erinnerst du dich? Ich habe einmal gesagt, Li Si habe all seine Ideen von Han Fei Zi.»

Rue He nickte. «Stimmt.»

«Ich sagte, ohne seinen Schulkameraden hätte er keinen einzigen Gedanken im Kopf.»

«Stimmt.»

«Ich sagte: Na schön, warum sollte das auch anders sein, denn wenn man zwei Legalisten zusammensteckt, muss einer befehlen und der andere muss gehorchen, weil die beiden sonst nichts zu tun hätten.»

«Stimmt ebenfalls.»

«Der Onkel glaubt, meine Bemerkungen von damals könnten mir noch Ärger machen. Wer hat mich seinerzeit reden hören?»

«Das ist jetzt lange her», sagte Ru He.

«Ich erinnere mich, dass Dun Zhang und Liang Jin mit uns zusammen waren.»

«Und Guo Moruo.»

Sie dachten noch über weitere Möglichkeiten nach.

Dann sagte Rue He: «Das sind alles überzeugte Konfuzianer. Sie würden dich nicht denunzieren, weil du die Legalisten lächerlich gemacht hast.»

«Ich glaube, Hui Ai war auch mit dabei.»

«Der wird am allerwenigsten irgendjemandem etwas verraten. Der netteste Kerl auf Erden.»

«Das stimmt. Hui Ai würde so etwas nicht tun. Und die ande ren auch nicht.» Gan Zhong lächelte. «Worüber mache ich mir überhaupt Sorgen? Mir kann nichts passieren.»

4

Nachdem er mehr als eine Stunde gewartet hatte, wurde Gan Zhong in die privaten Gemächer des Sekretärs Lao Wen geführt, der zusammen mit einem Untergebenen eine Partie *yi* spielte. Gan Zhong würde seinen ersten Eindruck von dem Mann nie vergessen. Lao Wen hatte das maskenhafte Gesicht und die flinken Augen eines Menschen, der seine Gefühle tief in sich verbarg, während er genau wahrnahm, was um ihn herum geschah. Im Gegensatz zu dem anderen *yi*-Spieler, der in entspannter Haltung auf der gegenüberliegenden Seite des Brettes saß, schien Sekretär Lao absolut wachsam zu sein, wie ein Raubtier, das bereit war zum Sprung.

«Spielt Ihr auch *yi*?» Er wandte sich von dem Brett ab, als sei er sich Gan Zhongs Gegenwart erst jetzt bewusst geworden.

«Nicht gut, Herr», antwortete Gan Zhong höflich, obwohl keiner seiner Gefährten ihn schlagen konnte.

«Würdet Ihr mit mir spielen?»

«Wenn Ihr wünscht, Herr.»

«Ich glaube nicht. Ihr würdet mich gewinnen lassen und es noch dazu so klug anstellen, dass ich es nicht einmal merkte.» Lao Wen entließ den Gehilfen und hieß Gan Zhong an der anderen Seite des Brettes Platz nehmen.

Der Sekretär betrachtete die Spielsteine vor sich. «Ich habe gehört, ein *yi*-Brett repräsentiere die Gesetze des Universums. Wisst Ihr, was damit gemeint ist?»

«Nein, Herr.»

«Die Anordnung von schwarzen und weißen Steinen entspricht dem Yin und Yang im Himmel. Glaubt Ihr das?»

«Nein, Herr.»

«Was glaubt Ihr daran nicht? Dass die Steine Yin und Yang entsprechen oder dass es einen Himmel gibt?»

«Ich habe nichts zu schaffen mit dem Himmel, daher habe ich auch keine Ahnung, ob er existiert oder nicht, Herr.»

«Das ist eine konfuzianische Haltung. Aber Ihr habt mir nicht geantwortet. Was glaubt Ihr an dieser Feststellung nicht?»

«Dass die Steine Yin und Yang repräsentieren.»

«Was repräsentieren sie dann?»

Da die Frage derart inoffiziellen Charakter zu haben schien, beschloss Gan Zhong, auf die gleiche Art und Weise zu antworten. «Schwarz und weiß, Mann und Frau, aber nichts, was im Himmel ist.»

«Das hätte Fürst Shang ebenfalls gesagt, und der war kein Konfuzianer.»

«Auch Han Fei Zi hätte eine solche Antwort gegeben.»

Der Sekretär legte nachdenklich den Kopf schief. «Ihr springt vom Konfuzianismus zum Legalismus und wieder zurück. Aber so oder so, Ihr scheint nur zu glauben, was Ihr seht.»

«Was mich zu einem Konfuzianer macht.»

«Ach, kommt schon, Ihr könntet geradeso gut ein Legalist sein.»

«Nein, keineswegs», sagte Gan Zhong, der so eifrig darauf bedacht war, sich zu erklären, als hätte er es mit einem Kommilitonen zu tun. «Han Fei Zi schrieb: ‹Schwere Strafen halten die Menschen davon ab, Unrecht zu tun.›»

«Und Ihr seid anderer Meinung?»

«Schwere Strafen bringen die Menschen dazu, ihre Taten vor anderen zu verbergen. Auch in folgendem Punkt stimme ich mit Han Fei Zi nicht überein: ‹Güte reicht nicht aus, um ein Reich zu regieren.› Aber sie reicht sehr wohl aus! Und dann dies: ‹Belohnt nicht den Tugendhaften. Das ist so, als belohne man jemanden dafür, dass er nicht stiehlt.› Ohne Anerkennung wird ein Mensch schlecht. Wenn Han Fei Zi glaubte, was er wirklich sieht, und nicht, was er sich einbildet, wäre er Konfuzianer.»

«Ihr sprecht von ihm, als lebe er noch.»

«Seine Schriften leben. Nicht, dass ich in den meisten Dingen anderer Meinung wäre als er. Wie ich schon sagte, er schrieb Fantasien auf. Ich denke, ein Legalist ist ein Mensch, der glaubt, was er denkt, nicht, was er sieht.»

«Ihr überrascht mich, junger Mann. Ihr kommt zu einem Vorstellungsgespräch, das Euch einen Posten eintragen könnte, und doch sprecht Ihr wie ein ... ich könnte sagen, wie ein Rebell.»

«Nein!», rief Gan Zhong aus. «Ich bin genauso wenig ein Rebell wie der Legalist, der einzig und allein das Gesetz vor Augen hat.»

«Wollt Ihr damit sagen, der Legalist sei ein Rebell?»

«Nein, aber er versteht sich nicht gut aufs Verhandeln. Gehorche dem Gesetz, sagt er, ganz gleich, was es verlangt. Er verlangt Gehorsam und nichts als Gehorsam.»

«Ist es denn so schlecht, dem Gesetz zu gehorchen?»

«Meistenteils nicht. Manchmal jedoch muss das Gesetz geändert werden.»

«Was bedeutet, dass Ihr einen Unterschied macht zwischen Gesetzen, denen Ihr gehorchen werdet, und solchen, denen Ihr nicht gehorchen werdet.»

«So habe ich es nicht gemeint. Ich ... »

Lao Wen fiel ihm ins Wort. «Gibt es irgendwelche Punkte bei Han Fei Zi, mit denen Ihr übereinstimmt?»

«O ja. ‹Das Gesetz muss die Starken daran hindern, die Schwachen auszubeuten.› Das ist gut. Und: ‹Dumme Menschen wollen Befehle geben, hassen jedoch den Weg, der dorthin führt.› Auch das ist gut: Und: ‹Das Gesetz steht über allem, selbst über dem Herrscher.› In all diesen Dingen stimme ich mit Han Fei Zi überein.»

«Ihr verteidigt also die Vorherrschaft des Gesetzes?»

«Ja, teilweise.»

Lao Wen lachte. «Konfuzius würde diese Antwort furchtbar finden.»

«Das stimmt. Aber sie würde ihm auch gefallen.»

«Warum?»

«Er sagte einmal über einen Schüler: ‹Yan Hui akzeptiert alles, was ich ihm sage. Das ist weder für ihn noch für mich gut.›»

«Nun denn, vielleicht weiß ich, warum Ihr so offen heraus Eure Meinung sagt. Ihr haltet Euch für einen Denker.»

In dieser Bemerkung schwang eine solch kalte Schärfe mit, dass Gan Zhong, obwohl er die Debatte sehr genoss, die Drohung in den Worten des anderen nicht entging.

«Es fällt mir schwer», sagte Lao Wen nach einem kurzen Schweigen, «Euren Vorstellungen zu folgen. Ihr scheint zu denken, die Vorherrschaft des Gesetzes und Konfuzius seien miteinander vereinbar.»

«Das denke ich tatsächlich.»

«Es gibt andere Denker, die sind vom Gegenteil überzeugt, wie ich seit meiner Schulzeit weiß.»

Gan Zhong dachte nicht daran, dem kritischen Blick des Sekretärs auszuweichen. So saßen sie eine Weile über dem *yi*-Brett und starrten einander an. Schließlich wandte Lao Wen den Blick ab.

Gan Zhong war sich seiner Unverschämtheit nur allzu bewusst. Er hätte als Erster wegsehen müssen. Und doch würde er diesen Beamten wieder demütigen, wenn sich die Chance dazu böte, und mochte sein geschätzter Onkel ihn noch so sehr dafür schelten. Er konnte den Mann nicht ausstehen.

Daher überraschte es ihn, was der Sekretär als Nächstes sagte. «Ich bin geneigt, Euch für den Posten zu empfehlen, Gan Zhong. Ja, ich meine es ernst. Ich spreche von der Stellung eines Historiografen. Natürlich muss ich eine Probe Eurer Handschrift sehen. Habt Ihr eine schöne Schrift?»

«So hat man mir gesagt.»

«Das ist etwas, das ich selbst beurteilen muss», versetzte Lao Wen kühl. «Zu den obersten Pflichten eines Historiografen gehört es, die Palastgeschichte niederzuschreiben. Das bedeutet, dass Ihr mit dem Großherold zusammenarbeiten müsstet, da er stets weiß, welche Ausländer zu Besuch sind.»

«Der Großherold ist mein Onkel.»

«Ja, ich weiß. Versteht Ihr Euch gut mit ihm?»

«Ich betrachte ihn als Vater, jetzt, da mein eigener Vater verstorben ist. Er ist so gütig, mich in seinem Haus wohnen zu lassen.»

«Stammt Ihr ebenfalls aus Qi?»

«Nein, Herr. Ich bin hier geboren worden.»

«Ich kenne Euren Onkel nicht. Wir sind uns nur bei offiziellen Anlässen begegnet. Erzählt mir von ihm.»

Diese Frage schien recht persönlich zu sein. Gan Zhong war plötzlich auf der Hut. «Mein Onkel ist ein fähiger Mann», antwortete er nichts sagend.

«Seine politischen Ansichten?» Lao Wen runzelte die Stirn.

«Na kommt schon, ist er ein Rebell wie Ihr?» Als Gan Zhong zögerte, fügte der Sekretär ungeduldig hinzu: «Erzählt mir nicht, dass ein Mann, der sich so freimütig ausdrückt, sich mit einem Onkel, der bei ihm Vaterstelle vertritt, nicht über Politik unterhält. Ist Euer Onkel Konfuzianer?»

«Er hält sich an die Lehren des Xun Zi.»

«Ich verstehe. Dann ist er ein konfuzianischer Realist, der glaubt, dass der Mensch seinem Wesen nach böse sei.»

«Wenn man den Menschen für böse hält, macht einen das nicht automatisch zu einem konfuzianischen Realisten. Er könnte geradeso gut ein Legalist sein.»

«Warum das?»

«Ein Legalist glaubt, gute Gesetze könnten das Böse im Zaum halten.» Gan Zhong staunte über seinen Mangel an Selbstbeherrschung und seine an Unverschämtheit grenzende Offenheit im Gespräch mit einem höheren Beamten, der ihm einen Posten anbieten konnte. Und doch verspürte er einen überwältigenden Drang, sich gegenüber diesem kalten, aber neugierigen Burschen durchzusetzen.

«Hält Euer Onkel Verbindung mit alten Freunden in Qi?», fragte Lao Wen.

«Meines Wissens nicht.» Gan Zhong wusste sehr gut, dass sein Onkel mit Freunden aus Kindertagen in Verbindung stand.

«Was ist mit Verwandten in Qi? Schreibt er ihnen?»

«Meines Wissens nicht.»

«Meines Wissens nicht», wiederholte der Sekretär. «Ich glaube, Ihr wollt damit sagen, dass Ihr die Korrespondenz nicht gelesen habt, aber wisst, dass es eine solche gibt.»

Gan Zhong begriff inzwischen voll und ganz, was es mit der Warnung seines Onkels auf sich hatte. Trotzdem hörte er sich zu seiner Überraschung sagen: «Vielleicht korrespondiert mein Onkel mit jemandem – vielleicht mit einigen Vettern – oder hat es in der Vergangenheit getan. Ich bin mir nicht sicher.»

Diese vage Antwort schien den Sekretär zufrieden zu stellen, als sehe er eine Bedeutung in Gan Zhongs Worten, die dieser nicht hineingelegt hatte. «Was glaubt Ihr, Gan Zhong, warum ich diese Fragen stelle?»

«Ich weiß es nicht, Herr.»

«Ich muss mich mit Eurer Familie vertraut machen.» Lao Wen streckte die Hände aus, als böte er ein Geschenk dar. «Ich weiß, dass Ihr im Ruf steht, ein beachtlicher junger Gelehrter zu sein. Aber wenn wir zusammenarbeiten sollen, müssen wir einander gut kennen. Seid Ihr verheiratet?»

Die Frage schien so harmlos und zielte so direkt auf sein Innerstes, dass Gan Zhong alle Vorsicht über Bord warf und seinen Plan enthüllte, das liebreizendste Mädchen im ganzen Reich zur Frau zu nehmen.

Lao Wen lächelte beifällig.

«Dann wäre ein Posten Euch gewiss willkommen», sagte er. «Bekleidet Euer Schwiegervater den gleichen Rang wie Euer Onkel?»

«Er steht zwei Ränge tiefer, Herr.»

«Das ist gut. Es ist immer besser, wenn die Familie der Braut im Rang unter der ihres Gemahls steht.» Er lachte leise. «Nun müsst Ihr mich entschuldigen. Ich habe noch andere Vorstellungsgespräche zu führen.» Wieder dieses trockene Kichern. «Keine Bange. Es geht nicht um die Stelle des Historiografen. Ich denke, für deren Besetzung habe ich nun vielleicht den richtigen Kandidaten gefunden. Ich bin recht zufrieden mit unserem heutigen Gespräch, Gan Zhong.»

Gan Zhong wusste, dass er in einer derart überschäumenden Gemütsverfassung besser keinen Besuch bei der Familie Jia machte. Möglich, dass er ihnen jung und dumm erschien. Außerdem durfte er nicht mit irgendwelchen Hoffnungen herausplatzen, die man irrtümlich für Tatsachen halten konnte. Und doch hatte der Sekretär ihn ermutigt. Ja, eindeutig. «Ich habe nun vielleicht den richtigen Kandidaten gefunden. Ich bin recht zufrieden mit unserem Gespräch.»

Gan Zhong ging, als hätten seine Füße einen eigenen Willen, eilig in die Richtung, in der die Residenz der Jias lag. Obwohl er Youning nicht alles erzählen konnte – im Grunde konnte er ihr gar nichts erzählen –, konnte er sein Glück doch zumindest andeuten. Er war fest entschlossen, Selbstbeherrschung zu zeigen.

Natürlich war er nicht wie dieser kalte Bursche Lao Wen, der wahrscheinlich noch ein Lächeln unterdrücken würde, wenn man ihn zum Großkanzler ernannte. Als Gan Zhong also schließlich am Vordereingang ans Tor klopfte, zwang er seinem Gesicht einen durch und durch gelassenen Ausdruck auf.

Aber als die Tante kam, um ihn in den Innenhof zu führen, wo ihre Nichte ihn empfangen würde, musterte die grauhaarige Frau ihn sorgfältig und fragte: «Fühlt Ihr Euch auch wirklich wohl, junger Mann?»

«Das tue ich, ja, das tue ich.»

Sie warf ihm einen zweifelhaften Blick zu und deutete dann auf die Bank, auf der er die junge Frau erwarten sollte.

Es dauerte länger als gewöhnlich, bis Youning erschien. Sie kam in einer raschelnden, rosafarbenen Seidenrobe aus dem Ostflügel. Die langen Ärmel hatte sie sich um die Hände geschlungen, um es beim Laufen bequemer zu haben. Als sie nun näher kam, ließ Youning beide Ärmel mit einer ebenso anmutigen wie flinken Geste aufrollen, sodass sie über den Boden schleiften.

Er war so geblendet, dass er ganz vergaß, sich zu erheben, bis sie direkt vor ihm stand.

Nach einer kleinen Verbeugung sagte sie sehr leise: «Euer Besuch kommt unerwartet. Stimmt etwas nicht?»

«O nein, es ist alles in bester Ordnung.» Er passte sich ihrem Schritt an, als sie begann, dem gepflasterten Rechteck des Hofs entlangzuschlendern.

«Euer Erscheinen hat die Tante beunruhigt. Sie glaubt, dass etwas nicht stimmt.»

Er blickte verdrossen zu der Frau hinüber, die wie eine Bronzestatue in dem überdachten Laubengang stand. Sie würde ihnen erlauben, fünf- oder vielleicht sechsmal die Runde über den gepflasterten Bereich abzuschreiten, bevor sie Youning mit einem Klatschen ins Haus befahl. Gan Zhong wusste, dass sie ihn nicht mochte. Zum einen hatte Youning durchblicken lassen, dass ihre Tante nicht verstehen konnte, warum er noch immer ohne Posten war. Für die Frau zählte das Argument nicht, dass jeder junge Palastaspirant zuerst als Aushilfsschreiber arbeiten musste, bevor er eine dauerhafte Stelle fand.

Als sie nun unter den wachsamen Augen der älteren Dame ihren langsamen Spaziergang aufnahmen, hätte Gan Zhong am liebsten gesagt: «Eure Tante wird sehr überrascht sein.» Stattdessen fragte er: «Wie geht es Eurer Mutter?» Das Mädchen stieß einen traurigen Seufzer aus. «Sie verlässt das Bett überhaupt nicht mehr. Ich höre sie vor Schmerzen weinen.»

Gan Zhong wollte sie aufheitern, bezähmte jedoch sein Verlangen, ihr die gute Nachricht anzudeuten. Nachdem sie eine Weile schweigend nebeneinander hergeschlendert waren, sagte er: «Mögt Ihr Dichtung?»

Youning sah zu ihm auf und lächelte. «Ihr meint Liebesgedichte? Wenn dem so ist: Ihr dürft mir hier keine Gedichte aufsagen.»

«Warum nicht?»

«Die Tante sagt, Gedichte würden junge Mädchen erregen.»

Er blickte in ihr erwartungsvolles Gesicht. Youning wollte, dass er etwas sagte, daher sagte er es. «Und wie ist es mit Euch – findet Ihr Gedichte erregend?»

Sie hob zum ersten Mal ihren Fächer und verbarg ihr Gesicht vor ihm. «Ja, so ist es.» Dann ließ sie den Fächer sinken, und Gan Zhong wusste, warum. Ihre Tante würde sofort herbeikommen, wenn sie das Gefühl hätte, ihr Gespräch sei dergestalt, dass Youning ihr Gesicht hinter dem Fächer verbarg.

Youning erzählte von einer Musikdarbietung, der sie beigewohnt hatte. In dem Orchester waren mehr als zwanzig Musikanten gewesen. Gan Zhong erklärte ihr, dass das konfuzianische Ritual ein Orchester von vierundvierzig Musikanten verlangte, während die Daoisten nur sechs benötigten.

«Benötigen die Daoisten weniger Musikanten, weil sie besser spielen? Und wenn sie besser spielen, liegt das daran, dass sie dem Musikgenuss mehr Zeit widmen als dem Aufsagen von Gebeten?»

Gan Zhong lächelte. Er hatte alle Mühe, angesichts ihrer Respektlosigkeit nicht laut aufzulachen.

«Und wenn sie die Musik so sehr lieben», fuhr sie fort, wobei sie ihr Äußerstes tat, um eine feierliche Miene beizubehalten, «warum finden sie dann nicht mehr Musikanten, die bereit sind, für sie zu spielen?»

Gan Zhong kicherte.

«Vorsicht», warnte sie ihn. Ihre aufmerksame Tante, die die Erheiterung des Paares gespürt hatte, trat aus ihrer Nische hervor und machte einige Schritte in den Hof hinein.

Gan Zhong nahm sich zusammen, und Youning tat es ihm nach; Seite an Seite setzten sie ihren Rundgang fort.

«Ich wollte mich noch für den Spiegel bedanken», sagte das Mädchen mit leiser Stimme.

«Weiß Eure Tante davon?»

«Natürlich nicht. Ich habe ihn versteckt.»

Gan Zhong dachte daran, wie er ihr hier in diesem Hof den Spiegel zugesteckt hatte, als ihre Tante gerade in die andere Richtung sah. Der Spiegel war sofort verschwunden. Und Youning hatte ihm zugeflüstert: «Die erste interessante Kunstfertigkeit, die ein Mädchen lernt, ist, wie es etwas in seinen Ärmeln verstecken kann.»

Bei der zweiten Runde durch den Hof sprachen sie über das *yi*-Spiel und hofften, sie würden nicht mehr lange warten müssen, bevor sie einmal zusammen über einem Brett sitzen würden. Gan Zhong hatte den Verdacht, dass sie ihn schlagen konnte, ihn möglicherweise aber gewinnen lassen würde. Daher würde er vielleicht harte Arbeit leisten müssen, um zu verlieren. Dann begannen sie möglicherweise von neuem und würden sich beide größte Mühe geben, und vielleicht würde sie ihn dann auf ehrliche Weise schlagen, oder er würde sie ehrlich schlagen. So oder so konnten sie zusammen lachen und einander glücklich in die Augen sehen. In dieser Sekunde hätte er es ihr beinahe erzählt, aber ihr Gespräch plätscherte ziellos dahin, bis sie die fünfte und wahrscheinlich letzte Umrundung des Hofs in Angriff nahmen.

Als die Tante erste Anzeichen von Unruhe zeigte, kündete dies von ihrer Absicht, den Spaziergang der beiden zu beenden, daher unterbrach Gan Zhong Youning und sagte ihr: «Es wird jetzt vielleicht nicht mehr lange dauern, bis wir unsere Abende gemeinsam verbringen und so lange *yi* spielen können, wie wir wollen.»

Der Fächer fuhr in die Höhe und verhüllte das Mienenspiel des Mädchens, das zuerst Überraschung, dann Entzücken verriet.

Aus der Nische wurde die Stimme der grauhaarigen Frau laut. «Es ist Zeit, wieder ins Haus zu kommen, Youning. Sag deinem Gast, dass er gehen muss.»

Gan Zhong hatte, als er forschen Schritts heimwärts strebte, wieder ein Gedicht im Kopf. Er dachte an einige Verse aus den Neun Liedern von Chu.

Von rötlichen Leoparden gezogen, von gestreiften
  Zibetkatzen gefolgt,
Im Gefährt aus Magnolien, mit Bannern aus Kassia,
Bekleidet mit Felsorchideen, gegürtet mit Pfeifenkraut,
Fahre ich aus, süße Kräuter zu sammeln für den, den ich liebe.

Würde Youning dieses Gedicht gefallen? Würde es sie erregen?

«... Ihre Stirn von weißestem Weiß.»

Als er nach Hause kam, rief sein Onkel ihn in den nördlichsten Raum, der «das Denkzimmer» genannt wurde, und fragte ihn nach dem Vorstellungsgespräch.

«Der Sekretär wird mir vielleicht einen Posten als Historiograf anbieten.»

«Das wäre ein guten Anfang für einen so jungen Mann wie dich. Was wollte er denn wissen?»

«Ob ich Konfuzianer sei.»

Gan Luo strich sich über seinen langen Bart und lächelte. «Ein Legalist möchte immer zuerst den Feind identifizieren. Nun, das ist durchaus harmlos.» Er hielt nachdenklich inne. «Obwohl es mich überrascht, dass der Mann dich noch immer für einen Posten in Erwägung zieht, nachdem er weiß, dass du Konfuzianer bist. Du hast es doch zugegeben, oder nicht?»

«Das habe ich. Aber ich habe auch Han Fei Zi zitiert.»

Gan Luo zuckte zusammen. «Warum zitierst du jemanden, der von dem Vorgesetzten dieses Mannes ermordet wurde? Du hättest Fürst Zheng oder Shen Bu Hei zitieren können. Ich schätze Shen Bu Hei übrigens sehr.» Er wandte den Blick ab und versuchte sich zu erinnern. «Ein Herrscher darf seine Wünsche nicht offenbaren, damit seine Minister nicht die Maske aufsetzen, die ihn erfreuen würde. Der Herrscher muss abwarten, leer und ruhig, und die Dinge ihren Lauf nehmen lassen.› Mir gefällt besonders die Passage: ‹Der Herrscher muss warten, leer und ruhig.› Ja, hm, was hat der Sekretär sonst noch gefragt?»

«Ob ich verheiratet sei.»

Gan Luo nahm diese Bemerkung kaum zur Kenntnis. Er war in Gedanken noch immer beim vorangehenden Thema. «Als du Han Fei Zi zitiertest, hat Lao Wen dich weiter nach ihm befragt?»

«Nein, Onkel.»

«Gut. Das bedeutet, dass Lao Wen nichts von deiner törichten Bemerkung über Han Fei Zi und Li Si weiß. Was hat er sonst noch gefragt?»

«Er erkundigte sich nach Eurer Familie in Qi.»

Gan Luo beugte sich vor. «Was ist mit ihr?»

«Ob Ihr jemandem korrespondiert.»

«Und du sagtest?»

«Meines Wissens nicht.»

«Das hat er so hingenommen?»

«Nein. Daher sagte ich, dass Ihr möglicherweise mit einigen Vettern korrespondiert, ich mir diesbezüglich aber nicht sicher sei.»

Gan Luo zupfte sich an seinem Bart und verschränkte dann die Hände entschieden über seinem stattlichen Leib. «Mir sind nur noch zwei Vettern geblieben, das heißt Vettern ersten Grades. Und ich habe schon seit Jahren nicht mehr mit ihnen korrespondiert. Trotzdem, sein Interesse an mir erscheint mir ein wenig seltsam.» Schließlich lächelte er. «Oh, hm, dein Vorstellungsgespräch scheint ja ein Erfolg gewesen zu sein. So wie es aussieht, wirst du einen guten Posten bekommen und dazu eine liebreizende Braut. Was mehr kann ein Mann verlangen?»

«Nichts, Onkel.»

«In deinem Alter», sagte Gan Luo mit einem Seufzen, «ist das wahrscheinlich die Wahrheit.»

5

Mit den Fingern ihrer Linken fasste sie flink die Fäden dreier aufgeweichter Kokons zusammen, die in einem von Holzkohleglut warm gehaltenen Becken mit Wasser schwammen. Sie verzwirnte die drei Seidenfasern zu einem einzigen Faden und führte diesen geschickt durch einen Leithaken auf die kleine, horizontale, zwischen Holzpfosten aufgehängte Haspel. Dann drehte sie mit der Rechten langsam die Haspel. Nicht jedes Mädchen aus guter Familie haspelte sich seine Seide selbst, aber Younings Familie hatte darauf bestanden, um Youning Bescheidenheit zu lehren.

Das war keine Tugend, die sie leicht lernte. Youning wusste, dass sie schön war, und dieses Wissen verstärkte ihre Eitelkeit – auch das wusste sie. Außerdem war ihr bekannt, dass es meist nicht reichte, einen Fehler zu erkennen, um ihn auch zu beseitigen. Mit einem geschickten Täuschungsmanöver hatte Youning entschieden, dass die Bescheidenheit sich bei ihr im Laufe der Zeit schon einstellen würde. Deshalb war es völlig unnötig, sich noch besonders um diese Tugend zu bemühen. Nicht einmal die komplizierte Aufgabe, die dünnen Fäden von drei auf dem Wasser hüpfenden Seidenraupenkokons abzuhaspeln, genügte, um ihren sechzehnjährigen Geist ruhig zu stellen. Die monotone Bewegung ihrer Finger veranlasste Youning vielmehr, ihre Gedanken schweifen zu lassen, an aufregendere Orte, wo sie interessante Fragen über ihr Leben und ihren Tod stellen konnte.

Sie wusste, dass der Tag kommen würde, da ihr Leben endete und man ihr Jadestücke in den Mund stopfen würde, damit ihr Körper nicht verweste. Würde sie dann noch immer schön sein? Der Gedanke, Zuschauer könnten ihre Lippen bei einem letzten verzweifelten Atemzug beobachten, war ihr verhasst. Sie schauderte bei der Vorstellung, dass alte Frauen ihren nackten Leib ohne ihr Wissen ankleiden und nach einem Makel Ausschau halten würden.

Die Furcht vor einem frühen Tod gemahnte sie in gewissen Dingen zur Vorsicht. So achtete sie zum Beispiel darauf, keine Jadezierstücke zu zerbrechen; man wusste schließlich, dass Jade, wenn sie schlecht behandelt wurde, jungen Mädchen Unglück bringen konnte. Sie besaß einen wunderbaren graugrünen Jadeanhänger mit braunen Einschlüssen, der würdig war, mit ihr zusammen begraben zu werden. Ihr Vater hatte ein *gu-gui*-Messer aus schwarzer Jade, das zu Ritualzwecken diente und noch aus Zeiten der Zhou stammte. Eine ihrer Freundinnen, ein wirklich unartiges Mädchen, benutzte das verjüngte, aber stumpfe Ende eines ähnlichen *gu guis* an sich selbst, um sich Vergnügen zu bereiten. Diese Freundin behauptete, die Berührung der von heftigem Reiben erwärmten Jade habe etwas Magisches. Youning hatte daran gedacht, es mit dem *gu gui* ihres Vaters selbst einmal zu versuchen, nur dass sie keine Stelle in ihrem Zimmer hatte, an der sie das Ritualmesser hätte verstecken können, immer vorausgesetzt, dass es ihr gelang, es sich heimlich für eine Weile auszuborgen. Ihre Dienerinnen behielten sie unbarmherzig im Auge und würden sie verraten.

In letzter Zeit gestattete sie sich beim Seidenhaspeln bisweilen, sich ein erregendes Ereignis auszumalen. Im Allerheiligsten von Linjin wurde alljährlich die Verheiratung eines Mädchens aus dem Ort mit dem Flussgrafen gefeiert. Die Schamanen wählten eine hübsche Jungfrau als Braut aus. Sie bereiteten ihr ein parfümiertes Bad, kleideten sie in die feinsten Seidenstoffe und brachten sie in einem speziellen «Haus der Reinigung» am Flussufer unter, wo sie eine erregende Woche lang in völliger Abgeschiedenheit hinter roten Seidenvorhängen lebte. Die Fischer aus der näheren Umgebung kamen herbei, um ihr kleine Geschenke zu machen und ihr ihren Respekt zu bezeigen. Dann puderten die Schamanen ihr Gesicht, legten ihr die Brautrobe an und setzten sie auf ein Floß in der Form eines Ehebetts. Nachdem sie dann eine gewisse Entfernung flussabwärts zurückgelegt hatte – für gewöhnlich etwa fünf oder sechs Meilen, wie man Youning erzählt hatte –, wurde das Floß unweigerlich von dem leidenschaftlichen Flussgrafen ergriffen und umgestürzt, damit er seine Braut tief unten in ein schlammiges Hochzeitsgemach tragen konnte.

Die Bewohner dieser Gegend, die hübsche Töchter hatten, pflegten in entferntere Landesteile fortzuziehen, denn die Flöße auf diesem ungestümen Fluss sanken immer, und die Mädchen tauchten nach der Zeremonie nie wieder auf.

Youning sah sich gern in der Rolle dieser tragischen Jungfrauen, die Haut mit Düften benetzt, während die Gischt auf die Juwelen an ihrem Zeremonienhut spritzte, sodass sie leise klimperten. Das wacklige Floß würde auf und nieder hüpfen und schließlich kentern und sie in den brodelnden Fluss werfen. Nachdem sie noch ein paar Mal um Luft gerungen hatte, sank sie zwischen Fischen und Gräsern in die Tiefe. Das eingebildete Entsetzen eines solchen wässrigen Todes konnte sie in Wallung bringen. Einmal rief sie sogar ihre Zofe Ying herbei, damit sie ihren erhitzten Wangen etwas Kühlung zufächelte.

Auch jetzt rief sie Ying herbei und hieß sie die Arbeit fertig machen. Das Abnehmen der Spule, das Ausleeren des Beckens und das Löschen des Kohlenfeuers waren ihrer Meinung nach stumpfsinnige Arbeiten. Solch langweilige Aufgaben trugen gewiss nicht dazu bei, Demut und Bescheidenheit zu erlernen, daher hielt sie es für gerechtfertigt, Hilfe anzufordern.

Als Youning den verräucherten Raum verlassen hatte und in ihr eigenes Zimmer zurückgekehrt war, trat sie unverzüglich an eine kleine Truhe und sperrte sie mit einem Schlüssel, der an einer Schnur um ihren Hals hing, auf. Unter einem Stapel Schals fand sie den Gegenstand, nach dem sie gesucht hatte, und nahm ihn heraus. Es war ein Bronzespiegel, der mit Gold und Silber eingelegt war und auf der Rückseite folgende Inschrift trug: «Ein solches Gesicht könnte ich zehntausend Jahre lang ansehen.» Als sie schließlich auf dem Läufer kniete und in der polierten Bronze ihre verschwommenen Züge betrachtete, richtete sie ihr besonderes Augenmerk auf die Art, wie sie ihre Unterlippe vorschob. Ob sie wohl bei ihrer nächsten Begegnung mit Gan Zhong das neue, eisweiße Seidengewand tragen konnte? Sein Glanz brachte das Blitzen ihrer Augen wunderbar zur Geltung. Andererseits würde sie das Gewand gewiss ruinieren, wenn sie durch den Regen auf ihn zueilte. Das konnte durchaus geschehen. Es hatte in letzter Zeit viel geregnet. Aber natürlich würde die Tante ihr nicht erlauben, aus dem Haus zu laufen, nicht einmal an einem sonnigen Tag. Die Tante war sehr streng, was öffentliche Auftritte betraf, obwohl dieselbe Frau Youning mit großer Liebe fürs Detail über die privaten Dinge zwischen Mann und Frau belehrt hatte. Die nüchterne alte Tante hatte alles kühl und ohne zu erröten geschildert und mit Handzeichen und Mimik diesen Akt oder jene Position verdeutlicht, bis das Mädchen genau wusste, was von ihr erwartet wurde. Diese höchst lehrreichen Gespräche hatten Younings ohnehin entflammter Fantasie noch zusätzliche Nahrung gegeben. Was für ein erregender Gedanke, zuerst Gan Zhongs nackten Körper mit ihrer Zung zu baden, bevor sie seine Schlange der Liebe zuerst in den Mund nahm und dann in ihre «geheime Blume, feucht vom Tau des Verlangens»; so jedenfalls, behauptete ihre Freundin Susu, werde diese Stelle in einem frechen kleinen Gedicht genannt, das ihr älterer Bruder ihr einmal aufgesagt hatte.

Als Youning nun weiter in der Truhe suchte, fand sie eine Schnitzerei aus milchig weißer Jade, die die Form eines Tigers hatte. Viele Mädchen liebten gerade diese Jadefarbe, weil sie an Fleisch erinnerte, das Fleisch, von dem sie wussten, dass es die Männer so sehr zu berühren gelüstete. Youning liebte Jade in jeder Farbe. Ihr Lieblingshaarschmuck war ein blauer Jadevogel, in dessen Federn kleine Stückchen aus Gold und Silber eingearbeitet waren. Sie hatte einen Kamm aus gelber Jade, der mit Drachenreliefs verziert war, und einen grünen Jadefisch für ihren Gürtel.

Dieser Fisch war aus der härtesten Jade gemacht; man konnte ihn selbst mit Metallspitzen kaum einritzen. Um eine solche Jade zu polieren, musste man sie mit einer Mischung aus zerstoßenem Granat, Sand und Wasser abschleifen. Sie hatte einmal auf dem Marktplatz einem Handwerker bei dieser Prozedur zugesehen, bis die Tante sie fortzog und scharf zurechtwies, weil sie so lange an dem Marktstand geblieben war und zugelassen hatte, dass der Mann sie ansah.

Sie hatte auch aromatische Substanzen wie Kampfer, süßes Basilikum, Kassia-Zimt und Nelken, die sie in wie Schildkröten geformten Jadeschachteln aufbewahrte, obwohl allenthalben bekannt war, dass weibliche Schildkröten unkeusch waren. Es war gefährlich, Abbilder dieser Schildkröten zwischen Kosmetikartikeln aufzubewahren. Zumindest behauptete das ihre Freundin. Um ihre heißen Bäder zu parfümieren, benutzte Youning Pfirsichblütenblätter, die sie mit Wonne über die dampfende Oberfläche blies, sodass sie wie kleine rosafarbene Boote aussahen. Wenn sie heiratete, würde sie sich mit Hirschmoschus einreiben, weil dessen Geruch einen Mann wild machte, und sie würde ihrem Gemahl Zibet auf die Stirn reiben, damit er keine Albträume hatte.

Als Ying an die Tür kam und erklärte, dass Wu Susu im Haus sei, wies Youning sie an, die Besucherin ins Musikzimmer zu führen. Anschließend begab sie sich ebenfalls eiligst dorthin. Ihr Vater veranstaltete häufig Musikabende für seine Freunde und Vorgesetzten, und die Instrumente für derlei Anlässe wurden in dem Raum aufbewahrt, in dem seine Töchter ihren Musikunterricht bekamen.

Für alte Gelehrte wie ihren Großvater, der im vergangenen Jahr zu den Ahnen übergesiedelt war, sollte Musik lehrreich sein, nicht unterhaltsam. Ritualmusik vermochte sogar auf die Harmonie des Kosmos Einfluss zu nehmen. Ihrem rechtschaffenen Vater zufolge war Musik ein Mittel, um unreine Gedanken aus dem Geist zu vertreiben.

Aber Youning und ihre Freundinnen sahen die Musik in einem anderen Licht. Sie spielten laut auf ihren Instrumenten, während sie einander ungehörige Geschichten darüber erzählten, wie man «Feuer hinter dem Hügel hervorholte» und «Kerzen heller brennen ließ, indem man den Docht in das Wachs tauchte». Sie kicherten über Dinge, die während der Liebe schief gehen konnten: «Der kleine Vogel, der sich verirrt hat, findet im Dickicht den Weg zurück in sein Nest.» Mit etwas größerem Ernst erörterten sie Techniken wie «das Wind-und-Mond-Spiel», und natürlich grübelten sie über den letztendlichen Zweck von derlei Aktivitäten nach, der darin bestand, «die Wolke bersten zu lassen». Sie hatte mit Gan Zhong noch über keines dieser Themen gesprochen. War er zu Singmädchen gegangen? Hatten sie ihn gelehrt, wie man die Wolke bersten ließ? Solche Fragen trieben ihr, selbst wenn sie unausgesprochen blieben, die Hitze ins Gesicht.

Sie kam noch vor Susu im Musikzimmer an und ging vorsichtig um eine große, fünfsaitige Zither herum. Wenn man über eine

Zither hinwegtrat, brachte das Pech. Wenn man über eine Zither hinwegtrat, die einem Musiklehrer gehörte, forderte man das Unglück förmlich heraus. Youning stöberte zwischen den Klanghölzern und Handtrommeln, den hölzernen Resonanzblöcken und den Schlägeln und Stöcken herum, bis sie das Gesuchte in einer Ecke schließlich fand: eine Mundorgel, die aus einem Kürbis gefertigt war; dreizehn Schilfpfeifen verschiedener Größen ragten oben heraus. Dieses *sheng* war das Lieblingsinstrument ihrer Besucherin. Daher beschloss Youning, es selbst mit Beschlag zu belegen. Sie setzte sich inmitten eines Gewirrs von Bambusflöten, Gongs aus Eisen und Bronze und Tamburinen mit rot lackierten Rändern auf den Boden.

«Oh, du hast das *sheng* genommen!», rief das Mädchen, dessen missbilligendes Gesicht nun an der Tür erschien. «Ich wusste nicht, dass du es haben wolltest», erwiderte Youning mit einem Achselzucken. «Ich dachte, du würdest die Zither wollen.»

«Du weißt doch, dass ich die Zither nicht mag», erklärte Susu, als sie verdrossen in den Raum geschlendert kam.

«Na schön, dann kannst du das *sheng* haben.» Youning hielt es ihr mit einem strahlenden Lächeln hin.

«Ich nehme die Zither, weil du es so haben willst.» Susu sah sich, die Hände in die Hüften gestemmt, im Raum um. «Oder vielleicht spiele ich auch dieses *bianqing* da. Bruder Nummer zwei spielt es, und er liebt es sehr.» Sie betrachtete ein Glockenspiel, das aus sechzehn in zwei Reihen angeordneten Steinen bestand, die wie zum Trocknen aufgehängte Wäsche an einem Rahmen baumelten. Jeder Stein war wie das Winkelmaß eines Zimmermanns geformt, und sie waren alle gleich lang und gleich breit und unterschieden sich einzig in der Dicke. Es war ein schwieriges Instrument. «Aber ich hasse es, mit einem Schlägel auf irgendetwas einzudreschen», erklärte Susu und setzte sich an die Zither.

Youning liebte ihre Freundin nicht nur, sie bewunderte sie auch, obwohl sie weder das eine noch das andere jemals zugegeben hätte. Susu trug eine mit Seidenabfällen wattierte Jacke aus rosafarbenem Damast und hatte in ihrem schwarzen Kopfschmuck eine wunderbare blaue Eisvogelfeder stecken. Youning beneidete ihre Freundin um ihren Geschmack in Modefarben, der dem ihren überlegen war. Susu wäre nie auf den Gedanken gekommen, eine grüne oder purpurfarbene Robe mit einer der Hauptfarben wie Blau oder Rot zu füttern. Andere Mädchen mochten das tun, aber niemals Susu, die keineswegs die hübscheste ihrer Freundinnen war – der Mund war zu groß, die Nase zu klein –, aber sie war mit Gewissheit die Bestgekleidete unter ihnen. Und sie hatte stets irgendeine neue Anregung für ihre Gespräche. Heute zum Beispiel förderte Susu aus ihrem langen Ärmel eine Lapislazulibrosche zutage, in die das Bild eines Einhorns eingemeißelt war. Youning fühlte sich zu Einhörnern hingezogen, weil sie für Pracht und langes Leben standen. Sie traten beim Gehen angeblich niemals auf ein lebendiges Wesen, und sie lebten von nichts als klarem Wasser.

«Ich bekomme einen Phönix aus Jaspis», erklärte Susu nun.

«Das Nächste, was ich haben will, ist ein Jadefuchs.» Youning schätzte den Fuchs, weil er im Alter von fünfzig Jahren die Gestalt einer Menschenfrau annehmen und Männer dazu verleiten konnte, mit ihm in den Wald zurückzukehren, wo sie für immer nach seiner Pfeife tanzen mussten. Im Alter von einhundert Jahren konnte aus dem Fuchs ein Zauberer werden.

Sie hörten Schritte draußen vor dem Musikzimmer, daher blies Youning ihr *sheng*, während Susu energisch die Zither zupfte. Nach einigen Minuten hielten sie inne und lauschten auf Geräusche von jenseits der Tür. Nachdem sie sich davon überzeugt hatten, dass sie allein waren, sagte Youning: «Was ist es, das dir Kummer macht?»

«Woher wusstest du, dass mir etwas Kummer macht?»

Youning lachte. «Ich kenne dich doch. Ich weiß, was es bedeutet, wenn dein Mund so klein und spitz wird. Was ist passiert?»

«Es geht um meinen Neffen.»

«Um welchen? Den zehnjährigen oder den fünfzehnjährigen?»

«Um den zehnjährigen», sagte Susu mit einer Grimasse. Sie erklärte, dass man den Jungen zusammen mit einigen hundert anderen Jungen und Mädchen ausgewählt hatte, nach den drei Inseln der Unsterblichen im Ozean zu suchen. Der Schamane Xu Fei aus Qi hatte dem Kaiser eine Denkschrift überreicht, in der er sich dafür aussprach, Kinder auf die Suche nach den Inseln Penglai, Fangzhang und Yingzhou zu schicken. Einzig Kinder könnten dorthin gelangen, weil die Unsterblichen, die auf den Inseln lebten, vor ihnen nicht davonlaufen und sich verstecken würden.

«Möchte dein Neffe denn mitgehen?»

Susu zuckte die Achseln. «Er hat keine Wahl. Aber er wird seine Mutter vermissen. Das weiß ich. Er steht ihr sehr nahe, und sie hat nicht mehr aufgehört zu weinen, seit die Schamanen ihn ausgewählt haben.»

Sie saßen eine Weile schweigend da. «Der Ozean ist so weit weg», murmelte Susu. «Und dann die Boote inmitten der hohen Wellen und die Ungeheuer, die auf dem Meeresspiegel leben ...»

«Vielleicht werden sie die Inseln ja finden. Wäre das nicht aufregend? Denk doch nur, wie der Kaiser sie belohnen wird. Was mich betrifft, ich würde nach Westen in die Berge gehen und nach dem Paradies von Kunlun Ausschau halten. Ich würde über Straßen wandeln, die mit Gold gepflastert sind, und Diamanten von den Bäumen pflücken.»

«Dazu würde dir die Königinmutter des Westens niemals die Erlaubnis geben.»

«Ich werde trotzdem hingehen», erklärte Youning verstockt. «Ich würde mich dorthin schleichen.»

«Nein, würdest du nicht. Nicht, wenn Shi Rou Wache steht.»

Youning sah im Geiste das Ungeheuer Shi Rou vor sich, das wie die Leber eines Ochsen geformt war und sich von seinem eigenen Fleisch ernährte. Es kroch mit offenem Maul auf sie zu.

«Ich kenne ein neues Gedicht», bemerkte Susu nun mit einem lächelnden Seitenblick auf ihre Freundin. «Es heißt ‹Die kleinen Sterne›.»

«Die kleinen Sterne», so nannte man auch die kaiserlichen Konkubinen, daher antwortete Youning ihrerseits mit einem Lächeln. «Ich hätte nichts dagegen, es mir anzuhören.»

«Na schön. Es beschreibt angeblich den Zeitpunkt, da sie das Schlafgemach Seiner Majestät betreten. Es ist nämlich so, dass sie nicht alle ...»

«Spar dir die Erklärungen», unterbrach Youning sie. «Sag's mir einfach auf.»

Susu räusperte sich und setzte eine gewichtige Miene auf.

Es zittert der kleinen Sterne Schar.
Sie gehen heute Nacht – die einen früh, andere spät
Zum Fürsten hinein.
Ihr Los wird nicht das Gleiche sein.

Es zittert der kleinen Sterne Schar.
Eilt euch, rasch, rasch, eilt zu!
Sie gehen heute Nacht, die Decke, das Laken unter Arm,
Und hoffen, ihr Parfüm verfängt.
Ihr Los wird nicht das Gleiche sein.

Youning wartete darauf, dass noch mehr käme. «Ist das alles?»

«Gefällt es dir nicht? Ich finde es herrlich.» Susu zupfte ein paar Mal mit dem Jadeplektron die Saiten der Zither. «Wie viele kann er wohl in einer Nacht nehmen?», fragte sie gedankenvoll.

Youning verkündete selbstsicher: «Mindestens sieben oder acht.»

«Jede Nacht?»

«Manchmal noch mehr», behauptete Youning.

«Was passiert mit denen, die er auslässt?»

«Die bekommen seine Wachposten.» Youning wich dem forschenden Blick ihrer Freundin aus. Nun, es konnte durchaus wahr sein. Und es konnte auch sein, dass es mehr als sieben oder acht in einer Nacht waren. Die Tante hatte bei all ihren Erklärungen kein Sterbenswörtchen über die Ausdauer eines Mannes verloren. Wenn er bereit war, musste die Frau ebenfalls bereit sein, und das schien der Tante vollauf zu genügen.

Als habe der Zweck ihres Besuches einzig darin bestanden, diese Information über das kaiserliche Durchhaltevermögen zu erhalten, stand Susu auf, um sich zu verabschieden.

«Warte», sagte Youning. «Ich habe zwar heute Morgen vor den Ahnentafeln geschworen, niemals ein Wort darüber zu verlieren, aber wenn ich dich einweihe, wird es wohl in Ordnung sein, denn du zählst nicht, du bist meine liebste Freundin.»

Susu sah sie neugierig an. «Worüber wolltest du kein Wort verlieren?»

«Gan Zhong war gestern hier, ohne seinen Besuch vorher anzukündigen, und ich konnte an seinem Kiefer sehen, dass etwas geschehen war. Er hat so eine Art ...» Sie reckte das Kinn vor und versuchte nachzuahmen, was sie gesehen hatte. «Daher wusste ich, dass er etwas zu sagen hatte, aber er sagte es erst, als wir auf der fünften Runde waren und die Tante so aussah, als könne sie nun jeden Augenblick vortreten. Also ist er einfach damit herausgeplatzt.»

«Womit? Erzähl's mir, erzähl's mir!»

«Er sagte, wir könnten schon bald so lange miteinander *yi* spielen, wie es uns gefiele.»

«Erzähl mir genau, was er gesagt hat.»

Youning hatte kein einziges Wort vergessen. «Er sagte: ‹Es wird jetzt vielleicht nicht mehr lange dauern, bis wir unsere Abende gemeinsam verbringen und so lange *yi* spielen können, wie wir wollen.›»

«Er meint, dass ihr bald heiraten werdet!»

Youning hätte sich einen Fächer vors Gesicht geschlagen, wenn sie einen griffbereit gehabt hätte. «Das glaube ich auch.»

6

Youning liebte Perlen noch mehr als Jade, weil Perlen eine enge Verbindung zum Mond hatten, und sie liebte den Mond mit großer Leidenschaft. Irgendjemand hatte ihr einmal erklärt, die Perle sei Yin, das in der Auster Gestalt angenommen habe, und seine weibliche Macht nehme in Einklang mit den Mondphasen ab und zu, aber jemand anderes war der Meinung gewesen, dass dies nicht stimmte. Dieses zumindest jedoch war wahr: Man mahlte Perlen und benutzte sie bei Augenkrankheiten, was an ihrer augenartigen Form und dem leuchtenden Glanz lag, der irgendwie direkt von den Strahlen des Vollmonds kam. Die Tante konnte auf ihrem linken Auge nicht gut sehen. Ein Schamane hatte einen Beutel voller gemahlener Perlen auf das Augenlid gerieben, aber bisher hatte die Behandlung nichts gefruchtet. Youning sagte einmal die Woche ein kleines Gebet für die Mutter der Zwölf Monde auf, für Zhangxi, die jeden Mond nach seiner Reise über den nächtlichen Himmel wusch.

Über der Schmucktruhe baumelte eine hohle Kugel aus durchbrochenem Metall, in der frei schwingend ein eiserner Tiegel aufgehängt war. Dieser enthielt Weihrauch, den Youning manchmal entzündete, um ihre Nachthemden zu parfümieren. Aber bei Gan Zhong würde sie keine Nachthemden benötigen. Sie schwor sich, während ihres ganzen Ehelebens nicht in einer einzigen Nacht Nachthemden zu tragen, denn sie hatte sich ebenfalls gelobt, Gan Zhong so vollkommen zu befriedigen, dass er sich niemals eine Konkubine nehmen würde, nicht einmal, wenn seine Freunde ihn ob solcher Treue verspotteten. Sie hatte ihn seit zwei Tagen nicht mehr gesehen und erwartete schon bald seinen Besuch. Und mehr als einen Besuch! Sie war überzeugt, bei ihrer nächsten Begegnung gute Neuigkeiten zu erfahren.

Youning konnte einfach nicht still sitzen bleiben. Sie huschte den Korridor hinunter bis in den gegenüberliegenden Gebäudeflügel und betrat das Musikzimmer.

Heute sollte der Meister kommen, um ihr eine Unterrichtsstunde zu geben, und Youning hatte noch nicht geübt. Vielleicht später, dachte sie, während sie einen Blick auf die Laute warf, die auf ihrem rechteckigen Tischchen lag. Der Meister sagte, die Schönheit der Lautenmusik liege nicht in der Abfolge von Tönen, sondern in jedem einzelnen Ton selbst. Er sagte, das Ohr müsse lernen, die Farbe von Tönen zu erkennen. Dieselbe Melodie sollte, je nachdem, ob sie mit dem Zeigefinger oder dem Mittelfinger der rechten Hand gespielt wurde, ein unterschiedliches Timbre haben. Es sei alles eine Frage der Berührung, sagte er, und bedürfe der absoluten Beherrschung beider Hände.

Ying hatte ihr heute Morgen, während sie ihr das Haar machte, wie gewöhnlich die letzten Neuigkeiten vom Marktplatz überbracht. Es wurde von einem Kometen geredet, von einer Überschwemmung und noch von etwas anderem, aber Youning konnte sich nicht mehr erinnern. Überhaupt interessierte sie kaum etwas anderes als Gan Zhongs nächster Besuch.

Youning stellte sich vor die Laute und berührte einen elfenbeinernen Stimmwirbel des Instruments, während sie sich vorstellte, wie sie in einem Hochzeitskleid aussehen würde ... Perlen würden von einem goldenen Band über ihrer Stirn baumeln ...

Gan Zhong sagte, dass bei konfuzianischen Zeremonien acht Lauten benutzt würden. Das war so eine Sache, die sie ihm abgewöhnen musste, wenn sie erst verheiratet waren – er dachte zu viel an Rituale. Das einzige Ritual, an das zu denken sie ihm erlauben wollte, sollte in ihrem Bett stattfinden.

Übermütig zupfte sie an der Laute, einmal, zweimal, dreimal, viele Male. Da erklang plötzlich eine leise Stimme aus der offenen Tür hinter ihr.

Als sie sich umdrehte, stand dort ein kleines Mädchen.

Ailing war die Tochter von Konkubine Nummer zwei, derjenigen, mit der Vater sich zu zanken pflegte. Die Neunjährige hatte allerdings das gute Aussehen ihrer Mutter nicht geerbt. Dennoch mochte Youning das Mädchen, das eine gute Zuhörerin war und von liebenswertem Wesen. Hin und wieder übernahm sie für Youning sogar das Seidenweben, wenn es ihr zu langweilig wurde. Manchmal schien es Youning, als ob Ailing älter als neun sei – sie wirkte oft älter als Susu oder Youning selbst. Im Gegensatz zu den meisten Menschen wurde das Mädchen dem Namen, den man ihm gegeben hatte, durchaus gerecht. Er bedeutet: «Wunderbare Stimmung».

Jetzt stand sie in der Tür und sah weit ernster aus als gewöhnlich.

Mit einem Lächeln winkte Youning sie herein, aber als die Kleine ihrer Aufforderung folgte, sah sie Youning an und gab nicht Acht, wohin sie trat. In letzter Sekunde gelang es ihr, über die Zither hinwegzustolpern, statt darüber zu stolpern.

«Oh, sieh nur, was du getan hast!», rief Youning. «Du bist über die Zither des Meisters gestiegen. Jetzt steht dir ein Unheil bevor, vielleicht sogar eine Katastrophe.»

Ailings Lippen zitterten.

«Hm, nun ja, vielleicht noch nicht», murmelte Youning. «Du

bist so jung, dass es noch gar nicht zählt.» Diese Beteuerung entlockte dem Mädchen jedoch immer noch kein Lächeln. «Stimmt etwas nicht?»

«Ich habe Vater und die Tante reden hören.» Das Mädchen zögerte. «Sie haben über dich geredet.»

Youning zuckte die Achseln. «Ich denke, das tun sie recht häufig.»

«Es ging auch um Gan Zhong.»

«Was haben sie gesagt?»

«Ich weiß es nicht.»

Ein jähes Gefühl der Hoffnung durchzuckte Youning. Vielleicht war die Neuigkeit also heraus. «Haben sie gelächelt?»

«Nein. Darum bin ich ja hergekommen, um dir das zu sagen. Sie wirkten nicht besonders glücklich.»

«Willst du mich vor irgendetwas warnen, Ailing?»

«Ich glaube ja, aber ich bin mir nicht sicher. Ihre Gesichter haben mir Angst gemacht.»

Youning beschloss, der Intuition eines Kindes keine große Bedeutung beizumessen. «Ich freue mich, dass deine Schwester dir wichtig genug ist, um sie zu warnen. Ich danke dir dafür.»

«Ich habe dich lieb», erklärte das Mädchen schlicht und ging davon.

Vielleicht machten Vater und die Tante ein grimmiges Gesicht, weil eine Hochzeit so viel Arbeit und Geld erforderte, überlegte Youning. Die Tante dachte gewiss schon an Einzelheiten, machte viel Aufhebens um dies und das und verbarg ihre eigene Freude. Der Vater würde sicher über die Kosten für Seide, Erfrischungen und Unterhaltung der Gäste lamentieren.

Sie hörte die heisere Stimme des Meisters, lange bevor sie ihn sah, wie er gestützt von seinem Gehilfen durch den Flur kam, einem heimtückischen Jungen, der stets Speichelbläschen auf den Lippen hatte. Wenn der Meister sehen könnte, so hatte Youning einmal einer Freundin erzählt, würde er diesen grässlichen Jungen wegschicken. Der Meister war ein Großmusiker des Hofes. Er spielte die Laute und war der Tradition folgend vor Jahren geblendet worden, damit er ins königliche Orchester eintreten konnte.

Youning brauchte Ying nicht erst aufzufordern, den Wein zu holen. Der Meister begann eine Unterrichtsstunde nie ohne einen Krug Wein, obwohl er heute anscheinend eher reden als unterrichten wollte. Es sah so aus, als hätte er bereits ein Gutteil Wein verkostet. Der Meister begann, wie er es neuerdings häufig tat, mit einer heftigen Kritik an der Regierung. Neue Richtlinien hatten es auf die Gleichschaltung der Musik abgesehen, sodass alle Steinglocken und Gongs genau so klingen würden wie die in den Palästen.

«Jedes Mal, wenn ich in einen Tempel komme, fragt mich ein Priester: ‹Klingen unsere Glocken auch richtig? Zu hoch vielleicht? Zu tief? Man hat uns gedroht, dass sie beschlagnahmt würden, wenn sie nicht der kaiserlichen Tonleiter auf Lü entsprechen. Aber wir sind uns nicht sicher, was den Ton betrifft, und wir haben kein Geld, um uns von jemandem helfen zu lassen, und selbst können wir es auch nicht tun.› Und so weiter und so weiter und so weiter.» Seine Stimme war immer schriller geworden, um das hohe Wehklagen eines Priesters nachzuäffen. «Ich kann nicht einmal einen Becher Wein trinken, ohne dass jemand mich bittet, kostenlos ein paar Tempelgongs zu beurteilen.» Er trank einen Becher, entdeckte die Karaffe, schenkte sich nach, trank, schenkte sich abermals nach und trank wieder, bevor er weitersprach.

Schließlich sagte er: «Ich sage ihnen: ‹Je schwerer der Stein, umso tiefer der Ton. Prüft jeden Stein, und wenn einer davon zu tief klingt, schneidet etwas davon ab.› Die Leute glauben dann, ich hätte ihnen einen weisen Rat erteilt, aber das stimmt nicht. Nur ein Instrumentenmeister kann ausführen, was ich vorgeschlagen habe. Aber die Narren bringen mir trotzdem etwas zu trinken.» Er kicherte und tastete mit der Zielsicherheit eines Insekts nach der Karaffe. Er schüttelte sie; sie war leer.

«Schick den Jungen mehr Wein holen», verlangte er.

Youning funkelte den Jungen mit dem teigigen Gesicht an, der ihr seinerseits die Zunge herausstreckte, bevor er mit der Karaffe in der Hand den Raum verließ.

«Jetzt höre ich, dass man uns Musikanten, wenn wir den Edikten nicht in jeder Hinsicht Folge leisten, zur Mauer schicken wird», sagte der Meister.

Youning lächelte. Sie war an seine ungehaltenen Bemerkungen

über die Regierung gewöhnt. Niemand sonst hätte solche Verwegenheit aufgebracht. Jedenfalls hatte sie noch nie gehört, dass jemand mit einer derart tollkühnen Selbstsicherheit die Politik zu kritisieren gewagt hätte. «Meister, Euch würde man nie zur Mauer schicken.»

«Aber Euch würde man vielleicht hinschicken, wenn Ihr nicht Obacht gebet, meine trotzige junge Dame.» Der Meister hielt inne, um sich seine rote Nase zu kratzen. Youning, die ihn beobachtete, fragte sich, wie es möglich war, dass ein derart schlampiges Geschöpf die Laute so gut zu spielen vermochte.

«Ihr wisst, wie man die Mauer jetzt nennt? Das längste Grab der Welt», sagte er. «Und sie haben die Absicht, immer mehr Leute da hinaufzuschicken. Wo bleibt nur dieser Junge? Wenn man ihn irgendwo hinschickt, muss man anschließend jemanden ausschicken, ihn zu holen. Es ist noch nicht allgemein bekannt, aber sie haben eine neue Abteilung gegründet, um Leute zusammenzutreiben und nach Norden zu schaffen.»

«Das Amt für die Schwarzköpfe.»

Gerade in dem Augenblick kehrte der mürrische Junge zurück und drückte ihm rüde die Karaffe in die Hand. Der Meister tadelte ihn nicht, sondern schenkte sich lediglich seinen Becher voll. «Wo habt Ihr das gehört?», fragte Youning.

«Der neue Präfekt war gestern Abend hier und hat es meinem Vater erzählt. Jetzt redet mein Vater von nichts anderem mehr. Er ist sehr stolz darauf, diesen Beamten zu kennen, obwohl ich nicht weiß, warum.» Youning schnitt ein Gesicht. «Er ist mindestens vierzig und viel zu dünn.»

«Nun, Euer Vater mag ihn jedenfalls.»

«Es geht nicht darum, ob er ihn mag oder respektiert oder sonst etwas in der Art. Vater mag jeden, der in der Hauptstadt von Bedeutung ist.»

Der alte Musikant lachte. «Passt auf, was Ihr sagt, oder Ihr werdet wirklich noch zur Mauer geschickt.»

«Ich passe schon auf, aber nicht, wenn ich mit Euch zusammen bin, ehrenwerter Meister.»

Er neigte den Kopf. «Ich danke Euch für das Kompliment. Und nun spielt für mich.»

Sie war in ihrem Zimmer und wählte einen Kohlestift von der richtigen Beschaffenheit aus, um sich die Augenlider damit zu betupfen, als plötzlich die Tante erschien und die Zofe aus dem Zimmer schickte.

«Meine geliebte Nichte», begann die Frau. Dann brach sie in atemloses Schluchzen aus.

Youning wandte sich überrascht vom Ankleidetisch ab. Sie hatte großen Respekt vor der Selbstbeherrschung ihrer Tante, daher geriet sie beinahe in Panik, als sie sie nun so sah: Ihre Lippen zitterten, ihr graues Haar hatte sich aus der Frisur gelöst, und mit den Händen betastete sie unsicher die Enden eines Schals. «Ist etwas mit Mutter?», rief sie erschrocken. «Ist Mutter ...»

Die Tante schüttelte den Kopf. «Nein, nein, nein.»

«Was ist passiert? Irgendetwas ist doch passiert. Oh, sagt es mir!»

«Die Sippe Gan ist in Schwierigkeiten.»

«Die Sippe Gan?» Youning stand auf. «Was ist mit Gan Zhong?»

Wieder schüttelte die Frau den Kopf. «Es geht nicht um ihn, sondern um seinen Onkel. Man wird Gan Luo verhaften.»

«Aber – wird meinem Gan Zhong nichts geschehen?»

«Das ist noch unklar. Du musst verstehen – wenn man den Onkel wegen Verrats anklagt, so ist die ganze Sippe betroffen.»

«Betroffen? Wie meint Ihr das?» Es sah der Tante gar nicht ähnlich, um den heißen Brei herumzureden. «Inwiefern ist Gan Zhong betroffen?»

«Ich sagte, die Sippe sei betroffen. Mehr weiß ich nicht. Bisher ist es noch ein Geheimnis.»

«O doch! Sie wissen sehr wohl mehr», sagte Youning und begann zu weinen.

«Wenn Gan Luo verhaftet wird, wird man seine Frau und seine Söhne möglicherweise auch wegholen.»

«Aber sein Neffe! Was ist mit seinem Neffen? Wird man meinen Gan Zhong ins Gefängnis werfen?»

Die Tante blickte zu Boden. «Man weiß bisher noch zu wenig.»

Youning war plötzlich ganz ruhig. Sie umfasste ihre Hände,

um dem Zittern Einhalt zu gebieten, und sagte gelassen: «Ich verstehe. Dann ist noch nichts entschieden. Es ist nur ein Gerücht, nicht wahr? Wer hat Euch davon erzählt?»

«Das darf ich nicht sagen.» Die Tante zog die Nase hoch. «Dein Vater hat es mir erzählt, aber ich darf nicht sagen, woher er es weiß. Wir dürfen nicht zulassen, dass dein Vater ebenfalls in Schwierigkeiten gerät.»

«Weiß Mutter davon?»

«Der armen Frau geht es nicht gut genug, um von solchen Dingen zu hören.» Die Tante betupfte sich mit dem Schal die Augen. «Wo sie sich so über diese Heirat gefreut hat.»

«Was?» Youning beugte sich jäh vor. «Wollt Ihr damit sagen, dass nichts daraus wird?»

Die Tante schluchzte in ihren Schal.

«Gan Zhong hat gute Neuigkeiten. Ihr versteht nicht. Er hat es bei seinem letzten Besuch angedeutet. Wir werden heiraten.»

Die Frau schüttelte den Kopf. «Das ist im Augenblick vollkommen unmöglich.»

Youning begann, auf und ab zu laufen, und ihre Hände flatterten unter den Ärmeln wie winzige Vögel. «Aber Ihr sagtet ... Tante, Ihr sagtet doch, sein Onkel würde angeklagt werden. Meinen Gan Zhong werden sie nicht ins Gefängnis werfen, habt Ihr das nicht so gesagt?»

Die Tante schluchzte weiter.

«Ihr konntet ihn von Anfang an nicht leiden.»

Die grauhaarige Frau blickte aus dem Schal auf. «Das ist nicht wahr. Ich fand immer, dass er ein sehr angenehmer junger Mann sei, wenn er nur einen Posten hätte.»

«Genau das habt Ihr gedacht – dass er keinen Posten bekommen würde. Aber es weiß doch jeder, wie gebildet mein liebster Gan Zhong ist. Ihr wollt ihm keine Chance geben, Ihr und Vater. Ihr habt Euch gegen ihn verschworen!»

«Youning!» Nun erhob die Frau sich ebenfalls auf die Füße, und sie standen nur eine Armeslänge voneinander entfernt da und sahen sich an. «Ich gebe zu, dass ich gern einen Mann mit einer guten Position für dich hätte. Ich lebe in diesem Haus, weil es deinem Vater so gefällt. Weißt du, warum?» Ihre feuchten, geschwollenen Augen folgten dem verzweifelten Auf und Ab des jungen Mädchens. «Weil mein Ehemann vor seinem Tod nicht für mich vorgesorgt hat. Eine Frau, für die niemand sorgt, ist eine traurige Sache. Ein alter Hund, den man mit einem Tritt in die Ecke befördert. Ich wollte dieses Schicksal nicht für meine Nichte, für mein liebes kleines Mädchen ...»

«Aber ich will ihn haben. Ich will meinen Gan Zhong!», schrie Youning und stürmte mit solcher Heftigkeit aus dem Raum, dass ihr Kopfputz ihr übers Ohr rutschte. Wie eine Betrunkene taumelte sie den Flur hinunter, bis sie ins Musikzimmer kam, wo sie sich inmitten von Rasseln, Glocken und Stöcken zu Boden warf und bitter zu weinen begann. Vor ihren tränenüberströmten Augen erschien das Bild der Tragödie, die sich in ihrer Fantasie bereits so oft vollzogen hatte. Sie sah ihren zerbrechlichen weißen Leib in dem dunklen Maul des Flusses verschwinden.

Als sie die Dielenbretter knarren hörte, hob Youning den Kopf und sah das kleine Mädchen in der Tür stehen.

«Was machst du hier?», fragte Youning ungehalten.

«Ich habe jemanden weinen hören und wollte nachsehen.» Ailing fügte hinzu: «Ich bin hergekommen, um dir zu helfen.»

Youning stützte sich auf einen Ellbogen und sah ihre Halbschwester an.

«Es gibt nichts, was du tun könntest», sagte Youning mit einem Seufzer. «Mein Leben ist vorbei. Sie werden mir meinen Liebsten nehmen, und ich werde niemals heiraten. Niemals. Weißt du, dass unser Vater zwei Kinder, die in diese Familie geboren wurden, abgelehnt hat? Er hielt sie für unzulänglich und ließ sie wegbringen, obwohl meine Mutter ihn um das Leben ihrer kleinen Tochter anflehnte und deine Mutter dasselbe für ihr Kind tat. Jetzt weiß ich, dass ich das dritte Kind hätte sein sollen. Ich hätte auf einem Felsen draußen vor der Stadt an Kälte und Hunger sterben sollen, geradeso wie die beiden anderen.»

Ailing kam näher, und ihr sanftes Gesicht war ganz spitz vor Erregung. «Du bist so hübsch, so lieb, du darfst das nicht sagen.»

«Ich bin nicht lieb», gab Youning zu und bedeutete dem Mädchen, näher zu treten.

«Aber das denken alle.»

Youning lächelte. «Komm, leg dich neben mich und wärme mich. Es ist so kalt in diesem Zimmer. Ich möchte in dein Haar weinen.»

Als die Kleine neben ihr lag, ließ Youning ihren Tränen freien Lauf. Zuerst war es nur ein verlegenes Schluchzen, aber schließlich war ihr stetiges Weinen ein ehrlicher Ausdruck von Kummer und Schmerz. Sie war nicht immer aufrichtig, nicht einmal mit sich selbst, aber in diesem Augenblick, das Gesicht in dem weichen, parfümierten Haar ihrer sanften Halbschwester vergraben, wurde Youning ohne die leiseste Verstellung und ohne jeden Zweifel klar, dass sie den jungen Mann liebte. Diesen Mann würde man ihr nehmen, und deswegen würde sie, was auch immer die Zukunft bringen mochte, in ihrem Leben niemals so glücklich sein, wie sie es vielleicht mit ihrem Gan Zhong geworden wäre.

7

«Ich suche die Schuld nicht beim Himmel.»

Diese Worte von Konfuzius sollten Gan Zhong während der nächsten Wochen noch oft in den Sinn kommen, als er zu verstehen versuchte, was geschah und warum. Der vertraute Ablauf täglicher Ereignisse verwandelte sich in einen Wirbel stündlicher Veränderungen, der ihn zu verschlingen drohte.

Es begann eines Tages, nachdem er sich auf dem Hauptmarktplatz mit einigen anderen Palastaspiranten getroffen hatte. Die meisten von ihnen waren Konfuzianer, einige wenige waren Daoisten, aber sie alle kritisierten die Legalisten, deren vorherrschende Philosophie einer der Gründe war, warum sie keine Stellung hatten. Die Legalisten ermunterten die Menschen nicht zu Büchergelehrsamkeit und hätten es vorgezogen, wenn diese jungen Männer Waffen getragen oder Felder bestellt hätten. Nachdem sie ihrer gemeinsamen Erbitterung Luft gemacht hatten, spielten die jungen Gelehrten für gewöhnlich *yi*. Heute schlug Gan Zhong sie alle bis auf Ru He, mit dem er in zwei Spielen gleichauf stand. Schweigsam schob er die schwarzen und weißen Steine hin und her, er mochte nicht über seine Aussichten auf einen Posten sprechen. Er war jedoch überzeugt, dass er binnen ein oder zwei Wochen zum Historiografen im Palast der Immerwährenden Freude ernannt werden würde. Es würde nicht einfach sein, Lao Wens Maßstäben gerecht zu werden. Auch fand Gan Zhong die Aussicht wenig erbaulich, diesem kalten, wachsamen und anspruchsvollen Burschen gehorchen zu müssen, aber ein solcher Posten bedeutete Youning und eine Zukunft. Um Youning zu bekommen, würde er für jeden arbeiten.

Auf dem Heimweg zählte Gan Zhong sich übermütig noch Götter und Dämonen auf, in deren Dienst er treten würde, um Youning zu bekommen. Verglichen mit ihnen war Lao Wen ein Schmetterling.

Gan Luos Anwesen lag ein Stückchen abseits der Straße auf einem kleinen Hügel in einem grünen Wald. Es gab größere Grundstücke in dieser ländlichen Gegend, aber keines in einer besseren Lage. Gan Zhong war in einem bescheidenen Haus inmitten des lärmenden Treibens von Xianyang aufgewachsen, daher begeisterte ihn diese idyllische Atmosphäre stets aufs Neue. Am Eingang erwartete er Dun zu sehen, den gutmütigen Torhüter, aber stattdessen schwang das hölzerne Tor auf sein Klopfen hin einfach auf, und vor ihm stand ein Soldat in voller Rüstung.

Auf die schroffe Frage nach seinem Namen erklärte Gan Zhong, er sei der Neffe des Großherolds.

«Kommt ins Haus.» Der Soldat eskortierte ihn über den Haupthof. Dort saßen auf Porzellanhockern ein halbes Dutzend Soldaten gelangweilt herum. Sie trugen grüne Umhänge und blaue Hosen, und die leuchtend roten Nieten auf ihrer schwarzen Plättchenrüstung glitzerten im Sonnenschein. Gan Zhong wusste genug über das Militär, um zu bemerken, dass die Männer zum Kampf ungeeignete Zeremonialuniformen trugen. Keiner von ihnen hatte ein Schwert dabei, aber sie alle waren mit Hellebarden vom altmodischen *ke*-Typ ausgerüstet.

Waren sie hier, um seinem Onkel das Geleit zu geben? Das kam gelegentlich vor, wenn er einer kaiserlichen Zeremonie vorstand.

Ab und an wurde Gan Luo in einem vierspännigen und mit Elfenbein verzierten Wagen gefahren.

Keiner der Hausdiener war zu sehen, sie pflegten beim Anblick jeglicher Waffen zu verschwinden.

Der Soldat führte Gan Zhong in das Arbeitszimmer seines Onkels, wo vor der geöffneten Tür Wachen postiert waren.

Gan Zhong sah seinen Onkel vor einer Dokumentenschatulle knien.

Gan Luo lächelte zu ihm auf. «Sie haben mir Zeit gegeben, einige Dinge zu ordnen. Ich habe sie gebeten, Euch einzulassen. Es ist gut, dass ich den Hauptmann kenne. Sonst hätten diese Burschen mich womöglich an den Haaren fortgeschleift. Neffe? Ah, an dem Ausdruck Eures Gesichts sehe ich, das Ihr noch nicht Bescheid wisst. Nun, ich werde verhaftet.» Er zupfte an seinem langen schwarzen Bart, als wolle er die Wahrheit dieser Behauptung unterstreichen. «Dem Haftbefehl entnehme ich, dass man mir einige grässliche Verbrechen gegen den Kaiser zur Last legt.» Gan Luo stopfte einige Bambusstreifen zurück in den länglichen Kasten. «Ich habe jetzt keine Zeit, das alles durchzusehen.» Er starrte auf die mit Tonsiegeln verschlossenen Urkunden, Bewilligungen und Bescheinigungen.

Gan Zhong ließ sich auf die Knie nieder und senkte den Kopf. «Werdet Ihr meinetwegen verhaftet?»

Der Onkel lachte, während er sein Amtssiegel aus Jade aus dem Gürtel zog. «Wie kommt Ihr denn auf diese Idee?»

«Ich habe den Großkanzler beleidigt.»

Gan Luo legte das Siegel in den Kasten, verschloss ihn und schob ihn zur Seite. «Vor einem Jahr habt Ihr eine törichte Bemerkung gemacht. Das reichte, damit ein stellungsloser Gelehrter ohne Anstellung blieb. Es reichte nicht, um den Großherold zu stürzen. Wer immer hinter dieser Angelegenheit steckt, muss mir im Rang gleich sein. Zumindest ein Dreizehnter Grad.»

Der Hauptmann streckte den Kopf in die offene Tür. Er trug einen geflügelten Helm, auf den fliegende Drachen eingraviert waren.

«Bitte, Hauptmann», sagte Gan Luo, «noch ein klein wenig Zeit mit meinem Neffen.»

Als der geflügelte Kopf verschwunden war, sagte Gan Luo mit einem Seufzer: «Das ist ein guter, freundlicher Mann.»

Gan Zhong starrte den Teppich an. «Onkel, was kann ich tun?»

«Macht Eurer Sippe Ehre», sagte Gan Luo kühl. «Bewahrt Ruhe.»

Sie saßen einen Augenblick lang schweigend da. Dann konnte Gan Zhong sich nicht mehr beherrschen und platzte mit seiner Frage heraus. «Was für eine Art grässlicher Verbrechen?»

«Ich weiß es nicht. Anklagen klingen oft schlimmer, als sie sind. Ich vermute, dass hinter dieser Sache eine politische Angelegenheit steckt.»

«Die Legalisten», erwiderte Gan Zhong mit jäher Erregung. «Sie wollen Euch aus dem Amt verdrängen, damit sie einen ihrer eigenen Männer auf diesen Posten bringen können.»

«Möglich. Aber das ist nicht Eure Angelegenheit, Neffe. Ihr habt selbst einen Posten, über den Ihr Euch Gedanken machen müsst. Und eine Braut.»

«Eure Familie . . .»

«Sie sind auf alles gefasst. Wie alle, die mit Regierungsgeschäften zu tun haben. Wie Ihr wisst, hat Eure Tante mit angesehen, wie ihr eigener Vater und zwei ihrer Brüder aus politischen Gründen hingerichtet wurden. Sie ist eine starke Frau, die ertragen kann, was kommt. Seht mich nicht so an. Und nun geht, geht. Nein – wartet.» Er hob die Hand und strich sich über die Wange; es war seine erste unsichere Regung. «Was auch geschieht, ich möchte, dass Ihr Folgendes wisst. Ich habe niemals ein Verbrechen gegen meinen Herrscher begangen. Und auch kein anderes Familienmitglied hat etwas dergleichen getan. Behaltet das im Gedächtnis. Ganz gleich, was ich später vielleicht sagen werde.»

Ein Frösteln durchlief Gan Zhong. «Ich werde es nicht vergessen.» Noch eine Frage gab es, die er unbedingt stellen musste. «Was wird jetzt geschehen?»

«Das hängt ganz von dem Hauptmann und seiner Order ab. Aber ich möchte nicht, dass Ihr Euch einmischt. Um genau zu sein, möchte ich Euch überhaupt nicht hier haben. Geht für eine

Weile fort. Macht einen Spaziergang am Wei. Rezitiert Gedichte. Trinkt Wein mit Euren Freunden. Geht für ein paar Tage in die Berge. Lasst die Dinge hier ihren Lauf nehmen.» Er gebot ihm mit einer knappen Geste zu schweigen.

Aber Gan Zhong sprach dennoch. «Meine Schwester?»

«Sie wird in Sicherheit sein. Ich habe Euch gesagt, keine Einmischung. Nun geht.»

Gan Zhong verließ das Haus unter den argwöhnischen Blicken der gelangweilt wartenden Soldaten. Statt am Fluss entlangzugehen oder mit seinen Freunden zu trinken, machte Gan Zhong sich auf den Weg in das zentral gelegene Elendsviertel der Hauptstadt, wo er zwischen den Holzhütten den Schuppen eines alten Lehrers fand, von dem er in der Schule in Kalligrafie unterwiesen worden war.

Draußen vor der Hütte saß eine zahnlose Alte. Als Gan Zhong zögernd vor dem schmutzigen Tuch, das als Tür diente, stehen blieb, brummte sie: «Geht hinein, wenn Ihr wollt. Ich will's nicht. Es ist so, als lebte man mit einem Dämon in der Hölle.»

Gan Zhong zog das schmutzige Tuch beiseite, trat in die Hütte und verstand unverzüglich, was die alte Frau meinte. Eine sengende, alles durchdringende Hitze erfüllte den stinkenden Raum. Anscheinend ließ der Lehrer die ganze Zeit über ein loderndes Feuer brennen. Er saß schwitzend daneben, ein verschrumpelter kleiner Mann mit einem breiten Grinsen. Gan Zhong hatte ihn nie ohne dieses Grinsen gesehen.

Nachdem er sich respektvoll auf die Knie niedergelassen hatte, erzählte Gan Zhong seinem Meister, was sich im Hause des Großherolds zugetragen hatte.

Der grinsende kleine Mann wischte sich den Schweiß von der Stirn. Dann sagte er: «Ich kenne Euch. Ich hatte nie einen Schüler mit einer besseren Handschrift. Aber ich habe Euren Namen vergessen. Sagt ihn mir nicht, ich würde ihn bloß wieder vergessen.» Dann zitierte er aus dem «Daode Jing»:

Wohne nahe dem Grund.
Denke einfach.

Gan Zhong hatte bereits von Schulkameraden gehört, dass der Lehrer, der in der Blütezeit seiner Jahre ein gestrenger Konfuzianer gewesen war, sich im Alter dem Daoismus zuwandte. Aber da er so verzweifelt einen Rat brauchte, scherte Gan Zhong sich nicht darum. «Sagt mir, was ich tun muss.»

«Tut Eure Arbeit, und dann tretet beiseite. Das ist der einzige Weg zur Klarheit.»

«Aber ich habe keine Arbeit.»

Das Grinsen geriet nicht ins Wanken. «Seht die Welt als Euer eigenes Ich und habt Vertrauen in die Dinge, wie sie sind. Liebt die Welt wie Euer Ich. Auf diese Weise liebt Ihr alle Dinge.»

«Ich danke Euch, Meister», sagte er und versuchte, sich seine Ungeduld nicht anmerken zu lassen, «aber als der Neffe des Großherolds muss ich doch etwas tun. Ich muss ihm irgendwie helfen . . .»

«Wie einfältig Ihr seid.» Der alte Mann wischte sich frische Schweißperlen von seiner gerunzelten Stirn. «Das ganze Universum ist außer Kontrolle geraten.»

Gan Zhong wischte sich nun ebenfalls den Schweiß von der Stirn. «Ich verstehe nicht.»

«Versucht Ihr, die Ereignisse zu beherrschen, schwimmt Ihr gegen die Strömung. Wenn Ihr Euch gegen die Strömung stemmt, kommt Ihr nicht dort an, wohin Ihr gehen müsst. Ist Euch kalt?»

«Nein, Meister.»

«Ich mag Wärme, was soll's? Nun will ich Euch etwas über Politik sagen. Von zwei widerstreitenden Kräften wird diejenige, die sich zu beugen weiß, den Sieg davontragen.»

Der Respekt vor seinem Lehrer hielt Gan Zhong davon ab, aufzustehen und zu gehen.

«Jetzt erinnere ich mich wieder», sagte der Alte. «Ihr glaubtet damals nicht an die Götter. Ihr wart der Meinung, sie seien komisch. Glaubt Ihr jetzt an sie?»

«Nein.»

Sein ehemaliger Lehrer nickte zustimmend. «Aber Ihr müsst Euch an irgendetwas festhalten. Haltet Euch an der Mitte fest.»

Das war eine dieser ermüdenden Phrasen, die so viele Daoisten benutzten. Gan Zhong schwieg.

«Bleibt über Nacht hier», sagte der alte Mann.

«Hier bleiben? Aber das kann ich nicht, Meister. Ich muss ...»

«Ich sagte, bleibt heute Nacht hier. Fügt Eurer Torheit nicht noch Unhöflichkeit hinzu.»

Da er gelernt hatte, seinen Lehrern um jeden Preis zu gehorchen, erhob Gan Zhong keine weiteren Einwände. Er lehnte sich zurück und lockerte zuerst seine Weste, dann seine Robe, während die trockene Hitze, die ihm bis in die Knochen gedrungen war, ihm ein vages Gefühl von Wohlbehagen schenkte. Er saß in absolutem Schweigen zusammen mit seinem Meister in der Hütte, und sie wischten sich nur beide gelegentlich über ihre verschwitzte Stirn. Der mystische Daoismus hatte Gan Zhongs an praktischen Ideen orientierte, konfuzianische Ausbildung nie ins Wanken gebracht. Er begegnete Widersprüchen und obskuren Formulierungen mit Skepsis, denn weder das eine noch das andere halfen dem Geist zu erfassen, was das Auge sah. Doch gerade jetzt fühlte er sich wunderbar heimisch in der überhitzten Hütte, die nach verdorbenen Speisen und ungewaschenen Leibern roch. Im flackernden Lichtschein sah er, wie das gerunzelte Gesicht ihn angrinste, und je länger er hinschaute, umso mehr konzentrierte sich seine Aufmerksamkeit auf die wässrigen alten Augen, in denen das weiche Leuchten einer unbeschreiblichen Güte stand.

Nach dem Sonnenuntergang wurde die Luft kühler, und die alte Frau kam leise vor sich hin brabbelnd in die Hütte. Niemand sagte etwas. Kurze Zeit später erschien ein kleiner Junge, der mit beiden Armen einen Weidenkorb umfasst hielt. Er nahm einige Weizenküchlein heraus, ein paar Stücke Räucherfisch und drei Flaschen, die, wie Gan Zhong später herausfinden sollte, einen starken, aber sauren Wein enthielten. Ihm wurde klar, dass die Bewohner des Elendsviertels, obzwar sie selbst nicht viel besaßen, es immer noch fertig brachten, für das alte Ehepaar zu sorgen. Bevor er wieder aufbrach, schürte der Junge das Feuer, bis helle Flammen aufloderten. Als sie das Mahl schon halb beendet hatten, rief der Alte Bursche (so nämlich nannte die alte Frau den Meister) laut nach mehr Wein. Gan Zhong hörte eiliges Füßescharren draußen vor der Hütte. Schon bald kam ein anderer

Junge mit zwei weiteren Flaschen herbeigelaufen. Bevor die Nacht vorüber war, erschienen noch drei Jungen mit Wein, sodass die alte Frau und der Alte Bursche und Gan Zhong ziemlich betrunken waren, bevor sie in der Gluthitze der kleinen Hütte in tiefen Schlaf versanken.

Als Gan Zhong schweißgebadet und mit hämmerndem Schädel erwachte, blickte er in die sanften Augen des grinsenden Alten.

«Ihr habt gut geschlafen», erklärte der Alte Bursche.

Gan Zhong setzte sich aufrecht hin, hielt sich den Kopf und murmelte: «Weil ich betrunken war.» Er bemerkte, dass die alte Frau nicht mehr da war.

«Habt Ihr Euch gut unterhalten?»

«Ich kann mich nicht erinnern.» Gan Zhong erschrak. «Ich hätte zu meinem Onkel gehen müssen.»

«Stattdessen habt Ihr seinem Befehl Folge geleistet, indem Ihr fern geblieben seid.»

«Wir haben vergangene Nacht geredet, aber ich kann mich nicht erinnern . . .»

«Ich habe Euch gesagt, dass das Dao jenseits des Seins und Nichtseins steht. Woher ich weiß, dass das die Wahrheit ist? Indem ich in mich selbst hineinsehe.» Der Alte Bursche lachte. «Ihr seid noch immer nichts als ein intelligentes Kind, das noch keinen einzigen Schritt hin zu sich selbst unternommen hat. Alles, wovon Ihr zu reden wusstet, war ein Mädchen und die Notwendigkeit, die Ehre Eures Onkels zu verteidigen. Seht Euch doch an. Habt ein brillantes Händchen für die kleine Siegelschrift, der beste Schüler überhaupt, aber Ihr – ich habe schon wieder Euren Namen vergessen – habt noch einen langen Weg vor Euch. Geradeso, wie es mir einst erging. Fast könnte ich Euch beneiden.»

Gan Zhong, der sich taumelnd auf die Füße erhob, schwankte auf das Tuch zu, das vor der Tür hing. Dann wandte er sich noch einmal um und ließ sich respektvoll auf die Knie nieder.

«Es wäre nicht schlimm, wenn Ihr Euer gutes Benehmen vergessen würdet», sagte der Alte Bursche. «Es ist auch nicht schlimm, dass Ihr nichts von dem verstanden habt, was ich Euch gestern Nacht erzählte. Das Feuer hat Euch hinreichend gewärmt. Das ist durchaus genug für einen einzigen Tag. Wenn Euch nicht Verzweiflung oder ein Schwerthieb den Garaus macht, so glaube ich, dass Ihr es finden werdet, ohne danach zu suchen. Ihr glaubt, ich meine das Dao, nicht wahr?» Sein kleines Lachen klang wie feuchte Zweige, die im Feuer knistern. «Ich habe keine Ahnung, was ich meine. Wichtiger noch – es interessiert mich nicht, Ihr dummer Kerl. Geht und lebt nun Euer Leben. Eure Lehrjahre haben gerade erst begonnen!»

Gan Zhong rappelte sich hoch und zog das schmutzige Tuch beiseite. Hinter sich hörte er noch die hohe, zitternde Stimme rufen: «Aber behaltet dies im Gedächtnis! Ihr müsst an der Mitte festhalten!»

Als Gan Zhong den verräucherten Raum verließ und ins Morgenlicht hinaustrat, erschien ihm die frische Luft, die ihn umfing, geradezu winterlich.

Viel war geschehen, seit Gan Zhong auf der Suche nach Rat zu seinem alten Lehrer geeilt war.

Man hatte seinen Onkel fortgeholt. Gan Zhong erfuhr diese Neuigkeit, noch bevor er Gan Luos Besitz erreichte. Ein im Dienst ergrauter Hauskoch erzählte ihm davon. Der hünenhafte Mann wanderte, seine ganze Familie im Schlepptau, die Straße hinab. Nicht lange, nachdem man Gan Luo aus dem Haus geholt hatte, waren weitere Soldaten gekommen, um auch die Ehefrau und die beiden Konkubinen des Großherolds mitzunehmen.

Der stämmige Mann schüttelte verwundert den Kopf. «Ich wusste nicht, dass sie auch Konkubinen mitnehmen. Aber die Gesetze ändern sich ja ständig», sagte er mit einem kläglichen Lächeln, «wie die Haut eines Huhns überm Feuer.»

«Wer ist denn jetzt noch im Haus?»

«Niemand, den Ihr erkennen würdet. Puh!» Er hielt sich die Nase zu. «Ihr habt letzte Nacht aber ganz hübsch gezecht, mein lieber Freund.»

Gan Zhong ging weiter die Straße entlang, bog aber schließlich ab, um sich in einem nahen Bach das Gesicht zu waschen. Das kalte Wasser belebte ihn. Er fühlte sich kräftiger, hatte aber auch ein schlechtes Gewissen, und fragte sich, ob er bei seiner Ankunft im Haus vielleicht etwas tun würde, das ebenso töricht wie heldenhaft wäre.

Als er dort ankam, stand am Tor ein kleiner Mann, der allerdings seinen Namen nicht nannte. Reden wollte er jedoch. Er erzählte, dass ein vom Hof bestellter Verwalter den Besitz in seine Obhut genommen habe. Überdies berichtete er bereitwillig, dass man einen von Gan Luos erwachsenen Söhnen, der im Amt des Großherolds für ihn arbeitete, in Gewahrsam genommen habe, die Ehefrau besagten Sohnes aber weiterhin auf freiem Fuß war. «Sie haben hinter diesen Bäumen da drüben gewohnt», sagte er, als sei Gan Zhong ein Fremder. Der andere Sohn, ein Stadtmagistrat in einer entfernten Kommandantur, werde ebenfalls bald unter Bewachung gestellt, da man bereits eine Kavallerieschwadron entsandt hatte, um ihn in die Hauptstadt zu holen. «Ich weiß das, weil mein Vetter Mitglied der Schwadron ist, und er sagt, ihm stehe der Sinn nicht nach einem solchen Marsch, und wenn dieser Bursche, dieser Gan, Schwierigkeiten mache, dann wisse er, was er zu tun habe; jawohl, genau das sagte er.»

Gan Zhong sah den Torwächter an. Ihm dämmerte, dass eine Tragödie die seltsamsten Leute nach oben spülte, aber der kleine Mann war nicht so seltsam, dass er nicht einen Quadratlochbruder für eine Gefälligkeit angenommen hätte.

Mit seiner Hilfe kam Gan Zhong ins Haus hinein, und mit Hilfe eines Soldaten, der ebenfalls eine Schwäche für Quadratlochbrüder hatte, erhielt er die Erlaubnis, mit dem Verwalter zu sprechen. Der Verwalter, ein bleicher, magerer Mann von etwa dem Alter Gan Zhongs, saß am Teich und verspeiste genüsslich einen Pfirsich. Solche Früchte kamen aus dem Süden und waren sehr teuer. Nicht einmal Gan Luo bekam sie häufig zu essen. Der Verwalter musste sie sich vom Markt bringen lassen haben – auf Kosten des Hauses.

«Ja, was wollt Ihr?», fragte er herrisch, als Gan Zhong näher trat.

«Bitte, Herr, wenn Ihr so gütig sein wolltet. Wohin hat man meine Tante und meinen Onkel gebracht?»

Der Verwalter antwortete mit einem unhöflichen Achselzucken.

Gan Zhong trat mit solch drohender Gebärde einen Schritt vor, dass der Mann sich erhob und den Pfirsich fallen ließ.

«Wo sind sie?»

«Ich weiß es nicht, wirklich», behauptete der erschrockene Verwaltungsbeamte. «In diesen Fällen werden die Angeklagten an einem geheimen Ort festgehalten.»

«In diesen Fällen?»

«Schwerwiegende Verbrechen.»

Gan Zhong machte einen Schritt rückwärts und der Mann entspannte sich genug, um sich zu bücken und die kostbare, erst halb verzehrte Frucht aufzuheben. «Ihr könnt hier bleiben», bot er ihm mit einem schwachen Lächeln an. «Es sei denn, sie kommen Euch ebenfalls holen.»

Gan Zhong hörte ihn kaum. Er dachte an Youning. Hatte sie es schon erfahren? Wie dachte sie darüber? Er drehte sich auf dem Absatz um und machte sich im Laufschritt auf den Weg zum Anwesen der Jias.

8

Als Gan Zhong beim Haus der Jias ankam, wurde er schroff abgewiesen. Er weigerte sich jedoch fortzugehen und verlangte, dass man ihn anhöre. Während er vor dem Tor auf und ab lief, bemerkte er, dass es in regelmäßigen Abständen einen Spaltbreit geöffnet wurde und der Wachmann herausspähte. In dem Moment begann Gan Zhong zu schreien, fuchtelte mit den Armen und machte einen gewaltigen Aufruhr; er wollte die Familie in Verlegenheit bringen, damit er schließlich doch eingelassen wurdc.

Zu guter Letzt wurde das Tor geöffnet und heraus kam Younings Tante mit einem stämmigen Gärtner im Schlepptau.

«Hoch geschätzte Dame», begann Gan Zhong mit einer tiefen Verbeugung.

«Ich bin überrascht», sagte die grauhaarige Frau steif. «Wir hatten Euch immer für einen ehrenwerten jungen Mann gehalten, aber da schreit Ihr nun vor unserem Haus herum wie ein Wahnsinniger.»

«Wenn Ihr mir gestatten wollt, Unvergleichliche Dame . . .»

«Wir können Euch nicht länger als Besucher empfangen», erklärte die Tante mit schriller Stimme.

«Wenn ich nur erklären dürfte . . .»

«Bitte, beleidigt uns nicht noch einmal, indem Ihr vor unserem Tor erscheint.» Mit diesen Worten drehte sie sich um und marschierte, dicht gefolgt von dem Gärtner, zurück durchs Tor.

«Die Anklage gegen meinen Onkel ist nicht bewiesen!», schrie Gan Zhong, als die Pforte hinter den beiden zuzufallen drohte. «Er ist unschuldig! Sagt Youning, dass er unschuldig ist. Sagt ihr, ich . . .»

Aber das Tor fiel mit einem Klirren ins Schloss.

Dieses Erlebnis hielt Gan Zhong nicht davon ab, auch anderenorts eine Zurückweisung zu riskieren. Er ging als Nächstes zum Palast der Immerwährenden Freude, wo er Lao Wen zu sehen hoffte. Auf dem Weg dorthin malte er sich die Szene aus. «Ehrenwerter Sekretär, erinnter Ihr Euch an unser Gespräch vor kurzem? Ihr habt mich großzügigerweise für den Posten des Historiografen in Erwägung gezogen. Wir sprachen über meine Heirat. Ich bin heute nicht gekommen, um wegen des Postens nachzufragen, weil mir klar ist, dass er mir unter den gegebenen Umständen nicht länger offen steht. Ich bin hier, um mit Euch über meinen Onkel zu sprechen.»

An dieser Stelle endete die Ansprache, so weit er sie sich ausmalen konnte. Ihre Fortsetzung hing von der Antwort des Sekretärs ab. In Anbetracht der Kälte dieses Mannes hatte Gan Zhong wenig Hoffnung, und doch war es einen Versuch wert, vor allem, da Lao Wen das Ohr des Großkanzlers hatte.

Wieder stand Gan Zhong vor einem geschlossenen Tor. Bis zu diesem Zeitpunkt hatte er einen Torhüter noch nie als Wachposten gesehen, der einem Besucher den Eintritt verwehrte, sondern als eine Person, der man ein Lächeln schenkte, während man in den Hof weiterging.

Er hämmerte ein Dutzend Mal mit dem Eisenklopfer auf das Holz, bevor das Tor knarrte und sich eine Handbreit öffnete.

Gan Zhong stellte sich vor; er sei ein Gelehrter, den das Sekretariat des Kaiserlichen Haushalts im Palast der Immerwährenden Freude für einen Posten in Betracht ziehe.

Die Tür wurde weit geöffnet. Ein untersetzter junger Mann mit glatten Gesichtszügen trat einen Schritt vor. Er musterte Gan Zhong von Kopf bis Fuß und lächelte. Gan Zhong wiederholte so unterwürfig, wie es ihm möglich war, seine Bitte, den Sekretär sprechen zu dürfen.

Der junge Mann lächelte immer noch. «Ich nehme an, Ihr wisst nicht, dass der Sekretär nicht länger ein Sekretär ist.» Gan Zhongs Verwirrung stachelte ihn zu einem noch breiteren Lächeln auf. «In ebendiesem Augenblick wird der Ehrenwerte Lao Wen von Seiner Erhabenen Majestät und dem Illustren Kanzler zur Linken auf sein neues Amt vereidigt. Bevor die Sonne heute untergeht», fuhr der Mann mit einer hohen, dünnen Stimme und einer großartigen Geste fort, «wird Lao Wen fern und nah bekannt sein und einen neuen Titel führen: den des Präfekten des Amtes für die Schwarzköpfe».

«Er wird als Präfekt vereidigt?»

«Mit vollem Zeremoniell im Palast der Strahlenden Gerechtigkeit.»

Gan Zhong fragte sich, ob das Gesicht des Mannes nicht irgendwann vor Lächeln zerspringen müsse. Er fuhr herum und eilte energischen Schritts davon. Der Mann rief ihm nach: «Ihr seid ein gut aussehender Bursche! Wenn Ihr noch mal herkommt, fragt nach mir! Zhao Han!»

Gan Zhong machte an einem Verkaufsstand am Straßenrand Halt, um einen Weizenkuchen zu essen. Was nun? Vielleicht sollte er zu Gan Luos Anwesen zurückkehren und die weitere Entwicklung abwarten. Er wusste nicht, wohin sonst er gehen sollte, er hatte niemanden, den er um Hilfe bitten konnte. Es ging ihm durch den Kopf, dass sein von Studien ausgefülltes Leben ihn genau wie seinen Vater zu einem Einsiedler inmitten dieser Stadt gemacht hatte, der nicht mehr Kontakt zu anderen Menschen hatte als ein Eremit in den Bergen.

Müde und beunruhigt schleppte er sich durch die überfüllte Straße bis in die Randbezirke der Stadt. Als er beim Wohnhaus der Gans ankam, war dort eine Bambustafel ans Tor genagelt worden. Diese Tafel machte öffentlich bekannt, dass Gan Luo, dem Großherold des Reiches, grässliche Verbrechen gegen Seine Erhabene Majestät, den Sohn des Himmels, zur Last gelegt würden. Als Gan Zhong zornig den Türklopfer betätigte, machte ein Hausdiener, den er seit Jahren kannte, auf, warf nur einen einzigen Blick auf ihn und zog die Tür wieder zu.

«Ich gehe den Verwalter holen!», rief der Diener ihm von der anderen Seite der dicken Holzpforte zu.

Nach einer langen Zeit – in Gan Zhongs Augen mit Absicht in die Länge gezogen – kam der Verwalter an den Eingang. Diesmal wurde er von einem halben Dutzend Soldaten begleitet.

Der magere Mann trat vor; er hielt einen Bambusstreifen in der Hand, den Gan Zhong von ihm entgegennahm.

Es war ein Gerichtsbefehl.

«Ihr könnt hier nicht herein», sagte der Verwalter wie ein Junge, der beim Spielen mit einem anderen spricht.

«Nicht einmal, um mir etwas zum Anziehen und Bücher zu holen?»

«Das ist gegen das Gesetz. Ihr habt keinen Zutritt hier.»

«Wo ist meine Schwester?»

«Weg.»

«Wohin?»

«Das geht mich nichts an. Die Familie ist weg. Die meisten der Diener sind ebenfalls weg. Es gibt hier nichts mehr für Euch zu holen.»

An diesem Abend ging Gan Zhong in ein schäbiges Gasthaus am Rande eines alten Parks. Er lag den größten Teil der Nacht wach und fragte sich, wie er seinem Onkel helfen konnte. Wohin hatte man seine Schwester gebracht? Sein Onkel hatte behauptet, sie sei in Sicherheit, und daher musste es so sein. Der Onkel log nie, niemals.

Am nächsten Morgen betrat er das Gerichtsgebäude, eine Halle in einem unbedeutenden Palast, der hauptsächlich für seine Stufen bekannt war, die zu einer erhöhten Plattform führten. Wussten die Behörden von seiner Bemerkung über Li Si und Han Fei Zi? Konnte diese Bemerkung zum Niedergang der Sippe Gan beigetragen haben, obwohl der Onkel diese Möglichkeit bestritt? Wenn ja, so gab es für ihn nur einen Ausweg, nämlich Selbstmord.

Als Gan Zhong im Gericht ankam, erblickte er inmitten eines guten Dutzends füßescharrender Beamter den dürren Bart und die hohe, magere Gestalt Lao Wens. Ihm fiel auch die Amtsrobe des Präfekten auf – dunkler Purpur mit blauen Besätzen. An seinem neuen Amtsgürtel baumelte ein Siegel aus milchig grauer Jade. In seiner Verzweiflung wäre Gan Zhong beinahe auf ihn zugestürzt, um ihn um Hilfe zu bitten, aber der verächtliche Ausdruck auf dem Gesicht des neuen Präfekten hielt ihn davon ab. Wie betäubt von dieser Demütigung sah er zu, wie Lao Wen und andere Beamte einer nach dem anderen in der Halle Einzug hielten.

Angeführt von einem Hauptmann der Wache, trat er sodann zusammen mit anderen Zeugen ebenfalls in den Saal. Sie gingen an einer Reihe von fünf Richtern mit lackierten schwarzen Hüten und losen, mit Rhinozeroshorn bestückten Gürteln vorüber.

Als alle Anwesenden auf Matten Platz genommen hatten, führte ein Trupp Soldaten in glänzender Rüstung den Angeklagten herein. Gan Luo, der noch vor einer Woche so energiegeladen gewesen war, schlurfte wie ein schwächlicher, alter Mann. Seine halb geschlossenen Augen waren geschwollen und auf den Boden geheftet, als versuchten sie, etwas dort Niedergeschriebenes zu entziffern.

Ein Schreiber, der in Gan Luos Diensten gestanden hatte, war der erste Zeuge. Der Ankläger, dessen Stimme von einer Erkältung heiser klang, befragte ihn nach den Gewohnheiten seines Arbeitgebers, aber die Antwort war nicht weiter aufschlussreich. Nach Aussage dieses Schreibers arbeitete Gan Luo hart, um Zeremonien für hohe Würdenträger auf Staatsbesuch vorzubereiten, und erledigte auch die täglich anfallenden Pflichten seines Amtes auf bewundernswerte Weise. Der Ankläger fragte, ob der Großherold Besuchern aus dem Staat Qi besondere Aufmerksamkeit schenke. Der Schreiber ließ sich lange Zeit, um die Frage zu bedenken, bevor er sie verneinte. Habe der Großherold jemals seine Familie in Qi erwähnt? Der Schreiber antwortete, ohne zu zögern: Nein, niemals. Habe der Großherold über den jüngsten Anschlag auf das Leben des Kaisers gesprochen? Nein. Habe er über den Anschlag von vor neun Jahren gesprochen? Dieselbe Antwort kam, nur schneller: Nein, absolut nicht.

Sichtlich gereizt von diesen wenig ergiebigen Auskünften entließ der Ankläger den Schreiber und rief einen anderen Mann aus dem Amt des Großherolds auf – mit demselben fruchtlosen Ergebnis. Als Nächstes kam ein verdrießlicher alter Diener aus dem Haushalt der Gan Luos, aber dieser schien mehr daran interessiert zu sein, jede Frage des Anklägers misszuverstehen, als sie zu beantworten.

Zu guter Letzt wurde, nachdem auch drei Kollegen Gan Luos nichts Nützliches beizutragen wussten, Gan Zhong aufgerufen.

Er kniete sich auf eine geflochtene Matte vor dem niedrigen Tisch, hinter dem die fünf Magistrate saßen.

Der Ankläger putzte sich mit einem Seidentuch die Nase, ließ sich dann zu Gan Zhongs rechter Seite auf die Knie nieder und begann mit dem Verhör.

«Gan Zhong, Ihr seid ein Palastaspirant?»

«So ist es, Exzellenz.»

«Worin bestehen Eure Pflichten?»

«Wenn ich in Stellung bin?»

«Ja, dann.»

«Häufig kopiere ich Erlässe und Edikte. Wenn nötig, nehme ich auch an Ritualen teil und begleite Gäste. Manchmal . . .»

Der Ankläger schwenkte ungeduldig das Seidentuch. «Wir sind alle im Bilde über solche Pflichten. Seht Ihr Euren Onkel oft?»

«Ja, denn aufgrund seiner Großzügigkeit lebe ich in seinem Haus.»

«Dann kennt Ihr seine Gewohnheiten und wisst, mit wem er Umgang pflegt.»

Gan Zhong gab seine Antwort mit großer Vorsicht. «Ich weiß, was zwischen uns vorfällt. Der Onkel ist das Oberhaupt unserer Sippe, daher bekomme ich meine Anweisungen von ihm.»

«Korrespondiert er mit Personen aus anderen Staaten?»

«Das weiß ich nicht.»

«Mit seiner Familie in Qi?»

Gan Zhong sagte nichts.

«Ihr seid ein verdienter Gelehrter, und doch scheint Ihr meine Frage nicht zu verstehen», bemerkte der Ankläger sarkastisch. «Hat Euer Onkel Familie in Qi?»

«Ja.»

«Vettern?»

«Ich glaube schon.»

«Ihr glaubt?»

«Ich habe von zwei Vettern gehört. Aber der Onkel sagte einmal, dass er sie seit Jahren nicht gesehen oder ihnen geschrieben habe. Tatsächlich weiß ich nicht einmal ihre Namen.»

«Wir sprechen hier von Eurem Onkel, den Ihr jeden Tag seht, und Ihr wisst die Namen seiner Vettern nicht – Männern, die auch mit Euch verwandt sind?»

«Wir reden niemals über Verwandte in Qi.»

«Also hält er seinen Umgang mit ihnen verborgen?»

«Ich bin nie in meinem Leben in Qi gewesen. Ich weiß nichts über Verwandte dort. Mein Vater und mein Onkel haben Qi in ihrer frühen Kindheit verlassen. Mein Onkel ist jetzt sechsundfünfzig Jahre alt.»

«Wem, außer seinen Verwandten, hat Euer Onkel in Qi noch geschrieben?»

«Darüber weiß ich nichts.» Während Gan Zhong ins Kreuzverhör genommen wurde, sah er sich häufig um und begegnete dem kalten Blick Lao Wens, der wie ein geschätzter Gast auf der linken Seite zwischen anderen Beamten saß.

«Hat Euer Onkel jemals über seinen Vetter Jing Ke gesprochen?»

Gan Zhong sah den Ankläger mit echter Überraschung an. «Ich weiß nichts von einem Vetter namens Jing Ke.»

«Einem Vetter dritten Grades.»

«Eine Verwandtschaft dritten Grades ist sehr entfernt. Es ist sehr unwahrscheinlich, dass mir jemals etwas über Vettern dritten Grades zu Ohren gekommen ist, Exzellenz.»

«Na kommt schon, Ihr habt doch sicher von Jing Ke gehört?»

«Wenn Ihr den berüchtigten Jing Ke meint, dann ja.»

«Erzählt dem Gericht, wer er war.»

Obwohl das gewiss jeder wusste, kam Gan Zhong der Aufforderung nach. «Er war ein Attentäter. Vor einigen Jahren – ich bin mir nicht sicher, vor wie vielen – versuchte er, den Kaiser zu töten, der damals der König von Qin war.»

«Also war der erfolglose Attentäter Jing Ke ein Vetter Eures Onkels.»

«Das weiß ich nicht. Aber wie Ihr bereits sagtet, sie waren Vettern dritten Grades. Vielleicht hat mein Onkel sogar vergessen, das sie miteinander verwandt waren.»

«Ich habe nicht um Eure Mutmaßungen gebeten», erklärte der Ankläger spitz. «Bedauerte Euer Onkel, dass das Attentat seines Vetters fehlgeschlagen ist?»

«Wir haben weder über ein solches Ereignis noch über einen solchen Mann je gesprochen. Aber ich kann Euch bei meinem Leben und meiner Ehre versichern, dass mein Onkel dem Kaiser und dem Staat treu ergeben ist.» Um seinen Worten Nachdruck zu verleihen, blickte er über die Schultern zu seinem Onkel, aber der Angeklagte sah kein einziges Mal auf, nicht einmal, um die Treue seines Neffen zur Kenntnis zu nehmen.

Der Ankläger putzte sich die Nase und entließ Gan Zhong dann unter der Auflage, in der Halle zu bleiben.

Lao Wen wurde als Nächster aufgerufen. Der Ankläger befragte ihn mit einem gemessenen, respektvollen Tonfall und begleitete seine Worte mit unterwürfigem Nicken und ermutigendem Lächeln.

«Ihr seid Präfekt des neu geschaffenen Amtes für die Schwarzköpfe?»

«Das ist korrekt.»

«Meine Gratulation, illustrer Präfekt, zu der Ernennung auf diesen wichtigen Posten. Seid Ihr in Eurer Eigenschaft als Sekretär des Kaiserlichen Haushalts dem Neffen des Beklagten begegnet?»

«So ist es.»

«Welchen Grund hatte diese Begegnung?»

«Ich hatte Gan Zhong für einen geringeren Posten im Palast in Erwägung gezogen.»

«Wie war Euer Eindruck von ihm?»

«Ich fand, dass er äußerst freimütig sagte, was er dachte.»

«In welcher Hinsicht?»

«Er wartete mit seiner Meinung auf, ohne dass man ihn danach fragte. Er war der Vorherrschaft des Gesetzes gegenüber äußerst kritisch eingestellt.»

Die fünf Magistrate wandten sich wie auf ein geheimes Zeichen hin allesamt um, um den jungen Mann zu betrachten, der nun nicht mehr zwischen den Zeugen saß.

«Könntet Ihr, Ehrenwerter Präfekt, uns mehr über seine Auffassungen erzählen?»

«Er zitierte Han Fei Zi. Wie wir alle wissen, kam Han Fei Zi unter dem Vorwand hierher, ein Gesandter zu sein, aber als sein Plan, den König zu töten, offen gelegt wurde, beging er Selbstmord. Unser Großkanzler zur Linken, damals Justizminister, durchschaute seinen Verrat und rettete den Staat. Dies liegt jetzt fünfzehn Jahre zurück, ist aber im Geist der Patrioten noch ganz frisch. Deshalb überraschte es mich auch, als Gan Zhong einem derartig verräterischen Individuum seinen Respekt bezeigte, indem er es einen Mann von Weisheit nannte und aus seinen Werken zitierte.»

Der Ankläger wandte sich um und bedachte den jungen Gelehrten mit einem kurzen, zornigen Blick. «Und habt Ihr Gan Zhong den Posten angeboten, Ehrenwerter Präfekt?»

«Nach diesem beunruhigenden Gespräch beschloss ich, seine Kandidatur nicht länger zu unterstützen.»

«Wenn Ihr mir noch eine weitere Frage gestatten wollt? Sprach er von den Interessen seines Onkels in Qi?»

«Ja.»

«Was hat er gesagt?»

«Dass sein Onkel der Familie dort sehr nahe stehe. Als ich nach Einzelheiten fragte, sagte er nicht mehr, als er es heute getan hat. Damals hatte ich genauso wie jetzt das Gefühl, dass er nicht sehr mitteilsam ist.»

«Wie würden Sie den Neffen des Angeklagten charakterisieren?»

«Ich denke, ich würde ihn einen . . . einen Rebellen nennen.»

«Sie meinen, einen politischen Rebellen?»

Lao Wen schürzte die Lippen und dachte einige Sekunden lang nach. «Ich hatte nicht das Gefühl, dass dieser junge Mann von seinem Wesen her stark oder tollkühn genug wäre, um eine Rebellion anzuzetteln. Andererseits kann ich mir durchaus vorstellen, dass er einem älteren und erfahreneren Mann in dunkle und gefährliche Wasser folgen würde.»

Die Magistrate unterbrachen die Verhandlung und schickten die Zeugen, die bereits ausgesagt hatten, weg.

Gan Zhong mochte aufgrund mangelnder Erfahrung in den Belangen der Welt naiv sein. Niemand hielt ihn für dumm. Noch während er befragt wurde, ging ihm auf, dass diese Verschwörung gegen den Onkel aus irgendeinem unerfindlichen Grund das Werk Lao Wens war. Dieser beunruhigende Gedanke begleitete Gan Zhong den ganzen Weg durch die Halle bis zur Treppe. Bevor er jedoch nach unten gehen konnte, kam ein dicker Mann mit einem riesigen Mal auf der Nase auf ihn zu. Gan Zhong hatte ihn im Gericht sitzen sehen. «Wenn Ihr ihnen nicht sagt, was sie hören wollen, junger Mann, haben sie einen geheimen Ort, wo sie Euch hinschicken und wo Ihr bestimmt nicht hinwollt.» Der dicke Mann schüttelte betrübt den Kopf. «An diesem Ort haben sie Dinge, die kneifen, schneiden und Euch zerstören. Verschwindet aus Xianyang, so schnell Ihr könnt.»

Wurde der Onkel an diesem geheimen Ort festgehalten?, fragte Gan Zhong sich, als er auf der untersten Treppenstufe ankam und sich der Brücke über den Wei zuwandte. Noch während er über diese schreckliche Möglichkeit nachsann, kamen Soldaten hinter ihm hergestürzt, packten ihn an den Armen und stellten ihn unter Arrest.

9

Schon bald fand er sich in einem Gefängnislager nördlich des Wei wieder. Auf dem von Mauern umschlossenen Gelände standen etliche Reihen von Gebäuden aus grob gezimmertem Holz. Ein jedes war in kopfhohe Holzpferche unterteilt, in denen man die Gefangenen festhielt, ungefähr fünfhundert in jedem Gebäude. Männer und Frauen wurden zusammen gefangen gehalten – zwanzig oder dreißig in jedem kleinen Verschlag. Sie lagen oder saßen auf dem strohbedeckten Boden. Es war kalt. Eine Ecke des Verschlags wurde für die Körperausscheidungen benutzt. Jeder Gefangene trug ein nummeriertes Schild um den Hals. Jeder bekam eine Holzschale, in die einmal am Tag Brei gegossen wurde. Umherziehende Straßenhändler verkauften kalte Hirse. Das einzige Licht in dem fensterlosen Gefängnis kam durch Türen an beiden Enden, aber wegen des Windes, der durch die Holzbretter pfiff, war die allgemeine Enge durchaus willkommen. Der Verschlag erinnerte Gan Zhong an die Pferche auf dem Markt, wo die *nubeis* verkauft wurden. Er erinnerte sich an die Augen dieser Sklaven und hoffte, dass die seinen nicht dieselbe Furcht verrieten.

Das war auch seine Hoffnung, als am nächsten Nachmittag sein Freund Ru He ihn besuchen kam und sie sich durch die Latten seines Verschlags unterhielten.

Ru He brachte schlimme Neuigkeiten. An diesem Morgen hatte Gan Luo im Zeugenstand bestätigt, dass der Attentäter Jing Ke sein Vetter dritten Grades gewesen war. Er hatte gestanden, dass er mit verschiedenen Personen in Qi korrespondiert habe, sowohl Verwandten als auch Freunden, die er im Verhör als mögliche Umstürzler bezeichnete. Ferner bekannte er, selbst ebenfalls rebellische Neigungen zu hegen.

Gan Zhong glaubte nichts von alledem. Gewiss hatte man dem Onkel das Geständnis unter Folter abgepresst, an jenem geheimen Ort, an dem sie einen quetschten und schnitten. Dennoch besiegelten diese Aussagen das Schicksal seines Onkels und sehr wahrscheinlich auch sein eigenes.

Er brachte ein Lächeln für Ru He zustande. «Danke, dass du gekommen bist. Das war sehr tapfer von dir.»

«So tapfer nun auch wieder nicht. Ich habe Beziehungen zur Regierung. Mir kann eigentlich nichts passieren.»

«Das kann heutzutage niemand genau wissen.»

Ru He zuckte die Achseln und zog seine Jacke fester um sich. «Es ist kalt hier drin. Was brauchst du?»

«Ich bin versorgt», log Gan Zhong.

«Es gibt nichts, was ich tun könnte?»

«Du kannst mir sagen, warum ich hier bin. Ich glaube nicht, dass eine Bemerkung über Li Si und Han Fei Zi der Grund ist.»

«Nicht so laut.»

Gan Zhong sah sich um, aber niemand belauschte sie. «Es sieht so aus, als sei mein Schicksal mit Jing Ke verwoben. Du kommst doch aus Qi. Erzähl mir von Eurem berühmten Attentäter.»

«In Qi betrachten wir Jing Ke nicht als einen der unseren», bemerkte Ru He hochmütig und trat einen Schritt näher, damit man ihn nicht hören konnte, obwohl das allgemeine Getöse des Gefängnisses ohrenbetäubend war. «So weit es uns betrifft, ist er ein Mann aus Wei, weil er dort aufgewachsen ist. Oder aus Yan, weil dessen Herrscher ihn mit dieser schlecht geplanten Mission betraut haben. Zu uns hat er jedenfalls nicht gehört. Außerdem war er ein Narr. Der Dolch hätte besser in der zusammengerollten Karte befestigt werden müssen. Er hätte näher an den Thron herantreten und den Ärmel des Königs besser festhalten müssen. Es hätte ihm gelingen müssen, den König einzuholen, bevor die Wachen kamen. Ein dummer Leibarzt hätte ihn unmöglich mit einem Ledergürtel aufhalten dürfen. Das Volk von Qi nimmt ihn nicht zur Kenntnis.»

Gan Zhong ließ mutlos den Kopf hängen. «Nichts von alledem betrifft meinen Onkel.»

«Dein Onkel ist aufgrund seines Blutes schuldig, ganz gleich, wie weitläufig die Verwandtschaftsbeziehung sein mag. Das ist jedenfalls Han Fei Zis Sichtweise. Ein Legalist würde dich an die gemeinsame Verantwortung für unrechte Taten erinnern.»

«Es würde mich freuen, wenn ich glauben dürfte, man habe mich eingekerkert, weil ich Han Fei Zi zitiert habe. Er war zumindest ein großer Denker.»

«Und der Feind von Li Si.»

Gan Zhong sagte nichts.

«Die Politik kann jeden zu Fall bringen. Konfuzius hat seinerzeit seine Weisheit keine Stellung bei den Königen eingetragen. Er starb ohne ein Amt.»

Die beiden Männer sahen einander schweigend an, während

die anderen Gefangenen hinter Gan Zhong schnieften und husteten. Ein Fieber machte in den Verschlägen die Runde.

«Warum hat Lao Wen das getan?», fragte Gan Zhong plötzlich. «Li Si ist sein Gönner.»

«Erklärt das, warum er meinen Onkel ins Verderben treibt, einen Mann, der weder ihm noch Li Si jemals Schaden zugefügt hat? Erklärt es, warum er mein Verderben will?»

«Die Antwort lautet ja.» Ru He zog seine mageren Schultern in die Höhe. «Ich habe dir übrigens einen dicken Mantel mitgebracht. Du wirst hier sonst noch erfrieren, obwohl du ein Ochse von einem Mann bist.»

Am Nachmittag wurde Gan Zhong aus dem Verschlag geholt, und zu seinem Entsetzen legte ein Gefängniswärter ihm Beineisen an. Er war bestürzt, wie schwer und hinderlich sie waren, als er durch die Straßen humpelte. Bis er in Begleitung seiner Wachen auf dem öffentlichen Markt ankam, war die Haut an seinen aufgeschürften Knöcheln blutig.

Aber als die Menge sich teilte und ihn die hoch aufragende Vorrichtung in ihrer Mitte sehen ließ, vergaß er alles Ungemach. Man hatte einen Holzbalken über schwere quadratische Pflöcke gelegt und direkt darunter einen großen Stein.

Soldaten drängten die Zuschauer zurück und nahmen in einem Halbkreis um das Gerüst herum Aufstellung. Obwohl einige tausend Menschen zusammengekommen waren, verhielten sie sich so still, dass jeder das Rasseln von Gan Zhongs Beineisen hören konnte. Man führte ihn auf die Nordseite des Kreises, wo bereits andere warteten. Keiner von ihnen trug Fesseln, aber sie waren alle Mitglieder von Gan Luos Haushalt: Jeder Diener und Stallbursche und jeder Koch aus der Spülküche war herbeizitiert worden, ebenso wie der Haushofmeister, der Stallmeister und der Familienschamane. In der Nähe stand eine Gruppe von Personen aus dem Amt des Großherolds, unter ihnen die Zeugen, die Gan Zhong während der Verhandlung gesehen hatte. Im Westen, auf der anderen Seite der freien Fläche, kniete Gan Luos Familie: seine Frau, seine beiden Konkubinen und beide Söhne, die beide älter waren als ihr Vetter Gan Zhong. Auch eine alte Frau kniete bei ihnen. Gan Zhong erkannte in ihr seine Urgroßmutter. Sie ließ sich nur selten in der Öffentlichkeit sehen und lebte in einem Teil des Gebäudes, der vom übrigen Anwesen der Familie Gan abgetrennt war. Als Gan Zhong noch ein kleiner Junge war, hatte sie ihm oft Süßigkeiten zugesteckt, aber nun hatte er sie seit Jahren nicht mehr gesehen. Konnten diese trüben Augen ihn jetzt erkennen? Was sahen sie? Was empfand sie inmitten von Generationen, die lange nach ihr hätten sterben sollen? Gan Zhong hatte alle Mühe, die in ihm aufsteigende Übelkeit zu bekämpfen.

Dann wurde der Onkel von Wachen zu einer Stelle in der Nähe des Balkens geführt, wobei die Männer ihn halb hinter sich her schleiften und schoben. Er konnte das linke Auge benutzen, aber das rechte war geschlossen und ausgeblasen wie ein Ei. Sein entstelltes Gesicht war blutverkrustet und da, wo früher sein rechtes Ohr gewesen war, befand sich nur noch ein verformter Fleischklumpen.

Ein Mann in einer schwarzen Robe trat vor und verkündete mit weit tragender Stimme: «Hört mich an Bürger! Dieser Mann, Gan Luo, ist grässlicher Verbrechen gegen den Sohn des Himmels für schuldig befunden worden. Er und seine Verwandten bis zum dritten Grad sind zur Bestrafung hier versammelt worden. Gan Luo selbst wird der Strafe der Zweiteilung unterzogen.»

Ein Raunen durchlief die Menge – «Zweiteilung ... Zweiteilung ... Zweiteilung ...», während gleichzeitig Gan Luo auf den Balken zugeschoben wurde. Einige Männer waren dort dabei, ein Seil über den Balken zu werfen und ein anderes um den schweren Stein darunter zu binden. Die Arme des Verurteilten wurden mit flinken Bewegungen an den Balken geknüpft, dann wurden seine gefesselten Beine mit einem zweiten Seil an den Stein gebunden. Als die Männer fertig waren, hing Gan Luo zwischen Balken und Stein gestreckt.

Ein muskulöser Mann mit einer schwarzen Gesichtsmaske und einem federbesetzten Hut zwängte sich durch die Menge und trat energisch vor. Auf der Schulter trug er ein gewaltiges Schwert, das genauso lang war wie er groß. Irgendwo unter den Zuschauern schrie eine Frau auf, aber von der Familie des Verurteilten kam kein Laut.

Der Henker stand breitbeinig vor ihm. Gan Luo blickte mit seinem geöffneten Auge an ihm vorbei, als konzentriere er sich auf etwas, das nur er sehen konnte.

Gan Zhong flüsterte vor sich hin: «Mein guter Onkel, mein gerechter Onkel, mein großzügiger Onkel . . .»

Was als Nächstes geschah, ging dermaßen schnell vor sich, dass Gan Zhong nichts sah als den großen Mann, der mit dem seitlich gehaltenen Schwert vortrat, und dann eine lange, verschwommene Bewegung, als die Klinge erst durch die Luft, dann durch die Taille des Onkels fuhr. Bevor die Waffe ihren Bogen vollendet hatte, schoss aus dem in zwei Teile getrennten Körper eine Blutfontäne auf; die untere Hälfte des Leichnams fiel auf die Steine, und die obere Hälfte baumelte an dem Seil über dem Balken.

Was als Nächstes geschah, vollzog sich langsam. Sekunden nahmen für Gan Zhong das Gewicht eines Albtraums an. Jedes Familienmitglied wurde der Reihe nach in den Kreis gebracht, wo es niederknien musste. Der ältere Sohn kam als Erster. Ein stämmiger Strangulierer trat mit einer Seidenschnur in der Hand hinter ihn. Er wirbelte sie in einer einzigen fließenden Bewegung um seinen Hals, zog für ein paar Augenblicke zu, löste den Druck, zog abermals zu und löste wieder – fünfmal insgesamt, bevor beim sechsten Mal – da Sechs die heilige Zahl des Reiches ist – der ältere Gan-Sohn endlich sterben durfte. Jedem Verwandten Gan Zhongs wurde dasselbe präzise abgestufte, qualvolle Ende zuteil. Die Ehefrau starb gleichmütig und ohne einen Laut. Eine der Konkubinen schluchzte, ebenso wie der jüngere Sohn, aber keiner von ihnen schrie laut auf oder setzte sich zur Wehr, abgesehen von den unwillkürlichen Krämpfen, die ihre sterbenden Leiber befielen. Es schien, als hätten sie Angst, eine so exakte, so methodische Prozedur zu unterbrechen. Die Zuschauer verharrten in Schweigen, wachsam wie Krähen, als das letzte Mitglied der Familie Gan, die alte Urgroßmutter, auf unsicheren Beinen in den Kreis geführt wurde, niederkniete und lautlos drei der sechs Episoden des Todes über sich ergehen ließ, bevor sie ihnen erlag.

Gan Zhong hatte noch nie einer Hinrichtung beigewohnt. Während er diese quälende Szene beobachtete, kamen ihm die

Worte seines Lehrers in den Sinn: «Eure Lehrjahre haben gerade erst begonnen.» Während Menschen, die er liebte, vor seinen Augen langsam getötet wurden, sollte sein Leben beginnen. Eine Tür hatte sich geöffnet, und er trat zum ersten Mal hindurch, hinein in eine Landschaft, die von Nebeln verhangen war.

Als die Bestrafung bis zum dritten Verwandtschaftsgrad ausgeführt war, trat der schwarz gewandete Mann abermals vor, in Sandalen, die von Gan Luos Blut durchtränkt waren. Er verkündete: «Der Gerechtigkeit ist Genüge getan. Der Sohn des Himmels ist jetzt sicherer als zuvor.» Die obere Hälfte des durchtrennten Leichnams baumelte träge an dem Seil, das von dem Balken herabging. Die Menge begann sich zu zerstreuen; die Menschen hielten den Kopf gesenkt, als hätten sie in irgendeiner Weise an der Hinrichtung mitgewirkt.

Gan Zhong erinnerte sich kaum an seine Rückkehr ins Gefängnis. Auch wusste er später nicht mehr zu sagen, wie viele Tage verstrichen, während er in dem stinkenden Stroh saß und unablässig an den Onkel dachte, einen Mann, der so hart für Staat und Sippe gearbeitet hatte. Der Onkel war selten auf die Jagd gegangen und hatte ebenso selten an Festen teilgenommen. Auch für Freundschaften war ihm keine Zeit geblieben. Jeden Abend hatte in seinem Zimmer noch bis spät eine Kerze gebrannt. Und doch war ein solcher Mann zur Zerstückelung verurteilt worden, der demütigendsten aller Todesarten. Den Schamanen zufolge wanderte die Seele eines solchen Opfers durch die Zeit, gefangen in der Gestalt eines Geistes.

«Ich suche die Schuld nicht beim Himmel, ich suche niemals die Schuld beim Himmel», hatte Konfuzius seinen Schülern gesagt.

Wem dann, so fragte Gan Zhong sich, konnte man die Schuld an dem ungerechten Ende eines guten Mannes geben? Gab es einen Himmel? Was, wenn der Vater und der Onkel und die Ahnen nicht mehr waren als Erinnerungen? Er wünschte um des Onkels willen, dass es die Wahrheit wäre. Gan Luo hatte zu hart für seine Ehre in dieser Welt gearbeitet, um in der nächsten Schande zu erleiden.

Eines Nachts, als er zitternd im Stroh hockte und von Husten und Erbrechen wach gehalten wurde, entsann er sich an ein altes Gedicht, das für den Onkel hätte geschrieben sein können.

Du hast Fleisch und Wein,
Warum schlägst du nicht die Laute
und vergnügst dich wie die anderen?
Warum feierst du nicht bis in die Nacht?
Wenn du erst tot bist,
Wird ein anderer dein Haus beziehen.

Im Haus seines Onkels würden schon bald andere Menschen wohnen, es sei denn, die Soldaten rissen es vorher nieder.

Tod und Verlust können jederzeit kommen.
Unsere gemeinsame Zeit währt nicht lange.
Freue dich an Fleisch und Wein,
Bevor ein anderer deine Freunde bewirtet.

Er hörte das anhaltende Geräusch heftigen Atmens, und im Licht eines Mondstrahls, der durch eine Ritze in den Holzlatten fiel, sah er zwei Gestalten, die sich ganz in der Nähe rhythmisch miteinander bewegten. Inmitten von Kälte und Elend lagen dort ein Mann und eine Frau und liebten sich. Ihre Unbekümmertheit überraschte ihn, ihre Kühnheit beglückte ihn. Nachdem die Frau einen spitzen kleinen Schrei ausgestoßen hatte, breitete sich ein Lächeln auf seinem Gesicht aus, und er schlief endlich ein.

Ru He kam ihn beinahe jeden Tag besuchen. Der kleine Bursche zog sich an dem Verschlag nach oben und versuchte zu lächeln, aber der Geruch und der Lärm verzerrten sein Gesicht stets aufs Neue zu einem Grinsen. «Wie kannst du nur mit den anderen hier zusammenleben? Sie sind nicht deinesgleichen.»

«Als ich von der Hinrichtung zurückkam, haben sie mir einen Weizenkuchen gegeben.»

«Ja? Sie haben dir zu essen gegeben, und was haben sie gesagt?»

«Nichts. Sie haben mir einfach zu essen gegeben. Die Philosophen nennen sie ‹das Volk›, als sei es ein einziges Wesen wie ein

Baum oder wie ein Berg. Das sind sie nicht. Sie sind alle verschieden.»

«Für mich sind sie Torhüter und Kehrer und Köche und Bauern, und sie sind alle eins.» Ru He stemmte mit einer selbstgerechten Geste die Hände in die Hüften. «Bitte, alter Freund, was auch passiert, glaub nicht, dass du zu ihnen gehörst, nur weil du mit ihnen leidest. Denn das stimmt nicht. Wir sind, wer wir sind, und sie sind die anderen.»

An diesem Nachmittag, lange nachdem sein Freund gegangen war, lag Gan Zhong dösend auf einem Haufen schmutzigen Strohs. Ein alter Mann stieß ihn an. «Ihr liebt sie wohl jung. Sie sucht nach Euch.» Gan Zhong rieb sich die Augen und sah dann durch einen Spalt im Verschlag einen Teil von einem weißen Gesicht unter einer dunklen Kapuze. Er sprang auf und rief: «Youning!» Als er jedoch den Zaun erreichte, sah er ein anderes Gesicht dort. Und doch hätte es ihm nicht teurer sein können.

Seine Schwester schob die Finger zwischen den Ritzen hindurch und umfasste die seinen. Sie begannen beide gleichzeitig zu sprechen, daher ließ Gan Zhong ihr den Vortritt. Nifang, die einen Umhang aus Hanf und schmutzige Lumpen trug, um sich unkenntlich zu machen, schob ihm einen kleinen Geldbeutel zwischen die Ritzen durch. Eine alte Dienerin hatte sie in ihr Haus geholt und war damit ein großes persönliches Risiko eingegangen. «Sie bittet mich», sagte Nifang, «aufs Land zu gehen. Dort kann ich einer Bestrafung entkommen.»

«Einer Bestrafung entkommen? Ein vierzehnjähriges Mädchen? Sind denn alle in Gefahr? Was hat unsere Sippe getan?»

«Man behauptet, wir hätten dem Onkel geholfen.»

«Sagt man auch, wie wir das getan haben sollen?»

Das Mädchen schüttelte den Kopf und begann zu weinen. «Niemand weiß etwas.»

Er betrachtete ihren zierlichen, zitternden Körper und sah für einen Augenblick seine Schwester vor sich, wie sie auf dem Marktplatz kniete. «Tu es, geh aufs Land», sagte er bewegt.

«Ich habe Angst davor.»

«Du darfst nicht noch einmal hierher kommen.» Er streckte den Beutel wieder durch die Öffnung. «Nimm das mit. Mach schon, du wirst es brauchen. Sie sind mit der Bestrafung nur bis zu Verwandten dritten Grades gegangen, aber sie könnten weiter gehen. Sie könnten die ganze Sippe auslöschen, jeden Einzelnen, Hunderte von Menschen. So hat man es in alter Zeit gemacht. Hast du verstanden? Sieh mich nicht so an, Nifang! Geh! Geh!» Er schrie dem verängstigten Mädchen hinterher, das den Geldbeutel umklammert hielt, sich umdrehte und davonstürzte. «Geh, Schwester! Du darfst niemals zurücksehen! Bleib nicht stehen!»

«Du hast Glück», sagte Ru He am nächsten Tag. «Man hat davon geredet, dich wegen Hochverrats anzuklagen.»

«Wer hat das vorgeschlagen? Lao Wen?»

«Dieser Name ist mir tatsächlich zu Ohren gekommen. Aber dank dem neuen Gesetz ist nichts daraus geworden. Weil dein Onkel und seine Familie bis zum dritten Grad zur Verantwortung gezogen wurden, kann man andere Verwandte nicht wegen desselben Verbrechens bestrafen. Der Kaiser hat diesen Erlass am Tag nach der Hinrichtung deines Onkels unterzeichnet.»

«Warum?»

«Es heißt, Li Si stecke hinter diesem seltsamen kleinen Gnadenakt. In der alten Zeit war Fürst Shang dafür, eine ganze Sippe auszulöschen, daher ist Li Si dagegen. Li Sis Eifersucht war der Grund, warum Han Fei Zi sterben musste. Derselbe Charakterzug hat dich nun gerettet.» Gan Zhongs Freund, den die Ironie des Ganzen erheiterte, lachte. «Wir leben in einer Zeit, die von Dämonen beherrscht wird. Das ist jedenfalls meine Meinung. Komm, mein Freund, lächle. Vielleicht wirst du schon bald von hier fortgehen können.»

«Ein Wachposten erzählte mir, dass man mich vielleicht zur Mauer schickt.»

«Ah, Zwangsarbeit.» Der schwächliche kleine Gelehrte seufzte. «Mich würde so etwas binnen einer Woche umbringen, aber du wirst überleben.»

«O ja, ich werde überleben. Meine Lehrzeit hat nämlich gerade erst begonnen. Und es gibt da etwas, das ich noch tun muss.»

Sein Freund beäugte ihn neugierig. «Und das wäre?»

«Ich will Lao Wen töten.»

Ru He sah ihn weiter aufmerksam an. «Ich möchte nicht der Mann sein, der dir ein Unrecht angetan hat.»

An diesem Nachmittag wurde Gan Zhong zusammen mit einer Kolonne anderer Gefangener in einen fensterlosen Raum in einem anderen Gebäude geführt. Die Gefangenen standen schweigend in einer Reihe vor einem kleinen Schreibtisch, an dem ein finster blickender Mann mit dem quastenbesetzten Hut eines Magistrats kniete. Mit einem Holzstift ritzte er die richterliche Entscheidung, die er soeben getroffen hatte, in einen Bambusstreifen ein. Der Richter erledigte seine Arbeit im Licht einer Kerze mit beachtlicher Geschwindigkeit. Er verglich die Nummer auf den Schildern, die jeder Gefangene um den Hals trug, mit der Anklage auf den jeweiligen Holztafeln und erklärte: «Diebstahl» oder «Schmuggel», oder «Körperverletzung», oder «Nichtzahlung von Schulden» oder «Nichtzahlung von Steuern». Die meisten Anklagen lauteten auf Nichtzahlung von Steuern.

Dann fragte er: «Schuldig oder unschuldig?»

Die Antwort lautete immer: «Unschuldig.» Das Urteil lautete immer: «Schuldig.» Gan Zhong fragte sich, wie viele solcher Fälle der Magistrat am Tag behandelte. Wahrscheinlich Hunderte, und bei keinem Einzigen wurden Beweise vorgelegt.

Als Gan Zhong an die Reihe kam, hörte er die Anklage gegen sich: «Aufwiegelung.» Nachdem er sich für unschuldig erklärt hatte, hörte er den Richter müde wiederholen: «Schuldig.» Er wollte eigentlich protestieren, aber ein Wachposten riss an seiner Kette und zerrte ihn zu einer Gruppe von Gefangenen hinüber, die in ihre Verschläge zurückgebracht werden sollten. Als sie über das Gelände schlurfen, rief einer von ihnen wütend: «Ist das, was uns gerade widerfahren ist, das Gesetz?» Und ein anderer antwortete: «Ja, es ist das Gesetz! Es ist Lao Wens Gesetz!» Und wieder ein anderer rief: «Wie sollen sie denn sonst ihre verdammten Straßen und Mauern bauen?» Sogar der Wachposten lachte, stieß dann aber dem unverschämten Gefangenen doch noch so heftig die Spitze einer Hellebarde in den Arm, dass Blut floss.

Am nächsten Tag wurde Gan Zhong in einem anderen Bereich

des Geländes der Kopf kahl geschoren. Ein Wachposten gab ihm ein knielanges Hemd aus rauem rotem Hanf.

«Ist das das Sträflingsgewand?», fragte er.

Der Soldat zeigte auf eine Hütte in der Nähe. «Geh da rein.»

Als Gan Zhong eintrat, brüllte ein Mann ihn an: «Lass mich meine Arbeit tun oder man wird dich festhalten.»

Im Licht einer Kerze sah er einen spitzen Bambusstock in der Hand des Mannes. «Tu deine Arbeit», sagte er.

«Gut. Knie dich hin. Und dass du mir nicht anfängst zu wimmern wie ein Hund. Der Letzte hat schon losgekreischt, bevor ich auch nur den Ruß bereit hatte», sagte er, während er das scharfe Ende des Bambus in einen Topf mit Kiefernruß tauchte. Dann packte er mit der anderen Hand Gan Zhongs Gesicht, hielt wie ein aufmerksamer Künstler kurz inne und machte sich dann daran, das Fleisch schnell und tief einzuritzen.

«Du zuckst nicht zurück?», fragte er, während er arbeitete. «Du bist stark, wie? Na, an der Mauer werden sie dich schon kleinkriegen. Die Mauer ist stärker als jeder Mann.»

«Ich glaube, man wird mich zu den Straßen schicken.»

«Straßen, Mauern, Brücken. Was ist der Unterschied?»

«Für mich keiner», sagte Gan Zhong trotzig.

«Das ist die richtige Einstellung. Nimm, was kommt, und lebe weiter, jammere und stirb – und das war's dann.» Er hob den Stock mit der schwarzen Spitze und stach erneut zu. «Sie lassen mich diese Arbeit von Sonnenaufgang bis Sonnenuntergang tun. Die Welt hat sich zum Schlimmeren verändert. Nur Arbeit, kein Vergnügen. Meine Hand pocht, weil ich diesen Stock so lange halten muss.» Er wischte Gan Zhong das Blut ab und setzte sein Werk zügig fort, bis die Tätowierung fertig war.

Nach wenigen Tagen begann die hässliche Wunde zu heilen. Schon bald würden die schwarzen Schriftzeichen für «Einfriedung» und «Mensch» auf Gan Zhongs linker oder östlicher Wange für alle Zeit das Wort STRÄFLING ergeben:

Man hatte ihm die Schande ins Fleisch gebrannt.

II

10

Sie lag auf der Schlafmatte, und ihre Lippen strichen über die warme Seide des Lakens. Gestern hatte sie sich sorgfältig ein Gedicht aus den Neuen Liedern eingeprägt. Viele, viele Male hatte sie es sich dann rezitiert, während ihr die Tränen über die Wangen strömten. Die Empfindung von Feuchtigkeit erregte Youning, denn es war ein Beweis für ihr schreckliches Schicksal. Sie hatte alles verloren, sagte Youning sich, nur nicht die Fähigkeit zu weinen.

Gefüllt ist die Halle mit lieblichen Mädchen,
Doch jäh fällt sein Blick nur auf mich, mich allein.
Als er kam, sprach er nicht.
Als er ging, fand er kein Wort.
Er schwang sich auf den Wirbelwind und raffte ein Wolkenbanner.
Kein größerer Schmerz, als Abschied zu nehmen fürs Leben.
Auf wen wartest du, Herr, am Wolkensaum?
Im Himmelsteich habe ich mit dir gebadet,
In sonniger Bergschlucht das Haar dir getrocknet.
Ich warte auf meinen Schönen, aber er kommt nicht.
Verzweifelt singe ich laut, den Wind im Gesicht.

Die Zofe Ying, die in der Tür stand, verbeugte sich und informierte Youning, dass ihre Tante auf dem Weg zu ihr sei.

Youning wandte ihr tränenfeuchtes Gesicht der Tür zu und sagte mit zusammengebissenen Zähnen: «Ich will nicht mit ihr sprechen, ich will nicht. Ich will mit niemandem sprechen.»

«Du wirst mit mir sprechen, und zwar jetzt», erklärte ihre Tante, die sich an der Zofe vorbeidrängte und ins Zimmer trat. «Du versteckst dich jetzt schon seit Tagen hier, und das muss aufhören.»

Youning bohrte ihr Gesicht in die Matte und hielt sich die Ohren zu, aber doch nicht so fest, dass sie nichts mehr hören konnte.

«Mein liebes Mädchen», begann die Tante mit jäher Zärtlichkeit, «wir wissen, wie du dich fühlst. Verrat ist etwas Schreckliches. Das ist ein schwerer Schlag für uns alle, vor allem für deine Mutter.»

Youning nahm die Hände von den Ohren.

«Stell dir vor, wie die ganze Sippe sich fühlte», sagte die Tante mit einem Seufzen, «als wir erfuhren, dass der Onkel ein Verräter war und der Neffe sein Komplize.»

«Kein Komplize», murmelte Youning in das Laken, «niemals, niemals, niemals.»

«Es ist schon eine Überraschung, dass man nicht auch ihn in zwei Teile geschnitten hat.» Als von ihrer Nichte keine Antwort kam, fuhr die grauhaarige Frau fort. «Aber wenn Präfekt Lao Wen nicht das Gesetz geändert hätte, hätte er gewiss ebenfalls *yaozhan* erlitten.»

«Das ist nicht Lao Wen gewesen.» Youning drehte sich zu ihrer Tante um. «Ich habe Vater davon reden hören. Es war Li Si, der den Kaiser zu dieser Veränderung bewogen hat.»

«Nun, es gibt nicht mehr zu sagen. Der Neffe wird wahrscheinlich jetzt bereits an der Mauer sein.»

Youning spürte, wie ihr erneut die Tränen kamen. Die Tante hatte Gan Zhong früher «den hübschen Drachen» genannt, nicht «den Neffen».

«Der Mensch, an den du nun denken musst», sagte die Tante, «ist deine Mutter.»

Youning hob den Kopf vom Laken. «Geht es ihr schlechter?»

«Sie ist der Grund, warum ich hier bin», sagte die Tante. «Wir alle machen uns Sorgen um sie.»

«Geht es ihr schlechter?»

«Jedenfalls nicht besser. Kannst du dir vorstellen, was für ein Schlag das für sie war?»

Youning richtete sich auf.

«In Gedanken sah sie dich bereits als verheiratete Frau. Und plötzlich ...» Die Tante ließ ihren kleinen Fächer aufspringen und klappte ihn sogleich mit einem leisen Knacken wieder zu. «Es wird ihr nicht besser gehen, solange du unverheiratet bist. Deine Mutter und ich, wir haben unser erstes Kind beide in jungen Jahren bekommen.»

«In bin erst sechzehn.»

«Alt genug für ein Kind.» Die Tante ließ den weißen Seidenfächer mit der schwarzen, Glück verheißenden Fledermaus wieder aufschnappen. «Entweder wir regeln deine Zukunft, oder der Zustand deiner Mutter wird sich verschlechtern. Heute bekam sie kaum Luft.»

«Ich möchte bleiben, wo ich bin», sagte Youning düster und strich mit den Fingern über die Matte. «Genau hier in diesem Zimmer. Was soll's. Mein Leben ist vorbei.»

«Ich habe in deinem Alter mein erstes Kind verloren, aber war mein Leben deshalb vorbei? Du bist ein hübsches, tüchtiges Mädchen und deiner Sippe würdig, die von dem Gott des östlichen Gipfels abstammt. Wir alle wollen das Beste für dich. Hör auf uns, und du kannst alles haben.»

Youning ordnete die Falten ihres zerdrückten Gewandes. «Ich will nichts. Gar nichts.»

«Aber es gibt jemanden, der dich will.» Die Tante schwenkte mit einer koketten kleinen Geste, die sie in ihrer Jugend bis zur Vollkommenheit beherschen gelernt hatte, ihren Fächer. «O ja, jemand könnte für dich *sterben*.»

Das Mädchen starrte die Wand an, um Desinteresse zu demonstrieren.

«Jemand, der Macht hat und auf dem Weg zu noch mehr Macht ist. Jemand, der barmherzig genug war, um darum zu bitten, dass das Leben des Neffen verschont bliebe.»

Youning fuhr herum und sah, wie ihre Tante breit und zufrieden lächelte. «Wenn Ihr Lao Wen meint – das hat er nicht getan. Er hat gar nichts für Gan Zhong getan.»

«Weiß ein Mädchen deines Alters über solche Dinge Bescheid? Ihr seid in diesem Alter doch alle gleich. Ihr glaubt alles, was ihr hört.» Sie fächelte sich energisch Luft zu, als sei es in dem Raum zu warm statt zu kühl. «Der Präfekt hat deinen Vater um Erlaubnis gebeten, mit dir im Hof spazieren gehen zu dürfen.»

«Ich werde dort nie wieder mit irgendjemandem spazieren gehen.»

Die Tante zuckte die Achseln. «Na schön, wenn nicht im Hof,

dann woanders. Deiner Mutter haben wir noch nichts davon gesagt, aber ich möchte eins ganz klarstellen, wenn sie glaubt, du seiest einem bedeutenden Mann anverlobt, wird ihr Zustand sich schnell verbessern. Binnen weniger Tage wird sie wieder atmen können und ganz die Alte sein. Zweifelst du an meinen Worten? Ich kenne deine Mutter. Nichts würde ihr so gut tun wie das Wissen um deine Sicherheit. Wenn sie dich gut versorgt weiß, wird sie wieder genesen.»

Youning betrachtete das Phönixmuster auf dem Bettlaken.

«Könntest du es nicht wenigstens mit ihm versuchen?», fragte ihre Tante.

«Ich mag Lao Wen nicht.»

«Weil du ihn nicht kennst. Dein Vater hat großen Respekt vor dem Präfekten und deine Mutter ebenfalls.»

«Hat Mutter ihn denn kennen gelernt?»

Die Tante schwenkte triumphierend den Fächer. «Kennen gelernt hat sie ihn noch nicht, aber sie ist mit ihm einverstanden. Als ich einen solch hohen Beamten erwähnte, leuchteten ihre Augen plötzlich auf.»

Youning sagte eine ganze Weile nichts. Während dieses Schweigens hielt die Tante den Fächer zur Seite geneigt.

«Also gut. Für Mutter», sagte das Mädchen endlich. «Um ihretwillen werde ich ihn empfangen. Nicht für einen Spaziergang im Hof, aber vielleicht können wir durch den Garten gehen. Versprechen will ich allerdings nichts.»

«Selbstverständlich. Es ist gut, dass wir deinen Vater nicht mit dieser Angelegenheit belästigen müssen. Du wirst den Präfekten also empfangen, ohne Schwierigkeiten zu machen? Denn ich weiß, wie das ist, wenn du schwierig sein willst. Du musst mir versprechen, dich ordentlich zu benehmen.»

Als Youning verdrossen nickte, rief die Tante: «Gut!» Dann stand sie auf und verließ so eilig den Raum, dass sie ihren Fächer, den sie in ihrer Begeisterung fallen gelassen hatte, zurückließ.

Youning starrte die schwarze Glücksfledermaus auf der weißen Seide an. Dann griff sie den Fächer und riss ihn in kleine Stücke, ohne jedoch eine einzige Träne darüber zu vergießen. Youning nahm sich vor, nie wieder zu weinen, und falls sie es doch tat, so würde sie jedenfalls nie mehr so weinen, wie sie um Gan Zhong geweint hatte.

Am Nachmittag wurde Youning beim Seidenspinnen von ihrem Meister unterbrochen, der auf den Arm eines neuen Jungen gestützt durch den Korridor kam.

Youning, die bereits Ying nach einer Karaffe Wein geschickt hatte, ließ sich auf die Knie nieder und drückte die Stirn auf den Boden. Dann wurde ihr jedoch klar, dass er diese Ehrbezeigung nicht sehen konnte, daher sagte sie: «Ich habe die Stirn auf den Boden gedrück, Meister.»

«Was soll diese Zeremonie?», fragte er schroff.

«Ich habe Demut gefunden; ich bin endlich demütig geworden.»

«Ihr?» Mit einem Kichern wandte er sich an den Jungen. «Warte im Hof, bis man dich ruft.» Als der Junge gegangen war, stieß der blinde alte Musikant einen müden Seufzer aus. «Dieser Junge ist nicht so klug wie der andere, aber wenigstens stiehlt er nicht. Zumindest bis jetzt nicht. Das ist das Schlimmste an der Blindheit. Die Leute können einen so leicht bestehlen. Wenn ich diesen anderen Jungen behalten hätte, wäre mir nichts geblieben. Glücklicherweise hat mir ein Schüler erzählt, was unter meiner Nase geschah. Wo ist die Laute?»

«Rechts von Euch», antwortete Youning.

Der alte Mann setzte sich, streckte die Hand aus und berührte das Instrument. Dann fuhr er mit einem Finger über die Saiten, um einige wenige zufällige Laute erklingen zu lassen. «Ihr seid jetzt also demütig.» Der Gedanke erheiterte ihn sichtlich. «Das ist so, als sagte die Regierung: Wir sind jetzt barmherzig. Die Dinge waren ganz anders, als ich so alt war wie Ihr. Männer zogen in den Krieg und kehrten nie wieder zurück. Die Bewohner von Qin waren arrogante Barbaren, aber sie waren lebendig. Heute, wo es keine Kriege mehr gibt, sitzen sie nur herum und warten darauf, dass die Regierung sie ermordet oder zur Mauer schickt. Ich weiß Bescheid über Euren jungen Freund und seinen Onkel. Wenn die Regierung fertig ist, wird jeder mit jedem anderen verwandt sein, sodass jeder für jeden verantwortlich ist und man uns alle in der Taille entzweischneidet.»

Ying kam mit dem Wein. Nachdem der alte Mann einen Becher getrunken hatte, tastete er nach der Karaffe, die direkt neben ihm stand, und schenkte sich nach. «Mein Vater erzählte uns Kindern oft von Fürst Shang. Mein Vater verspottete ihn. Fürst Shang gefiel der Gedanke, dass die Menschen ihre Nachbarn denunzieren und dafür belohnt werden sollten. Also haben die Menschen ihn gehasst. Bewaffnete Wachposten mussten ihn überallhin begleiten, selbst auf den Abort. Als man ihn zum Lohn für seine Bosheit durch Gespanne auseinander reißen ließ, hat das Volk auf den Straßen getanzt. Versteht Ihr? In alter Zeit haben die Menschen füreinander gekämpft. Jetzt ist Fürst Shan in dieser mitleidlosen Regierung wieder lebendig geworden.»

«Erlaubt mir, einen Vorschlag zu machen, Meister. Ihr solltet weniger über die Regierung sprechen.» Youning war stolz auf diese erwachsene und vernünftige Bemerkung.

Der Meister leerte seinen Becher. «Vor einem Jahr wart Ihr ein kleiner, aber gefährlicher Tiger, ein schelmisches Füchslein im Körper eines Mädchens. Was ist aus meinem kleinen Phönix geworden? Woher kommt diese tugendhafte Vorsicht? Ihr hört Euch heute so an, als stündet Ihr dem Grab genauso nahe wie Eure Tante. Ich bin froh, dass ich Euer Gesicht nicht sehen kann. Es muss ganz runzlig sein vor Sorge.»

«Meister, ich soll einen alten Beamten heiraten, den ich nicht leiden kann.»

«Wie alt?»

«Sechsunddreißig.»

Der Großmusiker schlug sich auf den Schenkel. «Fünfzehn Jahre jünger als ich, aber wohl zu alt für Euch. Ah. Hm. Es wird Euch gut tun, Kinder zu haben. Ihr seid ein wildes kleines Mädchen gewesen, aber wilde Kinder werden gute Eltern. Das hat meine Mutter jedenfalls immer gesagt. Ich habe jedoch nie herausgefunden, warum sie fand, dass es so sei. Sie war so eine liebe kleine Frau. Mögt Ihr diesen Mann wirklich nicht?»

«Wirklich nicht.»

«Dann betet um Toleranz, und wenn nicht um Toleranz, dann um Geduld. Das ist alles, was Ihr tun könnt. Und habt Vertrauen in die Laute. Ihr Klang kann Euch Trost schenken, glaubt mir. Drei unfreundliche und untreue Frauen haben mir neun Kinder geschenkt, von denen nicht eines irgendetwas taugt. Aber jeden Morgen, wenn ich erwache, bin ich glücklich, weil dieser Tag ein Tag ist, an dem ich die Laute spielen werde.»

Präfekt Lao Wen ging mit Youning durch den Nordgarten, aber er blieb nicht lange. Die Überwachung des Amtes für die Schwarzköpfe bedurfte vieler Stunden Arbeit am Tag, erklärte er. Der Präfekt blieb jedoch immerhin lange genug, um einige Fragen zu stellen. Wer ihre Freundinnen seien und zu welchen Sippen sie gehörten. Ob sie vertraut sei mit den staatlichen Ritualen. Spielte sie ein Musikinstrument? War sie in den Künsten der Liebe ausgebildet worden?

Diese letzte Frage stellte er auf dieselbe forsche Art und Weise wie alle anderen, daher war Youning sich nicht sicher, ob sie richtig gehört hatte.

Als sie nicht antwortete, drehte er sich mit einem Stirnrunzeln um und blickte auf sie herab. «Nehmt Ihr Anstoß an meiner Frage?»

«Nein, Exzellenz.»

«Seid Ihr schüchtern?»

«Ich war noch nie schüchtern, Exzellenz.»

«Nun denn. Seid Ihr ausgebildet in den Künsten der Liebe?»

«Ja, Exzellenz.»

«Findet Ihr die Frage seltsam?»

«Nein.» Aber es war eine Frage, die Gan Zhong nie gestellt hatte.

«Ich bin Witwer, und ich habe schon einige Frauen gekannt. Ich betrachte die Frage als zulässig.»

Sie gingen schweigend durch den frischen Nachmittag. Youning hatte ihren Mantel offen gelassen, aber der Präfekt hatte seinen bis zu dem steifen Kragen hinauf zugeknöpft. Youning bemerkte, dass die Tante sie nicht besonders genau im Auge behielt. Tatsächlich war sie die meiste Zeit über damit beschäftigt gewesen, die unteren Zweige einer Weide sehr genau in Augenschein zu nehmen.

«Es hat früher wohl Gerüchte gegeben, Ihr würdet einen jungen Palastaspiranten zum Manne nehmen», sagte der Präfekt, «aber diese Heirat wird anscheinend nicht stattfinden.»

«Es war mehr als ein Gerücht, Exzellenz. Aber es wird nichts daraus.»

«Ihr scheint nervös oder ungeduldig zu sein. Fühlt Ihr Euch unbehaglich in meiner Gesellschaft?»

«Nein, Exzellenz.» Sie brachte ein höfliches Lächeln zustande.

«Nun, es ist nicht schlecht, wenn ein Mädchen auf diese Weise eine Beziehung zu einem Mann beginnt. Unbehaglichkeit kann zu interessanteren Gefühlen führen.» Nun war es an ihm zu lächeln, aber in seiner Miene lag etwas anderes als Höflichkeit.

Eine leise Furcht durchzuckte sie.

«Wollen wir doch für einen Augenblick zu dem in Frage stehenden jungen Mann zurückkehren», sagte der Präfekt. «Er hat den schwer wiegenden Fehler begangen, einen Verwandten in Schutz zu nehmen, der sich gegen den Kaiser verschworen hatte. Ein neues Gesetz erlaubt ihm barmherzigerweise weiterzuleben. Seid dankbar dafür und richtet Euren Blick auf die Zukunft.»

«Das werde ich tun, Exzellenz.»

«Gut. Das ist sehr gut. Und wie wäre es, wenn diese Zukunft mich einschlösse?»

Youning blieb stehen und sah zu Boden, obwohl diese Geste vielleicht rüde wirken mochte. Ihre Gebete zu den Göttern waren erfolglos geblieben; auf göttliche Hilfe konnte sie also nicht zählen, ebenso wenig wie sie auf eine Mutter zählen konnte, die zu krank war, um ihr Bett zu verlassen, oder eine Tante, die nur ihren eigenen Ehrgeiz im Sinn hatte. Niemand konnte ihr helfen, Susu nicht, ihre anderen Freunde nicht und auch sonst niemand, nicht einmal der Mann, den sie liebte und den man in Ketten fortgeschleppt hatte, um ihn für alle Zeit aus ihrem Leben zu verbannen. Sie musste für sich selbst sorgen. Mit einem entschlossenen Lächeln blickte Youning auf. «Was immer Ihr und meine Sippe befinden mögt, Exzellenz, entspricht ganz meinen Wünschen.»

«Gut. Wunderbar. Genau das wollte ich hören.» Und mit diesen Worten und einer respektvollen Verbeugung ließ der magere Mann mit dem spärlichen Bärtchen sie stehen. Die Tante eilte ihm lächelnd und unter stetigen Verbeugungen hinterher.

An diesem Nachmittag brachte die Zofe Youning einen Gegenstand, der in blaue Seide eingewickelt und mit einem roten Band verschnürt war. Zuerst dachte Youning entsetzt, es handele sich um ein Geschenk des Präfekten, aber Ying versicherte ihr, es sei von ihrer Tante gekommen. Als Youning das Päckchen auspackte, fand sie einen hübschen Anhänger darin, an dessen silbernen Ösen sechs Bernsteinkugeln baumelten. Sie erinnerte sich an etwas, das die Tante einmal gesagt hatte: Wenn das Blut eines Drachen in den Boden sickere, so verwandele es sich in Bernsteintropfen. Bernstein war ein Stein der Freude.

Youning, die das Kleinod hin und her drehte, versuchte erfolglos, die Tränen zurückzuhalten.

«Geht es Euch gut?», fragte Ying.

«O ja, ganz wunderbar.» Youning wischte sich mit ihrem langen Ärmel über die Augen. «Wie alt bist du, Ying?»

«Sechzehn, Herrin.»

«Wir sind gleich alt. Wusstest du das?»

Als das Mädchen nickte, sagte Youning: «Aber du wirkst älter. Du wirkst eher wie eine Frau, nicht wie ein Mädchen. Ich denke, du weißt so ziemlich alles über mich, aber ich weiß nur wenig über dich, und das ist doch seltsam, nicht wahr, wo wir so viel Zeit zusammen verbringen.»

Verwirrt über die Vertraulichkeit einer solchen Bemerkung, schwieg die junge Dienerin.

«Drachen können dich in einem Wagen zum Himmel hinauftragen. Wusstest du das, Ying?»

Die Zofe schüttelte den Kopf.

«Wenn die Drachen dich in einem Wagen holen kämen, würdest du ihnen sagen, sie sollen weggehen und dich hier lassen? Hab keine Angst. Antworte mir ehrlich.»

«Ich würde ihnen sagen, dass sie mich mitnehmen sollen.»

«Auch wenn du nicht sicher wärest, dass sie dich wirklich zum Himmel bringen?»

Ying, die sich von diesem Bild mitreißen ließ, nickte nachdrücklich: «Es wäre mir egal. Ich würde mit ihnen gehen.»

«Ich auch.» Was Youning als Nächstes sagte, war gewagt. «Vielleicht würden sie uns ja beide holen kommen, und wir würden zusammen mit ihnen davonreiten.»

Der schockierende Gedanke, mit ihrer Herrin im gleichen Wagen zu sitzen, gleichgültig, wohin die Reise ging, machte das Mädchen sprachlos. Sie konnte Youning nur mit offenem Mund ansehen.

Aber Youning bemerkte es kaum. Ihre Gedanken waren, wie so oft in diesen Tagen, zu der alten Liebesgeschichte von Han Peng zurückgekehrt, obwohl es ihr weniger um ihn ging als um seine namenlose Braut.

Es begann, als Prinz Kang von Song die Braut seines Ministers Han Peng sah und zu dem Schluss kam, dass er sie für sich selbst haben wollte. Der Prinz ließ Han Peng einkerkern und verurteilte ihn zur Strafarbeit an der Stadtmauer. Seine Braut schickte ihm heimlich einen Brief:

«Wenn der Regen fällt und der Fluss anschwillt,
werden unsere Herzen bei Sonnenaufgang
zusammenkommen.»

Der Prinz erfuhr von dem Brief und bestach einen Freund Han Pengs, ihm diesen zu stehlen. Zuerst konnte er die Bedeutung der Worte nicht entschlüsseln, aber einer seiner Höflinge brachte es schließlich fertig. Der fallende Regen bedeutete Trauer. Der anschwellende Fluss bedeutete, dass die Frau eingekerkert war. Das Zusammenkommen der Herzen bedeutete eine Sehnsucht nach dem Tod. Kurz darauf erfuhr der Prinz, dass Han Peng Selbstmord begangen und ein Gedicht hinterlassen hatte:

Krähen und Elstern fliegen in Paaren.
Niemals wollen sie einen Phönix zum Gefährten.
Meine Liebste ist ein gewöhnliches Mädchen.
Sie will nicht den Prinzen von Song.

Als die junge Frau vom Tod ihres Liebsten erfuhr, legte sie abgetragene und halb vermoderte Kleider an und stieg bei Sonnenaufgang auf den höchsten Turm der Burg. Gerade als der Prinz und seine Höflinge bei ihr anlangten, stürzte sie sich von dem Turm herunter. Viele Hände streckten sich nach ihr aus, aber die zerschlissenen Kleidungsstücke zerrissen. «Die Lumpen, die unter ihren Händen zerfielen, verwandelten sich in Schmetterlinge.» An ihrem Gürtel befestigt, fand sich ein Bambustäfelchen mit dieser Nachricht: «Dem Prinzen wäre es vielleicht liebe, ich würde weiterleben, aber ich ziehe es vor zu sterben. Ich erbitte die Gunst, dass man meinen Körper zusammen mit Han Peng, meinem Gemahl, begraben möge.» Der wütende Prinz lehnte dieses Ansinnen ab und befahl, sie in einiger Entfernung von Han Pengs Grabhügel zu bestatten. Da er zum Sarkasmus neigte, erklärte er, dass er die beiden Grabhügel, so sie auf irgendeine Weise zusammenkämen, in diesem Zustand belassen würde. Am Rande eines jeden Grabs wuchsen zwei kleine Trompetenbäume. Binnen zehn Tagen wurden sie riesengroß und streckten ihre Zweige nacheinander aus, sodass ihre Wurzeln sich unter der Erde verwoben und ihre Äste einander über der Erde umarmten. Zwei Mandarinenten, ein Männchen und ein Weibchen, ließen sich in dem unentwirrbaren Geäst nieder und waren durch nichts zu vertreiben. Sie schlangen ihre Hälse umeinander und gurrten ein trauriges Lied. Die Menschen, denen die Enten und die Liebenden Leid taten, nannten den Trompetenbaum den «Ich-liebe-dich-Baum». Youning konnte endlos über die Einzelheiten dieser tragischen Geschichte nachdenken. Sie stellte sich das Geschehen in allen Einzelheiten vor: Gan Zhong, der sich ein Messer in die Brust rammte, sie selbst, wie sie sich vom Turm stürzte, und dann die Tauben, die gurrend in dem Ich-liebe-dich-Baum hockten. In seiner knochigen Magerkeit gab Lao Wen den perfekten Prinzen von Song ab.

11

Von Kindheit an hatte sie sich ihre Hochzeit vorgestellt und nie so lebhaft wie in der Zeit, da ihre Heirat mit Gan Zhong näher zu rücken schien. Jetzt dachte sie an andere Hochzeiten als ihre eigene. Die Tante hatte ihr einmal mit unverhohlener Verachtung geschildert, was zwischen Bauern und Bauernmädchen geschah. Im Frühling lagen sie auf der mondbeschienenen Erde, und wenn sich der Leib der Mädchen über einem Kind rundete, gingen sie im Herbst alle zusammen in die gleiche Hütte.

In alten Tagen heiratete ein hoher Beamter nur einmal, nahm aber bei dieser einen Gelegenheit nicht nur eine, sondern mehrere Frauen – die jüngere Schwester der Hauptbraut und vielleicht eine ältere Tochter ihres ältesten Bruders oder eines Vetters. So flüchtig die Tante über die Ehen auf dem Land hinweggegangen war, so genau nahm sie es mit den Einzelheiten häuslichen Lebens in höheren Schichten. Falls die Hauptfrau später starb, konnte eine der Nebenfrauen ihren Platz einnehmen, aber ohne ein Recht auf ihren gesetzlichen Titel zu haben. Wenn der hohe Beamte starb, durfte einzig seine erste Frau sich im Himmel zu ihm gesellen. Die Tante hatte ihr das erklärt, bevor ein Witwer in das Leben ihrer Nichte getreten war. Jetzt verzichtete sie auf jede Erwähnung dieses Umstands, aber wenn Lao Wen starb, so glaubten jedenfalls altmodische Leute wie die Tante, konnte nur seine erste Frau, nicht aber seine Zweite im Himmel mit ihm zusammen sein. Das war Youning durchaus recht. Sie wollte im Jenseits nicht mit ihm zusammen sein. Vielleicht konnte sie es mit Hilfe von Schamanen und den entsprechenden Gebeten so einrichten, dass sie in der Ewigkeit bei Gan Zhong sein würde.

Für eine junge Frau, die seit ihrer Kindheit von ihrer Hochzeit geträumt hatte, erlebte Youning das Ereignis selbst dann mit ungewöhnlicher Gleichgültigkeit. Sie unterzog sich mit ausdruckslosem Gesicht und leeren Augen der «Kürbisübereinkunft», einer Mahlzeit aus drei Speisen und drei Bechern Wein, wobei der letzte aus einem in zwei Hälften geschnittenen Kürbis getrunken wurde. Dieses und andere Rituale vollzog sie der Form entsprechend, aber teilnahmslos. Der davon unbeeindruckte Bräutigam legte eine ähnlich unbeteiligte Korrektheit an den Tag.

So war es in ihrem Hochzeitsgemach schließlich ein Schock für Youning, dass der Bräutigam sich in einen vollkommen Fremden verwandelte oder, genauer gesagt, in einen brutalen Dämon aus jenen verbotenen Geschichten, die kichernde Mädchen einander heimlich erzählten. Tatsächlich schien Lao Wen im Geiste weitaus jünger zu sein, als sein strenges Verhalten und seine knochige Gestalt hätten ahnen lassen. Seine sexuelle Energie war unerschöpflich und erschreckend. Er wühlte in ihrem Fleisch wie ein Wildschwein in der Erde, und seine Manneskraft erneuerte sich mit verblüffender Geschwindigkeit. Die Tante hatte auf ihre praktische Art einmal bemerkt, dass ein Mädchen von Glück sagen könne, einen Ehemann mit starken Trieben zu bekommen. Aber obwohl Youning genau das nun gewiss besaß – einen Ehemann mit starken Trieben –, war sie keineswegs glücklich. In seinem Verlangen lag eine Art Zorn und vielleicht sogar Hass, und ihre mangelnde Erfahrung reichte nicht aus, um sie vor dieser schmerzlichen Wahrheit zu schützen.

Je mehr er ihren Körper für seine Befriedigung begehrte, so schien es während ihrer nächsten Begegnungen, umso weniger wollte er mit ihr reden oder auch nur im selben Raum bleiben wie sie. Lao Wens grimmige Überfälle endeten stets damit, dass er ihre Gemächer verließ und seine eigenen aufsuchte. In manchen Nächten hatte sie das Gefühl, als hätte gar kein Mann bei ihr gelegen, obwohl die blauen Flecken in ihrem weichen Fleisch bewiesen, dass es sich nicht um einen schlimmen Traum gehandelt haben konnte. Youning hätte die Tante um Rat gefragt, aber ihr Ehemann hatte ihre Besuche im Hause der Jias streng eingeschränkt; der Vorwand, unter dem er seine Frau von der Außenwelt abschirmte, war überaus rechtschaffen: Er benötigte seine Gefährtin angeblich für die Überwachung der für häusliche Belange zuständigen Palastdiener. Das bedeutete kaum mehr, als dass sie die unterschwelligen Beleidigungen der Eunuchen über sich ergehen lassen musste, die hinter ihrem Rücken kicherten und kleine Verfahrensfehler machten, die ihre mangelnden Fähigkeiten in der Führung eines Haushalts herausstrichen. Youning hatte in ihrem Leben nie viel private Abgeschiedenheit genossen; es hatte immer Diener und Verwandte in ihrer Nähe gegeben. Aber in diesem seltsamen Haus schien jeder ihrer Schritte genauestens überwacht zu werden. Ihre einzige Verbindung zur Außenwelt war ihre treue Zofe Ying, hinter deren ernstem Gesicht und furchtsamem Gehabe sich ein starker Wille und ein einfallsreicher Geist verbargen. So erbat Ying eines Tages zum Beispiel, als Youning allein und schluchzend in ihrem Zimmer saß, die Erlaubnis, eintreten zu dürfen.

«Herrin, gibt es irgendetwas, das Ihr wissen wollt?»

Youning blinzelte und sah sie neugierig an. «Das weißt du doch. Wo haben sie Gan Zhong hingebracht?»

Ying verneigte sich und ging, und am nächsten Tag sagte sie: «Ich kenne einen Mann, der es herausfinden kann.»

«Dann bring ihn zu mir!», rief Youning.

«Herrin, es gibt zu viele Augen in diesem Palast. Wollt Ihr, dass sie diesen Mann sehen? Ist es notwendig, dass Euer ehrenwerter Gemahl Fragen stellt?»

«Was bleibt uns anderes übrig?»

«Lasst mich mit diesem Mann reden.» Und genau das tat Ying denn auch.

Aber ihr bewundernswerter Vorstoß führte zu nichts.

«Der Mann sagt», flüsterte Ying ihrer Herrin im Garten zu, «dass man über Personen, die zur Zwangsarbeit fortgeschickt wurden, nichts erfahren könne. Sie kriegen da draußen andere Schilder.»

«Was heißt das?»

«In den Arbeitslagern bekommen die Leute neue Nummern. Da draußen ist das dasselbe wie ein neuer Name. Man errichtet eine gewaltige Mauer zwischen den Menschen und ihrer Vergangenheit. So hat es der Mann mir erzählt.»

Youning hielt mit Mühe die Tränen zurück. Wenn sie weinte, würde es gewiss einer dieser bartlosen Burschen bemerken und dem Präfekten melden. Da kam ihr plötzlich ein anderer Gedanke. Wenn sie nichts über Gan Zhong in Erfahrung bringen konnte, konnte sie vielleicht seiner Schwester Nifang helfen, die sie gern als Schwägerin gehabt hätte.

So wurde Ying mit einer neuen Aufgabe betraut, aber das Ergebnis war das Gleiche.

«Der Mann sagt», erzählte sie ihrer Herrin, «das Mädchen sei mit einer Dienerin fortgegangen. Wenn eine Dienerin ihr bei der Flucht geholfen habe, meint der Mann, wird man sie nie wieder finden, weil sich niemand besser als ein Dienstbote darauf verstehe, sich in Luft aufzulösen.» Ying lächelte – das gestattete sie sich höchst selten. «Das ist wahr.»

So fühlte Youning sich von ihrer Familie und auch von dem Mann, den sie liebte, abgeschnitten. In einsamen Nächten, nachdem Lao Wen sie verlassen hatte, drehte sie sich zum Fenster und starrte den Mond an, obwohl ihre Liebe zum Mond nicht mehr so stark war; schließlich hatte er sie verraten.

Endlich einmal war Youning hinausgekommen! Sie fand Susu auf einem tönernen Hocker sitzend vor, wie sie die Enten in dem Teich hinter dem Garten beobachtete. Das Anwesen von Susus Familie war größer als der Besitz der Jias, aber nicht so groß wie der Palast der Immerwährenden Freude, wo Youning und ihr Gemahl den größten Teil des Ostflügels für sich hatten. Er hatte die Räume, die er während seiner Amtszeit als Sekretär des Kaiserlichen Haushalts bewohnt hatte, behalten, vergrößert und neu eingerichtet. Ihr Aufenthalt im Palast war jedoch vorübergehender Natur. Als Präfekt eines wichtigen Amtes hatte er die finanziellen Möglichkeiten, sich ein Anwesen am Südufer des Wei einrichten zu lassen. Sie wollten nächstes Jahr dort einziehen, falls genug Arbeiter abkömmlich waren, um den Bau fertig zu stellen. Die meisten Arbeiter in der Stadt waren mit Projekten für den Kaiser beschäftigt.

Als Ehefrau eines hohen Beamten wusste Youning mehr über den Kaiser als die meisten anderen. So war ihr zum Beispiel bekannt, dass er selten ausging, es sei denn bei Nacht, und auch dann nur verkleidet als Palastdiener oder Wachposten. Die Schamanen hatten ihm gesagt, dass jemand, der zu einem Reinen zu werden wünsche, böse Geister meiden müsse. Und vor allen anderen Dingen wollte der Kaiser ein Reiner werden, den Wasser nicht nässen und Feuer nicht brennen konnte, der auf den Wolken ritt und der so lange wie Himmel und Erde existierte. Infolgedessen waren nur wenige Menschen jeden Tag über seinen Aufenthaltsort informiert. Wenn jemand es wusste und das Geheimnis törichterweise preisgab, so war die Strafe dafür die unverzügliche Hinrichtung. Youning hatte von einem redseligen Lakaien gehört und von zwei unbedachten Stallburschen, die ebendieses Schicksal ereilt hatte.

Um das kaiserliche Verlangen nach Abgeschiedenheit zu befriedigen, errichteten wahre Horden von Männern erhöht gelegene Gehwege zwischen den einzelnen Palästen. Andere hoben unterirdische Tunnel aus, die von einem Gebäude zum nächsten führten, sodass Zehntausend Jahre sich ungesehen bewegen konnte. Heutzutage war jeder Pavillon, den er betrat, eingezäunt und mit Eisenspitzen bewehrt. Aus Furcht vor Attentätern und bösen Einflüssen vertraute er niemandem außer Li Si, einigen weisen Ratgebern und den Schamanen, die ihm Unsterblichkeit versprachen. Er lebte in Abgeschiedenheit wie ein zorniger Gott, während er nach wie vor hoffte, etwas zu werden, das weder Mensch noch Gott war, sondern heilig, ein Reiner.

Während sie auf Tonhockern saßen und die Enten vorübergleiten sahen, berichtete Youning hastig und fast ohne eine Pause ihrer Freundin von all diesen Dingen.

«Abgesehen von Staatsangelegenheiten und Ritualen habe ich das Haus schon lange nicht mehr verlassen», gab sie zu. Das war ihre Entschuldigung für ihre sich überschlagenden Worte. «Lao Wen weiß nicht, dass ich außer Haus bin. Als ich dem Kutscher befahl, mich hierher zu bringen, fragte er, ob Seine Exzellenz Bescheid wisse, und ich habe gelogen.»

Susu wandte sich von den Enten ab und lächelte ihr beruhigend zu.

«Ich werde dich nicht verraten. Du hast ja gar keine Ahnung, wie sehr ich dich vermisst habe.» Sie griff nach Younings Hand. «Aber vielleicht solltest du nicht einmal mir gegenüber so viele verborgene Dinge über Seine Erhabene Majestät enthüllen.»

Youning, die an ihren Musikmeister denken musste, sagte: «Ja, du hast Recht. Ich habe selbst einmal jemandem geraten, nicht so viel zu reden. Aber mir kann nichts passieren. Das ist einer der Vorteile einer Ehe mit einem wichtigen Mann – man ist dann in Sicherheit. Und wegen der Staatsbankette, die fast jeden Abend stattfinden, werde ich langsam fett. Der Außenmensch besteht darauf, dass ich daran teilnehme.»

Susu warf ihr einen verwunderten Blick zu. «Du sprichst von deinem Ehemann als dem Außenmenschen, so wie die Bauern es tun.»

«Ich fühle mich auch wie der bescheidene Innenmensch auf einem Bauernhof.» Sie begleitete ihre Worte mit einem kleinen, traurigen Lächeln.

Susu strich ihr abermals über die Hand. «Ist es denn wirklich so schlimm?»

«Nicht in der Öffentlichkeit. Er ist klug, weiß sich gut auszudrücken und macht mir hübsche Geschenke. Sieh nur.» Sie nahm einen Bronzespiegel aus ihrem Gürtelbeutel und reichte ihn Susu zur Begutachtung.

«Ein schönes Muster», bemerkte Susu, die im Ruf stand, einen ausgezeichneten Kunstverstand zu haben.

«Lies die Inschrift.»

Susu drehte das Bronzestück in ihrer Hand um las laut vor. «MÖGT IHR IMMER AN MICH DENKEN, WENN IHR IN DIESEN SPIEGEL SEHT.» Susu nickte anerkennend. «Eine sehr gefällige Schrift. Das hat ein hervorragender Künstler gemacht.»

«Ghan Zhong hat mir auch einmal einen solchen Spiegel geschenkt. Auf der Rückseite stand: EIN SOLCHES GESICHT KÖNNTE ICH ZEHNTAUSEND JAHRE LANG ANSEHEN.» Youning ließ den Spiegel wieder in ihrem Beutel verschwinden. «Der eine Mann denkt also an meine Schönheit und der andere an sich selbst. Aber ich bin sicher aufgehoben und wohlhabend. Die Ehe ist also gar nicht so schlecht, zumindest nicht in der Öffentlichkeit. Wenn wir allein sind, ist es schlimmer.»

Der Hintersinn dieser Bemerkung scheuchte sie beide aus ihrer gelassenen Pose auf. Sie erhoben sich und machten sich daran, den mit Weiden umstandenen Teich zu umrunden.

«Ach, was ich dich fragen wollte. Habt ihr Trompetenbäume in eurem Garten?», sagte Youning.

«Nein, meine Mutter mag sie nicht, weil sie im Winter so zerzaust aussehen.»

«Wenn wir allein sind, ist es schlimmer», wiederholte Youning, während sie über den Gehweg schlenderten.

«Du brauchst es mir nicht zu erzählen.»

«Ich möchte es dir aber erzählen. Susu. Ich muss es jemandem erzählen. Vielleicht würde ich mit meiner Schwester Ailing darüber sprechen, aber sie ist zu jung, und außerdem bekomme ich die Familie mittlerweile nur noch selten zu sehen. Sie könnten geradeso gut auf den Feeninseln draußen im Ozean leben, so selten sehe ich sie noch. So selten erlaubt er mir, sie zu sehen. Wenn ich sie für einen Nachmittag besuchen darf, ist es eine Art Belohnung, die ich mir für irgendetwas verdient habe. Wo war ich gerade noch? Das Schlimmste ist das Schlafzimmer. Ich wusste, wie das alles vor sich gehen sollte, weil die Tante es mir erzählt hat. Die Dinge, die ein Mann mit einer Frau macht, sind genau so eingetreten, wie sie es sagte. Nur dass ich mir, als sie mir davon erzählte, vorstellte, Gan Zhong würde diese Dinge tun und nicht Lao Wen. Als also Lao Wen tat, was er tat, war es nicht das, was ich erwartet hatte.»

«Vielleicht wären diese Dinge auch anders gewesen», wandte Susu ein, «wenn Gan Zhong sie getan hätte.»

«Sie wären besser gewesen.» Youning streckte die Hand aus und brach einen kleinen Zweig von einem Baum ab. «Trompetenbäume sind so groß, und ihre Wurzeln reichen weit unter dem Boden hindurch, und die Vögel lassen sich gerne in ihnen nieder. Du solltest deine Mutter überreden, Trompetenbäume pflanzen zu lassen. Wann wirst du heiraten?»

«Es werden Verhandlungen geführt. Man hat mir noch nichts gesagt.»

«Man sollte dich einbeziehen.»

Sie gingen schweigend bis zum Ende des Teichs, drehten um und gingen zurück. «Ich mag seine Berührung nicht», sagte Youning. «Er berührt mich zu schnell und so ... kunstlos.»

«Vielleicht verwechselst du Kunstlosigkeit mit Erfahrung. Schließlich ist er ein erfahrener Mann, und du bist noch ein Mädchen.»

«Mag sein, aber bei ihm gibt es keine vergeudete Zeit. Sollte es nicht so etwas wie vergeudete Zeit geben? Ich habe immer gedacht, man würde die Zeit vergessen und sie in den Armen eines Mannes wie eine Wolke davontreiben lassen. Warte, bis du erst verheiratet bist, dann wirst du dir auch über solche Dinge Gedanken machen – wie sich die kleinste Berührung anfühlt. Seine Berührung ist so schnell, so direkt . . . und er ist knauserig. Wenn er mich berührt, weißt du, woran ich dann denke? An einen Kaufmann, der an seinem Stand die Früchte umdreht. Er tastet mich ab, als führe er eine Strichliste.» Youning suchte nach den richtigen Worten. «Er ist kalt und schnell und . . . und praktisch. Und dann ist da noch das Singmädchen.»

Susu blieb stehen und sah sie von der Seite an.

«O ja, meine liebe Freundin», sagte Youning mit stockender Stimme. «Erst ein paar Monate verheiratet, und schon hat er mir ein Singmädchen ins Haus gebracht. Ich habe versucht, ihn zufrieden zu stellen, ja sogar, ihm zu gefallen – diese Singmädchen sind anders, nicht wahr? Ohne mich ein einziges Mal zu beklagen, habe ich ihn alles tun lassen, was er wollte, obwohl ich dir sagen muss, der Mann hat mir wehgetan, ohne zu fragen, wie ich mich fühlte, obwohl ich geschrien habe. Ich habe immer gehofft, Gan Zhong so sehr zu gefallen, dass er sich keine Konkubine nehmen würde, zumindest nicht in den ersten Jahren. Aber dieser Außenmensch hat ein gewöhnliches Singmädchen von der Straße geholt und uns Seite an Seite gelegt. Dann verlangte er, dass wir ihm zu Gefallen sind, indem wir einander zu Gefallen sind. Ich habe nie eine Frau begehrt, Susu, aber ich weiß, wenn Gan Zhong so etwas von mir verlangt hätte, hätte ich sie begehrt, nur um ihm zu gefallen, nicht wahr? Aber was Lao Wen von mir verlangte, das hatte ich einfach nicht in mir, und daher konnte ich es nicht tun. Oder ich habe mich geweigert, es zu tun. Ich weiß nicht mehr genau, wie es war. Aber am Ende bin ich in Tränen ausgebrochen, während das andere Mädchen gelacht hat. Lao Wen hat mich übers Knie gelegt und mich mit der Hand geschlagen, nicht nur einmal, sondern viele Male, bis ich aus dem Zimmer gekrochen bin und die beiden allein gelassen habe.»

Susu legte einen Arm um ihre schluchzende Freundin und flüsterte ihr beschwichtigende Worte ins Ohr. Als Youning sich wieder gefasst hatte und sie ihren Spaziergang fortsetzten, griff Susu nach ihrer Hand. «Du bist bisher nicht glücklich gewesen. Aber hab Geduld.»

«Das hat der Meister auch gesagt.»

«Du musst tun, was dein Mann verlangt.»

Youning lächelte matt. «Bevor ich mit dem Außenmenschen ins Bett gegangen bin, glaubte ich, das sei recht so. Obwohl er mir nichts bedeutete, dachte ich, ich könne ihm eine gute Frau sein. Die Tante war überzeugt davon, aber sie hat sich geirrt. Ich werde ihm niemals eine gute Frau sein. Lao Wen wird vollkommen im Recht sein, wenn er sich so viele Singmädchen ins Haus holt, wie er möchte.» Sie hielt inne, weil ihr ein anderer Gedanke gekommen war. «Und es wird nicht mehr lange dauern, bis er sich eine Konkubine nimmt, die ihm vielleicht sogar etwas bedeutet.»

«Wie dem auch sei, du musst versuchen, ihm zu gehorchen», erklärte Susu entschieden.

«Das sagst du, aber warte, bis du verheiratet bist.» Dann drückte Youning ihrer Freundin die Hand. «Aber vielleicht hast du ja Glück. Ich hoffe es. Von jetzt an werde ich jeden Abend zur Himmlischen Weberin beten, dass sie dir ein glücklicheres Geschick bescheren möge.»

12

Zu Anfang litt er am meisten unter dem rauen Stirnband aus Hanf.

Das Stirnband, das zum Tragriemen des Weidenkorbs auf seinem Rücken gehörte, sollte ihn im Gleichgewicht halten und verhindern, dass eine schwere Ladung von Steinen in dem Korb hin und her rutschen konnte. Wenn immer es ihm misslang, das Gewicht richtig auszubalancieren – und dies geschah recht oft –, wurde sein Kopf von dem Schotter, der sich in dem Korb verlagerte, zur Seite gerissen, sodass er manchmal sogar stürzte. Ein paar alte Hasen lachten über ihn oder gaben ihm Ratschläge, aber die meisten Träger in der langen, gewundenen Reihe waren zu erschöpft oder hatten zu große Probleme mit ihrer eigenen Last, um sich um ihn zu kümmern.

Binnen weniger Tage, nachdem er zu dem Straßenbautrupp gekommen war, kannte Gan Zhong seine größten Feinde: Kälte, Müdigkeit, Hunger. Binnen eines Monats sollte er mit ansehen, wie diese drei Plagen zumindest die Hälfte der Sträflinge töteten, die mit ihm zusammen angekommen waren, «um Feuerholz für die Geister zu sammeln». So bezeichnete man Zwangsarbeit – nach der alten Sitte, Holz zu sammeln, das bei rituellen Opferungen verbrannt wurde. Jeder *tu* bekam eine Holzschale für Brei und eine einzige dünne Decke.

Gan Zhong konnte lange Texte der Philosophen rezitieren, aber was ein *liang* war, das hatte er bisher nicht gewusst. Diese Schöpfkelle mit einem Griff und einem ovalen Becher stand zwischen ihm und dem Hungertod. Er und die anderen unterernährten Arbeiter sahen wachsam zu, wie mit dem *liang* ein *dou* Haferbrei am Morgen und halb so viel am Abend ausgeteilt wurde, und zwar an jeden Mann und jede Frau, die dafür Aufstellung genommen hatten, in einer Schlange, die sich bis zum Horizont erstreckte. Auf den bronzenen *liang*-Bechern war eine Inschrift eingeritzt, bei denen aus Ton war sie eingeprägt, wie Gan Zhong aufgefallen war. Und anders als die meisten übrigen Sträflinge konnte er die detaillierte Erklärung lesen:

> Es gibt *liangs* mit folgendem Fassungsvermögen: ein halber *dou*, ein *dou*, ein *sheng*, zwei *sheng*, zweieinhalb *sheng*, ein *san*, vier *sheng*, ein *ban*. Seine Erhabene Majestät hat befohlen, dass diese Maße genau sein müssen. Wenn sie nicht korrekt sind, müssen sie geeicht werden. Nichtbefolgung dieser Anordnung ist ein schweres Verbrechen. Dieses *liang* sollte ein Fassungsvermögen von einem *dou* haben.

Zu Beginn interessierte Gan Zhong nichts als seine Kopfschmerzen von dem Stirnband, das Gewicht seines mit Schotter gefüllten

Korbs, die Anzahl von Schritten auf seiner täglichen Runde als Träger, und der *liang*-Becher.

Als er zu dem Straßenbautrupp stieß, hatte er von dem Gefängnis in Xianyang aus einen zweiwöchigen Marsch über ausgetretene Pfade in östlicher Richtung zurückgelegt. Oder dauerte er drei Wochen? Einen Monat? Sein Zeitgefühl war ihm abhanden gekommen, in der Monotonie, in der ein Schritt mit dem nächsten zu einem endlosen Weg verschmolz, über ein Feld nach dem anderen, durch Wälder und über Hügel und wieder hinunter in schlammige Täler. Seine Schicksalsgenossen begannen zu sterben. Es geschah so natürlich und so einfach, dass Gan Zhong sich zuerst fragte, ob sie nicht vielleicht nur Rast machten. Er sah zu, wie sie kurz ins Stolpern gerieten und dann einfach fielen und liegen blieben, bis die Wache ihren reglosen Leib in die Gräben stieß. Ob sie noch atmeten oder einen barmherzigen Tod gefunden hatten, sie lagen jedenfalls dort unten bereit für die Meuten keuchender, wilder Hunde, die sich beim Durchmarsch der Karawane zusammengetan hatten und ihr nun folgten.

«Warum sterben sie?», fragte Gan Zhong einen Mann, der gleich hinter ihm in der Kolonne ging.

Der Mann, der beinahe genauso stämmig war wie Gan Zhong, brach in schallendes Gelächter aus und gab den Witz nach hinten weiter. «Dieser Bursche fragt, warum sie sterben.» Es gab viel Gelächter, als die Geschichte sich verbreitete.

Zu seiner Verteidigung sagte Gan Zhong: «Nun, du stirbst nicht, ich sterbe nicht.»

«Noch nicht», sagte der stämmige Mann und sah Gan Zhong mit einigem Interesse an. «Sag mir, bist du je in deinem Leben hungrig schlafen gegangen?»

Das hatte Gan Zhong durchaus getan, aber nur im Gefängnis. «Nicht oft.»

«Nicht oft. Redest du immer so? Was bist du, ein Gelehrter? Nun, mit diesen Schultern siehst du aber gar nicht so aus wie einer von denen. Aber wer weiß? Heutzutage kriegen jede Menge Gelehrte die Wange tätowiert. Die, die gestorben sind, waren schon halb tot, bevor wir losmarschiert sind. Die haben seit Monaten keinen vollen Magen mehr gehabt. Also schickst du sie auf diese Straße, wo der Wind weht und wo es im Brei von Würmern nur so wimmelt, und ihre Lungen husten Blutklumpen hoch, und dann dauert's nicht mehr lange, und sie haben nichts mehr auf ihren Knochen, wovon sie noch zehren können. Du und ich, sieh uns doch an, wir haben noch Fleisch auf den Knochen, aber sie nicht. Ihnen hat man es genommen, lange bevor dieser Marsch begann. Sie haben kein Fett mehr übrig, also gibt es nichts mehr, wovon sie leben können. Es wird ihnen schwindling, und sie sind schon zu eingeschüchtert, um zu sagen, dass sie krank sind, und so machen sie einfach weiter, bis sie die Augen schließen und umfallen. Sie gehen weiter, bis sie umfallen, wie wir beide es täten, wenn wir nach drei oder vier Tagen ohne Schlaf einfach müde wären. Nur dass sie mehr als müde sind. Alles in ihnen kommt zum Stillstand. Begreifst du es jetzt?»

«Ich verstehe», murmelte Gan Zhong grimmig; er schämte sich seiner Unwissenheit.

Der stämmige Mann streckte die Hand aus und klopfte ihm auf die Schulter. Solche Vertraulichkeit von einem Fremden erstaunte Gan Zhong; Menschen seiner Schicht berührten einander nicht, es sei denn, es handelte sich um Verwandte oder sehr alte Freunde. «Bis wir dort sind, wo wir hingehen», sagte der Mann, «wirst du vieles verstehen.»

«Ja», sagte Gan Zhong mit einem schwachen Lächeln. «Meine Lehrzeit hat gerade erst begonnen.»

«Lehrzeit? Also hatte ich Recht.» Mit gerunzelter Stirn und angewidert ließ der Mann sich einige Schritte zurückfallen. «Du bist einer von diesen verdammten Gelehrten.»

«Nun, ich war es. Aber jetzt ...» Gan Zhong drehte sich halb um und berührte seine Wange, sodass der Mann es sehen konnte. «Das ist es, was ich bin.»

«Dein Glück», sagte der Mann mit einem anerkennenden Lächeln. «Bleib bei dieser Einstellung, dann wirst du vielleicht doch nicht im Graben enden.»

«Der Mann, der mich gebrandmarkt hat, hat so ziemlich dasselbe gesagt.»

Am Ende dieses schrecklichen Marsches hatte Gan Zhong ein Stirnband bekommen und war zum Steineschleppen eingeteilt worden; sie bauten eine Drei-Breiten-Straße, die ihren Namen dem Umstand verdankte, dass sie Platz für drei Karren nebeneinander bot. Die mittlere Spur war für kaiserliche Equipagen reserviert. Selbst Regierungsboten und Beamte mussten genau wie andere Reisende die äußeren Spuren benutzen, und wer diesem Gebot zuwiderhandelte, verlor unweigerlich den Kopf. Der gewaltige Plan sah vor, dass alle Wagenachsen gleich lang waren, sodass die Fahrspuren überall gleich breit sein konnten. Nichts von alledem war für Gan Zhong während jener ersten Tage von Interesse. Er wartete in der langen Schlange auf eine Schale Brei (durch den tatsächlich die Würmer krochen) und schlief auf dem Boden in einem Zelt aus zerlumptem Ziegenfell, wo er sich den Platz mit erschöpften Männern teilte (die Frauen schliefen in getrennten Zelten), die genau wie er nach Schweiß und Schmutz rochen.

Aber sobald sich eine gewisse Gewöhnung eingestellt hatte und Gan Zhong die Überzeugung gewann, dass er die Fähigkeit zu überleben besaß, blickte er über die Reichweite seiner aufgeschürften Hände hinaus. In dieser merkwürdigen Welt bewegte sich alles von einem Ort zum anderen, oder es wurde bewegt, wurde von Ochsen oder Maultieren gezogen, von Menschen auf dem Rücken getragen, auf Kufen mit Schlitten oder auf Schubkarren transportiert oder auf schweren Holzstämmen gerollt. Zahllose Hacken, Schaufeln, Pickel und Stampfer hoben und senkten sich längs der Straße, als seien Insektenschwärme am Werk. Gan Zhong begann wahrzunehmen, was mit dem Schutt geschah, den er aus seinem Weidenkorb kippte. Was er von Sonnenaufgang bis Sonnenuntergang herbeischleppte, war das Material für eine Drei-Breiten-Straße.

Weil die gestampfte Erde nicht fest genug für Wagen und Karren war, pflasterten Bauarbeiter die Straße mit behauenen Steinen. Anders als die Sträflinge wurden diese in ihrem Gewerbe geschickten Freien für ihre Mühe in kaiserlicher Bronzemünze entlohnt: runden Geldstücken mit quadratischem Loch in der Mitte. In ihren löchrigen Zelten konnten die Verurteilten des

Nachts die wohlgenährten freien Handwerker an ihren Lagerfeuern lachen und singen hören.

Zum ersten Mal in seinem Leben beneidete Gan Zhong Männer, die körperliche Arbeit verrichteten, richtete er seine Aufmerksamkeit darauf, etwas herzustellen statt über etwas nachzudenken. In den kurzen Arbeitspausen beobachtete er, wie die Bauarbeiter die Straßen anlegten. Zuunterst kam ein Bett aus mit Kalkmörtel gemischtem Sand und Kies, das zu einer harten Masse wurde. Darauf wurde anschließend das Pflaster aus behauenen Steinen verlegt. Weitere Arbeiter begrenzten die Straße zu beiden Seiten mit Bordsteinen, damit sie nicht in die Breite nachgeben konnte. Die staubgeschwängerte Luft dröhnte von dem Gehämmer – Metall auf Stein – und den lauten Zurufen und Befehlen der Männer.

Manchmal, wenn sie an ihren kleineren Lagerfeuern saßen, prahlten die Sträflinge mit ihrem eigenen Beitrag zu der Straße. Zuerst fragte Gan Zhong sich, ob so viel harte Arbeit sie um den Verstand gebracht hatte. Er hörte diese ausgezehrten und unterernährten Männer von ihrer heiligen Aufgabe sprechen. Sie taten etwas, das noch niemand auf der Welt je getan hatte. Sie taten es für den Sohn des Himmels. Eines Tages würde der Kaiser in einem goldenen Wagen über die mittlere Spur ihrer Straße fahren.

Während seines Studiums war Gan Zhong zu der konfuzianischen Auffassung gelangt, dass wahrer Fortschritt sich im Denken vollziehe. Aber nun begann er sich zu fragen, ob die Schaffung von Verbindungswegen innerhalb eines großen Reiches nicht vielleicht eine genauso große Leistung war wie alles, was im Kopf eines einzigen Mannes erreicht werden konnte, selbst wenn dieser Kopf Konfuzius oder Xun Zi gehörte. Und so gewöhnte er sich an, bei Sonnenuntergang benommen und mit schmerzenden Gliedern nach der Mühsal des Tages seine Arbeit mit Stolz zu betrachten. In seinen schwieligen Händen entdeckte er kleine Straßen, die seine Anstrengung dort hinterlassen hatte.

Der Straßenbautrupp hatte noch einen vierten Feind: die kaiserlichen Wachen mit ihren Peitschen und Dolchen. Das Brechen von Regeln – und davon gab es unzählige – hatte sofortige Bestrafung zur Folge, deren geringste der Entzug von Essen oder eine Auspeitschung waren. Eines Tages wurde Gan Zhong Zeuge einer Bestrafung für das schwerste Verbrechen. Die Wachen schleiften zwei gefesselte und durchgeprügelte Männer in die Mitte eines Kreises von Sträflingen, die dem Ereignis zusahen. Nachdem er einen Blick in die Runde geworfen hatte, sagte ein Wachmann: «Ihr habt wahrscheinlich gehört, dass wir euch, wenn ihr zu fliehen versucht, euren rechten Fuß abschlagen. Aber das Gesetz sagt, dass wir den rechten Fuß nicht abschlagen dürfen, wenn nicht der linke bereits weg ist. Das bedeutet, dass wir mit dem linken anfangen.» Eine Gruppe von Soldaten hielt jeden Gefangenen fest und amputierte mit einer Axt den linken Fuß, bevor der rechte entfernt wurde. Das Blut spritzte, die schreienden Gefangenen erlitten einen Schock, zuckten und ächzten.

«Los, verschwindet hier, fort mit euch!», schrie einer der Wachposten und scheuchte die entsetzten Zuschauer wie Hühner vor sich her. «Jetzt wisst ihr Bescheid.»

«Was geschieht nun weiter mit ihnen?», fragte Gan Zhong, der sich noch einmal nach den beiden schreienden Opfern umgedreht hatte, einen älteren Sträfling.

«Man wird sie in den Graben werfen. Wenn sie nicht verbluten, werden sie verhungern. Wenn sie Glück haben, verbluten sie heute Nacht. Die Starken leiden am schlimmsten. Diese beiden da sehen so aus, als wären sie stark genug, um es noch ein paar Tage zu machen. Wenn ich ein Messer hätte, würde ich rübergehen und ihnen die Kehle aufschlitzen. Vielleicht tut ihnen ein anderer ja diesen Gefallen. Möglicherweise sogar ein Wachposten.»

Weibliche Gefangene, «Kornstampfer», konnten sich für zusätzliche Essensrationen an Wachen und Freie verkaufen, waren aber für Sträflinge nicht verfügbar. Ein Verstoß gegen diese Regel bedeutete für die Frau eine Brandmarkierung auf dem Scheitel. «Das Regiment des Stocks» war die Bestrafung für den Mann. Der erste Verstoß trug ihm hundert Hiebe mit einem fünf Fuß langen Stück gespleißten Bambus ein. Wenn er es wieder tat, bekam der beharrliche Liebende dreihundert Hiebe, die ihn unweigerlich töteten, bevor die letzten Schläge fielen. Und doch zog sich fast jeden Tag irgendjemand diese Bestrafung zu.

Einmal sah eine in Lumpen gekleidete junge Frau mit schmutzigem Gesicht, die unter einem Sack Korn dahintaumelte, für Gan Zhong einen Augenblick lang wie Youning aus. Vielleicht war es nicht mehr als die Art, wie sie die Lippen zusammenpresste oder wie sie zur Seite blickte, aber einen flüchtigen Moment lang sah er seine zukünftige Braut vor sich. Er half dem Mädchen, das Korn zu tragen, und als sie in den Küchenbereich kamen, zwinkerte sie ihm zu und sagte mit einem Grinsen. «Du könntest mich haben, aber ein Wachposten hier glaubt, ich gehörte ihm, und er hat schon zwei Männer meinetwegen geschlagen. Aber ich danke dir trotzdem für deine Hilfe, schöner Mann.»

Im Gefängnis hatte er nie damit gerechnet, dass Youning ihn besuchen würde, weil ihre Familie das nicht zugelassen hätte. Aber nicht ein Mitglied der Sippe Jia hatte ihm Hilfe angeboten oder ihn auch nur besucht. Das war eine deutliche Schmähung seiner Sippe gewesen. Vielleicht hatte Younings Vater, indem er ihm den Rücken zukehrte, gehofft, sich bei einem mächtigen Mann einschmeicheln zu können. Bei jemandem, der die Sippe Gan hasste. Jemandem wie Lao Wen. Gan Zhong hatte den Groll und die Gehässigkeit erlebt, die Streitigkeiten unter Schuljungen prägen, aber dies war etwas anderes. Er und seine Freunde wussten nichts von echter Schlechtigkeit. Sie hatten nur andere darüber reden hören, dass Regierungsbeamte manchmal den Ruf einer Familie zerstörten und Menschen töten ließen, nur um ihre Macht zu beweisen oder eine alte Rechnung zu begleichen.

Eine alles verzehrende Erschöpfung hielt Gan Zhong davon ab, über die Ungerechtigkeit nachzusinnen, die die Sippe Gan niedergeworfen hatte. Aber manchmal hielt ihn eine Frage wach. Würde er Youning jemals wieder sehen? Würde er Youning jemals wieder sehen – jemals? Wenn er unter dem eisigen Mond auf dem kalten Boden neben einer noch unfertigen Straße lag, stellte er sich diese Frage wieder und wieder, während in seiner Nähe Menschen husteten und stöhnten und ihn an seine eigene Sterblichkeit erinnerten. Manchmal rezitierte er, um seiner Verzweiflung die Stirn zu bieten, mit klappernden Zähnen ein altes Gedicht. Nicht oft, aber doch ab und zu schenkte es ihm die Fähigkeit – wie er und seine Freunde mit Schuljungeneifer zu behaupten pflegten –, «im Frühling durch die Pavillons der Erinnerung zu schreiten»:

Am Osttor gehen junge Frauen vorüber
den ganzen Tag, wie endlose Wolken
wie ziehende Wolken.
Und der Gedanke an sie ist im Nu verweht,
Wie weiße Gewänder und blaue Tücher im Winde
flattern.
Und am Turm gehen schlanke Mädchen vorüber
Wie Rohr am Ufer des Flusses,
Wie biegsames, schwankendes Rohr.
Und der Gedanke an sie ist im Nu verweht.

Wie biegsames, schwankendes Rohr – ja, das war Youning. Einmal hatte sie einen blauen Schal getragen, und der Wind hatte ihn ihr weggerissen, sodass ihr weißer Hals in dem steifen Brokatkragen enthüllt worden war. In diesem Augenblick hatte ihn der Gedanke durchzuckt, dass er nie im Leben etwas von so schmerzlicher Schönheit gesehen hatte. Der Gedanke an Youning würde nie vom Wind verweht werden. Niemals, solange er lebte. Ihre Gegenwart würde wie eine dahintreibende Wolke in seinem Innern wohnen, würde wie eine Wolke immer weiter treiben, ohne jedoch jemals zu verwehen.

Anfangs, sowohl im Gefängnis wie auch auf dem Marsch und schließlich bei dem Arbeitstrupp, blieb Gan Zhong für sich. Die meisten Sträflinge waren Bauern, die ihre Steuern nicht bezahlt hatten, Handwerker, die eines der zahllosen kaiserlichen Gesetze gebrochen hatten, kleine Diebe oder korrupte Dorfbeamte oder Soldaten, die in trunkenem Zustand irgendein Verbrechen begangen hatten. Als Student und als junger Gelehrter hatte Gan Zhong das gemeine Volk aus der hochmütigen Perspektive der feudalen *shi* betrachtet, der untersten Adelsklasse, die ihren Göttern, ihren Ahnen, ihren Fürsten und niemandem sonst Treue schuldeten. Jedenfalls nicht den gewöhnlichen Leuten, «den anderen», wie Ru He und seine Freunde sie nannten. Wenn er nun an einem Lagerfeuer saß und sich die Hände rieb, um sich zu wärmen, genau wie die anderen es taten, erlebte Gan Zhong, wie die Traditionen seiner Sippe sich wie Rauch in Luft auflösten. Konfuzius hätte solche Vertraulichkeiten nicht gutgeheißen, ebenso wenig wie Gan Zhongs Vater und sein Onkel, was das betraf, und doch ließ er mit überraschender Leichtigkeit die noble, aber undurchlässige Welt der *shi* hinter sich und trat ein in die warme, lebendige Welt der Träger, die genau wie er das von einem Quadrat umschlossene, aus zwei Strichen bestehende Schriftzeichen für Sträflinge trugen.

Nicht dass er von ihnen akzeptiert worden wäre. Seine Aussprache und seine Haltung verrieten ihn schon bald als einen Mann, der sie unter normalen Umständen nur angesehen hätte, um Befehle zu erteilen. Ihre Freundschaft ging nicht weiter, als dass sie Gan Zhong erlaubten, abends am selben Feuer zu sitzen oder sich am Morgen in die Schlange einzureihen, die um Brei anstand. Aber als eines Tages ein stämmiger Bursche von einem kleinen Träger dessen Schale verlangte, stand Gan Zhong auf und sagte ihm, er solle verschwinden.

Der Mann war nicht größer als Gan Zhong, aber beträchtlich schwerer, und er trug einen dicken schwarzen Bart, der ihm bis zu seiner massigen Taille reichte. Mit einem Lächeln, das mehr eine Grimasse war, sagte er zu dem kleinen Träger: «Gib mir diese Schale.»

«Lass ihn in Ruhe», sagte Gan Zhong noch einmal.

An dieser Stelle merkten die bisher teilnahmslosen Zuschauer auf.

Der bärtige Mann riss die Schale so heftig an sich, dass sie überschwappte. Dann setzte er sie an die Lippen und verharrte kurz in dieser Position, um Gan Zhong boshaft zuzuzwinkern. Er kam jedoch nicht dazu, auch nur einen einzigen Schluck von dem Brei zu nehmen, weil die Schale plötzlich über die Köpfe der Zuschauer davonsegelte. Mit einem einzigen scharfen Tritt hatte Gan Zhong sie mit schlangengleicher Genauigkeit dem bärtigen Mann aus der Hand gestoßen.

Wie in seiner Knabenzeit, als er in der Kunst des kriegerischen Atmens unterwiesen worden war, holte Gan Zhong schnell und tief Luft. Alle, die in seiner Nähe standen, hörten es und begriffen, was es bedeutete: Dieser junge Bursche war ein Boxer, und seine gelassene, aber wachsame Haltung, seine friedliche Miene und die senkrecht wie das Blatt einer Hellebarde gehaltenen, flachen Hände verrieten, dass er ein Meister war.

Das hielt den bärtigen Mann, der sowohl wütend als auch gedemütigt war, nicht von weiteren Handgreiflichkeiten ab. Er stürzte vor und wollte Gan Zhongs ausgestreckten Arm packen. Der Arm wurde im letzten Augenblick zurückgezogen, sodass der Angreifer mit leeren Händen an Gan Zhong vorbeistürzte. Gleichzeitig schnellte der Ellbogen von Gan Zhongs unberechenbarem Arm wie ein Hammer auf seinen Nacken herab. Der bärtige Mann fiel schwer zu Boden. Als er dort reglos liegen blieb, kam der kleine Träger herbeigehuscht und hielt sein Ohr direkt an den Mund des Mannes.

«Er atmet noch», sagte der Träger mit einem Grinsen, «aber er wird eine ganze Weile nicht mehr aufstehen.»

Gan Zhong entspannte sich. Er hatte sich schon sehr lange nicht mehr dieser aus dem Unterleib heraufbeschworenen Kraft bedient. Sie stieg brennend in ihm auf, bis zur Kehle, und entlud sich dann wie ein Gewitter in Knochen und Muskeln. Bis heute hatte er seine hart erarbeitete Technik niemals außerhalb der strengen Grenzen der Schule angewandt. Er war sehr zufrieden mit sich, dass er keinen tödlichen Schlag ausgeführt hatte.

Die Träger starrten ihn an. An diesem Abend würden sie wieder einmal über Gan Zhong tuscheln, nur dass sie jetzt begannen, ihn «Der wie ein Gott kämpft» zu nennen statt «Der wie ein König spricht».

13

Eines Abends lud der kleine Träger Gan Zhong an ein anderes Feuer ein. Dieser Vorschlag sollte seine Wertschätzung ausdrücken.

Es war das Lagerfeuer, an dem für gewöhnlich die Baumpflanzer zusammenkamen; ihre Aufgabe bestand darin, zu beiden Seiten der Straße in Abständen von immer dreißig Fuß Kiefernsetzlinge zu pflanzen. «Hier sitzt Bao», bemerkte der kleine Träger. «O ja», sagte er stolz. «Das ist einer seiner Lieblingsplätze.»

«Wer ist Bao?»

«Er ist einzigartig.»

Das Feuer war groß, und mehr als zwanzig Leute hatten sich darum versammelt. Gan Zhong brauchte nicht zu fragen, welcher von ihnen Bao war. Zum einen wirkte er inmitten all der ausgemergelten Männer eher rundlich. Zum anderen standen vor ihm drei volle Schalen mit Brei.

«Woher kommt das viele Essen?», fragte Gan Zhong den Träger im Flüsterton.

«Sie heben es für Bao auf. Er spricht nicht, wenn er nichts zu essen bekommt.»

Im Augenblick jedenfalls sprach Bao, und zwar mit einer leisen, verhaltenen Stimme. Gan Zhong brauchte einige Sekunden, um zu begreifen, dass er einem gebildeten Mann zuhörte.

Ich trug das lange Schwert, das nach links und rechts
schwang,
Und mein hoher Hut teilte die Wolken.
Von meinen Schultern hingen silberne Troddeln herab wie
helle Monde.

Bao sah sich lächelnd um. «Ein Dichter hat das geschrieben. Hat es euch gefallen?», fragte er mit erwartungsvollem Stirnrunzeln. Als niemand antwortete, fuhr er fort: «Habt ihr genug von prächtigen Gewändern? Nun denn, derselbe Dichter hat dies geschrieben:

Ich seufzte, da mir auf diesem hohen Berg eine Gefährtin
fehlte.
In Eile besuchte ich den Frühlingstempel dort
Und brach einen Zweig Kornellblüten für meinen Gürtel.
Solange die Blüte der Jugend noch nicht verwelkt ist
Werde ich nach einer keuschen Frau suchen, der ich sie geben
kann.

Er berührte nachdenklich eine der Breischalen. «Eine keusche, schöne Frau ist gut. Eine arme, demütige Frau ist noch besser», sagte er. «Das Schlimmste ist eine reiche, mächtige und kluge Frau. Ich kenne mich aus mit diesen Dingen. Auf den Rat seiner Königin hat ein König einst den Leichnam einer Konkubine kochen lassen, die sich nach unausgesetzten Schikanen durch die Königin ertränkt hatte. Sie haben Pfirsichholzasche in die Brühe gegeben. Das und der Vorgang des Kochens selbst sollten ihren Geist daran hindern, Rache zu nehmen. Derselbe König begann andere ermordete Frauen wieder auszugraben und ihre Leiber zu verbrennen, damit sie ihm nicht im Traum erschienen. Seine Königin war damit einverstanden, und warum auch nicht? Sie hatte sie ermordet.»

Bao griff nach einer der Schalen und betrachtete sie aufmerksam. «In alten Zeiten glaubten die Menschen, dass es zu Anfang Frieden und Glück für jeden gegeben habe. Warum sollten wir nicht zu einem solchen Zustand zurückkehren? Warum hat der Mensch den Himmel auf Erden verloren?» Bao blickte in die vom Feuer beleuchteten Gesichter. «Weil er gewisse Wahrheiten vergessen hat. Simple Dinge, um die die Weisen wissen. Das ist der Grund, warum uns auch heute noch die Philosophen erzählen, was die Weisen sagten. Versteht ihr mich? Sie hoffen, durch Worte ein wunderbares Leben wiederzuerlangen.» Er hob seine Schale und schlürfte, bis sie leer war. «Jetzt will ich euch erzählen, wie die Welt erschaffen wurde. Du da.» Er zeigte auf einen einäugigen Mann. «Möchtest du wissen, wie die Welt erschaffen wurde?»

Der Einäugige starrte ihn mit seinem einen Auge an.

«Möchte irgendjemand hier wissen, wie die Welt erschaffen wurde?»

Einige der Zuschauer überwanden ihre Schüchternheit und riefen: «Ja! Erzähl es uns!»

«Bevor nichts hier war, war doch etwas hier. Das darf man nicht vergessen. Etwas wie ein regnerischer Nebel. Aus diesem kam alles, was wir kennen. Die Welt teilte sich in zwei Dinge: in die quadratische Erde und den runden Himmel. Nun wurde der runde Himmel wie eine Kuppel von acht Säulen gestützt. Der Himmel selbst ist neun Schichten tief und göttlich. Dass ihr euch darüber kein falsches Bild macht. Die mächtigsten Götter leben dort.» Er hatte sich inzwischen die zweite Schale vorgenommen, hielt nun aber mit Essen inne und rülpste sachte.

Von jenseits des Feuerscheins rief jemand: «Was war denn vor dem regnerischen Nebel hier?»

Bao entblößte mit breitem Lächeln einige Zähne. «Die Große Herrlichkeit war hier. Was war die Große Herrlichkeit? Das Mysterium der Dunkelheit. Damals war alles eins. Dann wurde die Dunkelheit feucht, und ihre leichteren Teile stiegen empor, um den Himmel zu formen. Die schweren Teile blieben unten, um die Erde zu formen. Der heiße Atem von Yang schuf das Feuer und die Sonne. Der kalte Atem von Yin schuf Wasser und Mond. Was noch übrig blieb, ist jetzt da oben. Schaut nach oben. Schaut!» Er blinzelte in das sternenübersäte Firmament. «Die Kanten und Ecken des Himmels sind alle sichtbar. Die Götter haben eine Welt geschaffen, so behaglich wie ein Bauernhof.» Wieder hörte er auf zu essen und wischte sich dann mit seiner pummeligen Hand über den Mund. «Wollt ihr wissen, wer der erste Mensch war?»

Seine Zuhörer riefen: «Erzähl es uns!»

«Der erste Mensch war Pan Gu. Niemand weiß, wie er an diesen Namen gekommen ist oder was er bedeutet», sagte er. «Wisst ihr meine Ehrlichkeit zu schätzen? Wenn ich etwas nicht weiß, behaupte ich auch nicht, es zu wissen. Pan Gu wurde groß und schön, aber am bekanntesten geworden ist er wegen seines Todes, denn ohne seinen Tod hätten wir all dies hier nicht . . .» Er breitete die Arme aus. «Pan Gus Körper verwandelte sich bei seinem Tod in den Wind und die Wolken, seine Stimme wurde zum Donner, sein linkes Auge zur Sonne und sein rechtes Auge zum

Mond; aus seinen Gliedern wurden die Berggipfel, aus seinem Blut und seinen Tränen das Wasser und die Flüsse, aus seinen Muskeln die Erde, aus seinem Fleisch die Felder und anderes Land, aus seinem Haar und seinem Bart die Pflanzen und Bäume; aus seinen Zähnen und Knochen wurden Felsen und Metall, aus seinem Mark Perlen und Jade, aus seinem Schweiß und seinen Körperflüssigkeiten wurden Regen und Tau, und all die Läuse auf seinem Körper verwandelten sich, als der Wind sie berührte, in uns. Also sind wir, die wir heute Abend hier sitzen, was? Könnt ihr mir das sagen? Muss ich es euch sagen?» Bao, der mit einer Hand in seinem dicken Haar wühlte, fand etwas und knackte es zwischen seinen Fingernägeln. «Dem hier entstammen wir. Läusen, die auf dem Körper Pan Gus herumgekrochen sind.» Er leerte die zweite Schale mit Brei und griff nach der dritten. «Ich habe etwas zu erwähnen vergessen. Die acht Säulen, die den Himmel stützen, neigen sich alle nach Südosten, aber niemand weiß, warum. Nicht einmal ich weiß es, obwohl ich einmal einen Mann getroffen habe, der sein ganzes Leben mit der Suche nach diesen Säulen verbrachte. Damals hatte er noch nicht eine von ihnen gefunden.»

Am nächsten Abend machte Gan Zhong sich auf die Suche nach dem dicklichen kleinen Mann und fand ihn bei einem Vortrag an einem anderen Lagerfeuer. Als Bao zwei Schalen Brei verzehrt hatte – das war alles, was sie ihm dort zu bieten hatten –, brach er mitten in seiner Rede ab und ging davon. Gan Zhong folgte seiner Spur zwischen den Lagerfeuern.

Plötzlich blieb der Mann stehen und drehte sich um. «Was ich besitze, ist in meinem Bauch. Man kann mir nichts mehr nehmen als mein Leben.»

«Gestern Abend zitiertet Ihr Verse von Qu Yuan. Das Gedicht endet folgendermaßen:

Genug: Im Staat ist keiner, der mich verstünde,
Was hänge ich denn an der Heimat noch?
Keiner ist würdig, mit mir dort zu herrschen,
So folge ich dem, der sich ertränkte, hinab in sein Reich.

Bao nickte anerkennend. «Qu Yuan hat nichts Schöneres geschrieben als seine Elegie. Ich bedaure nur, dass er sich tatsächlich auf die Suche nach dem Mann machte, der sich ertränkt hatte, und sich ihm beigesellte. Es war für Qu Yuan noch nicht an der Zeit zu sterben. Er hatte noch mehr Gedichte zu schreiben. Wollt Ihr mich begleiten, Herr?»

Während sie nebeneinander herschlenderten, redete Bao unablässig, als hätte er sich schon lange nach einer Gelegenheit verzehrt, mit jemandem zu teilen, was er an den Lagerfeuern nicht sagen konnte. Er betrachtete Qu Yuan als einen großen Dichter, weil er die lange Versform mit freiem Rhythmus entwickelt hat, im Gegensatz zu den kurzen Formen des Buches der Lieder. «Wusstet Ihr», sagte er, «dass die Elegie einhundertvierundsiebzig Zeilen umfasst? Aber mir scheint ein großer Teil davon doch ein wenig verwirrend.»

«Mir auch», warf Gan Zhong ein.

Bao lächelte glücklich. «Ach ja? Natürlich ist sein gesamtes Werk eine einzige lange Klage um den Verlust der Gunst des Königs.»

«Er ist in Ungnade gefallen, weil er zu freimütig seine Meinung gesagt hat.» Gan Zhong fügte bitter hinzu: «Das ist etwas, das ich nur allzu gut versehen kann.»

«Ja, er war brillant und töricht. Er wollte politisch sein, ohne zu wissen, wie. Seid Ihr schon lange hier?»

Gan Zhong erzählte es ihm und setzte zu einer Erklärung an, warum er überhaupt verurteilt worden war.

Bao unterbrach ihn. «Das brauche ich nicht zu wissen. Was Euch betrifft, sind nur zwei Dinge wichtig. Ihr seid hier, und Ihr habt mich gefunden.» Bao setzte seinen Weg zwischen den Lagerfeuern fort und winkte verschiedenen Leuten zu, die sich respektvoll vor ihm verneigten.

Nicht lange nach seiner Begegnung mit Bao wurde Gan Zhong zusammen mit anderen ausgesondert und mit einer Abteilung über hohe Pässe und die «Wolkenverbindende Straße» durch das Qinlinggebirge und von dort weiter den Oberlauf des Han hinunter zu der Stadt Baocheng in Marsch gesetzt. Was ihm am lebhaftesten von diesem harten Marsch in Erinnerung blieb, waren die hölzernen Balkenbrücken, die man über aufgewühlte, reißende Flüsse gebaut hatte. Das Leben in der Hauptstadt gab einem Mann das Gefühl, wichtig zu sein, während das Land hier draußen ihn klein machte. Wenn Ru He hier neben ihm gegangen wäre, hätte Gan Zhong gesagt: «Verglichen mit dieser Gewalt, sind all unsere Studien nur eine Kleinigkeit, eine Grille und nichts Besonderes.» Nicht dass Gan Zhong vollends von ihrer Bedeutungslosigkeit überzeugt gewesen wäre, aber diese eingebildeten Gespräche verbanden ihn mit der fernen Vergangenheit.

Sein Trupp arbeitete an einer Straße, die auf in Felslöcher getriebenen Holzbalken ruhte; die ganze Straße schien an der schroffen Felswand zu kleben. Sie hatten die Aufgabe, die Stützbalken zu verstärken. In dieser Schwindel erregenden Höhe verloren mindestens ein Dutzend Männer das Gleichgewicht und stürzten in den Abgrund. Gan Zhong entdeckte bei sich eine Furcht, die sich sein Leben lang in seinen Knochen verborgen hatte. Sie zeigte sich in seinen Beinen und Füßen. Wann immer er von einem hohen Felsen hinabblickte, wurden seine Beine schwach und seine Füße schwer. Oft gab diese Furcht ihm den Befehl zu springen; die Anstrengung, diesem Zwang nicht Folge zu leisten, war so gewaltig, dass ihm am ganzen Leib der Schweiß ausbrach. Diese Arbeit löschte vorübergehend alle Verse in Gan Zhongs Kopf aus.

Als sie damit fertig waren, gingen sie hinunter zu den Flüssen, die durch die Schluchten flossen. Sie wurden überspannt von Brückenbauwerken mannigfaltigster Art. Hölzerne Balkenbrücken, Hängebrücken und Pontonbrücken sowie gemauerte, steinerne Bogenbrücken – sie alle dienten dazu, die schnelle, aber seichte Strömung zu überwinden. Wo immer es notwendig war, wurden Reparaturen vorgenommen, dann machte sich der Trupp wieder auf den Weg «nach Hause» – das hieß, zur «Drei-Breiten-Straße» im Nordosten des Reiches.

Wenn es gerade nicht nötig war, auf jeden Schritt, den er tat, genau Obacht zu geben, sah Gan Zhong sich dieses entlegene, aber fruchtbare Land mit Namen Ba genau an: seine Hügel aus roten Schiefer- und Sandsteinbändern, die zu einem purpurfarbenen Lehm verwitterten, seine Zedernwälder, Haine von Maulbeerbäumen und kiefernbedeckten Berge. Sehnsüchtig betrachtete er die Häuser und die Menschen, die darin wohnten. Sie hatten grunzende weiße Schweine und Pfirsichgärten. Ihre kleinen Pferde trabten mit Ziegenhäuten und Fellen beladen über die ländlichen Wege. Wären er und Youning in hier ansässige Familien geboren worden, lebten sie jetzt hier zusammen. Er stellte sich vor, wie sie mit der Hacke in einer Bohnenpflanzung arbeitete, während er mit seinen Pferdchen im Geschirr den Weizenacker pflügte. Sie würden Bienenstöcke aufstellen und das Kerzenwachs der Wachsschildläuse sammeln. Am Abend würde er irgendetwas reparieren, vielleicht die Egge, während Youning Garn aus Hanf herstellte, und in einem Binsenstrohhaufen würden sie einander in den Armen liegen.

Bao würde ebenfalls dort sein. Er würde im Werkzeugschuppen schlafen und die Mahlzeiten mit ihnen teilen und doppelt so viele Weizenkuchen essen wie die anderen und Geschichten erzählen und Gedichte rezitieren. Als der Trupp nach Hause marschierte, ging es Gan Zhong plötzlich durch den Kopf, dass sein bisheriges Leben zu ordentlich gewesen war, als dass er Freunde gebraucht hätte. Er hatte sich nie allzu sehr auf Schulkameraden oder andere Palastaspiranten verlassen, nicht einmal auf Ru He, bevor die Sippe Gan gestürzt wurde. Gan Zhongs Gefangennahme hatte bei dem kleinen Gelehrten eine verborgene Großzügigkeit des Geistes zutage gefördert. Vielleicht, so dachte Gan Zhong, wurde wahre Freundschaft aus Schwierigkeiten geboren. Er vermisste auch Bao inzwischen.

Die Abteilung wandte sich nach Nordosten und stieß binnen weniger Wochen wieder auf die Straßenbaukolonnen. Im Lager hatte sich alles verändert. Man bewegte hier nicht nur Erde, sondern auch Menschen, sodass Gan Zhong in die Gesichter von Fremden blickte. Er suchte nach Bao und fürchtete schon, der kleine Mann habe die letzten Monate nicht überlebt, nicht einmal mit Hilfe zusätzlicher Rationen. Die Träger, die Gan Zhong kannte, waren anderswohin geschickt worden, daher konnte er sie nicht um Hilfe bitten, um Bao inmitten der vielen tausend Menschen wieder zu finden. Eine ganze Woche lang hielt er vergeblich Ausschau, aber als er eines Abends zwischen den Lagerfeuern umherging, sah Gan Zhong den kleinen Mann vor drei Schalen Brei sitzen.

Bao sprach über ein irdisches Paradies, das eine Himmelsleiter in Form eines riesenhaften Baumes besaß, sodass die Menschen hinaufklettern und mit den Göttern in Verbindung treten konnten. Dieses Paradies wurde von wilden Tieren bewacht, von denen eins den Körper eines Tieres hatte und neun menschliche Köpfe trug, die alle nach Osten blickten.

Das verschwitzte, erschöpfte, halb verhungerte Publikum war wie gebannt von den seltsamen, anderweltlichen Bildern, die diese Worte vermittelten. Für kurze Zeit hatte Bao sie aus ihrem Elend herausgerissen.

Gan Zhong, der abseits des Feuerscheins saß, wartete, bis Bao die drei Schalen geleert hatte und zu sprechen aufhörte. Dann trat er mit ausgestreckten Armen vor. Als Bao den jungen Mann erblickte, erhob er sich und hielt ihm seinerseits die Hände entgegen. Sie fielen einander in die Arme und lachten.

«Ich habe mir Sorgen um Euch gemacht», sagte Gan Zhong, als sie das Feuer hinter sich ließen.

«Ich habe mir keine Sorgen um Euch gemacht. Seht Ihr, ich habe Vertrauen. Kommt, ich will Euch etwas zeigen.» Er führte Gan Zhong zu dem kleinen Bündel mit seiner Habe, über dem ein aufmerksamer alter Mann Wache hielt. Nachdem er kurz in seinen Lumpen gestöbert hatte, förderte Bao eine kleine irdene Flasche zutage. «Das ist Wein, und wenn er auch sauer ist, so ist es doch Wein», flüsterte er begeistert.

Sie suchten sich ein ruhiges Plätzchen in einem Dickicht weit abseits der Straße. Hätten sie sich noch weiter entfernt, wären sie vielleicht von den Wachen erwischt worden, und sie hätten die Strafe des Rechten Fußes kennen gelernt. Bao zog den Hanfpfropfen aus der Öffnung der Flasche und bot Gan Zhong an, als Erster zu trinken.

Nachdem er einen kleinen Schluck getrunken hatte, gab er die Flasche zurück, und Bao stürzte unverzüglich die Hälfte ihres Inhalts hinunter.

«Aaaah», seufzte er zufrieden. «Wein ist so schwer zu bekommen.»

«Wie habt Ihr es denn geschafft?»

Bao zuckte die Achseln. «Auf eine Art und Weise, die die Gelehrten nicht kennen.»

«Das glaube ich gern.»

«Ihr seid ziemlich ehrlich für einen reichen Gelehrten.»

«Sind arme Gelehrte denn ehrlicher?»

«Das ist eine gute Frage. Ich will Euch einen armen Gelehrten beschreiben», sagte er. «Sein Land umspannt nur ein einziges *mu*. Das Außentor ist aus Kiefer mit einer kleinen Bogentür auf der einen Seite. Die Haustür besteht aus nichts als Flechtwerk. Das Fenster ist nicht größer als der Hals eines zerbrochenen Krugs. Abgesehen von Lumpen besitzt unser Gelehrter ein einziges Gewand, das jeder in der Familie sich ausborgt, wenn er ins Dorf geht. Seine Familie isst nur eine Mahlzeit am Tag, während er selbst nur einmal alle zwei Tage etwas zu sich nimmt.»

«Ich glaube», sagte Gan Zhong mit einem schwachen Lächeln, «Ihr sprecht von euch selbst.»

«Nun, das war eines meiner Ichs, das ist wahr. Ein anderes Ich verkaufte Hanf. Meine Hanfrollen maßen weniger als die übliche Länge und Breite, aber ich habe mehr für sie verlangt. Der Kaiser hat nichts übrig für Kaufleute, die betrügen, und deshalb bin ich hier.» Bao breitete schicksalsergeben die Hände aus. «Ein anderes Ich war ein daoistischer Schamane, und eines Tages werde ich Euch vielleicht auch von dieser Person erzählen.»

14

Fünf Jahre vor Lao Wens Geburt war der Sohn des Himmels zur Welt gekommen. Seine Geburt im Jahre 259 vor Christus stand ebenso wenig unter einem günstigen Stern wie die seines Vaters, des Prinzen Yi Ren, der nur einer von zwei Dutzend Söhnen des Königs von Qin gewesen war. Prinz Yi Ren hätte durchaus in Vergessenheit geraten können, wäre er nicht als politische Geisel in ein anderes Land geschickt worden – eine weithin übliche Praxis während der Zeit der Streitenden Reiche, als Verrat und

Hinterlist Verträge unverlässlich machten. Vorausschauenderweise machte er die Bekanntschaft Lü Bu Weis, eines Händlers, der den grotesken Plan entwickelte, mit dessen Hilfe er König wurde. Auf seinen Reisen durch den Staat Qin überzeugte dieser gerissene Händler die kinderlose Gemahlin des Thronerben, Yi Ren als ihren Sohn anzunehmen. Auf diese Weise stand er nun in direkter Linie, was den Anspruch auf den Thron betraf.

In der Zwischenzeit hatte sich der junge Prinz in die Konkubine des Händlers verliebt, eine große Schönheit. Lü Bu Wei überließ sie dem Prinzen so bereitwillig, dass Zweifler argwöhnten, er habe die Liebschaft selbst eingefädelt. Ein Jahr später gebar die Dame als Gemahlin des Prinzen Yi Ren einen Sohn. Der künftige Kaiser bekam den Namen Zhao Zheng – «Zhao», weil das sein Geburtsstaat war, und «Zheng», weil er während des ersten, Glück verheißenden Monats des Jahres erschienen war.

Es gab Gerüchte, die weder bewiesen noch zerstreut wurden, nach denen in Wirklichkeit Lü Bu Wei der Vater des Jungen sei. Diese Möglichkeit schien Prinz Yi Ren kein Kopfzerbrechen zu bereiten. Immerhin wurde er, wie vorhergesagt, König, machte Lü Bu Wei aus Dankbarkeit zu seinem Großkanzler und stattete den Kaufmann überdies mit einem Besitz von hunderttausend Familien aus.

Im Alter von dreizehn Jahren wurde Prinz Zhao Zheng der nächste König und belohnte Lü Bu Wei weiterhin, indem er ihn zum Regenten machte. Der einstige Kaufmann regte in dem rückständigen Qin eine kulturelle Renaissance an. Selbst kein Gelehrter, scharte der Regent Akademiemitglieder aus anderen Staaten um sich, damit sie eine Enzyklopädie verfassten, die «alle für Himmel und Erde wichtigen Belange», wie er das ausdrückte, umfassen sollte. Als die Enzyklopädie fertig gestellt war, hängte er tausend Goldstücke an das Tor seines Palastes. Dieses Gold sollte die Belohnung für jeden sein, der das Werk verbessern konnte, indem er auch nur ein einziges Wort hinzufügte oder ausstrich. Niemand hatte den Mut, die Herausforderung anzunehmen.

Als König Zheng achtzehn Jahre alt war, griffen insgesamt fünf der Streitenden Reiche sein Land gleichzeitig an. Unter der militärischen Führung von Meng Ao (dem Vater von General Meng Tian) wurden sie alle zurückgeschlagen. Mit der Natur hatte das Regime indes weniger Glück. Qin wurde von etlichen Katastrophen heimgesucht, von Dürreperioden, Überflutungen und Hungersnöten. Heuschreckenschwärme aus dem Westen verdunkelten den Himmel und fraßen das Korn. Mars, dieser große, rote, stetig leuchtende Stern, der über den Himmel stolzierte – «der Stern der Strafe» –, schien größer als gewöhnlich zu sein und blutiger. Die Schamanen warnten König Zheng erstmals vor himmlischen Schwierigkeiten. Wenn Meteore, «diese böswilligen Fremden am Palasttor», jemals den Schwanz des Skorpions überfluten sollten, würde das gewiss bedeuten, dass Minister eine Rebellion anzettelten und zum Tode verurteilt werden mussten. Wann immer das Sternbild des Skorpions am Himmel stand, hielt der König Ausschau nach Kometen und Meteoren, die es streiften. Zu jener Zeit begann die königliche Abhängigkeit von den Schamanen.

Dann ergab sich ein Problem von überaus persönlicher Natur für den unerfahrenen jungen König, der die Kappe und das Schwert des erwachsenen Mannes erst seit wenigen Jahren trug. Unzufrieden mit der Rolle der keuschen und trauernden Witwe, erneuerte die Königinmutter eine Affäre mit ihrem ehemaligen Geliebten Lü Bu Wei. Aus Angst vor Entdeckung, so behaupteten Beobachter dieses schmählichen Skandals, habe Lü Bu Wei sie einem tolldreisten Abenteurer namens Lao Ai aufgedrängt. Lao Ai stand im Ruf, mit einem unwiderstehlichen Geschlechtsorgan gesegnet zu sein. Durch Intelligenz indes zeichnete er sich nicht aus. Nachdem er das Herz und den Körper der Königinmutter erobert hatte, benutzte Lao Ai ihr königliches Siegel, um Gelder aufzutreiben, für eine kleine Armee, mit der er eine törichte Rebellion anzettelte. Sehr bald kämpfte er in einem zum Scheitern verurteilten Krieg gegen die schlachterprobten Soldaten des Königs. Nach seiner Gefangennahme wurde Lao Ai von Wagengespannen auseinander gerissen und seine ganze Sippe ausgelöscht. Viertausend Familien, von denen ihn im Übrigen nur wenige unterstützt hatten, verloren ihren hohen Rang und wurden nach

Süden geschafft – ein erstes Anzeichen für die Neigung des jungen Monarchen, schnelle, wenn auch mitunter schlecht beratene Rache zu nehmen.

Ungefähr zu dieser Zeit kam Li Si ins Land. Er erschien mit einer Empfehlung eines konfuzianischen Lehrers, der der fragwürdigen Neigung frönte, legalistische Denker zu fördern. Der nicht mehr junge, aber ungemein tatkräftige Li Si fand eine Anstellung bei Lü Bu Wei, der einen guten Riecher für besondere Talente hatte. Es sollte jedoch nur ein kurzes Zwischenspiel sein, da Lü Bu Wei kurzerhand aus dem Amt entlassen wurde. Man hatte ihn angeklagt, Lao Ais Komplize bei der Rebellion gewesen zu sein. Die Höflinge tuschelten, dass er in Wirklichkeit wegen seiner verbotenen Beziehung zu der Königinmutter das Vertrauen des Königs verloren habe. Jedenfalls beging er im Exil Selbstmord und wurde in aller Heimlichkeit begraben, damit seine Leiche nicht exhumiert und zerstückelt werden konnte. Jene unter seinen Gefolgsleuten, die an Lü Bu Weis Beerdigung teilnahmen, wurden zum Lohn für ihre Treue in die Verbannung geschickt. Li Si hielt sich von all diesen Personen fern.

Nachdem König Zheng mit fünfundzwanzig Jahren ein unbarmherziges Selbstbewusstsein offenbart hatte, wie man es in seinem Alter selten fand, schickte er sich an, seine Nachbarn zu erobern. Er nahm sie sich einen nach dem anderen vor – kalt, systematisch, gnadenlos. Obwohl er selbst kein Militärstratege war, besaß er die Gabe, Männer aufzuspüren, die sich auf diese Kunst verstanden. Vier Jahre später hatte er sich ein Reich erobert und offen die Verdienste Li Sis dabei anerkannt, indem er den klugen Ausländer zu seinem Justizminister machte.

Lao Wen hatte seinen Heimatstaat Zhao verlassen, bevor eine Armee aus Qin darüber herfiel. Als es so weit war, stand der junge Beamte bereits im Dienst des Hofes von Qin, wo man sich gern gebildeter Ausländer bediente. Da beide Männer ihre Laufbahn auf ziemlich ähnliche Weise begonnen hatten, nahm Li Si Lao Wen unter seine Fittiche und half ihm, in der Hierarchie aufzusteigen. Der junge Politiker aus Zhao war bereits ein Beamter mittleren Ranges, als König Zheng Kaiser wurde. Lao Wen war bei jenem denkwürdigen Anlass zugegen, als der König jahrhundertealte Traditionen in den Wind schlug und sich auf grandiose Weise einen neuen Titel verlieh. Der innovative Eroberer verschmähte das altehrwürdige *wang*, König, und wählte *shi* (erster) *huang* (strahlender) *di* (Geisterherrscher) als seinen Titel.

Lao Wens Pflichten ermöglichten es ihm, Shi Huang Di täglich zu beobachten und sich zu den wenigen Dutzend Menschen zu rechnen, die sich rühmen konnten, den Kaiser gut zu kennen. Aber eigentlich verstand niemand, nicht einmal Kanzler Li Si, jemals den kaiserlichen Charakter. Shi Huang Di war kein Mann, der sich ergründen oder gar beurteilen ließ. Er war jemand, den man, wie Li Si großspurig zu bemerken pflegte, auf dieselbe unpersönliche und schicksalsergebene Art akzeptieren musste wie jene, die an den Ufern des Gelben Flusses lebten, dessen unausweichliche Fluten akzeptierten.

In körperlicher Hinsicht war der Kaiser ein durchschnittlicher Mann, der wenig Eindruck machte, wenn man einmal von der außerordentlichen Länge seiner Nase absah. Sein schmallippiges Lächeln war stets gegenwärtig, aber nur ein Narr hätte versucht, seine Bedeutung zu interpretieren, wenn der Kaiser eine Audienz abhielt. Sein Bedürfnis nach Essen und Trinken war so gering, dass es an ein Wunder grenzte; Lao Wen konnte wie viele andere kaum glauben, dass so wenig Nahrung eine solch gesunde Konstitution zu erhalten vermochte.

Lao Wen kam zu dem Schluss, dass der Sohn des Himmels diszipliniert, hartnäckig, methodisch, abergläubisch und visionär war. Seine Majestät arbeitete so hart wie ein zu Zwangsarbeit verurteilter Sträfling. Er hatte sich ein Pensum für seine täglichen Aufgaben gesetzt und wog jede Holztafel, die er gelesen hatte, ab. Auf diese Weise blieb ein Tagewerk unvollendet, bis das gesammelte Gewicht seiner Lektüre eine gewisse Anzahl von *zhi* auf einer Waagschale erreicht hatte. Er veröffentliche Erlässe, die sich auf alle möglichen Themen bezogen einschließlich der Finanzierung von Ritualen, der Festsetzung von Steuern, der Erhebung einer Konkubine in den Rang einer Gemahlin, der Instruktionen für die Verbesserung der landwirtschaftlichen Produktion, der Reparaturen an Kanälen und Brücken, der Einweihung von Bauprojekten, der Einzelheiten von Folterungsmethoden, der Zuerkennung von Privilegien und Prämien an die allgemeine Bevölkerung, der Muster kaiserlicher Siegel und der Auswahl des Weihrauchs für besondere Zeremonien. Auf letzteren Punkt verwandte er übermäßig viel Zeit, weil der Geruch von Weihrauch für den Kaiser die wichtigste Methode war, sich zu entspannen – manchmal eine ganze Stunde lang und mit wonnevoll geschlossenen Augen.

Er verschwendete keine Zeit auf Liebesaffären und verzieh es auch anderen nicht, wenn sie sich der schalen Angewohnheit der Tändelei hingaben. Indem er dem monatlichen Haremsplan gewissenhaft folgte, gelang es ihm, beinahe dreißig Kinder zu zeugen, aber außerhalb des offiziellen Schlafzimmers konnte ihn niemals jemand bei einer Zurschaustellung von Zuneigung beobachten, weder gegenüber der Kaiserin noch gegenüber den Gemahlinnen, den Schützlingen oder einer der einundachtzig Nymphen – keine liebkosende Berührung, kein zärtlicher Blick, nicht einmal ein verstohlener Kniff in eine rosige Wange. Lao Wen fragte sich insgeheim, ob die asketische und auf Nützlichkeit bedachte Weise, auf die der Kaiser sein Geschlechtsleben organisierte, wohl das Ergebnis der Tatsache war, dass er eine Schlampe zur Mutter hatte. Natürlich stellte niemand jemals Mutmaßungen über das Privatleben des Himmelssohnes an. Es gab auch andere Dinge, über die Lao Wen mit niemandem sprach, nicht einmal mit seiner Frau – *erst recht nicht* mit seiner Frau. So ging es ihm zum Beispiel bisweilen durch den Kopf, dass der größte Fehler des Kaisers möglicherweise seine Neigung war, auf den Rat geringerer Männer zu hören, vor allem Schamanen, die sich darauf verstanden, seine Furcht vor dem Tod zu ihrem eigenen Vorteil auszunutzen.

Lao Wen sah der Erfüllung zweier Träume entgegen.

Der eine bestand darin, in die große Villa einzuziehen, die er sich südlich des Wei errichten ließ. In wenigen Monaten würde er durch seine neue Gärten schlendern und den Blick über hundert *mu* Pfirsichgärten sowie einen privaten See wandern lassen können. Er hatte eine junge Frau aus einer angesehenen Sippe, die er als wertvolles Zierstück dort unterbringen würde, und bald vielleicht auch eine hübsche Konkubine zu seiner weiteren Erbauung.

Bei seinem zweiten Traum drehte es sich um Macht, genauer um die Hoffnung, in die höchsten Machtsphären vorzudringen. Gegenwärtig unterzeichnete er noch immer Erlässe, die zwangsverpflichtete Bauern und verurteilte Verbrecher zu Tausenden überall im Reich verteilten, um Zwangsarbeit zu leisten. In jüngster Zeit hatte Li Si jedoch Andeutungen gemacht, nach denen er seine Kandidatur für das Amt des Großsekretärs unterstützen werde, wenn der gegenwärtige Amtsinhaber, ein alter Mann, sich entweder aus dem Dienst zurückzog oder starb. Als einer der drei obersten Minister im Herzogsrang würde Lao Wen dann sämtliche Beamten unterhalb dieses Ranges überwachen. Als Nächstes konnte er dann davon träumen, Großkanzler zur Rechten zu werden, womit er nur noch einen Schritt unter Li Si selbst stehen würde. Manchmal sah er in seiner Fantasie ein großes Goldsiegel vor sich, das den herzoglichen Rang symbolisierte; es hing an einer Goldkette um seinen Hals, über einem schwarzen, mit Purpur eingefassten Band, das vorne auf seiner Amtsrobe eingenäht war.

Vielleicht würde er eines Tages sogar Li Si ersetzen.

Diese Aussicht untergrub die Loyalität, die Lao Wen in der Vergangenheit dem Großkanzler so aufrichtig entgegengebracht hatte. Er war sich durchaus der Ironie bewusst, dass seine Loyalität mit jeder Beförderung geringer geworden war. Er hatte kein schlechtes Gewissen deswegen. Seiner Meinung nach waren Loyalität und Ehre altmodisch.

Eine Geschichte aus seiner Heimat Zhao beleuchtete die moralische Rechtschaffenheit, die in der alten Zeit so bewundert wurde. Einmal war ein Prinz in einem Wagen auf der Flucht vor Attentätern. Nach einem Blick zurück wechselte er mit seinem Fahrer den Platz. So konnte der Wagenlenker auf einen der Verfolger schießen, bei dem es sich um den alten Lehrer des Prinzen im Bogenschießen handelte. Es galt nämlich zu beherzigen, dass der Schüler dem Lehrer niemals Schaden zufügen durfte. Lao Wens Familie hatte diese Erzählung in Ehren gehalten, aber er selbst hatte nur Verachtung für unkluge Tugendhaftigkeit.

In feudalen Zeiten bedeutete eine Niederlage im Krieg selten mehr als den Verlust einiger Privilegien. Herrscher zahlten für ihre verlorenen Schlachten mit Land und hübschen Töchtern, die sie als Konkubinen weggaben. Aber der Kaiser von Qin hatte nicht viel übrig für konfuzianische Ehrbegriffe. Auf dem Wege zur Schaffung eines geeigneten Reiches hatte er in jedem eroberten Staat die herrschende Familie ausgelöscht. Nachdem er einen Sieg errungen hatte, verurteilte er den bezwungenen Anführer zum Tode durch Enthauptung, oder aber er ließ ihn in einem Kessel sieden, und die prahlerischen Generäle von Qin wetteiferten miteinander in dem Bemühen, möglichst viel von dieser Menschensuppe zu trinken. Der Staat Qin hatte seine Nachbarn aufgefressen, so wie eine Seidenraupe Blätter verschlingt. Aus seinen Bergfestungen heraus, die das Land schützten, war Qin über seine Nachbarn hergefallen, Beobachter sagten später, es sei so gewesen, als habe jemand, der auf einem Dach stand, Krüge mit heißem Wasser auf die Menschen unter sich gegossen.

Lao Wen, der selbst aus einem eroberten Staat kam, wusste genau, wie brutal die Politik Qins sein konnte. Zum Ausgleich der wildwütigen und abergläubischen Natur der Landeskinder brauchte man die Kultiviertheit und Vernunft von Männern wie ihm. Die Ungeschliffenheit der Leute von Qin war sein Gewinn.

Und die Gewöhnlichkeit ihrer Frauen.

Wenn er nicht an einem offiziellen Essen teilnehmen musste, ließ Lao Wen sich von seinem Kuppler Singmädchen in den Palast der Immerwährenden Freude bringen. Bei diesen Gelegenheiten blieb der Innenmensch in ihren privaten Gemächern und erwähnte nie auch nur mit einem Wort den Lärm, der aus seinen kam. Betrunkene Mädchen stolperten durch obszöne Tänze und sangen zotige Lieder, während ihr ehrwürdiger Gönner wie in Trance dasaß. Häufig kamen auch alte Bekannte aus Zhao zu Besuch, um sich mit ihm an diesen «geschmückten Kostbarkeiten» zu erfreuen. Seine Gefährten waren niedere Beamte, die die langen, schlaffen Schnurrbärte des Nordens trugen und mit ihrer dunklen Haut daran erinnerten, dass auch in Lao Wens Adern das Blut von Nomaden floss. Manchmal gesellte sich auch sein persönlicher Diener zu ihnen, ein Eunuch mit Hängebacken, dickem Wanst und schwabbelnden Brüsten, der dann eine Trommel schlug, Flöte spielte oder die Tänzerinnen nachäffte. Lao Wen rührte die Mädchen nicht immer selbst an, sondern beobachtete sie oft nur dabei, wie sie miteinander alle erotischen Akte vollführten, die er von ihnen verlangte. Wenn er doch einmal daran teilnahm, erwartete Lao Wen den Beifall seiner Gefährtinnen und sah sich niemals enttäuscht von ihren derben Schmeicheleien. Eine dieser Frauen war besonders ergötzlich, daher dachte er darüber nach, ob er sie sich nicht vielleicht als Konkubine ins Haus nehmen solle. Aber ihr fehlte ein Schneidezahn, und ihre Redeweise war ungeschliffen und oft zweideutig, daher schien es Lao Wen eher geraten zu sein, nach einer akzeptableren Frau Ausschau zu halten.

Eines Nachts, nachdem alle Singmädchen gegangen waren und ihr erschöpfter Gastgeber der Länge nach auf seinem Bett lag und im Begriff stand, die Kerze auszublasen, rief seine Frau ihn von der Tür des Gemachs aus an und bat um die Erlaubnis, eintreten zu dürfen.

Er erteilte die Erlaubnis.

Youning, die ihre Bettkleider trug, kam herein und kniete ehrerbietig vor ihrem Ehemann nieder.

Ihre feierliche Miene riss Lao Wen so weit aus seiner Benommenheit heraus, dass er sich aufrecht hinsetzte.

«Ich habe gewartet, bis sie fort waren, Außenmensch», begann sie mit abgewandtem Blick. «Ich wollte Euch nicht stören.»

Er betrachtete die verbitterte junge Frau. War das das eigensinnige junge Mädchen, das er vor ein paar Jahren aus dem Hause der Jias fortgeholt hatte? Wenn überhaupt, so war sie noch hübscher geworden, ihre Haut cremefarben und weich. Aber mittlerweile teilten ihre Lippen sich nur noch selten zu einem Lächeln. Lao Wen hatte die Schönheit der Frauen studiert und wusste, dass die Anspannung von Younings Lippen im Laufe der Zeit Halbmonde an ihren Mundwinkeln entstehen lassen würde. Sie hatte ihn mit ihrem Körper niemals wirklich befriedigt. Einmal hatte er sie aus Neugier gefragt, wer sie in der Kunst der Liebe unterwiesen habe, und Youning nannte ihre Tante. Er fragte sich, ob diese Art des Unterrichts vielleicht ihre lustlosen Verrichtungen erklärte oder ihre Steifheit. Aber Lao Wen wusste auch, dass es ihm nie gelungen war, sie zu erregen. Gewiss musste doch auch Youning irgendeine verborgene Leidenschaft haben.

Sie zahlte für ihr beiderseitiges Versagen, zahlte jedes Mal, wenn er sich Mädchen zu seiner Unterhaltung kommen ließ. Ab und zu forderte er sie auf, sich zu ihnen zu gesellen, wohl wissend, dass sie es nicht tun würde, wohl wissend, dass seine Einladung und ihre Ablehnung ihre Einsamkeit nur noch vertieften. Häufig machte er, wenn sein weibliches Gefolge erschien oder wieder fortging, weitschweifige Worte; hieß die Frauen lautstark willkommen oder verabschiedete sie mit überschwänglicher Dankbarkeit, da er wusste, dass sie in ihrem stillen Zimmer saß und lauschte.

Aber Lao Wen war keineswegs vollkommen unzufrieden mit der Ehe. Von äußerster Wichtigkeit für ihn war der unschätzbare Ruf der Sippe Jia, den sie mit in die Ehe gebracht hatte. Überdies wusste sie sehr stilvoll die Laute zu spielen und sang mit einer klaren, leisen, ausdrucksvollen Stimme. Wenn sie nur lächeln wollte. Das waren die Gedanken, die ihm durch den Kopf gingen, als sie an diesem Abend in sein Zimmer kam.

«Könntet Ihr Euch bitte kurz fassen?, befahl ihr Lao Wen schroff. «Ich bin ziemlich erschöpft.»

«Natürlich. Es geht um die Sippe Gan.»

«Um wen?»

«Um Gan Luo und die Sippe Gan. Ich glaube, ich weiß jetzt, warum Ihr sie zerstört habt.»

«Ach ja? Könnte es einen anderen Grund gegeben haben als den Wunsch, den Kaiser zu schützen?»

«Ihr wolltet ein Mädchen, das einem anderen versprochen war.»

«Das wem versprochen war?»

«Gan Zhong, dem Neffen von Gan Luo.»

«Wart Ihr von Anfang an dieser Meinung?»

«Nein. Sonst hätte ich mich eher selbst getötet.»

«Warum? Weil mein Verlangen nach Euch so stark war, dass ich alles zu tun bereit war, um Euch zu bekommen?» Lao Wen quälte sie, weil es ihm Spaß machte. Was für eine Gans sie doch war. Eine vernünftige Frau hätte seine Absichten gleich zu Beginn erraten.

«Was Ihr getan habt, ging damals über mein Begreifen», sagte sie. «Das ist jetzt anders. Die Vernichtung der Sippe Gan war das Gleiche wie die Ränke, die Ihr jetzt gegen Eure Kollegen schmiedet.»

«Warum müsst Ihr so törichte Reden führen, wenn ich müde bin?»

«Ich bin gekommen, um Euch um Gan Zhongs Leben zu bitten.»

Lao Wen zog die Augenbrauen hoch. «Was ist denn überhaupt aus ihm geworden?»

«Wenn irgendjemand das weiß, dann Ihr.»

«Ich weiß, dass er zur Mauer gegangen ist oder zu den Straßen oder sonst wohin. Das ist alles, was ich weiß.» Das stimmte; er hatte den naiven jungen Gelehrten ganz und gar vergessen. «Vielleicht ist er schon tot», meinte Lao Wen.

«Er lebt.»

«Ach wirklich? Seid Ihr da sicher?»

«Ich fühle es. Er ist genauso lebendig, wie wir es sind.»

Die legendäre Fähigkeit der Frauen, Dinge zu wissen, die niemand wissen konnte, hatte Lao Wen schon immer geärgert. Aber Youning glaubte offensichtlich, was sie sagte. «Denkt Ihr, es sei Eure Pflicht, ihn am Leben zu erhalten?»

«Ja.»

«Was für eine merkwürdige Verpflichtung.»

«Ich bin verantwortlich für sein Verderben.»

Lao Wen reckte sich und wandte den Kopf um. «Wenn Ihr diese Verantwortung auf Euch zu nehmen wünscht . . .»

«Ich wünsche es.»

«Was wollt Ihr dann von mir?» Er gähnte und nahm dabei die Hand vom Mund, was überaus rüde war. «Tausende von Menschen hängen von meinem Urteil ab. Ich habe nicht die Zeit, über einen Einzelnen zu wachen.»

«Ich erbitte nur eins. Ihr dürft ihm niemals das Leben nehmen. Ich erbitte es als Gegenleistung für etwas anderes.»

«Ach wirklich? Was hättet Ihr denn anzubieten?»

«Ich werde tun, was auch immer Ihr wollt, mit jedem. An jedem Ort, zu jeder Zeit.»

«Verstehe ich Euren Vorschlag recht?»

«Ich denke ja.»

Lao Wen versuchte seine Überraschung zu verbergen. «Nun, die Sache hat einen Haken. Ich bin mir nicht sicher, ob ich Euch trauen kann. Erinnert Ihr euch an die junge Frau, die ich eines Nachts mit nach Hause gebracht habe? Ich bat Euch, mich mit ihr zu unterhalten, und Ihr lehntet ab.»

«Ich war unerfahren.»

«Seid Ihr jetzt erfahrener?» Er wollte, dass sie sich so unbehaglich fühlte wie nur möglich.

«Ich weiß, was Eure Frau tun muss.»

«Ihr könnt gewiss sein», sagte Lao Wen, «dass ich etwas Derartiges wieder verlangen werde, das und noch viel mehr.» Er beobachtete voller Befriedigung, wie sie die Lippen aufeinander presste.

«Ich werde mein Versprechen halten», sagte sie kühl.

Zweifellos hatte sie über diese Idee gründlich nachgedacht. Er stellte sich vor, wie sie grübelnd in ihrem Zimmer gesessen haben musste. Während sie den Weihrauch einatmete, musste sie von nobler Selbstopferung geträumt haben. Lao Wen gähnte abermals. «Also schön, ich werde ihm keinen Schaden zufügen. Das hätte ich ohnehin nicht getan. Seht Ihr jetzt, wie töricht Euer Vorschlag ist? Wenn Ihr ihn nicht in den Vordergrund gedrängt hättet, wäre er mir niemals in den Sinn gekommen. Ganz ehrlich, er ist bedeutungslos. Die einzige Bedeutung, die er jemals hatte, war die, dass er mir im Wege stand, noch dazu aus einem minderen Grund. Er ist zu den vielen tausend anderen gegangen, und damit war die Angelegenheit erledigt. Versteht Ihr mein mangelndes Interesse? Nun jedoch hat Euer Vorschlag es von neuem entfacht. Oh, sehr sogar. Ja, ich bin einverstanden.» Er drohte ihr wie einem Kind mit dem Zeigefinger. «Ich werde Euch dafür verantwortlich machen. Wenn Ihr Euer Versprechen brecht und er noch lebt, werde ich ihn finden. Ich werde dafür sorgen, dass er die Strafe des Verfaulens bei lebendigem Leib erleidet. Oder meint Ihr vielleicht, eine Kastration wäre angemessener? Und jetzt bitte, bitte, bitte, lasst mich allein. Ich bin müde nach der Arbeit des heutigen Tages.» Als sie sich tief vor ihm verneigte, erhaschte Lao Wen im Lampenlicht einen Blick auf ihren weißen Hals und ihre nackten Schultern.

«Wartet», sagte er. «Mal sehen, ob Ihr Eure Versprechungen haltet. Zieht euch aus. O ja, ich meine es ernst. So ist es recht. Gut. Und nun, liebste Gemahlin, wollen wir sehen, ob Ihr Euch wie ein Singmädchen benehmen könnt.»

15

Der Großkanzler zur Linken stand in einem dünnen Bauernkittel auf dem Hof. Auf seinem linken Arm hockte ein Falke, der ein Band aus grüner Seide um einen seiner Ständer trug.

Lao Wen erschien atemlos und dienstbeflissen, nachdem er mit voller Absicht so schnell durch die Korridore gerannt war, dass ihm der Schweiß ausbrach. Nicht dass er der Meinung gewesen wäre, dass dergleichen Anstrengungen viel Eindruck auf Li Si machten. Lao Wens Benehmen bestätigte seinem Vorgesetzten lediglich, dass er nicht nur Kenntnis von unausgesprochenen Regeln hatte, sondern sie auch befolgte.

Er war gerufen worden, weil sie beim Bankett zu Ehren des Kaisers sprechen mussten. Gastgeber dieses alljährlichen Ereignisses waren die Scholaren der Breiten Gelehrsamkeit. Dieser Organisation gehörten siebzig Mitglieder an, womit die legendäre Anzahl von Konfuzius-Schülern verdoppelt war. Die Gelehrten kamen zusammen, um dem Kaiser offiziell fortdauernde Gesundheit zu wünschen.

«Ich hoffe», begann Li Si, der den Vogel ansah statt seines Besuchers, «dass Ihr mir helfen könnt. Ich muss Zehntausend Jahre für das Bankett vorbereiten.»

Lao Wen wusste, was das bedeutete. Der Kanzler benutzte besondere Ereignisse oft, um den Kaiser zu einer politischen Kurskorrektur zu überreden. Li Si würde öffentlich seine Position erklären. Wenn dann später aus diesem Gedanken ein Gesetz erwuchs, würde jeder wissen, dass die Idee von ihm stammte. Li Si war besessen von seinem Platz in der Geschichte.

«Habt Ihr mit Chunyu Yue gesprochen?», fragte er.

«Das habe ich, Exzellenz. Wir haben uns ausführlich unterhalten.» Lao Wen fuhr vorsichtig, wenn auch gekünstelt fort. «Er bewundert Eure Kalligrafie. Er sagte, allein Eure Handschrift verdiene es, in Stein gehauen zu werden.»

Li Si war sehr eitel, was seine Handschrift betraf. Da aber das Lob von einem konfuzianischen Gelehrten kam, tat Li Si es mit einem Achselzucken ab, weil es bedeutungslos oder falsch oder beides war. «Kommt, kommt, sprecht weiter», sagte er ungeduldig.

«Wie Ihr vorgeschlagen habt, unvergleichlicher Kanzler, machte ich Chunyu Yue glauben, ich sei nicht länger überzeugt von der Doktrin des Allüberragenden Gesetzes. Ich habe ihm nach vielen Schmeicheleien eingestanden, dass ich stark geneigt sei, die Wahrheit über Leben und Gesellschaft in der konfuzianischen Lehre zu suchen.»

«Wie hat er reagiert?»

«Indem er seinerseits ein Geständnis machte. Chunyu Yue erklärte, dass er die Absicht habe, während des bevorstehenden Banketts konfuzianischen Gedanken Ausdruck zu verleihen.»

Li Si schüttelte den Kopf. «Der Mann kennt die alten Schriften, aber es mangelt ihm an Schläue, und er redet zu viel. Also, was habt Ihr gesagt?»

«Dass ich ihn unterstützen werde, ganz gleich, was er sagt.»

«Was für konfuzianische Gedanken sollen das denn sein?»

«Er beabsichtigt, auf die kaiserliche Familie Bezug zu nehmen», fuhr Lao Wen mit wachsender Zuversicht fort. «Er glaubt, die Kaiserfamilie müsse an Macht gewinnen, oder das Regime werde stürzen.»

«Das ist konfuzianisch genug. Und?»

«Er sagte all die traditionellen Dinge.» Lao Wen, der sich seiner nun ganz sicher war, rollte höhnisch mit den Augen. «Wir müssen die alten Sitten ehren. Wir müssen häusliche Tugend betonen. Wir müssen das Reich in Vasallenkönigreiche aufteilen, die vom Kaiserhaus kontrolliert werden.»

«Er glaubt, die Erhöhung der Kaiserlichen Familie würde den Kaiser freuen. Er kennt den Kaiser nicht.» Der Kanzler streichelte den Hals des Falken. «Was haltet Ihr von diesem Vogel?»

Lao Wen hatte nie Gefallen an der Falkenzucht finden können, aber er sagte: «Er ist prachtvoll.»

«Das finde ich auch. Aber seine Schwanzfedern sind etwas kurz geraten.»

«Vielleicht ein wenig.»

«Trotzdem ein schöner Vogel», sagte Li Si mit einem anerkennenden Lächeln für den Falken, der ihm mit einem steinernen Blick antwortete. «Nur wenige Tiere stoßen so schnell und akkurat auf Beute herab. Ich habe gesehen, wie er einer Lerche mit einem einzigen Streich den Kopf abgerissen hat.» Li Si beugte sich zu dem Vogel vor und spitzte die Lippen wie zum Kuss. Dann drehte er sich zu Lao Wen um. «Ihr habt mir geholfen, mich auf das Bankett vorzubereiten. Vielen Dank. Ich werde Eure Unterstützung nicht vergessen.»

Das Bankett fand im Palast der Durchscheinenden Reinheit statt, der nach dem Vorbild eines älteren Gebäudes in Linzi errichtet worden war, der Hauptstadt von Qi, als es noch ein unabhängiger Staat gewesen war. Ausländer wie Lao Wen und der Großkanzler waren sich nur allzu deutlich der Tatsache bewusst, wie oft die barbarischen Qin die Völker, die sie besiegt hatten, kopierten.

Die Gelehrten saßen an langen Reihen niedriger Tische vor dem kaiserlichen Podest mit Shi Huang Dis Thron. In äußerlicher Hinsicht gab es, abgesehen von der Länge und der Breite seiner Nase, wenig Besonderes über Shi Huang Dis Erscheinung zu bemerken. Seine schmalen Lippen waren stets zu einem Lächeln verzogen. Ein unaufmerksamer Beobachter mochte dieses dünne, schwache und unausgesetzte Lächeln gar als Zeichen der Schmeichelei werten. Wenn sie unter sich waren, mutmaßten einige verwegene Höflinge, dass dieses königliche Lächeln Demut vortäuschen sollte, während in Wahrheit dahinter die raubgierige Seele eines Wolfs lauerte. Von der großen Zahl verschiedener Speisen rührte der Kaiser nur einige wenige an, und auch von diesen nahm er nur winzige Bissen. Seine Enthaltsamkeit war ermutigend. Andererseits gelang es ihm auf diese Weise, sich den robusten, drahtigen Körper eines überaus aktiven Mannes zu bewahren.

Was jedoch unweigerlich Lao Wens Aufmerksamkeit erregte, war die Schreibtafel, die wie immer direkt neben der rechten Hand des Kaisers lag. Sie war aus dunkelgrüner, schwarz marmorierter Jade und hatte die Form eines breiten Messers. Auf dieser etwa anderthalb Fuß langen Tafel machte sich der Kaiser Notizen über das, was gesagt wurde. Nach dem Bankett hatte der Kanzler zur Linken das Vorrecht, die Tafel für den Kaiser zu tragen. Lao Wen stellte sich vor, wie er selbst die Tafel vorsichtig aufnahm, damit die erst halb getrocknete Tusche nicht verlief.

Während des Banketts wurde viel Wein getrunken, aber ihm fiel auf, dass Li Si, der gewöhnlich dem Wein kräftig zusprach, keinen Tropfen anrührte. Das bedeutete, dass seine für den Abend geplante Rede von äußerster Wichtigkeit war.

Der Bogenmeister erhob sich als erster und machte eine tiefe Verbeugung vor dem Kaiser, der ihm seinerseits freundlich zunickte. Der Bogenmeister, ein erfahrener Redner, rühmte Zehntausend Jahre dafür, dass er den Frieden in die Welt gebracht und die Sieben Streitenden Reiche zu einem geeinten Ganzen zusammengefügt hatte. Er sprach von «Eurer geistigen Kraft und erleuchteten Weisheit», die dazu geführt habe, «dass alles unter der Sonne und dem Mond» unterworfen worden sei. «Möge dieses Glück auf ewig andauern!», rief er aus. «Kein Monarch unter dem Himmel ist Euch an Weisheit und Kraft je gleichgekommen!»

Andere Redner griffen das Stichwort auf und ließen ähnlich vollmundige Lobpreisungen hören.

Dann erhob sich Chunyu Yue, der seine tiefe, respektvolle Verbeugung mit den gezierten Gesten eines gut ausgebildeten Konfuzianers begleitete. Nichtsdestoweniger setzte seine unverblümte Ansprache die Versammlung in Erstaunen.

«Eure Majestät, der Grund, warum die Könige in der Vergangenheit lange Erfolg hatten, war ihre Strategie, ihre eigenen Familien mit Land und Macht zu betrauen. Eure Majestät besitzt alles, was die Welt zu bieten hat. Daher überrascht es, dass die

Mitglieder Eurer Familie nach wie vor gewöhnliche Männer sind. Eine Regierung kann, wenn sie sich nicht an den Vorbildern der Vergangenheit, an ihren Traditionen und Tugenden orientiert, nicht lange von Bestand sein.» Er hatte auch einige Vorschläge parat. Zehntausend Jahre müsse eine geziemende Nachfolge gewährleisten und Verwandtschaftsbeziehungen ehren. Kontinuiät garantiere Ordnung, während ein Mangel derselben Chaos bringe.

Im Gegensatz zu den anderen Ansprachen war diese nicht wortreich und weitschweifig, sondern kam so schlüssig zur Sache, dass Kritiker später sagten, es sei ihnen eher arrogant als präzise erschienen.

Lao Wen rechnete damit, dass Li Si sich erheben und Chunyu Yue widersprechen würde, aber der Großkanzler rührte sich nicht. Während weitere Redner stumpfsinnige Lobpreisungen auf den Erhabenen Herrscher zum Besten gaben, saß Li Si vornübergebeugt und geistesabwesend wie im Halbschlaf da. Tatsächlich schienen sämtliche Gäste, die sich bei so vielen vorhersehbaren Worten sichtlich entspannt hatten, müde und nicht abgeneigt, das Fest zu verlassen.

Als der Kanzler sich endlich erhob, um zu sprechen, spürte Lao Wen, wie sein Kiefer sich spannte. Die Anwesenden wurden plötzlich aufmerksam. Der hoch gewachsene, stattliche Li Si verbeugte sich ohne jede Großspurigkeit und begann mit fast unhörbarer Stimme zu sprechen, sodass die Zuhörer sich vorbeugen und sich konzentrieren mussten.

«Die Herrscher der Vergangenheit», sagte er, «haben nicht versucht, einander zu kopieren. Auch haben sie es unterlassen, jene nachzuahmen, die ihnen vorangegangen waren. Sie haben sich mit den Zeiten verändert. Dass Eure Majestät heute ein geeintes Land regiert, ist Eurer königlichen Stärke und Weisheit zu verdanken. Ihr macht den Menschen klar, was richtig ist und was falsch. Ihr besteht darauf, das Allüberragende Gesetz auf jeden Einzelnen anzuwenden, angefangen von Eurer gesegneten Majestät selbst bis hin zum niedersten Sklaven. Euren himmlischen Maßstäben gemäß steht niemand über dem Gesetz, nicht Eure Kinder, nicht einmal Ihr selbst.» Seine Stimme schwoll zu einem

Donnern an. «Aber es gibt Kräfte, die sich Eurer edlen Strenge widersetzen. Auf den Straßen spotten sie offen über Eure Befehle und betrachteten ihre Rebellion als gerechtfertigt. Sie glauben, Verleumdung sei eine Tugend! Wer sind diese Menschen?» Er ließ seinen Blick langsam über das Publikum wandern. «Ich weiß, was sie tun. Sie benutzen die Vergangenheit, um die Gegenwart zu kritisieren. Sie benutzen die Vergangenheit, um die Gegenwart zu kritisieren! Menschen hier in dieser Halle, hört ihr mich? SIE BENUTZEN DIE VERGANGENHEIT, UM DIE GEGENWART ZU KRITISIEREN! Sie behaupten, das Leben sei in der Vergangenheit besser gewesen. Ihre Kapriolen verwirren das Volk der Schwarzhaarigen. Ihr Ziel ist es, Unheil zu stiften! Ihr seid hier in dieser Halle! Verteidigt Euren Kaiser! Rettet das Reich!» Dann hielt er inne, drehte sich um und verneigte sich vor dem Kaiser, der nicht aufgehört hatte zu lächeln. «Euer Diener kennt ein Heilmittel gegen diese gefährliche und unhaltbare Situation. Darf ich fortfahren, Huldvolle Majestät?»

Die kaiserliche Hand, die auf dem kaiserlichen Schoß gelegen hatte, hob sich ganz sachte.

Ausgerüstet mit dieser offiziellen Erlaubnis, stürzte Li Si sich kopfüber in eine Beschreibung seines Heilmittels. Es konzentrierte sich auf den Gedanken absoluter Zensur und unbedingten Gehorsams. Er zählte wie ein Lehrer, der kleine Kinder unterwies, seine Empfehlungen an den Fingern ab.

«Alle früheren offiziellen Dokumente müssen verbrannt werden.

Alle historischen Schriften müssen verbrannt werden.

Alle Kopien vom Buch der Lieder und dem Buch der Dokumente sowie die Schriften der verschiedenen philosophischen Schulen müssen eingesammelt und zu den Gouverneuren der Kommandanturen gebracht werden, die sie zu verbrennen haben.

Jede Person, die in Zukunft solche Schriften erörtert, und sei es auch nur im engsten Kreis, läuft Gefähr, dass ihr Leichnam auf dem öffentlichen Markt zur Schau gestellt wird.

Wer die verbotenen Texte nicht binnen dreißig Tagen nach In-Kraft-Treten des Gesetzes verbrennt, wird auf der Wange gebrandmarkt und zur Zwangsarbeit geschickt werden.

Wer das Gesetz zu studieren wünscht, darf einzig Regierungsbeamte als Lehrer wählen.

Wer die Vergangenheit benutzt, um die Gegenwart zu kritisieren, wird eine Bestrafung bis zum Dritten Grad erleiden.

Beamte, die von solchen Gesetzesbrechern wissen, ohne sie zu melden, werden dasselbe Schicksal erleiden.»

In der Halle herrschte Aufruhr, während der Großkanzler beide Hände hob und Schweigen gebot. «Ausnahmen», fuhr er fort und hielt inne, bis absolute Stille eingekehrt war, «Ausnahmen sollen Bücher darstellen, die unserem Volk helfen, Majestät, nicht solche, die es zur Rebellion ermutigen. Bücher über Landwirtschaft, Medizin und Orakelauslegung können zugelassen werden. Ansonsten wird Eurer großen Schöpfung, diesem herrlichen Reich, am besten gedient sein, wenn man alle Bücher innerhalb seiner Grenzen verbrennt.»

Mit dieser Erklärung nahm der Großkanzler zur Linken wieder Platz.

Der Kaiser lächelte weiter, aber niemand konnte sagen, was dieses Lächeln bedeutete, daher sahen die Zuschauer einander nur wortlos an. Es wurden keine weiteren Reden gehalten. Der Kaiser dankte den Scholaren der Breiten Gelehrsamkeit mit ziemlich hoher, dünner Stimme für das erfreuliche Bankett, erhob sich und verließ mit langen Schritten die Halle.

Lao Wen zwang sich zu einer neutralen Miene, obwohl sein Geist unter der Vision von Li Sis Welt erbebte, einer harten, eisigen, glitzernden Welt, beherrscht von Männern, die sich der Macht der Götter bedienten. Es war eine Welt, die Lao Wen zusammen mit ihrem Schöpfer Li Si betreten würde, jenem tollkühnen Falkner, dessen Augen so weit zu blicken vermochten wie die des Vogels, mit dem er zur Jagd ritt.

Lao Wen sollte nie erfahren, was zwischen dem Großkanzler und dem Kaiser gesprochen wurde. Aber nach seinen eigenen Erfahrungen am Hof vermutete Lao Wen, dass der Einzige Erste jeden Vorschlag annehmen würde, der seine kaiserliche Macht stärkte. Der Einzige Erste würde sich jedoch jeder Idee gegenüber taub stellen, die im Widerspruch zu seinen Vorstellungen von Ritual und Orakelauslegung stand. Was die Wahrheit von Orakeln, die Wirksamkeit von Elixieren und die Realität von Dämonen betraf, so fällte er seine eigenen Urteile.

Lao Wen war davon überzeugt, dass der außergewöhnliche Erlass, den der Kanzler vorgeschlagen hatte, schon bald Gesetz werden würde. Es war unwahrscheinlich, dass Li Si sich tagelang in den Tiefen des Palastes aufhalten, bitten, fordern und dem Kaiser schmeicheln musste, bis er durch schiere Beharrlichkeit den eigensinnigen Herrscher zur Zustimmung bewegen konnte. Diesmal hatte er den Einzigen Ersten mit Leichtigkeit überzeugt. Und Lao Wen wusste auch, warum. Chunyu Yue hatte einen furchtbaren Fehler begangen, als er die kurze Herrschaft des Kaisers mit der jahrhundertelangen Regierungszeit von Königen verglich, die außerstande gewesen waren, China zu einem einzigen Reich zusammenzufassen. Die Unterzeichnung des Erlasses würde für den Kaiser seine Rache an der Vergangenheit darstellen.

Binnen eines Tages wurde Lao Wen in das Amt des Kanzlers im Palast der Ewigen Wachsamkeit gerufen. Bekleidet mit Amtsroben und ausgestattet mit einem hohen herzoglichen Hut mit Jadeanhängern, verströmte Li Si die Zuversicht eines Politikers, der sich durchgesetzt hatte. Aber Lao Wen begriff schnell, dass der große Mann auch jemanden brauchte, der unter ihm stand und dem er sich anvertrauen konnte.

Auf dem Schreibtisch standen einige eierschalendünne Weinbecher. Das Gesicht des Kanzlers war bereits gerötet vom Alkohol. Lao Wen nahm den ihm angebotenen Becher Wein mit Freuden an, obwohl er dann kaum daran nippte.

Li Si war in derart überschwänglicher Stimmung, dass er über die Maßnahmen des Erlasses zu sprechen wünschte. «Wir müssen uns der Gedichtsammlungen entledigen. Die Konfuzianer lieben Zitate aus diesen Bänden. Sämtliche Geschichtsbücher aus den anderen Streitenden Reichen müssen verschwinden. Es wird nur noch eine einzige Version der Geschichte zulässig sein – die Geschichte von Qin.» Er stürzte einen vollen Becher Wein hinunter. «General Meng Tian wird sie verfassen.»

«Meng Tian!», entfuhr es dem erstaunten Lao Wen.

«Der Kaiser hat ihn mit der Aufgabe betraut», antwortete Li Si grimmig. «Der General ist jetzt Kaiserlicher Geschichtsschreiber.»

Diese Wendung der Ereignisse beunruhigte Lao Wen. Offensichtlich erging es Li Si nicht anders. Vor kurzem war der Bruder des Generals zum Präfekten der Hauptstadt ernannt worden. Wenn der Einzige Erste den Palast verließ, war Meng Yi stets derjenige, der ihn im Wagen begleitete.

Li Si schenkte sich abermals nach. «Wir dürfen nicht über die Neigungen des Kaisers nachgrübeln. Vergesst nicht, er ist wie ein großer Fluss. Die Geschichte wird die Brüder Meng vergessen, aber was wir tun, das wird weiterleben.» Er setzte den Becher an den Mund und trank.

Lao Wen neigte den Kopf, um seinen Respekt vor solcher Weisheit zu bezeigen. Tatsächlich setzte Li Sis Prinzipientreue ihn bisweilen in Erstaunen, vielleicht, weil sie häufig von einem gleichermaßen starken Talent für Intrigen und Verrat verborgen wurde. Es wäre gefährlich, die Fähigkeiten des großen Mannes zu unterschätzen.

Li Si goss weiteren Wein nach und stürzte sich in weitschweifige Überlegungen. «Ich muss häufig an meinen alten Freund Han Fei Zi denken. Er hat einmal geschrieben: ‹Im Staat eines verständigen Herrschers gibt es keine Literatur. Das Gesetz ist dort die einzige Lehre.› Das war sehr gut ausgedrückt.» Mit kollegialem Wohlwollen rühmte Li Si den Mann, den er einst zum Selbstmord gezwungen hatte.

«Ich habe eine Vision», gestand er mit einem schwachen Lächeln. «Fürst Shang hatte vor mehr als einem Jahrhundert die gleiche Vision. Er glaubte, ein Staat habe nur ein einziges Ziel, nämlich seine eigene Macht auszudehnen. Nur zwei Beschäftigungen waren von Belang: die des Bauern und die des Soldaten. Das ist auch meine Vision.» Er schenkte sich einen weiteren Becher ein. «Wir werden Kopien der verbotenen Bücher in die Kaiserliche Bibliothek stellen, zum Nachschlagen für einige wenige ausgewählte Leser. Ansonsten werden sie vollkommen verschwunden sein. Wir bauen eine neue Welt auf. Brücken, Straßen, Häuser – wir werden dem Volk der Schwarzhaarigen alles Notwendige geben. Ich kann es im Geiste vor mir sehen», rief Li Si. «Dieses gewaltige Land, das sich bis zu den entlegensten Horizonten ausbreitet, und die Götter, die neidvoll darauf herabbblicken.» Überschwänglich und weinselig fügte er hinzu: «Die Vergangenheit wird aufhören zu existieren. Wir werden sie töten. Dann wird die Zukunft uns gehören.»

Überzeugt davon, dass die Bücherverbrennung tatsächlich stattfinden würde, beschloss Lao Wen, nicht darauf zu warten, dass sie Gesetz wurde. Wie viele Männer von vorsichtigem Wesen nahm er sich auch dann in Acht, wenn er nicht unmittelbar in Gefahr schwebte. In diesem Falle beschloss er, seine eigenen Bücher sofort zu verbrennen, um Li Si gegenüber seinen Glauben an die neue Welt zu beweisen.

Nach seiner Rückkehr in den Palast der Immerwährenden Freude ließ er die Diener alle Bücher zusammentragen, die ihm persönlich gehörten, und im Hof aufstapeln. Da er allerdings ein begeisterter Leser war, konnte Lao Wen nicht umhin zu bedauern, was er tun musste. Dennoch entzündete er mit eigenen Händen und vor den Augen sämtlicher Mitglieder seines Haushalts (Youning sah mit bleichem und angespanntem Gesicht von einer der Türen aus zu) das Feuer. Er hätte Bücher über Medizin und Orakelauslegung behalten können, aber diese Dinge waren ohne Interesse für ihn, daher leerte sich seine Bibliothek bis auf den letzten Band. Seine Bambustafeln über Politik und Philosophie, die er einst so sorgsam studiert hatte, gingen in Rauch auf, unter ihnen «Das Buch des Fürsten Shang».

Lao Wen gönnte sich an diesem Abend ein wenig Entspannung in seinen eigenen Gemächern. Obwohl er ein Bad genommen und eine parfümierte Seidenrobe angelegt hatte, haftete an seiner Haut noch immer ein schwacher Geruch nach Rauch. Er war stolz auf sein Tagewerk und nippte an einem kleinen Becher mit Wein. Li Si hatte Recht: Die Welt würde nicht vergessen, was sie hier taten. Selbst der Himmel musste voller Erstaunen auf sie herabblicken. Die Beschäftigung mit seiner eigenen Rolle in diesem erregenden Unternehmen führte zu weitaus persönlicheren Gedanken.

Er hatte Youning länger als erwartet für sich behalten. Sein Widerstreben, sie mit jemand anderem zu teilen, hatte etwas mit ihrem Liebreiz zu tun. Warum sollte er auch Bekannten und Fremden etwas geben, das einzig ihm gehörte? Er würde seine ausschließlichen Rechte auf sie erst dann abtreten, wenn er ihrer müde war. Zu den Dingen, die für diese Entscheidung ausschlaggebend waren, gehörte Younings eigene Angst vor Entwürdigung. Er wollte, dass sie darüber nachdachte, jedem zu Willen sein zu müssen, den er auswählte. Erst wenn er ihrer Angst müde war, würde er sie seinen Freunden aus Zhao und den Singmädchen von der Straße überlassen.

Nachdem er einen kleinen Gong neben seinem Bett geschlagen hatte, wartete Lao Wen ungeduldig auf das Erscheinen eines Dieners.

«Wo hast du gesteckt?»

Der Diener verneigte sich ängstlich. «Nur ein paar Schritte weiter den Korridor hinunter, Exzellenz. Ich bin gelaufen, so schnell ich konnte.»

«Nun, du bist langsam. Vielleicht bist du zu fett», sagte er zu dem mageren jungen Mann. «Geh und sag Frau Youning, dass ich sie unverzüglich sehen will.»

Er versuchte zu seinen Zukunftsvisionen zurückzukehren, konnte sich aber auf nichts anderes konzentrieren als auf das Vergehen der Zeit. Endlich bat eine leise Stimme auf der anderen Seite der Zimmertür, eintreten zu dürfen.

Sie trug ein hauchdünnes Hemd und eine Brokatrobe. Obwohl ihre Erscheinung ihn erregte, zwang Lao Wen sich zu einem kalten Zorn. «Wenn ich rufe, habt Ihr sofort zu erscheinen.»

«Ich bin gekommen, so schnell ich konnte.»

«Die ewige Ausrede der Dienstboten», entgegnete er verächtlich. Dann kam ihm plötzlich eine wunderbare Gemeinheit in den Sinn. «Es gibt da etwas, das Ihr vielleicht gern wissen würdet. Zwei meiner Freunde erwarten Euch. Sie werden langsam ungeduldig. Was seht Ihr mich so überrascht an? Ich habe unseren Handel nicht vergessen.»

Das war der Augenblick, in dem er erkannte, wie tief ihre Angst ging.

«Wo sind sie? Hier?», entfuhr es ihr. «Wer sind sie?»

«Habe ich gesagt, dass sie jetzt hier sind? Ihr werdet erst davon erfahren, wenn es so weit ist. Ich werde Euch rufen, Ihr kommt hierher, und wenn Ihr dann diesen Raum betretet, werdet Ihr sie hier vorfinden. Ist das klar?»

«Alle beide?»

«Ja. Bis dahin könnten es aber auch drei sein. Wer weiß? Bis es so weit ist, müsst Ihr geduldig darauf warten, dass das große Abenteuer beginnt.» Ihr beängstigtes Gesicht schürte seine Begierde, daher würde er sie in dieser Nacht so brutal wie nur möglich nehmen, aber erst nachdem er ihr den Abend höchst unerquicklich gestaltet hatte. «Geht jetzt», sagte er und schickte sie mit einer kleinen Bewegung seiner Finger weg, ähnlich der, wie sie der Einzige Erste benutzte, wenn er jemanden vortreten ließ oder wegschickte oder zum Tode verurteilte.

Sie musste lernen zu gehorchen, dachte Lao Wen großspurig, als Youning den Raum verließ. Er hatte schließlich einen häuslichen wie auch einen öffentlichen Ruf zu wahren. Schließlich hatte Li Sis erste Frau Selbstmord begangen, und die Umstände ihres Todes hatten das Ansehen des Kanzlers lediglich vergrößert. Niemand kannte die Einzelheiten, aber man munkelte, sie habe sich ihm auf irgendeine Weise widersetzt, und in einem Anfall von Reue über ihren Verstoß und auf sein nachdrückliches Verlangen hin habe sie sich in einem warmen Bad die Handgelenke aufgeschlitzt. Ohne Klage habe sie auf den Tod gewartet, während einige Schamanen die Götter um Barmherzigkeit für ihre Seele baten. Das war eine althergebrachte Methode, mit aufsässigen Frauen zu verfahren. Lao Wens Meinung nach gehörte das zu den wenigen Dingen, die die Alten richtig gehandhabt hatten.

Er schlug den Gong abermals, und diesmal erschien der Diener unverzüglich an der Tür.

«Sag Frau Youning, sie soll wieder herkommen. Und ich meine sofort.»

Man munkelte, dass einige der Sträflinge, die kräftigsten unter ihnen, bald zur Mauer geschickt würden. Man munkelte außerdem, dass der Bedarf an neuen Arbeitskräften seinen Grund darin hatte, dass so viele dort starben.

«Mich werden sie nicht nehmen», sagte Bao stolz. «Ich bin zu fett und zu klein. Aber Ihr werdet wahrscheinlich hinmüssen.» Er musterte Gan Zhong. «O ja. Euch werden sie nehmen. Große Steine sieht man im seichten Wasser.»

Binnen weniger Tage sollte sich Baos Prophezeiung erfüllen. Gan Zhong hatte nicht einmal Zeit, seinem neuen Freund Lebewohl zu sagen. Man ließ ihn, nachdem sich alle hatten aufstellen müssen, vortreten und schickte ihn mit hundert anderen auf den Marsch. Ungefesselt, aber bewacht von einer Kompanie Soldaten, die mit Schwertern und Armbrüsten ausgestattet waren, gingen sie einen ausgetretenen Pfad entlang durch zerklüftete Hügel und über gelbliches Bauernland.

Die Bauern, die Schubkarren mit frisch geernteter Gerste vor sich herschoben, hatten kaum einen Blick übrig für die lange Reihe kahl geschorener Köpfe. Einmal jedoch rief ein neugieriger Bauer, der eine Hacke über der Schulter trug, ihnen zu: «Baut ihr eine Straße?»

«Nein», antwortete ein Gefangener. «Wir gehen zur Mauer.»

«Dann ist es ja gut», sagte der Bauer mit einem breiten Lächeln. «Wenn ihr eine Straße bauen würdest, müssten wir sie reparieren.»

Je weiter nach Norden die Sträflinge kamen, umso größer wurde ihr Angst. Nachts hüllten sie sich in ihre dünne Decke, lagen auf dem kühlen Boden und flüsterten mit ihren Nachbarn zur Rechten und zur Linken. Jemand hatte gehört, die Mauer sei der längste Friedhof der Welt. Tausende seien dort bereits gestorben. Es hieß, dass man nachts die Toten stöhnen höre. Ein Sträfling, der einmal im Norden gewesen war, beschrieb ihnen die seltsame Erde dort, die von einem dämonischen Purpurton war. Seine Zuhörer beugten sich ihm entgegen, während er erzählte, dass die Mauer im eiskalten Regen des Ostens begann und in den

Sandstürmen des Westens mehr als dreitausend Meilen entfernt endete. Dazwischen lagen die Hügel. Er sagte, dass diese zahllosen Hügel oft so glatt seien wie die Haut einer Frau. Manchmal seien sie auch scharfkantig und zerklüftet, als hätte ein Riese sie aus der Erde gerissen. Hügel lägen hinter Hügeln hinter Hügeln, behauptete er, und ein jeder würde heimgesucht von eisigen Winden, die durch die Kleider drangen, ganz gleich, wie viele Schichten man übereinander trug.

«Gelehrter», sagte einer der Sträflinge, der Gan Zhongs Spitznamen aufgeschnappt hatte, «was denkst du über die Mauer?»

«Ich habe aufgehört zu denken.» Das entsprach nicht ganz der Wahrheit, obwohl Gan Zhong während des Marschs tatsächlich so wenig wie nur möglich dieser Beschäftigung nachhing. Das Einzige, worüber er nachdachte, war Flucht. Dasselbe tat ein Mann, der es dann auch wirklich versuchte. Er kam nicht weiter als über die halbe Länge eines Weizenfeldes, bevor ein Armbrustbolzen ihn zum Stehen brachte. Bevor er jedoch sterben konnte, stürzten drei Wachen herbei und sorgten für zusätzliches Leiden, indem sie auf seine Genitalien und seine Augen einhieben.

Auf ihrem Weg nach Norden fiel Gan Zhong auf, dass die Farbe der Schweine sich veränderte, dass sie irgendwann nicht mehr weiß waren, sondern schwarz. Während der letzten Woche ihres Marschs stießen fünfzig Männer aus einem anderen Sträflingslager zu ihnen, begleitet von einem hoch gewachsenen, schlanken Wachposten, der Gan Zhong an den Mann erinnerte, den zu töten er geschworen hatte. Während er immer weiter trottete, hielt er den Blick auf den Wachposten geheftet, der einen gezierten und gebeugten Gang hatte und einen Hals, so dünn wie der eines Huhns. Lao Wen zu töten würde für ihn so natürlich sein wie das Aufgehen der Sonne. Gan Zhong, der zitternd in seinen Hanflumpen hinter den Wachposten herging, sah sich seinen Feind angreifen, mit einem Messer, einer Hellebarde oder mit bloßen Händen. Der Gedanke an Rache hielt ihn aufrecht, während andere am Straßenrand liegen blieben. Die Wachen töteten diese Unglücklichen nicht, obwohl ihre Zurückhaltung nichts mit Barmherzigkeit zu tun hatte. Die Soldaten wussten genau, dass die Dörfler aus der näheren Umgebung bei

Einbruch der Nacht herbeikommen und den Sterbenden alles rauben würden, was sie vielleicht noch besaßen – Kleider, ein paar wenige Münzen, ein Stück Seidenband aus alten Zeiten. Wenn die Sträflinge dann um Hilfe flehten, würden die Bauern sie vielleicht mit ihren Hacken und Sicheln zum Verstummen bringen.

Als Gan Zhong die Große Mauer zum ersten Mal aus einiger Entfernung sah, erschien sie ihm wie ein kleines purpurnes Boot, das auf einem weißen Ozean trieb. Nachdem sich die Nebel jedoch gelichtet hatten, schnappte er angesichts ihrer majestätischen Gestalt nach Luft. Der Anblick dieses gewaltigen Bauwerks verstärkte bei Gan Zhong wie bei den andern neu ankommenden Sträflingen den tief verwurzelten Respekt vor Mauern im Allgemeinen, ein Respekt, der den Menschen seit vielen Generationen eingeimpft war. Für das Volk des Reichs der Mitte war jede Mauer mehr als eine Trennungslinie. Sie schenkte einem zu Hause Sicherheit. Sie schuf Ordnung, indem sie klare Grenzen setzte.

Gan Zhong sollte jedoch noch erfahren, dass diese Mauer anders war als alle anderen. Wie ein Reptil schlängelte sie sich wellenförmig von einem felsigen Gipfel hinab in ein grünes Tal, dann wieder hinauf zu einem Gipfel und hinab in Täler mit glänzenden Bächen.

Dann drehte die Kolonne plötzlich nach Westen ab und marschierte einen weiteren Tag lang parallel zur Mauer, bis sie schließlich an einen unvollendeten Abschnitt in einem entlegeneren, besonders gebirgigen Gebiet kamen. Ein Wachposten wandte sich um und sah die müden Sträflinge mit einem zynischen Lächeln an. Gelber Staub, von wirbelnden Sandstürmen aus der Wüste herbeigetragen, hatte sich über ihre ausgezehrten Gesichter gelegt. «Ihr seid zu Hause. Seht mich nicht so an. Ich meine es ernst! Das ist euer Zuhause!»

Auf einem baumlosen Stück Land, das früher eine magere Hirseernte hervorgebracht hatte, standen, eine halbe Meile von der Mauer entfernt, notdürftig errichtete Holzbaracken. Bevor den Sträflingen ihre Unterkünfte zugewiesen wurden, ließ ein Kommandant sie auf einem Bauplatz in der Nähe der Mauer zusammenkommen. Er trug eine Adlerfeder in seiner schwarzen Lederkappe, ein langes Schwert und einen Dolch an seinem Gürtel sowie eine Armbrust überm Rücken. Er schien eher zum Kämpfen als zum Reden gerüstet zu sein.

«Ihr habt keine Namen mehr», sagte er, eine Hand auf den Griff seines Schwerts gelegt. «Ihr habt eine Nummer auf einer Tafel um euren Hals. Verliert sie nicht. Diese Nummer, das seid ihr. Ohne sie existiert ihr nicht.» Diese grimmige Logik zauberte ein Lächeln auf sein wettergegerbtes Gesicht. «Höchstwahrscheinlich werdet ihr hier nie wieder wegkommen. Aber ein paar von euch schaffen es vielleicht. Arbeitet hart und haltet euch aus Schwierigkeiten raus. Vielleicht werdet ihr da unten begraben wie ein Mensch ...», er zeigte auf den Boden, «statt da drüben ...» Er drehte sich um und deutete mit einer weit ausholenden Gebärde auf die unvollendete Mauer.

«Einige von euch – vielleicht die meisten – haben von Flucht geträumt. Das verstehe ich. Ich an eurer Stelle würde vielleicht das Gleiche tun.» Der bis an die Zähne bewaffnete Offizier begann, vor ihnen auf und ab zu schreiten. Er gefiel sich offensichtlich darin, neuen Gefangenen Vorträge zu halten. «Versucht es. Nur zu, flieht. Sagen wir, ihr wendet euch nach Süden, dem Mutterland zu. Vergesst nicht, ihr seid gebrandmarkt. Die Bauern werden euch ausliefern, und nicht nur sie, sondern auch alle anderen. Sie brauchen nur ein klein wenig habgierig zu sein. Ich weiß von einem halben Dutzend Männern, die während der vergangenen Jahre hier an der Mauer geflohen sind. Ich weiß von tausend, die es versucht haben und gescheitert sind. Deserteure werden von unseren Soldaten nicht allzu freundlich behandelt. Schließlich würden viele von ihnen selbst gern desertieren. So viel also zum südlichen Fluchtweg. Dann wäre da noch der andere.» Er wandte sich den nördlichen Hügeln zu, die jenseits der Mauer lagen. Ein grimmiger Windstoß legte seine Adlerfeder quer, bis sie fast parallel zum Boden stand. «Ihr könnt in diese Berge gehen und nach den Hunnen Ausschau halten. Ihr könnt diese o-beinigen, versoffenen kleinen Barbaren, die wie faules Fleisch stinken, um Gnade bitten. Ich werde euch nicht aufhalten. Ihre Art zu leben könnt ihr gerne haben, wenn ihr wollt. Kälte, Hunger und Durst machen ihnen nichts aus. Sie schaffen Gewaltmärsche, die sich über Wochen hinziehen. Natürliche Barrieren halten sie nicht auf, denn sie zwängen sich durch die kleinsten Ritzen, wie eine Frau eine Nadel einfädelt. Kein Mann kann es mit ihnen aufnehmen, wenn sie mit Pfeil und Bogen auf einem Pferd sitzen. Sie lieben den Hinterhalt, weil sie den Verrat anbeten. Da sie kein Ehrgefühl haben, bleiben sie nicht stehen, um zu kämpfen, sondern laufen lieber weg. Sie stinken, sie husten, sie furzen ständig und haben mehr Energie als ein Ziegenbock. Für sie sind Vergewaltigung und Mord so alltäglich wie Schweinespuren. Sie vergewaltigen Männer genauso wie Frauen. Es macht keinen Unterschied für sie. Das also ist die Art von Tieren, die die Hügel dort drüben bewohnen. Geht zu ihnen und lebt mit ihnen, wenn ihr wollt. Aber sorgt dafür, dass sie euch akzeptieren. Und wenn sie es nicht tun? Ich überlasse es eurer Fantasie, was dann geschieht. Aber die Entscheidung liegt bei euch. Wo ihr herkommt, geben dic Politiker euch Gesetze und Regeln, denen ihr gehorchen müsst, und sie behandeln euch wie Kinder. Hier oben mögt ihr ein Sträfling sein, aber ihr seid auch ein Mann. Trefft selbst eure Wahl.»

In jener Nacht sprachen die in Baracken eingepferchten Neuankömmlinge voller Erregung über die Mauer. Man hatte wegen des bevorstehenden Winters wattierte Jacken und eine zusätzliche Decke für jeden ausgeteilt. Einige der Sträflinge sprachen von Flucht, gleich, in welche Richtung. Sie verachteten den Kommandanten für seine Drohungen. «Was hältst du davon, Gelehrter?»

Diesmal sagte Gan Zhong, was er dachte. «Ich wollte auch fliehen, aber jetzt sehe ich, dass es unmöglich ist.»

«Du glaubst, was er gesagt hat?»

«Ich glaube es.»

«Warum?»

«Weil», sagte Gan Zhong, «es ihm Freude gemacht hat, uns die Erlaubnis zur Flucht zu geben.»

«Was können wir aber dann tun?»

«Was er uns geraten hat. Hart arbeiten und uns aus Schwierigkeiten heraushalten.»

Am nächsten Tag wurde Gan Zhong zur Arbeit an einer Ramme eingeteilt. Es handelte sich um eine Vorrichtung, um die Erde zu stampfen und bestand aus einem Rahmen, der zylindrische Steine einfasste und an Bambusgriffen hochgehoben werden konnte. Acht Männer, die auf einer Plattform standen, bedienten die Ramme. Gan Zhong war wie die anderen bis zur Taille nackt und hielt seine beiden Griffe fest in Händen. In Gleichtakt miteinander hoben und senkten sie das schwere Gerät. Diese Arbeit kostete ungemein viel Kraft, daher überraschte es ihn, dass sie die Bewegung ohne Pause fortsetzten. Schon bald schwitzte er genauso heftig wie die anderen, und er spürte in seinen eigenen Muskeln, was sie in ihren spürten. Er wusste, dass sein Gesicht die gleiche Erschöpfung widerspiegelte, dass seine Augen vor Anstrengung aus den Höhlen traten, dass seine trockenen Lippen sich jedes Mal zusammenpressten, wenn er das schwere Gewicht mit anhob. Diese monotone, anstrengende, ununterbrochene Arbeit zehrte die Kraft schnell auf. Am nächsten Tage brach einer der Männer aus ihrem Trupp zusammen. Er wurde weggetragen, und Gan Zhong sah ihn nie wieder. Eine Woche wie diese verging und noch eine Woche, und dann verlor er einfach jedes Zeitgefühl. Die Männer in den Baracken kicherten, wenn er hereingetaumelt kam und sich zusammenrollte, ohne sich auch nur die Mühe zu machen, seine Decke über sich zu ziehen. «Ich nehme an, an der Ramme hilft einem alle Gelehrsamkeit nichts», sagte einer von ihnen. «He, Gelehrter, wie ist es denn da oben mit all den anderen starken Männern, wenn ihr wie eine Horde Affen den ganzen Tag rauf und runter geht, rauf und runter?»

Gan Zhong hörte die Frage nicht. Er schlief den Schlaf des Rammers.

Nach einem Monat und dem Verlust dreier weiterer Mitglieder der Rammentruppe, gerade als sein Körper die Grenze seiner Belastbarkeit erreicht hatte, wurde Gan Zhong in eine andere Abteilung versetzt. Der Kommandant hatte sein Durchhaltevermögen bemerkt und wollte nicht noch mehr gute Arbeiter verlieren. Die ganze Rammentruppe wurde durch schwächere Männer ersetzt, die nur wenige Wochen durchhalten würden, bevor ihre Kräfte aufgezehrt waren.

Oben auf der Mauer, zwischen der inneren und der äußeren Abschlussmauer des Wehrgangs, bauten sie eine mit Ziegelsteinen gepflasterte Straße, die breit genug war, um fünf Reitern nebeneinander Platz zu bieten. Gan Zhong wurde den Maurern für die Arbeit am Straßenbett und an den Brüstungen zugewiesen. An seinem ersten Tag dort stützte er sich auf den mit Zinnen versehenen Maueraufbau und blickte hinab in die grünen Schluchten, die von kahlen Linien brauner Erde durchzogen waren.

«Denkst du an die Freiheit?», fragte ein alter Mann, der zu ihm getreten war. Dieser Maurer hatte es geschafft, zwei Jahre an der Mauer zu überleben; er war deswegen weithin bekannt.

«Ich weiß nicht, woran ich denke», bekannte Gan Zhong stumpfsinnig. «Ich erinnere mich gar nicht mehr, wie das geht, denken.»

«Sei nicht dumm. Man vergisst nie etwas, es sei denn, man wird verrückt, aber du bist noch nicht verrückt.»

Sie standen nebeneinander und schauten, wie der Festungswall Berggipfel mit Berggipfel verband und Wache hielt inmitten der Wolken.

«Ich werde dir etwas zum Nachdenken geben», erklärte der Alte. «Wie kann man mit weißem Mörtel Ziegelsteine so fest verbinden, dass sich kein Nagel mehr hindurchtreiben lässt?»

Gan Zhong spürte, wie sein Kopf klarer wurde. «Ich weiß es nicht. Wirst du es mir beibringen?»

Und so begann seine Lehrzeit. Zu seinem Glück ließen die Wachen den Maurer, der mehr über die Mauer wusste als irgendjemand sonst, in Ruhe. Was der alte Mann nicht wusste, ersetzte er durch Fantasie. So behauptete er zum Beispiel, der Kaiser besitze ein weißes Zauberpferd mit roter Mähne, flammendem Schwanz und Augen wie Lampen. Dieses Pferd könne fliegen, und seine Ohren seien so winzig, dass sie die Geschwindigkeit seines Flugs nicht behinderten. Das Pferd trage den Kaiser zu Inspektionsrunden an die Grenze. «Immer wieder einmal», sagte der alte Maurer, «blicke ich zum Himmel auf, um mich davon zu überzeugen, dass Seine Majestät nicht gerade auf dem Weg hierher ist. So darfst du eine Maurerkelle nicht halten. Nimm sie so in die Hand.»

Als er Gan Zhong eines Tages beobachtete, wie er fachmännisch Zement in eine Ritze schmierte, sagte er: «Weiter im Westen arbeiten sie noch länger als wir hier.»

Gan Zhong blickte auf und sagte: «Das ist schwer zu glauben.»

«Halt den Mund und hör mir zu. Sie arbeiten so lange, dass aus der Erde, die sich in ihren Haaren festgesetzt hat, Weizen wächst.»

Ein anderer Maurer kam herbei, um zuzuhören.

Der alte Mann fuhr fort. «Im Westen, jenseits der Mauer, liegt das Land des Grases. Es ist die Heimat der Dämonen.» Er wandte sich dem anderen Maurer zu. «Hab ich nicht Recht?»

«Beide schauten zu, wie Gan Zhong Steine verlegte. «Es stimmt», sagte der zweite Maurer. «Das Schlimmste, was einem passieren kann, ist, da draußen zu sterben. Dreiäugige Tiere fressen deine Leber, während du noch atmest. Ich war mal dort.»

«Nein, warst du nicht», widersprach der alte Maurer, obwohl er sich seiner Sache nicht ganz sicher zu sein schien.

«Doch. Wo sie die Mauer aus sandiger Erde bauen. Sie pressen sie zuerst in Holzrahmen und lassen sie manchmal unverputzt.»

«Nein», sagte der alte Mann missbilligend.

«Doch, glaub mir, so machen sie es. Deshalb wird die Mauer zerfressen und zerfällt und wird schließlich von Treibsand begraben.»

«Ich hoffe, dass dem Kaiser davon nichts zu Ohren kommt», sagte der alte Mann kopfschüttelnd. «Sonst schickt er uns dorthin, um den Schaden zu beheben.»

«Ohne Stein gibt's da nichts zu beheben. Aber es weiß sowieso niemand, was da draußen vorgeht. Sie können in ihren Berichten schreiben, was sie wollen, und ein prächtiger Herrscher in goldenen Roben wird es ihnen glauben.»

Sie lachten.

«Wie ist das hier?», fragte Gan Zhong und blickte von seiner Arbeit auf.

Die beiden Fachleute schürzten prüfend die Lippen. Der alte Mann sagte: «Besser.»

Der andere schaute in die Hügel hinaus, den Blick auf etwas anderes geheftet. Dann sagte er mit leiser, nachdenklicher

Stimme: «Gleich hinter dem Jadetor am westlichen Ende liegt eine Wüste aus schwarzen Kieselsteinen mit Dämonen.»

«Dämonen?», fragte der Alte.

«Sag ich doch. Man nennt sie das ‹Draußen vor dem Mund›. Es ist das Ende der Welt, wo man eine Dunkelheit vorfindet, die schon vor der Zeit gewesen ist. Ich habe Männer gekannt, die von dort zurückkehrten. Sie sehen Dinge, die niemals existierten, und sie werden das Heulen des Windes nie mehr los. Ich habe gesehen, wie sie des Nachts schluchzend dalagen und sich die Hände auf die Ohren pressten, und sie konnten es dennoch hören. Seid dankbar, dass ihr hier arbeitet, nicht dort. Du da ...» Er kniff die Augen zusammen und betrachtete das kleine Schild, das an Gan Zhongs Hals baumelte. «Sieben-acht-acht-drei-eins, du lernst schnell.»

Aber nicht einmal hier an diesem relativ sicheren Teil der Mauer gab es genug zu essen. Die Vorräte wurden von langsamen Packzügen aus dem Süden herbeigebracht. Das Vorratsproblem machte jede Schale Hirse kostbar. Wenn ein Mann zu erschöpft war, um seine Schale zu verteidigen, verhungerte er. Manchmal wurden die Sterbenden, um die Dämonen zu versöhnen, zusammen mit der Erde in das Bauwerk eingestampft. Es hieß, dass die Unglückseligen, die man auf diese Weise begrub, zu behaarten kleinen Geistern würden, und selbst Gan Zhong, der solche wilde Geschichten für gewöhnlich nicht glaubte, schauderte des Nachts, wenn er meinte, durch die Ritzen in dem Holzhaus ein leises Weinen zu vernehmen.

Viele der Soldaten lebten zwar in besseren Baracken und bekamen besseres Essen, arbeiteten aber dennoch Seite an Seite mit den Sträflingen, fabrizierten Ziegel, schleppten sie her und stapelten sie auf. Andere waren mit der Instandsetzung der Wachtürme beschäftigt, mit dem Pflastern des Mauerwerks und mit dem Verputzen vor dem Kalken.

Neben den Sträflingen und Soldaten waren auch viele Männer da, die zur umherziehenden Bevölkerung gehörten und weder einem Feudalherrn noch einem General, noch selbst dem Einzigen Ersten Treue schuldeten. Für einige von ihnen, vor allem für diejenigen, die keine Bürger von Qin waren, war der Sohn des Himmels nicht mehr als der kriegerische Tyrann eines barbarischen

Bergkönigreichs. Das Ende des Feudalismus hatte viele von ihnen von dem Land abgeschnitten, das ihre Vorfahren über Generationen hinweg bestellt hatten. Entwurzelt, wie sie waren, kamen sie zur Mauer, wo sie zumindest manchmal etwas zu essen bekamen. Und so speiste die Mauer sich von der Energie Heimatloser. Gan Zhong lernte sie kennen. Ihr unabhängiger Geist schockierte und begeisterte ihn gleichermaßen. Er hatte nicht gewusst, dass es solche Menschen gab. Die meisten von ihnen konnten nicht lesen, aber sie hatten ihre eigene Philosophie. Er saß oft mit offenem Munde da und hörte zu, wie sie von einer Welt sprachen, die frei war von Regeln und Beamten und Herrschern. Es war eine Welt der Straße, des Waldes, des Meeres, und wenn sie erzählten, wie es sie, wie vom Wind verwehte Blätter, bald hierhin und bald dorthin getrieben hatte, stellte Gan Zhong sich vor, wie er in eine solche Welt eintrat, in der ihn nichts belastete, nicht einmal Erinnerungen, und er machte den ersten Schritt hinein in einen Tag ohne Horizonte.

Am Bau der Straßen hatten auch Frauen mitgewirkt, aber hierher hatte man keine gebracht. Sie arbeiteten in den Getreidespeichern und anderen Vorratslagern weit weg von der Mauer. Daher gab es keine eigenwilligen Blicke vorbeigehender Frauen, die Gan Zhong an Youning erinnerten. Aber er bedurfte solcher Anstöße auch nicht. Des Nachts, wenn er nicht sofort einschlief, erinnerte Gan Zhong sich schmerzlich und bis in die winzigsten Einzelheiten an seine Spaziergänge mit Youning im Hof der Jias, während im Hintergrund wie ein Wachhund ihre Tante auf der Lauer lag. In den kalten, stinkenden Baracken, wenn er zitternd auf dem hölzernen Boden lag, versuchte er jeden einzelnen süßen Wohlklang des Lautenspiels seiner zukünftigen Braut heraufzubeschwören, jeden Blick, den sie ihm zugeworfen hatte, jede Bewegung ihrer kleinen Lippen. Youning hatte ihn auch nicht vergessen. Nein, niemals. Dessen war er gewiss. Ein alter Freund, der sich für einen klugen Kenner der Frauen hielt, hatte Gan Zhong einmal erzählt, die Treue der Frauen reiche nicht weiter, als die Hand greifen könne, aber dieser Bursche hatte natürlich eine Mutter und zwei Schwestern gehabt, die ihn immer schikanierten.

Youning würde wahrscheinlich bald heiraten. Ihre Familie würde einwenden, dass ihr Alter von siebzehn Jahren es erforderlich mache. Wen würden sie für sie auswählen? Während Gan Zhongs Werbung waren im Hintergrund schon andere junge Männer auf dem Sprung gewesen. Der Gedanke, dass sie in den Armen eines anderen liegen könnte, trieb Gan Zhong schier in den Wahnsinn. Manchmal und um sich von dieser Qual zu befreien, wandte er seine Gedanken von Youning ab und seiner Schwester zu. Ob sie sich noch immer auf dem Land versteckte? Er erinnerte sich daran, dass sie ihm erzählt hatte, wie sehr sie sich vor dem Leben dort fürchte. Wer würde ein Mädchen aus seiner Sippe heiraten, die man des Verrates verdächtigte? Arbeitete sie wie eine Bäuerin auf den Feldern? War sie zu zerbrechlich, um zu überleben? Nichts, was er bei Tag tat, war so schlimm wie die quälende Ohnmacht, die er in diesen schrecklichen Nächten empfand. Während er hörte, wie die Männer um ihn herum in ihrem unruhigen Schlummer ächzten, schluchzten oder leise weinten, wusste er, dass auch sie sich von der Welt abgeschnitten fühlten.

Alles, was sie jetzt noch hatten, war die Mauer. Sie war tatsächlich etwas Gewaltiges, aber in ihrem Innern doch still und reglos, so wie die Toten, die die Männer in ihrer festgestampften Erde begruben. Vielleicht würden nur wenige der Arbeiter hier jemals diese ungeheure schwarze Mauer des Schweigens durchbrechen, die zwischen der Gegenwart und ihrem früheren Leben aufragte. Vielleicht würden nur wenige je nach Hause zurückkehren. Ihr Leben endete in den Steinen und im Mörtel, im Heulen des Sturms, der um die kalten Felsen tobte, in den Stimmen der Toten, die ihre Arbeit gegeben hatten, um dieses Bollwerk gegen die unversöhnlichen Feinde von Zeit und Entfernung zu errichten. Gan Zhong wird nicht hier sterben, sagte er sich jede Nacht. Er folgte einem bestimmten Ritual, um sich selbst davon zu überzeugen. Als Erstes durchsuchte er sein Haar nach Läusen, und wenn er mindestens drei von ihnen zwischen den Fingernägeln zerknackt hatte, sagte er mit leiser Stimme: «Ich werde nicht hier sterben, Onkel», und dann wieder: «Ich werde nicht hier sterben, Youning.»

17

General Meng Tian war gerade von einem Feldzug gegen die Xiong-Nu-Barbaren zurückgekehrt, die er durch die Ordos-Wüste zurückgetrieben hatte. Sein Sieg würde es den Landvermessern ermöglichen, das Land an der großen Nordschleife des Gelben Flusses zu kartografieren. Anschließend konnte man sich daranmachen, zwei alte Mauern mit einem neu zu errichtenden Festungswall zu verbinden.

Die Maurer erzählten Gan Zhong vom General. Sie behaupteten, er «verstehe etwas von Stein». Einer schwor, dass er die Seele eines Baumeisters habe. «Er wirft nur einen einzigen Blick auf einen Mauerabschnitt und kann sagen, ob er solide ist oder nicht.» Ein Trupp von Ingenieuren überwachte den eigentlichen Bau der Mauer, aber General Meng überwachte mit unbeirrbarer Genauigkeit die Ingenieure. «Er hält Tag und Nacht die Augen offen», behauptete einer der Maurer. «Niemand reitet so durch die Wüste wie er, mit einem Lachen in der größten Hitze», meinte ein anderer. «Niemand liebt die kalten Berge so wie er. Ich habe ihn mit Eiszapfen an Bart und Augenbrauen gesehen. Auch damals hat er gelacht. Gelacht, weil er gerade mit seinem eigenen Schwert fünfzig Hunnen enthauptet hatte.»

«Er ist ein stolzer, eitler Mann», sagte wieder ein anderer. «Ich habe nie gesehen, dass seine Hosen zerknittert gewesen wären oder dass er Essensreste im Bart gehabt hätte.»

Sie versuchten einander mit Geschichten über Meng Tian zu übertreffen, aber diese hart gesottenen Männer schienen doch echte Ehrfurcht vor dem General zu haben.

Während er auf der Mauerkrone Ziegelsteine verlegte, sah Gan Zhong den gefeierten Kommandanten zum ersten Mal. Eine Schwadron Reiter näherte sich und teilte sich dann, damit einer der Reiter die Fortschritte der Arbeiter besser in Augenschein nehmen konnte.

Meng Tian war klein und sehnig, trug einen vollen schwarzen Bart und hatte buschige Augenbrauen und ungewöhnlich kleine, eng beieinander liegende Augen, die sein Gesicht gleichzeitig bedrohlich und komisch erscheinen ließen. Er musterte die

Mauer mit einer Art zärtlicher Inbrunst, als liebkose er jeden einzelnen Stein mit den Augen, als wolle er seine Größe, sein Gewicht und seine Position genau abschätzen. Dann zogen die Reiter weiter.

Einige Tage später verbreitete sich in den Hütten der Sträflinge die Nachricht, General Meng suche nach jemandem, der ihm als Schreiber dienen konnte.

Einige der Männer traten an Gan Zhong heran und rieten ihm, sich zu bewerben. Der alte Mann legte Gan Zhong eine Hand auf die Schulter. «Du kannst lesen und schreiben. Obwohl du das Zeichen auf der Wange trägst, bist du ein guter Mann. Du hast mehr verdient als dies hier.» Er zeigte mit seiner knochigen Hand auf die zugigen Baracken. «Ich habe gut gelebt, als ich in deinem Alter war. Dasselbe musst du tun. Geh und sag ihnen, dass du schreiben kannst.»

Gan Zhong zögerte. Man hatte ihn von Kindheit an gelehrt, sich niemals in den Vordergrund zu schieben, es sei denn, ein Mann von höherem Rang ermutige ihn dazu. Andernfalls löste eigenmächtige Forschheit bei den *shi* unweigerlich Tadel aus. Aber jetzt überlegte er, dass der alte Maurer eigentlich als ein Mann von höherem Rang gelten konnte; immerhin war dies das dritte Jahr seines Überlebens bei einer Arbeit, die jüngere Männer gedemütigt und sogar getötet hatte.

Gan Zhong ging zu einem Abschnittswächter und bot seine Dienste als Schreiber an. Der Wachposten rief jemanden herbei, der schreiben konnte, und Gan Zhongs Nummer wurde notiert. Dann scheuchten sie ihn wieder weg. Eine Woche verstrich, daher vermutete er, dass man sich für einen anderen entschieden hatte. Aber dann erschien ein Soldat auf dem Straßenabschnitt, wo ein Arbeitertrupp Steine verlegte, und schrie nach Sträfling 78831.

Er wurde mit einem Eselskarren zum militärischen Hauptquartier geschafft. Als der Karren sich seinem Ziel näherte, fiel Gan Zhong ein Persimonengarten in der Nähe auf. Die hohen Bäume waren übersät von großen, weißen Blüten. Im Herbst würden sich die Zweige unter der Last der schweren orangeroten, kakiähnlichen Früchte biegen.

Plötzlich fiel ihm ein, dass er sich früher auf die saftigen Persimonen gefreut hatte. Diese angenehme und simple Erinnerung aus der Vergangenheit bestärkte ihn in seinem Entschluss, sich so viel von seinem Leben zurückzuholen, wie er nur konnte.

Am Eingang des einstöckigen Holzbaus standen Wachposten mit zehn Fuß langen *ge*-Hellebarden in Habt-Acht-Stellung. Gan Zhong war sich seiner schmutzigen Lumpen nur allzu bewusst, als er zwischen den Männern in ihren blank polierten Rüstungen hindurchging.

General Meng saß an einem großen Tisch, auf dem ein wildes Durcheinander von Bambustafeln, Schalen mit halb gegessenen Speisen, Weinbechern und Karaffen herrschte. Damit seine Rüstung ihm nicht den Hals aufschürfte, hatte er sich einen Schal umgebunden und mit einer großen Schleife unterm Kinn verknotet. Er trug einen schwarzen gepanzerten Mantel mit weißen Nieten, der oben an der rechten Seite von einem großen goldenen Knopf zusammengehalten wurde. Auf seinem gewaltigen Kopf prangte ein Lederhelm, dessen kunstvolle Faltung seinen Rang bekundete. Seine Hose war dunkelblau, sein Umhang grün, seine nach oben gebogenen Schuhe schwarz. Jedes Mal, wenn er sich bewegte – und er bewegte sich ständig –, schwangen die purpurfarbenen Quasten an seinen Schultern sachte hin und her. Sein bronzenes Kurzschwert war mit einem schimmernden Metall überzogen. Seine mustergültige Erscheinung stand in scharfem Kontrast zu seinem Arbeitstisch.

Mit seinen dicht beieinander liegenden Augen musterte der General Gan Zhong. «Du siehst nicht aus wie ein Schreiber.»

«Früher, General, was ich Palastaspirant.»

Meng ignorierte diese Bemerkung. «Du siehst aus wie ein Boxer.»

«Ich habe das Boxen bei Meister Hong studiert.»

«Ich habe von Meister Hong gehört. Ein aggressiver Kampfstil. Mein erster Schreiber hat einen Pfeil in die Kehle bekommen, aber er taugte ohnehin nichts, zumindest nicht in der kleinen Siegelschrift. Er brachte nur die große Siegelschrift einigermaßen ordentlich zustande.»

«Ich schreibe die kleine Siegelschrift.»

Der General runzelte die Stirn. «Weißt du, dass es jetzt gegen das Gesetz verstößt, die große Siegelschrift zu benutzen?»

«Das wusste ich nicht, General.» Er hätte hinzufügen können, dass er seit einem Jahr jeden Kontakt mit der Welt verloren hatte.

«Wusstest du, dass der Kaiser mich zum Kaiserlichen Geschichtsschreiber ernannt hat?»

«Nein, General. Es ist nämlich so, dass ich jetzt seit mehr als einem Jahr ein Sträfling bin.»

«Ich habe ein Dutzend Leute, die sich auf die große Siegelschrift verstehen», sagte der General, «aber was sie im *xiaozhuan*-Stil zustande bringen, sieht erbärmlich aus. Lass mich sehen, was du kannst.» Er zeigte auf einen Holzstreifen auf dem Tisch, neben dem sich ein Reibstein, ein Tuscheziegel, eine Schale mit Wasser und ein ein Fuß langer Bambuspinsel mit Kaninchenhaarspitze befanden.

Ohne zu zögern brach sich Gan Zhong etwas von dem Ziegel ab, mischte das Stück auf dem Reibstein mit ein paar Tropfen Wasser und rieb, bis die Tusche die richtige Beschaffenheit hatte. Dann tauchte er den Pinsel in die Mischung und schrieb flink und anmutig eins der Neun Lieder von Chu auf den Holzstreifen – ein Gedicht, von dem er gehofft hatte, dass er es eines Tages Youning würde vortragen können.

Von rötlichen Leoparden gezogen, von gestreiften Zibetkatzen begleitet,
Bekleidet mit Felsorchideen, gegürtet mit Pfeifenkraut,
Fahre ich aus, süße Kräuter zu sammeln für den, den ich liebe.

Der General sah sich das Geschriebene genau an. «Das Gedicht gefällt mir nicht, es ist zu weitschweifig und zu selbstgerecht, aber die Kalligrafie ist gut. Ja, das ist gut. Es erinnert mich an Li Sis Handschrift – die Sicherheit, der Schwung. Obwohl ich persönlich den *xiaozhuan*-Stil nicht mag. Unglücklicherweise schätzt Li Si ihn sehr, und daher ist die kleine Siegelschrift heutzutage die einzige Schrift, die man noch benutzen darf. So sind die Dinge eben. Es geht so, wie er sagt, oder es geht gar nicht. Ich finde den *xiaozhuan*-Stil zu weibisch.» Hier war ein Mann, der keine Angst davor hatte, seine Meinung kundzutun. «Li Si wird mein Geschichtswerk unter die Lupe nehmen und alles bemäkeln, was sich irgendwie beanstanden lässt. Ich möchte nicht, dass er auch noch die Kalligrafie kritisiert.»

«Ja, General.»

«Wenn ich das Buch verfasse, möchte ich, dass es in perfekter kleiner Siegelschrift niedergeschrieben wird. Du musst meine Ideen in die richtigen Worte fassen. Alles, was der andere Schreiber geliefert hat, war so erbärmlich, dass ich es wegwerfen musste. Verstehst du, was ich meine?»

Gan Zhong verstand genau. Der General wollte mehr als eine ordentliche Niederschrift. In Wirklichkeit musste jemand die ganze Arbeit, die das Niederschreiben der Geschichte bedeutete, für ihn übernehmen. «Ich weiß, was Ihr wollt, General, und ich kann tun, was Ihr wollt.»

«Enttäusch mich, und ich werde dich in der Mauer begraben. Ich will nicht noch einmal von vorne anfangen.»

Gan Zhong hielt dem harten Blick des Generals ohne einen Wimpernschlag stand. «Das ist nur recht und billig.»

Der General sah ihm noch einige Sekunden in die Augen, dann wandte er den Blick ab. Er stieß ein leises Lachen aus. «Der Schreiber sagt also, es sei recht und billig. Nun, so ist es, so ist es. Wir verstehen einander. Sag mir deinen Namen.»

Als Gan Zhong zögerte – wer seinen alten Namen benutzte, riskierte eine schwere Prügelstrafe –, lachte der General laut auf. «Glaubst du, ich werde dich bei einer Nummer rufen? In meiner Armee hat jeder einen Namen, und wenn du für mich arbeitest, wirst du, ob du nun ein Sträfling oder sonst etwas bist, auch einen Namen haben.»

«Gan Zhong.»

«Du scheinst Schwierigkeiten zu haben, diese beiden Silben über die Lippen zu bringen.»

«Ich habe meinen Namen seit einem Jahr nicht mehr benutzt.»

«Von jetzt an wirst du ihn benutzen.»

«Selbst in den Baracken?»

«Ich habe hier das Sagen. Wer würde es wagen, meine Autorität in Frage zu stellen? Und nun, Gan Zhong, wollen wir uns an die Arbeit machen.»

Er befahl Gan Zhong, Tusche zuzubereiten und sich eine Tafel zurechtzulegen. Dann begann er zu diktieren, wobei er im Raum auf und ab ging. Wenn er nicht die Hände hinterm Rücken verschränkt hielt, so spielte er mit den Enden seines Schals herum.

«Meine edlen Vorfahren kamen aus Qi. Meng Ao, mein ehrenwerter Großvater, hat für Qin gegen die Staaten Han und Zhao gekämpft. In Zhao nahm er siebenunddreißig Städte ein. Später griff er Wei an und schuf die Kommandantur Dong. Mein ehrenwerter Vater, Meng Wu, griff Chu an und besiegte im 24. Jahr der Herrschaft König Zhengs von Qin den König von Chu.»

Während Gan Zhong all dies niederschrieb, fragte er sich, ob General Meng wirklich der Meinung sei, dass die Geschichte seiner Familie einen gleichberechtigten Platz neben der einer ganzen Nation verdient habe.

Es herrschte nur noch Zwielicht, und ein Wind war aufgekommen, als Gan Zhong das Hauptquartier verließ. Er hatte ein Dutzend Tafeln mit den Heldentaten der Krieger aus der Familie Meng gefüllt. In einem sanften Nieselregen kehrte er zu den Baracken zurück; der Winter war noch weit entfernt, und das Land war mit wilden Blumen übersät.

Bei ihren nächsten Zusammenkünften ließ der General seine ehrenwerte Familie hinter sich und wandte sich dem wahren Helden seiner Fantasie zu: dem Ersten Kaiser. Er rühmte Zehntausend Jahre verschiedener Dinge: Er hatte die Macht der alten Sippen zerstört; er hatte das Gesetz bereinigt; er hatte die Münzprägung standardisiert; er hatte Straßen gebaut, die die entferntesten Winkel des Reiches der Hauptstadt näher brachten; und zu guter Letzt hatte er die Große Mauer errichtet, einen steinernen Drachen, der die nördlichen Ausläufer des Reiches bewachte.

Plötzlich brach er sein Diktat ab und drehte sich zu Gan Zhong um. «Zehntausend Jahre ist ein weiser Mann, Schreiber. Um seine Herrschaft zu inspirieren und auszuüben, hat er die große Theorie von den Fünf Elementen entwickelt.»

Gan Zhong war absolut vertraut mit dieser Theorie. General Meng schrieb sie dem Kaiser zu, obwohl Gan Zhong wusste, dass diese Lehre bereits seit Jahrhunderten existierte. Dennoch bestand der General darauf, dass Shi Huang Di die beliebte Theorie ohne Hilfe selbst geschaffen hatte.

«Gemäß den Ausführungen unseres Erhabenen Herrschers», diktierte der General, «folgen die Wirkkräfte der Macht – Erde, Metall, Holz, Feuer und Wasser – einander in immer gleicher, unabänderlicher Folge. Jede Dynastie sollte kraft des Elementes regieren, das zur Zeit ihrer Macht das vorherrschende ist. Wenn das Schicksal verlangt, dass das nächste Element die Vorherrschaft übernimmt, so kann der Begründer einer neuen Dynastie durch geziemende Rituale die Unterstützung dieses Elementes gewinnen und den Erfolg gewährleisten.» Er hielt in seinem stetigen Auf und Ab inne und sah Gan Zhong mit seinen runden, kleinen Augen durchbohrend an. «Lies es mir noch einmal vor.» Als Gan Zhong diesem Befehl folgte, lächelte der General breit. «Genau das habe ich gemeint.» Also fuhr er fort. «In Anbetracht der Tatsache, dass die Zhou durch die Macht des Feuers herrschten und die Qin sie ersetzt haben, sollte das Wasser sich Geltung verschaffen, weil Wasser Feuer überwindet. Der Gefährte des Wassers ist Schwarz, und seine Zahl ist Sechs.» Er blieb abermals stehen, um über das Gewicht dieser Gedanken nachzusinnen. «Unser Erhabener Herrscher versteht die tiefste aller Wahrheiten, dass nämlich alles Wertvolle der Ordnung entspringt. Wenn also der Winter dem Wasser gehört und der Winter die Jahreszeit der Dunkelheit ist, so sind harte Strafen zwangsläufig ein Kennzeichen guter Regierung. Drücke ich mich klar aus, Schreiber?»

«Ja, General.»

Solchermaßen ermutigt, fuhr Meng Tian begeistert fort. «Die Einschränkung von Güte und Barmherzigkeit ist eine Möglichkeit, das Wasser zu ehren. Zehntausend Jahre weiß, dass die Ehrung des Wassers eine Möglichkeit ist, eine erfolgreiche Herrschaft zu gewährleisten. Daher ist es gut, streng zu sein. Das musst du eigens erwähnen, Schreiber.» Er zeigte, um seinen Worten Nachdruck zu verleihen, auf Gan Zhong. «Schwarz ist die beste Farbe für Kleidung, Banner und Flaggen. Sechs ist die beste Zahl. Abzeichen sollten sechs Zoll messen und Wagen sechs Fuß lang sein. Für Staatsanlässe muss eine Equipage von sechs Pferden gezogen werden, sechs, immer sechs. Infolge der Weisheit unseres Führers kann das Reich tausend Generationen des Wohlstands entgegenblicken.»

Gan Zhong wurde klar, dass dies keine herkömmliche Lobpreisung war, sondern der ehrliche Ausdruck der Hingabe, die der General für den Kaiser empfand. Meng Tian war ihm derart ergeben, dass sein ganzes Leben zu einer Veranschaulichung dieser Ergebenheit geworden war. Maßloser Ehrgeiz und unglaubliche Energie – und all die anderen Dinge, die ihn als außergewöhnlichen Mann kennzeichneten – entsprangen einem einzigen Quell: seiner leidenschaftlichen Loyalität einem anderen Mann gegenüber.

Als Gan Zhong an diesem Abend zu den Baracken zurückkehrte, warteten die Maurer auf seinen Bericht. Sie scharten sich zusammen und lauschten aufmerksam, als Gan Zhong ihnen von dem Diktat erzählte, obwohl er sich nicht sicher war, wie viel von seiner Darstellung sie verstanden.

«Der General lebt nach der Herrschaft des Wassers», erklärte er. «Deshalb gewährt er auch keine Begnadigungen. Strenge ist seine Art, das Wasser zu ehren.»

«Ich habe so was schon mal gehört», meinte der alte Maurer, und die anderen nickten zustimmend.

«Sein ganzes Denken kreist um die Wünsche des Kaisers», sagte Gan Zhong.

«Mein Denken kreist um das Wetter», murmelte ein Maurer. «Jetzt ist es noch gut, aber schon im Herbst werden wir unsere Steine im Schnee verlegen.»

Der alte Mann musterte Gan Zhong und fragte mit einem Lächeln: «Du lässt dir das Haar wachsen?»

Mit beschämter Miene gestand Gan Zhong, dass es so war. «Der General wünscht es.»

«Gut. Du bist ein junger Mann und gut aussehend obendrein, du solltest Haare haben.»

Einen Augenblick lang hatte Gan Zhong das seltsame Gefühl, dass diese freundlichen Worte aus dem Mund eines Mannes gekommen waren, der mit ihm verwandt war. Sein Onkel war in diesem Raum.

Eines Tages, mitten im Diktat, drehte General Meng sich zu seinem Schreiber um. «Ich brauche Euch, Gan Zhong. Aus diesem Grund gewähre ich Euch Amnestie und nehme Euch in meinen Stab auf.» Er starrte den schweigenden Schreiber finster an. «Versteht Ihr, was ich sage? Ihr seid nicht länger ein Sträfling, Ihr seid Soldat. Ihr seid Offizier der Armee.»

«Ich bin überwältigt, General, aber mein Onkel und seine Familie wurden wegen Hochverrats bis zum Dritten Grad bestraft.»

«Dann hat Eure Sippe ihre Schuld beglichen. Nur drei Menschen können einem wie Euch seine Strafe erlassen. Der Kaiser, der Großkanzler zur Linken und ich selbst. Ich habe die Autorität, jeden, der unter meinem Kommando steht, zu begnadigen. Mehr ist dazu nicht notwendig. In ebendiesem Augenblick seid Ihr ein Stabsoffizier, weil ich es so sage. Schüttelt diese roten Lumpen ab und legt eine Lederjacke und eine schwarze Hose an und tragt Euer Haar in einem hübschen Knoten, wie es sich für einen vornehmen Mann wie Euch geziemt. Ich möchte, dass die Männer um mich herum einen guten Eindruck machen. Mein Vater hat mich einmal zu Boden geschlagen, weil mir ein Reiskorn auf den Lippen klebte.» Er sah Gan Zhong mit seinen kleinen, dicht beieinander liegenden Augen durchdringend an. «Was bedeutet die Mauer für Euch, Schreiber?»

Gan Zhong fand, dass dies eine seltsam persönliche Frage aus dem Mund eines Mannes wie General Meng war, der Besseres zu tun hatte, als sich den Kopf über die Gefühle seiner Untergebenen zu zerbrechen.

«Ihr zögert», sagte der General. «Gut, das gefällt mir. Ich nehme an, Ihr habt euch bisher noch keine Meinung zu diesem Thema gebildet. Das zu tun erfordert Zeit. Ich bin jetzt seit fast zehn Jahren kreuz und quer durch diese Berge geritten und habe zugesehen, wie etliche Teile der Mauer errichtet wurden. Niemand versteht das Leben der Mauer gleich auf Anhieb. Jetzt werdet Ihr Zeit haben, Euch mit dieser Mauer bekannt zu machen. Morgen brechen wir nach Osten auf. Wenn wir etwa fünfzig Meilen am Tag reiten, werden wir einen Monat brauchen, um dorthin zu gelangen, wo die Mauer beginnt, und einen weiteren, um hierher zurückzukehren. Dann wenden wir uns nach Westen und tun dasselbe noch einmal.» Der General lachte und schlug mit der flachen Hand auf den Tisch. «Es ist mir immer ein Vergnügen, das Gesicht eines Mannes zu beobachten, wenn ihm zum ersten Mal die Wahrheit über diese Mauer zu dämmern beginnt. Und das ist noch lange nicht alles.»

III

18

Es war ein warmer Morgen, und Ying legte das Haar ihrer Herrin so zurück, dass es sich unter jedem Ohrläppchen wie ein Haken umbog. Youning fächelte sich mit einem Fliegenwedel Luft zu und sehnte sich nach etwas Musik. Sie wünschte sich nichts mehr, als ihrem Meister zuhören zu dürfen, wie er auf seiner Lieblingslaute spielte. Der blinde alte Mann war inzwischen tot. Er war vor einem Monat gestorben, während er hier in diesem Haus eine Lautensaite zupfte. Sie war ganz in die Stimmung versunken, die er mit seiner herrlichen Musik geschaffen hatte, als plötzlich ein anderes Geräusch ihre Konzentration störte, ein scharfes Aufkeuchen, dem ein lauteres folgte, das sie schließlich veranlasste, sich umzudrehen und ihn anzusehen. Er war vornübergesunken, und sein Gesicht war blau geworden. Er verdrehte die Augen, und in diesem Moment kam ein furchtbares Ächzen aus seinem Mund, und sein Körper zuckte unter heftigen Krämpfen zusammen. Als er zur Seite fiel, sahen seine dunklen, starr in den Höhlen liegenden Augen wie glanzlose Steine aus und ...

Sie wollte nicht daran denken. Sie konnte nicht daran denken, ohne in Tränen auszubrechen. Sie würde ihre Gedanken auf etwas anderes richten, aber alles, was ihr einfiel, waren Dinge, an die sie nicht denken wollte, wie zum Beispiel an Gan Zhong.

War er ein Sklave? Was war der Unterschied zwischen Sträfling und Sklave? Ihre Tante erzählte ihr, dass es nur einen einzigen Unterschied gebe: Einen Sklaven konnte man verkaufen. Wegen solcher und ähnlicher spitzer Bemerkungen war Youning nicht traurig darüber, dass sie ihre Tante nicht mehr täglich sah, obwohl sie, wenn zu viel Zeit zwischen den einzelnen Besuchen verging, stets eine ganze Liste von Fragen hatte, die sie der Tante stellen wollte. Die Wahrheit war, dass Youning noch immer in vielen Dingen vom Urteil ihrer Tante abhing, wenn auch das, was sich im Schlafzimmer zwischen ihr und Lao Wen ereignete, nicht zu diesen Themen gehörte. Die Tante hätte sich in dieser Hinsicht nicht eine einzige Klage angehört. Ihrer Meinung nach lag der Fehler immer bei der Frau, wenn etwas nicht stimmte. «Das Schlafzimmer ist die Welt des Mannes», pflegte sie mit unerschütterlicher Überzeugung zu erklären. «Tu, was er von dir verlangt. Die Götter haben beschlossen, dass es so sein müsse, und darum ist es eben so. Wer gegen diese Regel verstößt, läuft Gefahr, die Ewigkeit in der Hölle verbringen zu müssen.» Younings kränkelnde Mutter konnte kaum mehr atmen, geschweige denn reden, daher gab es aus der mütterlichen Quelle keinen Rat zu schöpfen. Ailing, ihre Halbschwester, war noch ein wenig zu jung, um mit Youning über die körperliche Liebe zu reden.

Die Besuche daheim waren ohnehin unregelmäßig geworden. Lao Wen behauptete, dass er sich jedes Mal, wenn sie das Grundstück verlasse, Sorgen mache, auch wenn dienstliche Pflichten ihn manchmal wochenlang fortriefen. Sie kannte die Wahrheit natürlich. Er wollte sie unter Kontrolle haben.

Bei ihrem letzten Besuch hatte sie sich mit der Tante gestritten. «Ich kenne dich», schimpfte die Tante. «Immer willst du haben, was du nicht haben kannst. Wenn du nicht mehr an diesen Jungen, diesen Gan, dächtest, wärest du deinem Gemahl eine bessere Ehefrau.» Dieser Vorwurf wäre zur Zeit von Younings launenhafter Jugend berechtigt gewesen; damals konnte sie sich nicht länger als einen Tag für einen bestimmten Mann interessieren. Aber seit ihrer Begegnung mit Gan Zhong hatte sie keinen anderen mehr haben wollen. Ihr ungebrochenes Verlangen nach ihm wurde von der felsenfesten Überzeugung genährt, dass er noch am Leben war. Beweis dafür war ihre heimliche Vision von ihm als kaiserlicher Liebhaber unter einem vollen Mond. Youning malte sich gern aus, wie sie sein Leben rettete, indem sie der Verderbtheit des Außenmenschen ihr eigenes opferte. Da sie aus seinen Gemächern weiter unten im Korridor häufig perlendes Gelächter hörte, versuchte sie sich vorzustellen, wie sie selbst unter seinen betrunkenen Frauen ihren Platz einnähme, wie sie tun würde, was sie taten, nur dass sie es für Geld taten, während sie es tun würde, um einen geliebten Menschen zu retten. Sie weigerte sich zu glauben, dass ihr Mann Gan Zhong vergessen hatte. Sein Leugnen bestärkte Youning lediglich in der Überzeugung, dass sie ihre wahre Liebe schützen musste. Wenn Lao Wen und seine zügellosen Günstlinge für sie bereit waren, dann würde sie ihrerseits für sie bereit sein.

Sie wusste es sofort, als es so weit war. Lao Wen kam in überschwänglicher Laune und weinselig von einem Fest des Großkanzlers zurück, der ihn gezwungen haben musste, zu viel zu trinken. Jedenfalls trieb der Wein ihn kichernd und drängend in ihr Bett.

Youning erschrak, als die Tür aufgerissen wurde und er hereingetaumelt kam. Die schwankende Kerze in seiner Hand beleuchtete ein verschwitztes, verzerrtes Habichtsgesicht. «Heute Nacht», murmelte er, «meine liebreizende Gemahlin, lasse ich nicht Euch zu mir kommen, sondern komme mit all meiner Leidenschaft und Pracht zu Euch.»

Youning drückte sich die Seidendecke an die Brust, während er sich auf das Bett fallen ließen, ohne zuvor die Kerze abzusetzen, die in seinem unsicheren Griff von einer Seite zur anderen kippte.

«Ihr seht aus wie ein erschrockene Welpe», sagte er mit einem schwachen Lächeln. «Habt Ihr vergessen, dass ich Euer Ehemann bin? Was, wenn ich mit ein paar muskulösen Burschen zurückgekommen wäre und Euch befohlen hätte, ihnen zu Willen zu sein?»

Youning zögerte nicht. «Ich würde gehorchen.»

«Sagt es lauter.»

«Ich würde gehorchen!»

«Natürlich würdet Ihr gehorchen, weil ich sonst nämlich Euren ehemaligen Geliebten kastrieren ließe.»

«Er war nie mein Geliebter.»

«O doch, im Geiste schon. Wie viele Male habt Ihr Euch ausgemalt, in seinen Armen zu liegen? Ich kann es in Eurem Gesicht lesen – viele Male! Sagt mir, was tut er in Euren Träumen, das ich nicht tue? Oder nicht kann?» Lao Wen erhob sich und stellte die Kerze auf den Nachttisch. «Ihr kennt mich nicht einmal. Ich bin ein Mann aus Zhao und gehöre gar nicht in dieses Land, und doch bin ich dem Kaiser Tag für Tag nahe genug, um mit der Hand seinen Ärmel zu berühren. Ein verwegenes Herz und ein ebensolcher Verstand haben mir eine hohe Position eingetragen.» Er klopfte sich auf seine schmale Brust und tippte dann mit dem Zeigefinger auf seinen zerzausten Kopf, auf dem ausnahmsweise einmal keine Kappe thronte. «Ich hatte keine Familie in Qin, die mir auf meinem Weg hätte helfen können. Nicht wie Euer gehätschelter, verwöhnter Geliebter. Ich bin aus dem Nichts gekommen, gerade so wie der Großkanzler; wir stammen beide aus anderen Ländern und haben uns nach oben gearbeitet, und ich soll nicht gut genug für Euer Bett sein?» Er beantwortete seine eigene Frage, indem er ihr die Bettdecke entriss und dann das dünne Seidennachthemd über ihren Brüsten zerfetzte.

Sie ließ seine Begattung über sich ergehen.

Als es vorbei war, tastete Youning nach dem zerrissenen Gewand, aber er hielt ihre Hand fest.

«Bleibt, wie Ihr seid», befahl er und blieb, auf beide Hände gestützt, über ihr in der Schwebe, um auf ihren Körper hinabzublicken. «Wisst Ihr, warum ich Euren Teil unseres Abkommens noch nicht eingefordert habe?»

Youning schüttelte den Kopf.

«Ich bin Eurer noch nicht müde. Wenn ich es bin, werdet Ihr Euer Versprechen halten.» Mit diesen Worten stieg er aus dem Bett und warf sich seine auf dem Rücken mit einem Drachenmuster bestickte Robe über. «Eure Geburt muss unter einem glücklichen Stern gestanden haben. Bisher hat Eure Schönheit Euch geschützt.» An der Tür drehte er sich noch einmal um. «Ach übrigens, ich habe den Auftrag bekommen, den neuen Befehl durchzuführen. Erinnert Ihr Euch, wie ich all unsere Bücher verbrannt habe? Das wird jetzt überall geschehen.»

Youning machte sich an ihrem Nachthemd zu schaffen.

«Aber was bedeutet es schon für Euch, wenn Bücher verbrannt werden? Wahrscheinlich nur die Unannehmlichkeit des Rauchs.»

In den nächsten Tagen änderte der Erlass zur Bücherverbrennung das Leben jedes Menschen im Reich – vielleicht noch tief greifender, als Kanzler Li Si es erwartet hatte. Als Präfekt war Lao Wen alltäglich Zeuge dieser Bücherverbrennung. Er sah zu, wie auf Holz, Bambus oder Seide geschriebene Dokumente zu mannshohen Stapeln aufgetürmt und in Brand gesetzt wurden, sodass der

Rauch der Worte über Tausende geziegelter Dächer hinwegwehte. Seine Handlanger durchsuchten die Häuser von Gegnern des Erlasses, die bekanntermaßen Bücher besaßen; in vielen Fällen wurden Gebäude beschädigt, weil der Verdacht bestand, dass in Dachsparren oder hinter Mauern Tafeln versteckt worden waren. Wer seine kostbaren Bücher nicht hergeben wollte, sollte bald erfahren, dass der Erlass mehr war als Philosophie. Lao Wen unterzeichnete die Todesurteile dieser Hartnäckigen. Überall im Reich starben sie auf den Marktplätzen, wo man die Asche verbrannter Dokumente auf ihre Leichen streute.

Eines Tages kam eine Frau, die einige Jahre älter war als Youning, zu ihr. Sie kannten sich seit Kindertagen, aber der Altersunterschied hatte eine enge Freundschaft verhindert. Dennoch mochte Youning Xuezhen wegen ihres sonnigen Gemüts und ihrer Neigung, über alles zu lachen, das auch nur im Geringsten komisch war. Aber das schien kaum die junge Frau zu sein, die von einem Diener in den Blumengarten gebracht wurde, wo Youning gerade vierblättrige gelbe Begonien pflückte. Xuezhen warf sich Youning zu Füßen und begann heftig zu schluchzen.

Die erschrockene Youning ließ ihren Blumenkorb fallen und kniete nieder, um der jungen Frau aufzuhelfen. «Was ist passiert?», fragte sie bestürzt.

«Man hat meinen Mann verhaftet.»

Youning wusste, dass Xuezhens Mann in der angesehensten Akademie von Xianyang Kalligrafie unterrichtete. Sie erinnerte sich, dass er ein sanftmütiger kleiner Mann und beträchtlich älter gewesen war als Xuezhen. Einmal, als sie etwa vierzehn oder fünfzehn gewesen sein musste, hatte er sie auf einem Gartenfest angesprochen. Er hatte schlechte Zähne gehabt, aber seine Augen waren voller Güte gewesen.

«Was hat er getan?», fragte sie Xuezhen.

«Er hat einige Bücher versteckt. Sie waren alt und ihm sehr teuer, und er konnte sich einfach nicht von ihnen trennen. Jetzt ist er im Gefängnis, und sie werden ihm das Zeichen auf die Wange brennen und ihn zur Mauer schicken.» Sie schluchzte hysterisch in Younings Armen. «Mein Mann wird dort nicht einen Monat überleben. Er ist nicht stark. Und dabei hat er doch bloß ein paar alte Bücher über Kalligrafie gerettet. Jetzt wird dein Mann ihn töten.»

«Mein Mann?»

Als sie sich nun mit rot geweinten, tränenfeuchten Augen zu Youning umdrehte, rief sie wütend: «Natürlich! Dein Mann! Er schreibt die Urteile, er gibt die Befehle.» Ihre Stimme wurde leiser, und sie drückte ihr heißes Gesicht an Younings Wange. «Ein Wort von ihm, nur ein einziges Wort würde meinem Mann das Leben retten. Verstehst du nicht? Kannst du es nicht verstehen?»

Youning hielt die andere Frau weiter in den Armen und sprach mit leiser, verhaltener Stimme auf sie ein. «Ich weiß, was du willst. Ich wünschte, ich könnte dir helfen, aber wenn ich auch nur ein einziges gutes Wort für deinen Mann einlegen würde, hätte der Außenmensch guten Grund, noch Schlimmeres zu tun, als ihn zur Mauer zu schicken. Er würde es tun, um mir eins auszuwischen.»

Xuezhen riss sich los und stand auf. «Willst du damit sagen, dass dein Mann ein Ungeheuer ist?»

Youning erhob sich ebenfalls und nickte schweigend.

«Ich glaube dir nicht! Du wirst mir nicht helfen, weil du es nicht willst. Es ist nicht gerecht. Wir kennen einander schon seit der Schulzeit. Du, du bist das Ungeheuer!»

Dann stürzte sie davon und schluchzte dabei so laut, dass einige erstaunte Diener aus dem Haus kamen und zusahen, wie die unglückliche junge Frau aus dem Garten in den Hof lief und immer noch weinend an dem Wachposten am vorderen Tor vorbeieilte.

Zutiefst erschüttert, wandte Youning sich wieder den Begonien zu und starrte die in Büscheln wachsenden, goldenen Blüten an, die die Zweige niederdrückten und ihnen ein rührseliges Aussehen verliehen. Es hieß, diese Blume sei entstanden aus den Tränen einer Frau. Was sie Xuezhen gesagt hatte, entsprach der Wahrheit: Wenn sie sich für ihren Ehemann eingesetzt hätte, hätte Lao Wen die Sache gewiss nicht ruhen lassen. Es bestand immer die Gefahr einer Bestrafung bis zum Dritten Grad, und das würde auch für Xuezhen und ihre beiden Kinder das Ende bedeuten. So war es für alle Beteiligten besser, wenn der kleine

Lehrer mit den schlechten Zähnen und den gütigen Augen seine Chancen bei der Mauer suchte, auch wenn diese Chance in der Tat gering war.

Youning wusste schon lange, dass sie Lao Wens Kind unterm Herzen trug, bevor sie es jemandem eingestand, sogar sich selbst. Sie hatte seit zwei Monaten nicht mehr geblutet. Vor allem am Morgen konnte sie jetzt häufig nicht mehr bei sich behalten, was sie aß. Schließlich wagte ihre Zofe Ying, ihr zu sagen, dass Grund für einen gewissen Verdacht bestehe.

Youning fragte sich, ob der Mond sie verraten hatte. Ihre Liebe zum Mond war doch einst so groß gewesen!

Zum Mond auf Erden ebenso wie zu dem am Himmel. Wenn der Mond voll war, teilte einzig die Kaiserin das kaiserliche Bett mit Zehntausend Jahre. Und so sah Youning jedes Mal bei Vollmond in ihren Träumen die Kaiserin vor sich, wie sie die erhabene Umarmung Seiner Majestät genoss, nur dass dieser hässliche Monarch mit der großen Nase durch den gut aussehenden Gan Zhong ersetzt wurde – dessen nackter Körper im Mondlicht schimmerte –, während sie selbst zur Kaiserin wurde. Diese empörend eigensinnige Vision war Teil von Younings geheimem Leben. Aber jetzt wurde ihr klar, dass sich ihr Zustand nicht mehr lange verbergen ließ.

Es war der Innenmensch.

Lao Wen ließ einige Sekunden verstreichen, damit sie sich fragen musste, ob ihr die Erlaubnis zum Eintritt vielleicht verwehrt würde. Dann rief er mit scharfer Stimme: «Ihr dürft hereinkommen.»

Diesmal verbeugte sie sich nicht und enthielt sich auch sonst jedweder Artigkeiten. Youning gab eine Erklärung ab. «Außenmensch, ich erwarte Euer Kind.»

Lao Wen ließ die Tafel, die er in Händen gehalten hatte, fallen. Mit einem Klirren landete sie auf dem Schreibtisch. «Was sagt Ihr da?»

Sie wiederholte es nicht.

«Ist das wahr?»

Als sie verdrossen nickte, klatschte Lao Wen in die Hände und stellte unverhohlen seine Freude zur Schau. Seine erste Frau war nie schwanger geworden, und Lao Wen hatte sich gefragt, wessen Schuld es gewesen war. Ihre natürlich. Und doch: Wenn es an ihm gelegen hatte? Jetzt war er sicher, dass es keineswegs seine Schuld gewesen war, und er spürte, wie in seinen fahlen Wangen ein warmes Leuchten aufglomm: Er fühlte sich rehabilitiert.

Aber so gern er es glauben wollte, konnte Lao Wen einen kleinen Zweifel nicht unterdrücken. «Es ist mein Kind? Ihr seid sicher, dass es meins ist?», fragte er rundheraus.

«Ich habe nur einen einzigen Mann in meinem Leben gekannt.» Ihr Tonfall war eher entschuldigend als stolz.

Ihre Einstellung interessierte ihn nicht. «Ihr werdet auch weiterhin nur einen einzigen Mann kennen. Unser Handel gilt nicht mehr.»

«Wie meint Ihr das?»

«Ich werde nicht zulassen, dass die Mutter meines Kindes einen anderen kennt.»

«Nicht einmal ein Singmädchen?», fragte sie mit einem schwachen Lächeln.

«Nicht einmal die.»

«Und was ist mit Gan Zhong? Wird er weiterleben?»

Lao Wen machte eine abschätzige Handbewegung. «Wenn er kalten Wind und Hirsebrei mag, soll er ruhig leben. Denkt Ihr immer noch an ihn?»

«Nein», log Youning. «Aber es war ein Teil unseres Handels.»

«Dann sind wir beide also jeglicher Verspechungen enthoben, die wir gemacht haben.»

Youning war entsetzt über den Hintersinn seiner Worte, aber sie war nicht so dumm, sich etwas anmerken zu lassen. «Ich bin nicht des Versprechens entbunden, Euch eine gute Frau zu sein.»

Lao Wen lächelte. «Gut gesagt. Es wird für uns beide von Vorteil sein, wenn Ihr Euch diese Einstellung bewahrt. Ich werde also Vater. Ist es auch wirklich wahr?»

Sie nickte so liebenswürdig wie möglich.

«Braves Mädchen, brav, sehr brav!», sagte er in einem Ausbruch von Begeisterung, der an Zuneigung grenzte. «Habt Ihr in letzter Zeit einmal Eure Familie besucht?»

«Nein. Ihr habt mir nicht die Erlaubnis dazu gegeben.»

«Nun, ich gebe sie Euch jetzt.» Er bewegte die Hände, als wolle er eine Schar Hühner aus dem Hof scheuchen. «Geht, geht, geht. Erzählt ihnen, was geschehen ist!»

Ihren düsteren Vermutungen entsprechend erfüllte ihre Neuigkeit Lao Wen und die Familie Jia mit Stolz, Freude und Befriedigung, Empfindungen, die sie keinesfalls teilen konnte.

Das Kind war im Sommer empfangen worden, zu einer Jahreszeit, die der Sohn des Himmels rituell zelebrierte, indem er Bohnen und Huhn aß und eine rote Robe trug. Wenn das Kind kam, würde Seine Majestät Schwarz tragen und Hirse und Schweinefleisch essen.

Youning sollte später diese Schwangerschaft stets mit dem Rauch brennender Feuer verbinden. Der Rauch wehte von den Marktplätzen um die Stadt herum heran, ein trockener, stinkender, beißender Qualm, in dem manchmal ein so starker Geruch nach halb verbranntem Holz lag, dass sie vermeinte, in den schwarzen Schwaden noch die Striche und Kurven geschriebener Zeichen zu erkennen.

Rauch, immer Rauch. Und fast jeden Tag kam ihre Zofe Ying, eine unverbesserliche Klatschtante, mit Geschichten, die sie auf dem Markt gehört hatte. Sie handelten oft von Missgeschicken, die sich außerhalb der Hauptstadt ereignet hatten. Ein Schneefall auf einem sommerlichen Weizenfeld, Ratten, die in einem Stall tanzten, die Geburt eines Kindes ohne Augen, der plötzliche Einsturz eines Steingebäudes. In vier Dörfern läuteten bei Nacht die Glocken, ohne dass jemand sie geläutet hätte. Im Süden gab es ein Erdbeben. Zwei Meteore, die über den westlichen Himmel zogen, waren untrügliche Zeichen für menschliches Unrecht. Vielleicht zeigten die Götter dem Sohn des Himmels, dass sein Tun falsch war. All diese Zeichen und Meinungen wurden Youning mit bebender Stimme ins Ohr geflüstert, denn mit ihrer Gerechtigkeit hatte sie das Vertrauen der Diener gewonnen. Sie teilten ihre düsteren Ansichten über die Zukunft der Dynastie mit ihr.

Nun drohte ihre unerwünschte Schwangerschaft nicht nur ihr alltägliches Leben zu verändern, sondern auch ihre Beziehung zu Lao Wen und ihre gesamte Zukunft. Von ernstester Bedeutung war diese simple Wahrheit: Sie konnte Gan Zhong nicht länger durch liederliches Betragen vor Schaden bewahren. Andererseits wurde ihre Sehnsucht nach ihm durch die Tatsache, dass sie ein Kind erwartete, nicht geringer. Im Gegenteil, ihr Verlangen nach ihm wurde nur noch geschürt von der Angst und der Erregung darüber, dass in ihrem Körper ein neues Leben heranwuchs. Sie betete zu den Hausgottheiten, die Fürsprache bei den höheren Göttern einlegen konnten, damit diese ihr vielleicht eines Tages Gan Zhong zurückgäben. Sie betete zum Gott der Inneren Türen, zur Himmlischen Weberin, zum Herdgott. Sie rief selbst Can Cong an, den Grüngewandeten Gott, dem die höher gestellten Götter die Erfindung der Seide und damit ihre Schönheit verdankten. Zu Heng'e, der Göttin des Mondes, betete sie nicht mehr. In der neuen Villa hatte sie einen kleinen Gebetsraum neben ihrem Schlafgemach und verbrannte dort genug Weihrauch, um den Gestank der brennenden Bücher nicht mehr wahrnehmen zu müssen. Jeden Tag rezitierte sie ein Gedicht aus dem «Buch der Lieder» und tat dabei so, als richte sie diese Worte an den gesamten kaiserlichen Hof.

Ich pflücke Weinblätter, hört meinen Gesang:
Ein Tag ohne ihn wird drei Monde mir lang.
Ich sammle Stabwurz, hört meinen Gesang.
Ein Tag ohne ihn wird drei Herbste mir lang.
Ich schneide Beifuß, hört meinen Gesang:
Ein Tag ohne ihn wird drei Jahre mir lang.

An diesem Morgen schob sich Youning, nachdem Ying ihr das Haar gemacht hatte, eine lange Jadenadel in ihre Frisur und steckte sich eine frische weiße Blume an. Ihre Sandalen aus kostbarem Brokat passten zu der lavendelfarbenen Robe mit dem im Nacken leicht erhöhten Stehkragen.

Dann verbarg sie ihre zitternden Hände in langen Ärmeln und wartete auf den Besucher, der ihrer Zofe gestern gesagt hatte, dass er heute gegen Mittag vorsprechen wolle. Sie hatte ihre Zofe zu ihm geschickt statt des Haushofmeisters oder des ersten Wagenlenkers, damit ihre Bitte möglichst unwichtig erschien. Die Menschen fürchteten ihren Gemahl. Wenn ein junger Beamter von niederem Rang das Gefühl hatte, Lao Wen steckte hinter ihrem Ansinnen, würde er gewiss eine Ausrede finden, um nicht kommen zu müssen.

Youning schlang ihre Ärmel zu einem komplizierten Muster zusammen – Susu behauptete, dass diese Geste niemand mit größerer Anmut auszuführen wusste – und blickte in den spätsommerlichen Hof hinaus.

Vielleicht würde er eine Nachricht schicken, um sein Fernbleiben zu entschuldigen.

Youning hoffte, dass sie so gut wie nur möglich aussah. Es war unendlich wichtig, dass sie diesen Ru He beeindruckte, denn er war ihre einzige Hoffnung. Gan Zhong hatte ihn oft als treuen Freund bezeichnet. Vielleicht sollte sie sich einen langen Schal in beide Armbeugen hängen und ihn über den Boden schleifen lassen. Aber vielleicht waren die Ärmel ja auch genug. Ob Purpur die richtige Farbe war? Aus Gan Zhongs Erzählungen wusste sie, dass dieser Freund, den sie jetzt erwartete, elegant, klug und schwierig war.

19

Ying kam hereingestürzt und meldete mit einer gewissen Erregung die Ankunft eines Besuchers.

Youning fand den kleinen Burschen, der sich verneigte und in den Raum gehumpelt kam, nicht besonders beeindruckend. Er zog sein linkes Bein nach, seine Brust war schmal, sein Gesicht bleich.

Sie tauschten die gewöhnlichen Höflichkeitsfloskeln aus, die damit endeten, dass er ihr ein Kompliment über das Phönixmuster auf ihrem Fächer machte. Seine Bemerkung war durchaus konventionell, aber doch feinsinnig genug, um Youning von seiner guten Herkunft und seiner Klugheit zu überzeugen.

«Purpur ist die Farbe des Sommers», fuhr Ru He fort, «obwohl viele Menschen da anderer Meinung sind. Das liegt daran, dass sie die Schatten nicht bedenken. Die Extreme von Licht und Dunkelheit sind es, die die Schatten des Sommers purpurn färben. Dagegen habe ich für die Winterschatten nicht viel übrig – grau wie der Tod. O ja, der Sommer ist eindeutig meine Jahreszeit», sagte Ru He. «Wenn ich einen Mantel anziehen muss, fange ich an zu jammern. Das Leben sollte in warmem Sonnenschein gelebt werden.» Er hob einen Finger und zeigte auf ihre Robe. «Diese Purpurtönung ist der leibhaftige Sommer. Viele Frauen tragen in dieser Jahreszeit Purpur, ohne in der Fantasie damit den Sommer heraufzubeschwören. Solcher Purpur ist nichts als Herbst. Ihr dagegen habt einen schöpferischen Geschmack.»

Youning hatte die Plänkeleien zu Beginn des Gesprächs geduldig über sich ergehen lassen und fand seine plötzliche Unverblümtheit sehr ermutigend. Sie spürte, dass sie nun ihrerseits offen sein konnte. «Ich glaube, Ihr wisst, dass ich Gan Zhong heiraten wollte.»

Ru He nickte schweigend.

«Er erzählte mir, dass Ihr sein Freund wart.»

Wieder dieses schweigende Nicken.

Es verwirrte Youning so, dass sie nicht mehr recht wusste, wie sie fortfahren sollte. «Er erzählte mir, Ihr hättet die große Akademie Ji Xia im Staat Qi besucht. Ich höre den Akzent von Qi in Euren Worten.»

«Wir haben versucht, Qi hinter uns zu lassen, als wir nach Qin kamen.»

«Aber Qi war immer die bevorzugte Heimat der Gelehrten.» Youning machte diese Bemerkung eigens, um ihm zu schmeicheln.

Er reagierte, indem er sie nur lange ansah.

Ying kam mit Bechern und einer Karaffe gewärmten Weins herbei.

«Worin besteht eigentlich Eure Arbeit im Schatzamt?», fragte sie nach einem verlegenen Schweigen.

«Ich führe die Befehle meiner Vorgesetzten aus.»

Youning war zu verzweifelt, um zuzulassen, dass er auf diese

Weise mit ihr spielte. Ohne Vorwarnung wirbelte sie plötzlich ihre linke Hand herum, die tief im Ärmel steckte, sodass der purpurne Stoff am Ende ihres Armes für einen Augenblick einen Kreis beschrieb und wie ein Kopf wirkte. Die schnelle Bewegung erschreckte Ru He, wie sie es beabsichtigt hatte, und die Anspielung auf einen gewaltsam zerschmetterten lavendelfarbenen Schädel machte das Ganze nicht besser. «Es überrascht mich, dass Ihr überhaupt gekommen seid», sagte Youning kalt, «wenn Ihr solche Angst habt.»

«Mache ich den Eindruck, Angst zu haben?»

«Todesangst.»

«Warum?»

«Ihr wollt nicht einmal sagen, dass Ihr sein Freund wart. Ihr wollt nicht mit mir reden aus Furcht, etwas zu sagen, das ich dem Außenmenschen verraten könnte. Habe ich Recht mit meiner Vermutung, dass Ihr Angst habt?»

Sie ließ das Schweigen andauern, bis es für sie beide peinlich wurde.

Diesmal war es Ru He, der das Schweigen brach. «Habt Ihr Bücher in Eurem Haus?»

«Mein Mann hat seine alle verbrannt.» Sie goss den dampfenden Wein in ihre Becher.

«Aber was ist mit Euch, meine Dame? Ich frage Euch, habt *Ihr* Bücher?»

«Eins», gab sie mit einem finsteren Lächeln zu. «Die Schriften des Xun Zi. Die werde ich nicht hergeben.»

«Weiß Lao Wen davon?»

«Natürlich nicht. Ich bin genau wie alle anderen, die ein Buch verstecken. Ich habe Angst vor Entdeckung.»

«Ihr gebt also zu, ‹Klassiker in der Mauer zu verbergen›, wie die Leute sagen?» Er erwiderte ihr Lächeln.

«Ich will dieses Buch wegen der Kapitel über Musik nicht hergeben. Xun Zi sagt: ‹Musik ist Freude.›»

«Er sagt auch: ‹Der Mensch muss seine Freude haben, und die Freude muss ihren Ausdruck finden. Aber wenn dieser Ausdruck nicht durch die Prinzipien des Weges geleitet wird, gerät er in Unordnung.›»

«Ich danke Euch, Herr. Ich kenne diese Stelle.»

«Wenn Ihr seine Worte über Musik gelesen habt», sagte Ru He, «glaubt Ihr gewiss, dass Musik alles heilen kann.»

«Das glaube ich. Mein Meister glaubte es ebenfalls, aber er ist vor kurzem gestorben.»

«Xun Zi interessierte sich aber nicht nur für Musik. So sagte er zum Beispiel, dass der Mensch schlecht sei.»

«Ich neige dazu, ihm Recht zu geben.»

«So so. Hattet Ihr diese Einstellung auch in der Vergangenheit?»

«Nein, da noch nicht. Nicht, als ich ein junges Mädchen war.»

Dieses Bekenntnis schien Ru He zu gefallen. Er sah sie zum ersten Mal mit einem von Herzen kommenden Lächeln an. «Seid Ihr wie Xun Zi der Meinung, dass die menschliche Natur sich nicht verändert?»

«Ja.»

«Seid Ihr der Meinung, dass wir außerhalb dessen, was unser Verstand zu erfassen vermag, nicht nach Antworten suchen können?»

«Nein, da stimme ich nicht zu. Wir können die Götter fragen. Wenn sie Barmherzigkeit zeigen, lassen sie uns wissen, wonach wir suchen.»

«Xun Zi hat aber nie an Götter geglaubt.»

«Das mag ihm überlassen bleiben. Ich glaube an sie.»

«Einige von uns halten ihn für den größten aller Konfuzianer.»

«Vielleicht. Aber seine Schüler waren Han Fei Zi und Li Si. Sie waren Legalisten.»

Ru He lachte. «Ihr kennt also dieses legalistische Argument! Es ist eins der Lieblingsargumente derjenigen, die den Konfuzianismus hassen. Habt Ihr das von Eurem Gemahl?»

«Ich rede mit ihm nicht über Philosophie.»

«Was auch immer Euer Gemahl zu glauben wünscht, Xun Zi war kein Legalist. Xun Zi war, was seine Liebe zu Büchern betraf, Konfuzianer. Und er war Konfuzianer wegen seines Hasses auf jede Gleichschaltung. Er war Konfuzianer, was seine Abneigung gegen unpersönliche Gesetze betraf. In all diesen Dingen war er Konfuzianer. Natürlich haben die Legalisten ihm die Idee gestohlen, aus der Gegenwart zu lernen. Er hat sie gelehrt, Männer nach ihrem Verdienst zu fördern – sicherlich das Beste, was die Legalisten je gelernt haben. Natürlich haben seine Zeitgenossen ihn genau wie Meng Zi und Konfuzius ignoriert.»

Das war genau die Art von geschwollenem Gerede, das sie seinerzeit von Gan Zhong gehört hatte. Das hatte sie damals gelangweilt, das langweilte sie jetzt, und außerdem machte es sie jetzt beklommen und traurig. «Jedenfalls gefällt mir, was Xun Zi über Musik sagte.» Sie war froh, dass er aus ihrer Stimme den Klang des Endgültigen heraushörte. Für eine Weile sagten sie beide nichts.

Dann sah sich Ru He kurz um und bemerkte in recht mechanisch klingendem Tonfall: «Eine prächtige Villa», bevor er das Gespräch in neue Bahnen lenkte. «Es stimmt, ich wäre niemals gekommen, wenn Ihr jemand anderes als eine gewöhnliche Dienerin geschickt hättet. Wäret Ihr persönlich gekommen, hätte ich Todesängste ausgestanden. Ja. Ich hätte vermutet, dass der Präfekt Euch aus irgendeinem abscheulichen Grund zu mir geschickt hätte.»

Youning war sehr zufrieden mit sich, dass sie die Situation richtig eingeschätzt hatte. «Dann fürchtet Ihr Lao Wen also doch.»

«Selbstverständlich tu ich das. Jeder Gelehrte in der Hauptstadt fürchtet ihn. Er verbreitet Angst und Schrecken. Es ist doch allenthalben bekannt, dass er die Liste verfasst hat.»

«Die Liste?»

«Eine Liste von Gelehrten, die als Staatsfeinde gelten. Ihr scheint überrascht zu sein. Wusstet Ihr das nicht?»

«Ich weiß so gut wie nichts über den Außenmenschen und über die Dinge, die er tut.»

«Vielleicht ist es besser so.»

«Ich denke ja.»

Ihre freimütige Art hatte Ru He jetzt so weit beruhigt, dass er seinen Becher hob und den nicht länger dampfenden, sondern nur noch lauwarmen Wein in einem Zug leerte. Bevor er wieder zu sprechen begann, sah er zu, wie sie seinen Becher noch einmal auffüllte. «Warum habt Ihr mich holen lassen?»

«Ich möchte wissen, wo Gan Zhong ist.»

Er trank, bevor er aß. «Mein armer, großartiger, unglücklicher Freund. Verschlungen. Als ich das letzte Mal von ihm hörte, war er auf dem Weg zu den Straßen.»

«Und seither?»

«Verzeiht mir, meine Dame, aber wenn wir über unseren gemeinsamen Freund sprechen, müssen wir daran denken, dass sein Onkel wegen Hochverrats zur Bestrafung bis zum Dritten Grad verurteilt wurde. Das heißt, Gan Zhongs eigene Verurteilung lautet auf ‹lebenslängliche Zwangsarbeit›. Selbst wenn er nur drei Jahre bekommen hätte, würde ich nicht wissen, wo er ist. Ebenso wenig wüsste ich, wie ich es herausfinden könnte. Da draußen gibt es noch eine zweite Große Mauer.» Er zeigte in Richtung Norden. «Es ist eine Mauer des Schweigens. Wenn ein Sträfling dorthin geschickt wird, nehmen sie ihm seinen Namen und geben ihm eine Nummer. Ich kenne Männer, die nach drei Jahren zurückgekommen sind, aber sie haben nie von Gan Zhong gesprochen.»

«Wollt Ihr damit sagen, dass er tot ist?»

«Nein. Aber könnt Ihr ihn unter den Hunderttausenden finden, die überall im Reich Straßen und Brücken bauen? Und dann ist da natürlich noch die Mauer. Fragt Euren Ehemann, wie viele Menschen jeden Monat dorthin geschafft werden. Nur ein unglaublicher Glücksfall könnte zwei alte Bekannte an der Mauer zusammenführen.»

«Könnte mein Mann ihn finden?»

«Natürlich. Eines muss man dem legalistischen Geist lassen, er führt präzise Buch. Und doch hätte selbst Euer Mann Schwierigkeiten. Er müsste jemanden ausschicken, um die Listen der Sträflinge durchzusehen.»

«Wenn Ihr von Gan Zhong hört, wenn Ihr irgendetwas hört», beharrte Youning, «werdet Ihr es mir sagen?»

Ru He sah sie einen Augenblick lang an. «Ja», erwiderte er, «das verspreche ich Euch.» Als er sich erhob, hielt Ru He noch einmal inne. «Ich habe mich geirrt. Es ist nicht besser, dass Ihr Euch vor dem verschließt, was Euer Mann tut. Statt Euch hier zu isolieren, solltet Ihr hinausgehen; lasst Euch sehen und hört zu – das ist das Wichtigste: Hört den Menschen zu!»

Youning erhob sich ebenfalls. «Ich werde Euren Rat befolgen.» Sie sah ihm nach, wie er den Raum verließ und den linken Fuß hinter sich herzog wie ein verletzter Vogel seinen Flügel. Im letzten Augenblick konnte sie nicht mehr an sich halten und rief ihm nach: «Seid vorsichtig, mein Freund!»

Youning ging ins Musikzimmer. Sei es, um sie zu beschäftigen, sei es, um Beamte von außerhalb zu beeindrucken, jedenfalls hatte Lao Wen das Musikzimmer mit allen möglichen Instrumenten ausgestattet. Das war der richtige Ort für Youning, um ihre nächste Besucherin zu empfangen.

In alten Tagen hatte der Musikmeister ihr nachmittags um diese Zeit Unterricht gegeben. Wahrscheinlich hätte er sie getadelt und aufgefordert, härter zu arbeiten. Wie sehr sie ihn vermisste! Manchmal stieg sie mit Absicht über die fünfsaitige Zither hinweg, nur um seinen Geist zu erzürnen. Zumindest war sie davon überzeugt, dass ihr alter Lehrer nicht in Gestalt eines jener grimmigen und hungrigen Geister zurückkehren würde, die über die Erde streiften und sich rächten für das Unrecht, das sie in einer menschlichen Existenz erlitten hatten, aber ihr lieber Meister hatte in seinem langen Leben nur selten Pech gehabt. Natürlich wetterte er gegen die Regierung, wenn ein neuer Erlass die Freuden der Musik einzuschränken drohte. Er hatte sich nie mit der Idee anfreunden können, alle Klangsteine auf dieselbe Tonhöhe einzustimmen, wie sie die in den kaiserlichen Palästen aufweisen. «Eine Glocke oder ein Klangstein ist ein eigenes Wesen, gerade so wie Ihr und ich», pflegte er einzuwenden. Aber er war ein glücklicher Mann. Inzwischen gehörte er wahrscheinlich dem Gefolge des Gottes Blinder Musikanten an. Sie konnte ihn praktisch vor sich sehen, wie er diesem halbverrückten, einbeinigen Gott nachhuschte. Vor seinem Tod hatte ihr Lehrer ihr diesen Gott häufig beschrieben: eine Gestalt wie ein Drache, eine Stimme wie Donner, eine Zunge aus Feuer und Schuppen so rau wie Stein.

In der besten aller Welten, so pflegte der Meister zu sagen, war allein den Weisen die Berührung eines Instruments wie der Laute gestattet. Er pflegte zu sagen, dass ihr Klang die Dunkelheit des Geistes zerstreue. Er pflegte zu sagen, dass ihm das Blindsein gefiel, weil es ihm gestatte, die Laute klarer zu hören.

Wer sprach jetzt über solche Dinge zu ihr? Aber sie beweinte seinen Verlust nicht auf dieselbe Weise, wie sie es vielleicht vor einigen Jahren getan hätte. Youning presste die Lippen zusammen, grub die Fingernägel in ihre Handflächen und kämpfte die Tränen nieder. Sie würde niemals zulassen, dass Lao Wen sie in ihrem Kummer sah. Diese Entschlossenheit verlieh ihr ein solch einschüchterndes Aussehen, dass ihre Freundin Susu bisweilen den Kopf schüttelte und rief: «Wer bist du jetzt? Ich kenne dich nicht.»
Und genau diese Freundin, Susu, war ihre nächste Besucherin.

Susu hatte einen mächtigen Kaufmann geheiratet, der an der Westgrenze mit den Yuezhi Handel trieb. Sie kamen von ihren nebelverhangenen Gipfeln herunter, und die Maultiere, die sie am Zügel führten, waren mit Lederwaren und Gewürzen aus weiter westlich gelegenen Ländern beladen. Obwohl die Regierung den Geschäften der Kaufleute angeblich mit Abscheu begegnete – es hieß, solche Geschäfte förderten nur die Eigensucht –, hofierten hohe Beamte wie Younings Gemahl die reichen Händler und wurden dafür recht ordentlich bezahlt. Deshalb hatte Lao Wen sein Wohnhaus auch in dieser Gegend bauen lassen. Es lag nicht weit entfernt von den Villen einiger wohlhabender Kaufleute, von denen die meisten ehemalige Bürger von Wei, Zhao und Qi waren. Man hatte sie gegen ihren Willen dazu gezwungen, in der Hauptstadt zu leben, wo die kaiserlichen Agenten sie genau im Auge behielten.
Wegen der regelmäßigen Reisen, die ihr Gemahl an die Westgrenze unternehmen musste, war Susu sehr viel allein. Sie wurde mit der Einsamkeit recht gut fertig, weil sie, wie Youning glaubte, ihren Mann liebte. Diese Liebe offenbarte sich in einfachen Dingen – zum Beispiel in der Art, wie sie lächelte, wenn sie seinen Namen sagte. Youning hatte ihre Freundin nie für besonders leidenschaftlich gehalten. Nun aber betrachtete sie, wenn Susu es nicht bemerkte, den weißen Hals und die weichen Wangen der anderen. Ihr Mund war zu groß, die Nase zu klein, aber ihre Haut hatte einen überaus liebreizenden Schimmer. Youning war überzeugt, dass sie sich, was Susus verborgenes Wesen betraf, geirrt hatte. Der Händler konnte von Glück sagen, diese Frau in seinem

Bett zu haben. Und sie hatte ihm bereits einen gesunden kleinen Jungen geschenkt.

Youning griff nach der dreizehnpfeifigen Mundorgel und legte sie sich auf den Schoß, weil sie Susus Lieblingsinstrument war. Nicht dass sie Susu wirklich necken wollte, indem sie ihr das *sheng* vorenthielt. Aber wenn sie es nicht tat, würde Susu den Verdacht schöpfen, dass etwas im Argen liege. Aber es war ja nichts passiert, nichts, als dass sie das Kind des falschen Mannes unterm Herzen trug. Darüber wollte sie jedoch nicht reden. Es sollte zumindest für eine Weile noch ein Geheimnis bleiben. Auch von Ru He würde sie nicht sprechen, aus Angst, dass ihre Begegnung irgendwie bekannt wurde und Lao Wen nach seiner Rückkehr in die Hauptstadt ebenfalls davon erfuhr. Was würde er tun, wenn ihm Ru Hes Besuch zu Ohren käme? Youning wischte sich mit einem hauchzarten Taschentuch aus weißem *huan* über ihre verschwitzte Stirn.

Die Tür wurde geöffnet, und Susu kam herein. Ihr Gesicht war voller geworden, beinahe zu rund. Ihre weißen Wangen schienen förmlich nach einer sanften Berührung zu verlangen. Youning sah, dass das Kleid ihrer Freundin aus dem neuerdings so beliebten Nesseltuch gemacht war.

Sie setzten sich einander gegenüber an einen niedrigen Tisch, auf dem Teetassen und eine Kanne standen. Ying kam aus einer Ecke herbei, um ihnen einzuschenken.

«Wie geht es dem kleinen Jungen?», fragte Youning mit einem Lächeln.

Susu antwortete ihrerseits mit einem Lächeln, das ihr ganzes Gesicht überzog. «Rund wie ein Apfel. Ich fürchte direkt um meine Brüste, so kräftig wie er saugt.»

Als Mädchen hatten sie oft gerätselt, welche von ihnen als Erste Mutter würde. Sie hatten sogar darauf gewettet. Natürlich hatte Susu gewonnen, aber die Wette selbst wurde nie wieder erwähnt. «Ich mag *huan*», sagte Susu und zeigte auf das Tuch in Younings Hand. «Rohseide kann etwas ganz Besonderes sein.»

«Ich mag das Nesseltuch.»

«Ich sehe, du hast das *sheng* auf dem Schoß liegen. Soll ich die Zither nehmen?»

Sie lächelten einander zu, wie Freundinnen es tun, wenn sie einem alten Ritual folgen.

«Es ist zu heiß, um zu spielen.» Youning fächelte sich mit beiden Händen Luft zu. «Und dann der Rauch überall. Wann werden sie endlich alle Bücher verbrannt haben?»

«Vielleicht niemals. Einige Leute verstecken ihre Bücher.» Sie hätte um ein Haar von ihrer unglücklichen Begegnung mit Xuezhen erzählt, die Susu ebenfalls aus Schulzeiten kannte, aber im letzten Augenblick beherrschte Youning sich. Sie hatte trotz ihrer jungen Jahre eine tief greifende Wandlung durchgemacht – aus einem überschwänglichen Mädchen war eine lakonische und schließlich beinahe unzugängliche Frau geworden. Selbst in Gegenwart eines Menschen wie Susu, den sie liebte und dem sie vertraute, neigte Youning neuerdings zu Wachsamkeit.

«Der Rauch hat einen schrecklichen Geruch», bemerkte sie nichts sagend.

«Weil die Tafeln lackiert waren, und wenn der Lack Feuer fängt, stinkt er. Mein Mann hat es mir erklärt. Die Menschen verbrennen jetzt alles, worauf auch nur ein einziges Wort geschrieben ist. Das Land ist seiner Bücher beraubt worden, als hätte ein großes Feuer jeden Wald niedergebrannt.» Susu schüttelte ernst den Kopf.

«Hast du Bücher behalten?», fragte Youning. «Du brauchst keine Angst zu haben, es mir zu erzählen. Ich würde dich nicht verraten – erst recht nicht an den Außenmenschen.»

«Mein Mann hat alles verbrannt. Weder in seiner noch in meiner Sippe gibt es noch ein Buch, sei es aus Seide, Bambus oder Holz.»

«Keine ‹Klassiker in der Mauer›?»

Susu lachte und drohte ihrer Freundin mit dem Finger, als tadele sie ein unartiges Kind. «Kein Einziges. Aber deine Zimmer würde ich lieber nicht durchsuchen wollen. Ich könnte mir vorstellen, dass es da etwas zu finden gäbe.»

«Ich bin froh, dass du nicht die Absicht hast, meine Geheimnisse auszuspionieren. Hast du mir irgendetwas zu erzählen?»

«Das habe ich, aber es ist sehr traurig. Mein Neffe – erinnerst du dich an ihn? Sie hatten ihn ausgewählt, zusammen mit Hunderten anderer Kinder auf die Suche nach den Inseln der Unsterblichen geschickt, weißt du noch?»

«Ich denke, ich kann mich erinnern. Du erwähnst ihn fast jede Woche, und er ist nun seit zwei Jahren fort.»

«Er ist nicht sehr robust.» Plötzlich hatte Susu Tränen in den Augen. «Es sind Gerüchte von der Küste gekommen. Der Schamane ist ohne ein einziges der Kinder vom Meer zurückgekehrt. Er behauptet, dass er die Inseln der Unsterblichen gefunden habe . . .», sie hob ihre Hand in einer verzweifelten kleinen Geste, «. . . fünf Berge aus Jade, auf denen wilde Tiere umherstreifen . . . Gerüchte von Dingen, die mit einem Spuk belegt sind . . . von Tieren, deren Haut aus weißer Seide besteht, und von einem Granatbaum mit Früchten, die ewiges Leben schenken, und von grundlosen Teichen – aber von Kindern ist nie die Rede. Niemand hat von ihnen gehört. Der Schamane wusste nicht, wo sie sind.» Sie holte tief Atem, bevor sie weitersprach. «Eines Morgens sind sie auf der Insel Fangzhang einfach verschwunden.» Sie breitete die Hände aus. «Wie Wolken, die von einem gewaltigen Windstoß vertrieben werden. Das jedenfalls sagt dieser Schamane. Dieser Xu Fei aus Qi sagt das. Anscheinend weiß niemand, ob er die Insel Fangzhang überhaupt je erreicht hat. Jetzt will er tausend weitere Kinder.»

«Wozu?»

«Damit sie ihm auf der Suche nach den anderen folgen.»

«Merkwürdig.»

«Was ist aus meinem Neffen geworden? So ein schmächtiger Junge. Er häte überhaupt nicht fortgehen dürfen.»

Susu beugte sich schluchzend über den Tisch, und Youning und Ying hatten alle Hände voll zu tun, die junge Frau so weit zu beschwichtigen, dass sie sich wieder aufrichtete und einen Schluck Tee nahm. Youning kam zu dem Schluss, dass es doch eine Möglichkeit gab, ihre Freundin für den Augenblick von ihren düsteren Gedanken abzulenken.

Als sie wieder am Tisch Platz genommen hatten, sagte sie: «Sehe ich dicker aus als früher?»

Susu musterte sie neugierig. «Keine Ahnung.»

«Sag mir die Wahrheit.»

«Vielleicht ein klein wenig dicker.»

Youning legte beide Hände auf den Bauch. «Ich habe eine Melone hier drin, die jetzt immer größer wird. Nun, wie findest du das?»

Susu schnappte vor Freude nach Luft. Aber als sie Anstalten machte, auf ihre Freundin zuzustürzen, hob Youning abwehrend beide Hände.

«Nein! Du darfst nicht glücklich darüber sein. Er ist es nämlich auch, aber ich habe kein Glück zu teilen, weil ich nämlich nicht glücklich bin.»

«Ah, das kommt schon noch.»

«Niemals.»

«O doch», erklärte Susu. Dann ließ sie einen Fächer aufspringen und eilte mit wenigen Schritten auf die andere Seite des Tisches, um ihrer Freundin eifrig Luft zuzufächeln. Susu küsste Youning auf die verschwitzte Wange und flüsterte ihr ins Ohr: «Du wirst glücklich sein, o ja, ich weiß, du wirst glücklich sein.»

Die Geburt war schwierig, weil verfrüht. Youning erwies sich jedoch als so tapfer, dass die Hebammen, die sie versorgten, Mitleid mit der jungen Frau hatten, deren großes Missgeschick es war, ein so schwaches, mageres, nach Luft ringendes Kind zur Welt zu bringen, noch dazu ein Mädchen.

20

Es war lange noch nicht alles gewesen. General Meng hatte Recht behalten. Gan Zhong hatte nur einen winzigen Teil der Mauer gesehen, teils fertig gestellt, teils noch im Bau befindlich. Nun sollte ein Trupp aus einhundert Stabsoffizieren, Ingenieuren und bewaffneten Geleitsoldaten in Augenschein nehmen, was zwei Männer, Kaiser und General, als «Wachtraum» bezeichnet hatten: die Große Mauer vom Ozean bis zur Wüste.

Gan Zhong bekam Weisung, sich während des ersten Abschnitts ihrer Reise, der sie von dem zentralen Hauptquartier zum östlichen Ende der Mauer führte, dicht bei General Meng zu halten. Zuerst verstand Gan Zhong den Grund für einen solchen Befehl nicht, aber dann wurde klar, dass der General sein Geschichtswerk für eine Weile beiseite gelegt hatte. Der General, der stets praktisch dachte, wollte sich von seinem besten Schreiber Notizen über diese Inspektionsrunde machen lassen. Tag für Tag musterte der General mit sachkundigem Blick die Mauer, und zwar sowohl die Teilstücke, die bereits fertig gestellt waren, als auch die, an denen noch gebaut wurde. Über seine Schulter hinweg beschrieb er Abschnitte, die reparaturbedürftig waren oder noch verstärkt werden mussten, oder er ordnete einen Bericht über solche Wachtürme an, die offensichtlich schlecht unterhalten wurden. Manchmal räsonierte er über den genauen Verlauf von Mauerabschnitten, die erst noch gebaut werden mussten. Von Gan Zhong wurde erwartet, dass er alle Kommentare des Generals aufzeichnete und dazu die laufende Nummer, die alle hundertfünfzig Fuß auf die Mauer gepinselt war. Er musste alles im Kopf behalten, bis sie das nächste Mal Rast machten; dann, während die anderen sich entspannten oder sich um ihre Pferde kümmerten, schrieb Gan Zhong jede Beobachtung und jeden Befehl auf einem Bambusstreifen nieder.

Durch seine neue Aufgabe erfuhr Gan Zhong Näheres über die Mauer – von dem bestens informierten General und seinen altgedienten Baumeistern statt von verängstigten und abergläubischen Sträflingen. Insgesamt gab es vierunddreißig größere Versorgungszentralen südlich der Mauer. Um einen einzigen Arbeiter zu versorgen, mussten zehn andere Männer Nahrungsmittel und Ausrüstung über viele Meilen durch schwieriges Gelände herbeischaffen. Der Bau einer so ausgedehnten Befestigungsanlage war, wie Gan Zhong nach und nach begriff, erheblich schwieriger als die Errichtung eines Palastes oder einer Brücke. Während die Mauer Zoll für Zoll, Fuß für Fuß weiter wuchs, musste sie sich häufig den Bedingungen der Landschaft und den verfügbaren Baustoffen anpassen. Die Nachschubwege wurden länger und beschwerlicher, vor allem, wenn gewaltige Hagelkörner vom Himmel fielen und schneidende Winde sich wie winzige Messer durch jedes Gewand bohrten. Und obwohl Qin im Ruf stand, mit Gewalt Gesetz und Ordnung zu erzwingen, gab es auch immer wieder Banditen, die die Versorgungszüge plünderten.

Meistenteils folgte die Arbeit an der Mauer jedoch einem durchaus einfachen Muster. Man errichtete als Erstes die Wachtürme und verband diese mit Blendmauern, für deren Fundament Schotter benutzt wurde. Auf dieses Fundament wurden quadratische Granitblöcke gesetzt, und den Raum zwischen den Wänden füllte man mit Erde auf, die festgestampft und oben mit Ziegeln gepflastert wurde. Keine Einzelheit, die den Bau betraf, war zu klein, um General Mengs Aufmerksamkeit zu entgehen; was sich einmal in seinem beachtlichen Gedächtnis festsetzte, konnte jederzeit und sofort abgerufen werden. Sein maßloses Selbstbewusstsein wurde ergänzt durch außergewöhnliche Fähigkeiten, sodass keine Herausforderung, wie gewaltig sie auch sein mochte, ihm zu groß erschien. Es erstaunte Gan Zhong, dass er niemals erlebte, dass der General einen Tagesritt anders als mit jungenhaftem Optimismus begann.

Manchmal musste der ganze Trupp sich etwas weiter von der Mauer entfernen und eine kurze Strecke über einen der Wege reiten, die parallel zur Mauer verliefen. Wenn sie der welligen Landschaft folgten, verloren sie bisweilen vorübergehend die steinernen Zinnen in Wälden aus Kiefern mit weißer Borke, roten Zedern und breitkronigen Eichen aus den Augen. Der gewissenhafte Kommandant sandte in solchen Fällen einige Ingenieure aus, um jene Teile der Mauer zu inspizieren, die er selbst nicht begutachten konnte.

In anderen Gebieten kamen sie an Bauernhäusern vorbei, die von Weiden und Kastanien mit glänzenden Blättern umstanden waren. Rings um die Hütten, die in dieser grünen Landschaft kauerten, lagen Gurkenbeete und Küchengärten, Schweineställe und kleine Weiden für zottiges Vieh. Hinter ihnen lagen Felder mit Zwiebeln, Hirse und Bohnen. Und am nördlichen Horizont erhob sich stets dieses seltsame, gewundene, unsägliche Rückgrat aus Stein und Mörtel.

Gan Zhong erkannte allmählich eine ganz besondere Trennungslinie zwischen der Mauer und diesem Ackerland. Sie hing mit der Zeitfolge zusammen. Die Bauernhöfe mussten schon vor Jahrhunderten hier gewesen sein, während die Mauer die heutige Zeit repräsentierte, in der Männer mit ihren Taten die Götter herausforderten. Gan Zhongs Aufmerksamkeit wandte sich von der Vergangenheit der Gegenwart zu, von der Natur dem Menschen, von der Landschaft der Mauer.

Die Route wurde von Wachtürmen markiert. Insgesamt standen mehr als fünfundzwanzigtausend dieser Türme in einem Abstand von nicht mehr als der doppelten Schussweite eines Pfeils nebeneinander. Das bedeutete, dass jedes Stückchen Land entlang der Mauer in der Reichweite von Bogenschützen lag. Mindestens ein Dutzend Mal befahl der General Gan Zhong, einen bestimmten Abschnitt der Mauer zu notieren, der, was den Abstand zwischen den Türmen betraf, dieser Bedingung nicht gerecht wurde. «Man soll die Mauer bei Nummer 2651 aufbrechen und einen Turm einfügen.» So einfach klang das. Dennoch konnte Gan Zhong sich die gewaltige Anstrengung vorstellen, die diesem simplen Befehl folgen würde. Die meisten Türme waren vierzig Fuß hoch, und maßen an der Basis ebenfalls vierzig Fuß im Quadrat, an den Zinnen waren es immer noch dreißig Fuß im Quadrat. Tausende von Männern würden Ziegelsteine herstellen, Gräben ausheben, Gerüste errichten, Lehm stampfen und gewaltige Granitblöcke hölzerne Rampen hinaufschaffen müssen. Und das alles musste geschehen, während eisige Sturmwinde von Norden wehten, denn die Arbeit konnte erst spät im Jahr beginnen.

Eines Tages hielt der General auf einem Hügel mit Blick auf die Mauer inne und musterte mit nachdenklicher Miene seine beiden Gehilfen. «Was seht Ihr, wenn Ihr das betrachtet?», fragte der General sie. Einer der beiden antwortete, er sehe eine lange Reihe von Steinen; der andere sagte, er sehe die Arbeit von Tausenden von Männern. Dann wandte er sich an seinen Schreiber. «Und was ist mit Euch?»

«Ich sehe einen Drachen», sagte Gan Zhong.

«Natürlich tut Ihr das, und wisst Ihr auch, warum? Der Kaiser will, dass Ihr einen Drachen seht.» Der General wandte seine kleinen Knopfaugen von Gan Zhong ab und wieder den Wellen des Geländes und der Mauer zu. «Zehntausend Jahre hat mir gesagt, ich solle die Steine über die Hügel schweben und schützendes Feuer atmen lassen. Während ich diese Mauer also erbaue, reite ich gern ein Stück weiter weg und kneife die Augen zusammen. Was glaubt Ihr, was dann passiert? Ich sehe das wilde Tier. Es kriecht durch das Land und bewahrt unser Volk vor Schaden, genau wie Zehntausend Jahre es befohlen hat.»

Beeindruckt von Gan Zhongs Scharfsinn oder seinem Glück – beides war gleich wichtig –, freundeten sich die beiden Gehilfen während der letzten Etappe der Reise nach Osten mit ihm an. Li Shun und Ni Bingdi waren nicht viel älter als Gan Zhong, obwohl beide dem General nun schon seit fast zehn Jahren hier draußen dienten. Sie waren stämmige Burschen in «Grenzuniformen»: Schafsfelljacken, Kappen aus Murmeltierpelz und weiten Lederhosen, die sie sich in ihre Filzstiefel stopften. Gan Zhong hatte noch keine Barbarentruppen gesehen, aber er begriff, dass General Meng seine Männer ermutigte, diese Menschen in vielen Dingen, so auch in ihrer Bekleidung, nachzuahmen. Niemand wusste besser als die Nomaden, wie man mit dem rauen Klima und dem Leben auf dem Pferderücken zurechtkam. Die beiden Gehilfen brachten Gan Zhong kleine, aber lebensnotwendige Dinge über den Dienst bei der Mauer bei. An einem Tag, der für den Spätsommer bereits recht stürmisch und kalt war, erklärte Ni Bingdi ihm: «Wenn der Herbst kommt, müsst Ihr euch das Gesicht mit Hammelfett einreiben. Auf diese Weise werden die Frostbeulen nicht zu arg. Wenn es richtig kalt wird, ziehen wir zwei Mäntel an. Einen mit dem Fell auf der Haut, den anderen mit dem Fell nach außen gekehrt. Diese Mäntel weden nicht allgemein ausgegeben. Ihr müsst sie kaufen, aber wenn es so weit ist, erlaubt uns, für Euch zu feilschen. Wir kennen die Schlitzohren, die beim ersten Schnee zur Mauer kommen. Sie nehmen Euch alles Geld, das Ihr habt, und verkaufen Euch dafür etwas, das schäbig ist und schlecht genäht. Wir kennen die guten Händler.»

Binnen eines Monats erreichten sie das östliche Ende der Mauer bei Shanhaiguan am Golf von Liaodong. Die Mauer dort war ein simpler, mit Ziegeln ummauerter Erdwall. General Meng weigerte sich, einen Fuß in die Stadt hineinzusetzen, sondern entsandte lediglich eine Abteilung, die Vorräte für die Rückreise beschaffen sollte. Er selbst blieb in seinem Filzzelt – von der Art, wie die Hunnen in der Ordos-Wüste sie benutzten. Gan Zhong war überrascht, dass der Kommandant sich nicht der wenigen städtischen Behaglichkeiten erfreuen wollte, nachdem er einen solch harten Ritt hinter sich hatte. Li Shun erklärte es ihm. «Der General liebt Berge und Feldlager und schlechtes Essen. Er hasst die Ebenen und Städte und gutes Essen.»

Nachdem sie ihren Zug nach Westen begonnen hatten, bewies General Meng, dass er für gewisse Freuden denn doch zugänglich war. Eines Nachmittags, es war hundert Meilen von der Küste entfernt, ließ er seine Truppe Halt machen und wies seine Offiziere an, alles für eine einwöchige Ruhepause vorzubereiten.

«Wisst Ihr, was jetzt geschieht?», fragte Ni Bingdi und stieß Gan Zhong lachend in die Seite. «Unser General braucht eine Frau. Morgen oder übermorgen wird mit Sicherheit ein verhängter Wagen aus Qi hier ankommen. Ihr wisst ja, wie sorgfältig er alles plant. In diesem Wagen wird ein hübsches Tanzmädchen sitzen, vielleicht aber auch zwei oder drei. Macht nicht so ein überraschtes Gesicht. Hättet Ihr nicht selbst auch gern eine Frau?»

«Hm, ja, schon.»

«Ich habe diese Reise letztes Jahr auch mitgemacht», sagte Ni Bingdi, «und wir haben auf dem Rückweg ebenfalls hier Halt gemacht. Wie ich den General kenne, ist das genau dieselbe Stelle, weil er sich an jeden einzelnen Ziegelstein erinnern und ‹hier› sagen kann. Nun, wie dem auch sei, letztes Jahr hat er uns erlaubt, auf eigene Faust auf die andere Seite der Mauer zu gehen.»

«Auf die andere Seite der Mauer?» Der Gedanke schockierte Gan Zhong. «Der Sinn der Mauer ist doch der, dass sie die anderen draußen und uns drinnen hält, nicht wahr? Dafür ist die Mauer doch da, oder?»

Li Shun, der dieses Gespräch mit anhörte, hatte ebenfalls etwas dazu beizutragen. «Fädelt eine einzige Münze auf eine Lederschnur. Mehr als diese eine braucht Ihr nicht, das ist genug.»

«Wofür?»

«Wir gehen über diese Hügel dort in ein Donghu-Dorf und kaufen Frauen.»

«Nicht alle Barbaren kämpfen», warf Li Shun ein. «Ein Donghu ist kein Hunne. Natürlich könnten sie, da sie ja Barbaren sind, inzwischen weitergezogen sein.»

«Aber wenn sie in dem Dorf geblieben sind, dann haben sie auch Frauen», versicherte Ni Bingdi ihm. «Wir brauchen noch drei Münzen von Euch für ein Angebot. Die Häuptlinge der Donghu sind habgierige Burschen.»

Der General ließ ein spezielles Zelt unterhalb der Mauer aufschlagen. Ausstaffiert mit kriegerischen Bannern, unter ihnen den Emblemen der sechs eroberten Streitenden Reiche, erwartete das große Filzzelt die drei hübschen Insassen eines verhängten Wagens, der bereits am nächsten Morgen vorfuhr, eskortiert von einem Trupp lächelnder Berittener aus Qin.

Sobald die Mädchen mit General Meng in dem Zelt mit den flatternden Bannern gut untergebracht waren, verließen die beiden Gehilfen mit dem Schreiber das Lager. Eine halbe Meile weiter westlich kamen sie zu einer hundert Meter breiten Bresche in der noch unvollendeten Mauer. Binnen Minuten hatten sie den ersten Hügel überquert und ließen die Mauer hinter sich.

Plötzlich war Gan Zhong zum ersten Mal in seinem Leben in einem Land außerhalb seiner Heimat. Vor ihm lagen weitere mit Kiefern und Lärchen bedeckte Hügel. Viele Laubbäume färbten sich langsam rotbraun, um den kommenden Herbst anzukündigen. Er sah einen rostfarbenen Fuchs durch die Büsche schlüpfen. Sie ritten weiter durch Birken- und Espenhaine, in denen die bereits gelblichen Blätter selbst im leisesten Windhauch erzitterten, und durch kleine Wäldchen von rotem Ahorn und noch tiefer rotem Sumach.

Nach einem Ritt von nur einer Stunde durch die bewaldeten Hügel gelangten sie in ein Tal. Ni Bingdi zeigte auf einen Pfad, der in der Ferne zu einem Bach führte. «Hier sind wir richtig; das ist der Weg ins Dorf!»

Das Gelände wurde sumpfig, war von Binsen und hohen Gräsern bestanden, aus denen sie einen Schwarm Wildgänse aufscheuchten. Gan Zhong hatte vergessen, wie die unberührte Welt aussah, aber hier lag sie vor ihm, streckte sich in Grün und Blau und Weiß vor ihm aus, als sei er wieder ein Knabe, der mit seinem Onkel vor den Toren Xianyangs auf die Jagd ging.

Dann erhob sich über den Bäumen in der Ferne eine Rauchspirale, die seinen Gefährten ein Lächeln entlockte. Li Shun drehte sich zu ihm um. «Sie haben das Dorf also nicht verlassen. Ihr könnt die Hand ruhig vom Schwert nehmen. Ihr werdet es nicht brauchen.»

«Zumindest nicht dieses Schwert», sagte Ni Bingdi mit einem jungenhaften Kichern.

Im Gegensatz zu beinahe allen chinesischen Dörfern besaß diese Siedlung der Donghu nicht einmal die rudimentärsten Mauern. Sie bot sich jedem offen dar, der des Weges kam. Aber man hatte die Reiter schon lange ausgemacht. Als sie ins Dorf kamen, standen seine Bewohner zu beiden Seiten des schlammigen Weges aufgereiht, um sie grinsend und unter zahlreichen Verbeugungen willkommen zu heißen.

Noch bevor sie ihr Ziel erreichten, konnte Gan Zhong einen stechenden Geruch wahrnehmen.

Ni Bingdi murmelte: «Das sind die Dörfler. So riechen sie eben.»

Li Shun nickte grimmig. «Ihr werdet euch dran gewöhnen. Sie streichen sich mit Hammelfett ein, und das wird irgendwann ranzig.»

«Habt Ihr das von den Barbaren übernommen?», fragte Gan Zhong. Vor langer Zeit hatte seine Mutter einmal einen Riechwettbewerb bei Hof gewonnen, bei dem es galt, die verschiedenen Weihrauchsorten zu erkennen.

«Hm, ja, aber wir benutzen es nur gegen Frostbeulen. Sie benutzen es zu jeder Jahreszeit.»

Gan Zhong schnitt eine Grimasse.

«O ja», meinte Li Shun munter. «Die Frauen reiben sich an allen Stellen damit ein, die ihnen in den Sinn kommen.»

Die beiden Gehilfen lachten.

Als sie langsam in das Dorf hineinritten, hörte Gan Zhong, der sich verstohlen umsah, Schweine grunzen und Hunde kläffen. Die Donghu hatten kleine, flache Nasen und massige Hälse. Die meisten Männer trugen lederne Stirnbänder, deren Enden sie im Nacken verknoteten. Gan Zhong bemerkte auch die steifen Kadaver von Kaninchen, die an ihren langen Ohren aufgeknüpft von den Dachsparren der offenen Ställe baumelten. Plötzlich zügelten seine Gefährten ihre Pferde und stiegen vor einem mechanisch kauenden alten Mann aus dem Sattel. Die Witterung und die Jahre hatten die breiten Wangen des Alten gegerbt, bis sie das Aussehen polierten Holzes angenommen hatten. Der Greis trug einen langen, nach oben gezwirbelten Schnurrbart, aber der Bart unter seinem Kinn war bereits spärlich geworden, und die Haare, die ihm aus den Nasenlöchern hingen, reichten fast bis an seine Lippen. Er nahm jede der neun Münzen, die Li Shun ihm aushändigte, genau in Augenschein und nickte schließlich zufrieden. Ein Mann mit einer Mütze aus Luchsfell kam herangeschlendert und zeigte auf eine der kleinen fensterlosen Hütten.

Gan Zhongs Gefährten bedeuteten ihm, ihnen zu folgen. Das ganze Dorf hatte sich versammelt, um zuzusehen, wie die Besucher die Hütte betraten. «Eines muss man vielleicht noch über diese Barbaren wissen», bemerkte Ni Bingdi mit einem schwachen Lächeln, «sie tun alles gemeinschaftlich.»

«Er meint, dass wir uns diese Hütte zu dritt teilen werden», fügte Li Shun mit leicht törichter Miene hinzu. «Ihr werdet euch daran gewöhnen.»

Drei Frauen marschierten in die Hütte hinein, alle ziemlich jung und rotwangig und mit einem starken Geruch von fettigem Fleisch behaftet. Sie wählten ihre Partner mit solcher Geschwindigkeit, dass es so aussah, als hätten sie ihre Wahl schon im Vorhinein getroffen. Gan Zhong sah, dass seine Gefährten die Halsketten zutage förderten, auf die sie vorher die einzelne Münze gefädelt hatten. Also tat er es ihnen gleich. Das Mädchen riss ihm die Lederschnur aus der Hand und hielt die Münze in das Sonnenlicht, das durch die offene Tür fiel (von wo aus eine Menschenmenge, größtenteils Kinder, ihnen zusah). Anscheinend gefiel sein Geschenk ihr, denn sie ließ ohne weiteres Zeremoniell ihr lockeres Ziegenfellgewand zu Boden fallen und legte sich hin. Gan Zhong bemerkte, dass die anderen Mädchen dasselbe getan hatten; seine Freunde zogen sich mit eifriger Hast ihre Hosen aus und legten sich zu den Mädchen auf den mit Teppichen bedeckten Boden. Nun zögerte auch Gan Zhong nicht länger. Schon bald war der Gestank vergessen und mit ihm die urtümlichen Laute, die aus den anderen Ecken der dunklen kleinen Hütte kamen. In den fettigen, muskulösen Armen seiner begeisterten Partnerin fand er für eine Weile Trost und Glück. Nachher entzündeten die Mädchen ein Feuer und rösteten in einer Pfanne Hirsesamen, bis sie aufplatzten. Dann ging Gan Zhongs Mädchen hinaus und kehrte kurze Zeit später mit einem Korb voller zappelnder Fische zurück. Sie schlitzte jeden der Fische mit einem stumpfen Bronzemesser grob auf, zog die Eingeweide heraus und warf die Fische ohne weitere Umstände in die Pfanne. Während sie leise vor sich hin köchelten, trug ein anderes Mädchen einen großen Krug mit irgendeinem Getränk herein. Die Flüssigkeit war trüb, zähflüssig und stark. Bald reichten sie den feurigen Schnaps herum und schlangen lachend heißen Fisch in sich hinein. Als sie sich satt gegessen und den Krug geleert hatten, schlug Ni Bingdi vor, den Rückweg anzutreten; ansonsten würden sie Gefahr laufen, sich in der Dunkelheit zu verirren. Die jungen Frauen stellten sich nebeneinander auf, um Lebewohl zu sagen, und eine jede betastete beim Abschied die einzelne Münze um ihren Hals. Sie grinsten, und Gan Zhongs Mädchen kicherte sogar.

Die Menschenmenge draußen vor der Hütte hatte sich schon lange zerstreut. Nur einige wenige der Barbaren sahen sie das Dorf verlassen.

Als sie zur Mauer zurückritten, sagte Ni Bingdi: «Barbarenfrauen sagen nichts, sie stinken, sie sind nicht hübsch wie unsere Mädchen und haben auch keine weiche Haut, aber sie zieren sich auch nicht.»

Li Shun pflichtete ihm mit einem Lächeln bei. «Nein, sie zieren sich nicht. Was meint Ihr dazu, Gan Zhong?»

«Mir war gar nicht bewusst gewesen, wie lange es schon her ist.»

«Hat Euch die Sache mit der Hütte etwas ausgemacht?»

«Nach einer Weile nicht mehr.»

«Hat Euch das Hammelfett gestört?»

«Daran hab ich gar nicht mehr gedacht.»

Seine Kameraden lachten.

Am nächsten Tag war General Meng noch immer mit seinen drei liebreizenden Besucherinnen aus Qi beschäftigt, daher hatte Gan Zhong etwas Zeit für sich selbst. Er schärfte ein Eisenmesser, das der alte Maurer ihm zum Abschied geschenkt hatte. Dann stieg er auf sein Pferd und ritt noch einmal über den Weg zum Dorf der Donghu. Gerade so wie gestern wussten sie, dass er kam, obwohl Gan Zhong unterwegs niemanden gesehen hatte. Aber diesmal stellten sie sich nicht zu seiner Begrüßung in Reih und Glied am Eingang des Dorfes auf. Sie musterten ihn mit ihren kleinen schwarzen Augen und kehrten in ihre Hütten zurück oder nahmen die Hirsesäcke wieder auf, die sie von den nahen Feldern herbeischleppten. Andere breiteten die Getreidekörner in den Ställen zum Trocknen aus.

Gan Zhong war sich nicht sicher, was er als Nächstes tun sollte, denn seines Wissens nach sprach niemand im Dorf die Sprache von Qin. Daher ritt er mitten ins Dorf hinein, hielt dort inne und blieb einfach abwartend auf seinem Pferd sitzen. Nach einer Weile erschien sein Mädchen auf dem Weg vor ihm. Auf ihrem kantigen Gesicht stand kein Lächeln wie am vergangenen Tag; ihre Miene war verdrossen und wachsam. Als sie näher kam, zog Gan Zhong das Eisenmesser aus der Tasche. Obwohl das Mädchen kein Wort verstand, hoffte er, dass das Messer für sich sprechen werde. Er sagte: «Ich möchte dir für gestern danken. Ich wünschte, wir könnten miteinander reden. Das Messer, das du für die Fische benutzt hast, war stumpf, daher habe ich dir dieses aus Eisen mitgebracht. Eisen bleibt besser scharf als Bronze. Hier.» Dann beugte er sich von seinem Pferd herunter und hielt ihr das Geschenk hin.

Sie nahm es entgegen, legte die Klinge auf die schwielige Innenfläche ihrer Hand und erprobte mit einer winzigen Bewegung ihres Daumens ihre Schärfe. Noch immer stirnrunzelnd bedeutete sie ihm, ihr zu folgen. Er saß ab und führte das Pferd am Zügel, um der jungen Donghu zu folgen. Sie führte ihn zu einer Hütte am andern Ende des Dorfs. Dort schob sie den Kopf in den Eingang und schrie etwas, das wie ein barscher Befehl klang. Eine gebeugte alte Frau trat in den Eingang und starrte den Besucher hasserfüllt an. Dann humpelte die Alte, während das Mädchen ohne Unterlass auf sie einschimpfte, den Weg hinunter zu einer anderen Hütte. Wieder machte das Mädchen ihm ein Zeichen, daher folgte Gan Zhong ihr in das Innere der kleinen Behausung. Noch bevor seine Augen sich an die Finsternis dort gewöhnt hatten, zog sie bereits ihre Kleider aus.

«Nein», sagte er. «Das Messer ist ein Geschenk. Ich will dich nicht kaufen.» Sie verstand ihn offensichtlich nicht. Als er sich nicht auszog und über sie herfiel, erhob sich das wütende Mädchen und warf sich ihr lockeres Gewand über. Dann brüllte sie ihn in ihrer eigenen Sprache an und machte einen drohenden Schritt auf ihn zu. Gan Zhong drehte sich um und ging, dicht gefolgt von dem schreienden Mädchen, hinaus. Aus anderen Hütten reckten die Menschen ihre Hälse und gafften den Fremden an, der sein Pferd bestieg, während das Mädchen fluchend hinter ihm herlief und schließlich sogar das Pferd anspuckte. Nun erschienen auch andere Frauen in den Eingängen ihrer Hütten und schlossen sich dem Gezänk des Mädchens an. Als Gan Zhongs Pferd aus dem Dorf hinaustrottete, waren ihre Stimmen zu einem schrillen Chor der Wut und des Hohns angeschwollen. Er konnte sie noch in einiger Entfernung hören, als sein Pferd den Pfad fand, der durch ein Wäldchen von Fichten mit säbelartig aufwärts gebogenen Zweigen führte.

Er ritt auf demselben Weg zur Mauer zurück, über den er gekommen war, und erreichte sein Ziel mitten am Nachmittag. Die Strahlen der tief stehenden Sonne tauchten das Bauwerk in einen goldenen Schimmer. Der allzeit wachsame, strahlende Drache wand sich durch die Hügel und hielt die Außenwelt vom Reich der Mitte fern. Das war gut so, dachte Gan Zhong. Jenseits der Mauer würden die Menschen niemals das Leben, das innerhalb dieser Mauer geführt wurde, wirklich verstehen. Der Wachtraum des Kaisers und des Generals war nun auch seiner. Sobald das Pferd Gan Zhong durch die Lücke im Mauerwerk trug und ihn auf die Südseite hinüberbrachte, verspürte er ein Gefühl der Erleichterung und des Triumphs, und Tränen des Glücks benetzten seine Wangen.

21

Keine Woche nach der Rückkehr des Inspektionstrupps ins Hauptquartier wurden aus der Ordos-Region neue Hunnenaufstände gemeldet.

So fand Gan Zhong eines Morgens, als die Arbeit an dem Geschichtswerk wieder aufgenommen werden sollte, General Meng nachdenklich vor seinem mit Bambusstreifen übersäten Schreibtisch vor. Diese Bambusstreifen waren Gan Zhong durchaus vertraut; er selbst hatte darauf während ihrer Reise die Beobachtungen und Befehle des Generals festgehalten. Umso mehr überraschte es ihn, dass der General nach etwas ganz anderem fragte.

«Habt Ihr militärische Bücher gelesen, Schreiber?»

«Ja, General, in der Schule.»

«Habt Ihr Sun Zis ‹Kriegskunst› gelesen oder Sun Bins ‹Militärische Methoden›?»

«Beide, General.»

«Welchen Autor zieht Ihr vor?»

«Sun Bin.»

«Warum?»

«Er scheint dynamischer zu sein.»

«Ich stimme Euch zu. Was wisst Ihr über die Hunnen?»

«Gerade genug, um sie zu respektieren, Herr.»

«Sie sind nicht wie die Donghu», bemerkte der General und ließ seinen Worten ein schallendes Gelächter folgen, sodass Gan Zhong sich fragte, ob seine beiden Gehilfen ihm von ihrer Eskapade in dem Dorf der Donghu erzählt hatten. «Aber die Hunnen sind auch keine Dämonen. Glaubt mir, sie sind sehr menschlich.»

«Das dachte ich mir, General. Trotzdem bin ich froh, meine Vermutung bestätigt zu hören.»

Sie lächelten in dem Wissen, dass sie beide Realisten waren, die sich nicht um abergläubische Vorstellungen scherten. «Habt Ihr Euch neben dem Boxen auch dem Bogenschießen gewidmet?», fragte der General.

«Ja, Herr.»

«Gut. Da, wo wir hingehen, werdet Ihr es vielleicht brauchen. Und zieht den Kopf ein. Ich möchte mir keinen neuen Schreiber suchen müssen.» Der General stieß einen tiefen Seufzer aus, als wappne er sich gegen etwas höchst Unangenehmes. «Ich hasse es, gegen die Hunnen zu Felde ziehen zu müssen. Nicht weil sie so Ehrfurcht gebietende Gegner wären, sondern weil sie genau das nicht sind. Haltet Eure Feder und die Tusche bereit. Ich habe noch einiges zu sagen, bevor wir uns aufmachen.»

Seit nunmehr zehn Jahren hatte der General selbst während der Erbauung der Geraden Straße und der Großen Mauer immer wieder Zeit gefunden, gegen die Nomadenstämme der Rong, der Di und der Xiongnu zu Felde zu ziehen, allesamt Völker, die mit ihren Herden durch die Steppen zogen. Während dieses Jahrzehnts hatten die Nomaden Meng Tian gewisse Dinge gelehrt. Sie kannten ihre Pferde besser, als die meisten Mensche ihre eigene Familie kannten, und lange Hosen schützten ihre Beine gegen das Ungemach langer Ritte. In vollem Galopp waren sie überragende Schützen mit Pfeil und Bogen, und sie waren furchtlos und diszipliniert. Glücklicherweise langweilten sie sich auch schnell. Nach wenigen Scharmützeln verloren sie die Geduld und räumten das Feld, da der Ausgang von etwas so Abstraktem wie einem Krieg ihnen vollkommen gleichgültig war. Für sie war ein Krieg kaum wichtiger als eine große Jagd.

Diese Unbekümmertheit hatte es den Chinesen ermöglicht, die Hunnen beinahe beiläufig und gewiss ohne teure und langwierige Feldzüge hinter die Grenze zurückzutreiben. Und doch erwiesen sich diese wenig ehrgeizigen und leichtsinnigen Nomaden für einen Krieger wie Meng Tian als ein ärgerlicher Gegner. Ein Feind, der zu leicht aufgab, störte sein Wohlbefinden.

Ganz besonders ärgerte ihn ihr Mangel an militärischer Gesinnung. Die Chinesen selbst hatten sich in dieser Hinsicht während des letzten Jahrhunderts geändert, und der General bestand darauf, dass diese Tatsache in seinem Geschichtswerk festgehalten wurde. In den alten Tagen war es für die Armeen der Streitenden Reiche Sitte gewesen, einen Sieg zu untermauern, indem man Köpfe mit nach Hause brachte. Dabei hatte sich die Gewohnheit entwickelt, neben den Köpfen der niedergemetzelten Feinde auch die Köpfe der eigenen gefallenen Soldaten mitzunehmen, um daheim eine höhere Zahl getöteter Feinde vorzugaukeln. Diese Art von geschäftsmäßigem Betrug hatte vor hundert Jahren aufgehört. Aber die Barbaren brachten bis auf den heutigen Tag nicht einmal genug Interesse auf, um ihre eigenen Toten zu zählen.

Der General wünschte sich eine Rückkehr zu den gewaltigen Schlachten der Vergangenheit. Bevor die Auslöschung der übrigen Streitenden Reiche durch Qin die Jahrhunderte der Kriege in China beendet hatte, war es nicht ungewöhnlich gewesen, dass sich Heere von zwei- oder dreihunderttausend Soldaten gegenüberstanden. Reihen von Streitwagen mit Gespannen von vier schnaubenden Rössern hatten in der Sonne geglänzt und gefunkelt. «Schreibt das nicht nieder», wies der General seinen Schreiber an. «Sonst wird man mir vorwerfen, ich hätte mich in den Bereich der Dichtung verirrt.» Auch das Folgende sollte Gan Zhong nicht notieren: «Heutzutage», sagte der General, «ist ein Streitwagen kaum mehr als ein Standplatz für einen furchtsamen Offizier. Die Massen von Fußsolaten haben den Kampf Mann gegen Mann verdrängt. Und dann diese schändlichen Barbaren. Sie beleidigen die Ehre jeder Kriegskunst», erklärte er.

Aber Zehntausend Jahre bestand darauf, jede Bewegung der Nomaden im Keim zu ersticken; also beeilte der ergebene Kommandeur sich zu gehorchen. Im Herbst zog die hastig zusammengestellte Expeditionstruppe von Shang aus ins Feld. Gan Zhong bewunderte die Fähigkeit Meng Tians, sein Denken in wenigen Tagen von Aufbau auf Zerstörung umzustellen, ohne an Scharfsinn einzubüßen. Er führte zehntausend Mann, davon ein Drittel Berittene, am westlichen Teil der Mauer entlang. Statt mit Ziegeln und Naturstein hatten die Bauarbeiter das Festungswerk aus dem hier vorhandenen, feinen gelben Löss errichtet. Sie hatten die Erde so weit abgetragen, dass ein hoher Lössrücken stehen blieb, und diesen dann mit Ziegeln verkleidet. Im Norden der großen Schleife des Gelben Flusses ließ der General die Mauer hinter sich und begab sich mit seinem Heer in das windgepeitschte, karge «Grasland», das seinen Namen zu Recht trug und aus dem er erst im letzten Jahr zwei Banden marodierender Hunnen verjagt hatte.

Seine Truppe schlug ihr Lager am Rand der Steppe mit ihren kleinen, in Kiesbetten munter dahinplätschernden Flüsschen auf. Stets blieb man in Sichtweite von birken- und kieferbestandenen Hügeln. Jeden Abend heulten in der Ferne die Wölfe. Auf dem kalten Boden in Decken gehüllt, hörten die Männer oft den Schrecken erregenden Lärm, mit dem Braunbären die Rinde von Bäumen rissen, und manchmal überraschte sie nicht weit über ihren fröstelnden Leibern der geisterhafte Flügelschlag emsiger Eulen auf ihrem Flug von einem Baum zum anderen.

Der General behielt Recht, was die Hunnen betraf. Sie nahmen kaum je eine offene Feldschlacht an, wenn nicht ein Hinterhalt ihnen einen entscheidenen Vorteil verschaffte oder sie es mit kleinen chinesischen Einheiten zu tun hatten. Der größte Teil der Kampagne des Generals entfiel auf die Verfolgung fliehender feindlicher Reiter. Dabei gelangten sie von Dorf zu Dorf. An noch glühenden Lagerfeuern fanden sie zerbrochene Bögen, schmutzige Antilopenfelle, Federn von gerupften Krähen, Fetzen von eingekerbtem Leder, verkohlte Wolfsknochen und Trinkschalen, die noch nach den Rückständen eines starken Getränks aus Ziegenmilch rochen. Dieser von den Hunnen zurückgelassene Müll faszinierte Gan Zhong. Ein mit Adlerfedern versehener Pfeilschaft, ein Tau aus Pferdehaar, eine Ahle, eine Lederflasche – all diese Dinge halfen ihm, sich ihre dunklen, krummbeinigen Besitzer vorzustellen, die – so hieß es – unterwegs alles aßen, sogar die Nachgeburt einer Stute, die gefohlt hatte.

Wenn es einmal zu einer erwähnenswerten Feindberührung kam, dann auf große Distanz. Die struppigen Ponys der Hunnen trotteten in einer verwirrend komplizierten Choreografie hierhin und dorthin, während ihre Reiter einen tödlichen Hagel von Pfeilen aussandten, von denen sich viele zwischen die Lederplättchen der chinesischen Rüstungen bohrten. Nach einigen solcher Salven und einem oder zwei lustlosen Vorstößen verschwanden die Hunnen meist in einer gewaltigen Staubwolke zwischen den Hügeln – wie eine Schar verwahrloster Geister.

Als Mitglied des Stabs wurde Gan Zhong Zeuge der Wirkung, die diese kurzen Gefechte auf General Meng hatten. Er pflegte sich ärgerlich auf die Rüstung zu klopfen und oft mehrere Schalen Wein zu trinken, die ihm einer seiner Adjutanten reichte. Es interessierte ihn kaum, auf welcher Seite ein Mann kämpfte, solange er starb wie ein Mann. Auf seinen ausdrücklichen Befehl hin ließ man die chinesischen Verwundeten zurück, wenn sie nicht mehr in der Lage waren, auf einem Pferd zu sitzen. Wer eine tiefe Wunde erwischt hatte, war so gut wie tot. Man steckte den Verletzten ein Stück Holz zwischen die Zähne, auf das sie beißen konnten, um nicht vor Schmerzen schreien zu müssen. Zu viel Geschrei würde die Hunnen dazu ermuntern, zurückzukehren und ihren noch lebenden, hilflosen Feinden die Ohren und die Hoden abzuschneiden. Daher galt es als Akt der Barmherzigkeit, einem sterbenden Soldaten ein Stück Holz in den Mund zu schieben. Ihn von seinem Elend zu erlösen, hätte allerdings gegen die militärische Moral im Staate Qin verstoßen; er musste ohne die Hilfe anderer sterben.

Die Gültigkeit dieses Prinzips wurde Gan Zhong auf überraschende und furchtbare Weise nahe gebracht. Eines Morgens trieb ein plötzlich aufkommender Sturm dem chinesischen Heer Wolken von feinem rotem Staub über den Weg. Vom Wind hinaufgewirbelt und wieder heruntergerissen, verdunkelte der Staub die rote Scheibe der Sonne, tauchte den Tag in Dämmerlicht und splitterte das Heer in kleine Trupps auf, bis sowohl die Berittenen als auch die Fußsoldaten blind umherirrten, in Schluchten gerieten und gegen Steilwände prallten. Inmitten des tosenden Sturms brüllte General Meng seine Befehle, die niemand mehr hörte, und musste sich schließlich dem Unwetter geschlagen geben, absitzen und im Windschatten seines gleichmütigen Pferdes Schutz suchen. Es blieb ihm nichts anderes übrig, als so auszuharren, bis das Wetter umschlug, ein Streifen blauen Himmels die Wolken verdrängte und den staubbedeckten Männern und Pferden den Blick auf die Welt zurückgab.

Hustend und mit tränenden Augen sammelten sich die Männer. Aber schon zuvor waren von der Ostseite her Rufe laut geworden; man hatte entdeckt, dass eine Abteilung unglücklicherweise allzu weit von der Hauptmasse der Truppe abgekommen und in einen Hinterhalt geraten war. Gan Zhong gehörte mit zum Stab des Generals, der ausritt, um mit eigenen Augen zu sehen, was geschehen war. Dreißig Männer lagen auf dem staubigen Grund. Die meisten von ihnen waren tot. Zu seinem Entsetzen entdeckte Gan Zhong unter ihnen auch den noch lebenden Li Shun. Eine der langen Lanzen mit gekrümmter Spitze, wie sie die Hunnen gewöhnlich benutzten, um Reiter von ihren Pferden zu ziehen, hatte ihn etwa in Zwerchfellhöhe getroffen und seine Eingeweide herausgerissen. Seine Augen standen weit offen, sein Atem ging in schnellen, kurzen Stößen, und seine Linke hielt die Eingeweide, die auf seine Oberschenkel fielen.

Gan Zhong wandte sich zu Ni Bingdi um, der neben ihm ritt. Vom Pferderücken aus blickten sie auf ihren verwundeten Kameraden hinab. «Wie kommt er hierher?», fragte Gan Zhong in seiner Verzweiflung.

Sie saßen beide ab und knieten sich neben ihren alten Freund, als der General mit lauter Stimme rief: «Gebt den noch Lebenden Holz.»

Zu diesem Zweck trug jeder der Soldaten ein kleines Stückchen Holz bei sich, aber Ni Bingdi konnte seins nicht finden. Gan Zhong zog sein Holz hervor, von dem er gehofft hatte, dass er es niemals benötigen würde.

«Lasst mich das machen», sagte Ni Bingdi. «Ich kenne ihn schon so lange.»

Trotz des Schocks, der seine Augen glasig gemacht hatte, erkannte Li Shun die Stimme seines Freundes. «Holt mein Pferd», flüsterte er. «Ich spüre nichts.»

«Nehmt dies.» Ni Bingdi versuchte ihm das Stück Holz zwischen die Lippen zu stecken, aber Li Shun schüttelte schwach den Kopf.

«Holt mir mein Pferd.»

«Das werde ich, lieber Freund. Ich hole es, aber nehmt währenddessen dies hier zwischen die Zähne.» Er schob ihm das Hölzchen in den Mund. Li Shun starrte vor sich hin, und seine Lippen um das Stück Holz herum blieben schlaff.

In diesem Augenblick kam der General herangeritten und

blickte auf die drei hinab. «Fürwahr, welch ein Unterschied zu den Donghe. Verfluchter Staubsturm. Diese Feiglinge bringen mir meine besten Männer um!» Zornig gab er seinem Pferd die Peitsche und sprengte davon.

Ni Bingdi erhob sich und trat zu seinem Pferd. Ungeduldig wandte er sich an Gan Zhong: «Lasst uns reiten. Der General wünscht nicht, dass man sich allzu lange mit dergleichen aufhält. Es ist ein Zeichen der Schwäche.»

Während sie davonritten, warf Gan Zhong einen Blick zurück auf ihren Freund, dem das Stückchen Holz wieder aus dem Mund gefallen war. Dann schaute er zu Ni Bingdi hinüber und sah, dass dieser Tränen in den Augen hatte.

Je seltener Meng Tians Truppe Gelegenheit zu kämpfen hatte, umso versessener war der General auf ein Gefecht. Jeden Abend befahl er den Schreiber in sein Zelt, um ihm, während er bei Kerzenlicht auf und ab ging, seine Theoreme der Kriegführung darzulegen. Viele davon, stellte Gan Zhong fest, hatte er den Taktikern der Vergangenheit, etwa Sun Zi und Sun Bin, gestohlen. Aber sie waren scharfsinnig, bis ins Detail durchdacht, und kamen in einem wahren sprachlichen Sturzbach daher, der Gan Zhongs Pinsel in ständiger, flinker Bewegung hielt. Fast immer verließ er das Zelt verschwitzt, obwohl es drinnen nicht viel wärmer war als draußen im eisigen Wind.

Um seine Gedanken zu sammeln, verdrängte Meng Tian den Kriegszug, den sie selbst gerade unternahmen, und tauchte im Geiste in die ruhmreiche Vergangenheit ein, beschwor das Bild der Heere Quins und Zhaos herauf, die mit blitzenden Schwertern auf einem sonnenüberfluteten Feld gegeneinander marschierten. Er betonte die Notwendigkeit, die verschiedenen Optionen eines Gefechtes, das Gelände und vor allem den Sternenhimmel genau zu analysieren – denn wenn am Himmel irgendetwas nicht in Ordnung war, vielleicht gar ein Komet zu sehen war, dann konnte das ein Zeichen für eine Katastrophe auf dem Schlachtfeld sein.

Er zitierte Sun Bin, ohne diesen Strategen alter Zeiten als Urheber zu nennen. Das tat auch Gan Zhong nicht, der die Stelle durchaus kannte: «Ein General muss rechtschaffen sein. Ohne Rechtschaffenheit kann er keine Disziplin haben. Ohne Disziplin ist er nicht Ehrfurcht gebietend. Ohne Ehrfurcht werden seine Soldaten nicht für ihn sterben. Deshalb muss er rechtschaffen sein.»

Meng Tian sagte, man müsse den Feind mit vorgespiegelten Erfolgsaussichten in unhaltbare Positionen locken. Und den Feind zu verleiten bedeute, ihn zu täuschen. «Wenn man stark ist, muss man Schwäche vortäuschen», diktierte er während seiner steten Wanderung durch das Zelt. «Wenn man zum Handeln entschlossen ist, täusche man Untätigkeit vor. Wenn man sich in der Nähe befindet, erwecke man den Eindruck, weit entfernt zu sein, und wenn man in weiter Ferne ist, vermittle man den Eindruck von Nähe.»

Der General sprach aus, was er dachte. Kompromisslos verlangte er, ein Heerführer dürfe seine Leute nicht lieben, nicht am Leben hängen, nicht von heftigem Temperament sein und auch nicht arrogant – all das beeinträchtige seine Führungsfähigkeit.

Der General sagte, ein erfolgreicher Heerführer müsse unberechenbar sein in seinem Tun. Durch vorgebliche Rückzüge und plötzliche, unerklärliche Bewegungen erwecke er Furcht und Zweifel. Ein solcher Kommandeur untersuche sorgfältig das Gelände und manövriere seinen Gegner dann in einen Engpass, wo er einen Hinterhalt vorbereitet habe oder sich einen Höhenunterschied zunutze machen könne. Habe man den Gegner so in der Falle sitzen, solle man ihm jedoch einen Fluchtweg offen lassen. «Verzweifelte Soldaten kämpfen bis zum Ende. Sie verursachen unnötigen Schaden», sagte er. «Deshalb lasse man sie fliehen und sich selbst erschöpfen. Dann werden sie zu einer leichten Beute.»

Das alles waren energische und mutige Prinzipien der Kriegführung, aber sie blieben doch etwas abstrakt. Gan Zhong verstand nach und nach, dass der General die Barbaren niemals würde besiegen können, weil seine Regeln nicht die ihren waren. Sie lebten in einem Schattenreich jenseits des Lichtes seines Auffassungsvermögens. Ganz gleich, mit wie viel Scharfsinn oder List er versuchte, ein Kräftemessen mit ihnen herbeizuführen, konnte er sich die Kunst des Steppenkrieges doch nicht zu Eigen machen. Und dennoch glaubte er – anders als die meisten chinesischen Heerführer –, dass man von den Ausländern lernen müsse. Deshalb befahl er seiner Fußtruppe, eine Praxis der Barbaren zu übernehmen und Pferdeschwänze hinter die Blätter ihrer Lanzen zu binden. Dadurch vermied man, dass eine Lanze stecken blieb, weil sie zu tief in den Leib eines Feindes eingedrungen war.

Anders als die Nomaden war General Meng Tian weder träge noch zerstreut. Sein Rückzug in das Reich der Geschichte und der Spekulationen ging nicht so tief, dass sein gegenwärtiger Auftrag darunter gelitten hätte. Jeden Tag ritt er aus, um seine Kommandeure und deren Truppen zu inspizieren.

Eines Abends befahl er Gan Zhong in angeheitertem Zustand, folgende Vorhersage aufzuzeichnen: Eines Tages werde auf der ganzen Welt und nicht nur in den Nomadenländern massierte Reiterei die Schlachtfelder beherrschen. Voraussetzung dazu sei nichts Schwierigeres als ein fester Halt für die Füße der Reiter. Wenn ein Reiter auf seinem Pferd sicherer sitze, könne er mit der Wildheit eines Tigers Hiebe austeilen. Das Gleichgewicht auf dem Pferd könne er statt durch das Zusammendrücken seiner Knie auch durch die Befestigung eines Bretts unter seinem Fuß halten. Dann werde er mit der gleichen Sicherheit wie ein Fußsoldat sein Schwert schwingen, seinen Speer werfen oder mit der Lanze zustechen können.

«Wenn ich nicht meine Truppen führte, Mauern baute und Geschichtswerke verfasste», erklärte der General, «hätte ich Zeit, einen solchen Fußhalt zu entwickeln. Ich würde dafür eine Art Riemen verwenden.» Er blickte einen Moment in die Ferne, als stelle er sich die Konstruktion vor, als sehe er vor sich, wie sich ein zukünftiger Steigbügel auf dem Schlachtfeld während einer Kavallerieattacke bewähre. «Aber ich habe die Zeit nicht.»

Eines Tages erwachte Gan Zhong und stellte zu seinem leisen Erstaunen fest, dass er sein Soldatenleben akzeptiert hatte. Er trug einen Bronzehelm mit im Nacken und über den Ohren herabhängendem Lederschutz. Kinnriemen hielten den Helm fest. Auch hatte er gelernt, sich den aus Plättchen aufgebauten Brustschutz mit einem Libellenknoten zuzubinden. Sein einschneidiges Schwert steckte in einer flachen Scheide. Dank dem Verhältnis zwischen Klingenlänge und Griff war es als Hiebwaffe einsetzbar. Über dem Rücken trug er Bogen und Köcher, in diesem dreißig Pfeile mit Eisenspitzen. Mit vor der Brust geballten Fäusten und gesenktem Kopf grüßte er ebenso schneidig wie jeder andere kampferprobte Veteran.

Diese Wende in seinem Leben erinnerte ihn an die Zeremonien zu seiner Volljährigkeit. Die beiden Hälften seiner Knabenfrisur waren zu einem einzigen langen Zopf zusammengelegt und auf seinem Scheitel mit einem Seidenband festgebunden worden. Dann setzte ihm ein Priester nacheinander drei verschiedene Zeremonialhüte auf, nachdem er dreimal verschiedene Kleider angelegt hatte. Außer einer neuen Haartracht und neuen Kleidern erhielt er auch einen Volljährigkeitsnamen, der seinen *ming*, seinen Kindheitsnamen ersetzte. Als er dann seinen Namen auf der aus Bambus gefertigten Ahnentafel eintrug, hatte der fünfzehnjährige Gan Zhong der Sippe Treue geschworen, indem er seinem Vater eine als Opfer geschlachtete Ziege übergab. Er hatte erklärt: «Möge ich das Schicksal dieses Tiers erleiden, wenn ich die Treue nicht wahre.»

Das war seine zweite Geburt gewesen, ein Jahr vor dem Tod seines Vaters. Was mochte sein Vater nun von ihm halten? Als Angehöriger der Sippe war es Gan Zhongs höchste Pflicht, deren Namen zu schützen. Und dennoch lebte der Mann noch, der diesen Namen besudelt hatte. Sowohl sein Vater als auch sein Onkel mussten von ihm enttäuscht sein. Ihr Wissen um sein Versagen wurde zusammen mit dem Verlust Younings zum Stoff seiner Albträume.

Eines Tages traf ein Bote mit einem kaiserlichen Edikt im Lager ein. Mit der Ausnahme von ausdrücklich in einer Liste aufgeführten Titeln wurden sämtliche Bücher im ganzen Reich verboten und waren innerhalb eines Monats zu verbrennen. Buchbesitzern, die dem Befehl nicht nachkamen, drohte die Einkerkerung.

Nur die Verhaftung seines Onkels hatte Gan Zhong stärker erschüttert. Sein Zorn gewann Oberhand über die Zurückhaltung, sodass er im Zelt des Generals plötzlich und trotzig das Wort ergriff, ohne zum Sprechen aufgefordert zu sein.

«Es ist falsch, Herr. Das Verbrennen der Bücher ist ein Fehler!», erklärte er. Im gleichen Augenblick allerdings begriff er, dass die Kritik an einem kaiserlichen Edikt gleichbedeutend war mit Verrat.

Aber die Reaktion des Generals auf seinen fatalen Fehler bestand lediglich in einem Schulterzucken. «Das Edikt gilt hier draußen nicht», sagte der General, obwohl nichts in dem kaiserlichen Befehl auf eine solche Interpretation schließen ließ. «Wer unter meinem Kommando steht und Bücher besitzt, mag sie behalten. Ich werde meine auch behalten. Was uns von den Hunnen unterscheidet, sind Bücher. Wir sollten sie schützen und nicht verbrennen!»

So verfuhr General Meng, wie es ihm beliebte. Ganz ungezwungen rechtfertigte er seinen Ungehorsam mit der Feststellung, dass das zivile Recht mit dem militärischen nichts zu tun habe.

Aber gleichwohl suchte Gan Zhong den Boten auf und bat ihn um nähere Auskünfte. Der Mann wusste kaum mehr, als er ausgerichtet hatte. «Diejenigen, die ihre Bücher behalten, verlieren alles, einschließlich ihres Lebens. Er lässt sie vor den Augen ihrer Familien umbringen. Er schickt sie zur Zwangsarbeit. Er eignet sich ihre Häuser an. All das tut er, wenn sie sich ihrer Bücher nicht entledigen.»

«Wer tut das?»

«Er tut es. Der Mann, der dafür verantwortlich ist. Lao Wen.»

«Lao Wen trägt die Verantwortung für die Verbrennung der Bücher?»

«In der Hauptstadt. Was außerhalb vorgeht, weiß ich nicht.»

Seit er hier draußen war, hatte Gan Zhong nur von einer einzigen Person aus seiner Vergangenheit immer wieder gehört: von seinem eingeschworenen Feind. So viele waren nur aufgrund einiger weniger Striche von Lao Wens Pinsel in dieses raue Land gekommen. Und nun mussten andere unterwegs hierher sein, weil er sie des Besitzes von Büchern überführt hatte. Jede Nacht in seinem Zelt sagte sich Gan Zhong vor dem Einschlafen: «Vater, Onkel, ihr Ahnen der Sippe Gan, ich schwöre euch, dass ich dafür sorgen werde, dass Lao Wen stirbt, bevor ich sterbe.»

Der Feldzug dauerte nun schon zwei Monate, und die Scharmützel waren weniger bedeutend als gewöhnlich. Gan Zhong sah kaum mehr von den Feinden als die auf- und abschwingenden Hinterbacken ihrer Ponys, wenn sie sich davonmachten. Der General sorgte sich um die Moral seiner Truppe. Beinahe täglich inspizierte er die in Reih und Glied stehenden Männer und ermahnte sie, das Reich zu verteidigen. Trotzdem marschierten die Fußtruppen immer träger einher, geleitet von Vorreitern, die keine Ahnung hatten, wo die Hunnen geblieben waren. Nur zwei der zehn Tage, die eine Woche damals zählte, entfielen auf die Vorbereitungen zu einem Gefecht. Die übrigen vertaten sie mit ziellosem Umherschweifen in einem immer kälteren und schärferen Wind auf einer Steppe, die all ihres Wildes beraubt war, da die Nomaden bereits vor ihnen da gewesen waren. Ein weniger hingebungsvoller Heerführer hätte den Feldzug vielleicht beendet. General Meng jedoch würde nicht aufgeben und in sein Hauptquartier zurückkehren, bis er sicher war, alles Mögliche versucht zu haben, um seinen Auftrag zu erfüllen.

Aber auch er erlag manchmal den Annehmlichkeiten eines Kriegszugs ohne Kampfhandlungen und ließ sich mit dienstälteren Offizieren an der geschützten Flanke eines Berges zu einer geselligen Runde nieder. Die Späher hielten derweil vergeblich Ausschau nach jemandem, den man angreifen könnte. Die Männer spielten mit Würfeln oder gönnten sich ein Schläfchen auf dem spröden Gras, nachdem der Sonnenschein die kristallenen Fußabdrücke der Blauen Jadeweibchen verjagt hatte, dieser kleinen Frostgöttinnen, die jetzt nachts durchs Lager zu streifen pflegten.

An diesem besagten, für Mitte Herbst recht milden Tag saß der General mit zwei Obristen auf einer Pferdehaardecke und trank Wein. Er rief einen Hauptmann zu sich und gab ihm Anweisung, den Wagen des Befehlshabers zurück in das etwa zehn Meilen entfernte Lager zu bringen.

«Nehmt auch meinen Schreiber mit euch», sagte er und deutete auf Gan Zhong. «Er soll lieber seine kleine Siegelschrift vervollkommen, statt hier draußen auf Faulenzer wie mich zu warten.» Als der General dann über seinen eigenen, selbstkritischen Witz lachte, fühlten sich seine Obristen verpflichtet, mit einzustimmen.

Im Nu hatten sich der Hauptmann, Gan Zhong, der Wagenlenker und eine Schwadron von dreißig Reitern als Eskorte vom Rest der Ausflugsgesellschaft abgesetzt. Sie hielten auf eine im Gewoge der Hügel weit entfernte Reihe von Lärchen zu. Die Schatten der Wolken jagten wie Wellen über die Steppe. Der Wagen wurde von vier Pferden gezogen, die übergroßen Speichenräder knirschten laut bei jeder Umdrehung. Der Wagenlenker rief von seinem Stand unter dem Schutzschirm, dass die Pferde Wasser bräuchten. Er zeigte auf die vor ihnen liegenden Lärchen. Man konnte inzwischen erkennen, dass sie am Ufer eines schmalen Flusses standen, der sich durch ein kleines, aber saftig grünes Tal schlängelte.

Der Hauptmann auf seinem Pferd zögerte kurz, bevor er der Bitte um einen Zwischenhalt nachgab. Er war nicht viel älter als Gan Zhong, aber ziemlich großspurig, was seine Unsicherheit jetzt umso deutlicher in Erscheinung treten ließ und ihn nicht sympathischer machte. Vor ihrem Aufbruch hatte er seine kleine Truppe versammelt und jedem, der dazu gehörte, versprochen, dass die kleinste Übertretung eine Prügelstrafe mit einem vier Finger dicken Bambusprügel nach sich ziehen werde.

Die Begleitung folgte dem rumpelnden Gefährt an das Flüsschen. Nach der Eintönigkeit der flachen braunen Steppe war die freundliche grüne Umgebung eine willkommene Abwechslung. In der Aue wuchs üppiges Gebüsch und Unkraut, und den rötlichen Lärchen, die geflügelte Samen in die kühlen Windstöße schickten, leisteten einige Weiden und Kastanien Gesellschaft.

Ohne erst auf ein Kommando zu warten, stieg der Wagenlenker ab, entledigte sich seiner lästigen Rüstung, schirrte die Pferde los und führte sie zum Wasser.

Nachdem sie das eigenmächtige Vorgehen des Wagenlenkers und die unsichere Reaktion des Hauptmanns darauf gesehen hatten, machten es sich die übrigen Männer ebenfalls bequem. Sie legten ihre Waffen ab. Als der Hauptmann weiter schwieg, zogen die meisten von ihnen ihre Umhänge aus und nahmen sich die Halsringe und die Lederkappen ab. Bald war der Boden bedeckt von Armbrüsten aus Pfirsichholz, Köchern mit langen Bolzen, Kettenpeitschen, gefütterten Brustplatten und Schulterschützern. Es sah aus, als lägen die Überreste einer Schlacht am Ufer ausgebreitet.

Viele der Soldaten legten sich am Ufer lang hin und tranken aus dem schnell fließenden Flüsschen. Der Hauptmann saß auf einem Baumstamm und widmete seine ganze Aufmerksamkeit einem Stück geräucherten Hirschfleisch, das er genussvoll kaute. Auch Gan Zhong ging zu dem kleinen Fluss und trank von dem eiskalten Wasser, aber gerade, als er damit fertig war und von dem eisigen Wasser wieder aufblickte, sah er auf einem der Hügel etwas aufblitzen. Da der Gipfel dieses Hügels von einigen Lärchen verdeckt war, richtete Gan Zhong sich auf, um besser zu sehen. Zwischen den Blättern entdeckte er den Kopf und den Hals eines Ponys. Dann kam auch der bärtige Reiter in sein Blickfeld. Er trug eine wattierte Mütze mit hochgeschlagener Krempe und Ohrenwärmern. Eine Lanze war schräg über seinen Rücken gegürtet. Gerade als der Reiter sein Pony mit der Peitsche zu einem Galopp hügelabwärts antrieb, gab Gan Zhong Alarm.

Einige der Soldaten waren bereits auf dem Weg zu ihren Waffen, da sie ebenfalls die Bewegung zwischen den Bäumen wahrgenommen hatten. Eine ganze Schwadron von Hunnen ergoss sich mit einem schaurigen, eulenartigen Geheul den Hügel herunter.

Einer der Soldaten spannte gerade seine Armbrust, als ihn der erste von drei Pfeilen in Kehle und Brust traf. Der Hauptmann wurde von der Lanze eines heranstürmenden Hunnen im Rücken aufgespießt, während er sich auf sein Pferd schwang. Manche Soldaten suchten Schutz hinter Bäumen oder im Gebüsch am Ufer.

Der Wagenlenker versuchte törichterweise, sich seine Rüstung anzulegen, sodass er, als drei Angreifer ihn erreichten, nichts in Händen hielt als nutzlose Stücke metallbesetzten Leders. Die Hunnen umstellten und verhöhnten ihn ein paar Augenblicke, bis einer von ihnen ihn mit einem türkischen Krummschwert – es musste einen Weg von über tausend Meilen hinter sich haben, um in hunnische Hände zu fallen – von der Schulter bis fast zur Taille spaltete.

Aber nicht alle Angreifer kamen ungeschoren davon. Einer wurde von einem aus dem Schutz eines Baumes heraus geführten Stoß einer Hellebarde vom Pferd geworfen. Einer der Chinesen machte ihm mit seinem Dolch den Garaus, während er selbst von der Lanze eines anderen Reiters tödlich getroffen wurde.

Etwas rückwärtig vom Flussufer und bis zur Taille in hohem Röhricht verborgen, behauptete Gan Zhong seine Stellung und schoss einen Pfeil nach dem anderen ab. Ein struppiges Pony nach dem anderen kam auf ihn zugaloppiert. Ihre Mähnen waren geschnitten, damit die Reiter das drahtige Haar nicht ständig in die Augen bekamen. Während ein Reiter auf ihn zukam, wurden die Züge seines blau geschminkten Gesichts und der Glanz von Hammelfett auf den Wangenknochen nach und nach erkennbar. Gan Zhong zielte genau darunter auf die dicken Stränge des Halses. Die Bogenschießübungen seiner Knabenzeit kamen ihm jetzt gut zupass. Mit präzisen Bewegungen legte er Pfeil um Pfeil auf die Sehne, hob den Bogen über den Kopf und senkte ihn zügig und in einer sanften Kurve, bis der gefiederte Pfeil auf sein Ziel zeigte. Dann ließ er ihn los, spürte, wie der Pfeilschaft über seinen Daumenring strich, und sah ihm nach, wie er durch die Luft pfiff. Sechs Stück trafen ihr Ziel. Die in ihren Fellkleidern bärenhaft wirkenden Reiter lösten, wenn der Pfeil sie durchbohrte, die Knie vom Rumpf ihrer schwer atmenden Pferde und klatschten ins Ried oder ins Wasser. Beim Letzten war die Wucht des Aufpralls so groß, dass der Mann seine Kopfbedeckung verlor und sein kahl geschorener Schädel entblößt wurde. Vom schlammigen Ufer aus starrte er Gan Zhong mit sonnengeröteten Augen böse an. Er erwiderte den Blick für einen Moment, während er den nächsten Pfeil auf die Sehne legte.

Gan Zhong sah den Mann nicht, der sich von hinten näherte,

als er erneut den Bogen hob. Die Spitze des Pfeils, den der Hunne mit voller Kraft abschoss, bohrte sich tief in seine Schulter. Gan Zhong spürte einen Schlag, als habe ihm jemand einen Tritt versetzt, und dann ein heftiges, sich einfressendes Brennen. Als Nächstes überwältigte ihn eine plötzlich einsetzende Schwäche. Wie das halbe Dutzend Männer, die seine eigenen Pfeile gefällt hatten, fiel Gan Zhong jetzt selbst.

Die Hunnen hätten sie alle getötet, wenn nicht unverhofft eine Schwadron chinesischer Kundschafter aufgetaucht wäre. Sie kam auf der vergeblichen Suche nach feindlichen Truppen an den Fluss. Obwohl sie den Kundschaftern zahlenmäßig nicht unterlegen waren, formierten sich die Hunnen nicht noch einmal zur Verteidigung. Stattdessen galoppierten sie unverzüglich davon und ritten mit Triumphgeheul den Hang hinauf. Man hörte sie noch heulen, als sie schon hinter der Kuppe des Hügels verschwunden waren.

Am Ort des trauigen Geschehens angelangt, saßen die Kundschafter ab und schnitten als Erstes den noch lebenden Hunnen die Kehle durch. Die Hälfte des chinesischen Trupps war gefallen, und die Verwundeten waren bis auf Gan Zhong und vier weitere Soldaten in zu schlechtem Zustand, um sie mit zurück zum Lager zu nehmen. Sie bekamen ihr Beißholz.

Nach starkem Blutverlust war Gan Zhong ohne Bewusstsein, als der Wagen des Befehlshabers, auf den man ihn und die anderen noch transportfähigen Verwundeten geladen hatte, das Lager erreichte. Nachdem mit eisernen Pinzetten die Pfeilspitze aus seiner Schulter entfernt worden war, wusch ein alter Soldat die Wunde mit etwas Wasser aus und verband sie mit einem Stück rauen Hanftuchs. Das war alles.

Gan Zhong wusste, was er zu erwarten hatte, so wie alle anderen im Lazarettzelt. Höchstwahrscheinlich würde seine Wunde sich entzünden, zu einer fauligen, stinkenden Masse vereitern und sich durch seinen Körper fressen, bis sie ihm den Tod brachte. Ihm war furchtbar heiß, und in seinem linken Ohr hörte er den Galoppschlag von Pferden. Er merkte nicht, ob er schlief, aber wenn er erwachte, war das Galoppieren immer noch da, dröhnten Hufe auf marmorhartem Grund. Manchmal vernahm er sogar das Atmen der Pferde.

Einmal hörte er eine vertraute Stimme rufen: «Ich brauche diesen Mann! Ich brauche diesen Schreiber! Bringt ihn mir wieder auf die Beine!»

In eine Decke eingewickelt, lauschte Gan Zhong dem Stöhnen – entweder seinem eigenen oder dem anderer. Ich muss mich gedulden, sagte er sich, und ließ den Gelehrten wiedererstehen, der noch in ihm steckte. Er rief sich Passagen aus den Analekten und den Vier Kommentaren in Erinnerung. Ein alter Soldat hatte da vor drei Jahrhunderten etwas geschrieben:

All die kraftvollen Pferde,
Bögen mit Elfenbeinspitzen,
Köcher aus Hautfisch.

Er versuchte es noch einmal:

Köcher aus Fischhaut.

Und nach einer Weile spürte er, dass ihm der Schweiß übers Gesicht lief und seinen ganzen Leib badete.

Köcher aus Fischhaut.
Unsere Herzen pochen vor Kummer,
Niemand kennt unseren Schmerz.

Der General würde dafür nur Spott übrig haben. Er würde sagen: «Welchen Schmerz? Ihr wisst nicht, was richtige Schmerzen sind.»

Bruchstücke von Gedichten schwirrten durch Gan Zhongs Kopf. Sie kamen ihm vor wie Kugeln von Dorngestrüpp, die der Wind über die Steppe jagt. Hierhin und dahin, ineinander, auseinander, ohne Ziel.

Eine andere Stimme. Die von Ni Bingdi. «Morgen breche ich auf, alter Freund. Das Fieber hat seinen Höhepunkt überschritten, es wird also besser gehen mit Euch. Hört Ihr mich?»

Gan Zhong überlegte, ob er seinem Freund diese Zeilen aufsagen solle:

Jetzt errichte ich ein Brautgemach mitten im Wasser.
Füge das Dach aus Lotosblättern.

«Versucht Ihr, mir etwas zu sagen? Jedenfalls sehe ich, dass Ihr die Lippen bewegt. Das ist gut, sehr gut.»

Sein Freund sagte noch einiges mehr, aber das konnte Gan Zhong nicht verstehen, weil Youning bei ihm war. So wie die Wolkenschatten über die Steppe huschten, fiel jetzt ein Schatten über ihre Züge und ließ sie wie aus brauner Erde geformt erscheinen, nicht wie aus Fleisch. Und die Kreatur, die neben ihm lag, hatte kein Gesicht. Er konnte sie nicht sehen, konnte im Geist nicht die Umrisse ihrer Lippen nachzeichnen.

Als er erwachte, wurde sein Kopf etwas klarer. Und nachdem er mehrmals erwacht war, hatte sich sein Bewusstsein so weit erholt, dass er sich schon fast ein ganzes Gedicht ins Gedächtnis zurückrufen konnte:

Der Singmädchen Schönheit schmeichelt dem Auge.
Wer ihnen zusieht, vergisst seinen Weg.
Gestimmt sind die Saiten der Zither, eine Trommel dröhnt
  Antwort der anderen,
Die Glocken werden geschlagen, bis ihr Ständer erzittert.
Ich spanne den Bogen und schieß auf den Himmlischen Wolf,
Mit dem Bogen in Händen stürz ich ins Dunkle.
Im Finstern verloren beginnt meine Reise.

Ich bin in Finsternis verloren, sagte er sich. Muss ich die Reise antreten? Ich bin noch nicht fertig hier, noch nicht fertig. Ich werde die Reise nicht antreten.

Als man ihm meldete, der Zustand seines Schreibers sei weiterhin kritisch, fühlte sich General Meng derartig unangenehm berührt und geriet so sehr in Zorn, dass er den gefallenen Hauptmann des Trupps posthum zum gemeinen Soldaten degradierte.

23

Der Kaiser glaubte, dass der Herrscher über ein so gewaltiges und blühendes Land das ewige Leben besitzen sollte. Wie er zu seinen Ministern sagte: «Wenn ihr alle tot seid, muss ich immer noch leben. Das ist notwendig. Ich habe Gedanken . . .», er tippte sich an die Stirn, «die heraus müssen. Ich weigere mich, als der Mann, der die Große Mauer gebaut hat, in der Erinnerung fortzuleben. Ich werde mehr tun, ich werde etwas noch viel Größeres schaffen. Infolgedessen darf ich nicht sterben, und es ist eure Pflicht so wie die Pflicht eines jeden in diesem Reich, dafür zu sorgen, dass ich weiterlebe.»

Um diesen Glauben an seine eigene Unsterblichkeit Wirklichkeit werden zu lassen, umgab er sich mit Magiern, Schamanen, die *wu* genannt wurden. Über Jahrhunderte hinweg hatte ihre Magie das Los der Bauern erleichtert, indem sie bösartige Geister beschwichtigten und gute Geister heraufbeschworen. Das taten die *wu* vorwiegend, indem sie Kontakt zur Geisterwelt aufnahmen und als Mittler zwischen den Lebenden und den Toten auftraten. Einige von ihnen waren Heiler und stiegen auf spirituellem Wege in die Unterwelt hinab, um die Mächte des Todes zu versöhnen. Sie waren auf Trancetänze und hypnotisches Trommeln spezialisiert.

«Sagt mir, was ich tun soll», pflegte der Einzige Erste sie anzuflehen, wobei er buchstäblich die Hände rang. «Ich muss leben um des Wohles aller Lebenden willen. Ich habe in meinem Kopf Ideen, die nicht vergeudet werden dürfen. Was muss ich tun? Sagt es mir!»

Es war typisch für die Schamanen, dass sie ihm oft den Rat gaben, auf der Suche nach «Todlosigkeit» auf Reisen zu gehen. Und so war er mit einem gewaltigen Gefolge im Schlepptau durch die östlichen Landesteile gezogen und hatte Bergen, Flüssen und den Acht Geistern geopfert, aber bisher war alles vergeblich gewesen. Der Schatten der Sterblichkeit fiel noch immer über seine Schultern.

Der Einzige Erste wurde es nie müde, Geschichten von Mächten zu hören, die so übertrieben waren, dass selbst die Schamanen oft nur Verachtung dafür übrig hatten. Ein Adept stellte einmal ein Schwert zur Schau, von dem er behauptete, es sei so unbestechlich und dauerhaft wie der Himmel. Wenn er es hinter einen Vorhang lege, so erklärte er, höre er es sprechen.

«Ich höre aber nichts», beklagte sich der Kaiser.

«Das Todlose Schwert spricht nur zu mir, aber es spricht von Euch, Majestät.»

«Was sagt es denn?»

«Dass Ihr für immer leben werdet, Hochgeschätzter.»

«Für immer?»

«Bis zum Ende der Zeit und über das Ende der Zeit hinaus.«

Das befriedigte den Kaiser, der den Schamanen mit kostbaren Geschenken und langen, mehrfach aufgewickelten Schnüren Münzen belohnte.

Ein Schamane aus Qi ermunterte ihn, ein Gebräu aus gemahlenem Stein zu versuchen, das mit Essig, Quecksilber und Zinnober versetzt war. Er rührte die Mixtur, die in einem Eisentopf erhitzt worden war, und bot sie Seiner Majestät dar. Der Kaiser roch daran und begann zu husten.

Der Schamane, ein gebrechlicher Mann, der eine gestreifte und mit himmlischen Zeichen bemalte Robe trug, garantierte, dass das Rezept, solange die Erde existierte, Unsterblichkeit gewährleiste.

«Wie ist das möglich?» Der Kaiser schrak zurück. Seine Augen wurden schmal, und Zuschauer, die ihn kannten, sahen darin ein Unheil verkündendes Zeichen. «Solange die Erde existiert.»

«Jawohl, Göttlicher.»

«Und was ist, wenn die Erde morgen zerstört würde? Würde mein Geist dann trotzdem weiterleben?»

Der Schamane, der sich der korrekten Antwort nicht ganz sicher war, zögerte.

Die schmalen Augen wurden noch schmaler. Das ewige Lächeln verblasste. Der Einzige Erste wandte sich an einen Gehilfen. «Schafft diesen Narren weg.»

«Göttlicher!», rief der kleine Schamane, als er ergriffen wurde.

«Schlitzt ihm den Bauch auf. Solange die Erde existiert?» Der Einzige Erste lächelte wieder, aber diesmal war es das starre, kleine Lächeln offenen Trotzes. «Länger!»

Der Argwohn des Kaisers gegenüber Elixieren tat seiner Leidenschaft für die Hexerei keinen Abbruch. In den Korridoren des Palastes sprossen Schamanen wie Pilze empor. Die Meister verstanden sich meisterlich auf Schmeichelei und eigennützige Prophezeiungen – das zumindest war Laos Wens unausgesprochene Ansicht. Sie bestanden darauf, dass der Kaiser sich in aller Heimlichkeit von einem Ort zum anderen bewegte, um auf diese Weise bösen Geistern auszuweichen. Sie nutzten sein argwöhnisches Wesen aus und brachten es auf diese Weise fertig, ihn von seinem Hofstaat abzuschneiden; einzige Ausnahmen waren Li Si und einige andere Ratgeber wie Lao Wen, die sich jeglichen Kommentars über die Magier enthielten und darauf warteten, dass sie einen schicksalsträchtigen Fehler begingen.

Dann kam eines Tages Meister Lu des Weges, ein dicker, schwitzender Bursche von unbekannter Herkunft, der lange, weitschweifige, unlogische Monologe hielt und dabei, wie es schien, niemals Atem schöpfte. In Begleitung von drei anderen Zauberern und bezahlt von Zehntausend Jahre, hatte er eine Reise unternommen, um nach Zaubertränken zu suchen. Später kehrte Lu dann wie jeder andere Adept, der eine solche Fahrt unternommen hatte, mit leeren Händen zurück.

Der kaiserlichen Gunst beraubt, tat er etwas so Unerklärliches, dass die Leute sich fragten, ob er und ein zweiter Geisterbeschwörer vollkommen den Verstand verloren hätten. Sie hielten ein öffentliches Gespräch ab, in dem sie beide den Sohn des Himmels kritisierten. In einem Tempelhof und vor Zeugen nannten sie den Kaiser «halsstarrig, eigensinnig und eitel». Mit einem Eifer, den man sich gewöhnlich für die Lobpreisung eines Vorgesetzten vorbehielt, erklärte Meister Lu zornig: «Dieser grausame Herrscher ergötzt sich daran, Menschen zu töten, die nicht mit ihm und seinen Ideen übereinstimmen, ganz gleich, worin diese bestehen und wann er sie äußert! Schamanen können den Himmel deuten, das stimmt, aber sie haben Angst, es für einen so bösartigen und jähzornigen Menschen zu tun. Also erklären wir für jetzt und immerdar unsere Suche nach todverhindernden Kräutern für den Kaiser für beendet.»

Durchaus folgerichtig ergriffen Meister Lu und sein Gefährte daraufhin die Flucht. Und durchaus vorhersehbar erzürnte ihr Verhalten den Kaiser, dessen Kiefer sich merklich spannte, als er die Nachricht erhielt (Lao Wen, dessen Kiefer auf Ärger oder Furcht genauso reagierte, beobachtete es).

Wenn Lao Wen weitere Beweise dafür benötigte, dass Shi Huang Di und Kanzler Li Si sich meisterlich auf die Kunst der Verschlagenheit verstanden, so fand er diesen Beweis in dem, was sie als Nächstes taten.

Als Erstes bezichtigte der Kaiser Meister Lu vor einem großen Publikum der Anzettelung einer Revolte, indem er Gelehrte dazu ermuntert hatte, Bücher zu verstecken und damit dem kaiserlichen Edikt zu trotzen. Das berühmte kaiserliche Lächeln verschwand, ein Umstand, der viele der Zuhörer in Angst und Schrecken versetzte.

«Die Bücher wurden verbrannt, um das Reich zu schützen», sagte Li Si, der als Sprecher für Seine Majestät fortfuhr. «Doch einige Männer wie Meister Lu lassen nicht von ihrem Versuch ab, das Gesetz umzustürzen, indem sie Bücher verteidigen, die die Vergangenheit rühmen. Meister Lu und seine gelehrten Freunde sind Verräter und wegen ihrer verführerischen Lehren umso gefährlicher.»

«Hört mich an», unterbrach ihn der Kaiser. «Ich arbeite, wenn andere Männer schlafen. Ich sehe hinter geschlossenen Augen so viele wunderbare Dinge», erklärte er mit seiner hohen, nervösen und doch befehlsgewohnten Stimme. «Ich sehe uns alle in einem Traum von Schönheit leben, aber damit dieser Traum Wirklichkeit wird, sind bestimmte Dinge notwendig. Ich muss leben. Ihr müsst gehorchen. Wir müssen einem gemeinsamen Ziel folgen. Die sich davonstehlen, müssen ergriffen und auf einem Fels zerschmettert werden.»

Lao Wen war verwirrt. Er hatte einmal gesehen, wie Meister Lu eine Schreibtafel beiseite schob, die jemand ihm zur Begutachtung gereicht hatte. «Ich lese nie, und ich habe nie gelesen», sagte der Schamane hochmütig. «Bücher sind böse Zauber, die böse Menschen für eigennützige Zwecke benutzt haben.» Wie konnte ein Mann, der solchen Unsinn verbreitete, eine Revolte von Gelehrten anzetteln?

Als der Großkanzler Lao Wen zu sich rief, wurden die Hintergründe des Ganzen klar.

Ihre Begegnung fand in einer Ritualhalle statt. Beide trugen sie Amtsroben, und ihre offiziellen Siegel baumelten von ihren breiten Gürteln herab. Lao Wen hatte einen Fächer aus zwanzig Hornstreifen; Li Si hielt einen zeremoniellen Fliegenwedel in der Hand. Auf Lao Wens lackierter Frisur thronte ein spitz zulaufender, grüner Hut, dessen blaue Quasten beim Gehen hin und her schwangen. Der Hut war ein neues Ehrenzeichen, das seinen Rang kundtat. Lao Wen, der sich ein Leben lang insgeheim dünn und unterentwickelt vorgekommen war, fand, dass er recht beeindruckend aussah. Er verglich sich – und fand, dass der Vergleich zu seinen Gunsten ausfiel – mit dem Kanzler, dessen geschmeidiger Falknerkörper weich und fett geworden war.

Palastarbeiter, die für einen bevorstehenden Ritus Blumen arrangierten und Musikinstrumente zurechtlegten, gingen kreuz und quer durch die Halle. Lao Wen kannte Li Sis Vorliebe für belebte Orte, wenn er wichtige Dinge zu besprechen hatte. Eines Abends, nachdem er zu viel getrunken hatte, hatte der Kanzler ihm anvertraut, warum er das tat. «Ihr dürft niemals allein mit jemandem in einem stillen Raum reden. Das führt zum Nachdenken. Geht dorthin, wo die Öffentlichkeit ist, wo Lärm und Verwirrung herrschen. Das bricht die Konzentration Eures Zuhörers. Warum sollt Ihr das wünschen? Damit er hört, was Ihr ihm zu sagen habt, ohne Zeit zu haben, allzu genau darüber nachzudenken.» Li Si hatte trunken aufgelacht. «Zieht ihn in eine Ecke und lasst ihn das Treiben der Menschen beobachten, während Ihr sein Leben verändert oder es ihm ohne sein Wissen nehmt.»

Diesmal führte er Lao Wen hinter einen Wandschirm, wo sie sprechen konnten, ohne belauscht zu werden.

«Wir stehen an der Schwelle einer neuen Welt», sagte der Kanzler mit leiser, erregter Stimme. «Meister Lu hat uns den Vorwand geliefert, uns unserer Feinde zu entledigen.» Dann gab er Lao Wen den Auftrag, eine umfassende Liste aller Gelehrten zu erstellen, die sich in der Hauptstadt aufhielten. Die Namen sollten in schwarzen und roten Kolonnen aufgeführt werden: Die «guten» Gelehrten sollten (zu Ehren des Wassers) schwarz geschrieben werden und die «schlechten» rot.

Als der Kanzler innehielt, um auf eine Reaktion zu warten, fragte Lao Wen furchtsam: «Wie soll ermittelt werden, wer gut ist und wer schlecht ist?»

Einen Augenblick lang spiegelte sich in Li Sis Gesicht Ungeduld und Verstimmung. «Wenn Ihr einen Konfuzianer und einen Legalisten vor Euch stehen hättet, welchen von beiden würdet Ihr zum Essen einladen?»

«Ich verstehe, Exzellenz.» Lao Wen schämte sich seiner mangelnden Einsicht; seine Torheit hatte seinen Vorgesetzten verleitet, sich der Art von Beispiel zu bedienen, wie man sie sich gewöhnlich für die Unterweisung eines Kindes vorbehielt.

Li Si hatte sich zu dem Wandschirm umgedreht und betrachtete aufmerksam eine seiner Goldmalereien. Das Bild zeigte das mythische Tier Mo, eine gefräßige, grimmig dreinblickende Katze, die angeblich böse Träume fraß. «Bevor dies hier vorüber ist, wird Mo noch viel zu tun bekommen», meinte der Kanzler.

Lao Wen traute sich nicht nachzufragen, was es mit dieser kryptischen Bemerkung auf sich habe; er hatte seinem Ruf bereits genug Schaden zugefügt.

In der Halle erprobte nun jemand die großen, steinernen Glockenspiele; es war ein dröhnender Klang, der einige Schwalben aus ihren verborgenen Nestern im Dachgesims aufscheuchte.

«Habt Ihr endlich verstanden, Lao Wen? Wissen kann etwas Furchtbares sein, wenn man es gegen Euch verwendet. Wenn man es gegen uns verwendet, wird die neue Welt niemals unser.»

Jemand zupfte auf einer Gitarre. Als könne sie der Gelegenheit zu einem Duett nicht widerstehen, sandte eine Flöte ihr Trällern in die Luft, die mittlerweile schwer und süß von dem Weihrauch war, den man in einem großen Rauchfass verbrannte.

«Meister Lu hat seine Belesenheit vor allen verborgen», begann Lao Wen langsam, als rezitiere er einen Klassiker, «abgesehen von den Gelehrten, die ihm folgten. Aber er konnte sie nicht lange vor dem Kaiser geheim halten. Aufgrund seiner übermenschlichen Weisheit hat unser Erhabener Herrscher den Verrat entdeckt.

Jetzt ist es unsere Pflicht, das Reich vor den Folgen einer solchen Verschwörung zu schützen. Wir sollten den Gelehrten den Krieg erklären.» Er schüttelte den Kopf und verbesserte sich: «Den schlechten Gelehrten. Den konfuzianischen Gelehrten.»

Endlich lächelte der Kanzler wieder. Er streckte die Hand aus, um die goldene Oberfläche von Mos wildem Katzengesicht zu berühren. «Gut, Lao Wen. Jetzt versteht Ihr also.»

Lao Wen hatte seine erste Konkubine von einem niederen Beamten gekauft, dem es mehr um politische Unterstützung als um Geld zu tun war. Die junge Frau war einigermaßen hübsch, aber vor allem war sie fügsam und gutmütig. Sie erbat kaum mehr als ein freundliches Wort, gutes Essen und eine ordentliche Unterkunft. Lao Wen hatte den Verdacht, dass zu viel gutes Essen sie am Ende zu einer Frau machen würde, deren Dummheit nur noch von ihrer Leibesfülle übertroffen wurde, aber für den Augenblick war sie recht reizvoll.

Er rief sie nach einem schwierigen Tag in sein Schlafgemach, um sich ein wenig Abwechslung zu gönnen. Nachdem er sie sehr schnell genommen hatte, forderte Lao Wen sie auf, ihm Wein einzuschenken. Es gefiel ihm, wenn eine Frau ihn hinterher bediente.

«Exzellenz», sagte das Mädchen, während es seinen Becher füllte. Die Vertraulichkeiten, die sie miteinander austauschten, änderten nichts an der Art, wie sie ihn ansprach, vielleicht weil Lao Wen formelle Konversation liebte. «Die Kleine ist krank.»

«Welche Kleine?»

«Eure kleine Tochter, Exzellenz. Sie ist den ganzen Tag glühend heiß gewesen. Und gestern auch schon.»

Lao Wen betrachtete das hübsche, rundliche Gesicht seiner Konkubine, den verschmierten Puder und den Hauch von Röte in ihren Wangen. «Verbringst du viel Zeit mit meiner Frau?»

Sie legte arglos den Kopf zur Seite und lächelte. «Manchmal.»

«Seid Ihr gute Freundinnen geworden?»

Das Mädchen nahm den Sarkasmus in seiner Stimme anscheinend nicht wahr, sondern antwortete freimütig: «Ich könnte niemals die Freundin einer so hoch gestellten Persönlichkeit wie Eurer Gemahlin sein, aber wir verbringen doch einige Zeit miteinander. Heute war ein Arzt da und ein Schamane auch, aber die arme Kleine ist immer noch schrecklich heiß.»

«Wenn ihr zusammen seid, du und meine Frau, redet ihr dann über mich?»

Der Gedanke entlockte dem Mädchen ein Lächeln. «Nein, Exzellenz.»

«Nun, stellt sie dir keine Fragen, was mich betrifft?», beharrte er.

«Niemals, Exzellenz.» Sie schenkte sich ebenfalls einen Becher Wein ein. Das Mädchen trinkt zu viel, dachte er.

«Na, komm schon, was will sie von dir über mich wissen? Will sie wissen, was wir beide miteinander tun, du und ich?»

Das Mädchen antwortete mit einer kleinen Grimasse. «Danach fragt sie nie.»

«Würdest du es ihr sagen, wenn sie fragte?»

«Aber Exzellenz, sie würde niemals fragen.»

Zuerst war Lao Wen sehr erfreut über Younings Gleichgültigkeit gegenüber seiner Konkubine. Das bedeutete, dass ihm die kleinen Zwistigkeiten erspart blieben, die man oft erlebte, wenn man sich eine neue Frau ins Haus holte. Aber nach einer Weile begann er sich über Younings Teilnahmslosigkeit zu ärgern. Ihre mangelnde Eifersucht machte ihn wütend. Nichts konnte ein Lächeln in ihre Züge bringen als dieses zerbrechliche kleine Kind, das nicht einmal ein Junge war. Lao Wen, der sich einen Sohn wünschte, den er seinen Ahnen präsentieren konnte, besuchte seine Gemahlin regelmäßig, auch wenn sie während dieser Begegnungen kaum ein Wort miteinander wechselten und Youning niemals den Eindruck erweckte, dass diese Begattungen ihr Vergnügen schenkten.

Ansonsten war Lao Wen stolz und glücklich. Er hatte sich seine Position selbst verdient, im Gegensatz zu den Beamten alter Zeiten, die aus den Windeln gleich in eine Staatsrobe stiegen. Er fuhr in einem Wagen mit einem Baldachin, von dem Seidenschleier flatterten. Er hatte Bronzeräder und wurde von zwei Läufern gezogen, die die Straße frei machten, indem sie seine

Amtsbanner hin und her schwenkten. Er war reich und wurde jedes Mal reicher, wenn sich eine neue Aufgabe für das Amt für die Schwarzköpfe ergab.

Das letzte Mal hatte das Schicksal es besonders gut mit ihm gemeint, als dreißigtausend Ladungen Sand und Schotter mit Ochsenkarren zu dem Bauplatz bei Ebang gebracht werden mussten. Das Schatzamt wollte tausend Münzen für jede Ladung zahlen, bis Lao Wen sich in das Gespräch einschaltete. Er und der Schatzmeister kamen überein, den Preis auf dreitausend Münzen festzulegen. Der Betrag sollte in drei Teile geteilt werden, einen für den privaten Frachtunternehmer, einen für den Schatzmeister und einen für den Präfekten des Amtes für die Schwarzköpfe.

Mit Hilfe von Bestechungsgeldern hatte Lao Wen seine Villa in großem Stil einrichten können, obwohl die Schönheit an sich kaum einen Reiz für ihn hatte. Ihn reizte nur die Wirkung, die sie bei anderen erzielte. Die Säulen des Hauses waren in dem Blaugrün bemalt, das hohen Rängen vorbehalten war, die Dachbalken mit Stein poliert und die hohen, verputzten Wände im Süden durch ein gewaltiges Tor unterbrochen.

Nun entließ Lao Wen seine Konkubine und lehnte sich in seine Kissen zurück, um in Ruhe und Frieden seinen Wein zu trinken und ein *yi*-Problem zu studieren, das auf einem Spielbrett an seinem Bett nachgestellt war. Der morgige Tag würde anstrengend werden, da er mit den Listen anfangen würde. Deren Bedeutung hatte der Kanzler klar herausgestrichen, und Lao Wen beschloss, den Mangel an Scharfsinn, den er heute zur Schau gestellt hatte, wieder wettzumachen.

Er ging im Geiste gerade noch einmal das Gespräch, das für ihn so unrühmlich verlaufen war, durch, als ein Diener in den Raum gestürzt kam. «Exzellenz, Eure kleine Tochter ist sehr krank!»

Lao Wen richtete sich auf. «Ich komme, sobald ich kann.» Er goss etwas Wasser aus einem Krug in eine goldene Schale und wusch sich energisch das Gesicht. Keine Spur von Puder, Kohlestift oder Rouge durfte ihn nach der Liebe über die Grenzen seines privaten Gemachs hinaus begleiten. Dies war eine Regel, die er aufs strengste befolgte. Schließlich zog er eine geplättete Robe und eine Nachtjacke mit einem breiten Gürtel über, strich die

Falten seines Gewands glatt und zog den hohen, steifen Kragen in die richtige Position. Dann setzte er sich den spitz zulaufenden grünen Hut mit den blauen Quasten auf. Selbst zu Hause pflegte er die Ehrenzeichen seines Amtes zu tragen.

Aber als er endlich in den gegenüberliegenden Flügel der Villa kam, informierte ihn eine Schar weinender Diener, die sich draußen vor dem Krankenzimmer zusammenkauerten, dass die kleine Fuzhen gerade eben gestorben sei.

«O Herr, o Herr», heulte Ying, die vertrauteste Dienerin seiner Frau und daher seine Gegnerin.

Lao Wen schob sich an ihr vorbei, trat durch die Tür und sah auf dem Bett das bleiche kleine Gesicht seiner Tochter mit offenem Mund und geschlossenen Augen. Seine Frau drückte dem Kind noch immer die Hand auf die magere Brust, als hoffe sie, das Leben wieder in den kleinen Körper hineinzwingen zu können.

Eine Sekunde lang begegneten sich ihre Blicke, aber dann wandte Youning sich ab und nahm das tote Kind in die Arme. Lao Wen spürte, dass sie sehr lange in dieser Position verharren würde. Es gab nichts, was er hätte tun können. Arme kleine Tochter, dachte er, während er in seine Gemächer zurückkehrte. Aber sie hatte von Anfang an kaum eine Chance gehabt, lange am Leben zu bleiben.

24

Lao Wen hatte mit großem Eifer seine Listen zusammengestellt und sogar eine noch feinere Einteilung in «schlecht» und «sehr schlecht» vorgenommen, sodass die Listen bereitlagen, als die Armee Hunderte von Konfuzianern zusammentrieb und zur Massenverhandlung brachte.

Das alles geschah mit der brutalen Direktheit, wie sie für die Herrschaft Shi Huang Dis typisch war.

Als die Verhandlungen begannen, wurden einige der Angeklagten kurzerhand entlassen, da sie Fürsprecher bei Hofe oder in der kaiserlichen Familie hatten. Aber jeder Gelehrte, auf den auch nur der Schatten eines Verdachts fiel, wurde der Aufwiegelung für schuldig befunden. Viele von ihnen klagten einander an und fielen ihren eigenen Machenschaften zum Opfer, indem sie ihre Kameraden anschwärzten. Ungefähr zweihundert der jüngeren und unwichtigeren Gelehrten wurden zur Mauer gebracht. Andere wurden zur Arbeit am neuen Palast des Kaisers in Ebang geschickt, und wieder andere sollten an der Erbauung des kaiserlichen Mausoleums vor den Toren von Xianyang mitwirken.

Vierhundertsechzig Männer der Kategorie «sehr schlecht» wurden zum Tode verurteilt.

Fu Su, der älteste Prinz und rechtmäßige Thronerbe, erklärte seinem Vater öffentlich, dass die Bestrafung so übertrieben sei, dass sie möglicherweise das Reich erschüttere. Erzürnt über eine solche Unverschämtheit gegenüber dem eigenen Vater, verbannte der Einzige Erste seinen Lieblingssohn. Fu Su wurde fortgeschickt, um General Meng bei der Großen Mauer zur Hand zu gehen.

Damit war dem Verlangen des Kaisers nach Vergeltung gegen jene, die sein Urteil hinterfragten, noch nicht Genüge getan.

Nachdem er seine Minister und andere Beamte um sich geschart hatte, sagte Zehntausend Jahre: «Ich war nie ein Kind, wie Ihr es wart. Ich habe niemals diesen Luxus genossen. Ich war ein Monarch, bevor ich eine Frau nehmen konnte. Der Himmel flüsterte mir ins Ohr, wie ich zu herrschen hätte. Es wurde mir erklärt, dass nichts von Bedeutung ist als Erfolg, denn Erfolg schenkt Freude. In dem Streben nach Erfolg tue ich, was ich tun muss. Einige Männer haben versucht, meinen Erfolg zu untergraben. Sie haben das Denken meines Sohns verdorben. Sie haben den Ruf meiner Minister besudelt. Infolgedessen verdienen sie die härteste Bestrafung. Ich verfüge hiermit, dass einer von jeweils zehn verurteilten Gelehrten bei lebendigem Leibe begraben werden soll; die übrigen werden enthauptet oder auf andere Weise hingerichtet.»

An diesem Abend wurde ein ausgelassenes Fest für einige wenige ausgewählte Minister gegeben. Während die anderen Gäste zechten, nahm der Kanzler Lao Wen beiseite. «Lasst uns fischen gehen», sagte er. Das war seine Art auszudrücken, dass sie ein Gespräch unter vier Augen führen mussten. Sie gingen draußen zwischen einer Reihe von Laternen hindurch zu einem Teich. Seine Oberfläche glitzerte im Schein der Kerzen. «Was haltet Ihr von dem Erlass des Kaisers?»

«Er war gerecht, obwohl es ihm vielleicht schwer gefallen ist, dieses Urteil zu fällen», antwortete Lao Wen vorsichtig.

«Schwer gefallen? Es war geradezu verwegen! Kein gewöhnlicher Geist hätte so etwas ersinnen können. Die meisten Herrscher hätten vielleicht alle vierhundertsechzig enthaupten oder sie alle bei lebendigem Leibe begraben lassen. Aber zwei Gruppen auf verschiedene Weise hinzurichten – der Himmel wird voller Überraschung und Bewunderung auf ihn herabblicken. Und Ihr, Lao Wen, seid jetzt ein Teil dieses Erlasses.»

Lao Wen versuchte zu lächeln.

«O ja. Ihr werdet die Ehre haben, die sechsundvierzig Männer auszuwählen, die lebendig begraben werden sollen.»

Lao Wen hätte beinahe gefragt, wie er eine solche Entscheidung treffen müsse, aber das hätte ihm nur eine missbilligende Grimasse oder eine schneidende Bemerkung von dem Kanzler eingetragen. Daher verbeugte er sich lediglich und sagte: «Ich fühle mich geehrt.»

Als Lao Wen am nächsten Tag in seiner Amtsstube im Palast saß, fragte er sich, wie er das Problem angehen solle. Zuerst dachte er über die verschiedenen Methoden der Hinrichtung nach. Den meisten Sträflingen würde man den Bauch aufschlitzen oder man würde sie enthaupten. Deutlich weniger Männer sollten lebendig begraben werden. Diese Methode schien schlimmer, da der Betreffende länger brauchte, um zu sterben. Andererseits würde der Körper nicht verstümmelt und entehrt sein, wenn die Ahnen ihn auf der anderen Seite wieder sahen. Alles in allem würde er selbst jedoch das Messer der Vorstellung vorziehen, dass ihm Erde Mund und Nase verstopfte. Wie sollte er die sechsundvierzig Männer auswählen, denen ein langer und furchtbarer Erstickungstod unter der Erde zuteil werden sollte? Wieder einmal hatte der Kanzler ihn vor eine knifflige Aufgabe gestellt. Außerdem konnte er diese Gelegenheit nicht benutzen, um sich zu bereichern, obwohl die Verurteilten gewiss alles geben würden, um einem solchen Schicksal zu entrinnen. Er konnte es sich jedoch nicht leisten, Bestechungsgelder anzunehmen. Da der Kaiser an dieser Angelegenheit persönlich interessiert war, gab es gewiss Spione, die alles genau im Auge behielten. Er konnte also lediglich die Liste durchgehen und nach Männern Ausschau halten, die ihm zu einem späteren Zeitpunkt vielleicht eine Gefälligkeit erweisen konnten; diese Männer wollte er auslassen. Nachdem Lao Wen die Liste solchermaßen zurechtgestutzt hatte, blieben ihm immer noch ungefähr dreihundert Namen übrig. Einige Nächte lang hielt er sich von seiner Konkubine und den Singmädchen fern und brütete fast bis zum Morgengrauen über seiner Arbeit. Zu guter Letzt kam er zu dem Schluss, dass die Auswahl jemand anderes treffen müsse, damit kein direkter Tadel auf ihn fiele.

Also rief er einen Schamanen zu sich, der im Ruf stand, zwielichtige Aufträge zu übernehmen. Er erklärte ihm in Kürze die Notwendigkeit, aus dreihundert Männern sechsundvierzig auszuwählen. «Ich möchte», sagte er, «dass die Auswahl aufgrund des Buchs der Wandlungen getroffen wird.»

«Wonach soll ich denn Ausschau halten?», fragte der Schamane, ein kleiner Mann, der es sorgsam vermied, Lao Wen auch nur ein einziges Mal in die Augen zu sehen. «Welche Eigenschaften müssen diese Männer aufweisen?»

Lao Wen zuckte die Achseln. «Haltet Ausschau, wonach Ihr wollt, solange Ihr es nur vor allen anderen Menschen geheim haltet.»

«Auch vor Euch?»

«Selbstverständlich. Sonst wäre es kein Geheimnis. Nur Ihr allein dürft die Auswahlmethode kennen.» Als das letzte Mal für Lao Wens eigene Zukunft die Schafgarbenstängel geworfen worden waren, hatten die Hexagramme eine Beförderung vorausgesagt, aber bisher war die Prophezeiung noch nicht eingetreten. «Werft das Orakel und ...» Er breitete ungeduldig die Hände aus. «Mir ist es egal, wie Ihr zu den Namen kommt, nur macht schnell.»

Der Schamane, ein Mann, der in Religion und Politik durchaus erfahren war, war noch nicht zufrieden. «Wird es mir Ärger machen? Schließlich reden wir über eine sehr unangenehme Todesart für eine große Zahl wichtiger Leute. Werden ihre Familien mir Schwierigkeiten machen?»

«Wer würde es wagen, den gefürchtetsten Mann auf Erden, Unseren Erhabenen Herrscher, zu beleidigen?» Lao Wen ließ das Entsetzen über einen solchen Fehltritt seine Wirkung tun, bevor er weitersprach. «Eure Mitwirkung wird dem Kaiser gewiss gefallen. Ich kenne ihn gut», behauptete Lao Wen kühn. «Niemand verlässt sich mehr als er auf Zaubersprüche und Orakel.»

Der Schamane nickte. «Ich bin bei Hof gewesen. Es ist wahr», gab er zu. «Ich habe es gesehen.»

«Er wird Euch vielleicht sogar belohnen. Mit meiner Empfehlung wird er es zweifellos tun.»

«Gebt mir die Liste», sagte der Schamane und streckte die Hand aus.

«Vergesst nicht. Ihr müsst Eure Methode geheim halten. Wenn sie ihre Rätselhaftigkeit verliert, werde ich dafür sorgen, dass Ihr Euren Kopf verliert.»

Auf diese Weise bekam Lao Wen im Handumdrehen die Namen der sechsundvierzig Männer. Er zweifelte nicht daran, dass der Schamane nur wenig Mühe darauf verwandt hatte, die Schafgarbenstängel zu werfen und Deutungen zu suchen, anhand deren er moralische Entscheidungen treffen konnte. Möglich, dass er lediglich jeden sechsten Namen gewählt hatte und dann noch ein paar zusätzlich. Lao Wen beschloss, diese Theorie nicht zu überprüfen.

Beeindruckt von der Tüchtigkeit seines Schützlings, schickte der Kanzler Lao Wen ein Geschenk: ein Dutzend Goldplatten, auf denen beidseitig mythische Tiere eingraviert waren. Eine dieser Platten gab Lao Wen dem begeisterten Schamanen, dem gesagt wurde, dass dies ein Ausdruck kaiserlicher Gunst sei. Lao Wen war ungemein zufrieden mit dem Ausgang der ganzen Angelegenheit.

Aufgrund seiner maßgeblichen Rolle bei alledem zwang der Großkanzler Lao Wen, sämtlichen vierhundertsechzig Hinrichtungen beizuwohnen. Lao Wen fand die Erfahrung niederschmetternd und hatte das Gefühl, dass Li Si ihn, indem er auf seiner Anwesenheit bestand, ungerecht behandelt habe. «Es ist von entscheidender Bedeutung, dass Ihr dort seid», erklärte Li Si mit Überzeugung. «Ihr repräsentiert die kaiserliche Gerechtigkeit.» Männer mit Prinzipien verursachten Lao Wens Meinung nach mehr Schwierigkeiten als Egoisten, die, indem sie ihre eigenen Interessen wahrten, häufig anderen halfen, ohne es eigentlich zu wollen.

Die Hinrichtungen, die einen Zeitraum von einem Monat beanspruchten, erwiesen sich als schmutzig und lärmig und brachten unangenehme Überraschungen mit sich – wie zum Beispiel die Ehefrau, die sich die Kehle aufschlitzte, bevor ein Soldat ihrem Mann die Kehle aufschlitzen konnte. Die Notwendigkeit, sechsundvierzig Männer lebendig zu begraben, raubte Lao Wen drei Nächte hintereinander den Schlaf, auch wenn er keinen Zweifel daran hegte, dass die Verurteilungen gerechtfertigt waren. Wie er einmal mit einem selbstgerechten Seufzer einigen Kollegen gegenüber bemerkte: «Es gibt nichts wie uns, nichts wie unser großes Reich. Schneefall im Sommer, braune Ratten, die tanzen, ein Kalb, das mit zwei Köpfen geboren wird. Jeden Tag erleben wir außergewöhnliche Dinge. Zu unserem Glück weiß Unsere Majestät, wie mit ihnen umzugehen ist.»

Anfangs hatte Lao Wen in seiner Arbeit für das Amt für die Schwarzköpfe nicht mehr gesehen als eine Möglichkeit, seine Karriere voranzutreiben, aber mit der Zeit begann er die subtile Ratio, die der Regierungsweise Qins zugrunde lag, zu schätzen. Er konnte sehen, dass der Kaiser und der Großkanzler rigoros den Lehren Han Fei Zis folgten. Der Philosoph, den Li Si vor so vielen Jahren ins Gefängnis gebracht und vergiftet hatte, war jetzt die treibende Kraft hinter beinahe allen kaiserlichen Entscheidungen. Seine Antwort auf das Problem des Müßiggangs in Zeiten des Friedens war schonungslos und simpel: Seht zu, dass die Menschen beschäftigt, dumm und arm bleiben. «Sie werden unbrauchbar», hatte Han Fei Zi einst gesagt, «wenn sie feststellen, dass die Gelehrten für ihre Dienste in der Regierung geehrt werden und die Kaufleute reich werden, indem sie sich selbst dienen.

Werdet als Erstes die Gelehrten los. Dann beseitigt den Handel. Er sollte durch die Erhebung hoher Zölle und Steuern erschwert werden. Lasst die Händler für Luxus wie Wein und Fleisch teuer bezahlen. Kettet die Menschen an das Land. Lasst sie nicht umherziehen. Wenn sie nicht kämpfen, sollen sie Straßen bauen oder Äcker pflügen.»

Der Kaiser folgte nicht nur dem Geist solch harter Prinzipien, sondern führte nach und nach jedes, aber auch jedes Detail von Han Fei Zis unduldsamer Philosophie durch. Und Lao Wen kannte den Grund dafür. Han Fei Zi zufolge sollte der Seelenfrieden des Herrschers das Ziel eines jeden seiner Untertanen sein. Die Bürger mussten ihr Glück in seinem finden. Natürlich glaubte niemand wirklich daran. Li Si jedenfalls glaubte es gewiss nicht. Li Si glaubte, dass hinter dem gewaltigen Egoismus des Kaisers das Herz und die Seele eines gottgleichen Mannes schlummerten, der sein Volk liebte und beschützte. Bei Audienzen hatte Lao Wen auf den Gesichtern hart gesottener Höflinge tiefe Bewunderung gesehen, und dies waren Männer, die ebenfalls glaubten, dass sich hinter jeder Niedertracht des Kaisers letzten Endes sein Bestreben verbarg, für andere zu sorgen und nicht wirklich für sich selbst. Aber Lao Wen wusste es besser. Ihm war klar, dass, wenn Shi Huang Dis Herz Schicht um Schicht bloßgelegt würde, in seinem Kern ein Stein erschiene.

Eine weitere Aufgabe, die dem Präfekten zugewiesen wurde, hatte ebenfalls mit dem Tod zu tun, nur dass es diesmal um den Tod des Kaisers ging. Es war Lao Wens Pflicht, halbjährliche Inspektionen des riesigen Mausoleums vorzunehmen, das für die sterblichen Überreste Shi Huang Dis bestimmt war. Der Kaiser ließ nun seit vielen Jahren seine Gruft am Berg Li erbauen, und das, obwohl er glaubte, dass ihm auf Erden gewiss ewiges Leben beschieden sei.

Der Bauplatz war von Zauberern ausgewählt worden, die «Wind und Wasser» studierten, die Kunst also, die Geheimnisse der Erde aufzuspüren. Im Norden floss der Wei, im Süden lag das Rappengebirge. Granitstatuen, die Wächtertiere darstellten, standen hinter einer Steinmauer, die den spitz zulaufenden Grabhügel umschloss. Hinter der Mauer lagen Gärten, Wachtürme und Hallen, in denen Priester Rituale vollziehen konnten, nachdem das Grab seiner Benutzung zugeführt worden war. Nichts von alledem wurde dem Kaiser mitgeteilt, der es den Menschen untersagte, in seiner Gegenwart davon zu sprechen, obwohl annähernd dreihunderttausend Zwangsarbeiter an dem Grabmal bauten, seit er kaum mehr als ein Junge gewesen war. Shi Huang Di wollte ein Grab, obwohl ihn der Gedanke entsetzte, dass es ihm nicht gelingen könnte, ewig zu leben. Er wollte, dass dieser Bau ausgeführt wurde, wollte ihm aber niemals in die Nähe kommen, geschweige denn seine düsteren Tiefen betreten.

Als Lao Wen von einer Gruppe kriecherischer Wächter in das Mausoleum geführt wurde, ließ er sich von ihnen wie gewöhnlich erklären, was er bereits wusste: dass das Grab wie ein Palast gebaut sei, mit einem Vorhof, Gemächern und Vorratsräumen, gefolgt von einem größeren Gemach, das als offizielle Empfangshalle dienen konnte. Dahinter lagen weitere Gemächer, und in dem nördlichsten Raum stand der Sarg. Der unterirdische Palast enthielt eine Reliefkarte aus Bronze, die das ganze Reich abbildete mitsamt Bergen und Flüssen und Tälern. Der Lange Strom (Yangzi) und der Gelbe Fluss wurden von zehn Fuß tiefen Rinnen dargestellt, die man mit Quecksilber füllen und mit Modellen von Städten und Palästen ergänzen würde. Eine polierte Kupferkugel war mit Perlen besetzt worden, die die Sterne symbolisieren sollten.

Lao Wen hörte zu und machte ein höfliches Gesicht, wartete im Grunde aber nur auf den Teil der Besichtigung, der ihn jedes Mal erregte. Endlich brachten seine redseligen Führer ihn durch einen unterirdischen Korridor in eine riesige Halle mit einem Holzdach, und im flackernden Fackellicht fand er sich Auge in Auge mit einer Armee wieder. Hunderte von Tonsoldaten standen, immer vier nebeneinander, mit Bronzewaffen in ihren kalten Fäusten da. Bogenschützen knieten auf dem Boden, Infanteriesoldaten hatten sich zum Nahkampf bereitgemacht, Wagenlenker zügelten ihre Rosse. Ein Maler trug auf die Innenseite der geblähten Nüstern eines der schwarzen Pferde einen Hauch von Rot auf. Das helle Fackellicht ließ die Bataillone in vielen Farben erstrahlen: grüne Umhänge, blaue Hosen, orangefarbene Knöpfe. Einige Bildhauer waren damit beschäftigt, der Armee weitere Soldaten hinzuzufügen. Eine Gruppe schichtete Ringe von feuchtem Ton aufeinander, aus denen der hohle Torso entstehen würde. Andere brachten Arme, Beine und Köpfe an den Rümpfen an. Ein meisterhafter Bildhauer schnitt sorgfältig eine Plattenrüstung in eine weiche, tönerne Uniform ein.

Einer der Führer blickte lächelnd in Lao Wens hageres Gesicht auf. Er schwenkte eine Fackel hin und her und rief: «Und nicht zwei Gesichter sind gleich, Exzellenz! Hunderte, Tausende, aber keiner ist wie der andere. Nun, die Helme sind natürlich bei allen die gleichen. Aber seht nur, die Bärte sind nicht gleich gestutzt, und das Haar ist immer ein wenig anders gelegt, und an ihren Gesichtern könnt Ihr sehen, dass jeder Mann seine eigenen Gedanken hat.»

Als Lao Wen das Mausoleum verließ, nahm er einen alten Tagtraum mit sich, der so kostbar und gleichzeitig so gefährlich war, dass er ihn niemals einer Menschenseele hätte mitteilen können. Er sah sich selbst als Kaiser von China, der jüngst verstorben war. Man trug ihn «in das Herz der Herzen» der Gruft. Der innerste Holzsarg, in dem er, Lao Wen, ruhte, war, von drei äußeren Särgen umschlossen, in eine tiefe Grube hinabgelassen worden. Jeder, der sich seinem Ruheplatz näherte, würde über eine dünne Schnur stolpern, die mit strategisch platzierten Armbrüsten verbunden war. Ein solcher Eindringling würde sich einem tödlichen Hagel von Bolzen ausgesetzt sehen. Er, Lao Wen, war sicher für alle Ewigkeit. Seine Leiche war bekleidet mit einem Gewand aus Leben spendender Jade, aus Hunderten rechteckigen Plättchen, mit Seidenfäden zusammengenäht. Davon umfangen, würde sein Leib niemals verfaulen. Zumindest glaubte das der Kaiser – aber was glaubte er, Lao Wen, der gleichermaßen in Jade gebettet lag? Es war wohl möglich, dass ein solcher Schutz die Seele dazu bringen konnte, lieber zu bleiben, wo sie war, als ziellos umherzuschweifen. Wenn er es sich gestattete, in diesen geheimen Tagtraum einzutauchen, schwelgte er in den Einzelheiten. Das *gui*-Jadeplättchen würde auf seine linke Seite gelegt werden, das tigerförmige *hu* auf seine rechte, das *zheng* zu seinem

Haupt, das halbmondförmige *huang* zu seinen Füßen, das runde *bi* unter seinen Rücken und das röhrenförmige *cong* auf seinen Bauch. Kein wie auch immer gearteter Dämon sollte noch an diesen Jadesteinen vorbeikommen können. Der erregende Gedanke an eine solche Bestattung ließ Lao Wen jedes Mal in Schweiß ausbrechen, bis Gesicht und Brust völlig durchnässt waren. Wie viele Menschen im Reich wussten, dass es dieses Kleid der Unsterblichkeit gab? Nicht genug, um damit ein Flussboot zu füllen.

Manchmal verspürte er den Drang, jemandem davon zu erzählen, und dieser Jemand war stets seine verdrossene und feindselige Gemahlin. Was war der Grund für diese sinnlose Regung – sein Verlangen, sie zu beeindrucken oder sie zu ängstigen? Wie auch immer, sie würde ein solches Wissen gegen ihn verwenden. Seit dem Tod dieses kleinen Mädchens war sie ihm aus dem Weg gegangen, genauso wie er ihr aus dem Weg gegangen war. Sie begegneten sich nur, um in einem Zeremonienwagen gemeinsam zu einem Ritual zu fahren. Sie lebten in verschiedenen Flügeln der Villa und nahmen ihre Mahlzeiten getrennt ein, doch wann immer er sie in der Ferne erblickte, wie sie im Garten Blumen pflückte, dem kleinen See entlangschlenderte, die Enten fütterte oder abends mit einer Kerze in der Hand einen Korridor hinunterging, sehnte Lao Wen sich quälend nach ihrer Billigung und nach ihrer Leidenschaft, wenn er schon ihre Liebe nicht haben konnte.

25

Kurz nach dem Tod ihrer kleinen Tochter begann Youning heimlich in den Raum neben dem Arbeitszimmer ihres Mannes zu schleichen und das Ohr an die dünne Wand zu pressen, sodass sie mithören konnte, wenn er über seine Pläne für verurteilte Gelehrte sprach. Das half ihr, mit ihrem persönlichen Gram fertig zu werden, der ihr den Schlaf und den Appetit raubte und den Lebenswillen untergrub. Sie begann sich von ihrem eigenen Unglück abzuwenden und sich für das Schicksal anderer zu interessieren. Zitternd und wie betäubt lauschte sie, wie ihr Mann mit Untergebenen und Armeeoffizieren besprach, wann und wo gewisse Hinrichtungen stattfinden sollten. Youning ließ durch ihre Diener, die mit den Dienstboten anderer Häuser sprachen, bekannt werden, dass sie mit den angeklagten Gelehrten sympathisiere. An einem einzigen Tag kamen drei Kindheitsfreundinnen mit traurigen Geschichten über ihre Ehemänner in die Villa. Einer der Männer war ins Gefängnis geworfen worden, weil er Bücher versteckt hatte, ein anderer, weil er bei einer Zusammenkunft konfuzianische Gedanken zum Ausdruck gebracht hatte, ein dritter war zum Tode verurteilt worden, weil er mit Meister Lu gepeist hatte. Die verzweifelten Frauen flehten Youning an, sich für sie zu verwenden. Ihre Antwort war stets das Versprechen, es zu versuchen.

Youning ging zu ihrem Mann in sein Arbeitszimmer.

Lao Wen war überrascht, als sie sich demütig auf die Knie sinken ließ. «Mein Gemahl, verzeiht mir die Störung», begann sie steif. «Ich weiß, dass es ungehörig ist.»

Um zu beweisen, wie beschäftigt er war, befingerte Lao Wen den Stapel Bambusstreifen auf seinem Schreibtisch. «Ich vermute, dass Euer plötzliches Erscheinen einen guten Grund hat.»

«Ich habe Freundinnen, deren Ehemänner wegen gewisser Vergehen festgehalten werden, und ich . . .»

«Verbrechen, nicht Vergehen. Sie werden festgehalten wegen schwer wiegender Verbrechen. Ihr seid gekommen, um um Gnade zu bitten. Das tun viele, sehr viele. Es ist mein unerfreuliches Schicksal, sie abzuweisen.»

Youning hatte den Blick unterwürfig auf den gemusterten Läufer gerichtet. Jetzt sah sie zu ihm auf, und sein schwaches Lächeln zeigte ihr, wie sehr er es genoss, sie abzuweisen.

«Vielleicht versteht Ihr mich nicht», fuhr er leise und bedächtig fort. «Ich habe einen kaiserlichen Auftrag zu erfüllen. Ich habe nicht nur das Vertrauen des Großkanzlers, sondern auch das Seiner Erhabenen Majestät. Ich kann keine Ausnahmen machen, um irgendjemandem einen Gefallen zu tun, nicht einmal mir selbst, nicht einmal Euch. Das Gesetz ist unparteiisch.»

«Ich hätte es wissen müssen», murmelte sie.

«Was habt Ihr gesagt?»

«Ich sagte, ich hätte es wissen müssen.» Sie konnte die Bitterkeit in ihrer Stimme nicht unterdrücken. «Hier gibt es keine Barmherzigkeit.»

«Und so sollte es auch sein. Gerechtigkeit, nicht Barmherzigkeit ist das, was das Reich stark macht, aber ich kann nicht erwarten, dass Ihr das versteht.»

Youning erhob sich und wandte sich zum Gehen.

«Wartet.»

Sie blickte über die Schulter hinweg zurück.

«Ich habe seit dem Tod des Mädchens kaum etwas von Euch zu sehen bekommen.» Er lächelte zaghaft und zeigte auf die Karaffe auf seinem Schreibtisch. «Wollt Ihr einen Becher Wein trinken?»

Youning schüttelte den Kopf.

«Ihr Tod hat uns beiden wehgetan. Glaubt mir, ich denke oft an das arme kleine Ding. Aber jetzt sollten wir uns der Zukunft zuwenden. Versteht Ihr, was ich meine?»

«Nein», sagte Youning, obwohl sie durchaus verstand.

«Ihr seid noch immer jung und schön.» Sein Tonfall war leise und beschwichtigend geworden. «Ihr habt einmal eine gute Mutter abgegeben, Ihr könnt es wieder tun. Habe ich nicht Recht?»

Youning sagte nichts. Einen Augenblick lang dachte sie, er werde sich erheben und auf sie zukommen, daher machte sie einen Schritt rückwärts.

Er deutete ihr Verhalten als Abwehr. Ein Stirnrunzeln war die Folge. «Wir haben einmal eine Übereinkunft getroffen.»

Youning erschrak, versuchte aber ruhig zu erscheinen. «Ihr habt die Übereinkunft aufgehoben.»

«Das habe ich getan, weil Ihr mein Kind trugt. Jetzt seid Ihr nicht mehr schwanger, also denke ich, dass die Abmachung wieder gilt.»

«Bitte», sagte sie, den Tränen nah.

«Na schön, dann wollen wir die Abmachung vergessen. Ich will Euch ohnehin für mich selbst. Der Gedanke, Euch einem anderen Mann zu geben, gefällt mir nicht. Denkt Ihr übrigens noch immer an diesen Burschen – wie war noch gleich sein Name? Gan Zhong?»

«Nein», log sie. «Ich habe ihn vergessen.»

«So sollte es auch sein. Die Zeit verändert alles. Meine liebe Frau . . .» Er hielt inne. Youning fragte sich, ob die letzten Worte in seinen Ohren ebenso seltsam klangen wie in ihren. «Meine liebe Frau», wiederholte er, «ich möchte, dass Ihr mir noch ein Kind schenkt, diesmal einen schönen, gesunden Jungen. Ist das zu viel verlangt?»

Youning senkte den Kopf und gab sich größte Mühe, zu verhindern, dass ihre Lippen zitterten. «Ich bin voller Trauer. Ich habe alles verloren. Bitte, habt Verständnis.» Sie blickte nicht auf, war sich aber sicher, dass der Mann sie scharf ansah. «Ich bin noch nicht so weit.»

Nach einem langen Schweigen sagte er: «Natürlich. Nehmt Euch Zeit, um Euch zu fassen. Bittet die Götter um Kraft. Ich bin davon überzeugt, dass sie Euch helfen werden, Euch der Zukunft zuzuwenden.» Nach einer Pause fügte er hinzu: «Unserer Zukunft.»

Dieses Gespräch schien die Spannung zwischen ihnen ein wenig gelindert zu haben, denn als Youning das nächste Mal um Erlaubnis bat, das Haus der Jias besuchen zu dürfen, war Lao Wen einverstanden. Ihre Halbschwester Ailing hatte im vergangenen Jahr geheiratet und lebte jetzt in Qi. Ohne sie hatte das elterliche Haus seinen Zauber verloren. Nicht einmal drei Konkubinen konnten ihren Vater heutzutage noch aufheitern. Seine Arbeit erforderte nur wenig Zeit. Seine Gelenke schmerzten, und er konnte eine Vielzahl von Speisen nicht mehr vertragen. Vielleicht ging er seinem Ende entgegen. Aber ein Thema gab es, das ihn noch immer erregte, und das war Lao Wen. Es ging ihm nicht um die Hinrichtungen, die die ganze Stadt in Atem hielten. Er war wütend, weil Lao Wen sein Versprechen nicht gehalten hatte. «Ich bin es müde, die Aufsicht über einen Park zu führen», beklagte Jia Hai sich bei seiner Tochter. «Dein Mann hat geschworen, mir sei ein höheres Amt bestimmt. Er habe eine wichtige Beförderung für mich im Sinn. Das war vor einem oder zwei Jahren, und nichts ist daraus geworden. Ich sehe ihn bei Audienzen, aber er geht mir aus dem Weg. Und jeden Tag fahre ich durch den Park, wo nichts sind als Füchse oder Hirsche und einige Schurken, die ein paar Äpfel aus dem Obstgarten stehlen, und ich bin dessen endlich müde. Ich habe mehr verdient.»

Nach dieser beunruhigenden Unterredung ging Youning zu ihrer Tante, die sie in der Hauptvorratskammer erwartete. Die ältliche Frau saß auf einem Fass neben den Regalen, auf denen sich Säcke mit Korn und Bohnen stapelten. Im Kerzenlicht sah ihr Gesicht fahl und runzlig aus. Es schien, als sei sie in den sechs Wochen seit Fuzhens Beerdigung beträchtlich gealtert. Nun sah sie ihre Nichte durchdringend an und erklärte: «Hier wird gestohlen.» Dann stand sie auf und schob sich an Youning vorbei, die ihr in den Hof hinaus folgte. «Ich möchte da drin nicht reden. Die Diebe lauschen. Vor einer Woche habe ich in der Speisekammer doppelt so viele Säcke gesehen.» Schließlich drehte sie sich um und musterte ihre Nichte. «Es geht dir besser. Ich sehe ein wenig Farbe in deinen Wangen. Ich habe es dir ja gesagt, meine Liebe. Ich habe selbst zwei verloren, daher weiß ich, dass der Kummer kommt und geht.»

«Ich werde immer um sie trauern, Tante.»

«Natürlich, natürlich, aber sie wird in dem Schatten an deiner Seite stehen.»

«Werde ich ihr Gesicht vergessen?»

Die Tante nickte entschieden. «Es ist besser so. Sei nicht traurig. Die Götter helfen uns, indem sie uns vergessen lassen.»

Sie gingen ein Weilchen nebeneinander her. Youning dachte daran, wie sie und Gan Zhong den Hof umkreist hatten, während die Tante aus einer Nische zusah.

Endlich sprach sie aus, was sie umtrieb. «Der Außenmensch will, dass ich wieder ein Kind bekomme.»

«Was nur recht ist.»

«Aber ich möchte kein Kind von ihm.»

Die Tante blieb stehen und umfasste mit beiden Händen den langen Ärmel ihrer Nichte. «Du hast keine Wahl. Mach mir keine Schande – und deinem Vater und der Sippe –, indem du dich deiner Pflicht entziehst. Außerdem gibt's da noch etwas anderes zu bedenken. Ich weiß, dass du nicht glücklich mit ihm bist, aber du bist nicht die erste Frau, die in ihrem eigenen Haus kein Glück findet. Jetzt musst du deinen Körper zu deinem Vorteil einsetzen.» Younings schockierte Reaktion entlockte ihr ein Lächeln. «Lass ihn sein Vergnügen haben und such du deins in anderen Dingen. Gib ihm, was er will, und verlange dafür deinerseits, was du willst, und du wirst sehen, du wirst es bekommen.»

«Ich will Fuzhen.»

«Sei kein Schaf, Nichte! Verlange die Freiheit, dich in der Hauptstadt bewegen zu dürfen, kauf dir Kleider und Juwelen, nimm dir vielleicht sogar einen Liebhaber. Lebe dein Leben. Aber das kannst du nur tun, wenn du ihm zuerst gibst, was er will. Wenn er dich in seinem Bett hat, wird er glauben, dass du ihm ganz gehörst.» Die Tante kicherte. «Und das ist der Zeitpunkt, an dem du anfängst zu gewinnen.»

Nach diesem Besuch blieb Youning zu Hause. Den meisten ihrer alten Bekannten widerstrebte es, ihre Zeit mit der Frau eines Mannes zu verbringen, der darüber befand, wie Hunderte anderer Menschen sterben mussten. In vieler Hinsicht war das Leben außerhalb der Villa Youning immer verwehrt geblieben. Lao Wen hatte sie, sobald sie seine Frau geworden war, zu relativer Abgeschiedenheit gezwungen. Es gab kurze Besuche auf dem Hauptmarkt, eine offizielle Gartenparty hier und da oder ein Staatsessen. Sie und ihre Zofe Ying hatten Fuzhen oft zu den gurgelnden heißen Quellen westlich der Hauptstadt gebracht, wo das kleine Mädchen hustend und bleich von ein paar Schlucken des bitteren Wassers gekostet hatte. Das war eine schöne Erinnerung – Fuzhen, die auf unsicheren Beinen dastand, mit ihren pummeligen Händen den Porzellanbecher umfasste und kichernd und prustend einen winzigen Schluck nahm. Wie ein halb erfrorener Reisender, der sich einem Feuer nähert, hatte Youning in ihrem liebreizenden Kind Tag für Tag einen Quell der Hoffnung und des Trostes gefunden.

Jetzt hatte sie nichts mehr, an das sie sich klammern konnte, nichts als die Musik. Youning hatte von ihrem Mann nur wenig erbeten außer Musikunterricht und Instrumenten – eine fünfsaitige Zither, Klanghölzer, Schlägel, Handtrommeln, eine aus einem Kürbis geschnitzte Mundorgel (Susus Lieblingsinstrument), Bambusflöten und Bronzegongs. Im Musikzimmer fand sich auch ein *bianqing*, das ihr Vater ihr vor drei Jahren geschenkt hatte; er war damals zum Präfekten des Parks ernannt worden und hatte seinem Schwiegersohn auf diese Weise für die Beförderung gedankt. Youning konnte die sechzehn Klangsteine nicht spielen, schlug sie aber häufig dennoch an, nur um zu erleben, wie der gewaltige Klang durch den Raum bebte.

Als Lao Wen sie eines Abends rufen ließ, befolgte sie den Rat der Tante und ging zu ihm. Nachdem er sie auf seine hastige und wilde Art genommen hatte, lag sie reglos und mit geschlossenen Augen da und sagte sich: «Der Mann neben mir ist Gan Zhong.» Sie versuchte verzweifelt, sein Gesicht heraufzubeschwören, aber die Jahre hatten es in der Erinnerung verwischt oder verzerrt oder seine Züge durch die eines anderen Mannes ersetzt, den sie vielleicht auf einem ihrer Ausflüge zum Markt flüchtig gesehen hatte. Dieses Unvermögen, sich an Gan Zhong zu erinnern, war das Schlimmste an den Besuchen bei ihrem Mann. Außerdem stellte Youning fest, dass sie gar keine eigenen Forderungen hatte; in dieser Hinsicht hatte die Tante sich geirrt.

Eines Tages – sie war gerade mit Weben beschäftigt – traf zu Younings Entzücken Susu als unerwarteter Besuch ein. Sie hatten sich seit der Beerdigung nicht mehr gesehen. Nachdem sie einander umarmt und miteinander geweint hatten, erwies sich Susu als taktvoll genug, nur wenig über das tote Mädchen zu sagen, außer dass sie Fuzhen geliebt habe wie ihre eigene Tochter. Youning war dankbar für Susus Zurückhaltung, denn sie half ihr, ihrerseits Fassung zu bewahren.

Die Begegnung mit ihrer alten Freundin schenkte ihr ein wenig Trost. Susu hatte sich ein neues Leben aufgebaut, aber dabei ihren exquisiten Geschmack in puncto Kleidung verloren. Jetzt konnte sie eine blaue Robe mit einem grünen Futter tragen – etwas Unvorstellbares in früheren Tagen –, ohne auch nur einen Gedanken daran zu verschwenden. In Jugendtagen hatten ihr großer Mund

und die kleine Nase sie älter erscheinen lassen, aber jetzt, als reifere Frau, wirkte sie durch ihr volleres Gesicht, den weißen Hals und die weichen Wangen jünger. Die Zeit und die Umstände hatten weitere Veränderungen mit sich gebracht. In alten Tagen war Susu ein umgänglicher Mensch gewesen, eher ein Zuschauer als ein Teilnehmer an den Dingen, die um sie herum geschahen. Aber die Ehe mit einem reichen und mächtigen Kaufmann hatte ihr Leben hektisch gemacht und in den Mittelpunkt des Lebens anderer Menschen gerückt. Nicht dass sie unglücklich gewesen wäre. Anscheinend liebte Susu ihren Mann. Aber er empfing allzu häufig Gäste, und sie musste ein riesiges Haus verwalten, ein Haus, das viel größer und luxuriöser war als die Villa Lao Wens. Der Wohlstand und das Ansehen von Susus Mann mochten der Grund gewesen sein, warum Lao Wen seiner Frau überhaupt gestattete, ihre alte Freundin zu sehen.

Es kam selten genug vor, dass Susu Youning besuchte, aber der Grund für diesen Besuch war doch überraschend. Sie hatte jemanden bei sich, den sie beide nie wieder lebendig zu sehen erwartet hatten – Susus Neffen, der als zwölfjähriger Knabe mit der berüchtigten Expedition auf die Suche nach den Inseln der Unsterblichen gegangen war. Hunderte von Kindern, die an Bord von Schiffen gegangen und auf den Ozean hinausgesegelt waren, waren nie wieder aufgetaucht.

Das lag nun acht Jahre zurück.

Susus Neffe hatte es irgendwie geschafft, in der vergangenen Woche von diesem unglücklichen Abenteuer zurückzukehren.

Susu ließ ihn in der Empfangshalle warten, während sie ihrer Freundin einiges erklärte. «Dun fehlen die Jahre der Bildung und Erziehung», sagte Susu ernst. «Manchmal bekommt er keine Luft; dann treten seine Augen aus den Höhlen, und seine Lippen werden blau. Nachts wacht er schreiend auf. Und wo er auch geht, immer sieht er sich alle paar Schritte über die Schulter.» Susu rang die Hände. «Es graut mir bei dem Gedanken, was er alles gesehen haben mag.»

«Bring ihn in den Garten.»

Youning erwartete sie dort. Nach einer Woche fast unablässiger Regenfälle war es für einen Frühlingstag ungewöhnlich warm. Üppig blühende Kirschbäume säumten den Weg zu dem kleinen Teich. Die Tante liebte diese Jahreszeit, obwohl sie ihre Nichte warnte, nach Möglichkeit nicht aus dem Haus zu gehen, weil der Frühling die Zeit der Fieber war. Youning schlug diese Warnung stets in den Wind und ging trotzdem ins Freie. Als sie nun Schritte im Kies hörte, drehte sie sich um und rechnete einen seltsamen Augenblick damit, die Tante hinter sich zu sehen. Stattdessen sah sie ihre Freundin und einen hoch gewachsenen Mann auf sich zukommen. Und tatsächlich blickte er sich einige Male über die Schulter. Was hatte er durchgemacht, dass er sich so benahm? Sein langes Gesicht war totenblass, und er presste die Lippen fest aufeinander. Dennoch waren seine Augen, auch wenn sie ein wenig hervortraten, weder ängstlich noch scheu. Sie waren leuchtend und lebhaft wie die eines flinken Tieres, wie die der kleinen Fuzhen. Diese Augen gaben Youning das Gefühl, dem jungen Mann auf irgendeine Weise nahe zu sein.

Nach einer kurzen Begrüßung schlug sie vor, einen so schönen Tag für einen Spaziergang durch den Garten zu nutzen, und führte ihre Gäste den Weg entlang. Für eine Weile wurde nichts gesprochen, das von Belang gewesen wäre. Sie kamen zu einigen Sitzplätzen mit Blick auf den Teich. «Es ist warm genug, um für eine Weile hier zu sitzen», sagte Youning und wandte sich dem jungen Mann zu. «Ich erinnere mich noch, wie Ihr damals von zu Hause fortgegangen seid. Ich erinnere mich, wie sehr sich Eure Tante gesorgt hat», fügte sie mit einem Lächeln an Susu gewandt hinzu. «Acht volle Jahre lang.»

«Ja», antwortete er tonlos.

«Könnt Ihr mir davon erzählen?»

Sie hatte erwartet, dass er zögern werde, aber Dun überraschte sie abermals. «Der Schamane erzählte uns von einer Insel im Meer, auf der es einen bodenlosen Teich gebe. In diesem Teich flössen alle Wasser der Acht Richtungen und der Neun Wildnisse und der göttlichen Flüsse, sodass der Teich niemals größer oder kleiner würde. Fünf Berge, so sagte er, stünden neben diesem Teich. Einer ist der Dai You, ein anderer der Yuan Jiao, ein dritter der Fang Hu, der vierte der Peng Lai, und den

Namen des fünften habe ich vergessen. Sie seien hoch genug, um am Rand des Himmels zu kratzen. Ihre Terrassen seien aus Gold und Jade. Jedes Tier auf diesen Bergen sei so weiß wie reine Seide. Granatapfelbäume wüchsen dort. Wenn man von ihren Früchten koste, werde man niemals alt, und man sterbe nie. Jeder Mensch dort sei ein Weiser oder ein Unsterblicher. Sie huschten durch die Luft wie Fledermäuse. Aber in alten Zeiten waren die Fundamente der fünf Berge nicht fest verankert, sodass sie wie die Ozeangezeiten Ebbe und Flut kannten. Die Unsterblichen beklagten sich bei den Göttern, und die Götter fürchteten, diese Berge könnten zum Westpol treiben und zerschellen, daher befahlen sie You Qiang, fünfzehn Meeresschildkröten – Riesenschildkröten – zu suchen, die die Berge auf ihren erhobenen Köpfen tragen könnten . . .»

Er würde endlos weitersprechen, dachte Youning. Vielleicht hielten so viele Worte ihn vom Denken ab. Möglich auch, dass diese alten Geschichten ihm halfen, sich vor seinen Gedanken zu verstecken. Vielleicht konnte sie diese Kunst von ihm erlernen.

«Was ist Euch und den anderen Kindern zugestoßen?», fragte sie rundheraus.

«Ich möchte dazu nur noch sagen, dass die Schildkröten die Berge abwechslungsweise trugen. Ansonsten wären sie nämlich vor Erschöpfung zusammengebrochen. Sie haben immer zu dritt für jeweils sechzigtausend Jahre diese Aufgabe erfüllt. Heute stehen die Berge auf sicherem Grund. Das hat man uns gesagt, und ich glaube es, obwohl keiner von uns die Berge je zu Gesicht bekommen hat.» Dun hielt inne, um darüber nachzudenken. «Was uns zugestoßen ist?» Er sprach klar und schnell. «Nun, viele sind ertrunken. Einige wurden entführt oder verkauft. Die meisten, die fliehen konnten, starben. Es gibt viele Möglichkeiten zu sterben. Ich habe sie alle gesehen.»

Sie glaubte ihm. Ein kleiner Trupp Enten hinterließ auf dem reglosen Teich ein Kräuseln. Sie musterte den bleichen jungen Mann und fragte dann kühn: «Welche Wirkung hatte das alles auf Euch?»

«Welche Wirkung es auf mich hatte?»

«Den Ozean zu überqueren, nach etwas zu suchen, das nie gefunden wurde, zuzusehen, wie Freunde sterben. Was für eine Wirkung hatten diese Dinge auf Euch?»

Entsetzt über diesen Einbruch in die Gefühle ihres Neffen, rief Susu: «Youning!»

Er achtete nicht auf seine Tante, sondern hielt Younings eindringlichem Blick ohne einen Wimpernschlag stand. Dann lächelte er. «Ich denke, es hat mich gelehrt, das Leben zu lieben.»

Sie sah ihn eine Weile an, bevor sie sprach. «Alle Menschen leiden, aber manche finden einen Weg, das Leben dennoch zu lieben.» Sie hörte den Neid in ihrer Stimme.

«O ja, wie wahr», sagte er, während er die kleine Prozession von Enten beobachtete, wie sie beidrehten und das mit Riedgras überwucherte Ufer hinaufstiegen. «O ja», wiederholte er mit einem Seufzer, aber mehr wollte er nicht erzählen. Als seine Tante später hineinging, um sich zu erleichtern, blickte der junge Mann sich über die Schulter und sah dann Youning an. «Was ich sagte, ist nicht die Wahrheit. Ich habe kein Interesse am Leben. Ich liebe das Leben nicht, ich hasse es. Menschen, die wahrhaft leiden, wissen, wie man das Leben aufgibt. Die Tante kann das nicht verstehen, aber ich denke, Ihr versteht es. Wenn ich Euch jemals in irgendeiner Weise helfen kann, lasst es mich wissen. Ich würde Euch mit Freuden mein Leben schenken.»

Als ihre Gäste gegangen waren, zog Youning sich in ihre Gemächer zurück, schloss die Tür und nahm aus einer kleinen Truhe den runden Bronzespiegel heraus mit der Inschrift: EIN SOLCHES GESICHT KÖNNTE ICH ZEHNTAUSEND JAHRE LANG ANSEHEN. Dieses Geschenk war alles, was ihr von Gan Zhong geblieben war. In alten Tagen, als sie erwartete, seine Frau zu werden, saß sie oft auf der Matte und musterte sich in dem Spiegel, bis sie sich davon überzeugt hatte, dass Gan Zhong die Wahrheit sagte. Jetzt fuhr sie mit den Fingern über die Schrift und fragte sich, ob er wohl schrecklich gelitten hatte an der Mauer oder wo immer er sein Leben gelassen haben mochte. Denn er war natürlich tot. Sie durfte sich nicht länger etwas vormachen. Dun musste gesehen haben, wie Menschen auf die Weise gestorben waren, wie ihr Gan Zhong gestorben war.

In der Nacht, in der ihr Kind starb, hatte Youning den klagenden Ruf einer Eule im Hof gehört. Die Tante pflegte zu sagen, dass die Eule ein schmutziges Geschöpf sei, das Umgang mit Schlangen und Kröten pflege. Darüber wusste Youning nichts, aber sie war überzeugt davon, dass das alte Sprichwort der Wahrheit entsprach: Der geräuschlose Flug einer Eule war ein Bote des Todes.

Fuzhen hatte oft ein nachdenkliches Gesicht gemacht, wenn ihre Mutter sie rief, als wäge sie ab, ob die angebotene Zuneigung aufrichtig gemeint war. Dann rannte sie mit ihren dicken kleinen Beinen in die weit geöffneten Arme. Youning hatte ihr Kind hin und her gewiegt, ihm Liebkosungen ins Ohr geflüstert und in diesen kostbaren Augenblicken alles andere hinter sich gelassen – ihre auf immer verlorene Liebe, ihre reizbare Tante und ihren verbitterten Vater, ihren geliebten Großvater und ihren gleichermaßen geliebten alten Musikmeister, die liebe Ailing, die in einer fernen Stadt lebte, und alle anderen, die nicht mehr länger Leben in ihren Alltag brachten. In diesen Augenblicken hatte es nichts in ihrem Leben gegeben als das warme kleine Geschöpf, das sich in ihre Arme schmiegte, und ihre Musikstunden.

26

Lao Wen hatte gehofft, seinen Vorfahren einen gesunden Sohn vorstellen zu können, aber der Innenmensch hatte eine Fehlgeburt gehabt. Oder zumindest behauptete Youning das. Hatte sie eine von diesen alten Vetteln gefunden, die reichen Frauen bei ihren Problemen halfen? Er hatte jedenfalls das Gefühl, dass seine Frau ihm niemals einen Sohn schenken würde, weder so noch so. Obwohl die Ahnentafeln in Zhao verblieben waren, wo noch immer einige Reste der Sippe Lao lebten, hätte Lao Wen gern einige Beamte von Qin zu der Tempelzeremonie eingeladen, um seine Männlichkeit zu demonstrieren und die Erfüllung seiner dynastischen Pflicht.

Er würde Youning niemals verzeihen, dass sie ihn so gedemütigt hatte. Er hatte keine Ahnung, wer die Frau war. Sie war nicht länger jung und überschwänglich und starrte die Welt mit grimmigen, schmalen Augen an, die ihn manchmal an einen Fuchs erinnerten, der in einer Falle zappelte. Er pflegte seinen häuslichen Trost bei seiner Konkubine zu suchen, aber das Mädchen hatte sich als zu langweilig erwiesen, um auch nur mit ihr zu schlafen. Nachdem er sie weggeschickt hatte, suchte er nun nach einem Ersatz. In der Zwischenzeit befriedigte er sich mit Sing-Mädchen, die ein neuer Zuhälter für ihn beschaffte; allerdings hatte er den Mann in Verdacht, dass er auf den Straßen allerhand über das Leben in der Villa ausplauderte.

Ohne einen Erben oder die Hoffnung, dass er wenigstens bald einen bekäme, konzentrierte er sich ganz auf seine Arbeit.

Während der letzten Jahre hatte Li Si ihn in dem Glauben gewiegt, dass seine nächste Beförderung die zu einem herzöglichen Minister sein würde, vielleicht sogar die zum Großsekretär. Stattdessen hatte der Kanzler ihn zum Präfekten des Amtes für Standards ernannt – es war ein Posten auf derselben hierarchischen Ebene, wie sein letzter es gewesen war. Dennoch nahm Lao Wen das Angebot mit geheuchelter Begeisterung an. Statt menschliche Wesen zur Arbeit an Straßen und Gebäuden einzuteilen, beurteilte er nun die Größe und Beschaffenheit metallischer Gegenstände. Er fragte sich, wie es irgendjemandem gefallen konnte, über die Einhaltung von Gesetzen zu wachen, die die Maße von Wagenachsen und die Beschaffenheit von Gewichten regelten. Wer konnte sich auf *jins* und *juns* und *shis* konzentrieren, wenn es da draußen ein riesiges Reich zu verwalten galt und nur einige wenige Männer wie er dazu befähigt waren?

Li Si jedenfalls besaß diese Befähigung nicht mehr. Der Mann, der einst ein robuster Falkner gewesen war und den kalten Winden mit der Gleichgültigkeit eines Soldaten getrotzt hatte, war nun mit siebzig Jahren zerbrechlich geworden, benutzte beim Gehen einen Stock, hüllte sich in dicke Pelze und klagte über das Wetter. Seine Energie und Überzeugungskraft hatte er allerdings bewahrt, und seine hingebungsvolle Treue dem Kaiser gegenüber war ungebrochen. Lao Wen erinnerte sich, wie er einmal zu dem Einzigen Ersten gesagt hatte, dass es für einen Herrscher gefährlich sei, anderen zu vertrauen, weil diese dann den Aufseher beaufsichtigten.

«Also vertraut niemandem, nicht einmal mir, Erhabene Majestät. Vertraut nicht einmal mir.» Was für ein edler Narr, dachte Lao Wen. Alles in allem wohl einfach nur ein Narr und sonst nichts. Seiner Meinung nach verkannten die Leute das Ausmaß von Li Sis moralischem Wahnsinn. Sie waren selbst nicht moralisch genug, um diese Eigenschaft bei einem anderen zu erkennen, den sie lediglich für gerissener hielten, als sie selbst es waren. Die Ironie des Ganzen erheiterte Lao Wen, der mit den beengenden ethischen Vorstellungen seines Mentors nichts zu tun haben wollte. Ärgerlich war nach wie vor der Umstand, dass Li Si zwischen ihm und der höchsten Macht stand. Trotz der jüngsten gesundheitlichen Rückschläge konnte der Kanzler durchaus neunzig oder älter werden, ohne dass seine geistigen Fähigkeiten oder sein Einfluss am Hof abnahmen.

Wenn ein großer Mann alt wurde, glich sein Schicksal oft dem eines verwundeten Vogels – er schleifte seinen Flügel hinter sich her und wehrte Gefährten ab, deren Schnäbel gnadenlos zuschlugen. Genauso konnte es mit Li Si enden.

Im Licht derartiger Zukunftsaussichten rückte Lao Wens eigener Tagtraum in greifbare Nähe. Schon bald würde vielleicht er, Lao Wen, das *yuxi*, das Kaiserliche Siegel, tragen, wenn der Einzige Erste eine Audienz gab. Er würde das einen Fuß lange Stück kostbarer Jade in der Beuge seines Arms tragen, stolz und wachsam, so wie eine Frau einen Säugling hält, so wie Youning es getan hatte, als diese unglückliche kleine Fuzhen geboren wurde.

Lao Wen traf eine bedeutende Entscheidung. Er musste sich anderswo nach politischer Unterstützung umsehen. Vielleicht sollte er sein Schicksal mit dem eines jungen und tatkräftigen Mannes verbinden, eines Mannes, der wie er selbst war, der nicht zauderte, nach Macht zu streben. Während einer Versammlung fand er jemanden, der sich für diese Rolle vielleicht eignete. Drei andere Beamte hatten die Versammlung einberufen, um über eine weitere Transportbesteuerung für Holzfuhrleute zu sprechen. Als Lao Wen eintraf, saßen die anderen bereits vor kleinen dreibeinigen Tischen und nippten an ihrem Weinbecher. Sie hatten ihre Amtshüte abgelegt und ihre Gürtel gelockert, sodass ihre Bäuche sich gegen die purpurne Seide ihrer Roben wölbten. Und sie sprachen nicht über Steuern, sie schwatzten.

«Wusstet ihr», sagte einer gerade, «dass er eine Tochter hat? Er hat sie gezeugt, bevor man ihm die Eier abschnitt.»

«Ich habe gehört, dass es bei einem erwachsenen Mann besonders schmerzhaft sein soll.»

«Nun, er hat sich freiwillig gemeldet», erklärte der dritte Beamte. «Man steigt bei Hofe schneller auf, wenn man im Schlafzimmer keinen Schaden anrichten kann.»

Die anderen, zu denen auch Lao Wen gehörte, pflichteten ihm bei. Es gab eine ganze Reihe Palasteunuchen, die ihre Männlichkeit dem Ehrgeiz geopfert hatten.

Lao Wen wusste nicht, über wen sie gerade sprachen, aber wenn er danach gefragt hätte, wäre er neugierig erschienen, daher hörte er lediglich zu und erriet aus den Bemerkungen der drei anderen schließlich den Gegenstand ihres Gesprächs: Es handelte sich um einen jungen Eunuchen, der vor kurzem zum Großaufseher der Kaiserlichen Equipage ernannt worden war. Zuvor hatte er – Zhao Gao war sein Name – den Prinzen Hu Hai im Strafgesetz unterwiesen und dadurch die Aufmerksamkeit des Kaisers und schließlich seinen Posten (von mittlerem Rang) gewonnen. Und er stammte aus Zho. So viel wusste Lao Wen.

Jetzt kam der Grund für all das Gerede. Anscheinend hatte Zhao Gao, während er das Gesetz lehrte, dieses selbst gebrochen, indem er einen Freund bestahl. Und gestern war Zhao Gao bei einer Verhandlung unter dem Vorsitz von Meng Yi, dem Bruder des Generals, dafür zum Tode verurteilt worden. Heute hatte der Kaiser ihn begnadigt.

Lao Wen war erstaunt. Bei Zehntausend Jahre gab es nur selten Begnadigungen. Einer der Beamten fasste Lao Wens Überraschung in Worte. «Eure Chance auf einen kaiserlichen Gnadenerlass sind besser, wenn Ihr einen Mann tötet, als wenn Ihr ihn bestehlt.»

Die anderen stimmten ihm zu.

Lao Wen konnte es sich nicht versagen zu fragen: «Wie hat dieser Bursche, dieser Zhao Gao, das nur geschafft?»

«Es heißt, er sei zum Prinzen Hu Hai gegangen und habe seine

Sache so wortgewandt vertreten, dass der Prinz, der – wie wir alle wissen – nicht gerade im Ruf steht, anderen zu helfen, zu seinem Vater ging und um den Gnadenerlass bat. Obendrein hat der Einzige Erste Zhao Gao in seinen früheren Rang wieder eingesetzt und dem Opfer aus kaiserlichen Mitteln zurückbezahlt, was der Eunuch ihm gestohlen hatte.»

Um ein zynisches Lächeln zu verbergen, ließen zwei der klatschsüchtigen Beamten ihre zusammengefalteten Fächer aufspringen und hielten sie sich vors Gesicht.

Lao Wen schenkte sich einen maßvollen Schluck Wein ein. Es war augenfällig, dass dieser Bursche die Fähigkeit besaß, selbst die schlimmsten Widrigkeiten zu überwinden. Möglich, dass Zhao Gao für etwas Großes bestimmt war.

Von diesem Gedanken getrieben, suchte Lao Wen bei einem Gartenfest die Nähe des Eunuchen. Das war ein Risiko – nicht weil es sich um einen Eunuchen handelte, sondern weil der Großaufseher in der Hierarchie unter dem Präfekten des Amtes für Standards stand. Wenn der Präfekt bei einem gesellschaftlichen Ereignis mit einem Beamten dieses Rangs plauderte, konnte das zu nachteiliger Kritik führen. Andererseits würde ein solcher Schritt Zhao Gao eines gewiss beweisen: Er hatte es hier mit einem Mann zu tun, der kühn genug war, um ihn bei einem öffentlichen Ereignis anzusprechen und seine Fähigkeiten anzuerkennen.

Anders als die bereits in ihrer Kindheit kastrierten Eunuchen, trug Zhao Gao einen Bart und hatte eine tiefe Stimme, aber genau wie sie neigte er zu Übergewicht. So kam es, dass er, als er nun am Teich entlangging und die Enten betrachtete, genauso watschelte wie einer dieser plumpen Wasservögel. Er trug eine elegante gewobene Robe mit dem Diamantmuster, das heutzutage so in Mode war, und von dem steifen Nackenkragen bis zum Saum des Gewandes zogen sich Wolken und Drachenmuster, die Langlebigkeit symbolisierten.

Als Lao Wen lächelnd näher trat, verhielt Zhao Gao sich abwartend, als sei er der Vorgesetzte, und erwiderte auch nicht das Lächeln des Mannes. Eines der träge blickenden Augen war leicht nach außen gerichtet, sodass Lao Wen Mühe hatte, herauszufinden, wohin der dicke kleine Mann eigentlich schaute. Lao Wen ließ seinen Fächer aufspringen und sagte mit hochmütiger Miene: «Wir Männer aus Zhao sollten einander besser kennen lernen.»

Der Aufseher der Kaiserlichen Equipage machte die oberflächliche Verbeugung eines Vorgesetzten. Wäre Lao Wens Ansporn ein geringerer gewesen, hätte er angesichts solcher Grobheit vielleicht einen Rückzieher gemacht. Stattdessen bestätigte das Benehmen des anderen seine Vermutung, dass Zhao Gao ein ernst zu nehmender Mann war.

Sie unterhielten sich für eine Weile über die Enten und das milde Wetter. Andere Gäste, die mit ihren Weinbechern vorbeischlenderten, sahen sie miteinander, und das schien Zhao Gao zu beruhigen. Als Lao Wen sich sicher war, dass der andere Mann seinen Vorstoß verstanden hatte – dass sich dahinter die Einleitung zu etwas anderem verbarg –, sagte er: «Meinen Glückwunsch.»

Das unversehrte Auge seines Gegenübers weitete sich. «Darf ich fragen, wozu Ihr mir gratuliert, Präfekt?»

«Nicht zu dem Gnadenerlass», antwortete Lao Wen unverblümt, «sondern zu Eurer Fähigkeit, ihn zu erlangen.»

Endlich lächelte der kleine Eunuch. «Ihr sagt, was Ihr denkt.»

«Nicht immer, hoffe ich, aber in diesem Falle durchaus. Hättet Ihr Interesse, mich morgen Abend in meinem Haus aufzusuchen?»

«Das ist eine Einladung, die nur ein Narr abschlagen würde. Ich höre, Ihr wäret einer der besten Gastgeber der Stadt.»

Also musste der Kuppler über seine kleinen Feste geschwatzt haben, dachte Lao Wen. In diesem Fall war es wahrscheinlich ganz gut so.

«Lasst mich etwas erklären», fuhr Zhao Gao fort, während sie im Zwielicht miteinander den Teich umrundeten. «Den Frauen gefällt es, dass ich sie nicht länger schwängern kann. Und es gefällt ihnen noch besser, dass ich ihnen noch immer allerlei Wonnen zu schenken vermag. Wenn ich diese meine Fähigkeit früher im Leben verloren hätte», fuhr er mit gespitzten Lippen fort und ließ dabei den Blick seines umherirrenden Auges an Lao Wen vorbeiwandern, «hätte ich wahrscheinlich kein Interesse mehr an Frauen. Ihr habt die jungen Eunuchen gesehen, die wie die Spatzen zirpen und nicht ein einziges Haar am Leib haben. Ihr könnt jedoch gewiss sein, dass ich Eure Art der Unterhaltung zu schätzen wissen werde.»

Lao Wen nickte. «Dessen war ich gewiss, bevor ich Euch meinen Vorschlag machte.» Das war eine Lüge, denn er hatte so gut wie nichts über den Mann gewusst. Später, als es dann keine Rolle mehr spielte, sollten ihm noch viele Gerüchte über Zhao Gaos Ausschweifungen mit Männern wie Frauen zu Ohren kommen.

Lao Wen machte sich ein wenig Sorgen, wie sich die «Unterhaltung» für den kommenden Abend gestalten sollte. Es war ihm völlig klar, dass dieser Gast so gut wie alles bereits erlebt hatte. Um ihm zu gefallen oder um zumindest sein Interesse zu erregen, würde er sich etwas einfallen lassen müssen. Dann hatte Lao Wen eine jener Eingebungen, die seiner Meinung nach bewiesen, dass das Schicksal ihn zu Höherem ausersehen hatte. Er würde Zhao Gao beeindrucken und gleichzeitig seine Frau demütigen.

Nachdem er in der Villa angekommen war, fragte er, wo seine Frau sci. Sie war im Badehaus, einem kleinen Gebäude, das in der Nähe der Nordmauer des Grundstücks stand. Er sah Rauch aus einem Loch in dem Holzdach aufsteigen. Ohne zu zögern, riss er die Tür auf und trat in den dampferfüllten Raum. Eine Dienstmagd goss heißes Wasser über ihre nackte Herrin, die auf einer Steinfliese vor einer Reihe von Krügen neben dem Feuer stand. In ihrer Überraschung schrien beide Frauen auf, und die Magd huschte wie eine erschrockene Maus an Lao Wen vorbei. Bevor Youning Zeit fand, nach einer Baderobe zu greifen und sich zu bedecken, konnte Lao Wen einen Blick auf die vollen Brüste, die breiten Hüften und den glatten weißen Bauch werfen – auf alles, was sie so begehrenswert machte. Eine Sekunde lang lenkte das Begehren seine Aufmerksamkeit von dem Wunsch ab, sie zu quälen, und er spielte mit dem Gedanken, sich selbst an ihr zu erfreuen. Aber er blieb seinem Entschluss treu, indem er knapp und klar erklärte, dass die Übereinkunft zwischen ihnen wieder in Kraft getreten sei.

«Wir haben die Götter enttäuscht», sagte er, «und so haben die Götter uns enttäuscht. Wir sind dazu verdammt, keine Kinder zu bekommen.»

Youning zog sich eine nasse Haarsträhne aus den Augen. «Habt Ihr die Götter in dieser Angelegenheit zu Rate gezogen?»

«Das ist mein persönliches Urteil.»

«Na schön, es ist also Euer persönliches Urteil», entgegnete sie kalt. Ihr Haar hing ihr wie ein glitzerndes schwarzes Seil bis auf die Taille herab.

«Aber ich verstehe nicht, was für eine Übereinkunft Ihr meint.»

«Wie Ihr Euch gewiss erinnert, werdet Ihr entweder meine Freunde unterhalten, wie ich es für geziemend erachte, oder ich werde Gan Zhong kastrieren lassen.»

Youning schlang die Robe fester um sich. «Das wurde vor langer Zeit vereinbart.»

«Und es gilt wieder.»

Endlich schien sie die Fassung zu verlieren. Sie hob die Hand und strich sich das volle Haar zurück. «Ich habe ihn vergessen. Er ist gewiss tot.»

«Die Abmachung gilt», sagte er. «Morgen wird eine wichtige Persönlichkeit mein Gast sein. Oder ich sollte besser sagen, unser Gast. Habt Ihr verstanden? Ich erwarte, dass Ihr kommt, wenn ich rufe.»

Wieder schob sie sich ihr Haar zurück.

Als er sich umdrehte und ging, dachte Lao Wen über diese Geste nach. Was bedeutete sie? Wut, Angst, Unterwerfung? Es konnte alles oder nichts bedeuten. Sie würde tun, was er verlangte, weil einer Frau, die einem Präfekten des Reiches gehörte, keine andere Wahl blieb.

Lao Wen war stolz auf seine Gemächer im linken Flügel des Besitzes. Drei Räume, mit durchsichtigen Vorhängen voneinander getrennt, gewährten seinen Gästen eine gewisse Ungestörtheit, während reichlich Kerzen auf hohen Ständern dafür sorgten, dass erkennbar war, was sich hinter den Vorhängen abspielte. Außerdem konnte man jedes Geräusch in einem Raum in sämtlichen anderen hören. Vier Musikanten spielten in einem der Räume, und vier Frauen tanzten im nächsten, während Lao Wen und sein Gast auf Seidenkissen saßen und ihnen zusahen. Die Mädchen kannte Lao Wen schon aus anderen Nächten. Begleitet von den Gongs, den Trommeln und den Flöten machten sie hohe, langsame Schritte und ließen ihre langen Ärmel über den Boden schleifen.

Das ständige Auf und Ab des Tanzes verlangte kräftige Beine – eine Tatsache, auf die Lao Wen seinen Gast eigens aufmerksam machte.

«Was wollt Ihr?», fragte Lao Wen. «Wollt Ihr sie alle?»

«Damit für Euch keine mehr übrig bleibt? Nein, ich nehme nur drei.» Zhao Gao lachte, als hätte er auf einen Witz geantwortet.

«Welche drei?»

Zhao Gao musterte die Mädchen mit der Miene eines Kenners. Sie hatten sich das Haar zu Hochfrisuren aufgesteckt, die mit falschem Haar künstlich verdickt, schwer geölt und nur mit Hilfe einer Unzahl von Nadeln und Kämmen zusammenzuhalten waren. Lao Wen war sich nur allzu deutlich bewusst, dass die Mädchen allesamt vulgär aussahen. Es war das, was er und die meisten seiner Freunde im Allgemeinen bevorzugten.

«Diese drei da», sagte Zhao Gao endlich und zeigte auf die Frauen, für die er sich entschieden hatte. Die hübscheste Tänzerin ließ er für seinen Gastgeber übrig.

Lao Wen lächelte. «Die soll für mich sein? Ich dachte, die würdet Ihr als Erste nehmen.»

Nun musterten beide Männer die junge Frau, die trotz ihres geschmacklosen, grellen Kostüms recht anziehend wirkte. Sie hatte sich Augenlider und Lippen dick mit blauer Farbe bemalt und das Haar zu zwei großen unbeholfenen Knoten frisiert, die von Silberketten gehalten wurden.

Lao Wen hatte seinen Gast während dieser kleinen Szene genau im Auge behalten. Zhao Gao war höflich und legte geziemende Anerkennung an den Tag, obwohl er recht deutlich über den Dingen stand, die um ihn herum geschahen. Wie Lao Wen geargwöhnt hatte – und worauf er vorbereitet war –, konnten diese für gewöhnlich durchaus akzeptablen Tänzerinnen einen so welterfahrenen Mann nicht beeindrucken.

«Wartet einen Augenblick.» Lao Wen scheuchte die vier Frauen mit einer herrischen Geste ins Nebenzimmer und drehte sich dann zu seinem Gast um. «Habt Ihr jemals meine Frau zu Gesicht bekommen?»

Zhao Gao sah sich mit seinem unversehrten Auge verstohlen im Raum um und wandte sich dann neugierig wieder seinem Gastgeber zu. «Ja, allerdings, ich habe sie einmal gesehen. Bei einem Fest – ich habe vergessen, bei welchem – habe ich jemanden nach dem Namen einer besonders liebreizenden Frau gefragt. Man antwortete mir, dass sie Eure Gemahlin sei.»

«Und sie ist ebenso gefügig wie reizvoll. Sie tut, was ich verlange.»

Zhao Gao lachte. «Das können nicht viele Männer von ihren Ehefrauen behaupten.»

«Aber ich kann es. Sie tut, was ich verlange. Wenn ich sie zum Beispiel aufforderte, hierher zu kommen und Euch zu unterhalten, würde sie es tun.»

Zhao Gaos Grinsen machte einem zweifelnden Stirnrunzeln Platz. «Ach ja? Sie würde mich unterhalten?»

«Glaubt mir, mein Freund, sie ist weitaus interessanter als diese vier da.»

«Das bezweifle ich nicht. Sie würde ... mich unterhalten?»

Lao Wen nickte. «Wenn ich es von ihr verlangte.»

«Soll das eine Einladung sein?», fragte Zhao Gao mit einem schwachen Lächeln.

«Selbstverständlich. Ich nehme an, dass wir für eine lange Zeit Freunde sein und oft Gelegenheit haben werden, uns miteinander zu amüsieren. Das ist meine Art, es zu beweisen.»

«Dann nehme ich die Einladung an.»

Lao Wen klatschte in die Hände und befahl dem Diener, der in den Raum gestürzt kam, unverzüglich Madame Lao herbeizuholen.

«Ist sie ... darauf vorbereitet?», fragte Zhao Gao.

«Ich habe ihr gesagt, dass es ganz von Euren Wünschen abhänge.»

Zhao Gao beugte sich sichtlich erregt vor. «Habt Ihr so etwas schon einmal getan?»

«Um genau zu sein, ist dies das erste Mal.»

«Und sie wird wirklich kommen?»

Lao Wen griff nach einer Karaffe und schenkte seinem Gast Wein ein. «Sie tut, was ich verlange.»

Aber zwei Becher später war Youning noch immer nicht erschienen. Lao Wen, der versuchte, seine Ungeduld zu verbergen, schickte einen anderen Diener zu ihr. In der Zwischenzeit hatte er, da er sich seiner Macht sicher glaubte, die anderen Frauen und die Musikanten fortgeschickt. Nachdem Lao Wen nach einer weiteren Karaffe verlangt hatte, legte ihm sein Gast entschlossen eine Hand auf den Arm.

«Sie wird nicht kommen», sagte Zhao Gao.

Lao Wen machte Anstalten, sich zu erheben, aber Zhao Gao hielt ihn zurück. «Nein, es ist schon spät, und ich muss gehen. Aber, eines möchte ich Euch noch sagen, mein Freund, ich weiß zu schätzen, was Ihr getan habt. Es war kühn, interessant und genau die Art von Idee, die ich an Eurer Stelle vielleicht auch gehabt hätte. Wir kennen einander, wir werden miteinander auskommen. Ich danke Euch.» Dann erhob er sich, drängte seinen Gastgeber jedoch, sitzen zu bleiben. «Offen gesagt, war ich heute Nacht ohnehin nicht in Stimmung für eine Frau. Ich hätte vielleicht einen Eurer jüngeren männlichen Diener vorgezogen. Seht Ihr? Ich bin ehrlich zu Euch. Ich hoffe, mein Geständnis kann es mit Eurer Kühnheit aufnehmen. Wir verdienen einander. Unsere Zukunft, Eure und meine, ist gewiss verwoben.»

Kaum hatte sein Gast das Haus verlassen, stand Lao Wen auf, eilte in den gegenüberliegenden Flügel und stürmte in das Gemach seiner Frau. Obwohl Youning im Bett lag, war sie hellwach, und ihre Augen leuchteten im Schein einer Kerze, die auf ihrem Nachttisch immer noch brannte.

«Was bringt Euch auf den Gedanken», kam er sofort zur Sache, «so etwas zu tun? Ihr habt mich vor jemandem bloßgestellt, der für mich von allergrößter Bedeutung ist.»

«Ich konnte es einfach nicht. Ich habe versucht, dieses Zimmer zu verlassen, aber ich konnte nicht.»

Nichts in ihrer Miene oder in ihrem Tonfall schien darauf hinzudeuten, dass sie die Unwahrheit sagte. «Ihr konntet es nicht», wiederholte er langsam. «Also schön, Ihr habt die Übereinkunft gebrochen. Jetzt werde ich meinen Teil unserer Absprache wahr machen. Ich werde diesen Burschen, diesen Gan finden und ihn kastrieren lassen.»

Youning starrte ihn an.

«Ihr habt ihn nie vergessen», sagte er ruhig.

Als sie weiter schwieg, ging Lao Wen auf ihr Bett zu, als wolle er sie schlagen. Dennoch blickte die Frau gelassen zu ihm auf. Er hatte das seltsame Gefühl, dass sie, wenn er nun ein Messer zöge und es ihr an die Kehle setzte, ihn mit diesen kalten, schmalen Augen noch ganz genauso unerschütterlich ansehen würde.

«Ich werde ihn finden, ganz gleich, wo er ist», erklärte Lao Wen. «Wenn irgendjemand ihn finden kann, dann ich.»

«Er ist tot.»

«Woher wisst Ihr das?» Der Ausdruck ihres Gesichtes wandelte sich, und ihre Gleichgültigkeit wich der Unsicherheit. Diese Tatsache machte ihm Mut. «Ihr hofft, dass er tot ist – um seinetwillen. Und Ihr solltet das auch hoffen. Ihr kennt mich nicht, Frau. Ich bin ein Mann aus Zhao. Ich halte meine Versprechen.»

«Wenn er noch lebte, würde ich es fühlen. Gan Zhong ist tot.»

Lao Wen war mittlerweile davon überzeugt, dass ihre Worte eine List gewesen waren, denn ihre zitternden Lippen verrieten ihre Furcht, dass Gan Zhong noch lebte und man ihn finden würde. Das befriedigte Lao Wen genug, um die Gemächer seiner Frau zu verlassen, ohne sie zu schlagen.

Zwei Tage später stand ein hoch gewachsener Mann mit auffällig breitem Mund vor dem Schreibtisch des Präfekten. Er trug die Uniform eines Armeehauptmanns, war in Wirklichkeit aber ein erfahrener Ermittler, der im Laufe der Jahre viele Sträflinge aufgespürt hatte, die vor dem Amt für die Schwarzköpfe geflohen waren. Jetzt suchte der Präfekt nach einem Mann, der vor etwa sechs oder sieben Jahren zur Zwangsarbeit geschickt worden war.

Der Agent schüttelte den Kopf. «Wer weiß, wo der Mann heute steckt? Weder in den Lagern noch an der Grenze oder an der Mauer wird genau Buch geführt. Sträflinge bekommen eine Nummer statt ihres Namens, und wenn sie verlegt werden, bekommen sie eine neue Nummer. Die Männer, die die Aufsicht führen, verschwinden, sterben, laufen davon. Die Sache wird langsam verwirrend.»

«Ohne meine Empfehlung wäret Ihr heute nicht Hauptmann.»

«Ja, Exzellenz, das weiß ich.»

«Dieser Mann ist mir wichtig. Es ist mir gleichgültig, wie lange es dauert, ich möchte, dass er gefunden wird.»

«Falls er noch lebt.»

«Falls er nicht mehr lebt, will ich einen Beweis dafür. Wenn Ihr ihn doch findet, befehle ich Euch, ihn unverzüglich kastrieren zu lassen. Hier.» Er reichte ihm einen offiziellen Bambusstreifen mit seinem Siegel.

Der Mann war sehr stolz auf seine Fähigkeit zu lesen, daher las er demonstrativ jedes Wort des Befehls vor. «Aber das Datum . . .»

«Ja, ja», sagte Lao Wen ungeduldig. «Ich habe ein früheres Datum eingesetzt aus der Zeit, als ich noch Präfekt dieses Amtes war.»

Der Agent lächelte. «Ich verstehe. Als Ihr noch die Befugnis für etwas Derartiges hattet.»

«Ist das ein Problem für Euch?», fragte Lao Wen scharf.

«Keineswegs, Exzellenz. Soweit es mich betrifft, wurde dieser Befehl an dem genannten Tag ausgestellt.»

Lao Wen schob ein silbernes Schmuckkästchen über den Tisch. «Nehmt das mit.»

Als der Agent ihn verwirrt ansah, erklärte Lao Wen mit merklicher Ungeduld, was er meinte. «Wenn die Strafe ausgeführt ist, bringt mir den Beweis in diesem Kästchen mit.»

Nachdem der Ermittler gegangen war, malte Lao Wen sich eine kleine Szene aus. Youning saß unter einem Feigenbaum im Garten. Er ging auf sie zu und sagte: «Auch wenn Ihr Eure Versprechen nicht haltet, ich pflege meine einzulösen. Hier ist der Beweis dafür.» In seiner Fantasie beobachtete er immer wieder, wie sie das silberne Kästchen öffnete. Er weidete sich an dem Ausdruck des Entsetzens auf ihrem Gesicht, sobald sie entdeckte, was darinnen lag.

IV

27

Die Wunde verschorfte, ohne sich zu entzünden, und begann schließlich zu vernarben, aber Gan Zhong kehrte nicht in den Kampf zurück. Ein Bote überbrachte dem Offizier, der die Verantwortung für die Verwundeten trug, auf einem Holzstreifen eine Nachricht von General Meng.

«Ich wünsche nicht, dass mein Schreiber getötet wird. Obwohl es heißt, er habe wie ein guter Soldat gekämpft, wünsche ich nicht, dass er es noch einmal tut. Teilt ihn bis zu meiner Rückkehr ins Hauptquartier einem Kommandanturposten zu. Die Stille eines solchen Ortes wird ihm einen klaren Kopf schenken und ihm helfen, zu genesen. Es ist für mich unerlässlich, dass dieser Schreiber sich erholt. Er ist ein Meister der kleinen Siegelschrift statt der großen Siegelschrift, die alles ist, was der Narr, dem ich augenblicklich diktiere, zustande bringt.»

General Meng fand, dass jede unnütze Aktivität unmoralisch sei (einzige Ausnahme stellten seine eigenen langatmigen Erklärungen dar), sodass er für gewöhnlich seine Nachrichten nicht unterzeichnete und nicht einmal mit dem offiziellen Tonsiegel versah. Man konnte ihn häufig sagen hören: «Das einzige Siegel, das der Mühe wert ist, ist das Purpursiegel eines Königs. Graue Siegel wie die der Minister und braune Siegel wie meins sind überflüssig. Sie zu benutzen ist Zeitverschwendung. Ich finde, man soll sie weglassen.» Ein allzu gewissenhafter Offizier hatte sich wegen dieser Unterlassung einmal geweigert einen Befehl auszuführen. Das Missgeschick, über die Auffassungen von General Meng nicht auf dem Laufenden zu sein, hatte ihn den Kopf gekostet.

Gan Zhong fand sich schon bald in einem Kommandanturposten an einem fertig gestellten Teil der Mauer, der etwa achthundert Meilen nördlich der Hauptstadt lag. Sie führte hier durch eine Lösslandschaft. Von den auf Hügeln gelegenen Mauerabschnitten aus wirkte das gelbe Land im Süden beinahe eben, während es tatsächlich von Gräben und Schluchten durchzogen war. Nördlich der Mauer lag ein wildes Granitgebirge. Und dahinter war das Ende der Welt, das zeitlose Dunkel, in dem die Dämonen, die Herren der Nacht, und von fermentierter Milch betrunkene, verirrte Nomaden umherstreiften. Ein großer Teil der Mauer in diesem Gebiet war auf dermaßen zerklüfteten und steilen Hügeln erbaut worden, dass die Steine dafür von Ziegen herbeigeschafft werden mussten – den einzigen Geschöpfen, die hier mit einer schweren Last auf dem Rücken noch sicheren Tritts heraufkamen.

Am Tag seiner Ankunft fand Gan Zhong sich in einem Garnisonswachturm ein, in dem eine Schwadron von fünf Wachen mit ihrem Anführer, dem *suizhang*, hauste. Zu den Männern, die das Vorrecht genossen, genug zu essen zu bekommen, zählten Grenzwachen und Soldaten, die in der Nähe der Mauer stationiert waren. Hohe, verputzte und getünchte Garnisonstürme aus Ziegelstein beherbergten Mannschaften, die tagsüber mit Hilfe von Flaggen und des Nachts mit Leuchtfeuern Signale weitergaben. Direkt nördlich der Mauer hatte man einen Sandstreifen angelegt, der allabendlich fein geharkt wurde, um Spuren nächtlicher Eindringlinge sichtbar zu machen. Allerdings bekam Zhong während der Monate seines Aufenthalts keinen einzigen Nomaden zu Gesicht. Er entdeckte bald, dass es in jedem Wachturm mehrere Räume gab, die alle eine verriegelbare Tür hatten und mit Pfeilen, Krügen, Öfen und einer Medizintruhe bestückt waren. Oben auf dem Turm befand sich eine Plattform, die man über eine Leiter erreichte. Dort wurden stets Armbrüste, Köcher, Lederrüstung und Fett für die Wartung der Waffen bereitgehalten. In der Nähe befanden sich militärische Siedlungen, in denen die Soldaten Getreide anbauten, wo sie ihre Familien hatten und Hundezwinger unterhielten. Außerdem wurde in zentralen Depots Getreide für sie gelagert – sorgfältig abgemessen nach Rang und Anzahl der zu verproviantierenden Männer.

Gan Zhong sah zu, wie über Station dreiundachtzig Flaggen aufgezogen wurden. Die gemauerte Straße, die breit genug war, um fünf Reitern Seite an Seite Platz zu bieten, war für die Reiterei dennoch ungeeignet – man hatte keine Rampen gebaut, über die die Pferde auf die Mauer hätten gelangen können. Das war einer der wenigen Konstruktionsfehler des Ganzen. Daher wurde die Straße von Läufern benutzt, um Nachrichten zu übermitteln, die sich nicht mit Flaggen weitergeben ließen. Das Überbringen von Botschaften von einem *ting* zum nächsten war die Hauptbeschäftigung hier an der Grenze, zumindest während des Winters, wenn die Nomaden friedlich in ihren Jurten blieben und wie Bären, Füchse und Luchse die Sand-, Staub- und Schneestürme abwarteten. Die meisten Depeschen kamen aus dem Süden, und zwar über *chidaos* – so genannte Schnellstraßen –, die etwa alle zehn Meilen eine Poststation hatten. Für gewöhnlich kamen die Armeedepeschen, die aus der Hauptstadt abgeschickt wurden, nach sechs oder sieben Tagen an – in weniger als vier Tagen, wenn sie mit der kaiserlichen Stafette gebracht wurden. Auf Holzstreifen geschrieben, die in mit Schnappschlössern versehenen Bambusrohren transportiert wurden, enthielten die Depeschen Nachrichten über Pflanzenanbau und Ernten in der Provinz, über Wirbelstürme und Überschwemmungen. Manchmal gab es auch örtlich begrenzt gültige Anweisungen, wie viel Saatgut einer bestimmten Nutzpflanze verwandt werden durfte. Je nach Jahreszeit waren bestimmte Dinge verboten – zum Beispiel das Holzschlagen in den Wäldern (außer zum Gebrauch für Särge), das Aufstauen von Flüssen, das Vogeleiersammeln, das Vergiften von Fisch, das Fallenstellen und die Verwendung von Fangnetzen. Das Leben auf Station dreiundachtzig war gleichförmig, aber nicht träge. Die Wachposten sorgten dafür, dass der Turm stets frisch getüncht war. Jeden Tag harkten sie den Sand auf der «Barbarenseite» der Mauer. Sie patrouillierten mit Wachhunden durch die nahen Hügel und sorgten dafür, dass der Abzug ihrer bronzenen Armbrust immer gut gefettet war. Sie flickten ihre zerrissenen Jacken und holten, wenn das Wetter es zuließ, Korn aus dem etwa fünfzehn Meilen entfernten Vorratslager der Kompanie.

Der *suizhang* und seine fünf Männer sowie Gan Zhong bewohnten einen Raum des Wachturms. Sie teilten ihn mit Armbrüsten, Köchern, Lederrüstung, Sandsäcken, Äxten, Hämmern, Knüppeln, Visieren für Armbrüste, Trommeln, Vogelleim, Schlägeln, Türbolzen, Wasserkrügen, Wurfspießen, Fackeln, Mänteln, Hosen, dicken Socken und Kerzen, deren Flammen sich unter dem unablässigen Luftzug, der durch die winzigen Risse in den

Turmmauern drang, beinahe quer stellten. Der fette, faule, seibernde Wachhund der Station lebte ebenfalls bei ihnen und wurde von allen geliebt.

Sie sahen kaum einmal jemanden an der Mauer und hatten erst recht keine Besucher, aber wenige Wochen nach Gan Zhongs Ankunft in der Station erschienen ein Hauptmann und sein Gefolge zu Pferde und riefen ihnen zu, dass sie die Leiter herunterlassen sollten. Als der Hauptmann den Turm betrat, nahm er mit schwungvoller Gebärde seinen Helm ab und erklärte großspurig, es handele sich um eine Inspektion.

Den ganzen Tag durchstreifte er die Station dreiundachtzig, beäugte die verschiedensten Dinge, nahm sie in die Hand und tuschelte mit einem Gehilfen, der seine Bemerkungen sorgfältig auf einer Holztafel notierte. Der Hauptmann erprobte jede Armbrust und schätzte ihre Zugkraft in *shi* ab. Die Soldaten des Inspektionstrupps durchstöberten die Habe aller Mitglieder der Schwadron nach gestohlenen Gegenständen. Als sie nichts Derartiges fanden, schrieb der Gehilfe auch eine diesbezügliche Notiz nieder.

Endlich waren sie fertig, und der Hauptmann erlaubte dem *suizhang*, einen Blick auf den Bericht zu werfen, aber da der Unteroffizier nicht imstande war, ihn zu entziffern, übernahm Gan Zhong diese Aufgabe für ihn. Es handelte sich größtenteils einfach um eine Auflistung der in der Station verfügbaren Ausrüstung mit einer kritischen Zusammenfassung am Ende:

> Eine Sechs-*shi*-Armbrust, zusammengesetzt, mit einer Spannkraft von nur etwa vier *shi* und fünfzig *jin*. Geschätzte Schussweite von einhundertfünfundachtzig *bu*. Beschädigt, aber noch zu reparieren. Hanfseil abgenutzt. Drei lange Äxte gebrochen und ein Hammer gespalten. Abgeblätterte Stellen auf dem Anstrich der Nordmauer. Ein am Turm fest anzubringender Köcher fehlend. Hund anwesend, aber nicht in Zwinger gehalten. Ein Wasserkrug fehlend. Station in weniger als hervorragendem Zustand. Personal gesund.»

Als der Inspektor wieder fort war, spottete der *suizhang* über die Inspektion. Obwohl erst Unteroffizier, war er doch ein schlachterprobter Veteran vieler Feldzüge. «Ich hätte Todesangst, wenn ich dieses zimperliche Mädchen, das sie Hauptmann nennen, in einer Schlacht hinter mir hätte. Er würde bei dem ersten Pfeil, der an seinem Ohr vorbeizischt, davonlaufen. Wir haben keine abgeblätterten Stellen auf dem Anstrich dieser Mauer.» Dann drehte er sich um und musterte Gan Zhong von Kopf bis Fuß. «Ihr tragt das Wangenzeichen, aber Ihr könnt trotzdem lesen und schreiben. In der Hauptstadt haben sie Burschen wie euch getötet, aber das heißt nicht, dass diejenigen, die noch leben, keine Nachrichten schreiben könnten.»

«Wie meint Ihr das, sie ‹hätten Burschen wie mich› getötet?», fragte Gan Zhong.

«Ich meine Euch Gelehrte.»

«In der Hauptstadt wurden Gelehrte getötet? Das wusste ich ja gar nicht.»

Der *suizhang* zuckte die Achseln. «Heutzutage kann das jedem passieren.»

«Warum wurden sie getötet?»

«Vielleicht weil sie das getan haben, was Ihr gerade getan habt – Dokumente gelesen.»

«Wie viele wurden getötet?»

Der Offizier zuckte abermals die Achseln. Vielleicht hatte er gelernt, Tote als Teil seiner Arbeit anzusehen, so wie die Anzahl von Pfeilen, die in einem Köcher verblieben waren. «Ich glaube, es waren hunderte. Nun, jedenfalls nach allem, was ich höre, seid Ihr nicht so leicht umzubringen. Ich rede nicht von Gelehrten, ich rede von Euch», sagte er mit einem Lächeln. «Die Hunnen haben es nicht geschafft. Ich kann mir nicht vorstellen, dass es diesen Stadtsoldaten gelingen wird.»

«Es wurden Gelehrte getötet», sagte Gan Zhong nachdenklich. «Das wusste ich nicht.»

«Es passiert viel, wovon man hier draußen nichts erfährt.»

Der Großzügigkeit des *suizhang* hatte Gan Zhong die Freiheit zu verdanken, gehen zu können, wohin er wollte, auch wenn das kaum mehr bedeutete, als im heftigen Wind über kahle Hügel zu klettern. Manchmal ging er auf die Jagd. Eines Tages erlegte er einige Meilen jenseits der Mauer einen großen Hirsch, den die Leute aus dem Norden den *dazhu* nannten. Er war zu groß, um ihn allein zu tragen, daher kehrte er in die Station zurück und holte Hilfe. Während er den rotbraunen Pelz betrachtete – den immer neue Windstöße zerzausten, während sie das Tier ausweideten –, fragte Gan Zhong sich, ob das Haar des Tieres vielleicht einen guten Schreibpinsel abgäbe. Er schnitt sich ein Stückchen Haut ab und nahm es mit.

In der Station betrachtete er das Haar des *dazhu*, während draußen ein Sturm von solcher Gewalt tobte, dass sie drei Tage lang den Turm nicht verlassen konnten. Glücklicherweise hatten sie genug Holz, um die ganze Zeit ein Feuer brennen zu lassen. Um sich zu beschäftigen, begann Gan Zhong, sich Stückchen von trockener Weide zurechtzuschnitzen, bis sie sich zu einem Röhrchen zusammenfügen ließen. Pinselschäfte wurden eigentlich aus Bambus gefertigt, aber nach zahlreichen Versuchen hielt er schließlich einen Pinselschaft aus drei mit Hanf umwickelten Weidenstäbchen in Händen. Für den Pinsel selbst nahm man normalerweise Kaninchenhaar, aber er würde es mit dem Hirschhaar versuchen. Er umwickelte das Haarbüschelchen des *dazhu* an einem Ende mit Hanfgarn, das er danach mit Lack überzog, damit es steif und fest wurde. Dann setzte er diesen Pinsel in das Weidenholzröhrchen ein.

Mittlerweile waren der *suizhang* und seine Schwadron neugierig geworden. Sie und der Wachhund scharten sich um ihn.

«Haben wir vielleicht auch irgendwo Kiefernholz?», fragte Gan Zhong.

Ein Soldat holte einen Klotz Kiefernholz von ihrem Holzhaufen. Gan Zhong machte sich daran, etwas davon zu feiner Asche zu verbrennen. Dann mahlte er diesen Farbruß noch feiner und drückte ihn durch ein Sieb aus dünnem Stoff.

«Haben wir auch Leim?», fragte er.

Ein anderer Soldat fand in der Werkzeugkiste für die Waffen ein wenig aus Fischhaut hergestellten Leim. Gan Zhong mischte den Farbruß mit dem Leim und etwas Wasser zu einer Paste. Als die Tusche eine glatte, zähflüssige Beschaffenheit hatte, tauchte

Gan Zhong die Spitze des Hirschpinsels hinein und schrieb seinen Namen auf ein Stück Weide. Die Tusche hinterließ ziemlich ungleichmäßige Striche auf der Oberfläche, weil die dicken Haare den Schwung seines Pinselstrichs zerstörten. Er versuchte es noch einmal, aber seine Schriftzeichen wirkten immer noch unbeholfen und verzerrt. Der Hirschpinsel nahm zwar die Tusche gut auf, schmierte sie dann aber so über das Holz, dass das Ergebnis Ähnlichkeit mit den Fußabdrücken eines betrunkenen Nomaden hatte.

Der Sturm heulte immer weiter, als habe sich jeder Dämon auf Erden um den einsamen Wachturm herum versammelt. Als der Orkan endlich nachließ, begannen Schneefälle, die die Straße und die Zinnen genauso bedeckten wie die wegelose Fläche des Landes jenseits der Mauer. Eines Nachts, als sie schweigend ums Feuer herumsaßen und ihre Atemwolken beobachteten, sagte einer der Soldaten ohne Vorwarnung: «Das Leben hier ist wie das Leben auf dem Ozean. Hat einer von euch schon mal den Ozean gesehen?»

Nein, er war der Einzige.

«Wenn das Land außer Sicht ist, habt ihr nur ein grünes Nichts um euch herum. Ein grünes Nichts – das ist der Ozean. Wenn ihr diesen Raum verlasst, seht ihr ein weißes Nichts vor euch, so wie den Ozean.»

«So stelle ich mir das Grab vor», murmelte ein anderer.

«Aber im Grab könnt ihr *sie* nicht hören», bemerkte wieder ein anderer und deutete auf die Tür. Über das klagende Pfeifen des Windes hinweg konnten sie in den Hügeln Wölfe heulen hören. «Was meint Ihr, *tu*?», fragte er Gan Zhong, den sie wegen des Zeichens auf seiner Wange den Sträfling nannten.

Alle Männer sahen ihn an und lächelten. Er hatte sie offensichtlich nicht gehört. Der Soldat, der die Frage gestellt hatte, wandte sich zu seinen Kameraden um und tippte sich an den Kopf. Dann zeigte er auf Gan Zhong. «Unser *tu* kann nur an eins denken, an den Pinsel.»

In den folgenden Tagen machte Gan Zhong einen neuen Pinsel und dann noch einen und noch einen, er fertigte so lange Pinsel an, bis er schließlich vierzehn Stück hatte. Er lernte, wie man einen schlanken, aber festen Schaft machte und wie man das Haar zusammenfassen, binden und mit Lack überziehen musste, um ein festes, in einer Spitze auslaufendes Büschel zu erhalten. Er bewies, dass Hirschhaar Tusche besser aufnahm als Kaninchenhaar. Aber beide waren nicht saugfähig genug. Wie er den Soldaten erklärte, die neben ihm hockten und ihn aufmerksam beobachteten: «Der Hirsch ist stark, aber nicht sanft. Die Tusche umfängt ihn nicht richtig. Wir brauchen weicheres Haar, um es um das Hirschhaar herumzulegen. Etwas, das die Tusche aufnimmt, aber sie später auch wieder loslässt.»

«Ihr sprecht von einer Frau», sagte ein Soldat lachend.

«Ich brauche besonderes Haar. Etwas, das weich, aber stark ist.»

«Ziege», schlug ein anderer Soldat vor.

«Oder Wolf», meinte der Nächste.

Die Armee hielt zwar Ziegen, aber die nächsten gab es im Vorratslager – wahlweise eine Tagereise entfernt nach Osten oder Westen. Die Wölfe dagegen waren gleich hinter der Mauer zu finden.

«Lasst uns Wolfshaar versuchen», meinte Gan Zhong. Am nächsten Morgen trottete er in Begleitung von drei Männern der Schwadron durch hohe Schneeverwehungen in den Hügeln umher. Nach einigen Meilen erspähten sie ein halbes Dutzend Wölfe, die einen *dazhu* fraßen. Gan Zhongs Pfeil traf ein weibliches Tier, dessen dichtes graues Haar bei der Herstellung eines neuen Pinsels Verwendung fand. Dieser Pinsel formte die Schriftzeichen klar und ausdrucksvoll; der Kern aus Hirschfell war fest, während das Äußere aus Wolfshaar weich war. Diese Mischung ermöglichte es Gan Zhong, Striche von unterschiedlicher Dicke zu ziehen, einzig durch die Veränderung des Drucks.

Der *suizhang* und seine Schwadron studierten ein Stück Holz, das der Gelehrte beschrieben hatte. Einer der Männer murmelte: «Und wozu soll das nun gut sein?»

Der *suizhang* schrie ihn an. «Das Gute ist die Schrift selbst! Vielleicht gibt es im ganzen Reich kein anderes schriftliches Dokument, nicht einmal auf Seide, das so gut geschrieben ist wie das, das er gerade fertig gestellt hat. Unser *tu* hat etwas getan, das eines Königs würdig wäre.»

Der Soldat schenkte Gan Zhong ein höfliches Lächeln, aber es war offensichtlich, dass er nicht glaubte, was der Offizier behauptet hatte.

Daher fuhr der *suizhang* fort. «Läufer kommen hierher; sie tragen Bambusröhren. Was ist in diesen Röhren? Dokumente. Dokumente, die etwas sagen. Die sagen ...» Er starrte in die Ferne und rang mit seinen Gedanken. «Sie handeln von der Auszahlung von Geldern. Sie verzeichnen die eingenommenen Gelder, die Wachdienstleistungen, die für den Holzschlag und die Bestellung der Gärten erbrachten Dienste. Sie teilen mit, wie viele Männer verwendet wurden und wie viele Patrouillen ausgesandt wurden, wie viel Gerste geerntet und wie viele Waffen mitgeführt wurden – hört ihr mir zu und versucht, das zu verstehen? Es sind Register der abgefertigten Postsendungen und Listen der an die Zwangsverpflichteten, wie ihr es seid, ausgegebenen Kleider und über die Ausgabe von Saatgut und die Ablieferung der Ernte und den Verbrauch der Vorräte und die Daten von Beförderungen ...»

Er hielt inne, um sich umzusehen, erfreut über die Vielzahl der Dinge, die ihm eingefallen waren. «Dafür sind Dokumente da. Wenn ein Beamter aus dem Land flieht, nimmt er seine Dokumente mit. Wenn Gelehrte reisen, nehmen sie ihre Bücher mit. Es heißt, in der Hauptstadt und an anderen Orten seien Bücher verbrannt worden, aber unser General behält seine, und wenn wir Bücher hätten, würden wir sie ebenfalls behalten. Bücher und Dokumente. Das ist die Bedeutung der Schriftzeichen, die unser *tu* hier auf dieses Holz geschrieben hat. Ich dulde keine Männer unter mir, denen es an Respekt für diese Dinge mangelt. Habt ihr mich verstanden?»

Niemand rührte sich, aber der Wind draußen verwandelte sich in einen gewaltigen Wirbelsturm, als wolle er ihm antworten, und das Heulen begleitete sie ohne Unterlass durch die ganze Nacht hindurch.

Gan Zhong hatte jede Hoffnung aufgegeben, dass er die Station jemals wieder verlassen würde. Er hatte das Gefühl, als hätte sich das stetige Heulen des Windes unter seine Haut gestohlen, um sich im Mark seiner Knochen festzusetzen, sodass erst der Tod, wenn er sie aufbräche, all den aufgestauten Aufruhr in seinem Körper in den Himmel entlassen würde.

Etliche Meilen weiter im Westen verließ General Meng Tian sein winterliches Zeltquartier und blinzelte in die Welt hinein wie ein Bär, der gerade aus dem Winterschlaf erwachte. Als er in sein Hauptquartier in der Kommandantur Jiuyuan zurückkehrte, hatte er den Schreiber, der die kleine Siegelschrift beherrschte, keineswegs vergessen.

Man schickte nach Gan Zhong. Er nahm einige seiner neuen Schreibpinsel mit.

Der drahtige kleine General strich sich über seinen vollen Bart und musterte den Schreiber mit kleinen, scharfen Augen. «Ihr seid dünner und älter geworden. Das hat man davon, wenn man verwundet wird. Sagt mir, hat das Leben an der Mauer Euch einen klaren Geist geschenkt?»

«O ja, General. Die Winde haben meine Vergangenheit fortgeweht», sagte er mit halbem Ernst.

Diese Antwort schien dem General zu gefallen, er lud seinen Schreiber zu einem Becher Wein ein. Am nächsten Tag begannen sie wieder mit der Arbeit an dem offiziellen Geschichtswerk, aber diesmal wartete Gan Zhong mit ein paar Vorschlägen auf. General Meng saß am Tisch, hörte zu und nestelte unbewusst, wie er es häufig tat, mit dem Schal herum.

Die Geschichte sollte noch einmal auf längere Täfelchen kopiert werden, schlug Gan Zhong vor. Schließlich galt die einfache Regel: Je länger die Tafel, umso wichtiger der Text. Die Sechs Klassiker waren auf Tafeln von zwei Fuß und vier Zoll geschrieben, während das Geschichtswerk des Generals bisher auf neun Zoll langen Tafeln festgehalten worden war.

«Sprecht weiter.» Der General befingerte seinen Schal.

«Statt mit Hanf sollten wir die Tafeln mit Seide zusammenbinden. Auf diese Weise würden die *bian* einfach besser aussehen.»

«Solange ein *bian* aus sechs Tafeln besteht. Ich werde nicht zulassen, dass eine andere Anzahl von Tafeln zu einem Band zusammengerollt wird. Der Einzige Erste hat es noch nicht zu einem Verstoß gegen die Gesetze erklärt, wenn man mehr oder weniger Tafeln als sechs zusammenbindet, aber das könnte jederzeit passieren. Aber sprecht weiter.»

«Jedes Täfelchen nimmt eine einzige Kolumne von Schriftzeichen auf. Aber selbst eine schmale Tafel könnte zwei Spalten aufnehmen, falls die Schrift nur klein genug wäre.»

Der General beugte sich vor, um die Tafel zu betrachten, die sein Schreiber ihm hinhielt. «Zwei Spalten wären aber nicht deutlich genug zu lesen.»

Der Schreiber hielt einen Schreibpinsel in die Höhe. «Hiermit lassen sich die Striche kontrollieren. Ihr könnt sie so dünn machen, dass der Platz für zwei oder sogar drei Spalten ausreicht.»

«Das will ich sehen.»

Gan Zhong zeigte es ihm.

Die buschigen Augenbrauen des Generals fuhren in die Höhe. »Woher habt Ihr dieses Ding?»

«Ich habe es aus zwei Schichten gebaut; für die eine habe ich Hirschhaar genommen, für die andere Ziegenhaar. Zuerst habe ich es mit Wolfshaar versucht, aber Ziege ist besser.»

«Und der Schaft?»

«Den habe ich aus Weidenstäbchen gemacht. Sie sind eine Spur schwerer, aber dafür gleichmäßiger geformt als Bambus. Der Halter liegt besser in der Hand. Schreibern, die die kleine Siegelschrift noch nicht beherrschen, wird es leichter fallen, sie zu erlernen, wenn sie diese Art von Pinsel benutzen. Schon bald werden sie dann zwei oder drei Spalten auf einen Streifen schreiben.»

«Gebt mir dieses Ding.» Als der Schreiber ihm den Pinsel aushändige, drehte General Meng ihn in seinen dicken Fingern hin und her, als begutachte er ein Juwel. «So etwas habe ich noch nie gesehen, nichts in dieser Art. Zwei verschiedene Sorten Haar? Zeigt es mir noch einmal.»

Gan Zhong demonstrierte es ihm.

«Das habt Ihr an der Mauer gemacht?»

«Ja, General. Während die Stürme heulten.»

«Ich sage ja immer, die Mauer hat etwas Magisches. Erzählt mir mehr über dieses Ding. Nein besser noch, schreibt genau auf, wie

Ihr es gemacht habt», sagte der General, «und bringt es mir dann hierher.»

Als Gan Zhong eine ausführliche Beschreibung des Pinsels niedergeschrieben hatte, brachte er das Ergebnis seiner Arbeit dem General, der es gründlich und aufmerksam durchlas. «Ich nenne diesen Pinsel den ‹Qin Bi›», sagte General Meng großspurig. Er befahl einem Gehilfen, sein offizielles Bronzesiegel zu suchen. «Ich werde dieses Dokument unterzeichnen», erklärte er forsch, «und es auch mit meinem Siegel versehen.»

Gan Zhong war klar, dass der General den neuen Pinsel als seine eigene Schöpfung ausgeben würde. Wenn einem Gelehrten schon nicht das Leben gestohlen wurde, so stahl man ihm doch zumindest seine Ideen. Dennoch, Gan Zhong hatte dem kommandierenden General einen Dienst erwiesen, sodass Meng nun in seiner Schuld stand, und hier draußen, wo das Ende der Welt seinen Anfang nahm, war das der größte Glücksfall, den ein Mann sich erhoffen durfte.

28

Ein paar Tage später gab der General mit seinem talentierten Schreiber an, indem er ihn Fu Su vorstellte, dem Thronerben, der jetzt im Stabsquartier residierte. Der Kronprinz war nicht imposanter als sein Vater – von mittlerer Größe, mit derselben vorspringenden Nase, aber ohne den scharfen Blick und das falsche Lächeln. Und doch war dies ein Mann, der dem mächtigsten Herrscher auf Erden getrotzt hatte und für seine Tollkühnheit zur Mauer verbannt worden war.

«Der General sagt mir», sprach er Gan Zhong an, «dass Ihr ein sehr guter Schreiber seid.»

«Ich bin einigermaßen vertraut mit der kleinen Siegelschrift.»

«Ich wünschte, das könnte ich von mir auch behaupten», gestand der Prinz. «Mir hat man als Kind die große Siegelschrift beigebracht, und seither habe ich nichts Besseres dazugelernt. Ich hätte Unterricht bei Li Si nehmen sollen. Aber vielleicht hätte er mich nicht für begabt genug gehalten, um mich als Schüler anzunehmen.»

Der Kronprinz kam nicht auf den Schreibpinsel zu sprechen, ebenso wenig wie der strahlende General, der diese Unterredung mitverfolgte. Gan Zhong begriff, dass der Pinsel nicht länger sein Werk war. Bei jedem anderen Mann wäre diese Aneignung schlicht und einfach unredlich gewesen, aber bei Meng Tian, dessen Weltsicht einzig das Leben zweier Männer umfasste, war es nicht so simpel. Nachdem er gesehen hatte, was der Pinsel zu leisten vermochte, musste der General sich gesagt haben: «Das ist gut, und daher gehört es dem Kaiser, aber da der Kaiser nicht hier ist, muss es meins sein.» Und das war es auch, angefangen vom Halter über den Pinsel bis zu dem Futteral, in dem das fragile Dinge steckte.

Im Hauptquartier erfuhr Gan Zhong mehr über den Tod der Gelehrten in der Hauptstadt. Vierhundertsechzig Männer waren zur Ahndung des Verbrechens der Aufwiegelung gestorben, und die Liste jener, die solchermaßen bestraft worden waren, hatte ein Präfekt mit Namen Lao Wen erstellt.

Diese Tatsache spornte Gan Zhong an, die Vergangenheit immer wieder zu durchleben. Auf Station dreiundachtzig hatte er sich angewöhnt, das Leben vor der Mauer als einen Traum zu betrachten, den die Dämonen der Einsamkeit gewoben hatten. Wenn es in Meng Tians hektischer Welt des Kämpfens und Bauens im Grunde nur um zwei Menschen ging, so war Gan Zhongs eigene Welt geprägt gewesen von einem stinkenden Raum in einem Steinturm, einem ergrauten alten Krieger und vier weiteren Männern (der fünfte war während eines Schneesturms gestorben, auf dem Rückweg vom Vorratsdepot, wo er mit einem Karren Getreide geholt hatte) und von der Herausforderung, auf einem Stück Holz eine ordentliche Schrift zuwege zu bringen. Der Hass, der aus der Vergangenheit erwuchs, hauchte nun Gan Zhongs Interesse an einer vielschichtigeren Welt neues Leben ein.

Doch die tosenden Winde, der fette, faule Wachhund und die Gesichter der Schwadron und des alten Offiziers – die beim Anblick von Schriftzügen auf einer Tafel aufleuchteten – ließen Gan

Zhongs Erinnerungen keine Ruhe, bis er den General schließlich um die Erlaubnis bat, Station dreiundachtzig für ein paar Tage einen Besuch abzustatten. Der General, immer noch hocherfreut über den neuen Pinsel, hätte seinem Schreiber beinahe alles gewährt.

«Nehmt mein zweitbestes Pferd», sagte Meng Tian. «Ja, ich meine es ernst. Ihr seid ein guter Reiter, und selbst wenn Ihr das nicht wärt, würde ich trotzdem sagen, nehmt es.»

So verließ Gan Zhong an einem frischen Frühlingsmorgen die Kommandantur und ritt in östlicher Richtung über eine Straße, die ihm immer wieder den Blick auf die Mauer freigab, die sich nach Norden schlängelte, hier und da von Lücken unterbrochen, die noch ausgefüllt werden mussten. Er liebte die Mauer nun schon seit langer Zeit. Der Anblick ihres grauen Rückgrats entfachte in ihm eine Art von Stolz, die er bisher einzig auf seine Sippe empfunden hatte.

Ein Arbeitsbataillon zog ebenfalls diese Straße entlang. Mauerveteranen wie Gan Zhong trugen Hosen und Jacken nach Nomadenart aus Hirsch- und Fuchsfell. Jeder hier wusste, wie er warme Kleidung für sich selbst abzumessen, zuzuschneiden und zu nähen hatte. Aber die Neuankömmlinge trugen noch immer den Hanf der Gefängnisse oder die dünnen Uniformen, die die Armeeeinheiten des Südens ihnen zur Verfügung stellten. Die Männer in diesem Trupp waren hohläugig, ihre Gesichter gezeichnet vom harten Kampf gegen die kalten Winde. Von seinem kräftigen Reittier aus hatte Gan Zhong einen unverstellten Blick auf den unordentlichen Haufen, aus dem Äxte, Rechen und Schaufeln herausragten wie die borstigen Haare einer Riesenraupe. Vor nicht allzu langer Zeit hatte er sich genau wie sie von einem Ort zum anderen geschleppt, im Ungewissen, was seine nächste Mahlzeit betraf, müde, durchgefroren und ohne Hoffnung auf eine Zukunft. Er dachte gerade über den glücklichen Wandel seines Schicksals nach, als er plötzlich durch das dumpfe Geräusch der marschierenden Männer eine hohe, zitternde Stimme seinen Namen rufen und dann wieder rufen hörte.

Gan Zhong zügelte sein Pferd, sah sich um und richtete seinen

Blick schließlich auf ein Gesicht, das ihm gleichzeitig vertraut und fremd erschien.

«Ja! Gan Zhong! Ich bin es, Ru He!»

Gan Zhong beugte sich vor und betrachtete fassungslos das bleiche Gesicht, die eingefallenen Augen, die blutleeren Lippen. Dann saß er ab, ging auf die Reihe der frierenden Sträflinge zu und zog seinen so erbärmlich aussehenden alten Freund aus der Gruppe heraus.

Als er Ru He von der Kolonne wegführte, schrie ein Offizier ihn an: «He, was macht Ihr da?»

Gan Zhong hatte eine mit einem Siegel versehene Tafel bei sich, die ihn als Stabsoffizier auswies. Er zeigte sie dem Hauptmann, der daraufhin mit einem Achselzucken davonging.

«Es gibt hier ganz in der Nähe eine Poststation», sagte Gan Zhong. «Steig auf mein Pferd ...»

Ru He berührte das Zeichen auf seiner Wange und protestierte: «Ich kann unmöglich auf ein solches Pferd steigen.»

«Ach, komm schon, wir tragen beide das Zeichen. Ich arbeite als Schreiber für General Meng. Nun steig schon auf.» Ru He war zu schwach, um allein aufzusitzen, daher half Gan Zhong ihm und führte dann das Pferd am Zügel weiter. Binnen kurzer Zeit erreichten sie die Poststation, zu der ein Stall und eine Schänke für die Reisenden gehörte. Schon bald beobachtete Gan Zhong seinen alten Freund dabei, wie er ausgehungert über eine Schale Brei herfiel.

Ru He begann mit vollem Mund zu reden. «Ich habe den Winter überlebt. Wie das möglich war, weiß ich nicht. Irgendwie habe ich einen Tag nach dem anderen überstanden, obwohl ich weder meine Hände noch meine Füße spüren konnte und meine Kiefer wie zusammengeleimt schienen. Und ich war mir absolut sicher, dass das Blut in meinem Körper zu Eissplittern gefroren sein musste. Und doch bin ich hier. Erstaunlich. Aber zu welchem Zweck?» Er hob einen mageren Arm und ließ ihn wieder sinken. «Ah, du hast dich verändert, Gan Zhong. Wie dünn du bist. Und der Bart lässt dich älter erscheinen, obwohl du immer noch stark bist. Habe ich nicht prophezeit, dass sie dich nicht würden brechen können? Ich kenne niemanden, der an Leib und Seele stärker wäre als du.» Er rieb das Zeichen auf seiner linken Wange. «Man sollte sein Leben in warmem Sonnenschein leben. Wenn ich freigelassen werde, falls das je geschieht, gehe ich in das Land südlich des Langen Stromes und verbringe meine Tage in der Sonne.»

«Was war dein Verbrechen, alter Freund?»

«Sie sagen, ich hätte Bücher versteckt. Nun, ich hatte tatsächlich ein paar versteckt, aber die haben sie nicht gefunden. Sie sind einfach davon ausgegangen, dass ich es getan haben müsse.» Er aß weiter, daher bestellte Gan Zhong ihm noch eine Schale Brei und ein Stück gekochtes Hirschfleisch. «Ich habe dir doch erzählt, dass der Sekretär des Großkanzlers zur Rechten der dritte Bruder meiner Frau war und dass ich deshalb ziemlich sicher sei, und du sagtest: ‹Niemand ist heutzutage noch sicher.› Wie Recht du hattest.» Seine Augen glänzten, als er die Schale wieder aufnahm und sich den Brei einverleibte. «Ich habe für das Schatzamt gearbeitet. Ich will gerne sagen, dass es eine aufregende Zeit war. Wir mussten darüber befinden, welches der Streitenden Reiche die besten Münzen geprägt hatte, damit diese für das ganze Reich benutzt werden konnten. Da war zum einen die Messerform aus Zhaa, Yan und Qi. Dann gab es die Spaten aus Han und Wei und die Muschel aus Chu. Aber natürlich fiel unsere Wahl – wie hätte es auch anders sein können – auf die runden Münzen aus Qin mit dem quadratischen Loch.» Jetzt, da das Essen seine Geister wieder belebt hatte, lächelte er. «Stell dir nur vor, eine Münze, die überall benutzt wird: ein *banliang*, der exakt drei *shu* wiegt. Das war eine große Sache, eine sehr große Sache. Es heißt, der Kaiser habe Träume, die ihm Ideen eingäben, die eine Million Menschen ausführen müssen. Nun, dies jedenfalls war ein schöner Traum. Händler aus dem Süden und Händler aus dem Norden, die genau die gleichen Münzen benutzen. Eine sehr große Sache, eine noble Sache.» Plötzlich füllten seine Augen sich mit Tränen. «Kanntest du übrigens Hui Ai? Erinnerst du dich an ihn? Er war ein Anhänger der Philosophie Mo Dis.»

Gan Zhong sah seinen Freund mit den tränenfeuchten Augen neugierig an. «Ja, ich erinnere mich an Hui Ai.»

«Er glaubte an die universelle Liebe.»

«Ja, ich erinnere mich, das hat er getan.»

«Er fand immer, dass Musik Zeitverschwendung sei.» Jetzt strömten die Tränen ungehindert über Ru Hes Wangen.

«Ich erinnere mich», erwiderte Gan Zhong, «wir sind in jener Nacht alle aufgeblieben und haben über Zhuan Zis Vorschlag debattiert: ‹Die Dinge wissen nicht, was sie für andere Dinge bedeuten. Sie wissen nur, was sie selbst sind.› Mir gefiel Zhuan Zis Beweis, dass absolutes Wissen unmöglich sei. Ich bewunderte die Art, wie er von diesem Standpunkt aus zu der Vorstellung kam, dass Moral relativ sei. Wenn man die Ereignisse nur aus einer ausreichenden Vielzahl von Blickwinkeln betrachtet, verschwinden Richtig und Falsch. Es war ein hervorragendes Argument. Hui Ai missfiel Zhuan Zis Skeptizismus. Er glaubte an Vollkommenheit durch Fortschritt.»

«Ja, so war Hui Ai», sagte Ru He und wischte sich die Tränen weg. «Vollkommenheit durch Fortschritt.»

«Wir waren in jenen Tagen alle ziemlich selbstgefällig», gab Gan Zhong zu. «Wir hielten die Ideen anderer Männer für unsere eigenen und für vollkommen. Ich begriff nicht wirklich, was Zhuang Zi mich lehrte – dass meine Ideen vollkommen seien, aber nur für mich. Du hast jedoch von Hui Ai gesprochen . . .»

«Ich habe ihn gesehen, bevor er starb.»

«Hu Ai ist tot? Ah!»

«Als die Vierhundertsechzig starben, war er einer von ihnen.» Ru He schob die halb leere Schale Brei beiseite. «Ich habe ihn getötet.»

«Du?»

«Vierhundertsechzig Köpfe abschlagen zu lassen, war dem Sohn des Himmels nicht genug. Vierundsechzig der Männer wurden für etwas Besonderes zu einem Feld draußen vor der Hauptstadt geführt. Dort wurden sie von vierundsechzig Männern aus unseren Reihen erwartet. Wir waren schuldig gesprochen, aber nicht zum Tode verurteilt worden, daher sollten wir als Henker für unsere eigenen Freunde fungieren. Wir zogen Lose, und ich habe Hui Ai gezogen. Zusammen haben wir sein Grab geschaufelt. Keiner von uns sagte ein Wort. Überall auf dem Feld war nur das Geräusch der Schaufeln, die sich in den Boden gruben, zu hören. Als die Gräber ungefähr hüfttief waren, kamen die Soldaten und befahlen den Verurteilten hineinzukriechen. Ich sah Hui Ai an, und er sah mich an. Dann tat er wie befohlen. Auf dem Rücken liegend verschränkte er die Arme vor der Brust und starrte zu mir auf. Ich wollte etwas sagen, um ihn zu trösten, aber es fiel mir nichts ein. Dann wurde mir klar, dass er gar nicht mich ansah. Er blickte an mir vorbei zu den Blättern eines Baums oder einer Wolke hinauf. Beim Anblick seiner ruhigen Tapferkeit begann ich zu schluchzen. Dann sagte jemand, deck ihn zu. Sie sagten es zu uns allen: Deckt sie zu. Als wir anfingen, schrien einige von ihnen, und einige gerieten in Panik und versuchten herauszuklettern, aber wir bekamen den Befehl, sie mit unseren Schaufeln in ihr Loch zurückzustoßen, oder wir würden das gleiche Schicksal erleiden. Hui Ai blieb, wo er war. Während ich die ersten Schaufeln Erde auf ihn herunterwarf, presste er sich nur die Hände fest auf die Brust, schloss die Augen und biss sich auf die Lippen, bis sie bluteten. Dann verschwand sein Kopf unter der Erde, und ich schaufelte so schnell wie möglich, um es hinter mich zu bringen und damit er nicht länger leiden musste, indem er länger atmen konnte. Und dann war er zugedeckt. Zu meinem Entsetzen schoss seine rechte Hand aus der Erde hervor und wedelte wie ein Schlangenkopf hin und her. Ich wusste nicht, was ich tun sollte. Ich ließ die Schaufel mit aller Kraft auf die zuckenden Finger hinunterkrachen, und mit der nächsten Schaufel Erde waren sie wieder verschwunden. Ich glaube, dass ich gedämpfte Geräusche aus dem Grab hörte. Ich habe immer schneller und schneller und schneller Erde über ihm aufgetürmt, und als das Loch zugeschüttet war, habe ich die Erde so fest zusammengestampft, wie ich nur konnte; ich wollte, dass sie so hart wie Stein wird, und dann bin ich auf sein Grab gesprungen. Ich sprang auf und ab und auf und ab und bemerkte, dass andere dasselbe taten, während die Wachen uns auslachten. Sie haben uns ausgelacht.» Wieder strömten die Tränen über Ru Hes Gesicht, aber seine Züge waren zu einem wilden Grinsen verzerrt. «Was für einen komischen Anblick wir geboten haben müssen, wie wir da auf und ab sprangen. Meinst du nicht auch? Komisch? Hui Ai glaubte an universelle Liebe. Kannst du dir das vorstellen?»

«Komm mit mir», sagte Gan Zhong nach einem langen Schweigen. «Ich nehme dich mit zurück in mein Quartier. Du wirst heute Nacht bei mir bleiben. Ich habe einen guten Mantel aus Wolfspelz, der dich warm halten wird.»

Am nächsten Tag sorgte Gan Zhong dafür, dass sein Freund der Küche des Hauptquartiers zugeteilt wurde, wo er Töpfe spülte, und in einer Militärbaracke lebte statt in einem Sträflingszelt. Als sie dann bei Sonnenuntergang an der Mauer entlangschlenderten, geschah etwas, das Gan Zhong für alle Zeit verändern sollte.

«Ich habe Youning gesehen», sagte sein Freund. «Sie hat nach mir schicken lassen und mir das Versprechen abgenommen, ihr alles zu erzählen, was ich über dich erfahren sollte.»

Gan Zhong blieb jäh stehen. «Glaubte sie, dass ich noch lebe?»

«Sie war davon überzeugt, obwohl ich nicht weiß, warum.»

«Vielleicht war ihr klar, dass ich einfach leben muss.»

«Leben muss? Warum *musst* du leben?»

«Um meine Sippe zu rächen. Ich muss weiterleben, um Lao Wen zu töten.»

Ru He nickte. «Natürlich. Aus diesem Grund und auch aus dem anderen.»

«Was?»

«Aus dem anderen Grund.»

«Welchem anderen Grund?»

Ru He sah ihn verwundert an. «Welchem anderen Grund, fragst du? Nun, weil er Youning doch für sich genommen hat.» Erschrocken über den Gesichtsausdruck seines Freundes rief Ru He: «Wusstest du das nicht? Lao Wen hat sie geheiratet, und sie hat sein Kind zur Welt gebracht!»

Ru He hatte nie erlebt, dass sein Freund von anderen Männern bezwungen worden wäre, geschweige denn von Worten, aber Gan Zhong geriet für einen Augenblick ins Taumeln, als habe er einen schweren Schlag erhalten. Dann griff er sich mit beiden Händen an die Stirn, als wolle er ein Bild des Grauens aus seinem Kopf reißen.

Es gab ein Sprichwort – den genauen Wortlaut hatte Gan Zhong vergessen –, nach dem ein Problem das andere gebiert. Er sollte schon bald den Beweis dafür erhalten.

Ru He brachte ihm die schlimmste nur denkbare Neuigkeit: Die Frau, die er liebte, hatte seinen Todfeind geheiratet. Dann, kurz nach seiner Ankunft bei der Mauer, zog Ru He sich ein Fieber zu, eine äußerst bösartige Krankheit, die als Nomadenfieber bekannt war, weil man an der Grenze jede Seuche und jede Krankheit den Barbaren zuschrieb. Gan Zhong wurde bald klar, dass sein Freund sich nicht mehr erholen würde. Während er zitternd dalag, murmelte der zerbrechliche Ru He Hui Ais Namen und fuhr später von seinem Lager hoch, die Augen weit aufgerissen, von einer schrecklichen Halluzination gequält. «Bleib unten!», begann er zu brüllen. «Bleib unten!» Nach diesem Ausbruch sprach er nie wieder, während Gan Zhong sein brennendes Gesicht mit einem kalten Lappen abwischte und seine aufgesprungenen, zitternden Lippen befeuchtete, bis sie schließlich starr wurden und die Zähne freigaben.

Mit erschreckender Schnelligkeit brachen andere böse Neuigkeiten über das Hauptquartier herein. Prinz Fu Su hatte auf kaiserlichen Befehl Selbstmord begangen, und General Meng war geflohen, nur um bald gefangen genommen, eingekerkert und vergiftet zu werden. Aber das war noch nicht alles. Der Kaiser, Zehntausend Jahre, der Hochgeschätzte, Seine Erhabene Majestät, war während einer Reise plötzlich gestorben. Es war, als habe der Himmel beschlossen, die ganze Erde zu züchtigen.

Einige Tage später rief Ni Bingdi Gan Zhong aus der Amtsstube des Hauptquartiers zu sich. Der große, stämmige, gutmütige Stabsoffizier zog ein Stück geräucherte Ente aus der Tasche und bot es Gan Zhong an. «Lasst uns einen Spaziergang machen», sagte er und sah sich dabei verstohlen um. Dann führte er Gan Zhong mit schnellem Schritt über eine von einer Schafherde kahl gefressene Weide. Kurz darauf kamen sie in einen nahen Fichtenwald, der jetzt von trockenen, frühen Schneeflocken bestäubt war. Ni Bingdi drehte sich um und betrachtete die Weide, die sie soeben überquert hatten.

«Was ist passiert?», fragte Gan Zhong. «Noch mehr schlechte Neuigkeiten?» Das zerklüftete Gesicht seines Freundes verriet ungewöhnliche Besorgnis.

Nachdem er die braune Fläche zwischen dem Gebäude des Hauptquartiers und dem kleinen Wäldchen noch einmal genau beäugt hatte, stieß Ni Bingdi einen Seufzer aus. «Man ist uns nicht gefolgt.» Er schob eine Hand tief in die Tasche seiner Jacke und förderte eine schwere Münzkette zutage. «Hier. Nehmt das. Steht nicht einfach da, nehmt es!»

Gan Zhong nahm die Schnur entgegen und starrte die runden Münzen mit den quadratischen Löchern erstaunt an.

«Wozu brauche ich all das Geld?»

«Um hier wegzukommen. Heute. Sofort.» Ni Bingdi blickte abermals über die Wiese zu dem Stall hinüber, in dem die Pferde des Stabs untergebracht waren. «Nehmt Euer Pferd und verschwindet. Hier.» Er fischte noch einmal etwas aus seiner Jackentasche, diesmal einen Bambusstreifen. «Ich habe den Befehl selbst unterzeichnet. Das ist Euer Pass für den Fall, dass Ihr aufgehalten werdet. Ich habe Euch einen offiziellen Auftrag erteilt.»

«Was soll das alles bedeuten?»

«Habt Ihr von einem Mann namens Fischmaul gehört?»

Gan Zhong dachte einen Augenblick lang nach. «Ja. Er sucht nach geflohenen Sträflingen.»

«Er ist sehr gut darin. Fischmaul ist heute Morgen hier angekommen und hat sich nach Gan Zhong erkundigt. Er hat seit Monaten jedes Lager und jede Arbeitseinheit durchkämmt.»

«Ah.»

«Als Sträfling mit einer Nummer wäre Euch vielleicht nichts passiert, aber weil der General Euch Euren rechtmäßigen Namen zurückgegeben hat, dauerte es nicht lange, bis Fischmaul erfuhr, dass Ihr Euch hier beim Militär aufhaltet.»

«Warum sucht er nach mir?»

«Auch daraus hat Fischmaul kein Geheimnis gemacht. Auf Befehl des Präfekten Lao Wen vom Amt für die Schwarzköpfe, weil Ihr neue Verbrechen gegen den Staat begangen habt.»

«Hier draußen?» Gan Zhong konnte sich ein Lächeln nicht verkneifen.

«Spielt es eine Rolle, wo Ihr es getan habt oder ob überhaupt? Der Präfekt will einen Eunuchen aus Euch machen.»

«Ich verstehe. Einen Eunuchen. Wo ist Fischmaul jetzt?»

«Im Augenblick ist er mit Essen und Trinken beschäftigt.»

Gan Zhong lächelte leicht. «Das habt Ihr arrangiert.»

«In der Tat. Er ist ein großer Mann mit einem großen Maul, aber er wird bald fertig sein. Dann wird er eine Schwadron anfordern, die ihm bei der Verhaftung helfen soll.» Ni Bingdi schüttelte den Kopf. «Wir können ihn nicht abweisen. Der Befehl, den er bei sich hat, ist gültig. Versteht Ihr? Ihr müsst sofort aufbrechen. Steigt auf Euer Pferd und reitet los!» Gan Zhong zögerte. Dann umfasste er kurz den Arm seines Freundes, schob die Kette mit den Münzen und den Bambusstreifen in seine Jacke und ging schnell und entschieden auf die Ställe zu. Sein Blick hob sich zur Mauer empor, deren graue Bollwerke sich über die Hügel zogen. Der Gedanke, von hier wegzugehen, verwirrte ihn, aber diese Verwirrung währte nicht länger, als er brauchte, um die verwelkte Heide der Schafweide zu überqueren. Als er im Stall die Flanken seines Pferdes vor sich sah, hatte er jäh die Freiheit vor Augen.

29

Die erste kaiserliche Rundreise hatte vor zehn Jahren stattgefunden. Damals hatten den Kaiser eine Reihe von Gründen zu dem langen, anstrengenden Unternehmen veranlasst. Neugier auf sein Reich, die Notwendigkeit einer triumphalen Zurschaustellung vor seinen Untertanen, das Bedürfnis, die Rechtmäßigkeit seiner Herrschaft zu beweisen – all das hatte ihn damals bewogen, die Ostküste mit ihren vielen Schreinen aufzusuchen. Er fuhr täglich in einem von fünf Wagen, die entweder mit Jade, Gold, Elfenbein, Leder oder Holz ausgestattet waren. Bei allen prangte ein blauer Drache auf der linken Seite des Fahrgestells und ein weißer Tiger auf der rechten Seite. Wenn Zehntausend Jahre ausstieg und zu Fuß irgendwo hinging, hielt man einen bestickten blauen Schirm über sein erhabenes Haupt.

Er hatte den Berg Tai auserkoren, um dort Zeremonien abzuhalten, die seine Herrschaft legitimieren sollten. Bei dieser ersten Reise hatte der Kaiser eine Gruppe konfuzianischer Akademiemitglieder an den Fuß des heiligen Berges beordert. Sein Ziel war es, geziemende Rituale für weitere kaiserliche Besuche zu schaffen. Als die Gelehrten es jedoch nicht fertig brachten, sich auf eine Prozedur zu einigen und untereinander in Streit gerieten, entließ sie der Einzige Erste. «Ihr Narren! Wie kommt es nur, dass Männer, nachdem sie lesen gelernt haben, arrogant und streitsüchtig werden? Wir werden es auf meine Weise machen.» Und er mühte sich tagelang ab, die jeweils passenden Riten für jeden heiligen Ort festzulegen.

Er ging jedes Problem mit einer nüchternen Direktheit an, die Beobachter in Erstaunen und oft auch in Angst versetzte. Täglich und mit erschöpfender Ausführlichkeit betete der Kaiser zu den Mächten von Blau, Gelb, Rot und Weiß, da diese auf geheimnisvolle Weise den Kosmos beherrschten. Er erstattete dem Himmel Bericht über seine Regierung und bat um deren Fortdauer. Gleichzeitig bedankte er sich auch bei seinen Vorfahren für all die Wohltaten, die ihm zuteil geworden waren. Er arbeitete unglaublich hart, um zu einer Einigung mit den Göttern zu gelangen. Er legte Jadetafeln in steinerne Schatullen und begrub sie auf den Gipfeln anderer Berge; sie enthielten einen recht prahlerischen Bericht über seine Führung des Reiches und seine Barmherzigkeit. Man hoffte, dass die über den Wolken wohnhaften Geister durch die kunstvolle Opferung von Bullen zugänglich gemacht würden, und unterstützte die Prozedur mit dem Klang von ritueller Musik und der Aufsehen erregenden Einmischung von Schamanen, die stundenlang wie in Trance tanzten und mit Taschenspielertricks brillierten.

Bei späteren Reisen hatte Zehntausend Jahre mit Hilfe einiger weniger auserwählter Zauberer seine wichtigsten Rituale auf dem Berg Tai im Geheimen abgehalten. Auf seiner letzten Reise ließ er sich in einer Sänfte durch Nieselregen und raue Winde den steilen Hang hinauftragen, um nach einem ganz besonders heiligen Ort zu suchen. Während sein vor Kälte zitterndes Gefolge unten wartete, suchte er zwischen den Steinen und den Felsspalten wie ein

Bettler, der im Müll stöbert. Eine Woche verstrich mit diesem Bemühen, und doch hatte er lediglich eine Stelle gefunden, die, wie er es ausdrückte, «im Herzen sang». Zu guter Letzt legte der Kaiser in einer beinahe unzugänglichen Felsspalte, zu der er und vier erschöpfte Schamanen hinaufgestiegen waren, drei bronzene Gebetstafeln in einer Jadeschatulle nieder. Nachdem er seine Helfer wieder hinabgeschickt hatte, blieb er ungeachtet der kalten Winde einen halben Tag lang dort, um allein seine Gebete zu sprechen. Als er taumelnd und mit rotem Gesicht wieder herabkam, murmelte Shi Huang Di: «Ich habe die Ewigkeit geschaut.»

Zu seiner letzten Expedition hatte der Kaiser Hu Hai mitgenommen, seinen jüngsten Sohn, und Meng Yi, den allseits beliebten Bruder seines Lieblingsgenerals. Kanzler Li Si gehörte ebenso zum Gefolge wie dessen Gehilfe Lao Wen.

Es gab allerhand Spekulationen, dass der Sohn des Himmels seinen Glauben an die Zahl Sechs aufgeben und von nun an die Zahl Fünf favorisieren wolle. Er hatte in letzter Zeit ein wachsendes Interesse an der Wirksamkeit von Zahlen an den Tag gelegt.

In seinem Zelt, das er mit Zhao Gao teilte, beklagte sich Lao Wen bei einem Schluck feurigen Schnapses darüber, dass er sich dieser kräftezehrenden Reise angeschlossen habe, um Erlösung für einen einzigen Mann zu suchen. «Was für einen Sinn hat das alles?», fragte er, während er sich noch einen Becher von der scharfen weißen Flüssigkeit einschenkte.

Zhao Gao zuckte lässig mit den Schultern. «Fast alles, was der Kaiser beginnt, erscheint oft nutzlos oder sogar töricht, aber er schafft es immer, irgendetwas daraus zu machen. Ihr werdet schon sehen. Er wird auch aus dieser Reise etwas machen.»

«Aber was? Ihr wart neulich nicht dabei, als er davon sprach, die Zahl Fünf feiern zu wollen.»

«Erzählt mir davon», sagte Zhao Gao. Sein Lächeln wurde breiter, als Lao Wens finstere Miene sich noch vertiefte. «Was hat Seine Majestät nun schon wieder angestellt?»

«Ohne jede Vorwarnung zeigte er plötzlich Interesse an den fünf Elementen. Das führte zu einer genaueren Betrachtung der fünf Richtungen und der fünf Farben.» Lao Wen schnitt eine Grimasse. «Dann entflammten andere bedeutsame Fünfergruppen seine Fantasie: Die fünf heiligen Berge, die fünf Musiknoten, die fünf Finger jeder Hand, die fünf Zehen an jedem Fuß.»

Zhao Gao lachte in sich hinein.

«Ihr würdet das an meiner Stelle gar nicht so komisch finden», erklärte Lao Wen verdrossen. «Wenn er seine Vorliebe einer neuen Zahl zuwendet, wird das Amt für Standards beinahe jedes Maßsystem, gleich, ob es Länge, Gewicht oder Volumen betrifft, vom Faktor sechs auf den Faktor fünf umstellen müssen.»

«Keine Zeit mehr für Singmädchen.»

Endlich spiegelte sich das Lächeln seines Freundes auch in Lao Wens Zügen wider. «Dafür würden wir wohl ein wenig Zeit freimachen können.»

Als die Kavalkade die Küstenstadt Lang Ye erreichte, setzte eine Gruppe von Zauberern Seine Majestät davon in Kenntnis, dass sie bei wiederholten Versuchen, die Inseln der Unsterblichen zu erreichen, gescheitert seien, weil ein riesenhafter Fisch sie ständig angegriffen habe. Was sie benötigten, seien Meisterschützen, die sie begleiteten und den Fisch erlegten, falls er abermals erschiene. Der Kaiser gewährte ihre Bitte. Nicht lange danach träumte er, gegen einen Meeresgott in Menschengestalt zu kämpfen. Er stieg in heller Wut aus seinem Bett und gab seinen Schamanen – von denen eine ganze Heerschar die Kavalkade begleitete – den Befehl, seinen Traum zu deuten.

Während er auf flauschigen Kissen saß und sich bequem an einen Baum lehnte, erschienen die Gerufenen mit feierlichen Mienen. Der oberste Schamane vollzog einige Riten – Rauch stieg auf, Zeremonienwedel wurden geschwungen, Gebete gesungen –, dann nahmen sich einige der einfallsreicheren Adepten den Traum vor. Er bedeute, dass Zehntausend Jahre zu guter Letzt die Nomaden besiegen werde; er bedeute, dass der Fürst der Winde ihn besucht habe; er bedeute, dass die Götter der Vier Meere von ihm verlangten, eine neue Entdeckungsreise zu unternehmen; der Traum bedeute, dass der Kaiser den Rest der bekannten Welt erobern werde; er bedeute, dass der Hohe Fürst des Weiten Himmels ihn zu seinem Adoptivsohn erkoren habe; er bedeutete so viele Dinge, wie es Schamanen gab, die sich dazu äußerten.

Als sie zum Ende gekommen waren, warf Shi Huang Di einen finsteren Blick in die Runde und bemerkte: «Es wurde nichts gesagt, was ich mir nicht selbst hätte ausdenken können. Ich glaube, der Traum ist ein großes Mysterium, und ich allein werde ihn verstehen, wenn die Zeit reif ist und er zu mir spricht. Geht weg, geht alle weg.»

Im siebten Mondmonat, in der heißesten Zeit des Sommers, erkrankte der Kaiser in einem Ort namens Shaqiu. Er hatte sich nicht mehr recht wohl gefühlt, seit er vom Berg Tai herabgestiegen war, wo er die Ewigkeit geschaut hatte.

«Was ist das für ein Ort?», fragte er, als man ihn in das bescheidene Gasthaus der Stadt brachte. Der Name des Gasthauses war Sandhügel. «Der ‹Sandhügel› wird in die Geschichte eingehen», sagte der Einzige Erste. Er hatte ein Gefühl in der Brust, als drücke ihn ein schwerer Stein nieder. Deshalb hatte er manchmal große Schwierigkeiten zu atmen, und dann wurde sein linker Arm taub. Zu schwer erkrankt, um weiterzureisen, blieb Zehntausend Jahre in dem Gasthaus. Er schickte Meng Yi zusammen mit einem halben Dutzend Zauberern zum Tai. Li Si bekam den Befehl, dort eine Granitstele aufstellen zu lassen. Er nannte sie den «Buchstabenlosen Berg». Da keine Worte hineingemeißelt waren, konnten die Geister ihre eigenen, unsichtbaren Worte auf die blank polierte Oberfläche schreiben. Sie baten die Berggottheit, andere Götter aufzusuchen und sie zu bitten, die Gesundheit des Kaisers wiederherzustellen. Er sprach niemals vom Tod, daher blieb diese Möglichkeit auch von seinen Gefolgsleuten unerwähnt. Dann verlangte er, dass man die Symbole der Unsterblichkeit um seine Lagerstatt versammeln möge: einen knorrigen Holzstock, Pfirsiche aus dem Süden (sie kamen per Expresspost, waren aber dennoch bereits verschrumpelt), Pilze, einen Kürbis und Stücke von Ambra und Zinnober. Li Si, der ständig an seinem Bett saß, sagte er, als er einmal nach einem unruhigen Schlummer erwachte: «Ich verstehe den Traum. Der Meeresgott in Menschengestalt ist der Tod, und ich kämpfe gegen ihn.»

«Ihr werdet ihn besiegen, Majestät.»

«Werde ich das?»

«Ich bin mir dessen gewiss.»

«Dann seid Ihr ein Narr wie die anderen auch. Ist mein Grab fertig?»

«Ihr werdet es nicht benötigen, Majestät.»

«Ist es fertig?»

Li Si konnte nicht sprechen aus Angst, man könne ihm seinen Schmerz anhören.

«Werde ich dort in Sicherheit sein?», fragte der Kaiser gereizt.

«Natürlich.»

«Aber ich werde nicht dorthin gehen. Nicht wahr? Ich habe das Grab erbauen lassen, um mir die Sterblichkeit anderer ins Gedächtnis zu rufen.»

Um Atem ringend, diktierte er einen Brief an den Prinzen Fu Su, in dem er seinen ältesten Sohn anwies, die Beerdigungsriten zu vollziehen, falls dies notwendig werden sollte. Das bedeutete zweierlei: Der Kaiser stellte sich einer Wirklichkeit, der er sich bisher nie gestellt hatte, und er hatte den verbannten Prinzen zu seinem Nachfolger erkoren. Nachdem er den Brief unterzeichnet hatte, sah er aufmerksam zu, wie er mit dem kaiserlichen Siegel versehen und kunstvoll mit einem gelben Seidenband zusammengebunden wurde. Dann rief er Prinz Hu Hai zu sich und informierte den jüngeren Sohn über seine Entscheidung.

Der Zweiundzwanzigjährige nahm diese Eröffnung nicht gut auf. Ein wenig unsicher auf den Beinen von zu viel Wein, rief Hu Hai aus: «Aber Ihr habt ihn verbannt! Ihr habt mich auf diese langweilige, schmutzige Reise mitgenommen. Hier sorge ich für Euch, während er an der Mauer mit Barbarenmädchen tändelt. Das ist nicht gerecht.»

«Du sorgst für mich? Du? Der Inbegriff der Sohnestreue?» Der kranke Mann brachte ein sarkastisches Grinsen zuwege, holte dann einige Male tief Luft, bevor er weitersprach. «Kein Wunder, dass ich mich gegen einen solchen betrunkenen, zimperlichen Idioten entschieden habe. Geh! Verschwinde!»

Shi Huang Di verließ nach dieser Aussprache nie mehr das Bett, sondern lag nur da und murmelte vor sich hin, dass er mehr Zeit brauche. Er befahl Li Si, an seiner Seite zu bleiben, und erklärte ihm, wenn seine Kräfte es zuließen, wie ungewöhnlich sein Leben auch weiterhin verlaufen solle. Es dürfe noch nicht zu Ende sein. Er müsse noch vollbringen, was er bereits im Sinne habe, und erst recht die Dinge, die noch unbekannt in seinem Bewusstsein schlummerten. «In meinem schlafenden Bewusstsein», sagte er, «werden Dinge gedacht ... die der Welt ... noch nie in den Sinn gekommen sind ...» Er drückte sich die geballte Faust auf die Brust. «... Dinge, die die Welt niemals erleben wird», sagte er, «wenn ich nicht weiterlebe.»

Um den Segen endlosen Lebens in einer anderen Welt zu gewährleisten, gaben ihm die Schamane Zaubertränke. Um ihm in dieser Welt zu helfen, zwangen andere Adepten der schwarzen Künste sowie kaiserliche Leibärzte ihn, Tinkturen zu schlucken, die gemahlene Perlen, Goldstaub und tierische Körperteile in verschiedenen Stadien der Verwesung enthielten. Das Krankenzimmer stank nach den verderblichen Heilmitteln und dem Rauch brennender Kräuter. Zehntausend Jahre verlor die Geduld mit Geschichten über das Jenseits und lauschte nur noch Versprechungen fortgesetzten Lebens genau hier, genau hier, genau hier. Man verabreichte ihm mit allerlei magischen Gesten Medikamente, aber der Schmerz wurde immer schlimmer.

Dann machte er eine jähe Verwandlung durch. Seine Miene versteifte sich und spiegelte plötzlich tiefes Misstrauen wider. Ein Stirnrunzeln trat an die Stelle seines permanenten Lächelns, und seinc feuchten, blinzelnden Augen folgten jeder Bewegung im Raum. Mit bebender Stimme schickte er alle Magier und Ärzte weg. Nur Li Si durfte bei dem Kaiser bleiben. Sie verbrachten einen großen Teil des Tages miteinander.

Wenn der alte Kanzler dann doch einmal aus dem Zimmer kam, standen Tränen in seinen Augen.

«Zehntausend Jahre ist wütend auf sich selbst, weil er auf Betrüger gehört hat. Er wusste immer, dass die Schamanen ihn hintergingen. Das jedenfalls sagt er jetzt. Unser Kaiser hat Angst», erklärte Li Si mit brechender Stimme. «Er beklagte sich darüber, dass ich zwanzig Jahre älter sei als er, es sei nicht gerecht, dass er vor mir gehen müsse. Ich erbot mich, mir die Kehle aufzuschlitzen, um ihm voranzugehen. Ich hätte es getan, wenn er es so gewollt hätte. Ich glaube, er war fast so weit, es mir zu befehlen.» Li Si wischte sich über die Augen. «Ich wünschte, er hätte es getan.»

Diese Zurschaustellung von Gefühlen ärgerte Lao Wen. Schließlich war dies eine Zeit zum Handeln. Daher war er bereit, als Zhao Gao ihn zu einer geheimen Beratung rief. Er hatte beinahe vergessen, dass der Aufseher der kaiserlichen Equipage nicht nur die Kutscher überwachte, sondern auch die kaiserliche Post auf den Weg brachte. Um diese Pflicht zu erfüllen, hatte Zhao Gao vollkommen rechtmäßig den Brief des Kaisers an Prinz Fu Su in seinem Besitz. «Was machen wir damit?» Zhao Gao wedelte mit dem versiegelten Brief.

«Wenn er abgeschickt wird, ist Fu Su der nächste Kaiser.»

«Wer sollte Kaiser werden?»

Lao Wen war sich durchaus im Klaren darüber, welchen Einfluss Zhao Gao auf den jüngeren Prinzen hatte. «Hu Hai sollte Kaiser werden.»

«Warum?»

Lao Wen hielt inne, dann sagte er es. «Er ist leicht lenkbar.»

«Das bedeutet, er ist die beste Wahl. Dies ...» Zhao Gao wedelte abermals mit dem Brief, «ist nicht das Schreiben, das Richtung Norden zur Mauer gehen wird. Etwas anderes muss an seine Stelle treten. Aber da wäre noch der Kanzler. Können wir ohne ihn vorgehen? Ihr kennt ihn schon seit Jahren. Wie viel Einfluss hat er noch bei Hof?»

«Nur noch wenig, vermute ich.»

«Nun, Vermutungen sind keine Tatsachen. Ich glaube nicht, dass Hu Hai auf ihn hören wird. Andererseits ist der Prinz, wie Ihr es ausdrückt, leicht lenkbar. Er geht in diese Richtung, in jene Richtung ...» Zhao Gao machte eine Handbewegung, die an einen schwimmenden Fisch erinnerte. «Es sei denn, es gebe ihm einer Rat, der das letzte Wort behält. Wenn dieses letzte Wort meins ist, dann kann ich ihn beherrschen wie einen Hund. Aber wir haben ein Problem. Als Erstes müssen wir den Kanzler auf unsere Seite bringen. Ist das möglich?»

Lao Wen dachte gründlich über die Frage nach, bevor er antwortete. «Wenn sowohl der Staat als auch seine Ehre auf dem Spiel stehen, wird er auf unserer Seite stehen. Aber Li Si wird nicht zufrieden damit sein, wenn man ihn vor die Wahl stellt, sich nur für das eine oder das andere zu entscheiden.»

«Dann müssen wir ihn davon überzeugen, dass wir beides retten.» Zhao Gao zerriss den kaiserlichen Brief. Sein gesundes Auge wanderte suchend im Raum hin und her, um sich schließlich direkt auf Lao Wen zu heften, den solche Konzentration aus dem Gleichgewicht brachte.

Sie trafen sich mit Li Si, der einen Gehstock quer auf dem Schoß liegen hatte. Zhao Gao sagte: «Ich möchte Euch nicht in Verlegenheit bringen, Großkanzler, indem ich Euch um Eure Meinung über Fu Su bitte. Er ist auf seine Weise ein ehrenwerter junger Mann, aber doch halsstarrig, kriegslustig und ziemlich ungebärdig. Wenn er den Thron besteigt, wird er gewiss seinen Freund, General Meng Tian, fördern. Dieses ungehobelte Großmaul – wenn ich die Wahrheit sagen darf – wird Euren Platz einnehmen, Herr. Ihr werdet Eure Tage als niederer Beamter beschließen, mit dem leeren Titel eines Herzogs in irgendeinem vergessenen Dorf. Wir ...» Er warf einen Blick auf Lao Wen. «... können den Gedanken an Eure Demütigung nicht ertragen. Tee, Exzellenz? Wein?» Er gab einem Diener, der mit dem Wein wartete, ein Zeichen. «Denkt auch an den Niedergang unserer Kultur. Es heißt, nach all den Jahren, die er an der Mauer verbracht habe, sei der General ein Barbar geworden. Er befolgt ihre primitiven Sitten. Er trägt ihre stinkenden Kleider. Er trinkt sogar ihre mörderischen Getränke. Er wird sie in Scharen auf unsere Seite der Mauer mitnehmen und in der Hauptstadt unterbringen. Wie werden wir in den Augen der Welt dastehen?»

Nach einem langen Schweigen nickte der Kanzler. «Ihr habt Recht. Meng Tian könnte das Reich zu Fall bringen. Er würde noch eine Mauer bauen, nur um zu beweisen, dass er es kann, und darüber würde er die eigentlichen Aufgaben der Regierung vergessen und uns vor unseren Nachbarn lächerlich machen. Wir können nicht zulassen, dass er Einfluss auf den Thron gewinnt.»

«Aber was ist dann mit seinem Gönner, Fu Su?», fragte Zhao Gao.

Der alte Mann dachte über die Frage nach. «Mir gefällt Fu Su, aber welcher Herrscher würde Meng schon an seiner Seite haben wollen? Wir müssen uns anderweitig umsehen.»

«Hu Hai?»

Bei dem bloßen Gedanken daran, schnitt Li Si eine Grimasse.

«Er ist natürlich noch jung. Aber er wird mit der Zeit klüger werden. Mit der Zeit – und mit unserer Hilfe.»

Lao Wen warf ein: «Er hat gute Absichten.»

«Wirklich, Lao Wen?», fragte der alte Mann zweifelnd.

«Ich weiß es. Ich habe viel Zeit mit ihm verbracht», log Lao Wen. «Hu Hai wird die Wünsche seines Vaters verwirklichen.»

Der Kanzler sagte nichts, sondern spielte nur mit seinem Weinbecher. Schließlich erklärte er mit dem rasselnden Seufzen des hohen Alters: «Also gut. Wir können nicht zulassen, dass der General uns Schande macht. Es soll Hu Hai sein.»

Also hatte er, wie sie gehofft hatten, den Ruf des Reiches mit seinem eigenen gleichgesetzt.

Lao Wen warf dem dicken, kleinen Eunuchen einen bewundernden Blick zu. Ich habe mich mit dem richtigen Mann zusammengetan, dachte er.

Jetzt, da Li Si auf ihrer Seite stand, konnten sie sich ans Werk machen.

Die Verschwörer fertigten ein testamentarisches Edikt (gefälscht von Zhao Gao) an, in dem Hu Hai zum Thronfolger erklärt wurde. Ohne das Wissen des Kanzlers fasste Zhao Gao außerdem jedoch einen neuen kaiserlichen Brief ab, in dem Fu Su und Meng Tian des Hochverrats angeklagt wurden; beide Männer erhielten den Befehl, Selbstmord zu begehen.

Der gefälschte Brief lautete: «Hiermit verfüge ich, dass nach meinem Tod mein Sohn Hu Hai die Beerdigungszeremonien abhalten möge. Mein ältester Sohn Fu Su hat nichts Rühmliches getan, das ihn irgendwie auszeichnen würde, sondern vieles, das ihn verurteilt. Er spricht schlecht von allem, was sein Vater tut: Das ist ein Verbrechen gegen den Staat, die Familie und die Götter. Was Meng Tian betrifft, einen Mann von übermäßigem Ehrgeiz und rebellischen Neigungen, so ist er nicht in der Lage gewesen, die Fehler meines Sohnes zu korrigieren, und hat sich dadurch selbst schwerer Versäumnisse schuldig gemacht. Daher gestatte ich beiden, sich das Leben zu nehmen.»

Als der Brief bei der Mauer ankam, war Meng Tian argwöhnisch. Er erklärte Prinz Fu Su, dass Zehntausend Jahre niemals einen solchen Brief gesandt hätte, ohne gleichzeitig jemanden zu benennen, der in Zukunft das Kommando über die Truppen führen solle. «Euer Vater ist ein praktisch denkender Mann. Er hätte an die Verteidigung der Grenze gedacht. Ich glaube, dieser Brief ist eine Fälschung.» Er sprach sich dafür aus, eine kaiserliche Bestätigung des Befehls zu verlangen.

Fu Su war weit entfernt vom Hof und allen Freunden. Er lebte in Schande. Die Anschuldigungen in dem Brief nahmen ihm jeden Mut. «Wenn ein Vater seinem Sohn zu sterben befiehlt», sagte der Prinz und zog seinen Dolch, «dann muss es geschehen. Warum sollte ein Vater seine Forderung wiederholen? Die Sache darf nicht verzögert werden.» Ohne jeglichen Protest und ohne jede Vorbereitung zog Fu Su sich die Klinge über die Kehle und ließ sich in eine sitzende Position auf den Boden sinken. Seine Augen hefteten sich dumpf auf das Blut, das sich in seinen Schoß ergoss.

Am selben Tag stiegen Meng Tian und einige Stabsoffiziere auf ihre Pferde und brachen zur Hauptstadt auf. Mit typischer Direktheit machte der General sich auf den Weg, die Wahrheit herauszufinden, aber eine große Streitmacht, die Zhao Gao ausgeschickt hatte, fing die Reiter ab. Der General wurde verhaftet und in das Gefängnis von Yangzhou gebracht.

Sein Bruder, Meng Yi, wurde nach dem denkbar kürzesten Gerichtsverfahren wegen Hochverrats hingerichtet. Auf diese Weise rächte Zhao Gao sich an dem Mann, der ihn einst wegen Diebstahls verurteilt hatte. Aber Zhao Gao war noch nicht zufrieden. Er wollte die gesamte Sippe Meng auslöschen.

Li Si war der Verschwörung größtenteils deshalb beigetreten, weil er Meng Tian nicht mochte. Aber wenn sie einen solchen Mann ohne vernünftigen Grund hinrichten ließen, würden sie damit dem Staat gewiss Schande machen. So wurde Li Si zum Fürsprecher des Generals, als die Verschwörer und Prinz Hu Hai in einem Bauernhaus unweit des Gasthauses, in dem der Einzige

Erste im Sterben lag, zusammenkamen. Li Si erinnerte sie an die Feldzüge des Generals gegen die Hunnen, an seine Errichtung der Geraden Straßen und der Großen Mauer und an seine Erfindung eines neuen Schreibpinsels. Entfernt ihn aus dem Amt, gut. Aber lasst ihn leben.

Hu Hai konnte während dieser von hoher Gesinnung zeugenden Verteidigungsrede nicht still sitzen. Als Li Si zum Ende kam, beugte sich der Prinz der Empfehlung seines anderen Ratgebers, Zhao Gao. Der alte Kanzler verneigte sich tief und trat einige Schritte zurück.

In diesem Augenblick wusste Lao Wen, dass die Karriere seines Mentors sich dem Ende zuneigte. Nach der Zusammenkunft eilte er zu Zhao Gao und bat um das Privileg, das Todesurteil gegen Meng Tian verkünden zu dürfen.

Zhao Gao gefiel diese begeisterte Haltung. «Gut», sagte er und klopfte Lao Wen auf die Schulter. «Tut das.»

Lao Wen war die ganze Nacht hindurch unterwegs, um am Morgen das Gefängnis in Yangzhou zu erreichen. In der einen Hand hielt er den Hinrichtungsbefehl, in der anderen eine Phiole mit Gift.

Als er vor den Gefangenen hintrat und ihm die Phiole anbot, packte Meng sie und hielt sie in die Höhe. «Schreibt meine letzten Worte nieder», verlangte er. «Als kaiserlicher Geschichtsschreiber bin ich nach wie vor verantwortlich für historische Berichte. Li Si wird meine Worte benötigen, damit der nächste Geschichtsschreiber sie aufgreifen kann. Schreibt sie nieder, oder ich werfe dieses Gift fort. Dann müsst Ihr Euer schmutziges Werk direkt verrichten, wenn Ihr dazu fähig seid.»

Lao Wen wandte sich an seinen Gehilfen und sagte: «Holt Pinsel und Tusche und einige Schreibtafeln.» Als der Gehilfe mit dem Gewünschten zurückkehrte, sagte Lao Wen: «General, wir sind bereit. Wir bitten Eure Exzellenz zu diktieren.»

«Habt Ihr genug Tafeln da?», fragte Meng den Gehilfen. Der nickte.

«Könnt Ihr die kleine Siegelschrift schreiben?»

«Exzellenz, wir bitten Euch zu diktieren», wiederholte Lao Wen kalt.

«Könnt Ihr es?», beharrte Meng Tian.

Wieder nickte der Gehilfe und bereitete dann die Tusche zu.

«Gut.» Der General wandte sich an Lao Wen. «Ich danke Euch, dass Ihr einen guten Schreiber mitgebracht habt. Es wäre falsch, meine Worte in einer ungesetzlichen Schrift festzuhalten. Ausnahmsweise einmal werde ich mich sehr kurz fassen. Ich hatte mehr als dreihunderttausend ergebene Soldaten unter meinem Kommando. Wenn ich eine Rebellion hätte anzetteln wollen, hätte ich das mit Leichtigkeit tun können und höchstwahrscheinlich sofort Erfolg damit gehabt. Aber ich wollte niemals gegen das Haus Qin aufbegehren. Niemals. Was also ist mein Verbrechen?» Er ging, wobei er die Phiole mit dem Gift hoch über seinem Kopf hielt, im Raum auf und ab. «Nun, es gibt kein Verbrechen.» Dann blieb er stehen und starrte die Gefängnismauer an, als wolle er den Zustand ihrer Ziegelsteine beurteilen. «Dennoch will mir scheinen, dass ich vielleicht in der Tat ein Verbrechen begangen habe – ein schwer wiegendes Verbrechen. Ich habe mehr als zehntausend *li* an Boden erschlossen, habe Wälle gebaut, Gräben ausgehoben. Irgendwo an dieser langen Mauer muss ich die große Erde verletzt haben, indem ich die geheimen Adern unter ihrer Oberfläche durchtrennte – es ist, als ob das, worauf wir stehen, der unschuldige Leib des Wahren Menschen oder das Herz einer barmherzigen Gottheit oder der lebendige Gedanke eines heiligen, unberührten Gottes wäre. Das allein ist mein Verbrechen. Sonst nichts. Ich liebe meinen Herrn. Bitte, setzt den Sohn des Himmels davon in Kenntnis, dass ich stolz bin, einem so großen Monarchen gedient zu haben. Für mich ist er immer ein Gott gewesen.» General Meng trank das Gift und setzte sich anschließend gleich mit übereinander geschlagenen Beinen auf den Boden des Gefängnisses. Er schloss die Augen, presste die Lippen zusammen und wartete. Nach einer Weile schüttelten die ersten Krämpfe seinen Körper. Nachdem er zur Seite gekippt war, wischte sich der ordnungsliebende General mit dem purpurnen Schal seines hohen Rangs die schaumbedeckten Lippen säuberlich ab, bis seine zuckenden Hände das Tuch nicht länger halten konnten. Mit angezogenen Beinen und den Körper gekrümmt wie eine Krabbe, hustete der

Erbauer der Großen Mauer mühsam, würgte einige Male und starb.

Lao Wen nahm seinem Gehilfen die Tafel aus der Hand und zerbrach sie überm Knie. «Was der Mann sagte, ist es nicht wert, aufbewahrt zu werden.»

Der Einzige Erste starb im Alter von neunundvierzig Jahren im siebenunddreißigsten Jahr seiner Herrschaft als König und im zwölften Jahr seiner Herrschaft als Kaiser. Wenn ein Monarch starb, legte man ihm für gewöhnlich einen getöteten Hund vor die Füße, um eine Sitte zu befolgen, die viele Jahrhunderte zuvor ihren Anfang genommen hatte. Diesmal jedoch geschah das nicht. Tatsächlich geschah überhaupt nichts, um sein Dahinscheiden kenntlich zu machen. Die Menschen, die an dem Gasthaus vorbeigingen, hatten keine Ahnung, dass in der vergangenen Nacht ein Mensch darin gestorben war.

Die Verschwörer fürchteten, dass sein Tod, wenn man ihn sofort bekannt machte, Rebellionen auslösen oder zumindest eine unziemliche Debatte der lebenden Prinzen über die Thronfolge entfachen könnte. Zhao Gao beschloss, den Kaiser am Leben zu halten, bis sie mit der Leiche in der Hauptstadt wären. Und so machte sich das kaiserliche Gefolge von Shaqiu aus auf den Heimweg. Nur einige Eunuchen, die vertrauenswürdigsten, wussten, was sich wirklich in dem Wagen befand. Sie brachten Speisen an die hinter Vorhängen verborgene Tür und verneigten sich, als antworteten sie auf einen Befehl aus dem Inneren des Wagens. Boten kamen mit Dokumenten herangeritten, um sich die Unterschrift des Kaisers geben zu lassen. Ein Eunuch reichte die Dokumente in den Wagen hinein, um sie nach kurzer Zeit unterschrieben dem Träger zurückzugeben. Die Kavalkade ratterte weiter durch das heiße, feuchte Wetter.

Etwas begann zu stinken. Der zunehmende Gestank schwebte über der Prozession wie ein widerlicher Nebel. Die Männer der Eskorte begannen erst einander und dann den Wagen anzusehen. Aus seinem Innern erging der kaiserliche Befehl, jeden Wagen des Gefolges mit all dem gesalzenen Fisch zu beladen, der in der nächsten Stadt zu haben war. Jedes Haus in dieser Stadt wurde durchsucht, jeder Krümel Fisch mitgenommen. Der Gestank des Fisches in der Hitze des Sommers überlagerte schon bald den Geruch nach menschlicher Verwesung. Ohne weitere Zwischenfälle reiste das Gefolge in die Hauptstadt weiter, wo der große Monarch für tot erklärt wurde. Nach einer kurzen Trauerzeit bestieg Prinz Hu Hai als Zweiter Kaiser der Qin-Dynastie den Thron.

30

Während ihr Mann mit dem Kaiser fort war, begann Youning aus Respekt für ihre gerade verstorbene Tante Weiß zu tragen. An ihrem Grab waren die Trauernden einen Schritt zurückgewichen aus Angst, ihr Schatten könnte gefangen werden, wenn sich der Deckel schloss. Die Sargträger hatten ihre eigenen Schatten an ihren Körpern befestigt, indem sie sich Stoffstreifen um die Hüften schlangen. So folgte der Tante also nicht einmal ein Schatten in das nächste Leben, obwohl sie doch immer so gern Gesellschaft gehabt hatte. Jetzt würde sie vielleicht allein in dem dunklen Land der Gelben Quellen leben müssen. Das war ein Schicksal, vor dem sie sich immer gefürchtet hatte.

Der Gedanke daran zog Youning in den Ahnenraum, wann immer sie ihr Elternhaus besuchte. Mit Tränen in den Augen betrachtete sie die mit Zinnober lackierte Tafel, auf der in Gold der Name der Tante geschrieben stand. Es war schwer zu glauben, dass sich die Stimme der Tante nie wieder erheben würde, weder warnend noch tadelnd. Zu Lebzeiten war sie oft schwierig gewesen. Im Tode war sie wie das lang ersehnte Gewitter nach einer Zeit der Dürre. Der Vater musste genauso empfunden haben, denn nun tappte er allein und mit ausdruckslosem Gesicht wie ein Junge, der sich verirrt hatte, durch die Korridore seines Hauses.

In ihrer Jugend hatte Youning sich für ihren Tod die fantastischsten Dinge ausgemalt, die allesamt darauf zielten, bei erdachten Zuschauern Mitleid zu erregen.

Sie hatte von Kindheit an gewusst, dass es zwei Seelen und den

Körper gab. Beim Tode trennte sich das geistige Element eines menschlichen Wesens von dem Leichnam und ritt hoch auf einem Drachen zu den Inseln der Unsterblichen, wo es einen nährenden Trank zu sich nahm. Dann machte dieses geistige Element sich auf den Weg zu den vier Pforten des Paradieses. Talismane halfen ihm, durch die Portale Chang Hes zu gelangen, die von menschlichen und tierischen Wächtern gehütet wurden. Von dort gelangte der Geist dann in das Land der Ewigkeit.

Der andere Teil der menschlichen Seele verblieb bei dem Leichnam. Um sicherzustellen, dass das *po* dort blieb, wurde es mit Gaben des irdischen Lebens versöhnt: Miniaturhäusern, Bauernhöfen, Boten, Kornspeichern, Kosmetikartikeln, Tassen, Schalen, Kleidern oder Seidenrollen, ja sogar mit Waschzubern und Weihrauchbrennern. Falls das *po* sich nämlich langweilte oder unzufrieden wurde, würde es das Grab verlassen und wieder auferstehen und als Dämon an den Lebenden Rache nehmen.

Diese Einzelheiten eines ungewissen jenseitigen Lebens fesselten Younings Fantasie. Sie träumte von ihrer Tante, die als *po* zurückkehrte und von der Sippe Jia verlangte, dass sie sie ins Paradies schaffte. In einem anderen Traum ritt Youning auf einem Drachen und prallte mit einem Jadeberg zusammen, nur um festzustellen, dass die Tante sie dort erwartete. Das Ausmaß und die Wucht ihrer Trauer erstaunten sie. In der Villa, in der sie allein und ohne Kind lebte, hatte Youning nur ihre wöchentlichen Musikstunden, auf die sie sich freuen konnte. An Unterrichtstagen stellte ihr Zofe Ying eine Weinkaraffe und zwei Becher in das Musikzimmer und legte auch eine große, weiche Matte hinein. Dann holte sie eine Seidendecke für Lehrer und Schülerin. Ying half ihr, das Gewand in der Farbe der Trauer abzulegen und stattdessen in eine weiche Robe von einem sinnlichen Blau zu schlüpfen. Sie ordnete das Haar ihrer Herrin und schmückte es mit einer Elfenbeinnadel und einer vorwitzigen roten Blume.

Youning betrat niemals das Musikzimmer, ohne die beiden Lauten auf ihrem besonderen Tischchen zu begutachten. Eine gehörte ihr, und die andere hatte bei früheren Unterrichtsstunden ihr Meister benutzt. Sie vermisste ihn mehr als ihren Vater, aber weniger als ihre Tante.

Ihr alter Meister hatte seine eigenen Ansichten noch mehr geliebt als den Wein. Nichts hatte ihn so sehr in Wallung bringen können wie eine Einmischung der Regierung in die Musik. «Unser großes Reich», pflegte der Meister mit einem schiefen Lächeln zu sagen, «ist wie eine gesprungene Glocke. Eines Tages wird es gerade so wie eine gesprungene Glocke in Stücke brechen.»

Er hatte die Laute verehrt. Ihr neuer Lehrer bevorzugte die Zither. Er war ein Witwer in mittleren Jahren, der die alte Sitte, sich zu blenden, um Hofmusiker zu werden, nicht befolgt hatte. Er lebte davon, den Reichen Unterricht zu geben und bei religiösen Ereignissen zu musizieren.

In letzter Zeit hatte Youning manchmal daran gedacht, sich ihn zum Liebhaber zu nehmen. Der Gedanke war nicht weit hergeholt. Sie hatte ihn dabei ertappt, wie er ihr leidenschaftliche kleine Seitenblicke zuwarf. Auf ihre zurückhaltende Art hatte ihre Zofe Ying sie ermutigt. Wenn Youning etwas Derartiges tat, dann durfte es nicht deshalb geschehen, weil sie sich an ihrem lasterhaften Ehemann rächen wollte, sondern um ein wenig Licht in ihr Leben zu bringen. Lange bevor sie diesem Impuls jedoch nachgeben konnte, wurde ihr klar, dass ihr einzig echtes Motiv der Verrat an Lao Wen wäre. Das war kein ausreichender Grund, um sich der Gefahr einer solchen Liaison auszusetzen. Außerdem war es ein demütigender Gedanke, sie könnte am Ende in den Armen eines Menschen liegen, der ihr nicht mehr entgegenbrachte als der Mann, der sie zu einer so verzweifelten Tat getrieben hatte. Dennoch – sie dachte darüber nach. Sie konnte darauf vertrauen, dass ihre Dienerinnen sie nicht verraten würden. Sie hatte sich mit ihrer gleich bleibenden Freundlichkeit und Großzügigkeit die Verschwiegenheit dieser Frauen schon vor langer Zeit verdient.

Alle Trauer und alle Fantasien lösten sich angesichts der Realität von Lao Wens Rückkehr und in Anbetracht von Shi Huang Dis Tod in Rauch auf. Während zahllose Rituale und das kaiserliche Begräbnis stattfanden, bekam sie ihren Mann kaum zu Gesicht und begann sich zu fragen, ob ihr letzter schrecklicher Zusammenstoß und seine Drohung vielleicht vergessen waren. Nicht ein einziger Tag verstrich, ohne dass sie darüber nachdachte, ob Gan Zhong noch lebte und ob Lao Wen ihn jagen ließ.

Nachdem der Erste Kaiser bestattet war und Prinz Hu Hai es sich als Zweiter Kaiser auf dem Thron bequem gemacht hatte, trat Lao Wen eines Nachmittags im Garten an sie heran.

Als sie sich gerade vorbeugte, um einige spät blühende Chrysanthemen abzuschneiden, hörte Youning seinen Schritt in dem knisternden, bereiften Gras, dann erdröhnte hoch über ihr seine Stimme: «Ich gebe Euch noch eine Chance.»

Sie hielt den Blick auf die Blumen gerichtet, die, auch wenn der Frost der vergangenen Nacht sie übel zugerichtet hatte, immer noch lebten.

«Hört Ihr mich?»

Sie weigerte sich, sich zu ihm umzudrehen. «Natürlich.»

«Zhao Gao wird nächste Woche mein Gast sein. Er ist der wichtigste Mann, den ich kenne. Habt Ihr verstanden?»

Sie betrachtete weiter mit großer Konzentration die Chrysanthemen in ihrem Korb. «Ich werde es nicht tun.»

Ein Schlag in den Rücken warf sie aus dem Gleichgewicht. Als sie von dem kalten Boden aufblickte, sah Youning in sein wütendes Gesicht über ihr.

«Ich werde Gan Zhong finden . . .»

«Er ist tot.»

«Tot oder lebendig, das spielt keine Rolle. Glaubt Ihr, ich würde es dabei bewenden lassen, diesen Narren zu kastrieren? Bevor ich fertig bin, werdet Ihr an mein Bett gekrochen kommen und mich anflehen, Euch vor der Art Männer zu beschützen, an die ich Euch zu verfüttern gedenke.»

«Ich weiß, dass das Eure Absicht ist.»

«Oh, und ob das meine Absicht ist, und ob.» Er drehte sich um und ging weg.

Sie blieb noch lange dort liegen. Als sie sich endlich aufsetzte, war Youning dankbar für den Schmerz, der in ihrem Rücken und ihrer Seite aufwallte. Dieser Schmerz sagte ihr, dass es wirklich geschehen war, dass seine Drohung Wirklichkeit war, dass sie entweder schnell etwas tun oder ihrem Leben ein Ende machen musste.

Sie brauchte Hilfe, aber wo konnte sie sie finden? Der Musiklehrer? Ungeachtet ihrer Fantasien war er kein Mensch, dem sie vertrauen konnte. Wenn sie zu ihm ging, war es durchaus wahrscheinlich, dass Lao Wen am nächsten Tag davon erführe. Susu? Ihre liebe Freundin aus Kindertagen war mit einem Kaufmann verheiratet, der seine Beziehungen zu hohen Beamten gewiss nicht in Gefahr bringen wollte. Ihr Vater? Er war ein einsamer Wanderer in seinem eigenen Haus.

Ying.

Wer verstand die Welt so klar und so tiefgründig wie die Dienerin, die, seit sie beide junge Mädchen gewesen waren, mit ihr zusammen erwachsen geworden war? An diesem Abend rief sie Ying in ihre Gemächer und kam ohne Vorrede zur Sache: «Ich werde dieses Haus verlassen. Der Außenmensch verlangt etwas von mir, das ich nicht tun kann.»

Die Zofe hörte ihr mit gesenktem Kopf zu.

«Sieh mich an.»

Ying hob den Kopf.

«Sag mir, was du denkst.»

Die Zofe sprach klar, wenn auch mit deutlicher Mühe. «Ich weiß, was vorgeht, Herrin. Wenn Ihr fortgehen wollt, werde ich Euch begleiten.»

«Darum bitte ich dich gar nicht. Du würdest alles aufgeben.»

«Ihr seid alles, Herrin.»

Nach einem langen Schweigen und mit Tränen der Dankbarkeit in den Augen sagte Youning: «Dann werden wir zusammen gehen.» Im nächsten Augenblick fragte sie jedoch atemlos: «Aber wohin?» Und erst dann wurde ihr klar, wie jämmerlich durchdacht das Ganze bisher war.

Ying sagte, ohne zu zögern: «Ich habe Verwandte im Osten. Sie werden uns aufnehmen.»

«Bist du sicher?»

«Ich habe sie gefragt.»

Youning betrachtete das flächige Gesicht, die scharfen Augen, die festen Lippen. »Ying, du denkst heute nicht zum ersten Mal darüber nach.»

Ying senkte abermals den Kopf.

«Du hast schon lange darüber nachgedacht.»
Ying sagte nichts.
«Ich danke den Göttern, dass sie dich zu mir geschickt haben.»
Die Dienerin ließ ihren Kopf noch tiefer sinken.
«Sieh mich an. Von jetzt an musst du mich immer ansehen.»
Ying hob den Kopf.
«Nächste Woche wird mein Mann mich seinem Freund geben. Danach jedem anderen.»
«Ja.»
Youning war schockiert über die Gefasstheit ihrer Zofe nach einer solchen Enthüllung. Ying wusste davon. Vielleicht war sich die ganze Dienerschaft der Villa über Lao Wens Absichten im Klaren. Vielleicht wusste auch ihr Musiklehrer, der ihr so sinnliche Blicke zuwarf, dass ihr Mann sie in Kürze jedem anderen überlassen würde.
«Ich glaube, ich habe von dem Diener des Herrn gehört», fuhr Ying fort, «dass es nach einer Zeremonie auf dem Berg Li beginnen wird. Das ist diese langwierige Angelegenheit, die im Morgengrauen beginnt und bis Sonnenuntergang dauert.» Ying gestattete sich ein winziges Lächeln. «Wir können schon weit fort sein, bevor er zurückkommt.»
Youning sah es im Geiste vor sich: Lao Wen, wie er nach einem vollen Tag anstrengender Rituale mit seinem Gefolge erschöpft nach Hause zurückkehrte; alle hatten Hunger und Durst; es würde sie erst spät nach Singmädchen verlangen; wahrscheinlich würde er erst gegen Mitternacht oder noch später nach ihr schicken.
Eine Woge der Erregung erfasste sie. «Das ist der Tag der Zeremonie des Empfanges Shi Huang Dis im Kreis der Unsterblichen durch den geflügelten Drachen.»
«Wir brauchen einen Mann, der uns begleitet.» Ying sah sie jetzt direkt an. «Es ist gefährlich auf der Straße ohne einen Mann.»
«Wird einer der Diener mitgehen?»
Ying schüttelte den Kopf. «Wir können keinem von ihnen vertrauen.»
Sie saßen eine Weile schweigend da, bevor Youning sagte: «Ich glaube, ich weiß jemanden.»

Als Youning eintraf, war Susu mit ihrem kleinen Sohn in der Speisekammer, einer Halle für sich hinter der Küche auf dem gewaltigen Anwesen. In Regalen verstaut, lagen Äpfel und Persimonen, daneben standen Krüge mit eingelegten Eiern, Säcke mit Salz und Weizenmehl sowie Gewürze und allerlei andere Dinge. Von den Dachbalken baumelten Stücke von Hirsch- und Rindfleisch.

Susu half dem Jungen gerade, sich einen Apfel auszusuchen, als ihre Freundin an die geöffnete Tür klopfte.

«Beendet erst einmal eure Arbeit», sagte Youning mit einem Lächeln. «Ich sehe, dass sie schwierig ist.»

Schließlich entschied der Junge sich für einen Apfel. Auf seinem Kopf waren zwei Zöpfe zu Hörnern aufgesteckt, und das übrige Haar, das ihm in die Stirn fiel, war exakt gerade geschnitten. Seine Wangen waren so rot wie der Apfel, den er in seinen dicken kleinen Fingern hielt. In dem Alter, ging es Youning durch den Kopf, musste Gan Zhong genauso entzückend gewesen sein. Das Kind, das sie etwa auf der Hälfte ihrer Schwangerschaft verloren hatte, war ein Junge gewesen. Lao Wen beschuldigte sie, die Fehlgeburt mit Absicht herbeigeführt zu haben, aber ein Schamane, der die Himmelskarte befragte, versicherte ihr, dass die Ursache eine unglückliche Begegnung verschiedener Sterne zur Zeit der Empfängnis gewesen sei. Youning freute sich für ihre Freundin, war aber gleichzeitig auch eifersüchtig auf sie.

Nachdem Susu den Jungen seiner Kinderfrau überlassen hatte, kehrten die beiden Freundinnen ins Haupthaus zurück.

Dieses hatte sich mit seinem blauen Ziegeldach, den überdeckten Gehwegen und den leuchtend gestrichenen Türstützen aus Rosenholz den Ruf erworben, eines der schönsten Wohnhäuser Xianyangs zu sein.

Susu führte ihre liebe Freundin in ein Wohnzimmer, wo sie sich auf aus Indien importierte Stühle setzten, die man «Barbarenstühle» nannte.

«Riech mal», drängte Susu und beugte sich dann vor, um die Armlehne ihres Stuhls zu beschnuppern. «Sandelholz. Riecht es nicht wunderbar frisch und sauber? Mein Mann hat diese Stühle in einer Stadt gekauft – hm, ich kann den Namen nicht aussprechen.»

«Susu, ich gehe weg.»

Das Lächeln war noch nicht aus Susus vollem, gelassenem Gesicht gewichen.

Daher fuhr Youning fort. «Ich laufe davon.»

Susu setzte sich aufrecht hin und umfasste die Stuhllehnen. «Weglaufen? Wie meinst du das? Nein. Das kannst du nicht.»

«Ich muss. Er verlangt schreckliche Dinge von mir.»

«Aber du kannst deinen Ehemann nicht einfach verlassen. Er wird dich aufspüren, und wenn nicht er, dann die Regierung. Man wird dir Soldaten hinterher schicken.»

«Mag sein, aber in Anbetracht dessen, was er mit mir vorhat . . .»

«Aber gewiss . . .»

«Hör mir zu, Susu. Ich werde sein Bett mit seinen Freunden teilen, mit Männern, die ich nicht kenne, und mit Singmädchen, und er wird zusehen. Kann ich das tun? Entweder ich fliehe oder ich sterbe.»

Susu sprang von dem Barbarenstuhl auf, ließ sich auf die Knie fallen und umarmte ihre alte Freundin. «Dann flieh», schluchzte sie. «Flieh, flieh . . .» Sie sah Youning mit Tränen in den Augen an. «Lass dir von mir helfen.»

«Ich bin hier, um um Hilfe zu bitten.» Als Erstes erklärte Youning ihr ihren Plan, mit ihrer treuen Dienerin fortzulaufen, wenn Lao Wen einer Zeremonie beiwohnte.

«Wo werdet ihr hingehen», Susu, die langsam ihre Fassung wieder fand, kehrte zu dem Barbarenstuhl zurück.

«Es gibt da ein Dorf im Osten.»

«Kennst du irgendjemanden dort?»

Youning schüttelte den Kopf. «Ich nicht, aber meine Zofe.»

«Wer sind diese Menschen?»

«Ihre Familie.»

«Aber meine liebste Freundin . . .» Sie ließ den Satz unvollendet.

Youning wusste, dass Susu entsetzt über den Gedanken war, von Bauern abhängig zu sein, und zu einer anderen Zeit wäre es ihr genauso ergangen, aber sie hatte keine Wahl, und niemandem, nicht einmal Susu, vertraute sie mehr als Ying.

Sie wandte sich einem anderen Thema zu. «Bitte sag deinem Mann nichts davon.»

Susu dachte einen Augenblick lang nach, bevor sie antwortete. «Das stimmt. Er würde dich melden, um mich zu schützen.»

Und um sich selbst zu schützen, dachte Youning. «Mit deiner Erlaubnis möchte ich mit deinem Neffen sprechen.»

«Mit Dun?» Susu sah sie verwirrt an. «Warum?»

«Meine Zofe und ich können nicht ohne einen Mann reisen.»

«Ja, das stimmt. Besondes heutzutage. Jetzt, wo der Kaiser nicht mehr da ist, heißt es, es herrsche bereits wieder Gewalt, obwohl ich eigentlich nicht weiß, wo.»

«Als du mit deinem Neffen bei mir warst, hat er mir seine Dienste angeboten. Jederzeit und für jeden Zweck.»

Susu lächelte traurig. «Nun, Dun ist ... du weißt schon – er ist ein seltsamer junger Mann.»

«Aber er hat es mir angeboten. Ich brauche deine Erlaubnis, um festzustellen, ob es ihm ernst damit war.»

Ihre Blicke trafen sich. So hatten sie sich früher angesehen, wenn sie sich darum zankten, wer ein bestimmtes Musikinstrument spielen dürfe. «Wenn ich nein sage?»

«Dann werde ich nicht mit ihm sprechen.»

«Ich könnte dir niemals etwas abschlagen.» Susu erhob sich und ging zur Tür, wo sie in den Flur hinauszeigte. «Dun lebt in einer kleinen Hütte am Rand des Teichs. Manchmal bekomme ich ihn tagelang nicht zu Gesicht. Ich schicke ihm Essen dort hinaus, was anscheinend alles ist, was ich für ihn tun kann. Er ist ein lieber Junge, sehr seltsam zwar, aber so lieb ...» Susu hielt inne, weil ihr klar wurde, dass sie nahe daran war, ihrer Freundin sehr wohl etwas abzuschlagen. «Ich bleibe besser hier.»

Youning fand ihn am Teich, wo er auf einem verwitterten Holzscheit saß. Obwohl seine vorstehenden Augen glänzten, schien Duns Blick auf nichts Bestimmtes gerichtet zu sein. Auch erhob er sich nicht, als sie näher trat. «Braucht Ihr mich?», fragte er, ohne Youning zu begrüßen.

«Ja, ich brauche Euch. Ich laufe meinem Ehemann davon.»

Der Ausdruck auf seinem langen, bleichen Gesicht zeigte nicht die geringste Reaktion auf ihre Eröffnung. «Das ist ein verwegenes Vorhaben.»

«Meine Zofe geht mit mir. Wir brauchen einen Mann, der uns begleitet.»

«Ja, sonst würden sie Euch kriegen.» Er ging nicht auf die Frage ein, wer «sie» waren, aber Youning vermutete, dass er von Agenten sprach, die ihr Mann mit der Suche nach ihr beauftragen würde.

«Ihr wollt, dass ich mit Euch gehe?», fragte Dun mit einer typischen Direktheit.

«Würdet Ihr das tun?»

Der junge Mann zuckte die Achseln und wandte sich wieder dem reglos daliegenden Gewässer zu. «Ich komme mit.»

«Dun.» Sie wartete, bis er wieder in ihre Richtung sah. «Hasst Ihr das Leben immer noch?»

Er nickte, als sei ihre Frage nebensächlich. «Es ist mir gleichgültig, ob ich gehe oder bleibe.»

Nach einem solchen Eingeständnis fand sie es unnötig, ihn weiter zu befragen. Vielleicht würde er sein Leben für jeden aufs Spiel setzen, der ihn darum bat. Hätte er auch nur das leiseste Zögern gezeigt, hätte Youning seine Hilfe abgelehnt. So wie die Dinge lagen, nahm sie sie an.

Sie packte den Spiegel ein, den Gan Zhong ihr vor langer Zeit geschenkt hatte. Sie rieb mit einer Fingerspitze über den geschnitzten Drachen auf seiner Rückseite. Ihr Großvater hatte ihr von Drachen erzählt, als sie kaum älter gewesen war als Susus Sohn.

«Der Drache kommt, um zu gehen», sagte Großvater. «Er erhebt sich in Freude, fällt jedoch im Zorn. Er ist jenseits des Rauchs und kennt keine Angst vor Mysterien. Er ist jenseits der Tiefen und außerhalb der Zeit. So habe ich es von meinem eigenen Großvater gehört», erklärte er ihr. «Der große *long* ist ein Regenbringer, der Herr des Wassers. Er macht sich so klein wie eine Seidenraupe oder so groß, dass er auf die Welt hinabblickt. Er schwebt durch Wolken oder taucht in den tiefsten Fluss hinab. Sieh ihn dir genau an. Die schweren Hörner eines Hirschs, der längliche Kopf eines Kamels, die leuchtenden Augen eines Dämons, die glitzernden Schuppen eines Fischs, die unbarmherzigen Krallen eines Adlers, die weichen Sohlen eines Tigers, die dicken Ohren eines Bullen, die langen Schnurrhaare einer Katze.» Er hatte darauf bestanden, dass sie seine Worte, die auch die Worte seines eigenen Großvaters und davor seines Ururgroßvaters gewesen waren, auswendig lernte, und so tat sie es. Mindestens einmal in der Woche rezitierte sie diese Worte zu Ehren des Großvaters, den sie noch mehr geliebt hatte als selbst ihren blinden alten Musikmeister. Aber der Mann, den sie am meisten geliebt hatte, war Gan Zhong, und um seinetwillen hoffte sie, dass er tot war.

31

Nachdem er Lao Wens Kutsche kurz nach Morgengrauen aus der Villa hatte fortfahren sehen, ging Dun zum Tor und wurde von Ying eingelassen, die genau wie er Bauernkleider trug. Auch Youning trug die Tracht der Bauern, als sie eigenhändig die zweirädrige Schubkarre in den vorderen Hof zog. Der Torhüter, der mit einer ansehnlichen Summe bestochen worden war, sowie ein alter Kehrer, der, wäre er jünger gewesen, sie vielleicht begleitet hätte, half ihnen, die Schubkarre zu beladen.

Bevor sie den anderen durchs Tor folgte, drehte Youning sich im Licht des frühen Morgens noch einmal um, um einen letzten Blick auf die rot geziegelten Dächer und die weiß getünchten Mauern zu werfen und auf die Säulengänge mit den blauen Geländern, durch die sie nun nie wieder schlendern würde. Hinter dem, was dieser letzte Blick ihr zeigte, lagen zwei Gärten und drei Höfe. Eine plötzliche Woge der Traurigkeit erschütterte Youning. Sie war nicht glücklich gewesen in diesem Haus, aber in seinen Räumen hatte sie das Lachen der kleinen Fuzhen gehört.

Die Reisenden folgten einer langen Reihe von Menschen, die aus der Hauptstadt hinausströmten. Dun schob die Karre, auf der sich in Decken gewickelte Gongs, Zithern, Klanghölzer und ein Haufen Kleidungsstücke stapelten. Die Instrumente hatten sie auf Beharren Yings mitgenommen, die kategorisch erklärte: «Meine Herrin braucht ihre Musik.» Youning ging gebeugt unter dem Gewicht des Bündels auf ihrem Rücken. Bisher waren zwei oder drei Bücher und eine Laute etwa die schwersten Dinge gewesen, die sie je getragen hatte.

Am Spätnachmittag waren sie noch immer unterwegs. Bewaldete Hügel versperrten den Blick auf die untergehende Sonne, aber nicht auf die Strahlen goldenen Herbstlichts, die jetzt schräg auf die Straße fielen. Youning blickte voller Staunen auf die Menschen um sie herum. Sie war dem gemeinen Volk noch nie so nah gewesen, außer auf dem Marktplatz. Ansonsten war ihr Leben von Gärten, Höfen, Säulengängen und abgeschiedenen Nordzimmern in Häusern auf umfriedeten Grundstücken fest umschrieben gewesen. Ab und zu hatte sie sich aus der Stadt zu den nahen heißen Quellen und Tempeln gewagt, aber niemals weiter – nicht einmal nach Chang'an, das nur eine halbe Tagereise entfernt war, oder nach Luoyang, das ein wenig weiter in östlicher Richtung am Wei lag. Jetzt war sie eine Reisende, die bei Sonnenuntergang ins Unbekannte ging.

Youning fühlte sich wieder wie ein junges Mädchen. Dieses Gefühl weckte in ihr die Hoffnung, dass man ihr ihre Angst und ihre Aufregung nicht ansehen würde. Aber dann gruben sich die Hanfriemen ihres Bündels in ihren Rücken und ihre Schultern. Der Schmerz überraschte Youning und machte ihr klar, dass sie nichts als das Unerwartete erwarten durfte.

Bei Sonnenuntergang führte Dun sie von der Straße weg und über einige nahe Felder, wo andere Reisende einen Platz für die Nacht suchten. Ying schlug vor, dass sie sich dicht bei den anderen halten sollten, auch wenn das bedeutete, auf dem kalten Stoppelfeld zu schlafen, aber Dun war nicht einverstanden. «Hier sollen sie uns nicht kriegen.»

«Wer soll uns nicht kriegen?», fragte Youning und sah ihn dabei durchdringend an.

«Die Schamanen. Wenn sie uns finden, verkaufen sie uns.»

Ihr wurde klar, dass der junge Mann im Geiste nicht hier auf dieser Straße war, sondern wieder auf jener Expedition seiner Knabenzeit, als seine Freunde in die Sklaverei verkauft wurden. Oft blickte er sich über die Schulter, als würden sie verfolgt. Manchmal fing er ohne äußere Ursache an zu niesen und atmete so schwer, dass sie stehen bleiben mussten, bis er sich wieder beruhigte. Konnten sie sich noch auf ihn verlassen, fragte sich Youning. Da überquerte er schon mit großer Entschlossenheit die Felder, bis sie an eine Nebenstraße kamen. Im Mondlicht gingen sie weiter und erreichten schließlich ein kleines Dorf, wo er auf einem Bauernhof ein altes Ehepaar dafür bezahlte, dass sie die Nacht in ihrem Stall verbringen durften.

Es gab warmes Stroh in den Boxen, von denen eine von einem alten, klapprigen Maultier bewohnt wurde. Ying holte einen Schafsfellsack mit kaltem Reis hervor und gab ihren beiden Weggefährten etwas davon in die zur Schale geformten Hände. Youning beobachtete ihre Zofe, wie sie die Lippen auf den Reis senkte und die Körner einsaugte, dann folgte sie ihrem Beispiel. Dun hatte ihre Fackel zwischen zwei Bretter geklemmt.

«Meine Tante hat geweint, als ich fortging», sagte er. «Aber ich habe ihr erklärt, dass uns nichts passieren könne, weil Seine Majestät uns ausgesandt habe, die Inseln der Unsterblichen zu finden.» Er durchstöberte sein Bündel, bis er das Gesuchte fand. Es war eine Holzflöte, die Youning sofort erkannte. Sie hatte einmal Susus Großonkel gehört, der sie wiederum von einem berühmten Musikanten aus Qi hatte, dessen Großvater sie bei einem musikalischen Wettbewerb im Staat Yan gewonnen hatte. Diese Flöte war Susus kostbarster Besitz. Jetzt hielt der junge Mann sie Youning hin. «Bitte, nehmt sie. Ihr müsst.» Er bot sie ihr einladend dar. «Die Tante hat mir unter Tränen das Versprechen abgenommen, sie Euch zu geben.»

Youning nahm die Flöte und genoss das Gefühl des blank polierten, alten Holzes unter ihren Fingerspitzen. Die liebe Susu.

Dann nahm Dun zwei Messer aus seinem Bündel und hielt sie den beiden Frauen hin. «Wenn man uns erwischt, werden die Schamanen Euch verkaufen. Es ist besser, Ihr schneidet Euch die Kehle auf.» Kaum hatte er das gesagt, als am Eingang des Stalls das Licht einer Fackel aufschimmerte. Ying streckte die Hand aus und löschte ihre eigene Fackel, aber es war zu spät.

Eine schroffe Stimme sagte: «Wir wissen, dass ihr da drin seid. Also kommt raus.»

Dun stand auf.

«Setzt Euch», drängte Youning, aber er schien sie nicht zu hören.

«Ich komme heraus, Ehrenwerte Schamanen», sagte er. «Ich mache Euch keine Schwierigkeiten. Ich bin hier, und ich komme jetzt raus. Ich bin das einzige Kind hier drin.»

Youning hatte ihn noch nie so ruhig und beherrscht gehört.

«Dann komm schon», sagte die schroffe Stimme, deren Besitzer mittlerweile neben der Tür zu stehen schien.

«Keine Bange», flüsterte Dun und beugte sich dicht über Youning. «Ich kenne diesen Zauberer. Man kann ihn bestechen.» Dann ging er hinaus.

Die Frauen starrten in die Dunkelheit und hörten nichts als das ungeduldige Schlurfen des alten Maultiers, dem die Störung zutiefst missfiel.

Lange Zeit geschah nichts. Youning begann zu hoffen, dass sie wieder gegangen seien. Dann erschien abermals ein Fackellicht in der Tür. «Ihr anderen da drin, kommt raus.»

Youning spürte, wie ihre Zofe ihre Hand umklammerte. Keine der beiden Frauen gab einen Laut von sich, als die Fackeln näher kamen.

Sie konnten den Mann sehen und ein halbes Dutzend Männer hinter ihm, jeder von ihnen bärtig und gekleidet wie ein Bauer. Sie waren unbewaffnet bis auf einen hoch gewachsenen Mann mit einer Axt und einen weiteren mit einem alten Schwert, bei dem es sich offensichtlich um das Überbleibsel einer anderen Epoche handelte.

Als Youning Anstalten machte, sich zu erheben, trat ein Mann vor und stieß sie grob zu Boden. «Was habt ihr bei euch?»

Wortlos zeigte Youning auf das Bündel. Zwei der Männer rissen ungeduldig an dem Knoten, bevor sie ihre Habe durchwühlten. Sie hatten einen schmutzigen Hanfsack bei sich und warfen ein paar Schnüre Münzen hinein, ein paar Halsbänder und Spangen, einen juwelenbesetzten Kamm und einen Spiegel. Als einer der Männer den letzten Gegenstand zur Begutachtung in die Höhe hielt, entfuhr Youning ein Stöhnen.

Es war der Liebesspiegel von Gan Zhong.

Jetzt wandten sie sich an Ying. Die Dienerin zeigte beflissen auf die verbliebenen Bündel, die die Männer mit demselben Eifer durchsuchten. Ying unterhielt sich mit ihnen, und zwar so ungezwungen, dass es Youning zutiefst schockierte, bis ihr klar wurde, dass ihre Zofe versuchte, die Männer zu beruhigen.

«Gibt es in diesem Dorf Arbeit für uns?», fragte sie.

Einer der Männer blies in die uralte Flöte, bis endlich ein schriller Ton kam. Als er abermals hineinblies, kam nichts, daher legte er sie übers Knie und brach sie entzwei.

Youning schrie auf.

«Ich habe gehört, dass es hier Arbeit gibt», sagte Ying freundlich.

«Nein», erwiderte einer der Männer, während er eine Robe in seinen Sack stopfte.

Plötzlich sagte Youning: «Wir sind Arbeiter genau wie ihr.»

Alle Männer unterbrachen ihr Wühlen, um sie anzusehen. «Was bist du, eine Dame?», fragte einer von ihnen.

«Nein, ich bin eine Arbeiterin genau wie ihr. Wir brauchen eure Hilfe.»

«Du redest wie eine Dame», sagte der Mann grinsend.

Die Fackel fuhr in die Höhe, und in ihrem Schein erschien ein sehr kleiner Mann, der nun feststellte: «Sie haben eine Schubkarre voller Sachen bei sich. Lauten, Gongs und solches Zeug.»

«Fang bloß nicht an, jetzt darauf herumzuhauen», sagte der große Mann mit der Axt und drehte sich zu den Frauen um. «Was hast du sonst noch, hohe Dame?»

«Ich bin eine Arbeiterin wie ihr.»

«Du bist eine Dame, daran gibt es keinen Zweifel. Sieh dich doch an. Weiß wie Kreide. Noch nie im Leben in der Sonne gewesen.»

«Und hübsch obendrein», bemerkte ein anderer Mann mit einem Kichern.

«Was ist mit den Gongs und dem anderen Zeug? Das ist ganz schön was wert», sagte der kleine Mann.

Youning fiel schluchzend auf die Knie. «Nehmt alles, was wir haben, bitte, aber lasst uns in Ruhe . . .»

Der Mann mit der blutbefleckten Axt starrte sie wütend an. «Wir bestellen das Land hier in der Gegend. Wir sind gute Männer, aber was bedeuten wir für eine wie dich? Nichts? Kommst du aus einem Palast, um uns zu sagen, dass wir nichts sind? Isst du Schildkrötenfleisch und trägst du Seide auf der Haut?»

«Lasst uns doch mal was sehen von dieser vornehmen Haut!», rief ein anderer und trat vor.

Ohne weitere Vorwarnung, ohne die leiseste Verabredung fielen sie über die Frauen her und rissen ihnen in ihrer Rage die Kleider vom Leib. Erregt von ihrer eigenen Kühnheit, stießen und drängelten sie einander in ihrem Eifer, sich zu beweisen. Die Vergewaltigungen gingen schnell, brutal und unbarmherzig vonstatten. Nachdem die Männer ihre mit Beute gefüllten Säcke ergriffen hatten und gegangen waren, lagen die beiden halb bewusstlosen Frauen Seite an Seite mit von sich gestreckten Gliedern in der Dunkelheit.

«Ying?», schluchzte Youning nach sehr langer Zeit.

«Ja. Ich bin hier.»

«Ich glaube, ich kann mich nicht bewegen.» Mehr sagte Youning nicht. Sie hatten diese Männer weder beleidigt noch angeklagt, noch hatten sie etwas Unrechtes getan. Warum also hatten sie ihnen etwas so Unvorstellbares angetan?

«Wenn wir von hier fortgehen, überlasst das Reden mir», sagte Ying abrupt. «Ihr sagt gar nichts. Ich kann wie eine Marktfrau reden.»

«Dann – ist es wegen der Art, wie ich rede, passiert?»

«Sie hätten es so oder so getan. Irgendetwas hätte sie so weit getrieben.»

Als einer der Männer sie bestiegen hatte, erinnerte Youning sich, dass sie nach Gan Zhong gerufen hatte. Und sie hatte auch nach Dun gerufen. «Wo ist Dun?»

«Wir können jetzt nicht nach ihm suchen», sagte Ying. «Ich möchte den alten Bauern und seine Frau nicht aus ihren Betten scheuchen. Wir werden Dun morgen früh finden.»

Würde es denn wirklich einen Morgen geben? Bis zum heutigen Tag war Youning in ihrem ganzen Leben nur mit einem Mann zusammen gewesen und hatte einen anderen begehrt, aber heute Nacht hatten mindestens ein halbes Dutzend Männer sie genommen, obwohl sie sie noch nie zuvor gesehen hatte und sie nie wieder sehen würde. War das nicht seltsam und grauenhaft? Seltsam. Grauenhaft. Worte hatten keine Bedeutung.

«Ying?»

«Ja.»

«Wie fühlst du dich?»

«Elend.»

«Ich habe Schmerzen.»

«Ja, hm, ich auch.»

«Ich glaube, ich blute. Ich kann mein Blut riechen.»

«Ist es viel Blut?»

«Nein.»

«Dann ruht Euch aus. Wartet bis morgen früh, wenn wir etwas sehen können.»

«Ich werde nicht schlafen.»

«O doch, das werdet Ihr.»

«Nein. Ich kann nicht. Ich werde nie wieder schlafen.» Als Youning sich auf die Seite drehte, weinte sie vor Schmerz, biss sich auf die Lippen und weinte noch ein wenig mehr. Als Nächstes zerrte dann eine warme Helligkeit an ihren Augenlidern. Sie schlug die Augen auf und blickte in das Licht des frühen Morgens.

Ying kniete, ein nasses Stück Stoff in den Händen, neben ihr.

Youning blickte auf ihre nassen Beine hinab. «Du hast mich sauber gemacht.»

«Wir sollten besser von hier verschwinden. Ich traue den beiden Alten nicht. Ich glaube, sie haben den Männern gesagt, wo wir zu finden waren.»

«Warum sollten sie das tun?»

«Um etwas dafür zu bekommen. Vielleicht ein oder zwei Kleider. Einen der Gongs.»

«Ich stehe auf.» Aber als Youning versuchte, sich zu erheben, spürte sie einen scharfen Schmerz im Unterleib und legte sich wieder hin.

«Herrin, Ihr müsst aufstehen.»

Mit dem Finger zeichnete Youning die Schrammen auf ihrem Gesicht nach; die ganze linke Seite war geschwollen. Einer der Männer hatte fest zugeschlagen.

«Herrin, Ihr müsst aufstehen.»

Sie hatten den Spiegel genommen, ihren kostbarsten Schatz. EIN SOLCHES GESICHT KÖNNTE ICH ZEHNTAUSEND JAHRE LANG ANSEHEN. Dieses Gesicht? Nicht zehntausend Jahre lang, nicht ein Jahr lang, nicht einen Tag – ein einziger Blick würde genügen. Youning schluchzte krampfhaft und hielt dann jäh inne. «Die Hosen», befahl sie, als würde sie in ihrem Haus von Ying angekleidet.

Jahrelanger Gewohnheit folgend, begann Ying, ihrer Herrin die zerrissenen Hanfhosen überzustreifen, aber zum ersten Mal in ihrem Leben stieß Youning die helfenden Hände weg. Auf der Seite liegend, schaffte sie es, die Hosen allein anzuziehen. «Ich möchte es nicht, wenn ich sterbe», sagte sie.

«Was, Herrin?»

«Ich möchte nicht, dass man mir einen Jadestein in den Mund steckt, damit mein Körper nicht verrottet. Ich will, dass er verrottet.» Unbeholfen schlang sie sich den Hanfgürtel um die Taille. Nachdem sie alle weitere Hilfe abgelehnt hate, richtete sie sich endlich auf.

«Könnt Ihr gehen, Herrin?»

«Ich werde gehen.» Sie presste sich beide Hände in den Schritt und stieß hervor: «Ich werde gehen, so weit ich kann. Ich werde noch weiter gehen.»

Ying senkte den Blick auf das Stroh, als wolle sie ihrer Herrin eine Peinlichkeit ersparen.

«Ja, ich werde noch weiter gehen.» Youning erhob sich zitternd auf die Füße. «Oh, es tut weh. Ich werde es schaffen.» Sie streckte die Hand aus, um sich an der Stallmauer festzuhalten. Sie machte einen Schritt und sank dann wieder ins Stroh.

Ying kam herbeigehuscht und strich ihr über das schmutzige, zerzauste Haar.

«Es tut weh, Ying, oh, es tut so weh.»

Ying umarmte sie und wiegte sie hin und her wie eine Mutter ihr Kind. «Habt Geduld.»

«Wir werden mit vollkommen leeren Händen von hier fortgehen, nicht wahr?»

«Ja.»

«Das ist die Wirklichkeit.»

«Ja, das ist die Wirklichkeit. Habt Geduld.»

«Aber ich werde gehen.» Sie machte sich aus Yings Armen frei und stand wieder auf. «Sieh dir das an.» In ihrer Hast hatten die Männer etwas von der Schubkarre fallen lassen. Es war Younings Ausgabe der «Schriften des Xun Zi» mit der Abhandlung über Musik. Sie hob das Buch auf, presste es sich an die Brust und sagte unter Tränen: «Dann ist also doch etwas geblieben.»

Nicht weit vom Stall entfernt am Rand der Straße stießen sie auf Dun. Seinen Kopf fanden sie nicht.

32

Diese Frau hatte das Unvorstellbare getan, und schlimmer noch, sie war damit davongekommen. Bis der Präfekt genug Soldaten beisammen hatte, um nach ihr zu suchen, war sie zu weit fort. Der Hauptmann, der das Kommando über die Abteilung führte, äußerte die Vermutung, dass die Dame hinter Xianyang die Hauptstraße verlassen haben müsse. Natürlich gab es ein halbes Dutzend Straßen, die von der Hauptstadt wegführten, daher bestand das erste Problem darin herauszufinden, welche Route sie genommen hatte. Der Offizier hatte gelächelt und die Hände zu einer Geste übertriebener Hilflosigkeit ausgebreitet, die Lao Wen schier zur Weißglut trieb.

Nachdem er sämtliche Diener zusammengetrieben hatte, züchtigte der Präfekt sie nicht und drohte ihnen auch nicht, sondern lobte sie, weil sie sich so lange mit Madame Lao abgefunden hätten. «Sie hat gelitten», murmelte er und griff sich an die Stirn. «Wir müssen ihr vergeben. Versteht ihr? Erzählt niemandem, was vorgefallen ist. Das ist die beste Möglichkeit, eure arme Herrin zu schützen. Wenn sie zurückkommt, wird alles so sein wie früher, und ihr werdet abermals belohnt werden, gerade so, wie ich die

Absicht habe, euch jetzt zu belohnen.» Er ließ einige Schnüre Münzen an die erstaunten Diener austeilen, obwohl er natürlich wusste, dass die Wahrheit langsam, aber unausweichlich ans Licht kommen würde.

In der Zwischenheit benahm er sich, als sei nichts geschehen, und widmete sich den alltäglichen häuslichen Problemen mit einem Eifer, der selbst seine gewohnte, auf Genauigkeit bedachte Strenge überstieg. Ein Haushofmeister klagte, überarbeitet zu sein; ein Wagenlenker wollte zwei Stallburschen loswerden; ein Landverwalter erstattete Bericht über die Ernte auf einem Lehen im Südwesten; ein zum Haus gehörender Schamane beschrieb ein bevorstehendes lokales Ritual; der Garderobenmeister besprach die neuen Jacken für die Diener; ein Koch entschuldigte sich für eine minderwertige Speise bei einem Festmahl vor einiger Zeit; der Gärtner, der gleichzeitig als Hausspion diente, hatte nichts zu melden, außer dass eine seiner Schubkarren fehle.

Unter normalen Umständen hätte Lao Wen allein in seinem Quartier vor sich hin gebrütet, eine Karaffe Wein in Reichweite, und das gefühlsmäßige und philosophische Ausmaß seiner Demütigung zu erkunden gesucht. Aber die Welt jenseits der Villa bedrängte ihn, sodass keine Zeit blieb, über private Dinge nachzudenken. Eine lebenslängliche Betätigung in der Politik verlangte von Lao Wen seine volle Aufmerksamkeit, falls er zu überleben wünschte – und vor allem begriff er, wie schwierig das Überleben an sich für Männer in der Regierung war. Nicht einmal seine persönlichen Probleme machten ihn blind für den unberechenbaren Charakter des neuen Kaisers. Beinahe über Nacht hatte Hu Hai sich von einem trunksüchtigen, unsicheren Flegel in einen trunksüchtigen, selbstbewussten Flegel verwandelt. Er gab den Menschen einen Vorgeschmack auf die Dinge, die noch kommen würden, indem er gleich am Tag der Beisetzung seines Vaters sein launenhaftes Wesen offenbarte. Auf dem Weg zum Berg Li erklärte er seinen Ministern während einer Erfrischungspause: «Es wäre unmoralisch, die Damen fortzuschicken, die keine Söhne von meinem Vater hatten. Vielleicht können sie im nächsten Leben ihre Pflicht für ihn erfüllen.» Man hatte sämtliche Haremsfrauen mitgenommen, damit sie beteten und weinten; zweifellos sahen sie bereits dem warmen Essen später in ihren Gemächern entgegen. Bei der Ankunft am Li wurden die kinderlosen Frauen unter ihnen jedoch zusammengerufen und schreiend oder halb ohnmächtig in die Gruft getragen, wo man sie einschloss, damit sie auf ewig das Bett des toten Mannes teilten. Dann beschloss Hu Hai plötzlich, dass jeder, der sich noch in der Gruft befand – Arbeiter, die die Farbe auffrischten oder im letzten Augenblick noch Schutt zusammenkehrten –, dort bleiben solle, um für alle Ewigkeit zu arbeiten. Hochrangige Handwerker saßen ebenfalls in der Falle, als das mittlere Tor sich mit einem lauten Klirren schloss und Hunderte, vielleicht Tausende von Menschen Dunkelheit und feuchter Kälte überantwortete.

Wenn Lao Wen den Kaiser auch fürchtete, so fühlte er sich doch zumindest der Fürsprache seines Freundes Zhao Gao sicher. Der kleine, untersetzte Eunuch war mittlerweile Großkanzler zur Rechten, nur einen Schritt entfernt vom höchsten Minister. Er bewegte sich mit einer Trägheit, als sei er doppelt so schwer, wie er wirklich war. Sein massiger Kopf drehte sich, als sei er eins mit seinem Torso, eine Bewegung, die ebenso berechnet wie bedrohlich wirkte. Er sprach auf eine ausdruckslose und einförmige Weise, die den beunruhigenden Eindruck erweckte, er habe das meiste dessen, was er in der Öffentlichkeit sagte, in der Abgeschiedenheit seiner Gemächer gründlich geprobt. Zhao Gaos Appetit auf Jungen und Mädchen – je jünger, desto besser – schien unersättlich, und Lao Wen lieferte ihm, wonach es ihn gelüstete.

Es war für alle Höflinge ersichtlich, dass Zhao Gao Li Si als ersten kaiserlichen Vertrauten ersetzt hatte. Er hatte die Gabe, jede Gelegenheit zu nutzen, um sich selbst und seinen Anhängern einen Vorteil zu verschaffen. Als Hu Hai eines Tages über seine mangelnde Beliebtheit klagte, drängte Zhao Gao den jungen Herrscher, hart und unbarmherzig zu sein statt entgegenkommend und duldsam.

«Ich erkühne mich, davon zu sprechen», sagte er, «obwohl ich niedrig und unbedeutend bin. Eure Majestät hat mich gütigerweise in ein hohes Amt erhoben, aber einige Menschen grollen Euch deswegen. Ich erbitte lediglich um Eures eigenen kaiserlichen Wohles willen, dass Ihr absolute Kontrolle ausübt und den unablässigen Ränken arroganter Männer Einhalt gebietet. Folgt der Philosophie Eues edlen Vaters. Erhebt jene, denen Ihr vertraut. Er würde Euch raten, Euch von Männern zu befreien, die einst nur ihm treu ergeben waren.»

Am nächsten Tag erlaubte Hu Hai Zhao Gao, Haftbefehle für Beamte in allen Abteilungen der Regierung auszugeben. Für etwa zwanzig verlässliche Männer, die unter Shi Huang Di ein Amt bekleidet hatten, folgten schnelle Verhandlungen und ebenso schnelle Hinrichtungen.

Zhao Gaos Einfluss war so groß, dass er den Zweiten Kaiser überreden konnte, selbst Mitglieder der kaiserlichen Familie töten zu lassen. Zwölf Prinzen und zehn Prinzessinnen wurden hingerichtet, einige von ihnen auf dem Marktplatz der Hauptstadt und einige in der Sommerfrische Duling, wo man ihnen mit Gespannen die Glieder aus dem Leib riss.

Noch vor seiner Verhaftung erbat einer der Prinzen Gelder für die Bezahlung seiner Beerdigung am Fuß des Li, damit er in der Nähe seines Vaters bleiben könne. Er tat dies nicht aus Liebe zu einem Mann, der kaum je einmal mit gesprochen hatte. Er tat es aus Angst, dass seine ganze Familie ebenfalls hingerichtet würde. So verfasste er ein sorgfältig formuliertes Memorandum an den Zweiten Kaiser.

Als unser Vater starb, hätte einer von uns ihm folgen sollen. Als der Niedrigste unter uns habe ich es als meine Pflicht erachtet, und doch bin ich am Leben geblieben. So ist es nun bedauerlich klar, dass ich als Sohn gegen meinen Vater gefehlt habe und als Bürger untreu war. Ich bin arm durch meine eigene Misswirtschaft, und meine Familie blickt in eine Zukunft, die ihr nichts als gewöhnliche Arbeit auf den Feldern zu bieten hat. Möge Eure Majestät, mein geliebter Bruder, die Güte und das Mitleid mit mir haben und mir die erbetenen Gelder für die Beerdigung gewähren und mich dann sterben lassen.

Entzückt über diesen Vorschlag, gewährte der Kaiser einhunderttausend Münzen für eine Aufsehen erregende Beerdigung. Wie er vor versammeltem Hofe Zhao Gao zurief: «Diese Bitte ist ebenso rechtschaffen, wie sie zur rechten Zeit kommt.»

Zhao Gao pflichtete ihm bei. «Eliminiert die Gefahr, und dann», sagte er, «könnt Ihr euch auf ein Seidenkissen zurücklehnen, Majestät, und nach Euren Lieblingsfrauen rufen lassen. Vergesst die Sorgen des Reichs. Um diese Dinge wird man sich kümmern.»

Lao Wen stand wie vom Donner gerührt da angesichts dieses stillschweigenden Eingeständnisses der kaiserlichen Faulheit und Nutzlosigkeit. Aber Zhao Gao hatte den Kaiser richtig beurteilt. Hu Hai war hochzufrieden über die Aussicht auf die fortgesetzte Muße, als sei er vollkommen blind gegen die unausgesprochene Verachtung für seinen Charakter, die damit einherging.

Einige Wochen später rief Zhao Gao dann jenes nahen Verwandten des Prinzen, der am Li begraben worden war, Hu Hai in sein kaiserliches Gedächtnis. Zhao Gao deutete an, dass diese Personen möglicherweise eine Bedrohung für den Erhabenen Kaiser darstellen könnten, und so ließ Hu Hai sie ohne Verzug ebenfalls hinrichten. Der unglückliche Prinz hatte es nicht geschafft, seine Familie zu retten, im Austausch gegen ein Begräbnis in der Nähe eines Mannes, den er nie gemocht hatte.

Li Si war jetzt zweiundsiebzig Jahre alt. Manchmal, in seltsamen Augenblicken, erinnerte sich Lao Wen an den Kanzler, wie er in seinen kräftigen Tagen gewesen war, nicht so, wie er heute war, gebeugt und zitternd, mit seibernden Lippen. Obwohl seine große Familie durchweg gut für sich gesorgt hatte, sei es durch Heirat oder durch Talent, bevorzugte er einen Sohn ganz besonders, Li You, der jetzt Gouverneur einer Provinz war.

Bei einem Fest zu Ehren Li Yous hatte der Großkanzler bescheiden erzählt: «Ich war nur ein Mann aus dem gemeinen Volk, aus den Nebenstraßen von Shangcai. Durch kaiserliche Gunst gelangte ich in eine hohe Position. Es war mein großes Vorrecht, Shi Huang Di viele Jahre lang dienen zu dürfen. Das Schicksal hat es wahrlich gut mit mir gemeint. Aber wenn die Dinge ihren Gipfel erreichen, neigen sie sich dem Verfall entgegen. Ich weiß noch nicht, wann ich mein Pferd abspannen und fortgehen werde, aber mein langes Leben war ein sehr gutes, gekrönt davon, dass mir ein Sohn wie Li You geschenkt wurde.»

In jener Nacht gab Lao Wen zum ersten Mal, seit seine Frau davongelaufen war, ein Fest in seiner Villa. Während im Nebenzimmer die Musikanten spielten, tranken er und Zhao Gao Wein und warteten auf die Tänzer – zwei Jungen und zwei Mädchen.

«Der Kanzler hat heute einen schwer wiegenden Fehler begangen», sagte Zhao Gao mit einem Kichern. Er hatte sich Rouge auf seine schwammigen Wangen und seine Lippen gelegt, was ihm das verschwommene Aussehen einer plumpen Witwe in mittleren Jahren nach zu viel Wein verlieh.

«Welchen Fehler?», erkundigte sich Lao Wen.

«Ihr müsst dies hier häufiger benutzen!» Zhao Gao tippte sich an die Schläfe. «Aber egal – wo steckt eigentlich diese Ehefrau, die Ihr mir vor so langer Zeit versprochen habt?»

Lao Wen versuchte zu lächeln.

«Nun, holt sie!» Aber dann brach Zhao Gao in schallendes Gelächter aus und strich Lao Wen über das ausgemergelte Gesicht. «Ich weiß, ich weiß. Es heißt, sie habe den Verstand verloren. Vergesst sie. Lasst uns einen Trinkspruch auf den Kanzler ausbringen!» Er hob seinen Becher. «Wenn die Dinge ihren Gipfel erreichen, neigen sie sich dem Verfall entgegen!»

Am nächsten Tag erwähnte Zhao Gao dem Sohn des Himmels gegenüber, dass der Kanzler seinen Sohn mit einem großen Fest geehrt habe.

Diese Tatsache war von äußerst geringem Interesse für den jungen Kaiser, dessen Augen noch blutunterlaufen waren nach zu viel Wein in der vergangenen Nacht.

«Unser wortgewandter Kanzler zur Linken hielt eine Rede, in der er erwähnte, dass es sein großes Pivileg gewesen sei, Shi Huang Di für viele Jahre dienen zu dürfen.»

Die Augen des Kaisers wurden noch größer. «Hat er auch mich erwähnt?»

Zhao Gao tat so, als müsse er gründlich über diese Frage nachdenken, bevor er schließlich den Kopf schüttelte. «Es tut mir

Leid, Hochgeschätzter, aber von Euch hat er nicht gesprochen.» Nach einer Pause fügte er hinzu: «Natürlich, ich denke, der Kanzler hat die Gewohnheit, den Vater zu erwähnen, aber nicht den Sohn.» Er lächelte, als sei ihm plötzlich ein seltsamer Gedanke gekommen. «Das ist eine sehr konfuzianische Einstellung.»

Lao Wen und andere konnten sich kaum das Lachen verbeißen. Li Si war sein Leben lang ein Gegner von allem Konfuzianischen gewesen, aber das hatte der neue Kaiser entweder vergessen oder erst gar nicht gewusst. Binnen einer Woche weigerte sich der Kaiser, ihm täglich Audienzen zu gewähren, und auf Zhao Gaos sanftes, aber beharrliches Drängen hin begann eine geheime Überprüfung des Kanzlers zur Linken. Zur gleichen Zeit und ebenfalls auf Zhao Gaos eher lässig geäußerten Vorschlag hin verzog der junge Kaiser sich mitsamt seinen Frauen und seinen Weinfässern in die entlegensten Winkel des Palasts, um «seine Würde zu bewahren», während er es Männern von größerer weltlicher Erfahrung überließ, die lästigen Staatsangelegenheiten zu regeln.

Selbst als es Li Si gelang, eine Audienz beim Kaiser zu bekommen, legte Zhao Gao den Termin mitten zwischen kaiserliche Vergnügungen. Das missfiel dem genusssüchtigen Herrscher zutiefst. Dennoch war es Li Si endlich möglich, offen zu sprechen. «Zhao Gao ist nicht vernünftig», beklagte er sich bei dem Sohn des Himmels, dessen Hand auf der Brust einer bis zur Taille nackten jungen Frau lag. «Der Ehrgeiz dieses betrügerischen Burschens kennt keine Grenzen.»

Der Kaiser hörte mit skeptischem Lächeln zu und schickte den Kanzler dann mit einer nachlässigen Handbewegung weg.

Li Si konnte aufgrund seiner eigenen Geschichte auch bei anderen Beamten keine moralische Unterstützung finden. Er hatte sich stets für die absolute Machtbefugnis des Herrschers ausgesprochen, ohne die Möglichkeit in Betracht zu ziehen, dass ein solcher Herrscher diese Macht nicht nur missbrauchen, sondern auch so verkommen lassen könnte, dass sie keinen vernünftigen Nutzen mehr hatte. Seiner Unentschlossenheit und Niedergeschlagenheit zum Trotz beschloss Li Si, eine letzte Anstrengung zugunsten seines geliebten Landes zu unternehmen. Indem er sich zu diesem Schritt entschloss, versuchte er den Ministern der Vergangenheit nachzueifern.

In Zusammenarbeit mit zwei anderen ergebenen Beamten – Feng Zhuji und Feng Jie – verfasste er eine Denkschrift, die dem Kaiser vorgelegt werden sollte. Das Dokument beschrieb die Ursachen der jüngsten Unruhen, wobei besonders die schwere Besteuerung des einfachen Volkes hervorgehoben wurde. Ferner enthielt es den Vorschlag, weitere Arbeiten an dem kostspieligen Palast von Ebang zunächst einzustellen und gleichzeitig zusätzliche Gelder für öffentliche Arbeiten bereitzustellen.

Als man ihm die Denkschrift vorlas, grübelte der Zweite Kaiser lange vor sich hin, bevor er sprach. «Das Wunderbare daran, ein Reich zu besitzen, ist die Möglichkeit, zu tun, was man möchte, und seine Wünsche zu befriedigen. Wollen diese Männer mir das nehmen?» Vor den Augen aller Anwesenden begann er zu schluchzen. «Man nennt mich den Herrscher der Zehntausend Wagen, aber nicht einmal tausend schützen mich. Wie ist es möglich?» Er setzte seine Klage fort, während ein Eunuch ihm mit einem parfümierten Seidentaschentuch die Tränen aus den Augen wischte. Sein Vater hatte die Welt erobert, und doch streiften Verbrecher durchs Land und bereiteten ihm Kummer. Der Einzige Erste residierte jetzt in einem großen unterirdischen Palast, der ihm in der Ewigkeit Trost schenken würde, aber sein ergebener Sohn sollte einen weitaus bescheideneren Palast oberhalb der Erde unvollendet lassen. «Wenn ich es ablehnte, die Früchte der großartigen Herrschaft meines Vaters zu genießen, würde ich ihn damit beleidigen. Ist es das, wozu diese drei Minister mich drängen wollen? Was für undankbare Ungeheuer müssen sie sein? Sie taugen für kein Amt. Sie taugen nicht für das Leben in meinem Reich.»

Im Angesicht der drohenden Verhaftung begingen die beiden Fengs Selbstmord, um öffentliche Schande zu vermeiden.

In Begleitung von Lao Wen machte der neue Kanzler zur Linken sich auf den Weg, um den alten zu verhaften. Als sei das Ganze ein Spiel, versuchte Zhao Gao, die Bescheidenheit, die Li Si einst so berühmt gemacht hatte, nachzuahmen.

«Ich bin nicht mehr», sagte der Eunuch zu dem alten Mann,

«als ein Lakai des Palastes. Durch die Schriften meines Pinsels war es mir vergönnt, Eintritt in den Palast zu finden. Heute komme ich demütig und traurig hierher, um die kaiserlichen Wünsche auszuführen.»

Der alte Mann war nicht so alt und so zerbrechlich, dass er nicht genug Mut aufgebracht hätte, um Zhao Gao ins Gesicht zu lachen. «Mein ganzes Leben lang hatte ich mit Ränkeschmieden zu tun, mit klugen wie mit dummen. Ich habe noch nicht festgelegt, zu welcher Sorte Ihr gehört, obwohl ich dazu neige, Euch der Kategorie der dummen zuzuordnen. Euch dagegen», sagte er an Lao Wen gewandt, «kenne ich gut. Ihr seid nicht dumm, aber ein schlechter Menschenkenner.»

Li Si wurde vor der Verhandlung gefoltert. «So viel zu den Prinzipien im Land», murmelte er, als man ihm das Fleisch auf Bauch und Brust an einem Dutzend Stellen aufgeschnitten hatte. Der geschickte Folterknecht sorgte dafür, dass Li Si stark genug blieb, um vor Gericht zu erscheinen.

Die Verhandlung war kurz. Li Si und sein Sohn wurden der Aufwiegelung bezichtigt und zu *yaozhan*, dem Entzweischneiden in der Taille, verurteilt.

Aus einer Anwandlung bösartiger Neugier heraus besuchte Lao Wen den Verurteilten und war enttäuscht zu sehen, dass Li Si seit der Verhandlung etwas von seiner alten Energie wieder gefunden hatte. Und mehr noch, der ehemalige Minister begrüßte ihn wie einen alten Kollegen und nicht wie einen verräterischen Untergebenen. Lao Wen war nicht allzu überrascht: Li Si war stets unberechenbar gewesen.

Lao Wen blieb in der kalten Zelle stehen, während der Gefangene auf einem Haufen schmutzigen Strohs saß. «Wie geht es Eurer Frau?», fragte Li Si mit einem boshaften kleinen Lächeln.

«Ihr geht es gut.» Lao Wen hätte ihn beinahe geschlagen.

«Mögen ihr zehntausend Sommer und Winter gewährt sein. Und wie ist es mit Euch?»

«Gut.»

In Li Sis Gesicht leuchtete das Lächeln eines sehr viel jüngeren Mannes auf. Einen Augenblick lang erinnerte er Lao Wen an den Falkner, der im Wind stand.

«Hütet Euch vor Zhao Gao.» Er drohte ihm wie einem Schuljungen mit dem Zeigefinger.

Lao Wen antwortete nicht.

«Er ist eine Motte auf dem Flug zur Flamme.»

Lao Wen sagte nichts.

«Von all den Dingen, die ich bedaure», fuhr Li Si fort, als seien sie mitten in einem vertraulichen Gespräch, «und es gibt vieles, was ich bedaure, macht mir wohl meine Behandlung eines alten Freundes am meisten zu schaffen.»

«Ich nehme an, Ihr sprecht von Han Fei Zi.»

«Natürlich. Ihn zu vernichten und ihm dann eigenhändig Gift anzubieten. Warum habe ich so etwas getan? Ich stelle mir diese Frage sehr oft und finde keine Antwort darauf. Nicht einmal jetzt. Nicht einmal, wo es keinen Sinn mehr ergibt, der Wahrheit auszuweichen.» Bei dieser Begegnung, die ihre letzte sein würde, verspürte Lao Wen das starke Bedürfnis, diesen Mann, der einst seine Freundschaft gesucht hatte, zu demütigen. Schließlich hatte Li Si ihn vor Zhao Gao beleidigt, indem er ihn als schlechten Menschenkenner bezeichnete. «Ihr wollt die Wahrheit?», fragte Lao Wen scharf.

«Ja. Die will ich. Sehr sogar.»

«Lasst mich zuerst eine Frage stellen. Wart Ihr eifersüchtig auf Han Fei? Habt Ihr ihm seinen brillanten Verstand geneidet? Seine Schriften?»

Li Si zuckte die Achseln wie ein Mann, den man mit dem Offensichtlichen konfrontiert. «Natürlich war ich mir über seine Brillanz im Klaren. Aber warum hätte ich eifersüchtig sein sollen? Schließlich war meine Kalligrafie besser als seine. Sein Verstand war schärfer, meiner gewitzter. Ich glaube, wir waren einander ebenbürtig. Nein, es war nicht Eifersucht, die mich veranlasste, ihn zu vernichten.»

«Ich dachte, Ihr suchtet nach der Wahrheit.»

«Der Wahrheit am nächsten komme ich mit Folgendem: Ich habe Han Fei zerstört, damit ich seinem Herrn dienen konnte, ohne einen Rivalen zu haben.»

«Das ist eine Lüge», sagte Lao Wen brutal. «Ihr habt Han Fei getötet, weil Ihr eifersüchtig wart.»

«Wenn Euch das freut – und das scheint es ja zu tun –, solltet Ihr das unbedingt glauben. Ihr habt niemals die Leidenschaft wahrer Ergebenheit kennen gelernt, daher dürften diese Dinge über Euren Horizont gehen.» Der ehemalige Kanzler drehte sich zu der Gefängnismauer um. «Bitte, verlasst mich jetzt.»

«Warum? Warum sollte ich gehen?», fragte Lao Wen wütend.

«Es ist nicht mehr viel Zeit übrig. Ich ziehe es vor, sie mit Freunden oder allein zu verbringen.»

Lao Wen suchte nach einer Erwiderung, aber es fiel ihm nichts ein. Nicht einmal sein Ärger lieferte ihm eine Antwort, so entschieden hatte Li Si es fertig gebracht, ihn zu entlassen. Er drehte sich um und verließ ohne einen Laut den Raum, als seien sie zwanzig Jahre in der Zeit zurückgereist, in jene Tage, da Li Si nur zu nicken brauchte, und sein Untergebener zog sich lautlos zurück.

Als Li Si einen letzten Appell an den Kaiser richtete, fing Lao Wen das Schriftstück ab. Indem er es Zhao Gao aushändigte, lieferte er einen weiteren Beweis seiner Loyalität. Alles in allem fand Lao Wen, dass er über seinen ehemaligen Wohltäter triumphiert hatte.

An einem klaren, hellen Wintertag im Jahr 208 vor Christus brachte man den ehemaligen Großkanzler zur Linken zusammen mit seinem Sohn Li You zur Hinrichtung auf den Marktplatz von Xianyang. Lao Wen hatte sich dafür entschieden, der Prozedur nicht beizuwohnen (die Strafe des *yaozhan* war ein unangenehmer Anblick), daher war niemand da, der Protest erheben konnte, als Li Si um einige Augenblicke mit seinem Sohn bat.

In Fesseln und blutüberströmt nach zahllosen Schlägen sprachen sie voller Zuneigung miteinander, so wie ihr Verhältnis als Vater und Sohn es gebot. Beide liebten die Falkenzucht, daher war sie das Thema, über das sie sprachen. Li Si erzählte von einem Habicht, den er besonders geschätzt, den Li You aber nie gesehen hatte. Es war ein großer grauer Bursche namens «Wolkenreißer», so genannt wegen seiner Art, vom Himmel herabzuschießen. Dieser Vogel kam, wie Li Si erklärte, aus dem Gebiet, wo der

Gelbe Fluss auf den Wei trifft. Dies war der am meisten Erfolg versprechende aller Orte für die Zucht der schönsten Habichte.

Als die Wachen begannen, die beiden in entgegengesetzte Richtungen zu ziehen, fragte Li Si: «Jagst du immer noch mit Hunden?»

«Ja, Vater. Ich habe einen gelben Hund, der jedes Kaninchen erwischt.»

«Sohn», rief Li Si und blickte über seine Schulter zurück, «könnte uns in einer solchen Welt das Jagen wieder Vergnügen bereiten?»

«Ja, Vater. Das könnte es, wenn wir es zusammen täten!»

Anschließend wurde die Sippe Li bis zum Dritten Grad hingerichtet. Dutzende von Gefolgsleuten verloren den Kopf. Als Lao Wen die Neuigkeit erfuhr, zog er sich zu seiner eigenen beträchtlichen Überraschung, statt mit Singmädchen zu feiern, in sein Zimmer zurück und trank für sich allein, trank viel mehr als gewöhnlich und musste erstaunt feststellen, dass das, was für den Augenblick seine Sicht trübte, Tränen waren.

33

Zhao Gaos erste Tat als Großkanzler zur Linken bestand darin, die philosophischen Trümmer wegzuschaffen, die sein Vorgänger hinterlassen hatte. Mit einem atemberaubend kühnen Schritt gab Zhao Gao sich den Anschein, die konfuzianische Ethik wieder beleben zu wollen, und schaffte es auf diese Weise, viele Legalisten des Verrats zu bezichtigen. Mit der gleichgültigen Gutheißung des Kaisers sorgte er dafür, dass diese Männer aus dem Amt und einige von ihnen sogar vom Antlitz der Erde entfernt wurden. Lao Wen war sich vollauf darüber im Klaren, welches Ziel Zhao Gao letztendlich verfolgte: Er wollte jeden aus den Hallen der Regierung entfernen, den er nicht selbst dort hingestellt hatte.

Lao Wens eigene Sicherheit wurde bestätigt, während des bizarren «Tags des Hirschs».

An einem lauen Herbsttag präsentierte Zhao Gao in einem Pavillon in der Nähe der Ställe dem Kaiser einen geweihtragenden Hirsch.

«Eure Majestät, dieses prächtige Pferd wird dem kaiserlichen Stall zusätzliche Pracht verleihen.»

Der beschwipste Kaiser rief lachend nach frischem Wein. «Was soll das sein, Kanzler? Ich sehe einen Hirsch.»

«Nein, Eure Majestät. Es ist ein Pferd.»

«Ein Pferd?» Er leerte den neuen Becher und verlangte nach mehr. «Ein Hirsch.»

«Ein Pferd, Eure Majestät.» Zhao Gao, dessen wanderndes Auge sich hierhin und dorthin wandte, betrachtete die etwa fünfzig versammelten Höflinge. «Wer sieht hier einen Hirsch?»

Niemand antwortete.

Daraufhin drehte sich Zhao Gao auf die für ihn typische abrupte Weise um und sah Lao Wen an. «Präfekt, was ist das für ein Tier?»

Lao Wens Karriere – vielleicht sogar sein Leben – stand auf Messers Schneide. Das begriff er sofort. «Es ist ein Pferd», erklärte er, ohne zu zögern.

Zhao Gao befragte noch andere Höflinge, die er jeweils persönlich ansprach. Die meisten pflichteten ihm bei, dass es ein Pferd sei, aber einige wenige beharrten zusammen mit dem Kaiser darauf, es handele sich um einen Hirsch. Als sie das sagten, notierte ein Gehilfe des Kanzlers sich etwas auf einer Schreibtafel.

«Eure Majestät», begann Zhao Gao. Er hielt inne, um den betrunkenen jungen Mann mit einem besorgten Blick zu mustern. «Fühlen Eure Majestät sich krank?»

«Krank?» Der Kaiser schien verwirrt zu sein und zeigte auf das Tier. Diese Kreatur da – was ist das?»

«Ein Pferd, Eure Majestät.»

«Ich bin nicht der Einzige, der gesagt hat, es sei ein Hirsch.» Er klang verletzt wie ein zurechtgewiesenes Kind.

Zhao Gao lächelte wissend. «Das sagen sie nur, um Euer Majestät zu gefallen.

«Es ist ein Hirsch«, rief der Kaiser und schleuderte seinen Weinbecher von sich. «Ein Hirsch! Ein Hirsch! Ein Hirsch!» Dann erhob er sich, stieß Zhao Gaos helfende Hand beiseite und stolperte aus dem Pavillon. Zhao Gao fing Lao Wens Blick auf, und eine Sekunde lang sahen die beiden Männer sich in die Augen. Sie verstanden einander.

Am nächsten Tag folgte der Großwahrsager einem kaiserlichen Ruf und erschien vor dem Herrscher, der in sich zusammengesunken in einem Sessel auf einer Veranda saß, von der aus man einen Blick auf den Wei hatte. Der Großwahrsager war auffällig jung für seine hohe spirituelle Stellung, aber er hatte den Posten schließlich auch durch Zhao Gaos Vermittlung bekommen.

«Wahrsager», begann der Kaiser schwach, «Ihr müsst mir helfen. Gestern ist etwas passiert.»

«Ich habe es in einem Traum gesehen. Ein Pferd galoppierte vorüber, und Ihr glaubtet, es sei ein Hirsch.»

«Es war ein Hirsch, ganz gleich, was die Leute sagen.» Hu Hai nahm eine verdrießliche und trotzige Haltung an. «Es schert mich nicht, was sie sagen.»

«Warum sollten sie das Tier ein Pferd nennen, wenn es das nicht gewesen ist?»

Der Kaiser hatte eine Antwort parat. «Um mich zu foppen.»

«Euer Erhabenheit, niemand foppt den Kaiser.»

«Einige Männer pflichteten mir bei, dass es ein Hirsch sei.»

«Um Euch zu gefallen.»

Er nickte mürrisch. «Das hat Zhao Gao auch gesagt.»

«Ich glaube, ich kenne sowohl den Grund für Eure Krankheit als auch ihre Heilung», sagte der Großwahrsager. «Ihr wart nicht rein in Eurem Fasten, nicht wahr, Eure Erhabenheit?»

«Ich hasse Fasten.» Gerade in dem Augenblick kam ein Diener mit einem Tablett voller Leckerbissen und einem Krug Wein vorbei. Nachdem der Kaiser einen Becher und einen Teller entgegengenommen hatte, lächelte er seinem spirituellen Ratgeber zufrieden zu. «Was kann ich denn außer Fasten sonst noch tun?»

«Entfernt Euch von bösen Einflüssen.»

Der Kaiser beugte sich vor. «Ich hoffe, Ihr sprecht nicht von meinen Frauen.»

«Natürlich nicht, Erhabener. Ich spreche von dem Hof. Bleibt in Eurem Palast oder macht Spaziergänge im Shanglin-Park.»

«Warum gerade dort?»
«Der Park liegt weit entfernt von jeder Unreinheit.»
«Es gefällt mir dort», befand der Kaiser. «Werde ich aufhören, die falschen Dinge zu sehen, wenn ich jeden Tag dorthin gehe?»
«Selbstverständlich. Ihr könnt auch zur Jagd gehen, wenn Euch der Sinn danach steht.»
«Ich habe nichts übrig für die Jagd.»
«Ihr solltet aber jagen», versicherte ihm der Großwahrsager.
«Also gut, wenn es denn sein muss. Es ist jedenfalls dem Fasten vorzuziehen.» Der Kaiser fühlte sich besser. Er schlang den Schinken in sich hinein, spülte ihn mit dem Wein hinunter und rief nach einem neuen Krug.

Der Shanglin-Park am Südufer des Wei lag westlich des unvollendeten Ebang-Palastes. Der kaiserliche Park wurde von Younings Vater verwaltet, der täglich eine Inspektionsfahrt durch die gewaltigen Wälder, die Gärten und die sanften Hügel unternahm.
An diesem speziellen Tag war auch Lao Wen als Mitglied der kaiserlichen Gesellschaft im Park. Er hatte sich freiwillig dafür erboten. Wie er Zhao Gao gegenüber bemerkte: «Ich werde helfen, den Kaiser zu schützen.»
Der Großkanzler zur Linken nickte zustimmend. «Redet ihm zu, dass er zur Jagd geht. Gebt ihm einen Bogen.»
«Ich höre, er soll ein sehr schlechter Schütze sein, Exzellenz.»
«Nun, dann ändert etwas daran. Lasst einen anderen für ihn schießen. Vor diesem Wissen müsste er natürlich geschützt werden.»
«Was soll seine Beute sein?»
«Irgendjemand, der zufällig des Weges kommt. Das heißt, irgendjemand, von dem Ihr das Gefühl habt, er könne eine Gefahr für ihn bedeuten.»
«Ich verstehe.»
«Sorgt dafür, dass der Kaiser glaubt, sein eigener Pfeil habe ihn gerettet.»
«Ich verstehe.»
«Sagt mir, was Ihr versteht.»
«Ein versteckter Bogenschütze tötet jemanden.» Lao Wen

spürte, dass er noch mehr sagen musste. «Aber der Kaiser glaubt, der Pfeil sei von seinem eigenen Bogen gekommen.»

Zhao Gao nickte anerkennend. «Arrangiert es. Ich werde zufällig selbst des Weges kommen und eventuelle Probleme lösen.»

An diesem warmen Sommermorgen näherten sich in einem dichten Wald zwei Gruppen einander – die des Präfekten Jia Hai und die des Kaisers. Ein Spurenleser der kaiserlichen Gesellschaft lief voraus. Als er wieder zurückgeeilt kam, wandte er sich mit leiser Stimme an Lao Wen, der daraufhin zum Kaiser an die Spitze der Gruppe ritt und ihm munter zurief: «Schießt, Euer Erhabenheit, nehmt euch Eure Beute! Da drüben! Dort!»

Der Kaiser zog unbeholfen seinen Bogen und ließ einen Pfeil fliegen, der, ohne jedweden Schaden anzurichten, zwischen den Bäumen in einem Busch landete. Oder zumindest hatte das jeder so gedacht. Dann aber hörte man von der unsichtbaren Gesellschaft weiter vorne einen Aufschrei.

Es sollte sich bald erweisen, dass ein Pfeil einen Mann getötet hatte.

Der Kaiser warf den Bogen voller Abscheu über seine schlechten Zielkünste von sich, aber Lao Wen rief: «Ihr habt getroffen, Eure Erhabenheit!»

«Habe ich das?» Der Kaiser lächelte zögernd.

Zur offenkundigen Überraschung aller war das, was der Kaiser getroffen hatte, der Präfekt des Shanglin-Parks – der Schwiegervater Lao Wens und der Vater einer in Schande gefallenen Tochter. Er war mit vier anderen Männern ausgeritten, um sich an der Morgenluft zu erfreuen. Das Gefolge des Kaisers dachte noch über diesen seltsamen Unfall nach, als der Großkanzler selbst mit einer dritten Gruppe herangeritten kam. Nachdem er vom Pferd gestiegen und zu dem am Boden liegenden Beamten gegangen war, nahm er den Pfeil in Augenschein. Dieser Pfeil war mit so beeindruckender Wucht abgeschossen worden, dass er Jia Hais Hals durchbohrt hatte und nur noch einige Federn davon aus der Kehle herausschauten.

Zhao Gao kehrte zum Kaiser zurück, der sich weigerte, dem Toten in die Nähe zu kommen. Seine Majestät blieb auf dem

Pferd sitzen, denn auch wenn er in seiner kurzen Herrschaftszeit die Hinrichtung vieler Menschen befohlen hatte, wurde ihm beim Anblick von Blut schlecht.

«Myriaden Jahre, dies ist ein böses Omen», begann Zhao Gao ernst. «Zuerst haltet Ihr ein Pferd irrtümlich für einen Hirsch. Jetzt verwechselt Ihr einen ehrenwerten Beamten mit einem Attentäter.»

«Mit einem Attentäter? Ich habe nicht an einen Attentäter gedacht. Ich dachte, es sei . . .» Er bedeutete einem seiner Gefolgsmänner, ihm Wein zu bringen. «Vielleicht dachte ich, es sei ein Hirsch.»

«Ihr seid der Sohn des Himmels, Eure Durchlauchtigste Majestät, und ich diene Euch mit meinem Leben. Also empfehle ich Euch zu Eurem Schutz, in einen anderen Palast umzuziehen.»

«Warum? Was hat irgendein Palast mit all dem zu tun?»

«Böse Einflüsse sind die Auslöser dieser Ereignisse, Majestät. Welche andere Erklärung könnte es geben? Zieht um, o Beherrscher der Menschen. Verlegt Eure Residenz in den Wangdi-Palast.»

«Der Palast ist kaum mehr als eine Ruine», jammerte Hu Hai. «Und er liegt nicht in der Hauptstadt.»

«Was ihn umso sicherer macht. Und weil er so verfallen ist, braucht Ihr nicht zu fürchten, dass schlechte Menschen ihn begehren. Vertraut mir, Erlauchte Erhabenheit. Ich werde für Euren Schutz sorgen.»

So hatte Lao Wen sich also mit einem Streich an der Sippe Jia für das Verhalten seiner Frau gerächt und gleichzeitig Zhao Gao wieder einmal bewiesen, dass er mit einem schwierigen Auftrag fertig zu werden wusste. Trotzdem war ihm nicht recht wohl in seiner Haut. In alten Tagen hatte Li Si sich ihm anvertraut und ihn in vielen wichtigen Angelegenheiten um Rat gefragt. Aber Zhao Gao behielt seine Pläne für sich oder enthüllte sie anderen Verbündeten – Eunuchen ohne offizielle Position.

Aber wie er erwartet hatte, kam es, nachdem der Kaiser die Hauptstadt verlassen hatte, zu einer weiteren Säuberungsaktion. Die Höflinge, die einen Hirsch und nicht ein Pferd gesehen hatten, wurden verhaftet, aber sie wurden niemals angeklagt oder vor Gericht gestellt. Ihre Hinrichtung fand heimlich statt.

Aus der isoliert gelegenen Residenz Wangdi kam die Neuigkeit, dass Seine Majestät von einem weißen Tiger geträumt habe, der das Leitpferd seines Lieblingswagens tötete.

Der Großwahrsager wurde zu einer Deutung herbeigerufen. Er verstand sich sowohl auf das Orakel mit Rinderknochen als auch auf das mit einem Schildkrötenpanzer. Er zog die Schildkröte vor, weil ihre Gestalt, wie er dem verstörten Kaiser erklärte, ein Modell des Kosmos sei – ein Quadrat unten, eine Kuppel darüber, gerade so, wie die Erde vom Himmel bedeckt wurde.

Zuerst wurde der Schildkrötenpanzer mit einem heißen Eisen durchbohrt, um ihn so weit zu schwächen, dass sich auf seiner Oberfläche Risse bilden konnten, wenn man ihn dann dem Feuer aussetzte. Danach studierte der Wahrsager jede einzelne verzweigte Linie auf dem feuergeschwärzten Panzer und murmelte die Beschwörungsformel: «Offenbare uns deine große Wahrheit, wunderbare Schildkröte, offenbare uns deine große Wahrheit.» Nachdem er zwei Tage in einer Hütte gefastet hatte, kam der Großwahrsager mit dieser großen Wahrheit wieder zum Vorschein: Ein zorniger Dämon rege sich in den Wassern des Wei und verlange nach Opfern.

Der zerknirschte Kaiser reinigte sich und ließ dann vier weiße Pferde im Fluss ertränken. Sturzbetrunken und halb wahnsinnig vor Angst und Selbstzweifeln sandte er Zhao Gao eine zusammenhanglose Nachricht. Er tadelte ihn, weil es ihm nicht gelungen sei, böse Einflüsse zu unterdrücken.

In dieser Nacht hielt der Kanzler eine Versammlung ab, an der Lao Wen und der Palastkämmerer sowie Zhao Gaos jüngerer Bruder und Yan Le, sein Schwiegersohn, teilnahmen.

«Wir müssen uns der traurigen Wahrheit stellen», erklärte Zhao Gao ihnen. «Der Kaiser wird uns für jede Krise verantwortlich machen, ganz gleich, was wir tun. Wir haben ihn geschützt und unser Leben seiner Sicherheit gewidmet, trotzdem lässt er nicht davon ab, uns der Unfähigkeit zu bezichtigen. Sein Benehmen in letzter Zeit legt wohl eine Vermutung nahe: Wenn hier jemand der Unfähigkeit beschuldigt werden sollte, dann dürfte die Wahl unzweifelhaft auf unseren unglücklichen Monarchen selbst fallen. Jedes Zögern könnte eine Katastrophe für uns sein. Nun, ja, und für das Land natürlich. Überall sprießen Rebellionen. Ohne einen Führer wird das Reich zusammenbrechen. Das Mandat des Himmels gilt nicht mehr. Jetzt müssen wir die Dinge in die Hand nehmen.» Er umriss ihnen seinen Vorschlag, damit sie ihm zustimmten.

Anschließend überschlugen sich die Ereignisse.

Als Erstes meldete der Palastkämmerer dem Kaiser, dass Banditen die ländlichen Gegenden seines Reiches durchstreiften. Der zu Tode erschrockene Kaiser befahl ihm, die Wache antreten zu lassen. Der Palastkämmerer kehrte binnen einer Stunde zurück, um zu berichten, dass die Banditen in Kürze vor den Toren von Wangdi stehen würden. Am ganzen Körper zitternd und kaum imstande, einen Fuß vor den anderen zu setzen, zog der Kaiser sich mit einer Schar aschfahler Frauen in Räumlichkeiten im hintersten Winkel des Palastes zurück.

Yan Le, der kräftig gebaute und soldatische Schwiegersohn von Zhao Gao, wollte ursprünglich nichts mit den Dingen, wie sie sich nun entwickelten, zu tun haben. Dann jedoch tat Zhao Gao etwas, das selbst Lao Wen schockierte. Er nahm Yan Les Ehefrau als Geisel, seine eigene Tochter, die er vor seiner Kastration gezeugt hatte. Seinem Schwiegersohn blieb keine andere Wahl, als die schmutzige Arbeit zu verrichten.

In der bäuerlichen Kleidung der Rebellen marschierte ein Trupp Soldaten unter Yan Les Kommando in den Palast, nachdem die Männer des Palastkämmerers sie eingelassen hatten. Sie schwärmten im Hof aus und hielten Schwerter und Hellebarden kampfbereit, obwohl von den kaiserlichen Wachen keine Spur zu sehen war. Vorausschauenderweise hatte man ihnen für den Tag frei gegeben.

Von einer Veranda im dritten Stock blickte der verwirrte und tränenüberströmte Kaiser auf sie herab, während Yan Le zu ihm hinaufbrüllte: «Das ganze Reich ist gegen Euch. Entscheidet, auf welche Weise Ihr sterben wollt!»

«Ich wünsche den Großkanzler zur Linken zu sehen!»

«Nein. Das ist Euch nicht gestattet.»

«Sagt ihm, ich erkläre mich damit einverstanden, Prinz einer kleinen Provinz zu werden.»

«Nein.»

«Herzog – ein Lehen von zehntausend Haushalten.»

«Nein.»

«Tausend.»

«Nein.»

«Lasst mich mit meinen Ehefrauen wie ein gewöhnlicher Mann leben.»

Bei dieser Bemerkung brachen Yan Le und seine Soldaten in Gelächter aus. «Wie viele gewöhnliche Männer können sich mehr als eine Ehefrau leisten? Es stimmt also, was man sich erzählt. Ihr habt den Verstand verloren.» Mit diesen Worten stürmte Yan Le mit einer Abordnung von nur sechs Männern in den Palast und war in Windeseile im dritten Stock. Der Kaiser, der zu verängstigt war, um sich von der Stelle zu rühren, kauerte zwischen einem Dutzend schluchzender Frauen.

«Der Großkanzler zur Linken», erklärte Yan Le, «hat mir den Auftrag erteilt, Euch um des Volkes willen hinzurichten. Und genau das werde ich tun, ganz gleich, wie sehr Ihr auch um Gnade fleht.»

«Wartet ... hier ...» Der zitternde Kaiser versuchte, seinen Zeremoniendolch aus Jade aus der Scheide zu lösen.

«Ihr wollt es selbst tun? Gut. Das ist der ehrenhafte Weg», sagte Yan Le.

Hu Hai hielt die Waffe mit bebenden Händen und zog sich die Klinge zaghaft über die Kehle, auf der eine kaum sichtbare rote Linie zurückblieb. Der Schnitt hätte nicht einmal Seide durchtrennt. Nach diesem Fehlschlag sah er Yan Le flehentlich an. Yan Le zog mit einem angewiderten Seufzen sein Schwert und trat energisch vor. Die entsetzten Frauen stoben auseinander. Ohne auf das hündische Wimmern des Kaisers zu achten, schlug Yan Le ihm den Kopf ab.

Kurz nach der Hinrichtung erschien Zhao Gao auf dem Schauplatz. Er nahm dem Leichnam das kaiserliche Siegel ab und hängte es sich an seinen eigenen Gürtel.

Lao Wen war maßlos erstaunt. Würde ein Eunuch es wagen, den Thron des Reichs der Mitte zu besteigen? Anscheinend stellten Zhao Gaos Bruder, sein Schwiegersohn und der Palastkämmerer sich dieselbe Frage. Als Zhao Gao breitbeinig in die Audienzhalle stolziert kam, als werde er im nächsten Augenblick die fünf Stufen zum Thron hinaufsteigen, versperrten die drei Männer ihm den Weg.

Yan Le fragte mit heuchlerischer Arglosigkeit: «Welcher Mann, Exzellenz, sollte Eurer Meinung nach auf diesem Thron sitzen?»

«Wenn Ihr wünscht, könnte ich einen Namen nennen», erbot sich der Kämmerer.

«Ich auch», erklärte Zhao Gaos Bruder.

Der Kanzler starrte die drei nachdenklich an und wandte sich dann zu Lao Wen um. «Und Ihr?»

«Exzellenz, Eure Entscheidung ist meine Entscheidung.» Zhao Gao war nicht so vermessen, dass er die Situation nicht sofort erfasst hätte. Vielleicht spürte er, dass der Himmel ihn zurückgewiesen hatte. Er konnte das Reich nicht haben, weil er kein ganzer Mann mehr war. Mit einem Seufzen nahm er das Siegel von seinem Gürtel und sah es einen Augenblick lang zärtlich an. «Der Neffe des verstorbenen Kaisers ist recht beliebt», sagte er. «Zi Ying könnte vom Volk akzeptiert und respektiert werden. Ja, Zi Ying ist eine gute Wahl.»

Der Neffe des verstorbenen Kaisers bestieg den Thron, aber als König, nicht als Kaiser. Wie Zhao Gao den führenden Ministern erklärte: «Einige der ehemaligen Staaten haben sich wieder befreit. Es gibt kein Kaiserreich mehr. Lasst uns die Wahrheit dieser peinlichen Situation eingestehen. Es wäre ungehörig, wen Zi Ying sich eine leere Würde anmaßte. Wir müssen einen König haben, so wie früher.»

Also wurde Zi Ying zum König des Staates Qin erklärt, und der Zweite Kaiser wurde wie ein gewöhnlicher Untertan beigesetzt.

Im Lichte dieser Ereignisse erwartete Lao Wen eine Veränderung seines eigenen Status. Als ihn daher der Kanzler offiziell in den Palast rief, rechnete er damit, gute Neuigkeiten zu bekommen. Zhao Gao war mit einer bodenlangen Robe ausstaffiert, die das Muster zweier zwischen den Wolken schwebenden Kraniche trug; außerdem hatte er einen breiten Silbergürtel angelegt sowie den mit goldenen Quasten geschmückten Hut des höchsten Amtes. Er trug seine feierliche öffentliche Miene zur Schau und wählte seine Worte sorgfältig. Sie standen einander in der Audienzhalle gegenüber, wo die hohe Decke ihren sonoren Stimmen Raum gab.

«Die Dinge entgleiten uns», begann der Kanzler. «Wir sind wie ein undichtes Boot, aus dem das Wasser ausgeschöpft werden muss.»

Lao Wen war klar, dass Zhao Gao an dieser Bemerkung lange und angestrengt gefeilt hatte. «Ich hoffe, dass ich Euch dabei helfen kann, Exzellenz.»

«Das ist genau die noble Antwort, die ich von Euch erwartet habe, mein lieber Kollege.» Der Zustand seines schlechten Auges schien sich zu verschlimmern. Sein Blick irrte weit nach links ab.

Lao Wen wartete gespannt. Die letzte Bemerkung über «die noble Antwort» bedeutete offensichtlich, dass er mit einem Angebot zu rechnen hatte – dem Großsekretariat vielleicht?

«Eingedenk Eures Eifers zu dienen», fuhr der Kanzler fort, «habe ich beschlossen, Euch an den Platz zu stellen, an dem Ihr für das Land von größtem Nutzen seid. Wir haben hinreichend Kontrolle über das Zentrum. Unsere Schwäche liegt an den Grenzen. Daher habe ich die Absicht, Euch mit dem Posten des Generalinspektors der Nordgrenze zu ehren.»

Lao Wen war niedergeschmettert, brachte es aber fertig zu stammeln: «Euer Vertrauen beglückt und beschämt mich.»

«Große Dinge harren Eurer, mein lieber Kollege», erklärte der Kanzler mit einer Stimme, die wie ein massiger Vogel in das Gewölbe der Halle abhob.

Zitternd und wie betäubt verließ Lao Wen die Halle und starrte in den tief hängenden Himmel hinauf, der nach Schnee aussah. Oben im Norden im Staat Yan mussten bereits dicke Schneedecken den Boden unter sich begraben, gerade so wie in Zhao im Westen, seiner eigenen kalten, windgepeitschten Heimat – aber es war eine Heimat, die er nie wieder zu sehen gehofft hatte. Welche andere Wahl hatte er, als zu gehorchen? Er musste sich entschlossen an einen mächtigen Mann binden, um selbst Macht zu gewinnen; so hatte er es einst mit Li Si gehalten, und so musste er es nun mit Zhao Gao halten.

Kurz nachdem er die Hauptstadt von Yan erreicht hatte, um seine Pflichten dort aufzunehmen, erfuhr Lao Wen aus der Hauptstadt, dass Zhao Gaos Bruder auf rätselhafte Weise ums Leben gekommen war; dass Yan Le der Korruption für schuldig und zum Tode verurteilt worden war; und dass der Palastkämmerer jetzt als Magistrat in einer heißen, feindseligen Provinz im tiefsten Süden saß. Alles in allem musste Lao Wen zugeben, dass sein Freund Zhao Gao für ihn das am wenigsten erbärmliche Schicksal ausersehen hatte, das Verschwörern bestimmt war, die einem Eunuchen die Kaiserkrone verwehrt hatten.

34

Ausgerüstet mit der Schnur Münzen, die sein Freund Ni Bingdi ihm gegeben hatte, ritt Gan Zhong in ein Dorf südlich der Mauer und kaufte Vorräte für den bevorstehenden Winter: Salz, Weizenmehl, Hirse, getrocknete Pilze, gesalzenen Fisch, gemahlenes Getreide, einige Stücke Räucherfleisch, Decken, Stiefel, Armbrustbolzen, einige Messer, Zelttuch aus dicht gewebtem Hanf, Knochennadeln und Zwirn, einen Eisentopf und alle anderen wichtigen Dinge, die er in den schmuddeligen Läden, die der Versorgung an der Grenze dienten, entdecken konnte. Nachdem er noch ein Maultier erworben hatte, belud Gan Zhong es mit seinen Vorräten, band es an sein Pferd und ritt bis zur Mauer. Erst sehr viel später sollte er darüber nachdenken, ob es vernünftig gewesen war, in einer Gegend zu bleiben, wo seine Verfolger vielleicht nach ihm suchen würden. Und erst sehr viel später sollte ihm auch klar werden, dass er die Mauer als einen Ort der Sicherheit betrachtete, so wie ein verängstigtes Kind vielleicht sein Elternhaus betrachten mochte. Gan Zhong beschloss, sich auf der Nordseite der Mauer zu halten. Das Nomadenland war zwar an sich gefährlicher, aber auch weniger dicht bevölkert als die chinesische Seite und für Fischmaul und seine Patrouille weniger leicht zugänglich. Also führte er in der Nacht, nachdem er eine Lücke in dem Festungswall gefunden hatte, sein Pferd und sein Maultier über einige Meter aufgetürmten Schutts und hinein in die Schwärze des Barbarenwinters.

Er vermutete, dass die Donghu und die Hunnen ihn in Ruhe lassen würden. Wenn der Schnee kam, so pflegten die Leute an der Grenze zu sagen, errichteten die Nomaden stinkende Hütten oder Zelte und ließen sich zwischen Wieseln und Moschusratten nieder, um halb im Schnee vergraben auf ranzigem Fett herumzukauen und sich bis zur Besinnungslosigkeit zu betrinken.

An jenem ersten Morgen starrte Gan Zhong von einem felsigen Hügel aus auf eine gewaltige Fläche von Fichten, Hemlocktannen und Kiefern, auf die zum ersten von vielen Malen in diesem Winter der Schnee fiel.

Als er in den tiefen Wäldern sein Lager aufschlug, war das Erste, was Gan Zhong ins Auge stach, die Bäume: Erlen, Birken und Ulmen, eine Vielzahl von Fichten, die sich schon bald unter der Last des Schnees beugen sollten, die Linden mit ihren herzförmigen Blättern, Tannen, die hohen, schlanken Lärchen, schrumpelige Zürgelbäume, üppiger Ahorn, Eschen und Walnussbäume. Ihm fiel auf, dass überall um ihn herum eine besondere Kiefernart wuchs, die Art, wie man sie am Rand von Friedhöfen anbaute, weil Wangxing, ein Dämon, der sich an den Gehirnen Toter gütlich tat, den Geruch dieser Nadeln hasste. In überlieferten Gedichten hatten alte Kiefern, die unter winterlichen Bedingungen um das Überleben kämpften, Mut und Tugend versinnbildlicht. Gan Zhong sah jetzt viele von diesen Bäumen, deren vom Wetter gegerbte alte Arme die Last des feuchten Schnees trugen. In seiner ersten Nacht im Wald hörte er, wie ein Bär die Borke von einem nahen Baum riss. Was ihn am nächsten Morgen überraschte, war die Tatsache, dass er so tief geschlafen hatte.

Er hatte zwar genug Tuch für ein kleines Zelt mitgebracht, würde aber noch ein größeres benötigen, um all seine Vorräte vor den Winterstürmen zu schützen. Von diesem Augenblick an verbrachte er den größten Teil seiner Zeit mit Überleben. Er jagte und stellte Fallen in Wäldern und an Flussufern, an denen es nur so wimmelte von Wild. Als er das erste Mal mit der Armbrust einen Fuchs mit buschigem Schwanz erlegte und den rötlich braunen, weiß gesprenkelten Körper aufhob, erinnerte Gan Zhong sich an ein altes Sprichwort: Im Alter von fünfzig Jahren kann ein Fuchs die Gestalt eines schönen Mädchens annehmen. Jeden Fuchs, der ihm unter die Augen kam, sah er nun erst ein Weilchen an, um festzustellen, ob er einen ergrauten Bart hatte.

Er fischte Forellen und fing oder schoss große Flussottern, Moschusratten, Enten und Wasservögel. Die Schwierigkeit, Rentiere zu erlegen, bestand darin, sie erst einmal zu finden. Er lernte, dass sowohl das Weibchen als auch das Männchen gern ihre Geweihe an den dünnen Zweigen knorriger Bäume in Sumpfgebieten reinigten. Der ranzige Geruch ihrer Halsdrüsen verriet sie ihm, lange bevor er ihre gelbweißen Kehlen sah, wenn sie sich durch das Unterholz reckten, um Moos zu fressen. Aus Rentierhaut gewann man ein geschmeidiges Leder, und wenn man eine Reihe dieser Häute zusammennähte, bekam er das beste an diesem Ort verfügbare Material für ein Zelt. Wenn er die ungegerbten Häute in Riemen schnitt, konnte er daraus auch Seile, Netze, Angelschnüre und Bogensehnen herstellen.

Nachdem er seine Jagdbeute ausgenommen hatte, aß Gan Zhong gewöhnlich etwas von dem frischen Fleisch und salzte den Rest ein. Oft verwandte er halbe Tage darauf, die Häute von allen Fleischresten freizuschaben; danach wurden sie bei sonnigem Wetter auf Pfähle zum Trocknen aufgehängt. Aus den Pelzen nähte er sich Kleider; seine Nadel aus Hirschhorn kam an den meisten Tagen erst zur Ruhe, wenn das Licht für diese Handarbeit nicht mehr ausreichte. Er schneiderte sich Überröcke, Hosen, Überhosen, die hinten aufklafften und in der Taille und an den Knöcheln festgemacht wurden, Hemden und Hüte mit großer, aufwärts gebogener Krempe, die mit Fuchsfell besetzt waren. Er nähte Decken für sein Pferd und sein Maultier. Zum Zeitvertreib machte er sich sogar flache Lederschnürstiefel.

Gan Zhong lernte, auf die kleinen Dinge zu achten. Er beobachtete Mohrenlerchen, die unterm Schnee nach Sämereien suchten. Er lauschte dem Ruf der Scheckendrossel und dem süßen Trällern der Mongolenlerche, deren kraftvoller Gesang ihren Namen *bailing* – Hundert Launen – rechtfertigte.

Und die Anspannung fiel von ihm ab. In diesen fruchtbaren Wäldern legte er Nahrungsvorräte an, die für ein halbes Dutzend Männer ausreichten. Gan Zhong entwickelte sich zu einem so hervorragenden Jäger, dass er sich seine Beute aussuchen konnte. Besonders gern fing er Zobel – sowohl um der besonderen Anstrengung willen, die dazu erforderlich war, als auch wegen ihrer schönen dunkelbraunen Felle. Und ständig hielt er nach Elchen Ausschau, deren Geweihe gut eine Mannshöhe breit wurden. Ihr Fleisch war sowohl geräuchert als auch getrocknet schmackhaft, aber er erlegte sie hauptsächlich, um ihre Oberlippe frisch zubereitet zu verzehren. Sie war, nur kurz gekocht, die delikateste Speise, die er je genossen hatte.

Jeden Monat verließ Gan Zhong einmal sein Lager und fuhr auf selbst gemachten Skiern meilenweit durch den Schnee, bis er durch die Zweige des Unterholzes in der Ferne die Mauer erkennen konnte. Und jedes Mal betrachtete er lange das gewundene, schneebedeckte Gebilde, das sich zu beiden Seiten in den gewellten Bergen verlor. Er prägte sich jeden gemauerten Abschnitt ein und behielt ihn bis zu seinem nächsten Besuch im Gedächtnis. Die Große Mauer stand für Ordnung, Frieden, Erfolg und Ehre, die wichtigsten Eigenschaften des Landes, das er liebte, und für geraume Zeit – manchmal begannen ihm die Füße in den Stiefeln zu kribbeln, weil er so lange im Schnee stand – verweilte sein Blick auf der Mauer, während die Erinnerung ihn zurück in die Hauptstadt brachte, zur Schönheit Younings, zu seiner Kindheit und dem Bild seines Onkels und seiner Eltern, ja sogar seines seit langen Jahren verstorbenen Vaters, zu den in der Sippe abgehaltenen Zeremonien und den beiden Schnecken seiner Knabenhaartracht.

Gan Zhongs drei Zelte waren stark genug, um Wind und Schneestürmen standzuhalten, die tief im Tal zwischen hohen Bergen niemals allzu heftig wurden. Das Frühjahr kam und der Sommer – schnelllebige Jahreszeiten hier im Barbarenland –, und beinahe ehe er sich's versah stand ihm der nächste Winter bevor. Zu seinem leisen Erstaunen freute er sich auf die weiße Stille des winterlichen Waldes. Im Herbst beschloss er, *yi* zu spielen, um sich die Zeit zu vertreiben. Er brauchte Tage, bis er einhunderteinundachtzig schwarze und einhundertachtzig weiße Steine gefunden und ein Brett aus Eiche mit neunzehn Längs- und neunzehn Querlinien sowie dreihunderteinundsechzig Kreuzungspunkten angefertigt hatte. Feindliche Steine wurden erobert, indem man ihnen die Luft abschnürte, das heißt, die vier sie umgebenden Kreuzungspunkte mit eigenen Figuren besetzte. Als er Lao Wen zum ersten Mal begegnet war, hatte der Palastsekretär gerade *yi* gespielt und ihm erklärt, dass das *yi*-Brett ein Modell des Kosmos sei. Es war eine geläufige Erkenntnis gewesen, eine Bemerkung, wie kleinere Beamte sie machten, um ihren Vorgesetzten zu imponieren. Er selbst war damals durch die Aussicht auf eine gute Stelle geblendet gewesen und hatte nicht begriffen, wie hinterhältig und selbstsüchtig dieser *yi*-Spieler war. Jetzt setzte und schob er in seinem Zelt mit fettigen Fingern die Spielsteine hin und her und fragte sich, ob das Kriegsspiel auch nur das kleine Viereck Erde innerhalb des Rentierzelts darzustellen vermochte.

Die *yi*-Spiele gegen sich selbst wurden ihm langweilig. Gan Zhong gewöhnte sich an, still dazusitzen und sich merkwürdiger Dinge aus der Vergangenheit zu erinnern, während draußen die Schneewehen immer höher wurden. Er rief sich die vier Merkmale eines Gelehrten ins Gedächtnis: Abhängigkeit vom Plagiat, ein unsteter Geist, übermäßiger Genuss von würzigen Speisen und eine unnatürliche Hinneigung zu jungen Knaben. Wann hatte er das zum ersten Mal gehört und darüber gekichert. Vielleicht, als er selbst noch die Schnecken der Knabenfrisur trug.

Beinahe jede Nacht verbrachte Gan Zhong einige Zeit außerhalb seines Zeltes und trotzte dem peitschenden Wind, um sich die Sterne anzuschauen. Er ging zu verschiedenen Nachtstunden hinaus und sah die Sterne auf- und untergehen, sah, wie sie am dunklen Himmelsgewölbe kreisten – der Drachenstern, der Hornstern, der Holzstern, der Kriegerstern, der Feuerstern und im Osten, wenn die Jahreszeit weit genug fortgeschritten war, der Große Heerführer des Himmels. Einer der hellsten war der große, weiße Metallstern, der für Intrige und Tod stand. Er war das unheilvolle Yin für das kraftvolle Yang der Sonne und beherrschte den Himmel wie ein großes Juwel in einer Krone. Vielleicht waren unter seiner Ägide tatsächlich Geister und Dämonen unterwegs, bösartig, rachsüchtig, traurig und ohne Schatten.

Einmal spät in der Nacht, als er zusah, wie sich die Sterne diamantbesetzten Schnecken gleich über das Firmament bewegten, hatte Gan Zhong das Gefühl, beobachtet zu werden. Er machte einen langen Schritt nach vorn, in den tiefen Schnee hinein und fort von seinem Hauptzelt. Das Knirschen, mit dem er auftrat, musste aber wohl verscheucht haben, was immer da auch gewesen war, denn als er rundum schaute, konnte er nichts Besonderes entdecken. Am nächsten Abend spürte er während seiner Sternbeobachtung wieder, dass da etwas war. Im Mondlicht erkannte er mit Mühe am Rande seiner nicht allzu großen Lichtung ein schwaches Glitzern an einem dicken Ast etwa drei Meter über dem Boden in einer Gruppe von Kiefern.

Die Pupillen zweier Augen hatten sich zu Schlitzen zusammengezogen, bevor sie verschwanden. Vielleicht hatte Gan Zhong auch ein Geräusch gehört, aber dessen war er sich nicht ganz sicher. Jedenfalls war die Lichtung wieder leer – wenn man von ihm, seinen Zelten und dem darin gelagerten Fleisch absah. Am nächsten Morgen untersuchte er die Umgebung und stieß auf große Spuren, wie von einer Katze mit großen Pfoten, mit ausgestellten Zehpolstern, deren Spuren im Pulverschnee undeutlich zu erkennen waren. Das Geschöpf, das diese Abdrücke hinterlassen hatte, bereitete ihm einiges Kopfzerbrechen. Tagelang lief er umher und suchte die nähere Umgebung des Lagers nach Spuren des Tieres ab, das ihn nun jede Nacht von einem Ast auf einem der Bäume am Rand der Lichtung aus mit seinen zwei gelben, zu engen Schlitzen zusammengezogenen Augen anstarrte. Er stellte fest, dass sich irgendjemand an seiner Jagdbeute zu schaffen gemacht hatte; es kamen dafür viele verschiedene Fleisch- und Aasfresser in Frage, aber Gan Zhong war sich sicher, dass sein nächtlicher Gefährte der Täter war – faul genug und klug genug, um sich eine gute Gelegenheit nicht entgehen zu lassen.

Eines Abends sah er dann, als er mit einem Zobelpelz über der Schulter heimwärts stapfte, eine Gestalt am Rand der Lichtung: grau mit braunen Sprenkeln auf vier Beinen.

Es war ein Luchs, gut vier Fuß lang, mit kurzem, an der Spitze schwarzem Schwanz, Pinselohren und langen Schnurrhaaren.

«Da bist du ja», murmelte Gan Zhong und blieb stehen.

Er hatte keine Vorstellung, wie lange sie einander anstarrten, aber das Licht war bereits so schwach geworden, dass er die Gestalt mit dem zerzausten Fell nicht mehr richtig erkennen konnte, als sie langsam und lautlos im dunklen Wald verschwand. Danach sah er den Luchs oft, gewöhnlich in der Abenddämmerung oder nachts, wenn er sein Zelt verließ, um sich die Sterne anzuschauen. Und jedes Mal sagte er ruhig: «Da bist du ja», und wenn sie dann die Anwesenheit des anderen zur Kenntnis genommen hatten, starrten sie sich eine geraume Weile an, bis der Luchs entschied, dass ihre Begegnung enden musste, und auf seinen großen, weichen Pfoten davonschlich.

Diese unfassbare Kameradschaft begeisterte Gan Zhong. Sie machte ihm Mut für den nächsten Tag, der wiederum der Jagd, dem Fischfang, der Arbeit, dem *yi*-Spiel und der Sternenbeobachtung gehörte. Es waren wahrhaft ausgefüllte Tage, selbst wenn er einmal mit dem *yi*-Spiel aufhörte und etwas Zeit nutzte, um über das *dao* (den Weg) nachzudenken. Beziehungsweise über das, was der dicke, kleine Bao aus seinem wunderbaren, aber unzuverlässigen Gedächtnis darüber zutage gefördert hatte. «Erzähl mir von deiner Zeit als daoistischer Schamane», hatte Gan Zhong ihn einst gebeten.

«Das war eine Lüge von mir», hatte Bao erwidert. «Ich bin nie ein daoistischer Schamane gewesen. Ich habe nur bei einem gelernt. Er war selbst bei wohlwollender Betrachtung ein verrückter Kerl. Er lebte im *dao*, so wie andere es gern täten, aber nicht können, weil sie nicht genug Vertrauen haben, es da zu entdecken, wo es ist: direkt vor der eigenen Nase. Der Meister wusste, dass es das Hier war, und deshalb war er verrückt. Verstehst du? Natürlich nicht. Niemand versteht es, auch ich nicht, aber der Meister verstand. Sein Verstehen machte ihn so verrückt, dass er sich niemals so benahm wie alle anderen. Und doch schien er manchmal der vernünftigste Mann auf der ganzen Welt zu sein. Der alte Knabe pflegte in allem Ernst festzustellen: ‹Das *dao* ist jenseits des Seins und Nichtseins. Wieso ich das weiß? Weil ich in mein Inneres schaue.›»

Gan Zhong gab sich alle Mühe, diese Gespräche zu rekonstruieren. Er hatte in der schweigenden Landschaft Zeit genug, allein mit seinem Trockenfleisch und einem verschwiegenen Luchs als Gefährten. Einmal hatte Bao gesagt: «Für den alten Knaben war ‹Schau hin, und es ist unsichtbar› nur eine andere Ausdrucksweise für ‹Schau hin, dann hast du es direkt vor Augen›.»

«Ich habe dergleichen auch in der Schule gehört. Aber was soll es bedeuten?»

«Warum fragst du mich?», hatte Bao frustriert geantwortet. «Ich weiß es nicht. Der alte Knabe sagte: ‹Wenn du nach dem *dao* suchst, ist nichts zu sehen. Wenn du darauf lauschst, ist nichts zu hören. Aber wenn du von ihm Gebrauch machst, ist das *dao* unerschöpflich.›»

Bao behauptete, der alte Knabe habe auf Drachen überall hinreiten können, wo er habe hingelangen wollen, und Kranke mit Zauberformeln heilen. Er habe auch eine Monatsblutung wie eine Frau haben und wochenlang ohne Speisen auskommen können.

Nach diesem Unfug hatte Gan Zhong von seinem Freund nichts mehr über den Daoismus und den alten Knaben hören wollen. Und dennoch fragte sich Gan Zhong nun in dem stillen, blauen Schneeland, was es bedeutete, nach einem Nichts zu suchen, das ständig gefüllt war. Hätte man ihm in seiner Studienzeit aufgetragen, über eine derart in sich widersprüchliche Aussage nachzudenken, dann hätte er sich an einen Lehrer oder einen Mitstudenten gewandt oder alles gelesen, was er darüber finden konnte, es vielleicht einfach beiseite geschoben, weil er sich gerade mit dem Gesicht eines schönen Mädchens beschäftigte, oder er hätte es angepackt wie ein hungriger Hund seinen Knochen. Jetzt hatte er niemanden und nichts, das zu Rate gezogen werden konnte, und dennoch war sein Geist klar und ruhig – weit mehr, als er es an der Akademie je gewesen war. Und wenn ihm hier inmitten des stillen, schneebedeckten Waldes keine Einsicht kam, akzeptierte Gan Zhong diesen Misserfolg so vollkommen, dass das *dao* ganz aus seinen Gedanken verschwand – war es fort, so fühlte er sich erleichtert, als habe er eine schwere Jacke aus Elchfell abgelegt.

Dann wurde er eines Nachts von einem Schrei wach, der in einem lang gezogenen Wimmern endete. Zitternd richtete er sich auf, aber als sich das Ganze wiederholte, hörte er das Miauen einer Katze daraus und begriff, dass der Urheber sein Freund war, der Luchs. Im späten Winter, so hatte ihm einst jemand erklärt, paarten sich die Luchse, und das sei eine lautstarke Angelegenheit. Sein Freund schrie sich seine ganze Qual und seine Erregung von der Seele. Nachdem er ihm lange gelauscht hatte, eingewickelt in seine warmen Felldecken, beneidete Gan Zhong das Tier und teilte dessen Enttäuschung. Plötzlich schwieg der Wald dann wieder. Hatte der Luchs seine Gefährtin gefunden? Nie zuvor war sich Gan Zhong so allein vorgekommen. Er spürte, wie sein Kinn zitterte, wie sich seine Augen mit Tränen füllten und sich seine Hände verkrampften wie die eines Toten.

Als der Luchs mit einem anderen, kleineren Luchs zusammen erschien, dessen Bauch mit der stolzen Schwere der Trächtigkeit durchhing, wusste Gan Zhong, dass der Frühling bevorstand. Und als er dann die drei Jungen daherstolpern sah, wurde ihm bewusst, was er bereits seit Tagen wahrnahm: dass der Schnee schmolz, dass die Felsen ihre harten, glänzenden Kanten durch die Schneewehen streckten, und dass das, was er am Morgen gesehen hatte, die ersten Grashalme waren, die sich durch die Schneedecke schoben. Vielleicht war es die Luchsfamilie, die ihm sagte, es sei Zeit, aufzubrechen. Er war inzwischen deutlich länger als ein Jahr hier draußen, und wenn er jetzt nicht loszog, würde er es vielleicht nie mehr tun.

Also setzte er sich widerwillig in Bewegung, und es schien ihm, als ob sein Pferd (das Maultier war eingegangen, obwohl Gan Zhong es in einem der Zelte untergebracht und mit Körnern und mühsam unter den Schneewehen gesammelten Gräsern gefüttert hatte) sich ebenfalls sträube, diese schönen Kiefernwälder zu verlassen. Gan Zhong überlegte noch, ob er seinen Aufbruch verschieben solle, um die Luchsfamilie noch einmal sehen zu können, aber deren Rückkehr war ohnehin ungewiss. Letzten Endes hatte sich ihre Beziehung ja darauf beschränkt, sich über eine schneebedeckte Fläche hinweg schweigend anzustarren.

Bevor er losritt, erbeutete er ein halbes Dutzend Kaninchen

und legte sie vor das Vorratszelt. Der Luchs würde sie sich vor Einbruch der Nacht holen kommen. Da sein Lager tief im Wald versteckt lag und fast unzugänglich war, glaubte er, dass die Nomaden es niemals entdeckten, wenn er ihnen nicht dabei half. So legte er eines Nachts mit Fleischbrocken und anderen Vorräten eine Spur von seinem Lager bis in den Außenbereich eines noch schlafenden Donghu-Dorfes. Er wollte, dass sie den großen Vorrat an Trockenfleisch fanden, den er zurückgelassen hatte. Die meiste Kleidung ließ er ebenfalls zurück, das *yi*-Brett (das sie nicht beachten würden), den Eisenkessel und alle Messer bis auf eins. Die Armbrustbolzen dagegen nahm er mit, damit sie nicht gegen die Wachen an der Mauer eingesetzt würden, und zu seinem Hauptgepäck gehörten die feinsten Zobelpelze.

Er hatte keine Ahnung, was die Welt draußen für ihn bereithielt, aber seine Zeit hier war vorbei.

Sein letzter Ausflug zur Station dreiundachtzig war durch Ru He unterbrochen worden, der von dem Arbeitsbataillon aus seinen Namen gerufen hatte. Diesmal schaffte er es bis zum Wachturm. Seine alten Kameraden und der fette Wachhund hießen ihn herzlich willkommen, obwohl der *suizhang* sich die Nase zuhielt und durch den Mund ausatmete. «Ihr stinkt ja zum Himmel. Was ist denn das?»

«Hirschfett.»

«Woher kommt Ihr?»

Gan Zhong zeigte nach Norden. «Ich war zwei Winter da draußen. Ist jemand hier gewesen, um nach mir zu suchen?»

Der alte *suizhang* nickte mit einem Lächeln. «Vor langer Zeit einmal. Ein gewaltiger Bursche mit einem großen Mund. Wir haben ihm gesagt, Ihr wäret nach Osten gegangen.»

Jemand holte eine mit Wein gefüllte Ziegenblase, und sie ließen sie herumgehen. Der alte Offizier berichtete über die Ereignisse im Reich, während Gan Zhong im Wald gelebt hatte. Überall waren Banditen. Eine Vielzahl kleinster Staaten waren scheinbar aus dem Nichts entstanden. Ihr Hauptziel schien darin zu bestehen, Gebühren für die Überquerung von Flüssen auf ihrem Territorium einzuziehen.

«Dann ist der Zweite Kaiser also ein Versager», sagte Gan Zhong düster.

«Es heißt, er habe nicht drei Eunuchen gleichzeitig beherrschen können. Außerdem ist er kein Versager mehr. Jemand hat ihm den Kopf abgeschlagen. Jetzt haben wir einen König statt eines Kaisers.» Der alte Mann rieb sich sein ergrautes Kinn und sah Gan Zhong bewundernd an. «Ihr tragt so ziemlich jede Art von Fell, die mir bekannt ist. Ihr müsst viel gejagt haben.»

Gan Zhong stöberte in einem seiner Bündel. «Ich musste jagen oder die Nomaden um Hilfe bitten.» Er lächelte. «Letzteres schien mir keine besonders gute Idee zu sein.»

«Wenn irgendjemand so etwas fertig bringen konnte, dann Ihr. Ihr wart der beste Bogenschütze, der mir je begegnet ist.»

Gan Zhong zog die Zobelpelze heraus und gab jedem der Wachen einen und dem *suizhang* zwei. Sie rieben mit ihren schwieligen Fingern die weichen Felle. «Nicht ein einziges Loch. Ihr müsst tiefe Fallen benutzt haben.»

«Für jede Falle, die funktionierte, habe ich ein Dutzend aufgestellt, die es nicht taten.»

Der *suizhang* wandte sich an einen der ehrfürchtig dreinblickenden Wachposten. «Schenkt unserem Gast noch einen Becher ein.»

Dann erhob der *suizhang* seinen eigenen Becher zu einem Trinkspruch. «Auf unseren großen Kommandanten Meng Tian, der gegen die Hunnen gekämpft hat.» Sie alle tranken. «Diese Mauer wäre niemals erbaut worden, wenn er uns nicht alle ständig angebrüllt hätte.» Er brachte diese Behauptung mit einer Begeisterung hervor, als hätte er schon lange auf eine Gelegenheit gewartet, ihr Ausdruck zu geben. «Unser Kommandant hat auch die Gerade Straße gebaut. Unser Kommandant hat nie eine schmutzige Hose getragen. Er wurde nie müde und hat nie gefroren. Es heißt, er habe sogar einen neuen Schreibpinsel erfunden.»

Gan Zhong lächelte den alten Veteran an, der Tag für Tag zugesehen hatte, wie *er* diesen Pinsel geschaffen hatte.

Der *suizhang* stieß einen tiefen Seufzer aus. «Wir alle würden ihm auch in diesem Augenblick wieder in einen Krieg folgen, das weiß ich bestimmt, obwohl der alte Bastard sich nie darum geschert hat, wie viele von uns dabei starben, solange er nur den Sieg errang. Und jetzt, wo sein boshaftes Gesicht nicht mehr hier und da plötzlich auftauchen kann – seht nur, was aus uns geworden ist.» Er zeigte mit der Hand auf den Wachraum.

Gan Zhong hatte bereits bemerkt, dass der *ting* ziemlich heruntergekommen war: verblichene Tünche, aufgespleißte Seile, fehlende Ausrüstung. Die Sandstreifen zum Aufspüren von Eindringlingen waren, als er sich dem Turm näherte, nicht geharkt gewesen. Viele der Waffen, die in der Ecke aufgestapelt lagen, schienen rostig zu sein. Das war nicht mehr der ordentlich geführte Wachturm an seiner geliebten Mauer und auch nicht mehr das Symbol für ein großes Reich.

Die Philosophen des Reichs der Mitte hatten jahrhundertelang über das Phänomen des zufälligen Zusammentreffens vieler Ereignisse diskutiert, weil es bisweilen den Beweis für die Einmischung der Götter in menschliche Angelegenheiten zu erbringen schien, während es zu anderen Zeiten anscheinend nichts Besonderes zu bedeuten hatte. Es gab noch eine Alternative, der Gan Zhong sich zu Studentenzeiten verschrieben hatte: die einer Kausalbeziehung zwischen gleichzeitigen Ereignissen, die sich allerdings mangels entsprechender Details nicht beweisen ließ. Am Tag nach seiner Ankunft in Station dreiundachtzig geschah etwas, das Gan Zhong zu der Frage veranlasste, ob solches Zusammentreffen vielleicht weder willkürlich noch zufällig war, sondern der Ausdruck eines wunderbaren Plans.

Ein Soldatentrupp machte unter dem Wachturm Halt und brüllte ihnen zu, dass ihre Hilfe benötigt würde. Einer der Männer hatte ein böses Fieber und brauchte Ruhe. Ein Reiter wies sich als Oberst Ni Bingdi aus. Gan Zhong, der sich über die Zinnen beugte, entdeckte ein altvertrautes Gesicht unter den staubigen Reisenden.

Er rief zu den Männern hinunter und winkte, und nachdem er die Gesichter auf der Mauer eins nach dem anderen forschend gemustert hatte, winkte der stämmige Oberst ebenfalls.

Binnen kurzer Zeit und zum Erstaunen der Turmwächter und

der müden Soldaten erreichten die beiden Männer gleichzeitig die Leiter und fielen einander in die Arme.

Ni Bingdi war nach einer Inspektion der Mauer im Osten auf der Heimreise. Als sein Feldwebel sich ein Fieber zuzog, beschloss der Oberst, anders als die meisten Offiziere es in diesem Fall getan hätten, unterwegs Station zu machen und sich um Hilfe zu bemühen.

Jetzt schlenderte Ni Bingdi, mit den Zobelpelzen, die Gan Zhong ihm geschenkt hatte, überm Arm, zusammen mit seinem alten Freund über den sonnenbeschienenen Fußweg der Mauer. Sie erzählten, was ihnen widerfahren war, seit sie sich am Waldrand in der Nähe des Hauptquartiers von Xiaozhuan getrennt hatten.

«Fischmaul war außer sich, dass Ihr entkommen konntet», sagte Ni Bingdi mit einem Lachen. «Ich hörte, er habe an jedem Wachturm Halt gemacht, um nach Gan Zhong zu fragen. Er hat den ganzen Weg bis nach Ji abgesucht. Als er dort ankam, musste er seinem Auftraggeber seinen Fehlschlag eingestehen. Ein so stolzer Mann wie er! Ich nehme an, es hat ihn beinahe umgebracht.»

Gan Zhong blieb stehen. Ji lag ziemlich weit im Nordosten des alten Staates Yan. «Sein Auftraggeber, war das nicht Lao Wen?»

«Der jetzt Generalinspektor der Nordgrenze ist. Ein großspuriger Titel, nicht wahr, für einen Posten, der gar keiner ist.» Ni Bingdi sah blinzelnd zu den sonnenbeschienenen, bewaldeten Hügeln im Norden hinüber. «Ihr habt zwei Winter da draußen verbracht? Das hätte ich nicht geschafft.» Er strich über den weichen braunen Zobelpelz. «Nun, Lao Wen hat nicht die Autorität, die Mauer zu inspizieren. Das gehört zu meinen Aufgaben. Er hat im Grunde überhaupt nichts zu tun. Ich glaube, er erzählt den einheimischen Dorfvorstehern, dass sie keinen Handel mit den Nomaden treiben dürfen. Es ist ein lachhafter Posten.»

«Habt Ihr ihn auf Eurer Reise gesehen?»

«Natürlich.» Ni Bingdi wischte einen Zweig, der von den Hügeln herübergeweht war, von einem der schönen Felle.

«Und seine Ehefrau?»

Ni Bingdi drehte sich mit einem fragenden Blick zu ihm um.

«Ehefrau? Da gibt es keine Ehefrau. Aber er hat mich in sein Lieblingsbordell mitgenommen, und ich muss sagen, er hat einen erstklassigen Geschmack, was Frauen betrifft. Er ist ein Mann von großem Appetit, und das bezieht sich nicht auf essbare Dinge ... Außerdem ist er ein guter *yi*-Spieler.»

«Ihr habt Euch also angefreundet.»

«Ganz und gar nicht. Er ist ein jämmerlicher Bursche.»

«Wieso das?»

«Wusstet Ihr, dass wir einen neuen Kanzler haben? Einen Eunuchen namens Zhao Gao. Nun, dieser Eunuch hat Lao Wen aus der Hauptstadt weg nach Norden geschickt, um ihn loszuwerden. An dem Abend, an dem ich mit Lao Wen zusammen war, hat er sich bis zur Besinnungslosigkeit betrunken und sich selbst bemitleidet, weil er nach allem, was er getan hat, an der Grenze enden musste. Und getan hat er Folgendes: Er hat sich gegen Li Si verschworen und General Meng gezwungen, Gift zu nehmen. Es heißt, er und Zhao Gao seien die treibenden Kräfte hinter der Verschwörung gegen den Zweiten Kaiser gewesen. Das sind die Dinge, auf die er stolz ist. Er erzählte mir, dass er sein Leben für seine Prinzipien geopfert habe, ja, dass er deswegen sogar seine Frau verloren habe.»

Wieder blieb Gan Zhong stehen.

«Das ist richtig. Seine Frau hat ihn verlassen, weil er zu hart arbeitete.» Ni Bingdi lachte. «Ich habe keine Ahnung, warum sie ihn wirklich verlassen hat, aber ganz bestimmt nicht aus diesem Grund. Eine hochgeborene Frau verlässt einen Mann nicht wegen einer solchen Nichtigkeit. Aber wer erwartet schon die Wahrheit von einem solchen Kerl?»

«Youning hat ihn verlassen», murmelte Gan Zhong.

Der Oberst sah seinem Freund forschend ins Gesicht. «Ihr kanntet sie? Ja, ich sehe, dass Ihr sie kanntet.»

Sie gingen weiter in den frischen Wind hinein und blieben schließlich beide stehen, um die fernen Hügel zu betrachten. «Erinnert Ihr euch noch, wie wir zu dritt in dieses Dorf der Donghu gegangen sind?», fragte Ni Bingdi plötzlich.

«Die Mädchen haben Hirsesamen geröstet und mit stumpfen Bronzemessern Fische ausgeweidet, und am nächsten Tag habe ich meinem Mädchen ein scharfes Eisenmesser als Geschenk gebracht, und alle Frauen sind mir nachgerannt, weil ich sie beleidigt hatte.»

Ni Bingdi seufzte. «Wie unschuldig wir in jenen Tagen waren. Habt Ihr die Donghus gesehen, als Ihr dort draußen wart?»

«Von ferne. Durch die Bäume. Aber ich konnte sie nicht länger riechen, weil ich mich ebenfalls täglich mit Tierfett einrieb.»

«Ich vermisse Li Shun.» Er hatte den Blick immer noch in die Ferne gerichtet, als erwarte er, dass ihr Freund über die Hügel auf sie zukäme. «Ich habe das Holz in seinen Mund geschoben, aber ich denke oft, dass ich ihn von seinem Elend hätte erlösen sollen. Ich hätte ihm einen schnellen Tod verschaffen sollen.»

«Nein, Ihr habt ihn ehrenhaft sterben lassen.»

Nun drehte Ni Bingdi sich um und musterte seinen Freund. «Glaubt Ihr das? Ich glaube es die meiste Zeit selbst.»

Sie schwiegen für eine Weile, dann berührte der Oberst Gan Zhong am Arm auf jene vertrauliche Weise, wie Brüder es gelegentlich tun. «Was werdet Ihr jetzt anfangen?»

«Ich werde Lao Wen einen Besuch abstatten.»

«Ich verstehe. Nehmen wir an, Ihr habt das getan. Was dann?»

«Dann komme ich zurück und nehme meine Pflichten wieder auf, Oberst.»

«Ihr könntet leicht desertieren. Jetzt, da das Reich zusammengebrochen ist, ist das etwas vollkommen Alltägliches.»

«Ich werde ins Hauptquartier zurückkehren.»

Ni Bingdi dachte kurz nach. «Das bedeutet, dass Ihr den Glauben an Euer Land verloren habt.»

«Ich glaube heute mehr daran als je zuvor.» Gan Zhong trat kräftig auf den Weg, auf dem sie standen. «Dieses Ding da unter unseren Füßen, diese Große Mauer – ihre Steine haben mir Vertrauen gegeben.»

«Braucht Ihr irgendetwas?» Der Oberst strich über den kostbaren braunen Zobel und wartete ungeduldig auf eine Antwort. «Kommt schon, ziert Euch nicht.»

«Ich brauche nichts.» Dann fügte Gan Zhong hinzu: «Wann immer ich an eine mögliche Begegnung mit Lao Wen dachte, fragte ich mich, ob Youning dort sein würde. Würde sie aufschreien und versuchen, ihren Mann zu beschützen? Würde sie mich hassen?»

«Nun, alter Freund, seid Ihr frei, zu tun, was Ihr tun müsst.»

35

Vor Jahren, nach einem harten Arbeitstag an der Mauer, hatte er sich mit dem alten Maurer über Rache unterhalten. Obwohl er außerstande war, sich an die Züge dieses runzligen Gesichtes zu erinnern, wusste Gan Zhong noch genau, was in jener Nacht gesprochen wurde. Er hatte mit einem Eingeständnis begonnen: «Jeden Morgen, wenn ich aufwache, ist mein erster Gedanke stets derselbe: einen bestimmten Mann zu töten, Rache zu nehmen.»

«Aus einem guten Grund?», hatte der alte Maurer gefragt. «Ich sehe an deinem Gesicht, dass du deinen Grund für gut hältst. Also schön, dann sorg dafür, dass deine Rache keine gewöhnliche ist. Bring es nicht einfach irgendwie hinter dich. Plane, denke nach. Wenn du ihm zu schnell den Garaus machst, wird er nicht einmal Zeit haben, dich wieder zu erkennen. Ich kenne Männer, die das getan haben. Rede mit ihm, unterhalte dich mit ihm, wie du mit jemandem sprichst, mit dem du gern sprichst.» Der alte Maurer hatte seine Stiefel ausgezogen und rieb sich nachdenklich seine Zehen, so wie er es jeden Abend tat. Dieser Gewohnheit schrieb er die Tatsache zu, dass er an der Mauer so lange überlebt hatte. «Du musst diesem Mann die Möglichkeit geben, etwas zu empfinden. Ich war einmal auf einem Berg, als eine Lawine niederging. Ein Mann ganz in der Nähe hatte Zeit zuzusehen, wie einige lockere Steine herunterprasselten, bevor eine ganze Woge von Geröll ihn fortriss. Einige wenige Sekunden lang sah er es kommen – ein paar harmlose Steine, die den Berg hinunterholperten, und dann etwas Gewaltiges, das ihnen folgte – und von meinem Platz aus konnte ich sehen, wie die Angst in die Züge des Mannes trat, wie sie sein Gesicht verzerrte und verwandelte. So etwas habe ich niemals sonst gesehen, weder vorher noch nachher. So sollte es diesem Mann ergehen, wenn du ihn tötest.» Der Maurer breitete langsam seine rauen Hände aus. «Wie eine Blume, die sich entfaltet.»

Nachdem der Oberst und seine Truppe die Station verlassen hatten, widmete Gan Zhong sich mit besonderer Sorgfalt seinem Pferd. Nach einer Woche beharrlicher Pflege hatte das zottelige Fell einen schönen schwarzen Schimmer angenommen wie die glänzenden Federn einer großen, dicken Krähe. Gan Zhong kaufte sich auch ein neues Maultier für die Reise. Gegen einige Pelze tauschte er die Waffen ein, die er von den Garnisonssoldaten haben wollte, und beschaffte sich in einigen Dörfern der Umgebung weitere Vorräte. Schließlich rasierte er sich den langen Vollbart ab, den er im Wald getragen hatte, und ließ nur einen schwarzen Schnurrbart übrig, der sich an den Spitzen nach unten neigte, wie die Nomaden ihn gern trugen. Tatsächlich begannen der *suizhang* und die Turmwächter, die seine Vorbereitungen mit unverhohlener Neugier verfolgten, ihn «Noyan» zu nennen, ein Wort, das, wie einer von ihnen behauptete, in der Nomadensprache «Krieger» oder «Häuptling» oder «Elch» bedeutete – ganz klar wurde die Bedeutung indes nie.

«Ich kann für eine Weile mit einem Mann hier auskommen», sagte der *suizhang*, als er zusah, wie Gan Zhong ein fellgefüttertes Lederbündel schnürte. «Die andern können Euch als Eskorte begleiten.»

Gan Zhong dankte ihm, lehnte das Angebot jedoch ab.»

«Dann nehmt zwei mit. Einen? Nehmt einen mit. Ihr braucht Euch ja nicht gerade den Besten auszusuchen.»

Gan Zhong umarmte den alten Veteran, der sich gekränkt und verlegen zurückzog. «Nun, einen Mann könntet Ihr bestimmt brauchen», brummte der *suizhang*.

«Ich habe noch ein Dutzend Zobelpelze übrig. Würdet Ihr die für mich aufbewahren?», fragte Gan Zhong.

«Ich werde sie mit meinem Leben verteidigen.» Der *suizhang* nahm Habt-Acht-Stellung an. Nachdem seine Ehre durch diesen Vertrauensbeweis wiederhergestellt war, fügte er hinzu: «Und dasselbe gilt für meine Männer.»

Voll beladen, folgte das Maultier Gan Zhongs Pferd auf dem Weg nach Süden. Nach etwa fünfzig Meilen kamen sie an eine Hauptstraße, die in östlicher Richtung nach Youyu führte. Langsam näherten sie sich Dadong und ritten über eine kahle Gebirgskette zum Pass des fliegenden Fuchses und weiter nach Daijun. Von dort aus folgten sie einem anderen, steilen Hohlweg auf eine heiße, staubige Ebene: Hirse-, Weizen- und Bohnenfelder, Küchengärten, Kohlbeete und Obstplantagen schmiegten sich an die Hänge blauer Hügel. Enten trieben müßig über stille Teiche, wenn die kleine Karawane vorbeitrabte. Gan Zhong ließ sich Zeit. Er gab sich dem schaukelnden Rhythmus seines Körpers auf dem Rücken des Pferdes hin. Er ließ seine Gedanken von dem beherrschen, was die Landschaft gerade bot: einem Teich, einem Wagen, einem Baum, einer alten Frau, die auf einen Gehstock gestützt die Straße heruntergehumpelt kam.

Endlich erreichte er nach dieser gemächlichen Reise die schäbige Stadt Ji, die ehemalige Hauptstadt des Staates Yan. Er nahm ein Zimmer in einem der Speisehäuser, die sich um das Haupttor herum scharten. Dieses Tor wurde, wenn der Abend dämmerte, für die Nacht geschlossen und bei Sonnenaufgang wieder geöffnet.

Als am nächsten Tag das Leben in der Stadt erwachte, ließ er seine Tiere im Stall stehen und ging durch das Haupttor. Die verschlafenen Wachen fragten nicht nach seinem Namen, daher zeigte er auch den Pass nicht vor, den Ni Bingdi ihm vor langer Zeit gegeben hatte. Die lärmende Stadt war voller Gerüche und Schmutz, und der Handel betraf vorwiegend Hölzer, die aus den Wäldern im Nordosten herbeigeschafft wurden. Er stand auf der belebten Straße vor dem Verwaltungssitz, dessen Gebäude von einer hohen Steinmauer abgeschirmt wurden. Er konnte sich vorstellen, was hinter dieser Mauer lag. Ein Haupthof, eine Audienzhalle auf einer erhöhten Terrasse mit Blick nach Süden, eine Reihe kleinerer Höfe, von denen Wege zu kleineren Gebäuden abzweigten – und in einem dieser Gebäude musste die Amtsstube des Generalinspektors der Nordgrenze sein.

Gan Zhong versuchte nicht, das befestigte Gelände zu betreten. Stattdessen blieb er einfach davor stehen und wartete, wohl wissend, dass nur ein Fremder in diesem aus dunklen Hölzern errichteten Wirrwarr von Läden und vernachlässigten Häusern lange auf einem Fleck stehen und irgendetwas ansehen würde. Schon bald begrüßte ein verhutzelter kleiner Mann ihn mit einer respektvollen Verbeugung und fragte, wie ihm die wunderschöne Stadt Ji gefalle.

«Ich brauche Hilfe», bekannte Gan Zhong mit einem Stirnrunzeln.

«Hilfe könnt Ihr von mir haben.» Der kleine Mann grinste eifrig.

Gan Zhong grinste zurück. «Ich muss zwei Dinge wissen.»

«Fragt mich, Herr, fragt mich», sagte er und streckte die Hand aus.

Gan Zhong legte erst eine, dann die zweite Münze hinein. «Ich suche einen ruhigen Platz innerhalb der Stadtmauern, wo ich bleiben kann.»

«Und wo man Euch nicht bemerkt. Es gibt immer wieder Leute, die so etwas suchen.» Er wies ihm den Weg zum Jadefisch, einer Herberge, die Männer gewisser Berufssparten aufnahm – aus Berufen, die gegen das Gesetz verstießen, wie Schmuggel zum Beispiel. «Im Jadefisch zahlt Ihr dafür, dass man Euch unbeachtet lässt.»

Mit beifälligem Nicken legte Gan Zhong zwei weitere Münzen in die immer noch ausgestreckte Hand. «Und ich möchte den Namen des besten Bordells in Ji wissen.»

Der Alte blickte mit schmalen Augen zu dem hoch gewachsenen Mann mit den verblichenen Militärhosen und dem abgetragenen Wildlederhemd auf. «Das beste?» Er zupfte an seinem dürftigen Bart und sah Gan Zhong lange und neugierig an. «Ihr werdet an anderen Orten, die ich kenne, genauso gut bedient. Außerdem würden sie Euch in das beste Haus gar nicht erst einlassen.»

«Dessen Name wie lautet?»

«Das Haus der Kostbaren Juwelen.»

«Wer geht dort hin?»

«Beamte und die Reichen. Versucht nicht hineinzukommen.»

«Werden sie mich hinauswerfen?», fragte Gan Zhong, während er zwei weitere Münzen aus seinem Beutel nahm.

«Mehr als nur das. Sie werden Euch etwas antun.»

«Dann wird das Haus schwer bewacht.»

Der kleine Mann, der, um seinen Worten Nachdruck zu verleihen, an seinem Bart riss, lachte. «So schwer bewacht wie ein kaiserlicher Palast. Wenn die großen Tiere dort hingehen, wollen sie sich sicher fühlen.»

«Hier sind noch zwei», sagte Gan Zhong und drückte die Münzen in die schmutzige ausgestreckte Hand. «Gebt Euch damit zufrieden. Wenn ich Euch jemals wieder sehe, werdet Ihr es bedauern.»

Er mietete sich ein Zimmer im Jadefisch, einer niedrigen, weit verzweigten Herberge aus Ziegelstein und schwarzem Holz, die unbemerkt in einem Gewirr kleiner Straßen lag wie eine Kröte in einem Sumpf. Nachdem er sein Maultier und sein Pferd geholt hatte, brachte er die beiden ohne Zwischenfall auf das Gelände, nahm ihnen ihre Last ab und brachte sie im Stall des Gasthauses unter.

In einem Speisehaus bestellte er eine herzhafte Mahlzeit aus Weizennudeln, fettem Entenfleisch und schweinefleischgefüllten Weizenkuchen. Er aß alles auf und tunkte selbst das Fett mit einem Weizenkuchen auf. Als er wieder in seinem Zimmer war, traf er Vorkehrungen für den Abend. Als Erstes legte er seine Waffen auf den Boden und neben sie seine Rüstung – die Ausrüstung für den Grenzdienst. Er legte einen wattierten Lederrock an und einen Brustschutz, den er im Rücken mit einem Libellenknoten befestigte. Mit großer Sorgfalt band er sich dann den Schenkelschutz und die dünnen Metallplatten für die Unterarme um. Er strich sich das Gesicht mit Ruß ein, den er in einer Holzschachtel mitgenommen hatte (der Deckel zeigte das geschnitzte Muster eines Phönix und war ein Geschenk des *suizhangs*, der behauptete, wer sich mit dem Ruß aus diesem Kasten das Gesicht einrieb, dem sei der Sieg in der Schlacht gewiss).

Schließlich stülpte er noch einen Helm auf, von dem Lederlappen über Ohren und Nacken herabhingen.

Als Nächstes kümmerte er sich um die Waffen. Seine Armbrust, die er gegen zwei Fuchsfelle von einem alten Garnisonsfeldwebel eingetauscht hatte, bestand aus einem Pfirsichholzschaft mit Hornbeschlag und einem dreiteiligen, bronzenen Bogen. Gan Zhong hatte sie erprobt, bevor er Station dreiundachtzig den Rücken kehrte. Über viel größere Distanz, als er es für Ji benötigte, verschoss sie mit beständiger Genauigkeit Bolzen aus Weißdornholz. Die zwanzig fußlangen Bolzen in seinem Köcher, den er über der linken Schulter trug, hatte Gan Zhong eigenhändig mit Adlerfedern verstehen.

Er ließ sein breites Schwert und ein Messer in ihre flachen Scheiden an seinem breiten Ledergürtel gleiten. Auch den Griff seines Gaoxinges schob er sich in den Gürtel, sodass die vier eisernen Rechtecke, aufgereiht wie Perlen, bis zu seinem rechten Knie herabhingen.

Übrig blieb nur eine kurze bronzene Hellebarde mit einer Spitze zum Stechen und einem Haken zum Hauen.

Der letzte Gegenstand, den er noch aus seinem Bündel nahm, war ein abgegriffenes, kleines, quadratisches Holzstück an einer Lederschnur. Diese legte er sich um den Hals. Auf dem Holzstück stand, noch immer lesbar, die Nummer 78831.

Er hatte nur einen kurzen Weg zu gehen. Binnen weniger Minuten hatte Gan Zhong ein halbes Dutzend Straßen durchquert und den Eingang zum Haus der Kostbaren Juwelen erreicht. Die volle Schlachtmontur ermunterte nicht zu neugierigen Fragen. Wenn die Menschen diese hoch gewachsene, schwarzgesichtige Gestalt mit auf den Rücken gebundener Hellebarde, Armbrust und Schwert am Gürtel sahen, nahmen sie sich nicht die Zeit für einen zweiten Blick, sondern verdrückten sich so schnell wie möglich. Lange Jahrhunderte des Kriegs hatten in den Völkern des Nordens einen Überlebensinstinkt herangezüchtet, der von einer unnötigen Musterung eines Mannes, der Waffen trug, abriet. Ihr Geist weigerte sich, eine solche Gestalt auf der Straße überhaupt wahrzunehmen. Wenn sie sich eilig davonmachten, wäre sie vielleicht gar nie da gewesen.

Das Haus der Kostbaren Juwelen lag in einer von Kloaken gesäumten Gasse. Aber das Bordell selbst, dessen Dach mit den glasierten Ziegeln hoch über die Schutzmauer um das Anwesen aufragte, wirkte mit seinen kerzenerhellten Fenstern und einer breiten, mit brennenden Fackeln geschmückten Veranda im ersten Stockwerk durchaus festlich. Aus einem Kamin stieg Rauch von Holzkohlenfeuern – zweifellos aus der Garküche –, der das Seine zu dem strengen Geruch in der Gasse beitrug.

Gan Zhong fand einen Platz im Halbdunkel und wartete. Jedes Mal, wenn eine von Eseln gezogene Karre am Eingang Halt machte und jemand ausstieg, beugte er sich neugierig vor. Konzentriert beobachtete er, wie Männer in kostbar bestickten Roben ungeduldig am Tor stehen blieben, während ihre anmaßenden Diener mit Donnerstimme Einlass begehrten. Wenn das Tor sich öffnete, traten zwei bewaffnete Männer vor, ihnen folgte ein kleiner Haushofmeister, dessen Pflicht darin bestand, den Einlass Begehrenden und seine Begleiter zu überprüfen. Erst wenn der Haushofmeister mit dem, was er sah, zufrieden war, schickte er die Wachen weg. Gan Zhong blieb, wo er war. Einige Träger stolperten an ihm vorbei; das Gewicht ihrer Jutesäcke drückte sie beinahe zu Boden. Händler, die auf breiträdrigen Karren getrockneten Fisch feilboten, kamen des Wegs, und betrunkene Holzfäller schlurften mit grell geschminkten Mädchen im Schlepptau von einer Taverne zur nächsten. Gan Zhong wartete, bis keine Kunden mehr gebracht wurden und der Straßenverkehr immer spärlicher wurde, während müde Arbeiter sich nach Hause schleppten. Dann kehrte er zu seiner Unterkunft zurück.

Während der nächsten beiden Nächte hielt er es ebenso, und auch in der dritten bezog er seinen Posten im Halbdunkel.

Er wartete, bis ein Wagen vorfuhr, dem ein hoch gewachsener dünner Mann entstieg. Im hellen Schein einer Fackel am Eingang sah Gan Zhong das lange, ausgezehrte Gesicht Lao Wens, das sich zu einem Lächeln verzog, als das Tor geöffnet wurde und der kleine Haushofmeister ihm unter etlichen Verbeugungen ein überschwängliches Willkommen bereitete.

Gan Zhong wartete kurz, dann nahm er seine Armbrust ab, legte einen Bolzen ein und spannte die Waffe. Er überquerte die Straße, begehrte mit lauter Stimme Einlass und verschwand schnell wieder im Dunkeln. Das Tor wurde geöffnet, zwei Männer kamen heraus und schauten die Straße hinauf und hinunter; der Haushofmeister war dicht hinter ihnen. Der erste Bolzen traf einen Wachposten, bevor dieser sich davon überzeugt hatte, dass niemand am Eingang war. Der zweite traf den Haushofmeister, als er wieder ins Haus stürzen wollte, und der nächste Bolzen durchdrang das rechte Auge des zweiten Wachmanns, als es gerade die dunkle Straße nach irgendeiner Spur absuchte.

Eine Gruppe von vier Trägern sah unbeteiligt zu, wie Gan Zhong mit der Armbrust und der Hellebarde in Händen über die Straße ging und an den drei am Boden liegenden Männern vorbei durch das offene Tor schritt. In dem kleinen Vorhof sah Gan Zhong einen Mann, der durch das von Fackeln erhellte Portal trat. Als er den Eindringling bemerkte, zog der Mann sein Schwert, aber Gan Zhong hatte bereits gezielt, und im nächsten Augenblick lag der andere reglos am Boden. Dann kam ein auffallend großer Mann aus einem anderen Eingang. Gan Zhong hatte keine Zeit, die Armbrust neu zu spannen, daher warf er sie von sich und zog das Gaoxinge aus seinem Gürtel. Im Licht der Fackel sah er das weit offen stehende Maul und das erhobene Schwert des auf ihn zustürmenden Mannes. Er ließ sich zu Boden fallen und schlug mit der vier Fuß langen, mit vier Eisenriegeln bewehrten Kette nach den Beinen des anderen. Die Kette wickelte sich um dessen Waden und fällte ihn, als sei er gegen die Mauer geprallt. Während Fischmaul sich von der Kette zu befreien versuchte, griff Gan Zhong zu seiner Hellebarde und überlegte kurz, ob er die Spitze oder den Haken einsetzen solle. Als der Mann versuchte, sich auf seine gebrochenen Beine zu stellen, sagte Gan Zhong: «Da habt Ihr Gan Zhong also doch noch gefunden. Genau hier im Lustpalast Eures Herrn.» Fischmaul griff noch zu seinem Dolch, aber Gan Zhong schwang bereits die Hellebarde um seinen massiven Kopf und stieß ihm den Haken tief in den Nacken, brach ihm den Hals, als das gebogene Metall an der Kehle wieder zum Vorschein kam.

Er überquerte den Hof, stieß die Tür des Hauptgebäudes auf und stand in einem Korridor mit einer Reihe von Türen. Er warf die erste Tür auf; dahinter saßen ein alter Mann in einem prächtigen Gewand und zwei Frauen an einem niedrigen Tisch und tranken Wein. Neben ihnen stand ein Bett mit einem Baldachin. «Wer seid Ihr?», fragte der alte Mann mit befehlsgewohnter Stimme.

«Wachen haben hier keinen Zutritt. Hinaus mit Euch.» Die rosa geschminkten Lippen der Frauen verzogen sich zu einem schwachen Lächeln, aber ihre mit weißem Puder bedeckten Gesichter bewahrten einen teilnahmslos-verächtlichen Ausdruck.

Gan Zhong zog sich mit einer Verbeugung zurück. Im nächsten Zimmer saß eine nackte Frau auf dem Rand eines Bettes; ihre Hand hielt sie im Gewand eines kleinen, dünnen Mannes. Sie zog angesichts der Störung ihre ausgezupften und mit Kohle nachgezogenen Augenbrauen hoch. Sowohl Gan Zhongs Rüstung als auch seine Hellebarde waren inzwischen blutbefleckt. Der kleine Mann kreischte und verkroch sich in eine Ecke, und stürzte dann durch eine Seitentür, die ihn in das Zimmer des strengen alten Mannes führte, der ihn sicherlich tadeln würde. Die nackte Frau bewegte sich derweil keinen Zoll, sondern bedachte den hoch gewachsenen, blutverschmierten Krieger mit einem feinen Lächeln, als ob sie sich sicher sei, dass er jemandem mit so schönen Brüsten und Schenkeln nichts antun würde.

Als er das Zimmer wieder verließ, stieß er beinahe mit einer weiteren Wache zusammen, deren Überraschung die seine noch übertraf und mit zu ihrer Unfähigkeit beitrug, die Hellebardenspitze abzuwehren, die sich in ihren Bauch bohrte. Während der Mann fiel, spuckte er bereits Blut; Gan Zhong verschwendete keine Zeit auf ihn, sondern stürmte in den nächsten Raum.

Dort spendete eine dicke Fackel in einer auf einem Steinsockel befestigten bronzenen Lampe Licht. Ein gefalteter Stellschirm lehnte an der Wand, bereit, das Bett vor fremden Blicken zu schützen.

In der Mitte des Raums stand ein auf Hochglanz polierter Rosenholztisch. Daran saßen zwei Personen bei einem leichten Abendessen. Die feuchten blauen Lippen der Frau teilten sich zu einem Lächeln, als hätte ihr Tischgefährte gerade eine amüsante Bemerkung gemacht. Jetzt blitzte in ihren scharfen, leuchtenden Augen erst Überraschung, dann Furcht auf.

Ihr Gefährte war Lao Wen, der ein lockeres Gewand trug und einen Becher Wein in der Hand hielt, den er jetzt langsam und bedächtig auf den Tisch stellte.

«Ich habe Lärm draußen gehört», sagte er und blickte mit einem schwachen Lächeln zu dem Mann in der blutbefleckten Rüstung auf. «Wart Ihr die Ursache dafür?»

«Ich glaube nicht, dass Ihr wisst, wer ich bin.»

«Oh, das kann ich an Eurem Wangenzeichen sehen. Das verbirgt auch der Ruß nicht ganz. Ihr seid ein Sträfling. Und Ihr tragt eine ordentliche Erkennungsmarke. Nummer ...» Er kniff die Augen zusammen, um die Zahlen auf dem verwitterten kleinen Brett zu entziffern. «Sieben acht acht drei eins.» Er griff nach dem schweren Geldbeutel an seinem Gürtel und sagte: «Und wenn ich Euch so ansehe, würde ich sagen, Ihr versucht eine Art Krieger darzustellen. Ich gebe Euch genug Münzen, um weit weg von hier zu kommen. Man wird Euch nicht einmal melden. Ich habe eine Schwäche für Kühnheit.»

«Habt Ihr mich schon je zuvor gesehen?»

Lao Wen rieb sich seinen spärlichen Bart und richtete nachdenklich seine blutunterlaufenen Augen auf den bewaffneten Mann. «Ihr kommt mir irgendwie bekannt vor, ja. Sind wir uns in der Hauptstadt begegnet?»

«Vor langer Zeit.»

«Nun kommt schon, so lange kann es auch wieder nicht her sein», sagte Lao Wen mit einer Mischung aus Scherzhaftigkeit und Schmeichelei. «Ihr seid nicht viel älter als dreißig.»

«Ich war einundzwanzig, als wir uns begegnet sind.» Er wandte sich der Frau zu, deren Lippen zitterten. «Bitte, verlasst den Raum.»

Sie erhob sich sofort und eilte hinaus.

«Was wollt Ihr, mein Kriegerfreund?», fragte Lao Wen mit einer Stimme, die offensichtlich freundlich und ruhig klingen sollte.

«Euer Leben.»

«Ich nehme an, man hat Euch irgendeines törichten Verbrechens beschuldigt und Ihr habt einiges an harter Arbeit leisten müssen. So ist es Tausenden guter Männer unter dem Ersten Kaiser ergangen. Er war ein Tyrann, und wir haben alle für ihn gearbeitet, Ihr bestimmt auch. Warum wollt Ihr mir die Schuld an Eurem Missgeschick geben?»

«Wo ist Youning?»

«Wo ist . . . Youning?» Ein Hauch des Begreifens schimmerte in Lao Wens schmal gewordenen Augen auf, bis sie sich vor Staunen wieder weiteten.

«Sagt es mir.»

«Ihr seid . . . ist der Name Gan Zhong?»

«Sagt es mir!»

«Ihr wollt wissen, wo meine Frau ist? Meine Frau ist tot.»

«Das glaube ich nicht.»

«O ja, sie ist verschwunden. Vollkommen wahnsinnig geworden, die arme Frau. Ich habe erfahren, dass sie tot ist.»

«Ich glaube Euch nicht!»

«Bedeutet Euch nach all diesen Jahren diese eine Frau noch immer so viel?», fragte Lao Wen mit einem höhnischen Lächeln.

In diesem Augenblick hörte Gan Zhong den Boden hinter sich knarren und drehte sich gerade noch rechtzeitig um, um zu sehen, wie ein stämmiger Kerl mit hoch erhobener Axt durch die Tür kam. Gan Zhong schwang die Hellebarde, sodass er den Axtstiel in der Gabel zwischen Spitze und Haken zu fassen bekam, riss sie zur Seite und bohrte mit der nächsten, fließenden Bewegung dem Mann die Spitze der Hellebarde in die Brust. Die Axt fiel mit einem Klirren zu Boden; der Mann hustete und ging in die Knie, als denke er noch darüber nach, was ihm zugestoßen war. Dann brach er zusammen. Als Gan Zhong sich umdrehte, sah er gerade noch, wie Lao Wen ins Nebenzimmer verschwand. Statt ihm nachzujagen, ging Gan Zhong langsam weiter. Er hörte von allen Seiten das Wimmern weiblicher Stimmen; offensichtlich hatte sich die Nachricht von dem Angriff mittlerweile herumgesprochen. Im Nebenzimmer kauerte, nur bekleidet mit einem Lendentuch, neben einem Kohleofen ein Mann, dessen dicker Leib heftig zitterte. Gan Zhong hörte schnelle Schritte hinter sich und blieb jäh stehen. Er zückte sein Schwert, machte einen Schritt zur Seite, wo man ihn von der Tür aus nicht sehen konnte, und wartete, bis zwei Männer in den Raum kamen, dann spießte er den einen mit der Hellebarde auf und enthauptete den anderen mit dem Schwert. Eine Blutfontäne spritzte in die Höhe, als der kopflose Mann sich noch einmal um die eigene Achse drehte, bevor er fiel. Der andere war noch nicht tot, sondern kroch zur Tür;

auf dem Rücken seines Gewandes dehnte sich bereits ein dunkler Kreis aus. Gan Zhong trat über ihn hinweg, während der dicke Mann an dem Kohleofen, der das Gemetzel mit angesehen hatte, zu jammern begann. Seine Stimme war schrill wie die einer Frau, und sein Doppelkinn wackelte hin und her, als erschüttere ein Erdbeben den Boden unter ihm.

Gan Zhong beschleunigte seinen Schritt und entdeckte im nächsten Zimmer zwei Frauen, die einander Schutz suchend in den Armen hielten. Als sie ihn mit schwarzem Gesicht und mit Blutflecken auf Kleidern und Waffen erblickten, begannen sie zu schreien, hielten aber abrupt inne, als er einen Finger auf die Lippen legte und ihnen zulächelte. Während sie wie betäubt einander umfangen hielten, sahen sie ihm nach, wie er den Raum durchquerte und weiter in den nächsten ging.

In diesem Augenblick durchflutete Gan Zhong ein Gefühl des Jubels, wie er ihn noch nie in seinem Leben erfahren hatte. Jetzt hatte er es plötzlich eilig, wollte die Dinge zum Ende bringen. Das Zimmer nebenan schien leer zu sein, trotzdem spürte er die Anwesenheit von etwas Lebendigem dort, wie es ihm oft im Wald ergangen war, wenn sich ein Tier, das er jagte, im Unterholz versteckte.

In ihrer Hast hatten einige der fliehenden Frauen und ihre Gäste auf einer Seite des Raumes Kleider und Bettlaken auf einen Haufen geschmissen. Danach sah es jedenfalls aus. Mit der Spitze seines Schwerts spießte Gan Zhong ein Kleidungsstück auf und schleuderte es weg. Der lange, dürre Lao Wen wand sich und versuchte aufzustehen, aber Gan Zhong machte seinen Bemühungen ein Ende, indem er ihm den Schaft der Hellebarde in die Brust rammte. Lao Wen ging nach Luft ringend zu Boden, und Gan Zhong stellte sich breitbeinig über ihn.

«Nein, nein, ich kann alles erklären», begann Lao Wen, der instinktiv die Beine anzog, um ein kleineres Ziel abzugeben. «Nein, nein, nein. Ihr müsst verstehen, ich habe für den Staat gearbeitet. Nichts von alledem war meine Idee. So versteht doch . . .»

«Versteht Ihr doch. Ihr habt die Frau, die ich liebte, genommen, und um das zu erreichen, habt Ihr meine Sippe vernichtet und Menschen, die mir teuer waren, hinrichten lassen. Ihr habt mich zur Zwangsarbeit fortgeschickt und dann den Befehl gegeben, mich kastrieren zu lassen. Nein! Bewegt Euch nicht.» Er konnte sehen, dass Lao Wen langsam wieder zu Atem kam. «Ich hatte mehr Zeit, als Ihr Euch vorstellen könnt, um darüber nachzudenken, was ich tun werde. Habt Ihr eine Ahnung, was das sein könnte?»

Daraufhin sprang Lao Wen mit der Energie der Verzweiflung auf, aber darauf war Gan Zhong vorbereitet, und als die spindeldürren Beine des Mannes vorwärts stürmen wollten, genügte ein kurzes Vorschnellen seines Schwertes, um Lao Wen eine Achillessehne durchzutrennen und ihn hinkend zu Boden stürzen zu lassen. Gan Zhong stand über dem sich windenden Mann und schlug ihm die breite Seite des Schwerts gegen die Schläfe, bevor er die Waffe wegwarf. Benommen, mit entsetzensgeweiteten Augen und offenem Mund, lag Lao Wen da, während Gan Zhong mit dem Messer flink seine Robe aufschlitzte und sein Lendentuch freilegte.

Ein tiefes Wimmern entstieg Lao Wens Kehle; der Rest seines Körpers schien gelähmt zu sein.

«Wie eine Blume, die sich entfaltet», bemerkte Gan Zhong so gelassen, als schlendere er durch einen Garten. Mit einer präzisen Bewegung des Messers – so als häute er einen Fuchs – entfernte er das Lendentuch, ließ sich dann auf ein Knie nieder und drückte das andere Knie dem Mann auf die Brust. «Nein, nein, nein», flüsterte Lao Wen entsetzt und schrie, als das Messer sich in seinen Unterleib bohrte. Danach ging Gan Zhong schnell und geschickt zu Werke, wie wenn er eine erlegte Beute im Wald ausweidete. Lao Wen konnte keinen Laut mehr von sich geben, bis auf leises, unausgesetztes Stöhnen und das scharfe Ausstoßen seines Atems. Endlich ließ Gan Zhong sich schwer auf den Boden sinken, das Messer in der einen Hand, die Genitalien Lao Wens in der anderen. Er wartete kurze Zeit, bis Lao Wen, heftig blutend, verstarb, dann warf er das Körperteil des Toten, das er in der Hand gehalten hatte, von sich, ging ins Nebenzimmer und holte sich einen Teppich, um den Leichnam darin einzuwickeln. In der Halle hörte er Getuschel und zögerliche Schritte, kümmerte sich aber nicht weiter darum. Nachdem er den Körper Lao Wens über seine linke Schulter geworfen hatte, verließ Gan Zhong das Haus der Kostbaren Juwelen. Die Leute draußen, die diese Erscheinung aus Blut und Rüstung mit dem sperrigen Bündel auf dem Rücken kommen sahen, prallten zurück, verschwanden in irgendwelchen Gassen oder drückten sich an Holzwände, während er durch die warmen, schläfrigen Straßen zum Jadefisch zurückging, wo er sich wusch, seine Rüstung ablegte, wieder in seine alten Kleider schlüpfte und sich und Lao Wen für die vor ihnen liegende Reise bereitmachte.

Er bestach die Wachen am Stadteingang mit einigen roten Fuchspelzen, damit sie ihm das Haupttor öffneten. Vor Sonnenaufgang ritt Gan Zhong nach Westen, zusammen mit dem Leichnam, den er, in ein Hirschfell gewickelt, auf dem Rücken des Maultiers festgebunden hatte. Während der nächsten Tage machte er gelegentlich in bewaldeten Gegenden Halt, um ein wenig zu schlafen, ritt ansonsten aber unermüdlich weiter. Andere Reisende auf der Straße begannen die Köpfe zu drehen und argwöhnisch zu schnuppern, wenn die widerlich stinkende kleine Karawane an ihnen vorbeizog. An einer Abzweigung von der Hauptstraße wandte er sich in nördliche Richtung und geriet in einen Staubsturm. Während der nächsten zwei Tage wirbelten wilde Stürme eine feine rote Substanz auf, die sich anschließend überall niederließ. Die Luft war so erfüllt von Staub, dass die Sonne wie eine verschwommene rote Scheibe erschien, die durch einen schweren Nebel trieb. Hustend und mit tränenden Augen spürte Gan Zhong, wie der Staub seine Kleider durchdrang und seinen ganzen Körper überzog. Nicht einmal die unablässig zuckenden Ohren seines Pferdes vermochten sich vor dem Ansturm zu schützen. Es sah aus, als hätte jemand dem Pferd rote Kappen aufgestülpt. Dann regnete es, und die Straße wurde so schlammig, dass Gan Zhong sein Pferd zu Fuß weiterziehen musste, und das Maultier verweigerte ihm vor großen, tiefen Pfützen mehr als einmal den Dienst. Das Bündel auf seinem Rücken stank inzwischen so widerlich, dass eine Hand voll kleiner Jungen hinter der kleinen Karawane herlief, um Gan Zhong ihre entblößten Hinterteile zu zeigen, sich darauf zu klatschen und zu brüllen vor

Lachen. Schließlich erreichte er die Mauer – endlose Meilen eines um sich schlagenden Steindrachens, der im fahlen Licht der Sonne aufleuchtete.

Einen Tag lang ritt er an der Mauer entlang. Er blickte zu jedem Wachhaus. Geduldig wartete er auf eine Lücke, und als sie endlich kam – ein unvollendeter Bauplatz von nicht einmal einer Viertelmeile Länge –, blieb Gan Zhong stehen. Es gab viele solcher Stellen entlang der Mauer. Die Bauplätze wurden vorübergehend im Stich gelassen, weil die Arbeiter Löcher zu stopfen hatten, die von plündernden Nomaden noch häufiger benutzt wurden. Gan Zhong stellte ein Zelt auf, begrub Lao Wen in einem flachen Grab und ritt dann nach Süden auf der Suche nach einem Dorf. Als er eines fand, tauschte er Pelze gegen eine Kelle, einen schweren Hammer, Bronzenägel, einige Säcke Kalk, ein paar Bündel Stroh sowie ein paar Hartholzbretter für die Ziegelherstellung und einige Holzkisten, die er mit Lehm abdichten wollte. Da sie so nah an der Mauer lebten, waren die Dörfler nicht allzu beeindruckt von Tierhäuten aus dem Nomadenland, und er musste mehr Pelze von Hirschen und Moschusratten opfern, um kaufen zu können, was er brauchte. Als er zu dem Platz zurückkehrte, wo er die Leiche in ihrem flachen Grab beerdigt hatte, ließ er das Pferd und das Maultier frei, damit sie auf den kargen, heißen Stoppelfeldern des steinigen Hügels grasen konnten. Bao hatte einmal gesagt: «Eines meiner früheren Ichs war ein Sargbauer. Ich habe sie aus gutem Holz gebaut, aus Holz von Bäumen in den Bergregionen südlich des Langen Stromes.»

Als er mit der Errichtung des Zelts fertig war, sagte Gan Zhong laut: «Nun, mein lieber Freund Bao, in meinem neuen Ich bin auch ich ein Sargbauer.» Eingedenk dessen, was er während seiner Lehrzeit bei dem alten Maurer gelernt hatte, machte Gan Zhong sich ans Werk. Mit Zusatz von etwas Wasser rührte er einen Brei aus sandiger Erde, Lehm und Kalk an. Das ergab ein gutes Fundament für die Ziegel, die in diesem Mauerabschnitt noch drei bis vier Fuß hoch zu verlegen waren.

In den nächsten Wochen machte er Ziegel aus Lehm und Stroh, formte sie in den rechteckigen Kästen und trocknete sie in der Sonne. Als sie fertig waren, grub er Lao Wen aus, wickelte ihn aus, legte die nackte Leiche auf das Mörtelfundament und ummauerte sie mit seinen Ziegeln. Er arbeitete mit aller Sorgfalt, bis Lao Wen hinter Steinreihe für Steinreihe verschwunden war.

In seiner Zeit als Sträfling wurden verstorbene Männer ins Fundament versenkt, um die Dämonen zu beschwichtigen. Gan Zhong wusste nichts über Dämonen, aber Lao Wen würde sich zu vielen der Männer gesellen, die er selbst zu dieser Mauer geschickt hatte. Er hatte einen Geist, den die Mauer gebrauchen konnte, geradeso, wie sie jeden Geist gebrauchen konnte, der ihre Himmelsenergie vergrößerte.

Eines Nachts, als Gan Zhong schlafend an der Mauer lag, die sich jetzt in dem Teil, der Lao Wen enthielt, zwanzig Fuß über den Boden erhob, wurde er von einer Vision aus dem Schlaf gerissen. Diese Vision war so real, dass er aus dem Zelt herauskroch, um den mondbeschienenen Horizont nach dem abzusuchen, was er zuvor gesehen hatte. Er wartete lange, um einen Blick auf das werfen zu können, was da dicht am Boden kauern musste, seine buschigen Ohren aufgestellt, seine Augen zu schmalen, unendlich wachsamen, gelben Schlitzen verengt. Er rief es sogar leise an: «Bist du da? Bist du da?»

Am nächsten Tag brach er das Lager ab und wandte sich nach Westen in Richtung des Hauptquartiers. Er ließ seinen Feind in der Mauer zurück. Lao Wens Seele, geläutert und gereinigt durch das Eintauchen in Stein, konnte seinem Land nun zurückgeben, was er ihm genommen hatte.

36

Nachdem sie den Stall verlassen und Susus enthaupteten Neffen gefunden hatten, setzten sie ihren Weg zunächst über die kaiserliche Hauptstraße fort. Dann ging es weiter über schlammige Nebenstraßen, und in alledem übernahm die Zofe Ying das Kommando. Mit Bauernschläue und einer praktischen Veranlagung hatte sie in jener Nacht im Stroh des Stalls vier Schnüre Münzen heimlich versteckt, so wie sie in jeder Nacht irgendwo Geld versteckte, und zwar ein gutes Stück entfernt von den Schlafplätzen. Das Gleiche hatte sie übrigens in all diesen Jahren, die sie im Haus ihrer Herrin zugebracht hatte, ebenfalls getan, obwohl sie dort in Sicherheit gewesen war. Die Schnüre waren mehr als genug für ihre Reise. Youning lernte, nicht zu fragen, wie weit sie noch gehen müssten, denn ihre Dienerin (obwohl sie Seite an Seite vergewaltigt worden waren, verbeugte Ying sich immer noch vor ihr, wenn sie mit ihr sprach) sagte immer: «Ein kleines Stück noch, ein kleines Stück noch», und benutzte diese beruhigenden Worte noch hundert Meilen später und dann auch während der nächsten zweihundert Meilen, ja, selbst nachdem sie durch Huayin und Hongnong und Rongnong getrottet waren und einen schmalen Weg hinuntergingen, der zu der Stadt Linji führte.

Sobald Linji hinter ihnen lag, begann Youning, sich umzusehen und auch wieder mehr zu reden, denn nachdem sie den Stall verlassen hatten, war sie schweigend immer weiter getrottet und hatte oft tagelang kein Wort gesprochen. Was sie jetzt aus diesem seltsamen Betäubungszustand weckte, war eine Landschaft voller Felder und Obstgärten, durch die kreuz und quer gurgelnde Bäche verliefen. Sie blieb kurz stehen, um sich dies und das anzusehen, als könne irgendein Anblick ihr Heilung schenken: Teiche mit wachsartigem Lotus, der sich in schläfriger Brise wiegte; Zwiebelfelder, Trompetenbäume, Rosskastanien; eine Bewässerungsvorrichtung, die das Wasser mit einer endlosen Kette flacher Schalen förderte; eine eiserne Pflugschar, die eine Furche zog, so wie ihre Köche das Fett von einem Stück Fleisch abschnitten; ein Hof voller Krüge mit Sojabohnen, Weizen und Salz; ein Mädchen mit einem Korb voller benetzter Schalotten von der Farbe weißer Jade – zart, aber stark und beeindruckend wie ein Kokon Rohseide entfaltete sich vor ihr eine sowohl fruchtbare als auch schöne Landschaft, teils natürlich, teils von Menschenhand geschaffen, eine energiegeladene, grüne, blaue Welt, so beständig wie die Sonne und genauso blendend hell.

Sie gingen jetzt nach Westen, in die Richtung, die dem Holz und dem Grünen Drachen geweiht war. Statt zu ermüden, wurde Youning immer kräftiger, und ihr Schritt beschleunigte sich, während sie begann, die Zukunft als etwas zu sehen, das am Ende der Straße durchaus existieren konnte. Sie und Ying lächelten einander zu und gingen jeden Tag ein Stückchen weiter als am Tag zuvor. Eines Abends, als sie um ein kleines Lagerfeuer in der Nähe eines melodisch plätschernden Baches saßen, sah Youning ihre Zofe lange an, bevor sie sagte: «Du wirst dich nie wieder vor mir verneigen.»

Ying nickte freundlich.

«Ich meine es ernst. Nie wieder.»

Ying runzelte die Stirn.

«Von diesem Augenblick an bin ich für dich Youning. Ich bin deine Freundin Youning.»

«Ja, Herrin.»

«Nicht Herrin. Youning.»

«Nein, nein, nein.» Yings eckiges Gesicht legte sich in Falten, dann stieß sie schluchzend hervor: «Das kann ich nicht, Herrin, das kann ich unmöglich tun.»

«Aber du musst. Ansonsten wird deine Familie mich nicht akzeptieren. Was wir vorhaben, wird nicht funktionieren. Wir wollten ihnen doch erzählen, dass es Schwierigkeiten in der Hauptstadt gegeben habe und dass wir nicht darüber reden können. Intrigen, Massenhinrichtungen. Man wird hier draußen gewiss von diesen Dingen gehört haben. Wir kennen einander und sind zusammen geflohen. Ich bin die Witwe eines sehr niedrigen Beamten – eines Schreibers. Das musst du dir merken. Ich stehe im Rang nicht hoch genug, dass sich irgendjemand vor mir verneigt.»

«Herrin ...»

«Youning! Youning! Youning! Youning! Youning! Wirst du's jetzt endlich verstehen?» Sie beugte sich vor und hielt eine Holzschale in die Höhe, als wolle sie sie der anderen Frau an den Kopf werfen. «Wir werden uns trennen, hier und jetzt, wenn du nicht Youning sagen kannst! Ich habe darüber nachgedacht. Ich weiß, dass es so sein muss.» Nach einem langen Schweigen sagte Youning mit sanfter Stimme: «Meine alte und liebe Freundin – denn in Wirklichkeit bist du genau das, meine alte und liebe Freundin. Hast du verstanden?»

Die Lippen ihrer Dienerin verrieten mit ihrem gequälten Zucken den inneren Kampf. «Ja, ich verstehe, ich ...» Endlich gelang es ihr, es auszusprechen. «Ja, ich verstehe. Ich verstehe, Youning.»

Youning beugte sich zur Seite und berührte den dicken Arm ihrer Zofe, die ihr gegenüber an dem kleinen Feuer saß. «Jetzt haben wir eine Chance.» Während der nächsten Tage stellte sie die Dienerin immer wieder auf die Probe, und jedes Mal hörte sie, wie sie schüchtern «Youning» genannt wurde.

«Noch ein kleines Stück weiter», sagte Ying immer wieder. «Ein kleines Stück noch», sagte sie eines Tages ebenfalls, aber diesmal war das, was sie meinte, wirklich nur noch ein kleines Stück.

Vor Einbruch der Dämmerung erreichten sie das namenlose Dorf ihrer Verwandten.

Sie wateten durch ein lebendiges Meer kreischender Enten in den Bauernhof von Yings Familie, und Youning blieb still stehen, während eine ganze Schwadron erstaunter und glücklicher Familienangehöriger aus diesem Bauernhaus aus festgestampfter Erde herausgeströmt kam. Auch aus den umliegenden Häusern kamen die Leute herbei, um die stämmige Frau willkommen zu heißen, die als Kind vor fast zwanzig Jahren in die große Stadt aufgebrochen war. Nach den Tränen, dem Gelächter und den Umarmungen von Menschen, die zu alt waren, um sich noch an sie zu erinnern, oder zu jung, um je von ihr gehört zu haben, drehte Ying sich zu ihrer Herrin um und sagte stolz zu den Mitgliedern ihrer Sippe, die mit erwartungsvoll geöffneten Mündern um sie herumstanden: «Dies ist meine Freundin, die Witwe Youning. Wir sind gekommen, um hier unser Zuhause zu finden.»

Und genau das taten sie. Sie ließen sich nieder inmitten der kleinen Bauernhäuser aus Lehm und Holz, umringt von anmutigen Weiden und schattigen Ulmen, zwischen Weizenfeldern, hinter denen sanfte Hügel aufragten, und Maulbeerhainen.

Die beiden Frauen pflückten wilde Beeren, die an Büschen zwischen den Rosskastanien wuchsen. Sie jäteten Unkraut im

Garten der Familie, kehrten den Hof und fütterten Hühner und Schweine. Als Ying auf das Sojabohnenfeld ging, bestand Youning darauf, sie zu begleiten. «Aber seht nur.» Ying zeigte entsetzt auf die dunklen Hände ihrer Herrin, die einst weich und weiß gewesen waren. «Die Feldarbeit würde es noch schlimmer machen.»

Youning starrte einen Augenblick lang ihre Finger an, dann machte sie sich auf den Weg zu dem Sojabohnenfeld.

Sie teilten sich eine kleine Hütte hinter dem Stall auf dem Hauptbesitz der Familie. Dann erwachte Youning eines Nachts plötzlich, um festzustellen, dass das mit Stroh gefüllte Bett neben ihr leer war. Am Morgen hörte sie, wie Ying sich heimlich in die Hütte zurückschlich. Sie verloren kein Wort über diesen Zwischenfall, aber in den folgenden Nächten war es dasselbe.

In der Zwischenzeit änderte sich auch Younings eigenes Leben. Das Seidenhaspeln, mit dem sich ein gebildetes Mädchen die Zeit vertrieben hatte, gab ihr nun die Erfahrung und die Geschicklichkeit, um einer in diesem Dorf hoch angesehenen Beschäftigung nachzugehen. Schon bald bezahlte die einheimische Seidengesellschaft für das Aufhaspeln von Rohseide. Sie bekam die Stellung, nachdem ein flachnasiger, kleiner Mann mit einem schrecklichen Husten zu ihr kam, um ihre Fähigkeiten auf die Probe zu stellen. Er beobachtete die flinke Bewegung ihrer schlanken Finger, den konzentrierten Ausdruck in ihren dunklen Augen, ihre kleinen Lippen, die aus Stein gemeißelt schienen, die entschlossen vorgebeugten Schultern. Jedes einzelne Bild schien seine Aufmerksamkeit zu fesseln: Finger, Augen, Mund, Schultern. Mit der linken Hand lenkte sie die Fasern, die von drei verschiedenen Kokons zusammenliefen und zu einem einzigen weißen Faden verdreht wurden. Mit der Rechten drehte sie langsam die waagerecht zwischen zwei Pfosten angebrachte Haspel. Sie machte ihre Sache gut und wusste es, und er wusste es ebenfalls, denn am Ende dieser Prüfung verzog er den Mund zu einem breiten Lächeln, das zwei Reihen angeschlagener Zähne und Zahnlücken enthüllte.

Die Fähigkeit, Seide zu spinnen, zusammen mit der Bereitschaft, hart zu arbeiten, war beinahe genauso wichtig wie Yings

Empfehlung, um Youning zu einem Teil des Lebens im Dorf zu machen. Die Menschen begannen, ihr Fragen über eine Welt zu stellen, die sie selbst niemals sehen würden.

«Ist es wahr? Tragen in der Hauptstadt die Katzen wirklich goldene Ohrringe?»

«In sehr reichen Häusern haben manche Katzen welche», sagte sie. «Aber Hunde niemals.»

«Werden in der Hauptstadt wirklich Hunde gegessen?»

Youning nickte. Diese Antwort gefiel ihren Zuhörern, für die Hundefleisch eine Delikatesse war.

«Durchstreifen kopflose Dämonen die Straßen?»

«Nein.»

«Ich habe von einem Stadtvogel gehört, den man den Vogel der Vielen Schönheiten nennt. Seine Augen sind so ...» Die Bäuerin deutete mit ihren Fingern zwei Pupillen in einem Augapfel an. «Zwei Augen in einem. Deshalb kann er böse Dinge kommen sehen.»

Youning lachte. «So einen Vogel hätte ich gut gebrauchen können.»

«Hat der Sohn des Himmels einen solchen Vogel?»

«Nicht dass ich wüsste.»

Die Bauersfrau schien enttäuscht zu sein.

«Aber er hat prächtige Pferde, die seinen Wagen ziehen. Pferde, so schwarz wie die Nacht.» Youning beschrieb ihrem verzückten Publikum die kaiserlichen Wagen mit ihren Speichenrädern, geflochtenen Seitenwänden und Baldachinen zum Schutz vor Sonne und Regen. Während der Herrschaft des Ersten Kaisers waren die Achslängen aller Wagen vereinheitlicht worden. So liefen die Räder alle in den gleichen Spurrillen, und man vermied, dass die Straßen in der Umgebung der Hauptstadt bis zur Unkenntlichkeit zerfurcht wurden. Solche Erklärungen machten es den Dörflern verständlicher, dass Youning Nachrichten aus der Hauptstadt bekam. Selbst die Witwe eines niederen Beamten, so erklärte Youning ihnen, konnte in der wunderbaren Welt des Reichs der Mitte Briefe empfangen.

Sie erkundigte sich in verschiedenen Häusern und fand schließlich eine Laute, ein altes Instrument, das aus irgendeiner wurmstichigen Truhe zutage gefördert wurde. Der Urgroßvater hatte es einst bei der Plünderung eines brennenden Dorfes gefunden, während er im vergangenen Jahrhundert in irgendjemandes Armee gedient hatte. Abends spielte Youning nun häufig für die Familien, die sich bei gutem Wetter um ein Feuer auf dem Dreschplatz versammelten.

Eines Tages kam, während Youning beim Seidenspinnen saß, Ying an die Tür und neigte einen Augenblick lang ihren Körper leicht vor, als wolle sie sich verbeugen. Aber dann fing sie sich wieder. «Youning», sagte sie und räusperte sich, «der Seidenmeister möchte der Frau, die dem Dorf die Musik gebracht hat, Ehre erweisen. Er möchte, dass Ihr in das Bruthaus kommt.»

Als Youning erschrocken aufblickte, brach ihre ehemalige Zofe in Gelächter aus.

«Das Bruthaus für Seidenraupen! Die *miao* werden nun bald ausschlüpfen. Der Seidenmeister hat angeboten, sie Euch zu zeigen.»

Youning war sofort aufgestanden. «Ich gehe gleich hin, danke. Es ist ein großes Privileg, das sehen zu dürfen.»

Das Bruthaus stand außerhalb des Dorfs neben einem kleinen Tempel, der dem Gott der Erde geweiht war. Niemand außer den dazu befugten Arbeitern durfte das Bruthaus betreten, daher war es in der Tat eine Ehre für die Frau, die die Laute spielte, hineinzugehen.

Ein halbes Dutzend Männer arbeiteten in der großen Hütte. In der Mitte war eine Grube ausgeschachtet, eingefasst von einer mit Lehm verputzten, einen Fuß hohen Mauer aus ungebrannten Ziegeln. Darin bereiteten die Arbeiter ein Feuer vor. Sie waren eifrig damit beschäftigt, abwechselnd Kuhdung und Holz aufeinander zu schichten, als die Frau eintrat. Der Seidenmeister ging auf Youning zu, um sie zu begrüßen. Der Meister, ein kräftiger Mann in mittlerem Alter und mit würdevoller, ja sogar strenger Miene, erklärte, dass das Feuer jedes Jahr ungefähr eine Woche, bevor die Seidenraupen schlüpfen sollten, angezündet werde. Die Wärme ermutige die Raupen, ans Tageslicht zu kommen, und der dichte Rauch halte Fliegen und Wespen fern, die es auf die Brut abgesehen hätten.

Youning hörte dem Meister mit derselben bewundernden Aufmerksamkeit zu, wie sie sie einst dem blinden Musikanten entgegengebracht hatte.

Sie schaute in den Ofen und betrachtete den Aufbau von Pfosten und Seilen und Querstreifen für die gewebten Riedmatten, auf denen die Seidenraupen leben würden, bevor sie sich verpuppten. Hier und da standen Netze aus Hanfgarn an langen Stielen, mit denen die Raupen transportiert werden konnten. In großen Ständern saßen viele flache Bambustabletts. Die Arbeiter sahen sie argwöhnisch an, denn sie hatten noch nie erlebt, dass der Meister jemandem das Bruthaus mit solcher Genauigkeit erklärte, mit Ausnahme des Magistrats von Linji natürlich.

Der Meister zeigte Youning die Eier, die den ganzen Winter lang bei Temperaturen nahe dem Gefrierpunkt in einem Hanftuch aufbewahrt wurden. Wenn der Raum beheizt wurde, nahmen die hellgelben Eier eine grünliche Färbung an.

«Kommt morgen noch einmal her, wenn es ein wenig wärmer ist», sagte der Seidenmeister, «dann werdet Ihr es sehen.»

«Ich komme gern», sagte Youning. «Ich danke Euch, Meister.»

Am nächsten Tage kehrte sie zurück und stellte fest, dass der Raum tatsächlich ein wenig wärmer war. Einen Tag später war er wieder eine Spur wärmer. Als der Raum nach vier Tagen warm genug war, begannen die Raupen aus den grünen Eiern zu schlüpfen. Was zum Vorschein kam, waren behaarte schwarze Raupen, nicht größer als Younings Fingernagel. Nachdem man sie zu den Bambustabletts gebracht hatte, wurden sie mit einer feinen Feder ausgebreitet, damit sie sich nicht berührten. Der Meister erlaubte ihr, selbst einige der Raupen mit einer Feder auf der Fläche zu verteilen. Die frisch geschlüpften Seidenraupen wurden *miao* genannt.

Youning ging nun jeden Tag ins Bruthaus. Aus dem Maulbeerhain wurden Blätter zur Ernährung der Raupen herbeigebracht. Man breitete ein Netz über die Tiere und legte anschließend Maulbeerblätter auf dem Netz aus.

«Seht Euch das an», forderte der Seidenmeister sie mit einem

Lächeln – seinem ersten – auf. «Wenn die *miao* die Blätter riechen, kriechen sie durch die Löcher in dem Netz, um sie zu fressen.»

Und das taten sie dann auch.

«Wenn sie alle zu den Blättern hinaufgekrochen sind, kann man das Netz mit beiden Händen hochheben und auf ein anderes Tablett legen. Dann kann man das erste Tablett von ihren Körperausscheidungen reinigen. Die *miao* sind sehr sauber. O ja, man sollte es nicht meinen, aber sie mögen es gar nicht, wenn sie sich in ihrem eigenen Unrat suhlen müssen.» Er erlaubte ihr, das Netz hochzuheben, winkte aber einen der Arbeiter heran, um das Tablett zu säubern.

Alle paar Tage ging Youning nun in das Bruthaus und sah zu, wie die Raupen wuchsen. Binnen eines Monats wurden sie grau oder gelbweiß und waren haarlos, dünn und ungefähr so lang wie ein Frauenfinger. Wann immer der Meister im Bruthaus war, erklärte er ihr, was dort gerade geschah. Die Raupen würden vier Schlafperioden durchmachen, bevor sie ihre Kokons woben. Diese Häutungen erfolgten etwa im Wochenrhythmus.

«Die, die viermal schlafen, produzieren die beste Seide», behauptete er. «Weiter unten im Süden schlafen sie nur dreimal.»

Auch wenn er nicht da war, ging Youning ins Bruthaus, um den Raupen zuzusehen. Nach dem vierten Schlaf wurden die *miao* auf drehbare Rahmen mit gewebten Matten gesetzt, auf denen Strohbündel aufgehäuft waren – genau siebzig Raupen pro Bündel. Unter den Rahmen standen Kohleöfen. Diese wurden geschürt, wenn die Raupen die kleinen Strohhaufen hinaufkletterten und begannen, Kokons zu spinnen. Die Wärme veranlasste sie, an derselben Stelle zu bleiben. Wenn es zu kalt im Raum war, wanderten die Raupen umher und spannen schlecht; war es zu warm, spannen sie überhaupt nicht mehr. Das alles erklärte ihr der Meister. Was sie über Seidenraupen lernte, lernte sie von ihm, und es fiel ihr auf, dass die Arbeiter nur selten mit ihr sprachen, als fürchteten sie, seine Rolle als ihr Lehrer an sich zu reißen.

Um ihren Kokon zu machen, stieß die Raupe aus zwei Löchern an ihrem Kopf Fasern aus. «Seht nur!» Er ergriff ihren Arm. «Was seht Ihr da herauskommen?»

«Einen Faden.» Sie dachte über die Wärme nach, die seine Hand ihrer Haut spendete.

«Nein!», rief er. «Nein, nein, nein!» Ihre falsche Antwort schien ihn zu freuen, denn er lächelte abermals. «Nicht einen Faden, sondern zwei. Sehr schwer zu erkennen, weil sie miteinander verwoben sind.»

Sanft, aber entschlossen, entwand sie ihren Arm seinem Griff. Das war der Augenblick, in dem Youning sich seines Interesses an ihr gewahr wurde. Sie brauchte jedoch nicht mehr Zeit, als der Heimweg kostete, um sich darüber klar zu werden, dass sie sein Interesse nicht erwiderte. Trotzdem erwachte sie jeden Morgen voller Vorfreude auf ihren Besuch im Bruthaus, wo sie zusehen durfte, wie die Seide geschaffen wurde. Die Arbeiter waren stolz auf ihre Fähigkeit, die Temperatur in den Strohbündeln stets gleich zu halten. Sie achteten auch auf die kleinsten Einzelheiten und beobachteten unablässig die Farbe und die Bewegung der Raupen. Sie debattierten über die Frage, wie vielen Motten man erlauben solle, durch die Kokons zu brechen und Eier für die nächste Generation zu produzieren.

Als die Paarungszeit kam, verbrachte Youning den ganzen Tag dort, um zuzusehen, wie die Motten ausbrachen und für wenige Stunden der Liebe umherschwärmten. Sie war sich der Anwesenheit des Seidenmeisters an ihrer Seite deutlich bewusst, aber er sagte wenig und kam niemals näher. Als Nächstes galt ihre Aufmerksamkeit den Weibchen, die ihre Eier auf ein dickes Tuch legten. Nach einigen Tagen würden sie sterben. Sie beobachtete die Arbeiter, wie sie die neue Generation in Stoffpäckchen wickelten und von der Decke herabhängen ließen.

«Versucht es selbst einmal», schlug der Seidenmeister vor.

Solchermaßen ermutigt, gab sie einige Eier in ein Stoffpäckchen und band es sorgfältig zu; dann beobachtete sie, wie der Meister es an die Decke hängte. Er erzählte ihr, dass, abgesehen von den Zuchtraupen, die dort hingen, alle anderen mit Dampf getötet werden würden. Danach seien die ungebrochenen Seidenfäden der Kokons, oft eine halbe Meile lang, zum Aufwickeln bereit. «Bereit für Euch», setzte er hinzu, als sie das Bruthaus verließen.

Obwohl die Sonne noch nicht untergegangen war, stand über den Strohdächern des Dorfs bereits ein riesiger Frühlingsmond am Himmel. «Habt Ihr eigentlich schon einmal mein Haus gesehen?», fragte er plötzlich. «Ich würde es Euch gern zeigen.»

Er führte Youning vom Dorf über einen Pfad an einem großen Maulbeerhain vorbei zu einem kleinen Hügel, auf dessen Gipfel ein Holzhaus mit einem Tor gegen Süden stand. Direkt hinter dem Eingang sah man eine *yingbi*, eine Geistermauer. Diese frei stehende Trennwand sollte tief fliegende Dämonen ablenken, die sich nur in geraden Linien bewegten. Die rückwärtige Mauer, die dem Wasser und der Schildkröte geweiht war, bestand aus solidem Stein und wurde von den Menschen in diesem Teil des Landes als Teufelsbarriere bezeichnet. Daher waren sowohl der vordere als auch der hintere Teil seines Hauses vor bösen Einflüssen geschützt – ein Punkt, auf den er Youning eiligst hinwies. «Die Menschen in meinem Haus sind in Sicherheit», erklärte er feierlich.

Youning hatte bereits gehört, dass er Witwer war, und beim Tee in einem Hinterzimmer des ländlichen, aber sehr großen Hauses berichtete er ihr über sein Leben, so wie er vielleicht über das Leben der *miao* gesprochen hätte. Seine Frau war vor vier Jahren im Herbst dem Siechtum erlegen; seine Tochter hatte einen reichen Bauern im Nachbardistrikt geheiratet, einen Weizenbauern mit einem Stall von zehn Pferden; seine beiden Söhne hatten in Qifu ihre eigenen Geschäfte für Seidenexport aufgebaut, und er versorgte sie mit Rohseide. Er war dreiundfünfzig Jahre alt und immer noch gesund und kräftig, wie er erklärte. Und er hoffte, eine neue Familie gründen zu können.

Youning blickte in sein starkes Gesicht, dessen natürliche Leidenschaftslosigkeit vielleicht von Disziplin und Kummer noch betont wurde.

Der Seidenraupenmeister sagte: «Gefällt es Euch in unserem Dorf?»

«Ja, sehr. Vor allem gefällt mir das Bruthaus. Die schlüpfreifen Eier, die wachsenden Raupen, die gesponnenen Kokons, die Paarung, die Seide, wenn sie zum Aufspulen bereit ist . . .»

«Gefällt Euch, was Ihr in diesem Haus seht?»

«Ja, es ist ein schönes, stabiles Haus.» Sie verspürte das Bedürfnis, etwas Nettes zu sagen. «Es sollte einem Mann wie Euch gehören.»

«Aber es braucht eine Herrin», sagte er kühn.

Youning ließ sich eine Weile Zeit mit ihrer Antwort. Dieser Mann war wie ein Schmetterling, der in ihre Hand geflogen kam, um dort zu rasten. Sie konnte ihn mühelos vernichten. Youning öffnete beide Hände und breitete die Finger zu einer Geste aus, die Endgültigkeit, aber nicht Kapitulation ausdrückte. «Ich hoffe, dass Ihr sie findet, denn sowohl Ihr als auch das Haus verdienen die richtige Frau.»

«Das ist alles, was Ihr zu sagen habt?»

«Ja, das ist es.»

Als Youning in die Hütte zurückkam, saß Ying auf dem Bett und wartete auf sie. Neben dem Bett lagen mehrere Bündel mit Yings Kleidern.

Sie hatte geweint. Jetzt tupfte sie sich mit einem Stück Hanftuch die geschwollenen Augen ab. «Ich weiß nicht, wie ich es sagen soll, Herrin. So viele Jahre, die wir zusammen verbracht haben . . .» Sie zeigte auf die Bündel. «Er kommt mit dem Wagen, um sie abzuholen.»

Youning setzte sich neben sie und legte ihr tröstend einen Arm um die Schultern. Sie tadelte ihre ehemalige Dienerin auch nicht dafür, dass sie sie «Herrin» genannt hatte. Schließlich wusste sie, dass das Wort immer dort war, verborgen zwar, aber unauslöschlich, wann immer Ying etwas zu ihr sagte. Jetzt erzählte ihre ehemalige Dienerin von einem Mann, einem Bauern, den sie während der Sojabohnenernte kennen gelernt hatte. Er war Witwer, geradeso wie der Seidenmeister, ein einsamer Mann, der gut zu ihr gewesen war und der nun wünschte, dass sie sein Haus verwaltete und ihm vielleicht sogar Kinder schenkte. «Denn ich bin noch nicht zu alt dazu», erklärte Ying unter Tränen, «und Ihr auch nicht, Herrin, Youning, wenn der Seidenmeister Euch fragt, und das wird er tun. Jeder weiß es; er wird Euch fragen.»

So siedelte Ying denn in ein Haus eine Meile unterhalb des östlichen Pfades über, und Youning blieb in der Hütte, die sie miteinander geteilt hatten. Obwohl der Seidenmeister nun nicht mehr so oft mit ihr sprach, hinderte er sie doch nicht daran, das Bruthaus zu besuchen, wo sie oft viele Stunden in der rauchigen Hütte saß, inmitten von Öfen und Tabletts und sechsbeinigen Geschöpfen, deren weiche, kleine Leiber in dreizehn Segmente unterteilt waren. Sie lebte mit den Anfängen der Schönheit, und wenn die Kokons zm Aufwickeln in ihre Hütte gebracht wurden, entzündete sie Kerzen, um Can Cong, dem Gott der Grünen Tücher, dem Schöpfer der Seide, ihren Respekt zu erweisen.

Überall im Dorf standen in irgendwelchen Hinterzimmern die Haspeln und Wasserbecken. Jeden Tag konnte man in den Gassen das leise Knarren der Spindeln hören.

Wenn Youning im verblassenden Licht des Tages aus dem Bruthaus nach Hause trottete, dachte sie an die Seidenraupen, die in Beuteln von den Dachbalken hingen und auf ihre Zeit des Schlüpfens warteten. Manchmal hörte sie den einsamen Ruf einer Wildgans oder einer Eule, die durch den Abendhimmel schwirrte. Sie arbeitete an ihren Spindeln, während der Sommerregen durch das Stroh des Dachs tröpfelte.

Sie las nicht mehr Xun Zis Bemerkungen über die Musik, da sie sich jedes Wort, das er zu dem Thema geschrieben hatte, eingeprägt hatte. Allein in ihrer Hütte, las Youning andere Teile des Buchs, das ihren einzigen Besitz darstellte. Sie dachte auch oft an ihr Gespräch mit Gan Zhongs Schulfreund Ru He. Sie hatten über das Werk Xun Zis gesprochen. Ru He hatte sie gefragt, ob sie mit Xun Zi der Meinung sei, dass man nicht außerhalb dessen, was der Verstand zu begreifen vermag, nach Antworten suchen könne. Sie hatte das damals verneint, weil man immer noch die Götter fragen könne. Heute glaubte Youning das nicht mehr. Jetzt meinte sie, dass es sinnlos und vergebens sei, die Götter um irgendetwas zu bitten, wo doch die Erlösung, wenn sie denn kam, aus dem Herzen der Menschen kommen musste. Wenn Ru He jetzt bei ihr gewesen wäre, hätte sie gesagt: «Ihr habt Recht. Wir müssen unser Schicksal selbst in die Hand nehmen.» Aber vielleicht war Ru He genau wie ihr lieber Gan Zhong inzwischen längst tot.

Was für eine Welt war das, in der sie alle gelebt hatten! Was für eine Pracht, was für ein Überfluss! Sie wäre gern nach Hause gegangen, um das Lärmen und das Getöse auf den furchtbar überfüllten Straßen wieder zu hören – um all das wieder zu sehen: die gebeugten Träger, die über staubige Pflastersteine trotteten, die Wagenräder, die sich knarrend drehten, die verschwitzten Straßenhändler mit ihren schweren Karren, das Meer der Farben auf dem brodelnden Marktplatz, die feinen Schleier, die von offenen Fenstern herabhingen, die herrlichen Ausblicke auf die Landschaft, die gepflegten Teiche und die Paläste mit ihren silbernen Dächern, die im Zwielicht glänzten, während der Rauch exotischer Düfte durch die Höfe wehte, durch Höfe, in denen junge Männer mit jungen Frauen einherschlenderten, und die Frauen würden Fächer in der Hand halten, so wie sie es einst getan hatte, als sie mit Gan Zhong spazieren ging. Sie würde nicht weinen, sie würde nicht weinen, sie würde nie wieder an Gan Zhong denken, obwohl sie morgen, wie sie es seit Jahren an jedem einzelnen Tag getan hatte, sich für ein paar kostbare Augenblicke das Leben vorstellen würde, das sie nie miteinander hatten führen können.

Epilog

Der Einzige Erste war nun tot, sein Sohn, der Zweite Kaiser, ermordet, und sein Neffe hatte den Thron bestiegen; dieser Neffe trug den weniger grandiosen Titel eines Königs und hatte so viel Vernunft gehabt, Zhao Gao hinrichten zu lassen, obwohl ihn das nicht daran hinderte, seinerseits ermordet zu werden. Nach acht Jahren der Zwistigkeiten unter den Bewerbern um die Krone war ein Krieg ausgebrochen, der die Bevölkerung halbiert hatte, bis sich nach diesem gewaltigen Tumult endlich ein klarer Gewinner abzeichnete. Dieser Bauer namens Liu Bang trug zweiundsiebzig Geburtsmale am Leib, trank zu viel – scherte sich aber nicht darum – und besaß einen Verstand, der scharf genug war, um selbst den Neid der Götter zu erregen. Während er seinen stürmischen Weg machte, der gezeichnet war von Fehltritten und Niederlagen, war es ihm gelungen, sich den Ruf zu erwerben, eher Gerechtigkeit gelten zu lassen als das Gesetz. Unter seiner Ägide wurden die Bürgerrechte wieder in Kraft gesetzt und die Steuern gesenkt. Er hob das Bücherverbot auf. Holztafeln wurden aus der Erde ausgegraben, hinter Dachsparren hervorgezogen, sie wurden sorgfältig abgewischt und liebevoll wieder gelesen.

Im Alter von sechsundvierzig Jahren bestieg er den Kaiserthron und herrschte über ein neues Reich und eine Dynastie, die er die Han nannte, nach einem Gebiet, das recht früh unter seinen Einfluss gekommen war. Spätere Generationen nannten ihn ehrfürchtig bei seinem Tempelnamen Gao Zu, der Hohe Ahnherr.

Kaiser Gao Zu hatte Luoyang zur Hauptstadt machen wollen, aber seine Ratgeber überredeten ihn, besser von dem leicht zu verteidigenden Gebiet hinter dem Hangu-Pass aus zu regieren. Daher entschied man sich für Chang'an am Südufer des Wei. Diese neue Stadt lag den traurigen Ruinen Xianyangs gegenüber, der Hauptstadt vergangenen Ruhms, die einem prahlerischen General zum Opfer gefallen war.

Durch kaiserlichen Befehl war Gan Zhong von der Mauer, wo er dem neu ernannten General Ni Bingdi als Schreiber und Gehilfe gedient hatte, nach Chang'an gerufen worden. Vor dem Tag, da er sich im Palast einfinden sollte, hatte er noch Zeit herauszufinden, was er über Younings Verschwinden und ihr Schicksal erfahren konnte. Seine Weigerung, Lao Wen zu glauben, dass sie tot war, beruhte jedoch weniger auf felsenfester Überzeugung als auf der Weigerung, irgendetwas zu glauben, was sein Feind ihm hatte weismachen wollen.

Es war nicht weiter schwierig, Susu zu finden, weil ihr Mann ein wohl bekannter Händler mit starken Beziehungen zur Regierung war. Die Familie Zhang lebte auf einem majestätischen, von einer hohen Mauer umfriedeten Gelände. Gan Zhongs Uniform (die eines Majors) verschaffte ihm Eintritt durch ein Haupttor, das von schmuckvollen Säulen flankiert wurde. Während er in einem großzügigen Hof wartete, konnte er Teile der gekachelten Dächer von mindestens einem halben Dutzend Gebäuden sehen.

Ein kostbar gewandeter Diener führte Gan Zhong in Gemächer im hinteren Teil des Wohnhauses. Dieser Umstand ließ ihn auf eine private Begegnung hoffen statt einer offiziellen Audienz in einer der vorderen Hallen. Susu empfing ihn in einem kleinen Raum voller Musikinstrumente. Sie saß an einem niedrigen Tisch, auf dem zwei Schalen standen. Neben den Schalen lag eine Mundorgel. Er hatte Susu nur einige wenige Male gesehen, und das lag nun viele Jahre zurück, aber ihr großzügiger Mund und die winzige Nase hatten sich seinem Gedächtnis eingeprägt. Allerdings konnte er sich weder an die leuchtende Haut noch an die vollen Wangen oder die rundliche Gestalt erinnern, deren Umrisse unter einem ziemlich steifen Brokatgewand deutlich sichtbar waren.

«Ich hätte nie gedacht, dass ich Euch noch einmal lebendig wieder sehen würde», sagte sie mit einem schwachen Lächeln. «Youning pflegte zu sagen: ‹Er ist am Leben, denn wenn es anders wäre, wüsste ich es.› Ich habe ihr natürlich nie geglaubt. Wo seid Ihr gewesen?» Sie sah sein Wangenzeichen und sein hageres, vom Wetter gegerbtes Gesicht an. «Aber diese Frage lässt sich wohl schwer beantworten.»

«Ich bin an der Mauer gewesen.»

Sie bedeutete ihm, Platz zu nehmen. «All diese Zeit?»

«Die meiste Zeit.»

«Und jetzt seid Ihr in der Hauptstadt?» Ein Diener trat ein, ließ sich auf die Knie nieder und goss aus einer irdenen Kanne dampfend heißen Tee in die zerbrechlichen Schalen. «Seine Majestät hat mich gerufen.»

Susu schürzte nachdenklich die Lippen. «Dann hat also das, was Euch zugestoßen ist, zu guter Letzt doch noch etwas Gutes bewirkt?»

«Ich denke ja.»

«Dieses *sheng*», sagte Susu und hielt die Mundorgel hoch, «war ihr Lieblingsinstrument, obwohl sie immer darauf bestanden hat, es sei meins. Wir haben es beide geliebt. Wenn wir uns nicht gerade darum gezankt haben, haben wir es uns geteilt.»

«Ich habe ihren Mann getötet.»

Susu beugte sich vor. «Dann wart Ihr das also? Wie wunderbar! Die Neuigkeiten von der Grenze fließen so spärlich und sind oft falsch. Ich hatte nur von einem wilden Mann gehört, der in einem Bordell Lao Wen und andere niedergemetzelt haben soll.»

«Dieser Teil der Geschichte ist wahr.»

Sie unterzog ihn einer eingehenden Musterung. «Ich habe besser geschlafen, seit ich von seinem Tod erfuhr.»

«Ist sie . . .» Er fand keine Worte, um die Frage zu Ende zu führen, daher war die beinahe beiläufige Antwort, die er darauf erhielt, mehr als überraschend für ihn.

«Youning geht es gut, oder zumindest entnehme ich das den Briefen, die sie mir geschickt hat. Es dauert immer eine Ewigkeit, bis die Briefe ihr Ziel erreichen, und ich bin mir nicht einmal sicher, wo genau Youning steckt. Alles, was ich weiß, ist, dass man in ein bestimmtes Dorf fährt und Fragen stellt.» Susu verbarg ein Kichern hinter ihrem Elfenbeinfächer. «Man fragt nach der Frau, die Musik macht und mit Seide arbeitet.» Jetzt lachte sie ungehemmt auf. «Nach der Frau, die Musik macht und mit Seide arbeitet! Das ist die Art und Weise, wie meine Boten zu ihr durchkommen.» Susu gab ihm so viele Hinweise, wie sie konnte. Dann griff sie nach dem *sheng* und drehte es in den Händen, als wolle sie zu spielen beginnen. «Youning hat sich eine Existenz aufgebaut», sagte sie, «aber sie würde trotzdem gern wieder nach Hause kommen. Ich kenne meine geliebte Freundin. Ihr Herz ist hier, im Zentrum des Geschehens, wo die Welt geschaffen wird. Die Hauptstadt ist der Ort, wo sie hingehört, meine liebe, arme Freundin. Sie ist nie darüber hinweggekommen, dass sie Euch und ihre kleine Tochter verloren hat. Und als sie ihren Mann verließ, hat sie einen Mut bewiesen, den ich niemals gehabt hätte. Ohne Euch und Fuzhen bin ich mir nicht sicher, wie viel ihr noch am Leben gelegen ist, aber ich weiß, dass das Leben mit Lao Wen für sie unerträglich war.» Susu stieß einen tiefen Seufzer aus. «Ich vermisse sie so sehr.» Dann griff sie in ihren Gürtelbeutel, zog ein Taschentuch heraus und wischte sich über die Augen. «Das ist Huanseide, eine sehr feine Rohseide. Sie hat Rohseide nie so gern gemocht wie Nesseltuch. Vielleicht hat sie jetzt ja ihre Meinung geändert, aber woher soll ich das wissen? Falls Youning in die Hauptstadt zurückkehrt, wird Lao Wens fürchterliches Wirken keine Rolle mehr spielen. Der Staat hat sein Land und seinen Besitz beschlagnahmt, daher kann er es sich leisten, Lao Wens Ehefrau, die vor ihm davongelaufen ist, Gnade zu erweisen. Das sagt jedenfalls mein Mann, und er weiß Bescheid über solche Dinge, obwohl mir die Art und Weise, wie er sie ausdrückt, nicht gefällt.» Nach dieser sehr privaten Bemerkung wandte sie hastig den Blick ab. Kurz darauf erhob sie sich und öffnete die Tür, die den Blick auf einen abgeschlossenen Steingarten freigab. «Dieses Musikzimmer wird immer ihr gehören. Das ist ein Ausblick, den sie gewiss lieben würde.»

Chang'an schien aus den Fugen zu geraten, so viel wurde überall gebaut, um den neuen Kaiser und seinen Hof zu beherbergen – und mit ihm die gewaltige Schar von Schreiben und Handwerkern, die für die Regierungsgeschäfte unerlässlich waren. Die Stadt war geplant als ein umfriedetes, nach Süden ausgerichtetes Rechteck; in seiner Audienzhalle würde der Kaiser dann ebenfalls nach Süden hin, in die am meisten Glück verheißende Richtung, sitzen. Die unvollendete Ostmauer aus festgestampfter Erde und Steinen verlief mit messerscharfer Präzision in nord-südlicher Richtung, während sich die anderen Mauern durchaus ungleichmäßig entwickeln durften. Jede Mauer hatte drei Tore, die jeweils groß genug waren, um sechs Wagen gleichzeitig hindurchzulassen, ein Symbol des neuen dynastischen Ehrgeizes und des Stolzes.

Nur ein einziger Kaiserlicher Palast war fertig gestellt worden, und dieser konnte es weder an Größe noch an Pracht mit den zahllosen gewaltigen Gebäuden aufnehmen, die Shi Huang Di errichtet hatte. Aber für Gan Zhong, der so lange im trostlosen Norden gelebt hatte, verströmte Kaiser Gao Zus farbenprächtiger Palast gottgleiche Schönheit: die weißen Flächen, die blauen Terrassen, die gelben Dächer.

Die Audienz fand in der Halle des Friedens statt; ihre Türstürze und Säulen waren mit frischer roter Farbe überzogen, einem Symbol für Wohlstand und Glück. Gan Zhong nahm in der letzten von acht Reihen für insgesamt vierhundert Gäste Platz, von denen jeder einen Teller mit gebratener Entenleber und einen Krug Wein vor sich hatte.

Der Han-Kaiser trug eine Paraderüstung – gewiss, um seine militärische Herkunft zu betonen. Seine kriegerische Erscheinung ließ Gan Zhong argwöhnen, dass der neue Kaiser eitel und prahlerisch war. Aber sein Benehmen war das eines gutmütigen Bauern, als er verschiedene Personen zu sich rief, um mit ihnen zu sprechen oder über ihre Vorschläge nachzudenken. Zu guter Letzt richtete er mit lauter Stimme das Wort an die Anwesenden: «Wie ihr alle wisst, war Lao Wen an einer Verschwörung gegen den Zweiten Qin-Kaiser und den großen Li Si beteiligt und hat General Meng Tien persönlich Gift gegeben. Ich habe einen Trupp Soldaten ausgesandt, um mich seiner zu entledigen, aber ein Mann, der heute bei uns ist, hatte das bereits für mich besorgt. Allein, auf sich selbst gestellt, in einem Bordell. In einem Bordell!» Seinem Gelächter wurde eine zuerst zögerliche, dann überschwängliche Antwort aus der Halle zuteil: «Tretet vor, Gan Zhong!»

Nachdem er sich seinen Weg in den vorderen Teil der Halle gebahnt und sich tief verbeugt hatte, blickte Gan Zhong zu dem Kaiser auf, der mit einem Weinbecher in der Hand auf dem Thron saß. Ohne weitere Vorrede sagte der Kaiser: «Ich kann kaum meinen Namen schreiben. Könnt Ihr mehr schreiben als Euren?»

«Ja, Majestät.»

«So hat man es mir erzählt. Könnt Ihr kämpfen?»

«Ja, Majestät.»

«Auch das hat man mir erzählt, aber viele der Männer, mit denen ich gesprochen habe, sind wahrscheinlich verfluchte Lügner. Was sagt Ihr dazu?»

«Ich habe zu meiner Zeit selbst einige Lügner kennen gelernt.»
«Seid Ihr Konfuzianer?»
«Ich war es.»
«Als was bezeichnet Ihr Euch jetzt?»
«Als Soldat, als Schreiber – als Armeeschreiber.»
«Aber nicht als einen Gelehrten? Eine schlaue Antwort wie diese hätte ich wohl von einem Gelehrten erwarten sollen. Aber Eure Wange sagt mir, dass Ihr auch ein Sträfling wart. Nun, lasst uns das vergessen. Jetzt seid Ihr ein Soldat. Wenn Ihr wieder ein Gelehrter wäret, würdet Ihr wie die Konfuzianer reden?»
«Vielleicht.»
Der Kaiser tippte sich mit den Fingern der einen Hand in die Innenfläche der anderen, als klatsche er zu einer unhörbaren Musik den Takt. «Verfluchte Gelehrte. Ihr seid doch alle gleich. Ihr sagt: ‹Ich weiß es nicht, ich bin mir nicht sicher›, wo Ihr in Wirklichkeit meint: ‹Ich werde mich nicht bei einem Fehler erwischen lassen.›»
Gan Zhong konnte sich ein Lächeln nicht verkneifen. «Da ist etwas Wahres dran, Majestät. Aber auch das ist wahr.» Er zitierte Konfuzius. «‹Der Wissende sollte bereit sein, seine Ansichten weiterzugeben. Aber wenn er nicht darum gebeten wird, sollte er Schweigen bewahren.›»
«Wisst Ihr, was ich darauf antworte? Wenn ihr durch tiefes Wasser geht, behaltet eure Robe an; watet ihr durch seichtes Wasser, so krempelt euch eure Hosen auf. Was hat mein Vater gemeint, als er mir diese Worte sagte, Gelehrter?»
«Nun, lasst mich nachdenken. In tiefem Wasser kann sich eine Robe mit Luft füllen, und Euch Auftrieb geben, aber in seichtem Wasser solltet Ihr dafür sorgen, dass Eure Kleider trocken bleiben. Ich denke, Euer Vater wollte, dass Ihr gesunden Menschenverstand walten lasst.»
Der Monarch in seiner prächtigen Rüstung kicherte wie ein Knabe. «Trinkt Ihr?»
«Jawohl, Majestät.»
«Ich meine, trinkt Ihr schwer?»
«Nicht oft.»
Liu Bang befingerte seine Nasenlöcher. Eine harmlose kleine

Angewohnheit, um die Aufmerksamkeit auf die Größe seiner Nase zu lenken. «In meiner Nähe werdet Ihr schwer trinken. Hat irgendjemand sonst noch etwas geschrieben, das Euch beeindruckt hat? Damit meine ich etwas, das ich wissen sollte?»

«Meng Zi schrieb: ‹Der ist ein großer Mann, der sein kindliches Herz bewahrt hat.›»

«Meint Ihr mich damit?»

«Ja, Majestät.»

«Manche Leute sagen, meine Stirn sei wie ein Drache, aber andere meinen, sie sei so rund und weiß wie ein Gänseei. Was sagt Ihr dazu?»

«So rund und weiß wie ein Gänseei.»

«Warum?»

«Ich habe noch nie einen Drachen gesehen, aber ich habe ein Gänseei gesehen. Die Stirn eines Drachen ist angeblich hoch, schmal und gefurcht, während Eure ... nun, sie ist wie ein Gänseei.»

Liu Bang zeigte seine Billigung mit einem brüllenden Gelächter. «Ich halte die meisten Gelehrten für selbstherrliche Arschlöcher, aber wenn sie die Wahrheit sagen, freue ich mich, sie in meiner Nähe zu haben. Und noch eins. Wie viele Bolzen sollte ein Schütze für eine Sechs-shi-Armbrust bei sich tragen?»

«Fünfzig. Der Bogen ist leicht genug, um schnell gespannt zu werden, sodass man eine solche Anzahl gebrauchen kann.»

«Kommt heute Abend wieder her und trinkt mit uns.»

An diesem Abend betrank sich Gan Zhong mit einigen Freunden des Kaisers, obwohl er dem Wein kaum so heftig zusprach wie der Kaiser selbst. Liu Bang prahlte: «Ich bin nicht groß, aber ich kann ordentlich was vertragen. Das ist reine Übung. Übung macht den Meister.» Seine Zechkumpane waren rüpelhaft, ungehobelt, unflätig – und sie liebten ihn, daran gab es keinen Zweifel.

Mitten in der lautstarken Feier rief er Gan Zhong zu sich. Obwohl er betrunken war, vermochte er sich zusammenhängend auszudrücken. An Ort und Stelle erhob er «den Gelehrten» auf den neu geschaffenen Posten des Erhabenen Schreibers zur Linken. «Was dieser fantastische Titel bedeutet, ist, dass Ihr zu meinen engsten Ratgebern gehören werdet. Wenn die Lügen beginnen, erwarte ich, dass Ihr mir die Wahrheit sagt. Wisst Ihr, warum ich Euch vertraue?»

«Nein, Majestät.»

«Weil Ihr etwas von der Armbrust versteht und wisst, wie man Rache nimmt, und weil Ihr ohne Klage an der Mauer gedient habt.» Aber der Kaiser, der nicht lange überlebt hätte, wäre er nicht auch ein gewitzter Menschenkenner gewesen, nahm Gan Zhongs Unbehagen wahr.

«Was ist los, Gelehrter? Sagt mir nicht, Ihr wüsstet es nicht oder seid Euch nicht sicher.»

«Vor allem anderen wünsche ich, Eurer Erhabenen Majestät zu dienen.»

«Nur dass da noch irgendetwas anderes ist. Kommt schon, sagt es mir, oder ich lasse Euch aus dem Palast werfen.»

«Ich muss jemanden finden, den ich verloren habe.»

«Viele sind in den letzten paar Jahren verloren gegangen. Nun, dann geht. Und wenn Ihr zurück seid, kommt zu mir.»

Nachdem Gan Zhong sich verbeugt hatte, wandte er sich zum Gehen, aber er hatte kaum einen Schritt getan, als er hinter sich den Befehl hörte: «Wartet!»

Er drehte sich noch einmal um und sah, dass der Kaiser einen neuen Becher in der Hand hielt. «Ist es eine Frau?»

«Ja, Majestät.»

«Ah!» Der Monarch erhob seinen Becher zu einem stummen Trinkspruch und trank den Wein mit einem Zug aus. «Dass Ihr mir nicht ohne sie zurückkommt!»

Nachdem Gan Zhong die Hauptstadt verlassen hatte, machte er sich auf den Weg nach Osten. Er ritt mehr als eine Woche lang, bevor er in ein Dorf am Ufer eines Seitenarms südlich des Gelben Flusses kam, gerade so, wie Susu es ihm beschrieben hatte. In den sanft gewellten Hügeln und dem fruchtbaren Schwemmland standen die Maulbeerbäume in voller Blüte. Es hatte schon den ganzen Tag genieselt. Der Rand seines Strohhuts war mit perlengleichen Regentropfen übersät. Er blieb vor einer kleinen Hütte stehen und sprang über eine Pfütze mit Frühlingsregen hinweg auf die geschlossene Tür zu.

Dann rief er: «Ich bitte respektvoll um Hilfe! Ich habe Münzen in der Hand, um jeden, der mir diese Hilfe gewährt, zu belohnen!» Er stand geduldig wartend im Regen, bis die Tür sich endlich einen Spaltbreit öffnete und ein uraltes Gesicht herausspähte.

Er verbeugte sich und zeigte die beiden Münzen in seiner Hand vor. «Ich danke Euch, Großmutter. Ich suche nach der Frau, die Musik macht und mit Seide arbeitet.»

Eine fleckige, klauenartige Hand schob sich durch die Tür und griff nach den Münzen. «Da hinunter.» Die zitternden Finger zeigten auf einen Pfad, der nach rechts hinunterführte. «Geht ein Stück in diese Richtung, dann kommt Ihr an ein Dorf mit einem Teich auf der linken Seite und einem Stall dahinter. In diesem Dorf werdet Ihr sie finden.»

«Ein Stück? Wie lange?»

«Keinen halben Tag, wenn Ihr langsam reitet. Reitet schnell, und Ihr werdet das Dorf vielleicht verpassen.» Ihr weißer Schnurrbart zuckte leicht zum Zeichen, dass sie einen Witz gemacht hatte.

Also ritt Gan Zhong langsam die schlammige Straße hinunter, wobei er versuchte, seine Gedanken, die sich schier überschlagen wollten, im Zaum zu halten. Wenn doch nur Bao an seiner Seite ritte, voll von Geschichten, die Aufmerksamkeit verlangten, ganz gleich, wie unmöglich ihr Inhalt sein mochte. Bao hatte oft seinen Meister zitiert: «Haltet Euch einfach in der Mitte des Kreises und lasst alle Dinge ihren Lauf nehmen.» Aber weder er noch Gan Zhong waren solch klugem, wenn auch unpraktischem Rat je gefolgt. Was Gan Zhong schließlich Ruhe schenkte, war eine plötzliche Veränderung des Frühlingswetters. Ein böiger Wind rollte die Wolken wie einen Teppich auf und ließ hinter ihnen nur makelloses, strahlendes Blau zurück. Das Sonnenlicht beleuchtete jedes noch so winzige Fleckchen Feld, Straße und Hügel. Um sich noch weiter zu beruhigen, nahm Gan Zhong bei der Poesie Zuflucht. Er rezitierte mit so lauter Stimme ein Gedicht, dass die Ohren seines Pferdes zu zucken begannen.

Jetzt errichte ich ein Brautgemach mitten im Wasser,
Füge das Dach aus Lotusblättern,

Behänge die Wände mit Kalmus, pflastre den Hof mit
Muscheln,
Breite duftendes Pfeffergewächs, die Halle zu
schmücken,
Die Balken aus Zimtholz, die Sparren aus Baumorchideen,
Am Türsturz Magnolie, das Lager von weißer Angelica.

Er erinnerte sich nicht an alle Worte gleichzeitig, sondern ging die Zeilen einzeln durch, bis das Gedicht vollständig war. Diese Anstrengung kostete einige Zeit und lenkte ihn von seinen Fragen ab. War sie dort? Würde er sie finden? Konnte es denn möglich sein? Er konzentrierte sich weiter auf das Gedicht.

Schlingpflanzen gewunden zum Bettvorhang,
Basilien geflochten zum Bodenbelag,
Mit weißer Jade beschwert.

Er hatte auch noch andere Verse gemocht:

In den Strom versenke ich den Elfenbein-Daumenring,
Ans Gestade des Li lege ich den Edelstein-Gürtel.

Aber der Pessimismus dieser Verse vermochte Gan Zhong nicht länger zu erregen. Bevor er Youning zu einem Spaziergang über den Hof traf – bis auf den heutigen Tag erinnerte er sich daran, wie ihre Tante sie beide beobachtet hatte! –, pflegte er sich ein anderes Gedicht aufzusagen.

Ihre Finger wie Wolfsmilchsprossen
Ihre Haut wie gefrorene Sahne des Winters
Ihr Hals so glatt wie ein weißer Wurm
Ihre Stirn das weißeste Weiß.

Sie war damals sechzehn gewesen. Natürlich hatte sie sich verändert. Sie hatten sich beide verändert. Aber hatten sich auch ihre Herzen verändert?

Ungeachtet der Warnung der alten Frau grub er seinem Pferd

beide Fersen in die Flanken und trieb es zu einem schnelleren Schritt an.

Endlich lag der Teich vor ihm; und ein wenig seitlich davon fand sich auch der Stall. Die erste Person, der er begegnete, ein verhutzelter kleiner Mann mit einer Schaufel in der Hand, fragte Gan Zhong nach der Frau, die Musik machte und mit Seide arbeitete. Nickend zeigte der kleine Mann geradeaus auf die andere Seite des Dorfs hinüber. «Dort stoßt Ihr auf einen Maulbeerhain. Heute sind alle Frauen da draußen, um Blätter zu sammeln. Da werdet Ihr sie finden.»

Mit kaum mehr als zwanzig energischen Sprüngen galoppierte sein Pferd in das Dorf hinein und auf der anderen Seite wieder hinaus. Gan Zhong sah das Wäldchen auf der rechten Seite der Straße liegen. Er saß ab und führte das Pferd langsam am Zügel weiter. Er konnte einige Frauen sehen, die zwischen den dunklen Blättern beschäftigt waren. Wenn die Bäume sehr hoch waren, benutzten sie einen Stock mit einem gebogenen Ende, damit sie an die Zweige heranreichen und sie zu sich herunterziehen konnten, um die Blätter abzustreifen. Er konnte die Sammelkörbe sehen, die von jedem Baum herabhingen.

Bao hatte einmal gesagt, der Meister habe die unvergleichliche Stille und Abgeschiedenheit der Maulbeerhaine geliebt. Dieser Hain war heute jedoch voller Lärm und Leben, da mindestens zwanzig Frauen dort fröhlich singend ihre Arbeit verrichteten. Gan Zhong blieb auf der Straße stehen und ließ die Zügel aus der Hand gleiten.

Youning hatte früher eine reine, weiße Haut, die niemals von der Sonne berührt wurde. Die Frau, die er von der Straße aus beobachtete, war tief braun, und ihre muskulösen Arme bewegten sich flink zwischen den Zweigen. Sie musste gespürt haben, dass jemand sie beobachtete, denn sie drehte sich abrupt um. Ihr Blick glitt suchend über die Straße und blieb auf ihm haften. Ihre Hand hielt mitten in der Bewegung inne, und die Blätter entglitten ihren Fingern. Als er auf sie zuging und schließlich in Laufschritt verfiel, starrte Youning ihn noch ein paar Sekunden lang an, bevor sie seinen Namen rief und sich in seine weit geöffneten Arme stürzte.